ALGO MARAVILHOSO

Da autora:

Agora e sempre
Algo maravilhoso
Alguém para amar
Tudo por amor
Dois pesos, duas medidas
Doce triunfo
Em busca do paraíso

Dinastia Westmoreland:

Whitney, meu amor
Até você chegar
Um reino de sonhos

JUDITH McNAUGHT

ALGO MARAVILHOSO

Tradução
Carolina Simmer

9ª edição

Rio de Janeiro | 2024

Copyright ©1988 by Eagle Syndication, Inc.

Direitos de reprodução da tradução cedidos para a Editora Bertrand Brasil. Editora Bertrand Brasil é uma empresa do Grupo Editorial Record.

Título original: *Something Wonderful*

Imagens de capa: Flik47/Shutterstock (castelo) e Irina Alexandrovna/Shutterstock (mulher)

Texto revisado segundo o novo
Acordo Ortográfico da Língua Portuguesa

2024
Impresso no Brasil
Printed in Brazil

CIP-BRASIL. CATALOGAÇÃO NA PUBLICAÇÃO
SINDICATO NACIONAL DOS EDITORES DE LIVROS, RJ

M429a
9ª ed.

McNaught, Judith, 1944-
Algo maravilhoso / Judith McNaught; tradução Carolina Simmer. –
9ª ed. – Rio de Janeiro: Bertrand Brasil, 2024.
; 23 cm.

Tradução de: Something wonderful
ISBN 978-85-286-2390-1

1. Romance americano. I. Simmer, Carolina. II. Título.

19-54898

CDD: 813
CDU: 82-31(73)

Vanessa Mafra Xavier Salgado – Bibliotecária – CRB-7/6644

Todos os direitos reservados. Não é permitida a reprodução total ou parcial desta obra, por quaisquer meios, sem a prévia autorização por escrito da Editora.

Direitos exclusivos de publicação em língua portuguesa somente para o Brasil adquiridos pela:
EDITORA BERTRAND BRASIL LTDA.
Rua Argentina, 171 – 3º andar – São Cristóvão
20921-380 – Rio de Janeiro – RJ
Tel.: (21) 2585-2000

Atendimento e venda direta ao leitor:
sac@record.com.br

Para Christopher Brian Fehlig

Você era o sobrinho pequeno e fofo que eu amava.
Agora, é um homem a quem admiro e respeito como amigo.

Um agradecimento especial

A Melinda Helfer, por seu apoio
e incentivo durante a produção deste livro.

E a Robert A. Wulff, cuja competência
e bondade permitiram que eu me concentrasse
no trabalho e deixasse todo o resto com ele.

Capítulo 1

A loura voluptuosa levantou a cabeça, apoiou-se sobre um cotovelo e cobriu os seios com um lençol. Franzindo levemente a testa, ela observou o belo jovem moreno de 18 anos parado diante da janela do quarto, com um ombro encostado no batente, fitando a festa em homenagem à mãe que ocorria no jardim nos fundos da mansão.

— O que lhe parece mais interessante do que eu? — perguntou Lady Catherine Harrington enquanto se enrolava no lençol e seguia até a janela.

Jordan Addison Matthew Townsende, futuro Duque de Hawthorne, não pareceu ouvi-la enquanto observava o terreno da suntuosa propriedade que seria dele após a morte do pai. Enquanto observava o labirinto de sebes lá embaixo, viu a mãe surgir por entre os arbustos. Lançando um olhar rápido e furtivo ao redor, a mulher ajeitou o corpete do vestido e arrumou o pesado cabelo escuro. Um instante depois, Lorde Harrington apareceu, dando um nó na gravata. A risada dos dois enquanto iam embora de braços dados subiu até a janela aberta do quarto.

Um leve cinismo desfigurou a beleza dos traços elegantes de Jordan enquanto o rapaz observava a mãe e o novo amante atravessando o gramado e perambulado até o arvoredo. Alguns instantes depois, o pai saiu do mesmo labirinto, olhou ao redor e, então, ajudou Lady Milborne, a amante atual *dele*, a sair dos arbustos.

— Aparentemente, minha mãe arrumou um novo caso — comentou Jordan, sarcástico.

— É mesmo? — perguntou Lady Harrington, espiando a janela. — Quem?

— Seu marido. — Virando para encará-la, ele analisou aquele belo rosto, procurando algum indício de surpresa. Quando não encontrou, seus próprios traços se transformaram numa rígida máscara de ironia. — Você sabia que os dois estavam no labirinto, e foi por isso que resolveu se interessar pela *minha* cama, não é?

Ela assentiu com a cabeça, desconfortável sob o olhar implacável daqueles gélidos olhos acinzentados.

— Achei — começou a dama, passando a mão pelo peito forte dele — que seria divertido se *nós* também... hum... ficássemos juntos. Só que meu interesse pela sua cama não foi um impulso, Jordan, mas algo que eu queria há muito tempo. Agora que sua mãe e meu marido estão se divertindo, não vi motivo para não realizar meu desejo. Qual o problema disso? — O rapaz permaneceu em silêncio, e ela analisou sua fisionomia indecifrável com um sorriso recatado. — Você está chocado?

— De forma alguma — respondeu Jordan. — Sei dos amantes de minha mãe desde os 8 anos de idade e duvido que me surpreenderia com as ações de qualquer mulher. Se muito, acho estranho você não ter organizado um encontro de nós seis no labirinto para uma pequena reunião de "família" — concluiu ele com deliberada insolência.

A dama emitiu um som abafado, meio rindo, meio horrorizada.

— Agora, quem ficou chocada fui *eu*.

Despreocupado, ele esticou o braço e ergueu o queixo dela, analisando aquele rosto com um olhar duro e sábio demais para sua idade.

— Por algum motivo, duvido disso.

Subitamente envergonhada, Catherine tirou a mão do peito do rapaz e apertou o lençol contra o corpo nu.

— Ora, Jordan, não entendo por que me olha com desdém — disse ela, o rosto refletindo uma confusão sincera e certa irritação. — Você não é casado, então não sabe como nossa vida é insuportavelmente maçante. Sem nossos flertes para afastar o tédio, todos enlouqueceríamos.

Diante do tom trágico na voz da amante, o semblante dele se tornou bem-humorado, e os lábios firmes e sensuais formaram um sorriso sarcástico.

— Pobre Catherine — disse Jordan, seco, esticando o braço e acariciando a bochecha dela com as costas da mão. — Que má sorte as mulheres têm. Desde o dia em que nascem, recebem tudo que desejam de mão beijada, então não precisam batalhar por coisa alguma. E, mesmo que precisassem, nunca receberiam permissão para fazê-lo. Não deixamos que estudem, e são proibidas de praticar esportes, de forma que não conseguem exercitar nem a mente nem o corpo. E não podem sequer se apegar à honra, pois, enquanto a de um homem pertence a ele por quanto tempo quiser, a de uma mulher fica entre suas pernas e é perdida para o primeiro que a possui. Como a vida é injusta para vocês! — concluiu ele. — Não é de admirar que sejam todas tão entediadas, devassas e fúteis.

Catherine hesitou, chocada com as palavras, sem saber se estava sendo ridicularizada. Então, deu de ombros.

— Você tem toda razão.

Ele a encarou com um olhar curioso.

— Você nunca pensou em tentar mudar isso tudo?

— Não — admitiu a dama, direta.

— Admiro sua sinceridade. É uma virtude rara na sua espécie.

Apesar de só ter 18 anos, o fascínio que as mulheres sentiam por Jordan Townsende já era assunto muito comentado entre a população feminina, e, enquanto Catherine fitava aqueles olhos acinzentados cínicos, subitamente se sentiu atraída pelo rapaz como se ele emitisse uma força magnética irresistível. O olhar de Jordan passava compreensão, além de um toque de humor e uma sabedoria que ia muito além de sua idade. Eram essas coisas, talvez até mais que sua beleza morena e a virilidade que exalava pelos poros, que o tornavam tão atraente para as mulheres. O rapaz as entendia — entendia *ela* — e, apesar de ser óbvio que não admirava nem aprovava o comportamento de Catherine, ele a aceitava do jeito era, com todas as suas fraquezas.

— Você vem para a cama, milorde?

— Não — respondeu ele, imperturbável.

— Por quê?

— Porque não estou entediado a ponto de querer dormir com a esposa do amante da minha mãe.

— Você não... você não tem as mulheres em boa conta, certo? — perguntou Catherine, incapaz de se conter.

— E, por acaso, eu deveria ter?

— Eu... — Ela mordeu o lábio e balançou a cabeça, relutante. — Não. Imagino que não. Mas, um dia, terá que se casar para ter filhos.

De repente, os olhos de Jordan brilharam, achando graça, e ele voltou a se apoiar no batente da janela, cruzando os braços.

— Casar-me? Sério? É assim que as pessoas procriam? E eu passei esse tempo todo pensando...

— Jordan, francamente! — exclamou ela, rindo, absolutamente fascinada por aquela versão relaxada e brincalhona do rapaz. — Você precisará de um herdeiro legítimo.

— Quando eu tiver que me comprometer com alguém para produzir um herdeiro — respondeu ele num tom amargurado —, vou escolher uma moça ingênua, sem qualquer entendimento do mundo e que não hesite em fazer tudo que eu quiser.

— E quando ela ficar entediada e procurar outros divertimentos, o que você vai fazer?

— Ela vai ficar entediada? — perguntou o rapaz com rispidez.

Catherine analisou seus ombros largos e musculosos, o peito proeminente, a cintura estreita, então passou para os traços fortes e bem-esculpidos. Numa camisa de linho e calça de cavalgada justa, cada centímetro da figura alta de Jordan Townsende irradiava um poder intenso e uma sensualidade velada. As sobrancelhas dela se ergueram acima dos olhos verdes cheios de sabedoria.

— Talvez não.

Enquanto a dama se vestia, Jordan voltou-se para a janela e observou com indiferença os elegantes convidados que se reuniam nos gramados de Hawthorne para celebrar o aniversário da mãe. Para um forasteiro, a propriedade certamente pareceria um paraíso que exalava fascínio e exuberância, cheio de lindos pássaros tropicais despreocupados que se pavoneavam em sua elegância. Para o jovem rapaz, a cena não tinha nada de interessante nem de belo; ele sabia muito bem o que acontecia entre as paredes daquela casa quando os convidados iam embora.

Aos 18 anos, Jordan não acreditava na bondade inerente de ninguém, nem mesmo na própria. Ele tinha um nome importante, boa aparência e riqueza; mas também era melancólico, contido e circunspecto.

COM O PEQUENO QUEIXO apoiado nos punhos, a Srta. Alexandra Lawrence observava a borboleta amarela pousada no parapeito da janela da casa do avô, então voltou a se concentrar no amado homem grisalho sentado no lado oposto da mesa.

— O que o senhor disse, vovô? Não ouvi.

— Perguntei por que essa borboleta está mais interessante que Sócrates hoje — repetiu o velho bondoso com um sorriso para a garota miúda de 13 anos, que puxara os cachos castanhos e brilhosos da mãe e os olhos azuis--esverdeados dele.

Achando graça, o avô tamborilou sobre o livro com a obra de Sócrates que tentava ensinar para a neta.

Alexandra abriu um sorriso arrependido capaz de derreter o coração de qualquer um, mas não negou que estava distraída, pois tinha aprendido com o avô gentil e erudito que "a mentira é uma afronta à alma, assim como um insulto à inteligência da pessoa para quem se mente". E ela jamais faria qualquer coisa para insultar aquele homem afável que lhe transmitira sua sabedoria de vida, além de ter lhe ensinado matemática, filosofia, história e latim.

— Eu estava me perguntando — admitiu a garota com um suspiro reflexivo — se existe alguma possibilidade de eu estar na "fase do casulo" agora e, num futuro próximo, me transformar numa bela borboleta.

— E qual é o problema de ser um casulo? Afinal de contas — citou ele, brincando —, "nada é belo sob todos os pontos de vista".

Os olhos do velho brilhavam enquanto esperava para ver se a neta reconheceria a citação.

— Horácio — respondeu ela na mesma hora, sorrindo.

Ele concordou com a cabeça, satisfeito, e disse:

— Não precisa se preocupar com sua aparência, minha querida, porque a verdadeira beleza vem do coração e mora nos olhos.

Alexandra inclinou a cabeça, pensando, mas não conseguiu lembrar de nenhum filósofo, antigo ou moderno, que tivesse afirmado algo assim.

— Quem disse isso?

O avô riu.

— *Eu.*

A risada que se seguiu retiniu como o badalar de sinos, enchendo o cômodo ensolarado com a alegria musical da garota, e, então, ela ficou séria.

— Quando papai vem nos visitar, sei que fica decepcionado por eu não ser bonita. Ele tem todos os motivos para esperar mais de mim, porque a mamãe é linda, e ele, além de também ser bonito, é primo em quarto grau de um conde, vínculo familiar este constituído pelo casamento.

Quase incapaz de esconder seu desagrado com o genro e sua alegação duvidosa de uma conexão obscura com um conde obscuro, o Sr. Gimble citou:

— A virtude é o primeiro título de nobreza.

— Molière — disse Alexandra, nomeando a fonte da citação sem pestanejar. — Mas o senhor precisa admitir que o destino foi cruel ao dar a ele uma filha de aparência tão comum — continuou ela, voltando à preocupação original. — Por que eu não podia ser alta e loura? — prosseguiu ela, tristonha. — Seria muito melhor do que me parecer com uma cigana, como papai diz.

Ela voltou a contemplar a borboleta, e os olhos do Sr. Gimble brilharam com ternura e encanto, pois sua neta não era nem um pouco comum. Quando a menina tinha 4 anos, ele começara a lhe ensinar a ler e escrever, assim como fazia com todas as crianças do vilarejo sob sua tutela, mas a mente de Alex era mais fértil que a dos outros, mais rápida e mais capaz de apreender conceitos. Os filhos dos camponeses eram aprendizes desinteressados, que passavam apenas alguns anos estudando antes de irem trabalhar com os pais no campo, casarem, terem filhos e recomeçarem o ciclo da vida. Mas Alex puxara o fascínio do avô pelo conhecimento.

O velho sorriu para a neta; no fim das contas, o tal "ciclo" não era assim tão ruim, pensou ele.

Se o Sr. Gimble tivesse seguido suas tendências da juventude e permanecido solteiro, dedicando a vida aos estudos em vez de se casar, Alexandra Lawrence jamais existiria. E Alex era um presente para o mundo. O presente dele para o mundo. A ideia o enchia de ânimo e o envergonhava ao mesmo tempo, porque aquilo cheirava a orgulho. Ainda assim, não conseguia conter a onda de satisfação que o invadia sempre que olhava para a garota de cabelos cacheados sentada diante de si. Ela superava todas as suas expectativas. Alexandra era gentileza e risadas, inteligência e vontade inabalável. Vontade demais, talvez, e sensibilidade demais também — pois a garota se virava do avesso para agradar o pai fútil durante suas parcas visitas.

O Sr. Gimble se perguntou com que tipo de homem a neta se casaria — ele esperava com todas as forças que fosse alguém bem diferente do marido de Felicia. Sua filha não tinha a mesma força de caráter de Alexandra; ele a mimara demais, pensou o velho com tristeza. Ela era fraca e egoísta. E se casara com um homem igual; Alex merecia alguém muito melhor.

Com a sensibilidade de sempre, Alexandra percebeu a súbita mudança de humor do avô e tentou animá-lo.

— O senhor está se sentindo mal, vovô? Está com dor de cabeça de novo? Quer uma massagem no pescoço?

— Minha cabeça está doendo um pouquinho — disse o Sr. Gimble, e, enquanto molhava sua pena na tinta e escrevia as palavras que um dia se tornariam *Uma dissertação completa sobre a vida de Voltaire*, a neta deu a volta na mesa e começou a usar suas pequenas mãos para aliviar a tensão nos ombros e no pescoço do avô.

Assim que as mãos pararam de se mover, ele sentiu algo roçar por sua bochecha. Concentrado no trabalho, o Sr. Gimble esfregou o rosto no lugar que coçava. Um instante depois, seu pescoço coçou, e ele o esfregou. A coceira mudou para a orelha direita, e ele reprimiu um sorriso exasperado ao perceber que a neta lhe fazia cócegas com uma pena.

— Alex, minha querida — disse ele —, parece que há um passarinho bagunceiro aqui dentro, me distraindo do trabalho.

— Porque o senhor trabalha demais — disse a garota, beijando a bochecha enrugada do avô, e voltou a seu lugar à mesa para estudar Sócrates. Alguns instantes depois, sua atenção, já dispersa, se focou numa minhoca que se arrastava pela porta aberta da casa rústica com telhado de sapê. — Se tudo no universo serve ao propósito especial de Deus, por que o senhor acha que Ele criou as cobras? Elas são tão feias. Muito nojentas, na verdade.

Suspirando diante da interrupção, o Sr. Gimble baixou a pena, mas não resistiu ao sorriso radiante da neta.

— Farei questão de perguntar a Deus quando me encontrar com Ele.

Alexandra ficou séria só de pensar na morte do avô, mas o som de uma carruagem parando diante da casa fez com que ela se levantasse num pulo e corresse para a janela aberta.

— É o papai! — exclamou a garota, feliz. — Papai finalmente voltou de Londres!

— E já não era sem tempo — resmungou o Sr. Gimble, mas Alex não ouviu.

Vestida com sua calça e túnica favoritas, ela saiu correndo e se jogou nos braços relutantes do pai.

— Como vai, ciganinha? — cumprimentou ele sem muito interesse.

O Sr. Gimble se levantou e foi até a janela, observando com a testa franzida enquanto o londrino bem-apessoado ajudava a filha a subir em sua nova carruagem sofisticada. Carruagem sofisticada, roupas sofisticadas, mas seu caráter deixava muito a desejar, pensou o velho com raiva, lembrando como Felicia ficara deslumbrada pela aparência e pela lábia do homem no instante em que ele aparecera na casa deles numa tarde, quando sua carruagem quebrara na estrada. O Sr. Gimble lhe oferecera abrigo para aquela noite e, ao entardecer, indo contra seus instintos, cedera aos pedidos da filha e permitira que ela acompanhasse o visitante numa caminhada, para mostrar "a linda vista da colina acima do riacho".

Quando a escuridão caíra e os dois não voltaram, o Sr. Gimble fora procurá-los, sem qualquer dificuldade de enxergar o caminho devido à luz da lua cheia. Ele os encontrara ao pé da colina, ao lado do riacho, nus e entrelaçados. George Lawrence não levara nem quatro horas para seduzir Felicia e convencê-la a abandonar os preceitos de uma vida inteira.

O Sr. Gimble nunca sentira tamanha raiva na vida, mas, sem emitir qualquer som, fora embora. Duas horas depois, ao voltar para casa, estava acompanhado do seu bom amigo, o vigário da paróquia local. O homem trazia consigo o volume do qual leria a cerimônia de casamento.

E o pai da noiva carregava o rifle que usaria para garantir que o corruptor da filha participasse da cerimônia.

Fora a primeira vez na vida em que ele segurara uma arma.

E o que sua justificada fúria dera a Felicia? O semblante do Sr. Gimble enrijeceu diante da lembrança. George Lawrence comprara para a esposa uma casa grande e decadente, que estava abandonada havia uma década, a enchera de criados e passara os nove meses seguintes à cerimônia de casamento vivendo com relutância no pequeno condado remoto em que ela nascera. Ao fim desse período, Alexandra viera ao mundo, e George Lawrence retornara para Londres e lá ficara, voltando para Morsham apenas duas vezes por ano, por duas ou três semanas.

"Ele está ganhando a vida do jeito que sabe", explicara Felicia ao pai, obviamente repetindo as justificativas do marido. "George é um cavalheiro, então não é justo esperar que trabalhe como homens comuns. Em Londres, o nome de sua família e seus contatos permitem que circule entre as pessoas certas, e isso faz com que receba dicas sobre bons investimentos e em quais cavalos apostar nas corridas. É assim que ele nos sustenta. Naturalmente, ele gostaria que pudéssemos ir para Londres também, mas a cidade é tão cara, e não seria certo nos sujeitarmos aos alojamentos apertados e feios em que ele deve morar. George vem nos visitar sempre que pode."

O Sr. Gimble duvidava da explicação de George Lawrence para preferir morar em Londres, mas tinha certeza do motivo pelo qual o genro aparecia em

Morsham duas vezes por ano. Suas visitas ocorriam porque o velho prometera ir atrás dele em Londres — com seu rifle emprestado — caso não voltasse com essa frequência para ver a esposa e a filha. Mesmo assim, não havia motivo para magoar Felicia com a verdade, pois ela estava feliz. Ao contrário das outras mulheres do minúsculo condado, sua filha era casada com "um cavalheiro de verdade", e, na opinião tola dela, isso já bastava. Era algo que lhe dava status, e ela circulava entre os vizinhos com um régio ar de superioridade.

Assim como a mãe, Alexandra idolatrava George Lawrence, e o homem se regozijava com a adoração inabalável que recebia durante as breves visitas. Felicia o paparicava, e Alex se esforçava para ser tanto filha quanto filho para ele — se preocupando com sua falta de beleza feminina ao mesmo tempo em que usava calças e treinava esgrima para lutar com o pai quando ele aparecesse.

Parado diante da janela, o Sr. Gimble encarou furiosamente o veículo reluzente puxado por quatro cavalos elegantes e cheios de pose. Para um homem que nunca tinha muito dinheiro para a esposa e a filha, George Lawrence se locomovia com uma carruagem e animais bem caros.

— Quanto tempo o senhor vai ficar desta vez, papai? — perguntou Alexandra, já temendo o momento inevitável de sua partida.

— Só uma semana. Vou para a casa dos Landsdowne, em Kent.

— Por que o senhor precisa passar tanto tempo fora? — quis saber a menina, incapaz de esconder sua decepção, apesar de ter certeza de que ele também detestava ficar longe.

— Porque sim — respondeu o pai, e, quando ela começou a reclamar, ele balançou a cabeça e colocou a mão no bolso, pegando uma caixinha. — Eu lhe trouxe um presente de aniversário, Alex.

Alexandra o encarou com adoração e alegria, apesar de seu aniversário ter ocorrido meses atrás e o pai não ter mandado nem uma carta nesse intervalo de tempo. Seus olhos cor de água-marinha brilhavam enquanto ela abria a caixa e pegava um cordão com um pequeno pingente prateado em formato de coração. A peça, feita de latão, não era das mais bonitas, mas a garota a segurou como se fosse infinitamente preciosa.

— Vou usá-lo todos os dias da minha vida, papai — sussurrou ela antes de jogar os braços ao redor dele num abraço apertado. — Eu te amo tanto!

Enquanto eles atravessavam o pequeno vilarejo silencioso e os cavalos levantavam nuvens de poeira, Alexandra acenava para as pessoas que a viam, querendo mostrar a todos que seu belo e maravilhoso pai tinha voltado.

Ela não precisava se dar ao trabalho de chamar atenção para George Lawrence. Quando a noite caísse, todos os habitantes locais estariam discutindo não apenas seu retorno, mas também a cor de seu casaco e uma dezena de outros detalhes, pois o vilarejo de Morsham não mudara nada em centenas de anos — continuava sendo um lugar tranquilo, pacífico, esquecido no vale remoto. Seus habitantes eram pessoas simples, trabalhadoras e sem imaginação, que tinham um prazer imensurável em relatar qualquer acontecimento insignificante para aliviar a monotonia sem fim de sua existência. Eles ainda falavam do dia em que, três meses antes, uma carruagem passara com um sujeito da cidade grande que usava um casaco com não apenas uma capa por cima, mas *oito*. Agora, teriam o veículo e os animais maravilhosos do londrino para discutir pelos próximos seis meses.

Para um forasteiro, Morsham poderia parecer um lugar entediante e habitado por camponeses fofoqueiros, mas, para Alexandra, o vilarejo e seus moradores eram lindos.

Aos 13 anos, a garota confiava na bondade inerente de cada um dos filhos de Deus e acreditava que honestidade, integridade e bom humor eram comuns a toda a humanidade. Ela era gentil, alegre e uma irremediável otimista.

Capítulo 2

O Duque de Hawthorne baixou o braço devagar, ainda segurando a pistola fumegante, e observou com frieza o corpo encolhido de Lorde Grangerfield, imóvel no chão. Maridos ciumentos eram um grande estorvo, pensou Jordan — quase tão problemáticos quanto esposas vaidosas e fúteis. Não apenas eles viviam chegando a conclusões precipitadas, como também insistiam em tirar satisfação sobre tais ilusões ao amanhecer, usando pistolas. Com o olhar impassível ainda focado no oponente idoso e ferido, que já era atendido por um médico, o duque amaldiçoou a jovem dama bela e traiçoeira que o perseguira de forma implacável e acabara causando o duelo.

Aos 27 anos, fazia muito tempo que Jordan decidira que nenhuma gratificação sexual compensava as complicações causadas por se engraçar com a esposa de outros homens. Assim, ele fazia questão de restringir seus muitos encontros sexuais a mulheres desimpedidas. Deus era testemunha de que havia um monte delas por aí, em sua maioria dispostas a aquecer sua cama. No entanto, era normal que os membros da alta sociedade flertassem, e seu recente envolvimento com Elizabeth Grangerfield, uma amiga de infância, quase não passara disso — um flerte inofensivo que ganhara força quando ela voltara para a Inglaterra depois de uma longa viagem de mais de um ano. Tudo começara com alguns parcos gracejos — com conotações sexuais, admitia ele — feitos entre dois conhecidos de longa data. E as coisas teriam ficado por isso mesmo se, numa noite na semana anterior, Elizabeth não tivesse conseguido passar despercebida pelo seu mordomo e ido direto para a cama de Jordan. Ao chegar em casa, ele a encontrara — um espetáculo de abundância, nudez e sensualidade. Normalmente, Jordan teria expulsado a mulher de lá e a mandado para casa, mas, naquela noite, sua mente estava entorpecida pelo conhaque que tomara com os amigos, e, enquanto se perguntava o que fazer com ela, seu corpo prevalecera sobre sua mente letárgica e insistira que ele aceitasse aquele convite irresistível.

Virando na direção do seu cavalo, que estava preso a uma árvore próxima, Jordan ergueu o olhar para os fracos raios de sol que cortavam o céu. Ainda havia tempo para dormir algumas horas antes de começar o longo dia de trabalho e compromissos sociais que culminariam no baile dos Bildrup, no fim da noite.

CANDELABROS ADORNADOS COM centenas de milhares de cristais brilhavam acima do enorme salão espelhado, onde dançarinos vestidos de cetim, seda e veludo giravam ao ritmo de uma valsa melódica. As muitas portas duplas que davam para varandas estavam escancaradas, permitindo a entrada de brisas frescas — e a saída de casais desejosos por momentos de privacidade à luz da lua.

Pouco além das portas mais distantes, um casal ocupava a sacada, sua presença parcialmente escondida pelas sombras da própria mansão, sem parecer se preocupar com o furor que sua ausência do salão causava entre os convidados.

— É uma pouca-vergonha! — declarou a Srta. Leticia Bildrup para o grupo de rapazes e moças elegantes que formavam seu séquito pessoal. Lançando um olhar extremamente reprovador e cheio de inveja na direção das portas pelas quais o casal acabara de passar, ela acrescentou: — Elizabeth Grangerfield está se comportando como uma meretriz, correndo atrás de Hawthorne enquanto o marido está de cama, ferido por ter travado um duelo com este homem hoje cedo!

Sir Roderick Carstairs analisou a raivosa Srta. Bildrup com a cáustica expressão zombeteira pela qual era conhecido por todos da alta sociedade.

— Você tem razão, é claro, minha bela. Elizabeth devia seguir o seu exemplo e se oferecer para Hawthorne a sós, não em público.

Leticia o encarou com um silêncio arrogante, mas um rubor revelador foi tomando conta de suas bochechas macias, deixando-as cor-de-rosa.

— Tome cuidado, Roddy, você está perdendo a capacidade de discernir o que é engraçado do que é ofensivo.

— De forma alguma, minha querida, eu *me esforço* para ser ofensivo.

— Não ouse me comparar com Elizabeth Grangerfield — ralhou ela num sussurro furioso. — Não temos nada em comum.

— Ah, claro que têm. As duas querem Hawthorne. Um ponto em comum que compartilham com mais seis dúzias de mulheres cujos nomes me vêm à mente agora, incluindo Elise Grandeaux — ele indicou com a cabeça a bela bailarina ruiva que dançava com um príncipe russo no salão. — Porém, a Srta. Grandeaux parece ter vencido todas vocês, já que é a nova amante do duque.

— Que mentira! — declarou Leticia, seus olhos azuis cravados na graciosa ruiva que, pelo que diziam, tinha encantado o rei espanhol e um príncipe russo. — Hawthorne está solteiro!

— Sobre o que estamos falando, Letty? — perguntou uma das moças, interrompendo a conversa com seu pretendente.

— Estamos falando sobre o fato de *ele* estar na varanda com Elizabeth Grangerfield — respondeu Leticia, ríspida.

Não era necessário explicar a que "ele" a jovem se referia. Entre a alta sociedade, todos sabiam que "ele" era Jordan Addison Matthew Townsende — Marquês de Landsdowne, Visconde de Leeds, Visconde de Reynolds, Conde Townsende de Marlow, Barão Townsende de Stroleigh, Richfield e Monmart — e o décimo segundo Duque de Hawthorne.

"Ele" povoava os sonhos de todas as damas — alto, moreno e lindo de morrer, com um charme que só podia ser pecaminoso. Entre as mulheres mais jovens da alta sociedade, o consenso era que seus olhos acinzentados semicerrados seriam capazes de seduzir uma freira ou fazer um inimigo bater em retirada. As mais velhas tendiam a acreditar na primeira hipótese mas descartar a segunda, já que todos sabiam que Jordan Townsende não usara os olhos para executar centenas de soldados franceses, mas sua habilidade mortal com pistolas e sabres. Porém, independentemente da idade, todas as damas da aristocracia concordavam num ponto: bastava olhar para o Duque de Hawthorne para saber que aquele era um homem de classe, elegância e estilo; um homem tão refinado quanto um diamante. E, com frequência, também tão duro quanto.

— Roddy disse que Elise Grandeaux é a nova amante dele — contou Letty, indicando com a cabeça a ruiva deslumbrante, que parecia indiferente ao sumiço do Duque de Hawthorne e de Lady Elizabeth Grangerfield.

— Que despautério — rebateu uma debutante de 17 anos defensora do decoro. — Se fosse o caso, ele com certeza não a traria aqui. Não teria coragem.

— Mas teve — anunciou outra moça, seu olhar grudado nas portas duplas por onde o Duque e Lady Grangerfield tinham acabado de passar, esperando ansiosamente por outro vislumbre do homem lendário. — Mamãe diz que Hawthorne faz o que quer e está pouco se importando com a opinião pública.

Naquele momento, o objeto dessa e de muitas conversas semelhantes pelo salão se apoiava confortavelmente na balaustrada de pedra da varanda, fitando os radiantes olhos azuis de Elizabeth com um ar de óbvia irritação.

— Sua reputação está sendo estraçalhada lá dentro, Elizabeth. Tenha um pouco de bom senso e passe algumas semanas no interior, cuidando do seu marido "acamado", até as fofocas sobre o duelo perderem a força.

Numa tentativa débil de parecer despreocupada, Elizabeth deu de ombros.

— Fofocas não me afetam, Jordan. Sou uma condessa agora. — Seu tom se tornou amargurado, tenso. — Não importa que meu marido seja trinta anos mais velho que eu. Meus pais têm mais um título na família, e é isso que importa.

— Não adianta se arrepender do passado — disse ele, se esforçando para conter a impaciência. — O que foi feito não pode ser desfeito.

— Por que você não pediu minha mão antes de ir embora para aquela guerra idiota na Espanha? — perguntou a dama numa voz abafada.

— Porque eu não queria me casar com você — respondeu ele, inclemente.

Cinco anos antes, Jordan cogitara pedir a mão de Elizabeth num futuro distante e obscuro, mas não queria uma esposa na época, da mesma forma que não queria agora, e nada ficara acertado entre os dois antes de sua partida para a Espanha. Um ano depois, o pai dela, desejoso de acrescentar mais um título aristocrático à árvore genealógica, insistira que a filha se casasse com Grangerfield. Quando Jordan recebera a carta em que a moça contava seu destino, não sentira tristeza. Por outro lado, ele a conhecia desde a adolescência e nutria algum sentimento por ela. Talvez, se estivesse por perto na época, pudesse tê-la convencido a desafiar os pais e recusar o pedido do velho conde. Talvez não. Como todas as mulheres de sua classe social, Elizabeth aprendera desde a infância que seu dever como filha era se casar de acordo com os desejos dos pais.

De toda forma, Jordan estava longe. Dois anos após a morte do pai, apesar de ainda não ter produzido um herdeiro para assegurar a sucessão, ele comprara uma patente no exército e fora lutar contra as tropas de Napoleão na Espanha. No começo, sua ousadia e coragem diante do inimigo eram apenas resultado de um descontentamento imprudente com a própria vida. Mais tarde, conforme amadurecera, as habilidades e o conhecimento que adquiria em inúmeras batalhas sangrentas o mantinham vivo e alimentavam sua reputação como um estrategista perspicaz e um oponente invencível.

Quatro anos depois de partir para a Espanha, Jordan pedira baixa e voltara para a Inglaterra para reassumir os deveres e as responsabilidades de duque.

O Jordan Townsende que retornara um ano antes era muito diferente do jovem que partira. Da primeira vez em que ele entrara num salão de baile depois de sua volta, muitas dessas mudanças eram nítidas: em contraste com os rostos pálidos e a languidez entediada dos outros cavalheiros de seu nível social, a pele do duque estava muito bronzeada, seu corpo alto se tornara firme e musculoso, seus movimentos eram rápidos e assertivos; e, apesar de o famoso charme de Hawthorne permanecer evidente em seus ocasionais sorrisos brancos e indolentes, sua presença emanava a aura de alguém que enfrentara situações perigosas — e gostara. Era algo que as mulheres achavam extremamente instigante e que aumentava ainda mais seu fascínio.

— Você foi *capaz* de esquecer o que sentíamos um pelo outro? — Elizabeth ergueu a cabeça e, antes que Jordan tivesse qualquer reação, ficou na ponta dos pés e o beijou, pressionando o corpo familiar contra o seu, desejosa e complacente.

Ele a segurou pelos braços com força e a afastou.

— Não seja tola! — ralhou o duque, seus dedos compridos se enterrando na pele dela. —Éramos amigos, nada além disso. O que aconteceu na semana passada foi um erro. Acabou.

Elizabeth tentou se esfregar em seu corpo.

— Posso lhe convencer a me amar, Jordan. Sei que posso. Você quase me amou alguns anos atrás. E me quis na semana passada...

— Eu quis seu inebriante corpo, meu doce — zombou com uma crueldade proposital —, nada mais. Isso é tudo que sempre quis de você. Não vou matar seu marido num duelo por sua causa, então pode desistir desse plano. É melhor encontrar outro tolo para comprar sua liberdade com um tiro de pistola.

A dama empalideceu, piscando para afastar as lágrimas, mas não negou que desejava a morte do marido.

— Não quero minha liberdade, Jordan, eu quero *você* — disse ela numa voz embargada. — Talvez tenha me considerado apenas uma amiga, mas eu o amo desde que tínhamos 15 anos.

A confissão foi feita num tom pesaroso tão envergonhado e desesperançado que qualquer um além de Jordan Townsende perceberia que era verdadeira e talvez se compadecesse. Mas, quando se tratava de mulheres, fazia tempo que o duque se tornara um cético inveterado. Ele respondeu à triste declaração de amor entregando um lenço branco como a neve para a dama.

— Seque os olhos.

As centenas de convidados, que discretamente observaram o retorno dos dois ao salão alguns minutos depois, notaram que Lady Grangerfield parecia nervosa e deixou o baile na mesma hora.

No entanto, o Duque de Hawthorne se comportava com a mesma tranquilidade de sempre ao se aproximar da bela bailarina que era a mais nova adição à sua longa lista de amantes. E, quando o casal foi para a pista de dança alguns instantes depois, uma aura vibrante, um magnetismo poderoso emanava da dupla atraente e carismática. A graciosidade ágil e frágil de Elise Grandeaux complementava a elegância audaciosa do duque; o tom vívido do cabelo dela com o tom escuro do dele; e, quando os dois se moviam juntos na dança, eram duas criaturas esplêndidas que pareciam ter sido feitas uma para a outra.

— Mas não é de surpreender — comentou a Srta. Bildrup para seus amigos enquanto o grupo analisava o casal com fascínio. — Hawthorne sempre faz a mulher com quem está parecer sua *companheira* perfeita.

— Ora, ele não vai se casar com uma mera artista, não importa se formam um casal bonito — disse a Srta. Morrison. — E meu irmão prometeu que o levaria à nossa casa para uma visita esta semana — acrescentou ela num tom triunfante.

Sua alegria foi destruída pela Srta. Bildrup.

— Mamãe diz que ele pretende partir para Rosemeade amanhã.

— Rosemeade? — repetiu a outra moça em descrença, murchando.

— A casa da avó dele — esclareceu a Srta. Bildrup. — Fica ao norte, pouco depois de um tal vilarejo minúsculo chamado Morsham.

Capítulo 3

— É impossível imaginar uma coisa dessas, Filbert! — anunciou Alexandra para o velho lacaio que entrara no quarto carregando um montinho de lenha.

Com a vista míope, Filbert apertou os olhos para sua patroa de 17 anos, que estava deitada de barriga para baixo na cama, apoiando o pequeno queixo nas mãos, com o corpo coberto por seu traje de sempre: calça marrom apertada e camisa desbotada.

— É incompreensível — insistiu Alexandra numa voz cheia de desdém.

— O quê, Srta. Alex? — perguntou ele, se aproximando da cama.

Havia algo grande e branco diante da patroa, sobre a coberta da cama, e o lacaio míope deduziu que fosse uma toalha ou um jornal. Apertando os olhos, ele encarou o objeto e, então, percebeu a presença de manchas pretas, levando-o a concluir que era um periódico.

— Diz aqui que Lady Weatherford-Heath ofereceu um baile para 800 pessoas, seguido de um jantar que consistiu em não menos que 45 pratos diferentes! — informou a moça, batendo com o dedo indicador no jornal datado de 2 de abril de 1813. — Foram 45 pratos! Consegue conceber uma extravagância dessas? Além do mais — continuou Alex, afastando distraidamente os cachos escuros da nuca enquanto fitava o jornal ofensivo —, o artigo dá todos os detalhes sobre os convidados e as roupas que usaram. Escute só, Sarah — disse ela, erguendo o olhar e sorrindo quando Sarah Withers entrou no quarto com uma pilha de lençóis recém-lavados.

Antes da morte do pai de Alexandra, três anos atrás, Sarah era a governanta da casa, mas, como resultado das precárias condições financeiras causadas pelo falecimento, a mulher fora dispensada junto com os outros criados — com a exceção de Filbert e Penrose, que eram doentes e idosos demais para encontrar um emprego. Agora, Sarah voltava apenas uma vez por mês, junto com uma garota do vilarejo, para ajudar com a limpeza mais pesada e lavar roupa.

Em uma voz aguda caricata, Alexandra leu para a mulher:

— A Srta. Emily Welford foi acompanhada pelo Conde de Marcham. Seu vestido de seda em tom de creme era adornado com pérolas e diamantes. — Rindo, ela fechou o jornal e olhou para Sarah. —- Dá para acreditar que as pessoas querem saber dessas baboseiras? Que diferença faz o vestido que alguém usou ou o fato de que o Conde de Delton voltou de sua estadia na Escócia e que "há boatos de que ele demonstrou um interesse exacerbado em certa moça de grande beleza e importância"?

Sarah Withers ergueu as sobrancelhas e lançou um olhar crítico para as roupas de Alex.

— *Algumas* moças gostam de se *arrumar* — respondeu a mulher.

Alexandra aceitou a provocação bem-intencionada com uma indiferença alegre e filosófica.

— Seria necessário mais do que pó de arroz e cetim cor-de-rosa para me transformar numa dama sofisticada.

A antiga esperança de Alex de sair do "casulo" como uma loura de beleza clássica não tinha se concretizado. Em vez disso, seu cabelo curto encaracolado era castanho-escuro, seu queixo continuava pequeno e empinado, o nariz permanecia arrebitado e seu corpo era tão esguio e ágil quanto o de um rapaz. Na verdade, seu único traço realmente notável era o par de enormes olhos azuis com cílios escuros que dominava completamente seu rosto — um rosto que, agora, estava levemente bronzeado pelo trabalho e pelas cavalgadas sob o sol. No entanto, Alex não se preocupava mais com a aparência; havia questões mais importantes a ocupar sua mente.

Três anos atrás, depois que a morte do avô fora seguida quase imediatamente pelo falecimento do pai, a moça acabara se tornando o "homem da casa" de certa forma. Sobre seus ombros jovens caíra o dever de cuidar de dois criados idosos, administrar o orçamento escasso da família, colocar comida na mesa e lidar com os ataques de pirraça da mãe.

Uma garota comum, criada de forma comum, jamais conseguiria enfrentar o desafio. Mas não havia nada comum na aparência *nem* na astúcia de

Alexandra. Quando menina, ela aprendera a pescar e atirar por esporte, para agradar ao pai em suas visitas. Agora, com uma determinação tranquila, ela simplesmente usava as mesmas habilidades para alimentar a família.

O barulho de madeira sendo despejada na caixa de lenha fez com que quaisquer pensamentos sobre vestidos de baile adornados com diamantes desaparecessem de sua mente. Tremendo por causa do frio que infiltrava as grossas paredes da casa, tornando-a úmida e gelada até no verão, a moça abraçou o próprio corpo.

— Não desperdice madeira, Filbert — disse ela enquanto o lacaio se abaixava para adicionar um pequeno pedaço de lenha ao fogo, que já morria.

— Não está tão frio aqui — mentiu —, só fresco. Uma temperatura muito amena. Além do mais, já vou sair para o aniversário do irmão de Mary Ellen, e não há motivo para gastar boa madeira.

Filbert a fitou e concordou com a cabeça, mas a lenha escorregou de sua mão e rolou pelo piso gasto. O lacaio se empertigou e olhou ao redor, tentando distinguir a lenha marrom do mar de tábuas de madeira ao redor. Ciente de sua vista fraca, Alexandra disse com gentileza:

— Está ao pé da minha mesa. — E, então, observou com pena enquanto o lacaio velho seguia até lá e agachava, tateando em busca da lenha. — Sarah? — chamou ela de repente, enquanto seu peito era tomado por aquele sentimento estranho de expectativa que sentia ocasionalmente nos últimos três anos. — Você já sentiu como se algo especial estivesse prestes a acontecer?

A mulher fechou as gavetas da cômoda e seguiu para o armário.

— Já.

— E alguma coisa aconteceu?

— Sim.

— É mesmo? — perguntou Alexandra, seus olhos de água-marinha brilhando, curiosos. — O quê?

— A chaminé desabou, do jeito que eu tinha avisado ao seu pai que aconteceria se ele não chamasse alguém para consertá-la.

Uma risada musical escapou da boca de Alexandra, e ela balançou a cabeça.

— Não, não, não estou falando desse tipo de coisa. — Um pouco envergonhada, a moça confidenciou: — De vez em quando, desde a morte do vovô, tenho uma sensação, mas ela está mais frequente e mais forte esta semana. É como se eu estivesse à beira de um precipício esperando por algo que está prestes a acontecer.

Chocada pela voz sonhadora e pela letargia prolongada de Alexandra, que geralmente era tão prática e cheia de energia, Sarah a analisou.

— O que você acha que vai acontecer?

Alexandra sentiu um arrepio de antecipação.

— Algo maravilhoso.

Ela ia dizer mais, porém seus pensamentos foram afastados por um berro feminino vindo do quarto de tio Monty, do outro lado do corredor, seguido pelo som da porta batendo e de passos apressados. Alexandra virou de barriga para cima e pulou para fora da cama num movimento gracioso e enérgico que lhe era bem mais natural do que seu estado anterior de quietude sonhadora, ao mesmo tempo em que Mary, a garota que Sarah trazia para ajudar com as tarefas, irrompeu no quarto, irritada.

— Ele me deu um tapa, ora! — exclamou Mary, esfregando o traseiro amplo. Erguendo o braço, ela apontou um dedo acusatório para o quarto de tio Monty. — Não tenho que aturar isso daquele miserável nem de ninguém! Sou uma boa menina, eu sou, e...

— Então se comporte como uma boa menina e olhe essa língua! — ralhou Sarah.

Alexandra suspirou ao voltar a sentir nos ombros o peso da responsabilidade pela casa, esquecendo suas reflexões sobre jantares de 45 pratos.

— Vou conversar com tio Monty — disse ela a Mary. — Tenho certeza de que isso não vai se repetir. — E, então, com um sorriso sincero, acrescentou: — Bem, tenho certeza de que não vai se repetir se você não se abaixar perto demais dele. Sir Montague é um... bem... um *admirador* da anatomia feminina e, quando uma mulher tem um traseiro especialmente amplo, ele gosta de mostrar sua apreciação com um tapa. Como um cavaleiro que bate no flanco de um belo cavalo puro-sangue.

O discurso serviu para lisonjear e acalmar a garota, já que, apesar do comportamento grosseiro de Montague Marsh, ele ainda fazia parte da ordem de cavalaria real.

Depois que todos se retiraram, Sarah olhou com tristeza para o quarto e para o jornal abandonado sobre a cama.

— Algo maravilhoso — zombou ela, pensando com um desânimo amargurado sobre a garota de 17 anos que tentava, sem reclamar, carregar o peso daquele lar bizarro cuja criadagem incluía um velho mordomo corcunda orgulhoso demais para admitir que estava ficando surdo, e um lacaio quase cego.

A família de Alexandra era tão problemática quanto os criados, pensou Sarah com repulsa. O tio-avô, Montague Marsh, apesar de simpático, quase nunca estava sóbrio, ao mesmo tempo em que jamais enchia a cara a ponto de perder a oportunidade de dar uma atenção especial a qualquer rabo de saia. A Sra. Lawrence, mãe de Alexandra, que devia ter tomado as rédeas da situação depois da morte do Sr. Lawrence, passara todas as responsabilidades da casa para a filha e era o maior problema da moça.

— Tio Monty — disse Alexandra num tom de voz levemente aborrecido para o tio do pai que fora morar lá dois anos antes, quando nenhum parente próximo quisera abrigá-lo.

O cavalheiro robusto estava sentado diante do fogo fraco da lareira com uma expressão pesarosa no rosto, sua perna gotosa apoiada em cima de um banquinho.

— Imagino que tenha vindo me dar uma bronca por causa da garota — murmurou ele, encarando-a com olhos emburrados e vermelhos.

Ele se parecia tanto com uma criança velha e humilhada que Alexandra não conseguiu manter a postura rígida que deveria.

— Sim — admitiu ela com um discreto sorriso relutante —, e também para descobrir onde o senhor escondeu a garrafa de vinho Madeira que seu amigo, o Sr. Watterly, trouxe ontem.

Tio Monty reagiu com uma péssima imitação de indignação injustiçada.

— E posso perguntar quem foi que ousou presumir que havia algo assim neste recinto?

Ele ficou observando de soslaio enquanto Alexandra o ignorava e começava uma busca metódica e eficiente pelos esconderijos favoritos do tio-avô — atrás da almofada no canapé, embaixo do colchão, dentro da chaminé. Depois de revirar mais meia dúzia de lugares, ela seguiu para a poltrona que ele ocupava e ergueu a mão, bem-humorada.

— Passe para cá, tio Monty.

— O quê? — respondeu ele, se fazendo de desentendido e se ajeitando no assento enquanto a garrafa cutucava a lateral de seu traseiro gordo.

Alexandra percebeu seu desconforto e riu.

— A garrafa de vinho Madeira embaixo do senhor.

— Você está falando do meu *remédio* — corrigiu ele. — O Dr. Beetle me disse que devo tomá-lo por causa de seus efeitos regenerativos sempre que meus velhos ferimentos de guerra começam a doer.

Alexandra analisou os olhos vermelhos e as bochechas coradas do homem, avaliando o nível de sua embriaguez com uma destreza desenvolvida nos dois anos que passara cuidando do tio impulsivo e irresponsável, porém amável. Esticando ainda mais a mão, ela insistiu:

— Pode passar para cá, tio. Mamãe convidou o senhor das terras e sua esposa para jantar, e ela quer a sua presença também. E, para isso, a sobriedade é...

— Vou precisar estar *caindo de bêbado* para aguentar aquele casal esnobe. Alex, meu anjo, sinto calafrios só de pensar naquela gente. A piedade é para os santos, e santos não são boa companhia para homens de carne e osso.

Quando Alexandra permaneceu com a mão estendida, o velho suspirou, resignado, ergueu um lado do quadril e pegou a garrafa com o conteúdo pela metade.

— Muito bem — disse a sobrinha-neta, dando-lhe um tapinha amigável no ombro. — Se o senhor ainda estiver acordado quando eu voltar, podemos jogar cartas e...

— Quando você voltar? — repetiu Sir Montague, alarmado. — Você não está dizendo que vai me deixar sozinho com sua mãe e seus convidados insuportáveis!

— Vou, sim — respondeu Alexandra, alegre, já saindo do quarto.

Ela jogou um beijo para ele e fechou a porta, ignorando os resmungos do tio-avô sobre "morrer de tédio" e "estar fadado à tristeza eterna".

A moça passava pelo quarto da mãe quando Felicia gritou numa voz fraca mas imperiosa:

— Alexandra! Alexandra, é você?

O tom irritado na voz lastimosa fez Alex parar e se preparar psicologicamente para o que com certeza seria outra conversa desagradável sobre Will Helmsley. Aprumando os ombros magros, ela entrou no quarto. A Sra. Lawrence estava sentada diante da penteadeira, com um velho robe remendado, franzindo a testa para seu reflexo no espelho. Os três anos desde a morte do marido adicionaram décadas àquele rosto que um dia fora belo, pensou Alex com tristeza. O brilho vivaz que iluminava os olhos da mãe e infundia sua voz tinha desaparecido junto com o castanho sedoso de seu cabelo. Agora, os fios exibiam um tom opaco com mechas grisalhas. Não fora apenas o sofrimento que sugara sua beleza, Alex sabia disso. A raiva também fizera sua parte.

Três semanas depois da morte de George Lawrence, uma esplêndida carruagem parara diante da casa. Nela, estava a "outra família" do amado pai de Alex — a esposa e a filha com quem ele morava em Londres havia mais de 12 anos. Sua família legítima ficara escondida em Morsham, vivendo em condições que beiravam a pobreza, enquanto a ilegítima vivia na capital, cheia de mordomias. Alex ainda se retraía de dor quando se lembrava daquele dia terrível em que inesperadamente conhecera a meia-irmã. Seu nome era Rose, e ela era tão bonita. Mas isso não fora tão doloroso quanto o belo cordão de ouro que Rose usava no pescoço branco e esbelto. George Lawrence também lhe dera um pingente de coração. Só que o de Alex era feito de latão.

O pingente de latão e o fato de que escolhera viver com aquela linda garotinha loura deixaram bem claro o que ele sentia pela filha mais velha e sua mãe.

George Lawrence só tratara as duas famílias da mesma forma num ponto: a herança. O homem morrera sem um centavo, deixando ambas igualmente pobres.

Pelo bem da mãe, Alex escondera a dor dessa traição no fundo do coração e tentara se comportar normalmente, mas a tristeza de Felicia se transformara em raiva. A Sra. Lawrence se enfurnara no quarto para alimentar sua fúria, deixando tudo mais por conta da filha. Por dois anos e meio, a mulher não se interessara por nada na casa nem pela mágoa de Alexandra. Quando falava, era apenas para discursar sobre a injustiça de seu destino e a traição do marido.

Porém, seis meses atrás, a Sra. Lawrence percebera que sua situação talvez não fosse tão desesperadora quanto imaginava. Ela planejara uma forma de escapar do seu infortúnio — e essa forma era por meio de Alexandra. A filha arrumaria um marido que tiraria as duas da pobreza. Para isso, a Sra. Lawrence analisara todas as famílias da região. Apenas uma, os Helmsley, possuía dinheiro suficiente para o seu gosto, então ela se concentrara no filho do casal, Will — apesar do fato de o rapaz ser tedioso e tímido, além de muito submisso aos pais, que eram quase puritanos em seu fervor religioso.

— Convidei o senhor das terras e sua esposa para jantar — disse a Sra. Lawrence para Alex através do espelho. — E Penrose prometeu que vai preparar uma refeição excelente.

— Penrose é mordomo, mamãe, não podemos pedir que cozinhe para as visitas.

— Estou ciente do cargo original de Penrose nesta casa, Alexandra. Mas ele cozinha muito melhor que você e Filbert, então teremos que nos contentar com suas habilidades hoje. E com peixe, é claro — disse ela, estremecendo de leve. — É uma pena termos que comer tanto peixe. Nunca foi meu prato favorito.

Alexandra, que pescava e caçava qualquer animal que encontrasse para alimentá-las, corou, como se estivesse fracassando em seu dever como chefe daquela casa estranha.

— Desculpe, mamãe, mas não tenho encontrado muitos animais para caçar. Amanhã, vou tentar me afastar mais da cidade e ver se consigo algo melhor. Mas agora estou saindo, e só volto mais tarde.

— Mais tarde? — arfou a mãe. — Mas você vai jantar conosco hoje, e precisa, precisa, *precisa* se comportar como uma dama. Você sabe como o senhor das terras e a esposa fazem questão de modéstia e decoro nas mulheres, apesar de doer na minha alma o fato de *aquele homem* ter nos deixado em condições tão terríveis que temos que nos rebaixar a agradar um mero escudeiro.

Alexandra não precisava perguntar quem era "aquele homem". A mãe sempre se referia ao falecido marido como "aquele homem" ou "seu pai" — como se a filha fosse culpada por ter escolhido George Lawrence, e ela fosse apenas uma vítima da situação.

— Então a senhora não devia tentar agradá-lo — disse a moça com uma firmeza gentil, porém inabalável —, porque eu não me casaria com Will Helmsley nem se estivesse morrendo de fome, o que não vai acontecer.

— Ah, mas vai casar, sim — disse a Sra. Lawrence numa voz baixa e irritada, causada por um misto de desespero e medo. — E vai se comportar como a dama de boa família que você é. Vamos parar com essa história de perambular pelo mato. Os Helmsley não vão tolerar nem uma migalha de escândalo associado à sua futura nora.

— Eu não vou ser nada deles! — exclamou Alexandra, trêmula, mas se esforçando para manter a compostura. — Detesto Will Helmsley, e, para sua informação — concluiu ela, tão irritada que se esqueceu da relação frágil que a mãe tinha com a sanidade —, Mary Ellen diz que ele prefere meninos a meninas!

O horror dessa declaração, que a própria Alex mal entendia, não abalou em nada a cabeça grisalha da Sra. Lawrence.

— Ora, é claro. A maioria dos rapazes prefere a companhia de outros rapazes. Mas — continuou ela, se levantando e começando a andar de um lado para o outro com a inquietude de alguém que passou muito tempo sendo inválido — talvez seja por isso que ele não tenha demonstrado muita relutância sobre a ideia de se casar com você, Alexandra. — O olhar da mãe se fixou no corpo magro da moça, coberto pela calça marrom justa e esfarrapada, a camisa branca de mangas compridas aberta no pescoço e as botas marrons que aparentemente tinham sido engraxadas. Alexandra mais parecia um menino de boa família que agora estava com dificuldades financeiras, forçado a usar roupas que não cabiam mais. — Você precisa começar a usar vestidos, apesar de Will não reclamar das calças.

Esforçando-se para controlar a irritação, Alex disse, paciente:

— Mamãe, todos os meus vestidos batem acima do meu joelho.

— Eu já disse para você ajustar um dos meus.

— Mas não sei costurar direito, e...

A Sra. Lawrence parou de andar pelo quarto e lançou um olhar zangado para a filha.

— Acho que você está inventando todas as desculpas possíveis para impedir esse noivado, mas pretendo acabar com esta vida fajuta que vivemos, e o filho dos Helmsley é nossa única esperança. — Ela franziu a testa, exibindo uma expressão soturna para a menina-mulher teimosa parada à porta, e uma sombra de arrependimento amargurado passou por seu rosto pálido. — Sei que nunca fomos muito próximas, Alexandra, mas *aquele homem* é o responsável por você ter se tornado a moleca selvagem e incontrolável que é hoje, vagabundeando pela floresta, usando calças, atirando com aquele rifle, fazendo um monte de coisas que não deveria.

Sem conseguir manter a vergonha e a irritação ocultas em sua voz, Alexandra respondeu, ríspida:

— Se eu fosse a criatura recatada, monótona e indefesa que a senhora parece preferir, esta família teria morrido de fome há muito tempo.

A Sra. Lawrence teve o bom senso de parecer levemente constrangida.

— Isso é verdade, mas não podemos continuar como estamos. Apesar dos seus esforços, temos dívidas com todos. Sei que não fui a melhor das mães nestes últimos três anos, mas, finalmente, caí em mim e preciso tomar as medidas necessárias para que você tenha um bom casamento.

— Mas eu não amo Will Helmsley — explodiu Alexandra, desesperada.

— E é melhor desse jeito — disse a mãe com rispidez. — Assim, ele não vai poder magoar você como seu pai me magoou. Will vem de uma família sólida, bem-estabelecida. Ele nunca vai ter uma esposa secreta em Londres e perder todo seu dinheiro no jogo. — Alexandra encolheu-se diante da lembrança cruel da traição do pai, mas a Sra. Lawrence continuou: — Na verdade, temos muita sorte de o escudeiro ser tão ambicioso. Caso contrário, ouso dizer que ele não a aceitaria como nora.

— E qual é a vantagem de *me* ter como nora?

A Sra. Lawrence parecia chocada.

— Ora, somos parentes de um conde, Alexandra, e de um cavaleiro da ordem real — disse ela, como se isso respondesse a tudo.

Quando a mãe ficou pensando em silêncio, Alex deu de ombros e avisou:

— Vou para a casa de Mary Ellen. Hoje é aniversário do irmão dela.

— Talvez seja melhor mesmo você não estar presente no jantar — disse a Sra. Lawrence, pegando uma escova e passando-a pelo cabelo, distraída. — Acho que os Helmsley querem conversar sobre o casamento hoje, e seria melhor que não a vissem fazendo cara feia e parecendo rebelde.

— Mamãe — disse Alexandra com uma mistura de pena e medo —, eu prefiro morrer de fome a me casar com Will.

A expressão no rosto da Sra. Lawrence deixou bem claro que ela, por sua vez, não achava que morrer de fome fosse melhor do que casar a filha.

— É melhor deixar os adultos resolverem essas questões. Pode ir à casa de Mary Ellen, mas use um vestido.

— Não posso. Vamos comemorar o aniversário de John com um torneio de justas, como antigamente. Sabe, é uma tradição dos O'Toole.

— Você está velha demais para ficar se exibindo por aí naquela armadura enferrujada, Alexandra. Deixe-a no hall de entrada, onde é o lugar dela.

— Não vou estragá-la — assegurou Alex. — Só vou levar o escudo, o elmo, a lança e o peitoral.

— Ah, faça como quiser — disse a mãe, dando de ombros num gesto cansado.

Capítulo 4

Montada no velho Trovão, um cavalo castrado com lordose e de péssimo temperamento, que era mais velho que ela e pertencera ao avô, Alexandra seguia pela estrada esburacada em direção ao casebre em constante crescimento dos O'Toole, com o rifle numa bainha ao seu lado, analisando as beiras da estrada em busca de algum animal pequeno para abater no caminho até a casa da amiga. Não que houvesse muita chance de surpreender qualquer animal naquela tarde, já que a lança comprida sob seu braço batia no peitoral que usava e o escudo que carregava, fazendo barulho.

Apesar do confronto infeliz com a mãe, Alex se sentia cada vez mais animada, impulsionada pelo glorioso dia de primavera e pela expectativa instigante que tentara descrever para Sarah.

No vale à esquerda e na floresta à direita, flores tinham desabrochado, enchendo seus olhos e seu nariz com um arco-íris de cores e aromas. Havia uma estalagem nos limites do vilarejo, e Alexandra, que conhecia todos que viviam no raio dos 12 quilômetros que formavam seu mundo, empurrou o visor do elmo para cima e acenou alegremente para o Sr. Tilson, o proprietário.

— Bom dia, Sr. Tilson — disse ela.

— Bom dia, Srta. Alex — gritou o homem.

Mary Ellen O'Toole e os seis irmãos estavam do lado de fora do casebre de formato irregular da família, já brincando de cavaleiros de outrora no quintal.

— Venha, Alexandra — gritou Tom, de 14 anos, em cima do cavalo idoso do pai. — Está na hora da justa.

— Não, vamos fazer um duelo antes — insistiu o irmão de 13 anos, agitando uma velha espada. — Desta vez vou vencer, Alex. Estou treinando bastante.

Rindo, Alexandra desmontou desajeitada do cavalo e abraçou Mary Ellen. Então, as duas moças partiram para os jogos, que eram um ritual que ocorria em todos os aniversários dos sete irmãos da família O'Toole.

A tarde e o anoitecer passaram com animadas brincadeiras, uma rivalidade amigável e a risada festiva de uma família grande reunida — algo que Alexandra, filha única, sempre quisera ter.

Quando ela finalmente seguiu para casa, estava alegremente exausta, quase gemendo pela quantidade de comida deliciosa que comera por insistência da generosa Sra. O'Toole.

Embalada pelo constante bater dos cascos do velho Trovão contra a estrada poeirenta, Alexandra deixou o corpo seguir o ritmo do movimento suave do cavalo, suas pálpebras pesadas fechando de cansaço. Sem nenhuma outra maneira de trazer a armadura de volta para casa, Alexandra a vestira, mas, agora, se sentia abafada dentro dela, ficando ainda mais sonolenta.

Ao passar pela estalagem e fazer o velho Trovão entrar na trilha larga que atravessava a floresta e voltava para a estrada principal a um quilômetro e meio dali, a moça notou que vários cavalos estavam amarrados no pátio e a luminária na janela permanecia acesa. Vozes masculinas, cantando alto uma música, podiam ser ouvidas. Acima de sua cabeça, os galhos de carvalho se encontravam, balançando na noite de primavera, produzindo sombras assustadoras no caminho enquanto bloqueavam a luz da lua.

Já era tarde, Alexandra sabia, mas ela não tentou fazer o cavalo acelerar o passo. Em primeiro lugar, Trovão tinha mais de 20 anos, e, em segundo, ela queria garantir que só chegaria em casa depois que o escudeiro e a Sra. Helmsley tivessem ido embora.

De repente, o visor do elmo escorregou e cobriu seu rosto de novo, fazendo estardalhaço, e Alexandra suspirou com irritação, desejando poder tirar a peça incômoda e carregá-la. Decidindo que Trovão não teria nem energia nem vontade de tentar sair correndo, ainda mais depois do seu dia exaustivo nas "justas", ela o fez parar, soltou as rédeas e transferiu o escudo pesado para a mão esquerda. Com a intenção de tirar o elmo e levá-lo apoiado no braço direito, Alexandra ergueu a mão para removê-lo, mas parou, sua atenção subitamente voltada para os sons abafados e não identificáveis que vinham do perímetro da floresta, cerca de quatrocentos metros adiante, à beira da estrada.

Franzindo um pouco a testa, ponderando se estaria prestes a encontrar um javali ou algum animal menos ameaçador — e, talvez, comestível —, Alexandra tirou o rifle da bainha com o máximo de silêncio permitido pela armadura.

De repente, a serenidade da noite foi interrompida pela explosão de um tiro e, depois, outro.

Antes que ela tivesse tempo de reagir, o velho Trovão saiu em disparada pela floresta, confuso e de olhos arregalados — galopando cego na direção do barulho, com as rédeas batendo no chão ao lado de seus cascos apressados e as pernas de Alexandra fincadas às suas laterais.

A cabeça do ladrão se ergueu na direção dos sons metálicos que vinham da floresta, e Jordan Townsende afastou o olhar do buraco mortal na extremidade da pistola apontada pelo segundo ladrão para seu peito. O que avistou fez com que duvidasse dos próprios olhos. Saindo em disparada da floresta para seu resgate, sobre um pangaré com lordose, estava um cavaleiro de armadura, com o visor baixado, escudo em punho numa das mãos e um rifle na outra.

Alexandra conteve um grito enquanto saía aos trancos e barrancos da floresta e se deparava com uma cena mais sinistra do que seus piores pesadelos: um cocheiro estava caído no chão, ferido, e dois bandidos com os rostos cobertos por lenços vermelhos apontavam as armas para um homem alto. O segundo bandido se virou na direção do barulho que a armadura fazia — e apontou a pistola para ela.

Não havia tempo para pensar, só para reagir. Firmando o rifle na mão e inconscientemente contando com a proteção do escudo e do peitoral contra a inevitável bala, Alexandra se inclinou para a direita, pretendendo se jogar sobre o homem e derrubá-lo no chão, mas foi surpreendida pela explosão da arma dele.

Num frenesi de horror, Trovão tropeçou e perdeu o equilíbrio, lançando a dona pelos ares. Ela aterrissou sobre o segundo bandido como uma pilha de metal enferrujado. O impacto a deixou desorientada, quase removendo seu elmo e fazendo o rifle escorregar para longe.

Infelizmente, o bandido se recuperou antes de a cabeça de Alexandra parar de girar.

— Mas que diabos... — resmungou o sujeito, e, com um forte empurrão, tirou o corpo mole dela de cima do seu, lhe dando um chute cruel na lateral antes de ir ajudar o cúmplice, que agora lutava pela posse da arma com a vítima.

Num borrão de pânico e dor, Alexandra viu os ladrões atacarem o homem alto e, em um impulso nascido de puro terror, se forçou a levantar — se arrastando, rastejando e retinindo na direção do vulto reluzente que era seu rifle, jogado na estrada esburacada. Assim que sua mão se fechou ao redor da arma, ela viu o homem alto pegar a pistola do bandido magro e lhe dar um tiro, depois se agachar e virar, mirando no outro.

Hipnotizada pela graciosidade fatal daqueles movimentos rápidos, Alexandra o observou apontar a arma com frieza e calma para o segundo assaltante. Ainda caída de barriga para baixo, ela fechou os olhos, esperando pela explosão inevitável. Mas só ouviu o clique alto da pistola vazia.

— Seu idiota desgraçado — disse o bandido com uma risada maldosa, lentamente enfiando a mão por dentro da camisa e puxando outra arma. — Achou mesmo que eu deixaria você pegar a pistola do chão se não tivesse certeza absoluta de que estava descarregada? Você vai morrer bem devagar por ter matado meu irmão. Sabe quanto tempo um homem leva para morrer quando leva um tiro na barriga?

Tonta de medo, Alexandra virou de lado, ajeitou o rifle e mirou. Quando o bandido ergueu a pistola, ela atirou. O coice da arma fez com que ela caísse de costas, tirando todo o ar do peito. Quando virou a cabeça na terra e abriu os olhos, viu o ladrão caído numa faixa de luar, sem a lateral da cabeça.

Ela não o ferira, como era seu plano, mas o *matara*. Um gemido de terror e angústia subiu por sua garganta e escapuliu do peito apertado, então o mundo começou a girar, devagar no começo, mas ganhando velocidade enquanto ela observava o homem alto chutar o bandido morto, depois vir em sua direção a passos rápidos, quase ameaçadores... O mundo girou mais rápido, levando-a para um buraco negro. Pela primeira vez na vida, Alexandra desmaiou.

Jordan se agachou ao lado do cavaleiro caído, suas mãos brutas na pressa de tirar o elmo para poder avaliar os ferimentos do dono da armadura.

— Depressa, Grimm! — gritou ele para o cocheiro, que lutava para se levantar, recuperando-se do soco do bandido que o deixara inconsciente. — Venha me ajudar com esta maldita armadura.

— Ele se machucou, Vossa Graça? — perguntou Grimm, correndo até o amo e se ajoelhando.

— É óbvio — disse Jordan, ríspido, fazendo uma careta ao ver o corte na lateral daquele rosto pequeno.

— Mas não levou um tiro?

— Acho que não. Segure a cabeça dele enquanto tiro esta porcaria. Maldição, tome cuidado! — Jogando o elmo para longe, Jordan puxou o peitoral. — Meu Deus, que fantasia absurda — murmurou, mas sua voz soava preocupada enquanto ele analisava o corpo inerte diante de si, procurando por um ferimento de bala ou qualquer sinal de sangue sob a luz da lua. — Está escuro demais para vermos onde ele está ferido. Dê meia-volta com a carruagem, e vamos levá-lo para aquela estalagem por onde passamos. Alguém lá saberá nos informar quem são seus pais, e também poderemos chamar o médico mais próximo. — Jordan gentilmente pegou seu jovem salvador no colo, chocado ao descobrir como o rapaz era leve. — Ele é só um menino, não deve ter mais de 13 ou 14 anos — concluiu com a voz rouca, sentindo-se culpado por ter causado sofrimento ao jovem corajoso que viera ao seu resgate.

Pegando o garoto no colo sem qualquer dificuldade, Jordan o levou para a carruagem.

A CHEGADA DO DUQUE à estalagem com uma Alexandra inconsciente nos braços causou um furor de comentários grosseiros e sugestões libertinas dos ocupantes do salão, que, a esta altura da noite, já estavam bastante embriagados.

Com a indiferença suprema de um verdadeiro aristocrata aos meros mortais, Jordan ignorou a balbúrdia ao redor e foi direto até uma garçonete.

— Quero o melhor quarto, e peça ao proprietário para vir tratar comigo imediatamente.

A garçonete fitou a parte de trás da cabeça cheia de cachos escuros de Alexandra, olhou para o cavalheiro alto e vestido de forma impecável e saiu apressada para cumprir suas instruções na ordem em que foram dadas, começando pelo melhor quarto da hospedaria.

Com cuidado, Jordan deitou o menino na cama e soltou os laços na gola da túnica dele. O garoto gemeu, suas pálpebras abriram, e o duque se deparou com olhos enormes e lindos, de um azul-esverdeado surpreendente, adornado por cílios curvados e absurdamente compridos — olhos que o encaravam de volta num espanto confuso. Sorrindo para acalmá-lo, ele disse:

— Bem-vindo de volta ao mundo, Galahad.

— Onde... — Alexandra molhou os lábios secos. Sua voz estava estranhamente rouca. Ela pigarreou e tentou de novo, conseguindo emitir um murmúrio baixo, arranhado. — Onde estou?

— Numa estalagem, perto do lugar onde se feriu.

Os detalhes macabros voltaram de uma só vez, e Alexandra sentiu lágrimas quentes queimarem suas pálpebras.

— Eu o matei. Eu *matei* aquele homem — engasgou ela.

— E salvou duas vidas por causa disso. A minha e a do meu cocheiro.

Desorientada, Alexandra aceitou esse argumento e se agarrou a ele, buscando consolo. Ainda incapaz de se concentrar direito, ela observou enquanto o homem tateava suas pernas, sentindo-se muito distante. Seu corpo nunca fora tocado por alguém além de sua mãe — e isso já fazia muitos e muitos anos. A sensação era levemente agradável e estranhamente incômoda, mas, quando as mãos do homem começaram a apalpar com delicadeza suas costelas, ela arfou e agarrou os pulsos grossos.

— Senhor! — grasnou Alex, desesperada. — O que está fazendo?

O olhar de Jordan baixou para os dedos magros que agarravam seu braço com uma força que parecia causada pelo medo.

— Estou verificando se você quebrou algum osso, jovem. Já mandei que chamassem um médico e o dono da estalagem. Se bem que, agora que você acordou, pode me dizer seu nome e o endereço do médico mais próximo.

Assustada e sabendo do valor exorbitante que os médicos cobravam por seus serviços, Alex disse, afobada:

— O senhor faz ideia de quanto esses sanguessugas *cobram* hoje em dia?

Jordan encarou o garoto pálido com olhos lindos e sentiu um misto de compaixão e admiração profunda — uma combinação de emoções que lhe era completamente desconhecida.

— Você se machucou por minha causa. Naturalmente, o tratamento ficará por minha conta.

Ele abriu um sorriso, e logo Alexandra sentiu os últimos vestígios de confusão desaparecerem de sua mente. O homem mais alto e, sem sombra de dúvida, mais lindo que já vira, que já imaginara, sorria para ela. Seus olhos eram de um tom prateado-cinzento de cetim e aço; seus ombros, muito largos; sua voz de barítono, agradável e irresistível. Em contraste com o rosto bronzeado, seus dentes eram muito brancos, e, apesar da força bruta masculina ser nítida nos contornos firmes de sua mandíbula e queixo, seu toque era delicado, e as linhas que se formavam nos cantos dos seus olhos mostravam que tinha senso de humor.

Ao erguer o olhar para o gigante sobre ela, Alexandra se sentiu pequena e frágil demais. Curiosamente, também se sentiu segura. Mais segura do que nos últimos três anos. Soltando os pulsos dele, ela ergueu a própria mão e tocou num corte no queixo do homem.

— O senhor também se machucou — disse ela, abrindo um sorriso tímido.

Jordan prendeu a respiração diante do deslumbre inesperado daquele sorriso radiante, ficando imóvel de surpresa ao sentir um estranho formigamento ao toque do menino. Ao toque de um menino. Afastando a mão pequena num gesto ríspido, o duque se perguntou, mal-humorado, se o tédio com as distrações comuns da vida estava lhe transformando num pervertido.

— Você ainda não me disse seu nome — disse ele num tom propositalmente frio enquanto começava a explorar as costelas do rapaz, observando seu rostinho em busca de sinais de dor.

Alexandra abriu a boca para responder, mas soltou um grito de pânico indignado quando ele levou as mãos aos seus seios.

Jordan se afastou como se tivesse se queimado.

— Você é uma menina!

— Eu nasci assim! — rebateu ela, magoada pelo tom ríspido e acusatório na voz dele.

O absurdo daquela conversa foi percebido pelos dois ao mesmo tempo: a carranca de Jordan se transformou num largo sorriso, e Alexandra começou a rir. Foi assim que a Sra. Tilson, esposa do dono da estalagem, encontrou os dois — na cama, rindo, com as mãos do homem a alguns centímetros da camisa aberta e do busto da moça.

— Alexandra Lawrence! — explodiu ela, invadindo o quarto como um navio de guerra em velocidade máxima, lançando faíscas pelos olhos que miravam as mãos masculinas sobre a camisa aberta da moça. — O que significa isto?

Por sorte, Alexandra estava aérea demais para compreender as insinuações por trás do que a Sra. Tilson via e pensava, mas Jordan entendeu tudo e ficou enojado com a mente doentia da mulher, capaz de acusar uma garota de, no máximo, 13 anos de causar a própria desgraça moral. O rosto dele assumiu uma expressão severa, e sua voz, imponente e autoritária, tinha um tom gélido.

— A Srta. Lawrence se machucou num acidente na estrada, ao sul daqui. Chame um médico.

— Não, não chame, Sra. Tilson — disse Alexandra, e se sentou rapidamente, apesar de sua cabeça girar. — Estou bem e quero ir para casa.

Jordan se direcionou à mulher desconfiada num tom enérgico e ríspido.

— Já que é assim, vou levá-la para casa, e a senhora pode enviar o médico para um recuo na estrada a alguns quilômetros ao sul daqui. Lá, ele encontrará dois vigaristas que não precisam mais de ajuda, mas que devem ser removidos. — Jordan enfiou a mão no bolso e pegou um cartão que exibia seu nome sob um pequeno brasão dourado. — Voltarei aqui para responder a perguntas que ele possa ter depois que eu devolver a Srta. Lawrence a sua família.

A Sra. Tilson resmungou qualquer coisa sobre ladrões e pouca-vergonha, pegou o cartão, olhou de cara feia para a camisa aberta de Alexandra e saiu pisando duro.

— O senhor pareceu surpreso... sobre eu ser uma menina, quero dizer — comentou Alexandra, hesitante.

— Francamente, esta foi uma noite cheia de surpresas — respondeu Jordan, esquecendo a Sra. Tilson e voltando sua atenção para a moça. — Seria intrometido demais da minha parte perguntar por que você estava usando aquela armadura?

Devagar, Alexandra tirou as pernas da cama e tentou se levantar. O quarto parecia rodar.

— Eu consigo andar — protestou ela quando o homem se aproximou para segurá-la.

— Mas prefiro carregá-la — disse Jordan com firmeza, e assim o fez.

Por dentro, Alexandra sorriu para a forma despreocupada com que ele atravessou o salão da hospedaria, serenamente indiferente aos aldeãos que o encaravam, carregando uma garota desgrenhada e suja que vestia calça e camisa.

Porém, assim que ele a depositou com cuidado no assento macio e luxuoso de sua carruagem e se acomodou em frente a ela, toda a graça da situação desapareceu. Alexandra sabia que eles logo passariam pelo local da cena abominável que ela ajudara a criar.

— Eu tirei a vida de um homem — disse a moça num sussurro atormentado quando o veículo se aproximou do temido recuo na estrada. — Nunca vou me perdoar.

— E eu nunca a perdoaria se você não tivesse feito isso — disse Jordan com um tom bem-humorado na voz. Sob a luz fraca das luminárias da carruagem, os grandes olhos azuis cheios de lágrimas se focaram no rosto dele, buscando por algo, silenciosamente pedindo para serem consolados, e o duque reagiu sem pensar. Esticando-se para a frente, ele a tirou do banco e a colocou no colo, embalando-a em seus braços como a criança atormentada que era. — O que você fez foi muito corajoso — murmurou ele contra os cachos escuros e macios que roçavam sua bochecha.

Alexandra respirou fundo, trêmula, e balançou a cabeça, sem perceber que esfregava a bochecha contra o peito dele.

— Não foi coragem. Eu estava assustada demais para sair correndo, como qualquer pessoa sensata faria.

Enquanto abraçava aquela criança inocente, Jordan foi pego de surpresa pelo pensamento inédito de que um dia poderia ter uma filha para acalentar. Havia algo muito comovente na forma como a garotinha estava aconchegada contra seu corpo, confiando nele. Porém, ao lembrar que garotinhas encantadoras sempre se tornavam moças mimadas, o duque logo descartou o pensamento.

— Por que você estava usando aquela velha armadura? — perguntou ele pela segunda vez naquela noite.

Alexandra lhe contou sobre as justas, que eram uma tradição de aniversário dos O'Toole, e o fez rir várias vezes ao descrever seus fracassos e triunfos no torneio do dia.

— As pessoas fora de Morsham não brincam de justas? Sempre achei que todos se comportassem do mesmo jeito em todos os lugares, mas não posso ter certeza, já que nunca saí daqui. É bem provável que nunca saia.

Jordan ficou tão chocado que caiu em silêncio. Em seu vasto círculo de conhecidos, todos viviam viajando. Era difícil aceitar que aquela criança inteligente jamais veria outro lugar além do vilarejo minúsculo esquecido no meio do nada. O duque fitou o rosto obscurecido dela e a descobriu lhe observando de volta com uma curiosidade amigável, algo bem diferente da admiração reverente à qual estava acostumado. Por dentro, ele sorriu da imagem das crianças camponesas desinibidas brincando de justas. Como aquela infância devia ser diferente daquela da aristocracia. Ele próprio fora criado por governantas, controlado por tutores, orientado a permanecer limpo e arrumado o tempo todo, sempre com alguém lhe lembrando de agir como o ser superior que era desde o nascimento. Talvez as crianças que cresciam em lugares remotos como aquele fossem melhores e diferentes — ingênuas, corajosas, despretensiosas, como Alexandra. Pela vida que a menina lhe descrevera, Jordan começou a achar que, no fim das contas, eram as crianças camponesas que tinham sorte. Crianças camponesas? De repente, ocorreu a ele que não havia nada rústico nas palavras refinadas da menina.

— Por que o cocheiro chama o senhor de "Vossa Graça"? — perguntou Alexandra com um sorriso, e uma covinha surgiu em sua bochecha.

Jordan afastou o olhar daquele lindo detalhe.

— Geralmente é assim que as pessoas se dirigem aos duques.

— Duques? — repetiu a garota, decepcionada ao descobrir que o belo desconhecido obviamente pertencia a um mundo fora de seu alcance e, portanto, desapareceria de sua vida para sempre. — O senhor é mesmo um duque?

— Infelizmente — respondeu ele, percebendo a tristeza dela. — Você se decepcionou?

— Um pouco — respondeu Alexandra, surpreendendo-o. — Como as pessoas o chamam? Além de duque, quero dizer.

— Tenho uma infinidade de nomes — disse ele, achando graça e, ao mesmo tempo, ficando confuso diante das reações genuínas e transparentes dela. — A maioria das pessoas me chama de Hawthorne, ou Hawk. Meus amigos mais próximos me chamam pelo meu nome de batismo, Jordan.

— Hawk combina com o senhor — observou Alexandra, mas sua mente inteligente já chegara a uma conclusão importante. — Será que aqueles bandidos decidiram roubá-lo porque o senhor é um duque? Quero dizer, foi muito arriscado o terem abordado tão perto da estalagem.

— A ganância já é um bom motivo para se arriscar — respondeu Jordan.

Ela concordou com a cabeça e citou baixinho:

— "Não existe fogo mais forte que a paixão, tubarão mais feroz que o ódio, furacão mais devastador que a ganância."

Pego de surpresa, Jordan a encarou.

— O que você disse?

— Foi Buda quem disse, não *eu* — explicou Alexandra.

— Eu conheço a frase — disse Jordan, lutando para recuperar a compostura. — Só me surpreende que *você* a conheça também. — Então viu uma luz fraca saindo de uma casa escura logo à frente e presumiu que aquela fosse a moradia dela. — Alexandra — disse ele com rapidez e seriedade, enquanto se aproximavam do destino —, nunca se sinta culpada pelo que fez hoje. Não há motivo para isso.

Ela o encarou com um tenro sorriso, mas, conforme a carruagem parava diante da entrada esburacada de uma casa grande caindo aos pedaços, subitamente exclamou:

— Ah, não!

O coração da moça apertou diante da visão da carruagem pomposa e da égua sofisticada do escudeiro, que ainda estava amarrada perto da porta da frente. Ela torcera tanto para os convidados já terem ido embora.

O cocheiro abriu a porta e baixou a escada, mas, quando Alexandra fez menção de seguir o duque para fora da carruagem, ele se aproximou e a pegou no colo.

— Tenho certeza de que consigo andar — reclamou ela.

O sorriso preguiçoso e íntimo no rosto dele a fez perder o fôlego.

— É muito vergonhoso para um homem do meu tamanho ser salvo por uma garotinha, mesmo que ela use uma armadura. Pelo bem do meu ego ferido, você deve permitir que eu seja galante agora.

— Pois bem — concordou Alexandra com uma risada resignada. — Quem sou eu para abalar o ego de um nobre duque?

Jordan mal prestara atenção ao que ela dissera; seu rápido olhar registrava a grama alta em torno da casa, as cortinas penduradas tortas nas janelas e todos os outros sinais de um lugar que precisava urgentemente de reparos. Aquela não era a casa humilde que ele esperava encontrar; em vez disso, era uma habitação velha, sombria e negligenciada, cujos habitantes claramente não tinham dinheiro para mantê-la. Passando o peso de Alexandra para o braço e a perna esquerdos, ele bateu à porta, notando a tinta descascada.

Quando ninguém atendeu, Alexandra explicou:

— Acho que o senhor precisa bater mais forte. Penrose é bem surdo, sabe, apesar de ser orgulhoso demais para admitir.

— Quem é Penrose? — perguntou Jordan, batendo mais forte na porta pesada.

— Nosso mordomo. Quando papai morreu, tive que dispensar os criados, mas Penrose e Filbert eram doentes e velhos demais para encontrar trabalho. Os dois não tinham para onde ir, então ficaram aqui e concordaram em trabalhar em troca de abrigo e comida. Penrose também cozinha e ajuda com a limpeza.

— Que estranho — murmurou Jordan, pensando em voz alta e esperando a porta ser aberta.

Sob a luz da lamparina acima da porta, o rosto atrevido dela o encarou com uma risada curiosa.

— O que é "estranho"?

— Um mordomo surdo.

— Então o senhor vai achar Filbert ainda mais esquisito.

— Duvido muito — respondeu Jordan, seco. — Quem é Filbert?

— Nosso lacaio.

— Será que quero saber qual é a enfermidade dele?

— Problema de vista — respondeu Alexandra, ingênua. — Ele enxerga tão mal que confundiu uma parede com uma porta na semana passada e deu com a cara nela.

Para seu horror, Jordan sentiu uma risada subindo por sua garganta. Tentando não ferir o orgulho da garota, ele foi tão solene quanto possível ao dizer:

— Um mordomo surdo e um lacaio cego... Que, hum, pouco convencional.

— É mesmo, não acha? — concordou Alexandra, quase orgulhosa. — Mas eu também não gostaria de ser convencional. — Com um sorriso alegre, ela citou: — "A convenção é o refúgio de uma mente estagnada."

Jordan ergueu a mão e bateu com tanta força à porta que conseguiu ouvir o som vibrando dentro da casa, mas seu olhar curioso permaneceu no rosto risonho dela.

— Quem disse isso sobre as convenções? — perguntou ele, inexpressivo.

— Eu — admitiu a garota, sem qualquer traço de arrependimento. — Inventei agora.

— Mas quanta impertinência — disse Jordan, sorrindo, e, antes de perceber o que estava fazendo, fez menção de dar um beijo carinhoso e paternal na testa dela.

Ele controlou o impulso quando a porta foi escancarada por um Penrose grisalho, que lançou um olhar indignado para ele e disse:

— Não há necessidade de espancar a porta dessa maneira escandalosa, senhor! Ninguém aqui é surdo!

Momentaneamente incapaz de falar devido à bronca que acabara de levar de um mero mordomo cujo uniforme era desbotado e esfarrapado, Jordan abriu a boca para colocar o criado no seu devido lugar, como ele merecia, mas o velho tinha acabado de perceber que ele carregava Alexandra, e ela exibia um hematoma no rosto.

— O que o senhor fez com a Srta. Alexandra?! — chiou o criado, furioso, esticando os braços frágeis com a óbvia intenção de pegá-la.

— Leve-me até a Sra. Lawrence — ordenou Jordan, ríspido, ignorando o gesto do mordomo. — Eu disse para nos levar imediatamente até a Sra. Lawrence — continuou ele num tom mais alto quando o homem não pareceu ouvir.

Penrose o encarou com raiva.

— Eu ouvi da primeira vez — declarou ele com impaciência, virando-se para obedecer. — Até os mortos ouviram... — murmurou enquanto se afastava.

As expressões nos rostos que se viraram para encará-los assim que entraram na sala de estar eram bem piores do que qualquer coisa que Alexandra pudesse ter imaginado. Sua mãe pulou da cadeira, dando um grito abafado; o robusto escudeiro e sua esposa se inclinaram para a frente, vidrados, extremamente curiosos — encarando a camisa de Alexandra, que estava tão aberta que quase exibia seus seios.

— O que aconteceu? — perguntou a Sra. Lawrence, agitada. — Alexandra, seu rosto... Meu Deus, o que houve?

— Sua filha salvou minha vida, Sra. Lawrence, mas, no processo, foi golpeada no rosto. Garanto que parece pior do que é.

— Por favor, me coloque no chão — disse Alexandra com agitação, pois a mãe parecia prestes a desmaiar. Quando Jordan obedeceu, ela resolveu que devia fazer as apresentações, mesmo que atrasadas, para tentar manter algum senso de decoro. — Mãe — disse ela num tom tranquilo, reconfortante —, este é o Duque de Hawthorne. — Apesar de Felicia se engasgar, Alexandra continuou falando de forma educada e indiferente: — Eu o encontrei quando ele e seu cocheiro estavam sendo atacados e... atirei em um dos bandidos. — Virando-se para Jordan, ela continuou: — Vossa Graça, esta é minha mãe, a Sra. Lawrence.

O silêncio reinou absoluto. A Sra. Lawrence parecia ter perdido a capacidade de falar, e o escudeiro e a esposa continuavam encarando a cena, boquiabertos. Envergonhada pela total ausência de som no cômodo, Alexandra se virou com um enorme sorriso aliviado para seu tio Monty, que entrava cambaleante na sala, oscilando levemente, seus olhos vítreos dando sinais de uma noite inteira bebendo o vinho Madeira proibido.

— Tio Monty — disse ela, um pouco desesperada —, trouxe um convidado. Este é o Duque de Hawthorne.

O velho se apoiou na bengala com castão de marfim e piscou duas vezes, tentando focar o rosto do visitante.

— Por Deus! — exclamou, chocado. — É *mesmo* Hawthorne! — Lembrando-se de sua educação, o velho executou uma mesura desajeitada e disse: — Sir Montague Marsh, Vossa Graça, ao seu dispor.

Alexandra, que só estava envergonhada pelo desconforto do longo silêncio e não pela casa dilapidada, pelos criados idosos ou por seus parentes de comportamento peculiar, abriu um sorriso radiante para Jordan e inclinou a cabeça na direção de Filbert, que entrava na sala com uma travessa de chá. Ignorando o fato de que provavelmente cometia uma gafe social gravíssima ao apresentar um aristocrata a um mero lacaio, ela disse com doçura:

— E este é Filbert, que faz tudo que não é da alçada de Penrose. Filbert, este é o Duque de Hawthorne.

O lacaio ergueu a cabeça enquanto depositava a bandeja sobre a mesa, apertando os olhos na direção do tio Monty.

— É um prazer — disse ele para o homem errado, e Alexandra viu os lábios do duque se contorcerem.

— Gostaria de ficar para o chá? — ofereceu ela, analisando um vislumbre de riso naqueles olhos acinzentados.

O duque sorriu, mas balançou a cabeça sem exibir qualquer sinal de remorso.

— Não posso, pequena. Ainda tenho uma longa jornada pela frente, e, antes de retornar à estrada, preciso voltar à estalagem e conversar com as autoridades. Tenho que explicar o que aconteceu hoje. — Despedindo-se de sua plateia curiosa com um aceno de cabeça, Jordan olhou para o rosto encantador que o observava. — Poderia me acompanhar até a porta? — pediu.

Alexandra concordou com a cabeça e o levou até a saída, ignorando o burburinho de vozes que explodiu às suas costas, com a esposa do escudeiro perguntando numa voz histérica:

— Como assim ele precisa "voltar à estalagem"? Ora, Sra. Lawrence, isso não significa que Alexandra estava lá com...

Na entrada, o duque parou e olhou para Alexandra com tanto carinho em seus olhos acinzentados que ela sentiu o corpo todo esquentar. E quando ele ergueu a mão e a levou com delicadeza até o queixo machucado dela, o coração de Alex foi parar na garganta.

— Aonde... aonde o senhor está indo? — perguntou ela, tentando prolongar sua estada.

— Para Rosemeade.

— O que é isso?

— É a pequena casa de campo da minha avó. Ela gosta de ficar lá, acha o lugar "aconchegante".

— Ah — respondeu Alexandra, achando bem difícil falar ou respirar enquanto os dedos dele acariciavam deliciosamente sua bochecha, sendo observada com um olhar quase reverente.

— Nunca vou esquecer você, pequena — disse o duque, a voz baixa e rouca enquanto ele se inclinava e pressionava os lábios quentes na testa dela. — Não permita que ninguém mude você. Continue exatamente do jeito que é.

Quando ele foi embora, Alexandra permaneceu imóvel, tonta por causa do beijo que parecia ter ficado marcado em sua testa.

Não lhe ocorreu que ela poderia estar deslumbrada por um homem que usava a voz e o sorriso para seduzir e desarmar mulheres. Conquistadores experientes não eram sua especialidade.

PORÉM, SALAFRÁRIOS MULHERENGOS e conquistadores experientes eram a especialidade da Sra. Lawrence, que fora vítima de um galanteador safado quando era um pouco mais velha que a filha. Assim como o Duque de Hawthorne, seu marido era lindo, educado, usava roupas bonitas e não tinha qualquer escrúpulo.

E foi por isso que, quando Alexandra acordou na manhã seguinte, se deparou com a mãe entrando de supetão no quarto, a voz cheia de fúria.

— Alexandra, acorde agora mesmo!

Ela se sentou na cama e afastou o cabelo encaracolado dos olhos.

— Aconteceu alguma coisa?

— Vou lhe dizer o que aconteceu — disse a mãe, e a moça ficou surpresa com a virulência que emanava dela. — Já tivemos quatro visitas esta manhã, começando com a esposa do dono da estalagem, que me informou que você dividiu um quarto com aquele crápula despudorado, sedutor de inocentes. Os dois visitantes depois dela eram fofoqueiros curiosos. E o quarto — anunciou a Sra. Lawrence com a voz oscilante de raiva e lágrimas contidas — foi o escudeiro, que veio informar que seu comportamento escandaloso ontem à noite, o estado de suas roupas e sua falta de modéstia e bom senso o fizeram chegar à conclusão de que você não seria uma esposa digna para o filho dele nem para qualquer outro homem de bem.

Quando Alexandra simplesmente a encarou, deixando bem claro seu alívio, a Sra. Lawrence perdeu o controle. Ela agarrou a filha pelos ombros e a sacudiu.

— Você tem ideia do que fez? — berrou ela. — Tem? Então vou lhe contar. É impossível recuperar sua honra agora. Há rumores por todos os lados, e as pessoas se referem a você como se fosse uma vagabunda. Todo mundo a viu quase sem roupa, sendo carregada para dentro de uma estalagem e dividindo um quarto apenas com um homem. E você só saiu de lá meia hora depois, no colo dele. Quer saber o que estão dizendo por aí?

— Que eu estava cansada e precisava descansar? — sugeriu Alexandra num tom sensato, mais preocupada com a palidez da mãe do que com suas palavras.

— Sua tola! Você consegue ser mais tola do que eu era. Nenhum homem decente vai querer você agora.

— Mamãe — disse Alexandra com firmeza, tentando inverter seus papéis, como costumava fazer nos últimos três anos —, se acalme.

— Não fale comigo nesse tom, mocinha! — berrou a Sra. Lawrence, seu rosto a centímetros do da filha. — Aquele homem *tocou* em você?

Ficando cada vez mais nervosa com a histeria da mãe, Alexandra respondeu, prática:

— A senhora sabe que sim. Viu que ele me trouxe no colo e...

— Não desse jeito! — gritou ela, tremendo de raiva. — Ele colocou as mãos em você? Ele *beijou* você? Responda, Alexandra!

A moça cogitou renegar os princípios que o avô lhe ensinara, mas, antes de conseguir abrir a boca para mentir, a mãe já notara o rubor revelador esquentando suas bochechas.

— Ele a beijou, não foi? — berrou ela. — A resposta está escrita na sua cara.

A Sra. Lawrence se afastou, levantou, e começou a andar de um lado para o outro na frente da cama, num ritmo frenético. Alexandra já ouvira falar de mulheres que ficavam tão nervosas que puxavam os próprios cabelos, e a mãe parecia prestes a fazer algo assim.

Rapidamente saindo da cama, ela esticou um braço para interromper aquela marcha inútil.

— Mamãe, por favor, não fique tão agitada. Por favor, pare. Eu e o duque não fizemos nada de errado.

A mulher quase rangeu os dentes de tanta raiva.

— Talvez você não entenda que fez algo errado, mas aquele canalha degenerado, vil, maldoso, sabia. *Ele* sabia. E a trouxe para casa, cínico, sabendo que você era ingênua demais para entender o que ele fez. Meu Deus, como eu odeio os homens! — Sem aviso, ela puxou a filha para um abraço apertado. — Mas não sou cega como antes. Deixei que seu pai se divertisse conosco e depois nos descartasse, e não vou permitir que Hawthorne faça a mesma coisa. Ele desgraçou você e vai pagar por isso, pode acreditar. Vou forçá-lo a fazer a coisa certa.

— Mamãe, por favor! — explodiu Alexandra, se afastando do abraço sufocante. — Ele não fez nada de errado. Só tocou meus braços e pernas para ver se eu tinha quebrado algum osso, e se despediu de mim com um beijo na testa! Isso não pode ser errado.

— Ele destruiu sua reputação ao levá-la para uma estalagem pública. Arruinou qualquer chance que você tinha de conseguir um casamento decente. Nenhum homem vai querer você agora. A partir de hoje, você está marcada pelo escândalo. E o duque deve pagar caro por isso. Ele deu o endereço do seu destino final para o médico ontem na estalagem. Nós iremos até lá para exigir justiça.

— Não! — gritou Alexandra, mas a mãe só conseguia ouvir sua voz interior, que gritava por vingança havia três longos anos.

— Ele com certeza estará esperando nossa visita — continuou ela, amargurada, ignorando os apelos da filha — agora que descobrimos toda a verdade sobre o que aconteceu ontem.

Capítulo 5

A Duquesa-Viúva de Hawthorne observou o neto com um sorriso austero nos lábios e uma expressão atenciosa nos olhos cor de mel. Com 70 anos de idade, ela ainda era uma mulher bela, de cabelos brancos, com um porte régio e a confiança indiferente e inabalável — consequência de uma vida privilegiada.

Apesar da dignidade fria que caracterizava todos os seus gestos, a mulher sabia bem o que era sofrer, tendo sobrevivido à morte do marido e dos filhos. Ainda assim, seu autocontrole era tão rígido que nem mesmo os mais próximos sabiam ao certo se ela amara o marido e os filhos em vida ou se tinha ciência das mortes — e tamanha era sua influência entre a alta sociedade que ninguém ousaria lhe perguntar uma coisa dessas.

Agora, a dama não demonstrava qualquer traço de nervosismo enquanto ouvia o neto mais velho, sentado num dos sofás da sala de estar, com um pé apoiado no joelho oposto, explicando despreocupado que tinha se atrasado porque dois assaltantes tentaram matá-lo na noite anterior.

Seu outro neto, no entanto, não se esforçava para esconder as emoções sobre a história do primo. Levando o copo de conhaque aos lábios, Anthony sorriu e disse num tom jocoso:

— Jordan, admita. Você só queria passar mais uma noite divertida com sua bela bailarina. Hum, perdoe-me, vovó — acrescentou, tarde demais, quando a duquesa-viúva lançou um olhar cáustico para ele. — Mas a verdade é que não houve nenhum assalto nem uma garota de 12 anos que veio ao seu resgate. Certo?

— Errado — respondeu Jordan, imperturbável.

A velha senhora observou a interação entre os primos. Os dois eram tão próximos quanto irmãos e tão diferentes quanto o dia e a noite, pensou ela: Jordan era mais parecido com a avó — reservado, frio, distante —, enquanto Anthony era fácil de conhecer e de uma simpatia incurável. Anthony tivera uma mãe e um pai carinhosos, que o amavam; Jordan nunca recebera qualquer sinal de afeição real de seus progenitores. A duquesa-viúva aprovava completamente a conduta de Jordan e reprovava o comportamento amigável de Anthony. A reprovação — em variados graus — era a única emoção que ela se permitia exibir.

— Tudo aconteceu exatamente como descrevi, apesar de essa admissão ferir meu orgulho — continuou Jordan num tom seco, levantando-se e seguindo até o aparador para reabastecer seu copo de vinho do Porto. — Num instante, eu encarava o cano de uma pistola, e, no outro, lá estava ela, vindo em disparada num pangaré com lordose, com o visor abaixado, empunhando uma lança numa das mãos e um rifle na outra. — Ele se serviu de mais uma dose do vinho português de sua preferência e voltou para a poltrona. Numa voz mais prática do que crítica, continuou: — A armadura estava enferrujada, e a casa parecia ter saído de um romance gótico ruim, cheia de teias de aranha no teto, tapeçarias desbotadas, portas rangendo e paredes úmidas. Ela tem um mordomo completamente surdo, um lacaio cego que anda esbarrando pelas paredes e um tio beberrão que se apresenta como Sir Montague Marsh...

— Que família interessante — murmurou Anthony. — Não é de surpreender que ela seja tão... pouco convencional.

— "A convenção" — citou Jordan, seco — "é o refúgio de uma mente estagnada."

A duquesa-viúva, cuja vida inteira fora religiosamente dedicada aos princípios da convenção, fitou o neto de cara feia.

— Quem fez essa declaração ridícula?

— Alexandra Lawrence.

— *Pouquíssimo* convencional. — Anthony riu, analisando o sorriso quase afetuoso que surgira no rosto duro do primo enquanto ele falava da menina. Jordan quase nunca sorria, Anthony bem sabia disso, a menos que fosse para seduzir alguém ou esboçar cinismo. E raramente ria. Ele fora criado por um pai que acreditava que qualquer sinal de emotividade era uma "fraqueza", e fraquezas eram abomináveis, proibidas. Assim como tudo mais que tornasse um homem vulnerável. Incluindo o amor. — E como é a aparência dessa moça extraordinária? — perguntou ele, curioso para descobrir mais sobre a garota que causara uma reação tão fora do comum no primo.

— Ela é pequena — disse Jordan enquanto a imagem de uma Alexandra sorridente surgia em sua mente. — E magra demais. Mas tem um sorriso que seria capaz de derreter uma geleira, e um par de olhos extraordinários. São da cor de águas-marinhas, e é impossível afastar o olhar deles. Sua fala é tão refinada quanto a nossa, e, apesar daquela casa mórbida, ela é um poço de alegria.

— E corajosa, pelo visto — acrescentou Anthony.

Concordando com a cabeça, Jordan disse:

— Vou mandar uma ordem de pagamento para ela. Uma recompensa por salvar minha vida. Deus é testemunha de que a família precisa de dinheiro. Pelo que Alexandra contou, e pelo que fez questão de não contar, aquela casa bizarra está sob seus cuidados. Ela com certeza vai ficar ofendida ao receber o dinheiro, e foi por isso que não ofereci nada ontem à noite, mas ele vai amenizar seus problemas.

A duquesa-viúva fungou com desdém, ainda irritada com a definição de convenção da Srta. Lawrence.

— As classes inferiores adoram receber dinheiro, Jordan, não importa o motivo. Fico surpresa por ela não ter insistido numa recompensa financeira ontem à noite.

— A senhora se tornou cínica — brincou Jordan. — Mas está enganada sobre essa moça. Ela não tem malícia nem ganância.

Chocado com a declaração do primo, cuja opinião sobre o caráter feminino era notoriamente negativa, Tony sugeriu:

— Daqui a alguns anos, por que você não vai dar outra olhada nela e a transforma em sua...

— *Anthony!* — alertou a duquesa-viúva num tom terrível de desaprovação. — Faça-me o *favor*, não na minha presença!

— Eu não ousaria tirá-la do seu lugar — disse Jordan, completamente habituado à carranca ameaçadora da avó. — Alexandra é uma joia rara, mas não duraria um dia em Londres. Ela não é dura, fria nem ambiciosa o suficiente. Ela... — O duque parou de falar e lançou um olhar questionador para o mordomo, que dera uma tossida educada para chamar sua atenção. — Sim, Ramsey, o que foi?

Ramsey se empertigou todo, o rosto contorcido com desdém, as sobrancelhas praticamente levitando de ira. Direcionando suas observações para Jordan, ele disse:

— Há três pessoas aqui, Vossa Graça, que insistem em vê-lo. Elas chegaram numa carroça impossível de ser descrita, puxada por um cavalo que nem merecia ser chamado assim, usando trajes que nenhuma pessoa de bem usaria...

— Quem são? — interrompeu Jordan com impaciência.

— O homem alega ser Sir Montague Marsh, e as duas damas que o acompanham são sua cunhada, a Sra. Lawrence, e sua sobrinha, a Srta. Alexandra Lawrence. Eles disseram que vieram coletar uma dívida devida por Vossa Graça.

A palavra "dívida" fez Jordan franzir as sobrancelhas.

— Mande-os entrar — disse ele.

Num lapso pouco característico de seu esnobismo normal, a duquesa-viúva se permitiu lançar um olhar satisfeito ao neto, como quem diz "eu avisei".

— Não só a Srta. Lawrence é gananciosa, como também é atrevida e abusada. Imagine só, vir até aqui e afirmar que você lhe deve algo.

Sem responder à avaliação inegável da avó sobre a situação, Jordan foi até a mesa de carvalho entalhada na extremidade da sala e se sentou.

— Não há motivo para vocês dois presenciarem esta cena. Eu lido com isso.

— Pelo contrário — disse a duquesa-viúva num tom de voz glacial. — Eu e Anthony ficaremos como testemunhas para o caso de essa gente tentar extorqui-lo.

Com os olhos focados nas costas do mordomo, Alexandra seguia a mãe e tio Monty com relutância, seu corpo inteiro tomado pela vergonha, sua tristeza mil vezes maior diante da magnificência de Rosemeade.

Ela esperava que a avó de um duque morasse numa casa grandiosa, mas sua imaginação e experiência jamais poderiam tê-la preparado para a visão daquele lugar gigantesco e intimidador, situado no centro de hectares de jardins e gramados. Até eles chegarem ali, Alexandra se agarrara à visão que tivera do duque naquela noite — alguém amigável e acessível. Rosemeade, no entanto, tirara essa ideia absurda de sua cabeça. O homem vinha de outro mundo. Para ele, a propriedade era uma "pequena casa de campo". Na verdade, era um *palácio*, pensou ela, desolada, enquanto seus pés afundavam no grosso tapete Aubusson. Um palácio que a fazia se sentir ainda menor e mais insignificante do que já se sentia.

O mordomo escancarou uma porta dupla de carvalho entalhada e se afastou para deixar a família entrar numa sala cheia de quadros com molduras ornadas. Reprimindo a vontade de fazer uma mesura para o criado empertigado, Alexandra seguiu em frente, odiando o momento em que teria que confrontar seu novo amigo e ver o desprezo que sabia que encontraria no rosto dele.

E estava certa. O ocupante da mesa cheia de adornos quase não se parecia com o homem risonho e gentil que conhecera dois dias antes. Hoje, ele era um estranho indiferente e frio, que inspecionava sua família como se os três fossem insetos rastejando por seu belo tapete. O duque nem tentou ser educado, levantando-se ou apresentando-os aos outros dois ocupantes da sala. Em vez disso, acenou a cabeça com rispidez para a mãe dela e o tio Monty, indicando que sentassem nas cadeiras diante da mesa.

Quando seu olhar finalmente passou para Alexandra, no entanto, a expressão dura se suavizou, e seus olhos a encararam com afeto, como se ele compreendesse a humilhação que ela sentia. Saindo de trás da mesa, o duque puxou uma cadeira especialmente para ela.

— O hematoma está doendo, pequena? — perguntou ele, analisando a marca arroxeada em sua bochecha.

Absurdamente feliz com a demonstração de cortesia e preocupação, Alexandra fez que não com a cabeça.

— Não é nada, sequer dói — respondeu, aliviada ao ver que a aversão dele por ter sua casa invadida com tanto desrespeito não se estendia a *ela*.

Sem jeito no vestido grande demais da mãe, Alexandra se sentou na beira do assento. Quando tentou chegar educadamente para trás, a saia prendeu na fibrila do veludo da cadeira, e o vestido inteiro se repuxou até a gola alta subir por sua garganta, forçando seu queixo para cima. Presa como um coelho na própria armadilha, ela fitou os olhos acinzentados impenetráveis do duque com um ar desamparado.

— Você está confortável? — perguntou ele, sério.

— Muito, obrigada — mentiu ela, tendo uma certeza mórbida de que o homem percebera seu problema e se esforçava para não rir.

— Talvez se você se levantar e sentar de novo?

— Estou ótima aqui.

O bom humor que ela pensou ver naqueles olhos desapareceu no instante em que ele voltou a se sentar atrás da mesa. Encarando a Sra. Lawrence e, então, tio Monty, o duque disse, direto ao ponto:

— Vocês poderiam ter se poupado da vergonha desta visita desnecessária. Eu pretendia expressar minha gratidão a Alexandra com uma ordem de pagamento de mil libras, que seria entregue na semana que vem.

A cabeça da moça girou diante da menção de tanto dinheiro. Ora, mil libras seriam o suficiente para a casa inteira viver com certo luxo por pelo menos dois anos. Se quisesse, ela poderia ter lenha de sobra, mas é claro que não faria uma coisa dessas...

— Isso não é suficiente — anunciou tio Monty num tom ríspido, e Alexandra virou-se para encará-lo.

A voz do duque ficou glacial.

— E quanto vocês querem? — quis saber ele, seu olhar ferino focado no pobre tio Monty.

— Queremos o que é justo — disse o tio, e limpou a garganta. — Nossa Alexandra salvou sua vida.

— E estou disposto a pagar uma quantia generosa por isso. Agora — continuou ele, e cada palavra era enunciada como uma ferroada —, quanto vocês querem?

Tio Monty se remexeu sob o olhar gélido que o encarava, mas permaneceu firme.

— Nossa Alexandra salvou sua vida, e você, por sua vez, arruinou a dela.

O duque parecia a ponto de explodir.

— Eu fiz o *quê*? — vociferou ele, ameaçador.

— Você levou uma jovem de boa família para uma estalagem pública e dividiu um quarto com ela.

— Eu levei uma criança para uma estalagem pública — rebateu Jordan. — Uma criança inconsciente, que precisava de um médico!

— Ora, veja bem, Hawthorne — disse tio Monty com uma voz surpreendentemente incisiva —, você levou uma *moça* para aquela estalagem. Você a levou para um quarto enquanto metade do vilarejo os observava, e a carregou de volta meia hora depois, quando ela já estava completamente consciente, com as roupas desarrumadas e sem ter chamado o esculápio. Os aldeãos têm um código de conduta, assim como em qualquer outro lugar, e você violou esse código em público. Agora, a situação virou um escândalo enorme.

— Se os cidadãos de bem do fim de mundo onde você mora são capazes de inventar um escândalo só de ver uma criança sendo carregada para dentro de uma hospedaria, então eles precisam lavar a mente com sabão! Agora, chega desses detalhes insignificantes, quero saber o quanto...

— Detalhes insignificantes! — guinchou a Sra. Lawrence, furiosa, se inclinando para a frente e agarrando a borda da mesa com tanta força que os nós dos seus dedos ficaram brancos. — Ora, seu... seu libertino nojento, imoral! Alexandra tem 17 anos, e você a desgraçou. Os pais do noivo dela estavam na sala de jantar quando você a trouxe no colo para casa, e eles já interromperam as negociações para o matrimônio. Você devia ser enforcado! Mas ser enforcado seria um destino bom demais para alguém assim...

O duque pareceu não ouvir o fim do discurso; sua cabeça se virou imediatamente para Alexandra, analisando o rosto dela como se jamais a tivesse visto antes.

— Quantos anos você tem? — questionou ele, como se a palavra da mãe dela não bastasse.

De alguma forma, Alexandra conseguiu fazer a voz passar pela vergonha sufocante que apertava seu peito. Aquilo tudo era pior, bem pior, do que imaginara que seria.

— Dezessete. Vou... vou completar dezoito na semana que vem — disse ela numa voz fraca e pesarosa, corando quando o olhar do duque a analisou da cabeça aos seios pequenos, obviamente incapaz de acreditar que o vestido escondia uma mulher adulta. Sentindo necessidade de se desculpar por seu ilusório corpo infantil, ela acrescentou, desolada: — Meu avô dizia que as mulheres da nossa família desabrocham mais tarde, e eu...

Percebendo que suas palavras eram um absurdo de tão grosseiras, além de irrelevantes, Alexandra parou de falar, corou até o último fio de cabelo e lançou um olhar angustiado para os outros dois ocupantes desconhecidos da sala, esperando ver algum sinal de compreensão ou perdão. Mas não encontrou nada disso. O homem a observava com um misto de choque e diversão. A dama parecia ter sido esculpida em mármore. Seu olhar voltou para o duque, e ela notou que a expressão no rosto dele agora estava transtornada.

— Presumindo que eu tenha cometido tal erro — disse ele para a mãe dela —, o que é que vocês querem de mim?

— Como nenhum homem decente vai querer se casar com Alexandra depois do que aconteceu, esperamos que *você* assuma esse compromisso. Ela vem de uma família irrepreensível, e somos parentes de um conde e de um cavaleiro da ordem real. Você não teria objeção alguma à adequabilidade da minha filha.

Os olhos do duque brilhavam de fúria.

— Não teria objeção... — explodiu ele, mas então engoliu o restante das palavras, firmando a mandíbula com tanta força que um músculo pulsou na lateral de sua bochecha. — E se eu me recusar? — rosnou ele.

— Então irei aos magistrados de Londres para prestar uma queixa. Pode apostar que eu faria isso — revidou a Sra. Lawrence.

— Duvido muito — disse o duque com uma certeza desdenhosa. — Prestar queixa só serviria para anunciar a todo mundo em Londres o escândalo que você parece achar tão prejudicial a Alexandra.

Perdendo a razão diante da calma arrogante daquele homem e da lembrança sobre a forma como o próprio marido se aproveitara dela, a Sra. Lawrence pulou da cadeira, tremendo de raiva.

— Preste bem atenção. Eu vou fazer exatamente o que disse que faria. Se Alexandra não tiver a dignidade necessária para carregar seu nome, ela vai poder comprar dignidade com o seu dinheiro. Cada centavo dele, se depender de mim. De toda forma, não temos nada a perder. Está me entendendo? — disse ela, praticamente berrando. — Não vou deixar que você tire proveito de nós e nos jogue fora como meu marido fez. Você é um monstro, igual a ele. Todos os homens são monstros. Monstros egoístas, repulsivos...

Jordan encarou com frieza a mulher quase enlouquecida parada diante dele, com olhos que exibiam um brilho febril, as mãos fechadas em punhos tão apertados que as veias azuis se destacavam na pele. E percebeu que ela falava sério. A mulher estava tão obviamente tomada de ódio pelo marido que sujeitaria a filha a um escândalo público apenas para se vingar de outro homem: ele.

— Você a beijou — grasnou a Sra. Lawrence numa acusação furiosa. — Você a tocou, ela admitiu...

— Mamãe, pare! — gemeu Alexandra, abraçando a si mesma e dobrando o corpo. Jordan não sabia se era por vergonha ou por mágoa. — Pare, por favor, pare — sussurrou ela, arrasada. — Não faça isso comigo.

O duque olhou para a menina-mulher encolhida e mal conseguiu acreditar que ela era a mesma garota corajosa e risonha que viera ao seu resgate dois dias antes.

— Só Deus sabe o que mais você o deixou fazer...

A palma da mão de Jordan bateu na mesa com uma força que eclodiu por toda a sala forrada com painéis de carvalho.

— Basta! — vociferou ele numa voz cruel. — Sente-se! — ordenou para a Sra. Lawrence, e, quando ela obedeceu, com o corpo todo duro, Jordan se levantou. Dando a volta na mesa, agarrou o braço de Alexandra sem muita gentileza e a puxou para fora da cadeira. — Venha comigo — disse ele brevemente. — Quero conversar com você em particular.

A Sra. Lawrence abriu a boca para reclamar, mas a duquesa-viúva finalmente decidiu se pronunciar, sua voz fria como gelo.

— Silêncio, Sra. Lawrence! Já ouvimos o bastante!

Alexandra quase teve que correr para acompanhá-lo enquanto era puxada para o outro lado da sala de estar, passando pela porta e pelo corredor, até os dois chegarem a uma salinha decorada em tons de lavanda. Lá dentro, ele a soltou, atravessou o cômodo e parou diante das janelas, enfiando as mãos nos bolsos. O silêncio a deixou ainda mais nervosa enquanto o duque encarava o gramado do jardim com uma expressão grave, exibindo um perfil hostil, ameaçador. Ela sabia que ele estava tentando encontrar uma desculpa para evitar o casamento, e também sabia que, debaixo daquela tensa fachada controlada, havia uma raiva terrível, vulcânica — uma raiva que sem dúvida seria direcionada a ela a qualquer instante. Envergonhada até o fundo da alma, Alexandra esperou, impotente, observando enquanto ele erguia uma das mãos e massageava os músculos tensos do pescoço, sua expressão se tornando mais sombria e assustadora a cada segundo.

O duque se virou tão de repente que ela deu um passo para trás.

— Pare de se comportar como um coelho assustado — ralhou ele. — Sou eu quem está preso numa armadilha, não você.

Uma calma extrema se apossou de Alexandra, banindo tudo menos a sua vergonha. Seu pequeno queixo se ergueu, sua coluna se empertigou, e Jordan viu que ela lutava para se controlar — uma luta que conseguiu vencer. Agora, a garota diante dele tinha o ar incongruente de uma rainha orgulhosa e infantil em seus trapos reformados, os olhos brilhando como duas joias.

— Eu não pude falar nada na outra sala — começou ela com apenas um leve tremor na voz —, porque minha mãe jamais permitiria, mas se o senhor não tivesse pedido para conversar em particular comigo, eu pediria.

— Então diga logo o que quer dizer.

O queixo de Alexandra se ergueu ainda mais diante do tom gélido da voz dele. Por algum motivo, ela se permitira a esperança de que o duque não lhe trataria com o mesmo desdém brutal com que tratara sua família.

— A ideia de nos casarmos é ridícula — disse ela.

— Com certeza — rebateu ele, arrogante.

— Somos de dois mundos diferentes.

— Acertou de novo.

— O senhor não quer se casar comigo.

— Na mosca mais uma vez, Srta. Lawrence — anunciou o duque num tom arrastado e ofensivo.

— Eu também não quero me casar com o senhor — rebateu ela, humilhada até o último fio de cabelo por cada palavra indelicada que ouvia.

— Isso é muito sábio da sua parte — concordou ele, cáustico. — Eu seria um péssimo marido.

— Na verdade, não quero ser esposa de ninguém. Quero ser professora, como meu avô, e me sustentar sozinha.

— Que extraordinário — zombou ele. — E eu passei esse tempo todo achando que o sonho de todas era arrumar um marido rico.

— Eu não sou como todas.

— Percebi isso no instante em que a conheci.

Alexandra ouviu o insulto naquela resposta com palavras propositalmente lisonjeiras e quase engasgou de tanta decepção.

— Então estamos resolvidos. Não vamos nos casar.

— Pelo contrário — disse o duque, e cada palavra ressoava com uma fúria amargurada. — Nós não temos escolha, Srta. Lawrence. Sua mãe vai fazer exatamente como ameaçou. Ela vai prestar queixa contra mim no tribunal. Para me punir, vai destruir você.

— Não, não! — disse Alexandra, afobada. — Nada disso vai acontecer. O senhor não conhece minha mãe. Ela é... doente, jamais se recuperou da morte de papai. — Sem perceber, a moça agarrou a manga do imaculado paletó cinza do duque, seus olhos implorando, a voz urgente. — O senhor não pode deixar que o forcem a casar comigo. Vai acabar me odiando para sempre, sei que vai. O vilarejo vai esquecer o escândalo, percebe? Todos vão me perdoar e seguir em frente. A culpa foi minha por ter feito a estupidez de desmaiar e precisar ser levada para a estalagem. Nunca desmaio, mas tinha acabado de matar um homem, e...

— Já chega! — disse Jordan com rispidez, sentindo o laço do matrimônio se apertando em torno do seu pescoço.

Até Alexandra começar a falar, ele estivera buscando enlouquecidamente formas de fugir daquele dilema — até pretendia aceitar as garantias dela de que a mãe blefava. Na verdade, pretendia começar a listar todos os motivos pelos quais a moça detestaria tê-lo como marido — mas não esperara que ela lhe imploraria com tanta abnegação para que ele não se sacrificasse no altar do matrimônio em seu nome. E também conseguira esquecer, temporariamente, que ela matara um homem para salvar sua vida.

Jordan encarou a criança orgulhosa e patética no vestido surrado. Alexandra salvara sua vida enquanto arriscara a própria, e, como recompensa, ele destruíra todas as suas chances de arranjar um marido. Sem um marido para aliviar suas responsabilidades, ela continuaria carregando o peso daquele lar esdrúxulo em seus ombros frágeis por toda a vida. Ele não tivera a intenção, mas efetivamente *acabara* com o futuro da garota.

Impaciente, afastou a mão dela de sua manga.

— Não existe escapatória para nenhum de nós — declarou Jordan. — Vou providenciar uma licença especial, e nos casaremos aqui, dentro de uma semana. Sua mãe e seu tio — disse ele com um desdém cáustico — podem ficar hospedados na estalagem local. Não vou abrigá-los sob meu teto.

O último comentário causou mais vergonha a Alexandra do que qualquer outra coisa que ele dissera naquele dia.

— Vou pagar pela estadia dos dois — disse ele, interpretando errado o motivo por trás do choque no rosto dela.

— A questão não é o dinheiro! — negou a moça.

— Então qual é o problema? — questionou Jordan, impaciente.

— É... — Alexandra virou a cabeça, seu olhar analisando com desespero a formalidade sufocante do cômodo. — É *tudo*! Está tudo errado. Não era assim que eu imaginava me casar. — Em sua ansiedade, ela se apegou à menor de suas preocupações. — Sempre achei que me casaria na igreja do vilarejo, com minha melhor amiga Mary Ellen sendo a madrinha, e todos os...

— Está bem — interrompeu ele. — Convide sua amiga para lhe fazer companhia, se isso a fizer se sentir melhor nos dias antes do casamento. Informe o endereço dela ao mordomo, e enviarei um criado para buscá-la. A gaveta daquela escrivaninha tem material de escrita. Presumo que você saiba escrever?

A cabeça de Alex se virou de supetão, como se tivesse levado um tapa, e, por um breve instante, Jordan teve um vislumbre da mulher orgulhosa e impetuosa que ela se tornaria um dia. Os olhos azuis-esverdeados se encheram de desdém enquanto a garota respondia:

— Sim, milorde, eu sei escrever.

O duque observou a criança insolente que o encarava de nariz empinado e sentiu uma gota de respeito satisfeito por ela ousar fitá-lo daquela maneira.

— Ótimo — rebateu ele, breve.

— ... em três idiomas — acrescentou ela com uma arrogância régia.

Jordan quase sorriu.

Quando ficou sozinha, Alexandra foi até a escrivaninha no canto e se sentou. Então abriu a gaveta, pegou uma folha de papel, uma pena e um tinteiro. Transtornada demais para tentar explicar sua situação, ela apenas escreveu:

Querida Mary Ellen, por favor, acompanhe o homem que lhe entregar esta carta e venha até mim o mais depressa possível. Uma tragédia aconteceu, e estou arrasada! Minha mãe está aqui, assim como tio Monty, então sua mãe não precisa se preocupar com sua segurança. Venha logo, por favor. Terei que deixá-los em breve...

Duas lágrimas surgiram nos olhos de Alex, se pendurando em seus cílios escuros, e, então, escorrendo por suas bochechas. Uma a uma, elas caíram no papel, formando manchas molhadas, até que ela desistiu de lutar e apoiou a cabeça nos braços, os ombros tremendo com seu choro.

— Algo maravilhoso? — sussurrou ela para Deus, rouca. — É isso que Você considera maravilhoso?

Quarenta e cinco minutos mais tarde, Ramsey acompanhou uma versão satisfeita, porém muito contida, da Sra. Lawrence e de Sir Montague até a porta da casa, deixando a duquesa-viúva sozinha com os dois netos. A velha senhora se levantou lentamente, e a tensão nos seus ombros era nítida enquanto se virava para Jordan.

— Você não pode estar cogitando *de verdade* seguir adiante com isso! — anunciou ela.

— Eu pretendo fazer exatamente o que disse que faria.

O rosto da avó empalideceu.

— Por quê? — quis saber ela. — Não espera que eu acredite que você queira se casar com aquele ratinho provinciano.

— Não quero.

— Pelo amor de Deus, então por que vai fazer isso?

— Por pena — respondeu Jordan com uma franqueza brutal. — Estou com pena dela. E, gostando ou não, também sou responsável pelo que acontece com ela. É simples assim.

— Então lhe dê dinheiro!

Recostando-se na poltrona, o duque fechou os olhos, exausto, e enfiou as mãos nos bolsos da calça.

— Dinheiro — repetiu ele num tom amargurado. — Bem que eu queria, mas não posso. A garota me salvou, e eu arruinei todas as suas chances de ter uma vida respeitável. A senhora ouviu o que a mãe disse. Seu noivado já foi desfeito porque ela foi "desvirtuada". Assim que voltar para o vilarejo, vai virar alvo de todo homem malicioso. Não vai ter honradez, marido ou filhos. Daqui a um ou dois anos, será reduzida a se vender na mesma estalagem para a qual a levei.

— Que disparate! — rebateu a duquesa-viúva, resoluta. — Se você lhe der dinheiro, ela poderá se mudar para outro lugar. Talvez possa ir para Londres, onde a fofoca não a seguirá.

— Em Londres, o máximo que ela conseguiria seria virar amante de alguém, e só se conseguir chamar atenção de algum velhaco rico ou de um rapaz tolo o suficiente para sustentá-la. A senhora a viu. Ela não é o tipo de moça que incita pensamentos lascivos num homem.

— Você não precisa ser vulgar — respondeu a avó, rígida.

Jordan abriu os olhos com uma expressão sardônica.

— Francamente, acho mais "vulgar" preferir consignar a jovem a uma vida de prostituição de luxo como recompensa por salvar minha vida, como a *senhora* está sugerindo.

Os dois se encararam de lados opostos da sala, duas personalidades fortes se digladiando em silêncio. A duquesa-viúva acabou por ceder, acenando de forma quase imperceptível com a cabeça que exibia um penteado imaculado.

— Faça como quiser, Hawthorne — disse ela, relutante, cedendo à autoridade do neto como chefe da família. Então, outro pensamento lhe ocorreu, e a velha dama afundou em sua poltrona, seu rosto ficando pálido como a morte, amargurado. — Por setecentos anos, o sangue desta família permaneceu imaculado. Somos descendentes de reis e imperadores. E você quer que aquela qualquer gere o próximo herdeiro. — Cheia de frustração, a duquesa-viúva focou a ira no outro neto. — Não fique parado aí, Anthony, diga algo!

Lorde Anthony Townsende se recostou na poltrona com uma expressão irônica no rosto.

— Pois bem — disse ele num tom amigável, aceitando a decisão de Jordan com um sorriso fatalista —, quando é que vou conhecer minha futura prima? Ou você pretende deixá-la trancada na sala até o casamento?

A duquesa-viúva o fuzilou com o olhar, mas permaneceu em silêncio. Ela estava completamente imóvel, com as costas empertigadas, a cabeça grisalha erguida, mas a decepção da última hora acrescentara uma década ao seu rosto.

Anthony olhou para Jordan e ergueu seu copo num brinde.

— À sua futura felicidade conjugal, Hawk. — E sorriu.

Jordan lhe lançou um olhar irônico, mas, fora isso, suas feições permaneceram totalmente contidas. Anthony não se surpreendeu com a aparente indiferença dele. Como a avó, o primo quase sempre mantinha seus sentimentos sob rígido controle, porém, ao contrário da duquesa-viúva, o fazia sem esforço algum — tanto que Tony e muitos outros com frequência se perguntavam se ele *sentia* qualquer outra emoção forte além de raiva.

Neste caso, Tony tinha razão. Jordan não sentia nada além de uma resignação desgostosa e colérica quanto ao casamento. Enquanto levava o copo aos lábios, pensou naquela reviravolta do destino com um divertimento amargurado. Após anos de esbórnia desenfreada com as mulheres mais experientes, mais sofisticadas — e menos virtuosas — da Inglaterra, a sorte fora perversa ao forçá-lo a se casar com uma criança completamente ingênua. Todos os seus instintos lhe alertavam que a falta de sofisticação de Alexandra não era causada apenas pela inexperiência, mas por uma nobreza crédula de espírito e um coração bom.

Nas mãos dele, ela perderia a inocência física, mas Jordan duvidava de que seria capaz de perder a pureza daqueles olhos arregalados, nem passaria a exibir a sofisticação entediada e a sagacidade zombeteira que eram tão necessárias para a aceitação da alta sociedade quanto ser membro de uma boa família.

Ele se sentia incomodado com o fato de que ela jamais conseguiria se encaixar no seu mundo, na sua vida. Ele se sentia incomodado — mas não muito, porque a verdade era que não pretendia passar muito tempo com Alexandra nos anos futuros, assim como não tinha qualquer intenção de mudar seu estilo de vida. Jordan decidiu que deixaria a nova esposa morando na sua casa em Devon, onde a visitaria.

Suspirando, o duque percebeu que sua amante precisaria ser informada de que não iria acompanhá-lo a Devon na semana que vem, como planejado. Ainda bem que Elise era tão sofisticada quanto linda e sensual; ele não teria que aturá-la dando escândalo quando lhe contasse sobre a viagem e o casamento.

— Bem, quando vamos ser apresentados a ela? — repetiu Anthony.

Esticando a mão para trás, Jordan puxou a corda da campainha.

— Ramsey — disse ele quando o mordomo surgiu na porta —, busque a Srta. Lawrence na sala amarela e a traga aqui.

— Onde estão minha mãe e tio Monty? — perguntou Alexandra num tom levemente desesperado assim que adentrou a sala de estar.

Jordan se levantou e se aproximou.

— Os dois se recolheram à estalagem local, onde vão permanecer na feliz expectativa de nosso matrimônio iminente — respondeu ele com nítida ironia. — Mas você vai ficar aqui.

Antes que Alexandra conseguisse digerir a informação, estava sendo apresentada à duquesa-viúva, que a inspecionou levando um par de óculos *lorgnette* aos olhos.

Mais humilhada do que imaginava ser possível pela análise desdenhosa da velha dama, a moça ergueu o queixo e a encarou.

— Não me olhe desse jeito desrespeitoso e mal-educado — ralhou a duquesa-viúva quando percebeu a expressão no rosto de Alexandra.

— Ah, eu estava sendo mal-educada, senhora? — rebateu ela com uma falsa docilidade. — Peço perdão. Sabe, sei que é falta de educação encarar os outros. Mas sou lamentavelmente ignorante a respeito da etiqueta apropriada quando quem está sendo encarada sou *eu*.

Os óculos da duquesa-viúva escapuliram de seus dedos, e seus olhos se estreitaram.

— Como *ousa* me dar uma lição de moral! Você não é ninguém, não tem linhagem, boa família ou ancestralidade.

— "Certamente é desejável ser de boa linhagem" — citou Alexandra com raiva —, "mas a glória pertence aos nossos ancestrais, não a nós."

Anthony deixou escapar um som engasgado e risonho e logo se interpôs entre a avó enfurecida e a criança imprudente que resolvera entrar numa batalha verbal com ela.

— Platão, não é? — perguntou ele com um sorriso, e estendeu a mão.

Alexandra fez que não com a cabeça, abrindo um sorriso tímido ao perceber que talvez tivesse encontrado um aliado naquele ninho de desconhecidos hostis.

— Plutarco.

— Pelo menos, cheguei perto — disse ele, rindo. — Como Jordan parece ter perdido a fala, permita-me que me apresente. Sou o primo dele, Tony.

Alexandra colocou a mão em sua palma estendida.

— Encantada.

— Faça uma mesura — ordenou a duquesa-viúva num tom gélido.

— Perdão?

— Moças fazem mesuras quando são apresentadas a pessoas de posição social ou idade superior.

Capítulo 6

No pôr do sol do dia seguinte, Alexandra estava parada diante das janelas de seu quarto, olhando para o caminho que levava à casa, quando viu uma imponente carruagem se aproximando com as lamparinas brilhando na escuridão que caía.

— Mary Ellen! — arfou ela, e saiu em disparada do quarto, correndo pelo longo corredor do terceiro andar.

Ramsey abriu a porta assim que Mary Ellen irrompeu da carruagem e se apressou pelos degraus da frente da mansão, o cabelo ruivo comprido voando às suas costas, os braços cheios de pacotes com formatos estranhos, a borda de seu chapéu amassada numa das mãos. Parando de supetão no vestíbulo, a moça fez uma mesura para o mordomo chocado, que ela imaginou ser uma pessoa importante por causa de sua postura esnobe, e perguntou numa voz agoniada:

— Por favor, milorde, onde está Alexandra? Ela ainda está viva? — Como o mordomo continuou a encará-la, Mary Ellen se virou para um lacaio, executou outra mesura e implorou: — O senhor sabe onde está Alexandra? *Por favor*, me diga!

Alexandra desceu com afobação a escada e entrou no vestíbulo, jogando os braços em torno da amiga, envolvendo os pacotes, o chapéu e tudo mais.

— Mary Ellen! — explodiu ela, feliz. — Que bom que você veio...

No silêncio sepulcral característico da imponente casa da duquesa-viúva, o reencontro barulhento era um escândalo e, portanto, não só atraiu mais três criados para o vestíbulo, como também a velha senhora e seu neto mais velho.

Em Morsham, Mary Ellen vinha de uma família de fazendeiros simples e práticos, que não conheciam nem se importavam com modos refinados, comportamento sofisticado ou com a opinião de seus superiores, com quem, de toda forma, nunca tinham contato. Assim, era uma benção o fato de Mary Ellen estar completamente alheia ao julgamento e à subsequente desaprovação dos habitantes de Rosemeade, incluindo o mordomo e os lacaios.

Ela pouco se importava com a opinião deles; seu coração leal só se interessava pela possível encrenca em que Alexandra tinha se metido.

— Ah, Alex! — exclamou ela num tom agitado e desconjuntado. — Achei que você estivesse morrendo! E, então, eu a encontro parecendo quase tão bem como sempre, só um pouco mais pálida que o normal, mas acho que isso deve ser por estar enfurnada nesta casa *deprimente*, com essas pessoas *emburradas*. — Quase sem parar para respirar, ela continuou, ansiosa: — Seu recado parecia tão triste, e mamãe queria vir também, mas não pôde, porque papai está doente de novo. E aquele cocheiro horroroso não quis me contar *nada* sobre o que estava acontecendo, mesmo quando *implorei*. Ele só me olhava com aquele enorme nariz empinado e dizia: "Não cabe a mim saber." Agora, me conte logo, antes que eu exploda de ansiedade! Por que você está "arrasada" e qual foi a "tragédia" sobre a qual escreveu, e... quem são essas pessoas?!

Atrás das duas, a voz da duquesa-viúva as atingiu como um chicote.

— Creio que a Srta. Lawrence esteja "arrasada" porque está prestes a se casar com o dono desta casa "deprimente", que, por acaso, é meu neto.

Boquiaberta, Mary Ellen se virou para Alexandra.

— Ah, não! — gemeu ela, seu olhar horrorizado voltando-se para Ramsey, deduzindo por seu belo terno preto que ele era o dono da casa. — Alex, você não vai se casar com esse homem! Não vou deixar! Alex, ele é *gordo*!

Ao notar a fúria eletrizante que começava a emanar da avó, Jordan limpou a garganta, observando a cena com um misto de irritação e divertimento na porta do outro lado do hall de entrada.

— Alexandra, talvez fosse melhor aliviar sua amiga do peso desses pacotes e, depois, apresentá-la a todos de maneira apropriada.

A moça pulou diante do som inesperado de sua voz grave.

— Sim, é claro — disse ela apressadamente, enquanto Ramsey se aproximava e tirava os pacotes dos braços de Mary Ellen. — O que tem naquele grande? — sussurrou Alexandra enquanto o mordomo se virava e se retirava.

— Remédios feitos de entranhas e mofo — mentiu a amiga, falando alto —, que mamãe preparou para ajudar com sua doença.

Ramsey imediatamente esticou os braços para longe do corpo, e as duas moças seguraram a risada, mas a diversão de Alexandra foi embora tão rápido quanto aparecera. Segurando o cotovelo de Mary Ellen e lhe dando um apertão de aviso, ela virou a amiga para que as duas encarassem Jordan e sua avó. Bastou um olhar para a expressão pétrea da duquesa-viúva para Mary Ellen dar um passo assustado para trás, enquanto Alexandra apresentava os três com nervosismo.

Ignorando o cumprimento gaguejado de Mary Ellen, a velha senhora rosnou uma pergunta para a moça.

— Irlandesa? — questionou ela numa voz terrível.

Mais confusa do que intimidada, Mary Ellen concordou com a cabeça.

— Eu devia ter imaginado — respondeu a duquesa-viúva com amargura. — Imagino que também seja católica?

Mary Ellen concordou com a cabeça de novo.

— Naturalmente.

Depois de lançar um olhar sofrido para Jordan, a velha senhora deu meia-volta e marchou para a sala de estar — uma rainha incapaz de aguentar a presença ofensiva de mortais tão simplórios e repulsivos.

Mary Ellen a observou se afastar com uma expressão perplexa no rosto bonito, mas se virou quando Alex apresentou o homem alto como o Duque de Hawthorne.

Tão chocada que parecia incapaz de proferir uma só palavra para o dono da casa, Mary Ellen fitou Alex com os olhos arregalados.

— Um *duque*? — sussurrou ela, ignorando o dono do título, que esperava por uma mesura.

Alexandra concordou com a cabeça, percebendo que convidar Mary Ellen para aquela casa fora uma completa injustiça com a simples camponesa.

— Um *duque* genuíno, de verdade, em carne e osso? — persistiu a moça num murmúrio, tão intimidada que não conseguia olhar para o rosto dele.

— Em carne e osso — respondeu Jordan num tom arrastado, seco. — Um duque genuíno, de verdade, em carne e osso. Agora que já resolvemos quem eu sou, por que não adivinhamos quem você é?

Corando até a raiz dos flamejantes cabelos ruivos, Mary Ellen fez uma mesura, pigarreou e disse:

— Mary Ellen O'Toole, senhor. Milorde. Vossa Alteza. — Ela fez outra mesura. — Ao seu dispor, senhor. Hum... milor...

— Vossa Graça basta — interrompeu Jordan.

— O quê? — rebateu a moça sem entender, ficando ainda mais corada.

— Eu explico lá em cima — sussurrou Alexandra. Recuperando a compostura, ela lançou um olhar hesitante para Jordan, que continuava parado sob o batente da porta como um deus sombrio e gigante. Impressionante. Assustador. Porém, ainda assim, irresistível. — Se Vossa Graça nos der licença, vou levar Mary Ellen lá para cima.

— Fique à vontade — concedeu Jordan, e ela ficou com a impressão humilhante de que o duque achava as duas tão engraçadas quanto uma dupla de filhotes vira-latas desajeitados brincando num estábulo.

Enquanto as moças passavam diante da sala de estar, a voz da duquesa-viúva ecoou como o relampejar abafado de um trovão.

— Mesura! — ordenou ela.

As duas se viraram e fizeram uma mesura em conjunto para a porta.

— Ela é demente? — perguntou Mary Ellen assim que chegaram à privacidade do quarto de Alexandra. Com os olhos arregalados de medo e indignação, ela olhou ao redor do cômodo luxuoso como se esperasse que a duquesa-viúva se materializasse como uma assombração. — "Irlandesa"? "Católica"? "Mesura"? — imitou a moça.

— Isto aqui é uma casa de loucos — concordou Alexandra, sua risada espontânea desaparecendo quando sua situação complicada voltou a seus pensamentos. — E vou me casar com um deles.

— Mas por quê? — arfou Mary Ellen, seu rosto sincero mostrando apenas nervosismo. — Alex, o que *aconteceu*? Quatro dias atrás, nós estávamos brincando de justa e rindo juntas, então você sumiu, e agora o vilarejo inteiro não fala de outra coisa. Mamãe diz que não devo acreditar nas fofocas antes de conversarmos pessoalmente, mas a esposa do escudeiro disse a Honor, que me disse, que nunca mais devemos falar com você. Se a virmos na rua, devemos atravessar para o outro lado e fingir que não a vimos, porque você é impura.

Alexandra achava que não seria possível se sentir mais sozinha e desolada, mas essa notícia fez seu coração agoniado se apertar em protesto. No fim das contas, todos tinham mesmo acreditado que ela era capaz do pior. As pessoas que conhecia desde que nascera estavam dispostas a excluí-la sem nem ouvir sua versão da história. Apenas Mary Ellen e sua família lhe deram credibilidade suficiente para esperar por uma explicação.

Desabando sobre a colcha dourada, Alexandra ergueu os olhos tristes para sua única amiga.

— Vou lhe contar o que aconteceu...

Por vários longos minutos após o término da história, Mary Ellen só conseguiu encarar a amiga num silêncio impressionado. Porém, aos poucos, seu rosto foi se tornando menos inexpressivo e assumindo um ar mais pensativo, antes de se tornar radiante.

— Alex! — arfou ela, abrindo um sorriso largo enquanto sua mente pensava no homem alto que seria marido de Alexandra. — Não só seu noivo é um duque, como também é lindo! É, sim. Não negue. Notei isso assim que bati os olhos nele lá embaixo, mas estava tão nervosa por você que sequer pensei a respeito.

Muito ciente da fascinação de Mary Ellen pelo sexo oposto, Alexandra disse, um pouco envergonhada:

— A aparência dele... não é de todo desagradável.

— Não é desagradável? — A amiga deu uma risada incrédula e colocou as mãos no quadril, seus olhos ganhando um ar sonhador. — Ora, ele é até mais bonito que Henry Beechley, e Henry é o menino mais bonito que eu conheço. Ora, Henry me deixa sem fôlego!

— Seis meses atrás, você achava que George Larson era o menino mais bonito que você conhecia — argumentou Alexandra, sorrindo. — E era George quem a deixava sem fôlego.

— Só porque eu não tinha olhado *de verdade* para Henry — rebateu Mary Ellen na defensiva.

— E seis meses antes disso, você achava que Jack Sanders era o menino mais lindo do mundo. e era *ele* quem a deixava sem fôlego — continuou Alexandra, erguendo as sobrancelhas num gesto zombeteiro.

— Mas só porque eu não tinha olhado de verdade para o George e o Henry — respondeu Mary Ellen, sinceramente confusa com o divertimento da amiga.

— Eu acho — brincou Alexandra — que sua dificuldade para respirar é resultado de você passar tempo demais sentada, lendo romances. Talvez isso esteja estragando sua vista e transformando todos os rapazes que passam pelo seu caminho em heróis lindos e românticos.

Mary Ellen abriu a boca para protestar veementemente contra essa calúnia sobre seu amor inabalável pelo querido Henry Beechley, mas mudou de ideia e abriu um sorriso travesso.

— Você deve ter mesmo razão — disse ela, seguindo lentamente para o outro lado da cama e se sentando. Com um ar triste, admitiu: — Seu duque é um homem de aparência aceitável.

— Aceitável! — exclamou Alexandra na defensiva. — Ora, os traços dele são nobres e masculinos e... e muito bonitos!

— É mesmo? — perguntou Mary Ellen, segurando a risada e fingindo analisar as unhas curtas. — Você não acha que ele tem o cabelo escuro demais, o rosto bronzeado demais, nem que seus olhos têm uma cor esquisita?

— Eles são cinza! Um tom lindo e diferente de cinza!

Encarando os olhos irados da amiga, Mary Ellen disse com falsa inocência:

— Bem, mas nenhuma de nós chegaria ao ponto de dizer que ele parece um deus grego, não é?

— Deus grego, que tolice — zombou Alexandra. — Eu diria que não.

— Então como *é* que você o descreveria? — perguntou Mary Ellen, direta, sendo incapaz de continuar escondendo seu divertimento diante do nítido fascínio da amiga.

Os ombros de Alexandra se curvaram enquanto ela admitia a verdade.

— Ah, Mary Ellen — arfou ela num sussurro admirado e infeliz —, ele é *exatamente* como Davi de Michelangelo!

A outra moça assentiu com um ar sábio.

— Você está apaixonada pelo duque. Não negue. Está escrito no seu rosto quando você fala dele. Agora, me conte — disse ela com ansiedade, chegando para a frente e analisando a amiga —, como é a sensação... de amar um homem?

— Bem — respondeu Alexandra, se animando com o assunto apesar de preferir manter a sensatez —, é um sentimento muito esquisito, mas também é empolgante. Quando o vejo no hall de entrada, me sinto como quando via a carruagem de papai chegando. Sabe, feliz, mas com medo de estar desarrumada, e triste também, porque acho que ele pode ir embora se eu não for divertida e agradável, e aí vou perdê-lo.

Mary Ellen estava tão empolgada em saber como era estar apaixonada que falou sem pensar:

— Não seja boba. Como ele poderia abandoná-la se vai se casar com você?

— Exatamente do mesmo jeito que meu pai abandonou minha mãe.

Os olhos verdes da moça brilharam de pena, mas ela se animou quase na mesma hora.

— Esqueça esse assunto. Isso é passado, e, além do mais, daqui a quatro dias você vai completar 18 anos e será uma mulher de verdade...

— Eu não me sinto como uma mulher! — disse Alexandra, triste, finalmente colocando em palavras sua maior preocupação desde que conhecera o homem que levara menos de uma hora para roubar seu coração. — Mary Ellen, não sei o que *falar* para ele. Nunca me interessei por garotos, e, agora, quando estou perto dele, não faço ideia do que dizer ou fazer. Ou digo **a** primeira coisa que me vem à cabeça e pareço uma imbecil, ou perco completamente as palavras e fico parada lá, como um bicho do mato. O que **eu** faço? — implorou ela.

Os olhos da amiga brilharam de orgulho. Todo mundo sabia que Alexandra era a intelectual do vilarejo, mas ninguém a considerava uma beldade. Por outro lado, não havia dúvida de que Mary Ellen era a garota mais bonita das redondezas, apesar de ninguém achar que havia um cérebro separando suas orelhas. Na verdade, até seu próprio pai tinha o hábito de chamá-la de "minha linda cabecinha de vento".

— Sobre o que você conversa com os garotos que visitam sua casa? — quis saber Alexandra.

Mary Ellen franziu o cenho, se esforçando ao máximo para usar a mente brilhante que a amiga finalmente admitia que ela tinha.

— Bem — disse a moça devagar —, faz tempo que percebi que os rapazes adoram falar sobre si mesmos e seus interesses. — Ela se animou quando a questão pareceu se resolver sozinha. — Você só precisa fazer a pergunta certa, e eles desandam a falar. Pronto, é simples assim.

Alexandra jogou as mãos para o alto num gesto frustrado de pânico.

— Como *eu* vou saber pelo que ele se interessa? E, além do mais, não estamos falando de um rapaz, mas de um homem de 27 anos.

— É verdade — admitiu Mary Ellen —, mas mamãe sempre diz que os homens, até papai, no fundo, são apenas garotos. Então meu plano vai dar certo. Para começar uma conversa, é só você perguntar sobre algum interesse do duque.

— Mas eu não *sei* sobre o que ele se interessa!

Alexandra suspirou.

Mary Ellen caiu em silêncio, refletindo sobre o problema.

— Já sei! Ele deve se interessar pelos mesmos assuntos masculinos que papai vive comentando. Faça perguntas sobre...

— Sobre o quê? — insistiu Alexandra, se inclinando para a frente com ansiedade quando Mary Ellen pareceu se perder em pensamentos.

De repente, a moça abriu um sorriso radiante e estalou os dedos.

— Sobre insetos! Pergunte sobre as plantações da propriedade dele e se já houve algum problema com insetos! Insetos — acrescentou ela, informativa — são um assunto que domina a mente dos homens que lidam com agricultura!

A dúvida fez com que Alexandra franzisse a testa, pensativa.

— Insetos não parecem um assunto muito agradável.

— Ah, os homens não gostam de falar de coisas agradáveis ou realmente interessantes. Se você tentar mencionar um chapéu lindo que viu numa vitrine, eles murcham. E se ousar mencionar um vestido que pretende costurar um dia, é bem capaz de dormirem no meio da conversa!

Alexandra guardou essas informações vitais, junto com o conselho sobre insetos.

— E nunca, sob qualquer circunstância — alertou Mary Ellen, séria —, discuta seu Sócrates chato nem seu Plutão tedioso com o duque. Homens detestam mulheres inteligentes *demais*. E outra coisa, Alex — continuou ela, se empolgando cada vez mais com o assunto. — Você precisa aprender a flertar.

Alexandra se retraiu, mas sabia que não podia discutir com ela. Garotos de todas as idades viviam atrás de Mary Ellen e faziam fila na sala de estar da família, querendo passar tempo em sua companhia; por isso, os conselhos da amiga com certeza não podiam ser desmerecidos.

— Pois bem — disse ela com relutância —, como eu flerto?

— Para começar, você devia usar seus olhos. Eles são excelentes.

— E faço o que com eles?

— Olhe com confiança nos olhos do duque. E pestaneje, para mostrar como seus cílios são compridos...

Alexandra tentou "pestanejar", mas então se jogou nos travesseiros, rindo.

— Vou parecer uma tola.

— Não para um homem. Eles gostam dessas coisas.

Alex ficou séria e virou a cabeça no travesseiro para observar Mary Ellen, pensativa.

— Você tem certeza?

— Claro que tenho. E outra coisa: homens adoram saber que são admirados. Quero dizer, quando você comenta como são fortes e corajosos e inteligentes, eles ficam felizes, se sentem especiais. Já disse para o duque que o ama?

Silêncio.

— Já?

— Claro que não!

— Devia. E aí, ele também vai dizer que ama você!

— Tem certeza?

— É claro.

Capítulo 7

— Não vou seguir adiante com isto, já chega! — explodiu Alexandra, suas bochechas coradas de irritação.

Ela lançou um olhar aborrecido para a costureira que passara os últimos três dias medindo, alfinetando, suspirando e cortando o arco-íris de tecidos que agora estavam espalhados pelo cômodo, em vários estágios de se tornarem vestidos diurnos, trajes de cavalgada, roupas de passeio e camisolas. A moça se sentia como um manequim empalhado que não tinha direito a sentimentos ou descanso, cujo único propósito era ficar imóvel e ser espetado, alfinetado e cutucado enquanto a duquesa-viúva observava, criticando cada maneirismo e movimento dela.

Alexandra passara os três últimos dias inteiros pedindo para conversar com seu futuro marido, mas o duque estava "ocupado com outros assuntos", ou, pelo menos, era isso que Ramsey, o mordomo inexpressivo, lhe dizia o tempo todo. Ela tivera alguns vislumbres de Jordan na biblioteca, conversando com outros cavalheiros até o fim da tarde. Alexandra e Mary Ellen faziam suas refeições no quarto, enquanto ele parecia preferir a companhia mais interessante da avó. Ela já concluíra que "ocupado com outros assuntos" obviamente significava que o duque não queria ter o aborrecimento de lidar com a noiva.

Depois de três dias assim, Alexandra estava nervosa, irritada e — para seu horror — muito assustada. A mãe e tio Monty estavam fora de alcance. Apesar de os dois supostamente permanecerem hospedados numa estalagem a alguns quilômetros dali, não tinham permissão de visitar Rosemeade. A vida parecia se estender diante dela como uma estrada longa e solitária em que lhe seria negada a companhia de sua família, de Mary Ellen e até dos velhos criados que eram seus amigos desde a infância.

— Isto é uma farsa completa! — exclamou ela para a amiga, batendo o pé num gesto de indignação frustrada e olhando com raiva para a costureira que acabara de prender a bainha do vestido de musselina amarelo-limão que provava.

— Fique quieta, mocinha, e pare de fazer cena — ralhou a duquesa-viúva com frieza, entrando no cômodo.

Nos últimos três dias, a mulher não lhe direcionara qualquer palavra que não fosse uma crítica, uma lição de moral, uma instrução ou uma ordem.

— Cena... — esbravejou Alexandra, sendo dominada por uma raiva quente e gratificante. — Se a senhora acha que estou fazendo cena *agora*, espere só para ouvir o restante do que tenho a dizer. — A duquesa-viúva virou de costas como se pretendesse ir embora, e essa foi a gota-d'água. — Sugiro que espere um instante e me permita terminar de falar.

A mulher se virou então, erguendo as sobrancelhas aristocráticas, aguardando. A arrogância extrema de sua pose deixou Alexandra tão possessa que sua voz tremia.

— Tenha a bondade de informar ao seu neto invisível que o casamento foi cancelado, ou, se ele resolver se materializar, peça que venha falar comigo para que *eu* possa lhe informar por conta própria.

Com medo de se debulhar em lágrimas, ato que só aumentaria o escárnio da velha senhora, Alexandra saiu correndo do quarto, atravessando o corredor e descendo a escadaria.

— O que — perguntou o mordomo ao abrir a porta da frente para ela — devo dizer à Sua Graça caso ele pergunte sobre seu paradeiro?

Fazendo uma pausa na sua fuga impulsiva, Alexandra encarou Ramsey nos olhos e repetiu:

— Diga que estou "ocupada com outros assuntos".

Uma hora depois, enquanto ela zanzava pelo roseiral, sua histeria se transformara numa determinação implacável. Irritada, a moça se inclinou, pegou uma bela rosa e a ergueu até o nariz, inalando seu cheiro, e começou a puxar as pétalas uma por uma, distraída, confusa com seus pensamentos. As pétalas cor-de-rosa caíam ao redor de sua saia, se unindo às vermelhas, brancas e amarelas que ela já despedaçara sem se dar conta.

— Pelo recado que você deixou com Ramsey — disse uma voz grave e tranquila às suas costas —, presumo que esteja insatisfeita com alguma coisa?

Alexandra se virou, surpresa, seu alívio por finalmente vê-lo sendo engolido pelo pânico crescente que ela tentava afastar havia dias, sem sucesso.

— Estou insatisfeita com *tudo*.

O olhar entretido do duque passou para as pétalas ao redor da sua saia.

— Inclusive com as rosas, pelo visto — observou ele, se sentindo um pouco culpado por tê-la ignorado nos últimos dias.

Alexandra seguiu a direção do olhar, corou de vergonha e disse, num misto de angústia e frustração:

— As rosas são lindas, mas...

— ... mas você queria ver como elas ficavam sem pétalas?

Percebendo que estava entrando numa discussão sobre flores quando sua vida inteira estava um caos, Alexandra se empertigou e disse com uma firmeza tranquila e determinada:

— Não vou me casar com Vossa Graça.

Ele enfiou as mãos nos bolsos e a fitou com certa curiosidade.

— É mesmo? Por que não?

Tentando pensar na melhor forma de se explicar, Alexandra passou uma mão trêmula pelos cachos escuros, e Jordan ergueu o olhar, observando a graciosidade inconsciente do gesto — analisando-a de verdade pela primeira vez. A luz do sol brilhava em seu cabelo, deixando-o dourado, transformando seus magníficos olhos num azul-turquesa luminoso. O amarelo do vestido ficava bonito em sua pele lisa e o rubor cor de pêssego que irradiava de suas bochechas.

— Poderia fazer o favor — disse Alexandra numa voz sofrida — de parar de me olhar desse jeito peculiar e avaliador, como se estivesse tentando dissecar meus traços e descobrir todos os meus defeitos?

— Eu estava fazendo isso? — perguntou Jordan, distraído, notando, pela primeira vez, as maçãs do rosto proeminentes e a abundância macia dos lábios dela.

Conforme olhava para aquele rosto fascinante e delicado, com as sobrancelhas arqueadas e os cílios longos e escuros, ele não conseguia entender como fora capaz de confundi-la com um menino.

— O senhor está brincando de Pigmaleão com a minha vida, e não gosto nada disso.

— Estou fazendo o quê? — perguntou Jordan, abruptamente tirando o foco daquele rosto encantador.

— Na mitologia, Pigmaleão era...

— Eu conheço o mito, só me surpreende que uma mulher tenha tanto conhecimento dos clássicos.

— O senhor deve ter uma experiência muito limitada com integrantes do meu sexo — rebateu Alexandra, surpresa. — Meu avô dizia que a maioria das mulheres é tão inteligente quanto os homens.

Ela percebeu o súbito brilho risonho nos olhos do duque e presumiu, erroneamente, que ele via graça na sua avaliação sobre a inteligência do sexo feminino, não na observação sobre a inexperiência dele com as mulheres.

— Por favor, pare de me tratar como se eu não tivesse cérebro! Todos em sua casa fazem isso. Até os criados são esnobes e me tratam de um jeito esquisito.

— Vou instruir o mordomo a colocar algodão nas orelhas e fingir surdez — brincou Jordan — e pedirei para os lacaios usarem vendas. Isso a deixará mais à vontade?

— Faça o favor de me levar a sério!

O duque se recompôs imediatamente diante daquele tom imperioso.

— Vou me casar com você — disse ele com frieza. — Isso já é sério o suficiente.

Agora que Alexandra tinha decidido que não seguiria adiante com o casamento e lhe informara sobre isso, a tristeza aguda de sua resolução diminuiu um pouco diante da descoberta de que não se sentia mais intimidada nem desconfortável com o duque.

— O senhor sabia — disse ela com um sorriso cativante, inclinando a cabeça para o lado — que seu rosto fica *irritadíssimo* sempre que pronuncia a palavra "casar"? — Quando não recebeu uma resposta, Alexandra tocou uma das mangas dele, como se os dois fossem amigos, e encarou aqueles olhos acinzentados insondáveis, vendo o cinismo que espreitava nas suas profundezas. — Não quero me intrometer, mas Vossa Graça é feliz com a vida? Com a sua vida, quero dizer.

Ele pareceu irritado com a pergunta, mas respondeu:

— Não muito.

— Está vendo! Nunca daríamos certo. O senhor é desiludido com a vida, mas eu, não. — A serena felicidade interior e a coragem imbatível que Jordan sentira nela na noite em que se conheceram infundiam a voz da moça agora, enquanto ela erguia o rosto para o céu azul, irradiando otimismo, inocência e esperança. — Eu amo a vida, mesmo quando coisas ruins acontecem comigo. Não consigo deixar de amá-la.

Hipnotizado, Jordan a encarava parada diante das rosas vibrantes e das colinas verdes ao longe — uma donzela pagã conversando com os céus numa voz doce e suave.

— Cada estação do ano surge com a promessa de que algo maravilhoso vai acontecer comigo algum dia. Tenho essa sensação desde que meu avô faleceu. É como se ele estivesse me dizendo para ter paciência. No inverno, a promessa vem com o aroma de neve no ar. No verão, eu a escuto nas trovoadas e nos raios que rasgam o céu em clarões azuis. Mas, acima de tudo, eu a sinto agora, na primavera, quando tudo está verde e preto...

A voz dela silenciou, e Jordan repetiu, inexpressivo:

— Preto?

— Sim, preto. Sabe, como os troncos de árvore quando estão molhados, e os campos, recém-arados, que cheiram como...

Alexandra inalou, tentando lembrar o aroma específico.

— Terra — sugeriu Jordan, nada romântico.

A moça afastou os olhos do céu e o fitou.

— O senhor acha que sou boba — suspirou ela. Empertigando a coluna e ignorando a pontada aguda de desejo que sentia por ele, continuou com uma dignidade calma: — Não podemos nos casar.

As sobrancelhas escuras de Jordan se uniram sobre seus olhos acinzentados incrédulos.

— Você chegou a essa conclusão só porque não acho que terra cheira a perfume?

— O senhor não entendeu uma palavra do que eu disse — rebateu Alexandra num tom desesperado. — A questão é que, se nos casarmos, o senhor vai acabar me deixando infeliz, eu vou revidar fazendo a mesma coisa, e, daqui a alguns anos, nós dois estaremos tão amargurados quanto a sua avó. Não ouse rir de mim — alertou ela quando os lábios do duque se curvaram.

Jordan segurou seu braço e a guiou pelo caminho de lajotas que separava os canteiros das rosas e levava a um arvoredo florido.

— Você se esqueceu de levar em consideração um fato fundamental: no instante em que entramos naquela estalagem, sua vida mudou. Mesmo que sua mãe estivesse blefando sobre nos expor num julgamento público, sua reputação já foi destruída. — Parando na entrada do arvoredo, o duque se apoiou no tronco de um carvalho e disse numa voz impessoal, desinteressada: — Infelizmente, você não tem outra opção além de me dar a honra de se tornar minha esposa.

Alexandra riu, distraída pela formalidade polida e constante dele, mesmo quando ela veementemente recusava sua proposta de casamento.

— Casar-se com uma garota comum de Morsham não seria "honra" alguma para um duque — lembrou ela com uma sinceridade alegre e direta —, e, apesar do que disse sem nem pestanejar da última vez em que nos vimos, o senhor não está "ao meu dispor". Por que fala essas coisas para mim?

Jordan sorriu diante da alegria contagiante dela.

— Por hábito — admitiu.

Alexandra inclinou a cabeça para o lado, uma moça encantadora e impetuosa que tinha coragem de confrontá-lo.

— O senhor nunca diz o que sente *de verdade*?

— Raramente.

Alex concordou com a cabeça, com um ar sábio.

— Pelo visto, falar o que se pensa é um privilégio daqueles que fazem parte do que sua avó chama de "classes inferiores". Por que o senhor sempre parece estar prestes a rir de mim?

— Por algum motivo incompreensível — respondeu o duque num tom entretido —, gosto de você.

— Que bom, mas isso não é suficiente para se casar com alguém — insistiu Alexandra, voltando para sua preocupação original. — Existem outras coisas mais essenciais, como...

Sua voz se dispersou num silêncio horrorizado. *Como amor*, pensou ela. O amor era a única coisa essencial.

— Como o quê?

Incapaz de pronunciar a palavra, Alexandra afastou o olhar imediatamente e deu de ombros.

Amor, completou Jordan em silêncio, dando um suspiro resignado e desejando voltar à sua reunião interrompida com o administrador de terras da avó. Ele se esquecera de que até meninas inocentes e protegidas esperavam um pouco de devoção dos futuros maridos. Determinado a não se prestar ao papel de tolo apaixonado e tentar persuadi-la com palavras carinhosas e mentirosas, o duque resolveu que um beijo seria a forma mais rápida, eficaz e conveniente de cumprir seu dever, aplacar os temores da noiva e retornar logo para sua reunião.

Nervosa, Alexandra deu um pulo quando a mão dele subitamente se ergueu e tocou sua bochecha, forçando-a a desviar o olhar envergonhado da entrada do arvoredo.

— Olhe para mim — disse Jordan numa voz baixa, aveludada e incomum que fez ondas de animação apreensiva subirem pelas costas dela.

Alexandra se forçou a encarar o rosto bronzeado do futuro marido. Apesar de ninguém jamais ter tentado seduzi-la ou beijá-la antes, bastou apenas um olhar para a expressão letárgica naqueles olhos semicerrados para que a moça *soubesse* que havia algo no ar. Ficando desconfiada na mesma hora, ela perguntou, direta:

— No que está pensando?

Os dedos do duque se espalharam sensualmente por sua bochecha, e ele sorriu — um sorriso lento e preguiçoso que fez o coração de Alexandra ir parar na garganta.

— Estou pensando em beijá-la.

A imaginação entusiasmada da moça logo tomou conta enquanto ela se lembrava dos romances que lera. Ao serem beijadas pelos homens que amavam em segredo, as heroínas sempre desmaiavam, abandonavam a virtude ou faziam juras de amor eterno. Com medo de reagir com tamanha tolice, Alexandra balançou a cabeça, negando enfaticamente.

— Não, sério — murmurou ela. — Eu... eu não acho que deveria. Não agora. É muito gentil da sua parte oferecer, mas não agora. Talvez num outro momento, quando eu...

Ignorando os protestos e lutando para esconder seu divertimento, Jordan segurou o queixo dela e ergueu seu rosto para um beijo.

Os olhos dele se fecharam. Os de Alexandra se arregalaram. O duque baixou a cabeça. Ela se preparou para ser dominada pelo desejo. Ele encostou os lábios de leve nos seus. E só.

Jordan abriu os olhos para avaliar a reação da noiva. Aquele *não* era o entusiasmo ingênuo que ele esperava encontrar. Os olhos de Alexandra estavam arregalados de choque e — sim — *decepção!*

Aliviada por não ter feito papel de boba como as heroínas dos romances, ela franziu o pequeno nariz.

— É *assim* que é beijar alguém? — perguntou ao aristocrata cujos beijos ardentes supostamente faziam donzelas amaldiçoarem a própria virgindade e mulheres casadas esquecerem seus votos.

Jordan ficou imóvel por um instante; ele a analisou com os olhos acinzentados semicerrados e especulativos. De repente, Alexandra viu um brilho empolgante e assustador naquelas írises prateadas.

— Não — murmurou o duque —, tem mais.

E a puxou para tão perto que os seios dela quase tocaram seu peito.

A consciência dele, que Jordan presumira ter morrido havia séculos, escolheu aquele momento inoportuno para se pronunciar após anos de silêncio. *Você está seduzindo uma criança, Hawthorne!*, alertou ela com uma indignação ácida. Jordan hesitou, mais por causa da surpresa diante da manifestação inesperada daquela voz interior havia muito esquecida do que por sentir-se culpado. *Você está propositalmente seduzindo uma criança ingênua para que ela lhe obedeça, só porque não quer perder tempo se explicando.*

— No que o senhor está pensando agora? — perguntou Alexandra, desconfiada.

Várias mentiras lhe ocorreram, mas, lembrando que ela zombara de seus chavões educados, ele resolveu responder com a verdade.

— Que estou cometendo o ato imperdoável de seduzir uma criança.

Alexandra, mais aliviada do que decepcionada por não ter sido afetada pelo beijo, sentiu uma risada subir pela garganta.

— Por me seduzir? — repetiu ela com uma gargalhada alegre, e balançou a cabeça, bagunçando o cabelo cacheado de um jeito bonito. — Ah, não, pode ficar tranquilo quanto a isso. Acho que devo ser mais forte do que a maioria das mulheres que desmaiam depois de um beijo e abandonam sua virtude. Eu — concluiu ela com sinceridade — não me senti nem um pouco abalada por seu beijo. Não que tenha achado horroroso, não foi isso, lhe garanto — acrescentou, caridosa. — Foi bastante... agradável.

— Obrigado — disse Jordan, sério. — É muito gentil de sua parte.

Ele se virou, prendendo a mão dela com firmeza na curva do braço, e a guiou para dentro do arvoredo.

— Aonde vamos? — perguntou Alexandra, falante.

— Para fora da vista da casa — respondeu ele sob os galhos de uma macieira cheia de flores. — Beijinhos castos são admissíveis entre noivos no roseiral; beijos mais ardentes precisam de lugares mais discretos, como o arvoredo.

Alexandra, que se deixou enganar pelo tom pragmático daquele discurso, não percebeu de imediato a importância daquelas palavras.

— É inacreditável! — disse ela, rindo para o duque. — A aristocracia tem regras para tudo. Existem livros que explicam todas elas? — Mas, antes que ele pudesse responder, ela arfou. — Bei-beijos mais ardentes? Por quê?

Jordan olhou para a entrada do arvoredo para se certificar de que estavam fora de vista e, então, focou toda a força sedutora de seus olhos acinzentados e de seu sorriso preguiçoso na garota parada diante de si.

— É a minha vaidade — brincou ele, falando baixinho. — Fiquei ofendido com a ideia de que quase a fiz cair no sono enquanto a beijava. Agora, vamos ver se consigo acordá-la.

Pela segunda vez em questão de minutos, a consciência antes adormecida de Jordan ficou indignada. Ela esbravejava: *Seu desgraçado, o que pensa que está fazendo?*

Porém, desta vez, o duque não hesitou nem por um segundo. Ele sabia *exatamente* o que estava fazendo.

— Pois bem — continuou, abrindo um sorriso encorajador para aqueles enormes olhos azuis-esverdeados enquanto seus atos acompanhavam suas palavras —, um beijo é algo a ser compartilhado. Vou colocar minhas mãos em seus braços e puxá-la mais para perto.

Confusa por um beijo causar tanto alvoroço, Alexandra fitou os dedos compridos e fortes que aprisionavam seus antebraços com um toque gentil, passando então para a bela camisa branca dele antes de finalmente erguer a cabeça e, encabulada, encontrar seus olhos.

— Onde eu coloco as mãos?

Jordan reprimiu uma risada junto com a resposta sugestiva que automaticamente surgiu em sua mente.

— Onde quer colocá-las? — perguntou ele, por fim.

— No bolso? — sugeriu Alexandra, esperançosa.

Jordan, que agora sentia mais vontade de rir do que de seduzir alguém, permaneceu determinado a seguir em frente.

— O que eu quis dizer — explicou num tom suave — é que não tem problema nenhum se você me tocar.

Eu não quero, pensou ela, nervosa.

Mas vai querer, prometeu ele, sorrindo por dentro, corretamente interpretando a expressão impaciente no rosto da noiva. Inclinando o queixo dela para cima, Jordan fitou aqueles olhos grandes e luminosos, sentindo um carinho crescer dentro de si — uma sensação que lhe era tão desconhecida antes de encontrar aquela menina-mulher imaculada, imprevisível, ingênua, quanto a voz da sua consciência. A sensação que tinha era que fitava os olhos de um anjo, e ele tocou a bochecha macia dela com uma reverência inconsciente.

— Você sabe — murmurou baixinho — o quanto é encantadora, o quanto é rara?

Aquelas palavras, junto com o toque na sua bochecha e o timbre profundo e irresistível da voz dele, tiveram o impacto sedutor que Alexandra temera do beijo. Ela sentia como se estivesse começando a derreter e flutuar por dentro. Era impossível afastar o olhar daqueles olhos acinzentados hipnotizantes; ela nem queria tentar. Sem se dar conta do que fazia, a moça ergueu os dedos trêmulos para o maxilar rígido do duque, imitando o toque dele em sua bochecha.

— Eu acho — sussurrou ela, desejosa — você lindo.

— Alexandra...

O nome murmurado continha uma ternura intensa que ela nunca ouvira na voz do noivo antes, fazendo-a ansiar por confessar tudo que guardava em seu coração. Sem entender o efeito estimulante de seus dedos carinhosos e de seus sinceros olhos turquesa, Alexandra continuou com o mesmo tom desejoso:

— Tão lindo quanto o Davi de Michelangelo...

— Pare... — sussurrou ele, tomado pelo desejo, e seus lábios tomaram os dela num beijo completamente diferente do primeiro.

A boca de Jordan inclinou-se para a dela com uma delicadeza determinada, enquanto uma das mãos segurava sua nuca, os dedos acariciando a pele sensível, e a outra envolvia sua cintura, puxando-a para mais perto. Perdida num mar de sensações enquanto os lábios dele provavam e provocavam os dela, Alexandra subiu as mãos pelo peito duro e enroscou os braços em torno do pescoço do noivo, segurando-o para manter o equilíbrio, sem se dar conta de que seus corpos se moldavam um ao outro. Assim que isso aconteceu, o sedutor se tornou o seduzido: o desejo explodiu dentro de Jordan, e a garota em seus braços se tornou uma mulher instigante. Sem perceber o que fazia, o duque intensificou o beijo, sua boca se movendo com uma insistência ávida e persuasiva, enquanto Alexandra se agarrava ainda mais a ele, entremeando os dedos entre o cabelo ondulado acima da gola da camisa dele, seu corpo inteiro sendo atravessado por ondas de puro prazer. Jordan a beijou devagar e por um bom tempo, mas, então, tocou os lábios trêmulos dela com a língua, encorajando-os a se abrir, insistente, e, quando conseguiu o queria, invadiu sua boca, preenchendo-a. As mãos dele passaram das costas de Alexandra para sua barriga, subindo na direção dos seios.

Por medo ou por desejo, ela gemeu baixinho, e o som atravessou a excitação do duque, aplacando sua ânsia e o trazendo de volta para a realidade com relutância.

Jordan baixou as mãos para a cintura estreita da moça e ergueu a cabeça, encarando aquele rosto tão jovem e inebriante, incapaz de acreditar na inesperada paixão que ela despertou nele.

Zonza de amor e desejo, Alexandra sentiu o coração do noivo batendo forte sob a palma de sua mão. Depois de encarar a boca firme e sensual que explorara a sua com delicadeza e, depois, com tamanha voracidade, ela fitou aqueles olhos acinzentados ardentes.

E entendeu.

Algo maravilhoso tinha acontecido. Aquele homem magnífico, belo, complicado e sofisticado era seu presente prometido pelo destino. Ele era seu para amar.

Corajosamente ignorando as lembranças dolorosas de como fora tratada pelo pai — um homem igualmente complicado, belo e sofisticado —, Alexandra aceitou o presente com toda a humilde gratidão de seu coração entusiasmado. Sem perceber que Jordan voltara à sanidade e que a expressão em seus olhos passara de desejo para irritação, ela o encarou com olhos brilhantes. E tranquila, sem empolgação ou vergonha, murmurou:

— Eu te amo.

Ele esperava por algo assim desde o momento em que a noiva erguera a cabeça para olhá-lo nos olhos.

— Obrigado — disse, tentando dispensar a frase como um elogio normal, em vez de uma declaração que não queria ouvir.

Por dentro, Jordan balançou a cabeça diante do romantismo incrível e encantador da moça. Como era ingênua. Ele reconhecia aquele sentimento como desejo. Nada mais. O amor não existia — as pessoas só sentiam níveis variados de desejo, e mulheres românticas e homens tolos chamavam isso de "amor". Ele sabia que devia colocar um fim na paixonite dela agora mesmo, explicando que não retribuía seus sentimentos e que, acima de tudo, não queria tal afeição. Era isso que *pretendia* fazer. No entanto, sua consciência, que de repente resolvera ser um incômodo depois de décadas de silêncio, não permitiria que ele a magoasse. Até Jordan, insensível, cínico e impaciente com aquelas bobagens, não era insensível nem cínico o suficiente para magoar de propósito uma criança que lhe encarava com a adoração de um cachorrinho.

A moça tanto lhe lembrava de um cachorrinho que ele reagiu no automático e, esticando a mão, bagunçou seu cabelo espesso e sedoso. Com uma gravidade sorridente, disse:

— Você vai me deixar mal-acostumado com tantos elogios. — E, então, olhou de volta para a casa, impaciente para voltar ao trabalho. — Preciso terminar de conferir as finanças da minha avó esta tarde e à noite — explicou ele, abrupto. — Até amanhã cedo.

Alexandra concordou com a cabeça e o observou sair do arvoredo. Pela manhã, ela seria sua esposa. Jordan não reagira como o esperado depois de sua declaração de amor, mas não importava. Pelo menos, não por enquanto. Por enquanto, estava satisfeita com o amor que transbordava de seu coração.

— Alex? — Mary Ellen entrou correndo no arvoredo, seu rosto radiante de curiosidade. — Eu fiquei olhando da janela. Vocês demoraram tanto tempo aqui. Ele a beijou?

Alexandra desabou sobre um banco de ferro branco sob uma ameixeira e riu da expressão ávida da amiga.

— Sim.

Mary Ellen sentou ao seu lado, animada.

— E você se declarou?

— Sim.

— O que ele fez? — perguntou a amiga, alegre. — O que disse?

Alexandra abriu um sorriso pesaroso.

— Ele disse "obrigado".

A LUZ DO FOGO dançava alegre na lareira, banindo o frio da noite de primavera e lançando sombras que pulavam e se balançavam nas paredes como fadas num festival de outono. Apoiada numa pilha de travesseiros na cama enorme, Alexandra observava o espetáculo com uma expressão pensativa. Amanhã seria o dia do seu casamento.

Dobrando os joelhos, ela abraçou as pernas, encarando o fogo. Apesar da descoberta emocionante de que estava apaixonada pelo futuro marido, ela não era boba o suficiente para achar que o compreendia, nem tola o bastante para acreditar que sabia como fazê-lo feliz. Havia apenas duas certezas: queria fazê-lo feliz e, de alguma forma, descobriria como fazê-lo.

O peso maravilhoso dessa responsabilidade pesava sobre seus ombros, e Alexandra desejou ter mais noção de quais seriam seus deveres como esposa de um aristocrata.

Seu conhecimento sobre matrimônios era limitado e pouco útil. O próprio pai fora um desconhecido charmoso, elegante e ansiosamente esperado que, quando se dignava a fazer uma visita, era recebido com adoração pela esposa e pela filha.

Apoiando a cabeça nos joelhos, Alexandra lembrou com uma pontada de dor como ela e a mãe o paparicavam o tempo todo, prestando atenção em cada vírgula do que ele dizia, seguindo-o por onde fosse, tão desejosas por agradá-lo como se o homem fosse um deus venerado pelas duas. Ela se encheu de vergonha ao pensar no quanto deviam parecer entediantes, interioranas e ingênuas. Como ele devia rir de tanta adoração!

Com brava determinação, Alexandra voltou os pensamentos para o próprio casamento. O duque com certeza não gostaria de ser tratado pela esposa com a deferência extrema que Felicia dedicara ao marido. Sua Graça parecia gostar de ouvir a opinião dela, mesmo quando seus comentários eram ultrajantes. Às vezes, ele gargalhava das coisas que ouvia. Mas como os dois passariam os próximos quarenta anos juntos?

Os únicos casamentos que Alexandra testemunhara eram de pessoas humildes, nos quais a esposa cozinhava, limpava e costurava para o marido. A ideia de fazer essas coisas para Jordan a encheu de um anseio silencioso, ao mesmo tempo em que sabia que aquilo era pura tolice sentimental. A casa estava cheia de criados que antecipavam as necessidades dos patrões e garantiam que qualquer desejo fosse cumprido quase antes de serem anunciados.

Com um suspiro, Alexandra aceitou o fato de que o Duque de Hawthorne não precisaria receber os mesmos cuidados que as esposas do campo reservavam aos maridos. Mesmo assim, ela acabou visualizando uma **imagem** maravilhosa de si mesma, sentada numa cadeira diante da lareira junto a ele, seus dedos habilmente dando pontos numa daquelas camisas brancas como a neve. Melancólica, imaginou o olhar de gratidão e prazer no belo rosto másculo do noivo enquanto ele a observava costurar a blusa. Como ficaria grato...

Uma risada abafada escapou de sua boca quando Alexandra pensou em sua total falta de habilidade com agulhas. Se ela não furasse o dedo e manchasse a camisa de sangue, com certeza acabaria costurando uma das mangas ou fazendo algo igualmente desastroso. A imagem da felicidade matrimonial aconchegante desapareceu, e sua expressão se tornou determinada.

Todos os seus instintos diziam que o duque era um homem extremamente complexo, e Alexandra odiou sua inexperiência infantil. Por outro lado, ela não era imbecil, apesar do fato de o noivo parecer vê-la como uma criança divertida. Quando necessário, era capaz de invocar uma boa dose de bom senso e praticidade. Não fora ela quem conseguira manter sua casa de pé desde os 14 anos de idade?

Agora, tinha um novo desafio pela frente. Seria preciso aprender a se comportar como a esposa do Duque de Hawthorne. Nos últimos dias, a avó dele já fizera centenas de críticas sobre seus modos e maneirismos, e, apesar de Alex ter se rebelado contra o que parecia uma ênfase excessiva em questões superficiais de conduta e convenção, ela secretamente planejava aprender tudo o que fosse necessário. Não pretendia envergonhar o marido.

Meu marido, pensou enquanto se aconchegava nos travesseiros. Aquele aristocrata alto, lindo e elegante seria seu marido...

Capítulo 8

Jogado numa poltrona de encosto alto na manhã seguinte, Anthony analisava o primo com um misto de admiração e descrença.

— Hawk — riu ele —, juro por Deus, as pessoas têm razão. Você *realmente* não tem sentimentos. Hoje é o dia do seu casamento, e *eu* estou mais nervoso que você.

Parcialmente vestido com uma camisa branca frisada, calça preta e um colete com bordados prateados, Jordan conduzia uma reunião de última hora com o administrador de terras da avó enquanto andava de um lado para o outro do quarto, lendo um relatório sobre algum de seus investimentos. Seu pobre camareiro o seguia de perto, alisando um amassado minúsculo na camisa ajustada à perfeição e limpando poeiras microscópicas na sua calça.

— Pare quieto, Jordan — disse Tony, rindo de pena do camareiro. — O coitado do Mathison vai cair duro de cansaço daqui a pouco.

— Hum?

Jordan parou para lançar um olhar inquisitivo para o primo, e o camareiro aproveitou a oportunidade, pegou um paletó extremamente elegante e o ergueu, de forma que o patrão teve pouca escolha além de passar os braços pelas mangas.

— Como consegue estar tão indiferente ao próprio casamento? Você *sabe* que vai se casar daqui a quinze minutos, não sabe?

Dispensando o administrador de terras com um aceno de cabeça, Jordan deixou o relatório de lado, finalmente terminou de passar pelos ombros o paletó que Mathison continuava segurando e virou para o espelho, passando uma das mãos na mandíbula para verificar se a barba recém-feita estava mesmo rente.

— Não estou encarando isto como um casamento — respondeu ele, seco.

— Mas como a adoção de uma criança. — Anthony sorriu diante da piada, e Jordan continuou, mais sério: — Minha esposa não vai me fazer exigências, e o casamento não vai mudar nada. Depois de parar em Londres para ver Elise, vou levar Alexandra para Portsmouth. Navegaremos pela costa para ver como o novo navio que projetamos se sai, e, então, vou deixá-la em Devon. Ela vai gostar de lá. A casa não é tão grande a ponto de atordoá-la. E é claro que irei visitá-la de tempos em tempos.

— É claro — repetiu Anthony com ironia.

Sem se dar ao trabalho de responder, Jordan pegou o relatório que estava lendo e voltou a analisá-lo.

— Sua bela bailarina não vai gostar nada disso, Hawk — observou Tony depois de alguns minutos.

— Ela será razoável — disse Jordan, distraído.

— Pois bem! — exclamou a duquesa-viúva, nervosa, entrando no quarto num elegante vestido de cetim marrom, enfeitado com rendas creme. — Você realmente pretende seguir adiante com essa farsa de casamento. Pretende exibir aquela moçoila campesina para a alta sociedade como se fosse uma dama educada e de boa família.

— Pelo contrário — respondeu Jordan num tom despreocupado. — Pretendo acomodá-la em Devon e deixar essa parte para a *senhora*. Mas não há pressa. Acho que um ou dois anos bastam para ensiná-la tudo de que precisa saber para ocupar seu lugar como minha duquesa.

— Eu não conseguiria realizar uma proeza dessas nem em uma *década* — rugiu a avó.

Até então, ele tolerara as reclamações dela sem se irritar, mas aquela observação pareceu ser a gota-d'água, e a voz de Jordan assumiu o tom cortante que intimidava tanto criados quanto damas da alta sociedade.

— Qual seria a dificuldade em ensinar uma garota inteligente a se comportar como uma cabeça-oca insossa e fútil?!

A senhora indomável manteve sua dignidade pétrea, mas analisou os traços determinados do neto com uma expressão quase surpresa.

— É isso que você acha das mulheres do seu nível? Que somos insossas e fúteis?

— Não — respondeu Jordan, impaciente. — É isso que acho das mulheres quando têm a idade de Alexandra. Depois, a maioria se torna bem menos interessante.

Como sua mãe, pensou a velha senhora.

Como minha mãe, pensou ele.

— Nem todas as mulheres são assim.

— Não — concordou Jordan sem convicção nem interesse. — É provável que não.

ALEXANDRA E DUAS CRIADAS levaram três horas para arrumá-la e vesti-la para suas bodas. A cerimônia durou menos de dez minutos.

Uma hora depois, envergonhada enquanto segurava uma taça de cristal cheia de champanhe dourado e borbulhante, ela estava parada com o marido no meio de um imenso salão azul e ornado de ouro, esperando Jordan terminar de servir a bebida para si mesmo.

O casamento tivera um nítido ar de irrealidade, de tensão, apesar de ela tentar ao máximo ignorar o clima. A mãe e tio Monty tinham comparecido e mal foram tolerados pelo duque e sua avó, apesar de tio Monty ter se comportado muito bem e se esforçado ao máximo para ser discreto ao observar o traseiro de todas as mulheres do ambiente, inclusive da duquesa-viúva. Lorde Anthony Townsende e Mary Ellen também estavam presentes, mas, agora, todos seguiam para casa.

Cercada pela sufocante elegância do salão dourado e usando o vestido de noiva fabuloso da mãe de Jordan, feito de cetim marfim e bordado com pérolas, Alex se sentia mais intrusa do que nunca em Rosemeade. A sensação de que era uma invasora, entrando num mundo em que era tão indesejada quanto seus parentes, quase a asfixiava.

Era estranho que se sentisse tão insegura e nervosa logo agora, pensou Alexandra, quando usava um vestido mais esplêndido do que seria capaz de imaginar e estava mais bonita do que achava ser possível. Craddock, a camareira da duquesa-viúva, supervisionara pessoalmente a arrumação da noiva naquela manhã. Sob seus cuidados severos, os cachos rebeldes da moça foram escovados até brilharem, depois presos no topo da cabeça e mantidos no lugar por um par de belos pentes de pérola que combinavam com seus brincos. Alexandra observara seu reflexo no espelho de corpo inteiro do quarto e ficara discretamente maravilhada. Até Craddock a encarara e anunciara que ela "até que estava muito bem". Mas Jordan não fizera qualquer comentário sobre sua aparência. Ele lhe dera um sorriso encorajador quando tio Monty a deixara no altar, e isso fora o suficiente para que Alexandra aguentasse a hora que se passara desde a cerimônia. Agora, no entanto, os dois estavam sozinhos como marido e mulher pela primeira vez, e o único som que se ouvia eram os criados carregando suas malas pesadas pela escadaria e para a carruagem na qual seguiriam para a lua de mel.

Sem saber o que fazer com o champanhe, Alexandra escolheu o caminho mais fácil — tomou um gole e colocou a taça sobre uma intrincada mesa dourada.

Quando se virou, Jordan a analisava como se a visse pela primeira vez. Ele passara a manhã inteira sem tecer qualquer comentário sobre sua aparência, mas, agora, enquanto seu olhar ia do cabelo brilhante para a barra do vestido de cetim resplandecente, Alexandra sentiu que finalmente chegara o momento em que ouviria um elogio, e esperou ansiosa.

— Você é mais alta do que eu pensava.

A observação inesperada, junto com uma expressão facial de sincera perplexidade, despertou nela uma risada surpresa.

— Acho que só devo ter crescido alguns centímetros desde a semana passada.

O duque abriu um sorriso distraído diante do sarcasmo da esposa e continuou, pensativo:

— No começo, eu achei que você fosse um menino franzino.

— Mas não sou um menino — brincou Alexandra, determinada a injetar alegria no relacionamento dos dois sempre que fosse possível.

Apesar de sua intenção de tratá-la de forma impessoal depois do beijo de ontem, Jordan não era imune àquele sorriso radiante, cativante. Sua alegria parecia afastar até a melancolia palpável da cerimônia do casamento.

— Você não é um menino — concordou ele, sorrindo também. — E nem é uma garotinha. Por outro lado, também não é uma mulher.

— Parece que estou numa idade problemática, não é? — concordou Alexandra, seus olhos brilhando com uma leve zombaria por aquela obsessão com sua idade.

— Evidente que sim — riu o duque. — Como descreveria uma moça que ainda não completou 18 anos?

— Mas já completei 18 anos — disse ela, séria. — Hoje é meu aniversário.

— Eu não fazia ideia — respondeu Jordan, sinceramente arrependido. — Vou comprar um presente para você durante a viagem. Do que garotas da sua idade gostam?

— De não serem lembradas o tempo todo de nossa juventude extrema — disse Alexandra num tom despreocupado, mas lhe lançando um olhar de aviso.

A risada aguda de Jordan ecoou pelo salão.

— Meu Deus, você tem uma língua afiada. Isso é difícil de encontrar em alguém tão jov... tão bonita — corrigiu-se ele. — Peço desculpas mais uma vez. Por fazer piada com sua idade *e* por me esquecer de comprar um presente.

— Temo que, gostando ou não, o *senhor* tenha sido meu presente de aniversário.

— Que jeito curioso de encarar a situação — brincou ele.

Alexandra olhou para o relógio; faltavam menos de trinta minutos para a hora em que Jordan queria partir para o navio.

— É melhor eu subir e me trocar.

— Aonde foi minha avó? — perguntou ele enquanto a esposa se afastava.

— Creio que tenha ido para a cama, tomada pelo sofrimento por seu casamento infeliz — disse Alexandra numa péssima tentativa de humor. Mais séria, ela acrescentou: — Será que ela vai ficar bem?

— Seria necessário bem mais que nosso casamento para minha avó desabar num sofá, pedindo sais de cheiro — disse Jordan num tom que parecia expressar carinho e admiração. — Ela seria capaz de enfrentar o próprio Napoleão e sair vitoriosa. Quando acabasse com ele, o homem estaria beijando seus pés e pedindo desculpas por sua falta de educação ao declarar guerra contra nós. Um detalhe como meu "casamento infeliz" não vai destruí-la, pode acreditar. E, agora que você carrega meu nome, ela vai esfolar vivo qualquer um que ousar depreciá-la.

MEIA HORA DEPOIS, vestida no traje de viagem cor de cereja que as costureiras fizeram para ela, Alexandra subiu na carruagem preta brilhante com o brasão ducal de Jordan estampado em prata na porta, se acomodando no luxuoso assento revestido de veludo cinza. O cocheiro retirou a escada e fechou a porta, e, quase sem dar a impressão de movimento, a carruagem com ótima suspensão deslizou pelo longo caminho que se afastava da casa, puxada por quatro cavalos baios empinados, escoltada por seis cavaleiros uniformizados.

Alexandra olhou ao redor, admirando as maçanetas pesadas de prata nas portas e as lamparinas de cristal. Deleitando-se com o conforto inesperado do veículo espaçoso, ela se esforçou para acreditar que tinha mesmo se casado, que estava saindo em lua de mel. Do outro lado, Jordan esticou as pernas, cruzando-as na altura dos tornozelos, e encarou a janela, caindo num silêncio confortável.

Ele trocara de roupa para a viagem, e Alex admirou em silêncio sua calça marrom-clara justa e as botas marrons lustradas que enfatizavam suas pernas compridas e musculosas. A blusa creme estava aberta na gola, dando um vislumbre da garganta bronzeada, e o paletó cor de café destacava seus ombros fortes. A moça rezou em silêncio para que, um dia, o marido gostasse de olhar para ela tanto quanto ela gostava de olhar para ele e, então, decidiu que os dois poderiam conversar.

— O vestido de noiva da sua mãe era muito bonito — tentou ela, baixinho. — Fiquei com medo de estragá-lo, mas deu tudo certo.

O duque a fitou.

— Não precisava ter se preocupado — disse ele, seco. — Tenho certeza de que você é muito mais digna daquele símbolo de castidade do que minha mãe era quando o usou.

— Ah — respondeu Alexandra, ciente de que tinha acabado de receber um elogio, apesar de o contexto tornar um "obrigada" extremamente inapropriado.

Quando Jordan não tentou prolongar a conversa, ela sentiu que o marido refletia sobre algum problema, então permitiu que o silêncio continuasse, se contentando em observar a paisagem exuberante que passava pelas janelas.

Às três da tarde, a carruagem finalmente parou para o almoço numa estalagem grande e barulhenta, com trepadeiras cobrindo a fachada de tijolos e uma bela cerca branca ao redor de um pátio enorme.

Um dos cavaleiros obviamente fora enviado na frente, pois o dono do estabelecimento e a esposa vieram cumprimentá-los e os acompanharam pelos salões, levando-os para uma aconchegante sala de jantar particular, onde uma refeição suntuosa já estava posta em travessas cobertas.

— Você estava com fome — observou Jordan depois, quando Alexandra baixou o garfo e a faca, soltando um suspiro aliviado.

— Faminta — disse ela. — Meu estômago ainda não se acostumou com os horários de Rosemeade. Às dez, na hora da ceia, em geral já estou na cama.

— Vamos parar para dormir às oito, então você não vai precisar esperar tanto pela próxima refeição — informou o duque, educado.

Quando ele pareceu se demorar bebendo o vinho, Alexandra perguntou:

— O senhor se importa se eu esperar lá fora? Queria andar um pouco antes de voltarmos para a carruagem.

— Está bem. Irei buscá-la daqui a pouco.

Alexandra passeou pelo quintal, aproveitando a luz do sol sob o olhar constante e atento do cocheiro de Jordan. Outras duas carruagens pararam na estalagem, ambas bonitas e brilhantes, mas não tão magníficas quanto o veículo maravilhoso de seu marido, com o brasão prateado e os arreios brilhantes nos cavalos. Os cavalariços apareceram para tratar dos animais, e, por alguns instantes, ela apenas ficou observando, saboreando tudo que via.

Os cavalos de Jordan estavam sendo selados quando Alexandra notou um menino agachado perto de um canto da cerca, aparentemente conversando com o chão. Curiosa, ela se aproximou, sorrindo quando viu que ele falava com uma ninhada de cachorrinhos saltitantes, de pelo comprido.

— Como são fofos! — exclamou ela.

A cabeça e as pernas dianteiras dos filhotes eram brancas; a parte traseira, marrom.

— Quer comprar um? — perguntou o menino, animado. — A senhora pode ficar com o melhor de todos por um bom preço. Eles são de raça.

— De qual raça? — quis saber Alexandra, rindo encantada quando a menor das bolinhas de pelo branco e marrom se distanciou dos irmãos e veio até ela, fincando os dentinhos na barra de sua saia, puxando-a para brincar.

— Belos pastores ingleses — anunciou o menino enquanto a moça se agachava para soltar o cachorrinho do vestido. — São muito espertos, sabe?

No momento em que tocou o pelo espesso e macio, Alexandra caiu de amores. Ela tivera um collie muitos anos atrás, mas, após a morte do pai, a família não tinha comida suficiente para desperdiçar com um animal que não trazia qualquer vantagem financeira, e o cachorro fora doado para o irmão de Mary Ellen.

Pegando o filhotinho no colo, ela o ergueu na altura dos olhos enquanto as perninhas se balançavam no ar e uma linguinha rosa lambia sua mão, feliz. Alexandra ainda segurava o cão, discutindo seus méritos com o dono entusiasmado, quando Jordan parou às suas costas e anunciou:

— Hora de ir embora.

A moça nem cogitou pedir ao novo marido para ficar com o cãozinho, mas o apelo inconsciente estava presente naqueles olhos grandes e no sorriso suave que abriu para ele.

— Eu tive um collie muito tempo atrás.

— É mesmo? — perguntou o duque, indiferente.

Alexandra concordou com a cabeça, botou o filhote no chão, fez carinho em sua cabeça e sorriu para o menino.

— Boa sorte em achar donos para todos eles — despediu-se.

Ela não tinha dado nem três passos quando sentiu um puxão na parte de trás da saia. Quando virou, o filhotinho que pegara no colo soltou o tecido e se sentou, botando a língua cor-de-rosa para fora, sua expressão comicamente reverente.

— Ela gosta de mim — explicou Alexandra, desamparada, rindo.

Inclinando-se para baixo, ela virou o filhote de volta para os irmãos e lhe deu um tapinha na bunda, incentivando-o a voltar para o menino. Teimoso, o cachorrinho se recusou a ir. Sem outra opção, Alexandra abriu um sorriso pesaroso e carinhoso para a bolinha de pelo e virou de costas, permitindo que Jordan a guiasse de volta à carruagem.

Depois de parar para dar instruções ao cocheiro, ele subiu e sentou ao lado da esposa. Alguns minutos depois, a comitiva partia.

— Este trecho da estrada é bem menos liso do que era ao norte — observou Alexandra uma hora depois, um pouco nervosa enquanto o veículo dava um solavanco forte, se inclinava para a esquerda, depois se endireitava e seguia em frente.

Acomodado diante da esposa com os braços cruzados e as pernas esticadas, imperturbável, Jordan disse:

— Não é.

— Então por que a carruagem está sacudindo e balançando tanto? — perguntou ela alguns minutos depois, quando aconteceu de novo.

Antes que Jordan pudesse responder, Alexandra ouviu o cocheiro gritar "Eia!" para os cavalos e parar na beira da estrada.

Ela espiou pela janela e fitou a floresta que ladeava a estrada. Um instante depois, a porta foi aberta, e o rosto nervoso e pesaroso do cocheiro surgiu.

— Vossa Graça — disse o homem com pesar —, não consigo guiar os cavalos e tomar conta daquela coisa ao mesmo tempo. Quase caímos dentro de uma vala lá atrás.

A "coisa", que ele segurava sob o braço direito, era uma bolinha de pelo marrom e branco que não parava de se mexer.

Jordan suspirou e concordou com a cabeça.

— Pois bem, Grimm, deixe o animal aqui. Não, leve-o para dar um passeio antes.

— Eu levo — ofereceu-se Alexandra, e Jordan saiu da carruagem também, acompanhando a esposa até uma pequena clareira na floresta, ao lado da estrada. Ela se virou e ergueu os olhos brilhantes para os cinzentos do marido, que exibiam um ar bem-humorado. — O senhor deve ser o homem mais bondoso do mundo.

— Feliz aniversário — disse ele com um suspiro resignado.

— Muito obrigada — respondeu Alexandra, seu coração se enchendo de gratidão, já que era óbvio que o marido não gostava muito do presente que ela quisera tanto. — A cachorrinha não vai dar trabalho nenhum, garanto.

Jordan lançou um olhar de dúvida para o cão, que agora farejava cada centímetro de chão ao seu alcance, o rabinho balançando de empolgação. De repente, pegou um graveto e começou a atacá-lo.

— O menino me disse que ela é muito esperta.

— Vira-latas costumam ser.

— Ah, mas ela não é vira-lata — disse Alexandra, se inclinando para pegar algumas flores cor-de-rosa que cresciam aos seus pés. — É uma pastora inglesa.

— O quê?! — exclamou Jordan, abobado.

— Uma pastora inglesa — explicou ela, pensando que a surpresa do marido era consequência de sua ignorância sobre a raça. — Eles são muito inteligentes e não crescem tanto. — Como ele a continuou encarando como se ela tivesse enlouquecido, Alexandra acrescentou: — Aquele menino bonzinho me contou todos os detalhes.

— Aquele menino bonzinho e *honesto*? — perguntou o duque com ironia. — O mesmo que lhe disse que o cão é de raça?

— Sim, é claro — respondeu Alexandra, inclinando a cabeça para o lado, achando o tom de voz do marido curioso. — Ele mesmo.

— Então vamos esperar que ele também tenha mentido sobre o pedigree.

— Ele mentiu para mim?

— Sem pestanejar — declarou Jordan, fazendo cara feia. — Se aquele animal *for* um pastor inglês, vai parecer um pônei gordo quando crescer, com patas do tamanho de um pires. Vamos torcer para o pai ter sido um terrier minúsculo.

O duque parecia tão revoltado que Alexandra se virou rápido para esconder um sorriso e se ajoelhou no chão para pegar o filhote.

A saia de seu traje de viagem cereja criou um círculo colorido chamativo contra o tapete de grama verde enquanto ela se abaixava para pegar o cachorrinho agitado, segurando as flores que colhera na mão livre. Jordan olhou para a menina-mulher com quem se casara, observando a brisa bagunçar seu cabelo, soprando os cachos castanhos em sua bochecha lisa e clara enquanto ela permanecia ajoelhada na clareira, segurando o cão e as flores. Um raio de sol atravessava as árvores lá em cima, cercando-a num halo de luz.

— Você parece um quadro de Gainsborough — murmurou ele.

Hipnotizada pelo som rouco da voz do marido e pela intensidade estranha, quase reverente, de seus olhos acinzentados, Alexandra se levantou devagar.

— Eu não sou muito bonita.

— Não é? — A voz dele era bem-humorada.

— Até queria ser, mas acho que vou acabar tendo uma aparência muito comum.

Um sorriso lento e relutante surgiu naqueles lábios sensuais, e o duque balançou a cabeça.

— Não há nada "comum" em você, Alexandra — respondeu ele.

De repente, a decisão de Jordan de manter distância até que ela fosse um pouco mais velha e capaz de participar do jogo da sedução segundo as regras dele foi deixada de lado por uma necessidade urgente de sentir aquela boca macia sob a sua. Só mais uma vez.

Enquanto ele se aproximava devagar, determinado, o coração de Alexandra começou a martelar no peito, na expectativa do beijo que parecia estar prestes a receber. Ela já entendia o que estava por vir quando os olhos do marido se tornavam sedutores e sua voz, baixa e rouca.

Aninhando o rosto dela entre as mãos, Jordan entremeou os dedos entre aqueles cachos escuros. As bochechas de Alexandra pareciam feitas de cetim, o cabelo era seda amassada contra seu tato enquanto ele erguia a cabeça dela. Com infinita delicadeza, ele tomou os lábios da esposa, dizendo a si mesmo que era completamente louco por estar fazendo aquilo, mas ignorando o aviso quando os lábios dela relaxaram e reagiram ao seu toque. Com a intenção de intensificar o beijo, o duque fez menção de abraçá-la, mas o cachorrinho em seu colo soltou um latido agudo e indignado em protesto, e ele se afastou de forma abrupta.

Alexandra ainda tentava reprimir sua decepção com o beijo interrompido quando subiu na carruagem.

Por outro lado, Jordan estava extremamente aliviado pelo fato de um beijo não ter levado a outro, coisa que certamente provocaria uma nova declaração de amor da garota romântica com quem se casara. Ele desconfiava que um simples "obrigado" não bastaria como resposta desta vez, e não queria puni-la com seu silêncio nem magoá-la com um sermão. Seria necessário esperar um ou dois anos antes de levá-la para a cama, decidiu com firmeza — esperar até que ela fosse apresentada à sociedade e tivesse expectativas mais realistas sobre aquele casamento.

Tomada a decisão, ainda mais reforçada pela experiência na floresta, o humor do duque melhorou bastante.

— Já decidiu o nome? — perguntou ele quando a carruagem voltou a andar num ritmo tranquilo.

Jordan encarava o cachorrinho, que estava entretido farejando o chão, feliz em explorar o novo ambiente.

Alexandra fitou a bolinha de pelo com afeto.

— Que tal Docinho?

Ele revirou os olhos com indignação masculina.

— Margarida?

— Você só pode estar brincando.

— Petúnia?

Os olhos do duque tinham um brilho de risada.

— Ele vai passar vergonha com os outros cachorros.

Alexandra o encarou, inexpressiva.

— O menino me disse que era fêmea.

— Ele com certeza não é.

Sem querer acreditar que fora passada para trás por uma criança, Alexandra quis pegar o filhotinho no colo e ver por si mesma, mas não teve coragem.

— Tem certeza?

— Tenho.

— Não! — exclamou ela quando o cachorrinho fincou os dentinhos na barra da sua saia e começou a puxar.

A única resposta dele foi puxar com mais força.

— Basta! — ordenou o duque numa voz baixa e ressonante.

Sentindo a voz da autoridade na mesma hora, o cachorro soltou o vestido, balançou o rabo e logo se enroscou aos pés de Jordan, apoiando a cabeça numa das botas marrons polidas. Essa demonstração de afeição indesejada recebeu um olhar ducal de tamanho desgosto que Alexandra começou a rir, sem conseguir se controlar.

— Não gosta de animais, milorde? — perguntou ela, reprimindo um novo ataque de risos.

— Não dos destreinados e indisciplinados — respondeu o duque, mas nem ele conseguia resistir à alegria contagiante da risada musical dela.

— Vou chamá-lo de Henrique — decretou Alexandra de repente.

— Por quê?

— Porque, se ele virar um monstro enorme e peludo, vai ficar parecido com Henrique VIII.

— É verdade — disse Jordan com uma risada, seu humor melhorando a cada segundo na companhia alegre da esposa.

Os dois passaram o restante da jornada conversando sobre tudo e nada. Alexandra descobriu, para sua felicidade, que o novo marido era um leitor inveterado, inteligente e extremamente dedicado à administração de suas muitas propriedades, assim como uma série de investimentos financeiros que estavam além da compreensão dela. A partir disso, concluiu que aquele era um homem que não hesitava nem tinha dificuldade em assumir responsabilidades. Na verdade, estava começando a venerá-lo como um herói.

Por sua parte, Jordan confirmou o que já adivinhara sobre Alexandra — ela era sensível, inteligente e espirituosa. Também descobriu que a nova esposa era ainda mais ingênua sobre o ato sexual do que ele imaginara ser possível A prova disso veio mais tarde, depois que terminaram um jantar muito agradável na estalagem onde passariam a noite. Quanto mais Jordan enrolava para tomar seu vinho do Porto, mais nervosa e preocupada Alexandra parecia ficar. Finalmente, ela deu um pulo para fora da cadeira e começou a alisar o vestido amassado, depois virou de costas e ficou analisando uma mesinha de carvalho totalmente comum.

— É um trabalho excelente, não acha?

— Não muito.

Num tom quase desesperado, Alexandra continuou:

— Quando vejo um móvel, sempre me pergunto sobre o homem que o construiu. Sabe, se ele era baixo ou alto, mal-humorado ou simpático... coisas assim.

— É mesmo? — perguntou Jordan, desinteressado.

— Sim, é claro. O senhor não faz isso?

— Não.

Ainda de costas, ela disse, cheia de dedos:

— Acho que vou levar Henrique para dar uma volta.

— Alexandra.

Seu nome, dito num tom calmo e direto a fez parar de se afastar, e ela virou para o marido.

— Sim?

— Não precisa ficar nessa agonia aterrorizada. Não pretendo dormir com você hoje.

A moça, cuja única preocupação era a necessidade de usar a latrina da estalagem, o encarou com um ar surpreso e despreocupado.

— Isso nem passou pela minha cabeça. Por que dividiríamos o quarto se a estalagem é enorme e o senhor tem condições de alugar uma acomodação para cada um?

Desta vez, foi Jordan quem ficou chocado.

— Perdão? — murmurou ele, incapaz de acreditar no que ouvira.

— Não estou dizendo que o senhor *não possa* dividir o quarto comigo — corrigiu-se ela, cordial —, mas nem imagino *por que* iria querer fazer uma coisa dessas. Sarah, nossa antiga governanta, sempre dizia que eu me remexo como um peixe fora d'água à noite, e tenho certeza de que eu o incomodaria. Posso subir agora?

Por um instante, Jordan apenas a encarou, sua taça de vinho esquecida a caminho da boca, mas, então, balançou a cabeça como se tentasse clarear os pensamentos.

— É claro — disse ele numa voz estranha, engasgada. — Fique à vontade.

Capítulo 9

Jordan pediu ao cocheiro que parasse na próxima clareira ao lado da estrada, e Alexandra suspirou de alívio. Eles estavam viajando num ritmo acelerado desde o almoço, e ela queria caminhar um pouco e alongar o corpo. Seu marido, por outro lado, parecia completamente confortável e relaxado dentro da carruagem — talvez, decidiu ela, porque as roupas dele fossem bem mais adequadas que as dela.

Usando uma calça amarelo-clara, botas marrons lustradas e uma túnica de mangas largas, aberta no pescoço, Jordan vestia trajes mais adequados para uma longa viagem de carruagem do que a esposa. Em contraste, ela usava três anáguas por baixo da saia amarela larga, além de uma camisa de seda branca sob a peliça amarela apertada e decorada com uma trança azul-marinho. Um cachecol listrado de amarelo, branco e azul estava amarrado em seu pescoço, as mãos foram envoltas por luvas amarelas, e um alegre chapéu de palha com fitas de seda amarela e cor-de-rosa estava acomodado sobre seus cachos castanhos e amarrado sob uma orelha. A moça se sentia abafada, confinada e muito ressentida pelo fato de que damas sofisticadas precisavam se vestir de forma tão tola, enquanto os *cavalheiros* sofisticados, como o marido, podiam usar o que desejassem.

Assim que a carruagem parou num espaço aberto ao lado da estrada e a escada foi posicionada, Alexandra pegou Henrique no colo e esbarrou em Jordan na sua pressa para escapar. Em vez de seguir na frente dela, como normalmente faria, o marido lhe lançou um olhar compreensivo e relaxou no assento. Depois de esperar um tempo razoável para que ela cuidasse de suas necessidades pessoais, motivo que presumiu estar por trás de tanta afobação, Jordan desceu da carruagem e atravessou os arbustos na beira da estrada, seguindo para uma pequena clareira bonita.

— Não é uma sensação maravilhosa, Henrique?

Alexandra estava parada no meio da clareira, se alongando, as mãos entrelaçadas acima da cabeça, com o cachorrinho sentado aos seus pés. Pela segunda vez, Jordan desejou que um artista a pintasse numa tela. Em suas vestes amarelas alegres, cercada por colinas verdejantes cobertas com flores amarelas e brancas, Alexandra era a imagem da juventude e elegância e energia reprimida — uma ninfa feliz na floresta, vestida de acordo com a última moda.

O duque sorriu diante da tendência poética dos seus pensamentos e entrou na clareira.

— Ah, é o senhor! — disse ela, baixando os braços na mesma hora, mas parecendo aliviada.

— Quem mais você esperava?

Tentando adiar o retorno à carruagem, Alexandra se agachou e quebrou um galho longo e fino de uma muda morta.

— Ninguém, mas, quando se viaja com dois cocheiros, dois mensageiros e seis cavaleiros, é difícil saber quem vai aparecer. Que exército! — brincou ela, rindo, e então, num piscar de olhos, executou uma saudação com o galho, passando-o por uma espada, e o impulsionou na direção do peito de Jordan.

— *En garde!* — disse num tom brincalhão, apontando o sabre de madeira para o chão, apoiando uma das mãos sobre ele e cruzando um tornozelo diante da perna oposta, vistosa, parecendo um espadachim extremamente bonito e jovem.

O movimento de impulso com a "espada" fora executado com uma técnica tão impecável que Jordan achou difícil acreditar que ela estava apenas imitando algo que vira. Por outro lado, também seria estranho se a esposa tivesse algum conhecimento real ou habilidade de esgrima.

— Você pratica esgrima? — perguntou ele, as sobrancelhas escuras franzidas em descrença.

Alexandra concordou lentamente com a cabeça, seu sorriso aumentando.

— Quer lutar?

Jordan hesitou, ciente de que o dia estava escurecendo, mas o fascínio venceu o bom senso. E estava cansado de ficar enfurnado naquela carruagem.

— Talvez eu considere a ideia — respondeu ele, provocando-a de propósito. — Você é boa o suficiente?

— Só há um jeito de descobrir.

Aceitando o desafio com um brilho bem-humorado no olhar, Jordan se virou e procurou um galho adequado. Quando finalmente encontrou um com largura e comprimento certos, Alexandra já tinha removido o chapéu e a peliça. Cativado, ele a observou desamarrar o cachecol do pescoço, tirá-lo e desabotoar o topo da blusa de seda. Ao ouvi-lo se aproximar, ela se virou num redemoinho de saias amarelas, gloriosamente corada, seus olhos de água-marinha cintilando de ansiedade.

— Eu queria poder tirar as anáguas e as sapatilhas — anunciou a moça. Ao falar, ela ergueu a saia, expondo as panturrilhas esbeltas e surpreendentemente atraentes para Jordan, ao mesmo tempo em que mexia um pé delicado e analisava com ar aborrecido as irritantes sapatilhas amarelas. — Acho que vou acabar estragando minhas meias se tirar os sapatos. Não acha?

Alexandra o encarou em busca de conselho, mas a mente de Jordan estava focada na graciosidade de sua pose, além de ter outra percepção menos bem--vinda: desejo. De repente, ele sentiu um anseio ardente pulsando dentro de si — inesperado, inoportuno, mas inegável.

— Milorde?

Seu olhar encontrou o dela.

— Por que está me encarando tão ferozmente?

Com esforço, Jordan se obrigou a pensar no dilema da esposa, mas, ao mesmo tempo, aceitou que ela acabaria em sua cama antes do fim da viagem.

— Se está preocupada com as meias, tire-as também — disse ele, e, então, balançou a cabeça mentalmente diante da ingenuidade de Alexandra, que virou de costas e removeu as peças, permitindo que o marido tivesse vislumbres das panturrilhas e dos tornozelos lisos e desnudos.

Feito isso, ela pegou a espada improvisada e a levou para a testa, num cumprimento formal garboso. Jordan retribuiu o gesto, apesar de sua mente estar focada no brilho hipnotizante daqueles olhos azuis-esverdeados e no belo rubor rosado das bochechas macias.

Alexandra marcou dois pontos antes de ele finalmente conseguir se concentrar na brincadeira, e, mesmo assim, ela se mostrou uma oponente digna. O que lhe faltava de força era compensado com movimentos rápidos e passadas inteligentes. Mas, no fim, foram essas mesmas passadas que acabaram causando a derrota da moça. Ela o fizera recuar até o meio da clareira, avançando rápido, mantendo sua posição, nunca voltando atrás a menos que ele a forçasse. Com apenas um ponto para decidir a vitória, Alexandra de repente viu uma abertura e o golpeou. Infelizmente, ao se impulsionar para a frente, acabou pisando na barra do vestido, perdendo o equilíbrio e caindo em cima de Jordan.

— Você perdeu — riu ele enquanto a segurava.

— Sim, mas a culpa foi da minha saia comprida, não da sua habilidade com uma espada — rebateu ela, rindo. Libertando-se dos braços do marido, Alexandra deu um passo para trás, seu peito subindo e descendo conforme tentava recuperar o fôlego. Porém, o rubor em suas bochechas fora causado mais pelo toque dele do que por cansaço. — O senhor devia ter defendido meus golpes no começo — lembrou ela. — Afinal de contas, é duas vezes mais forte que eu.

— É verdade — admitiu Jordan, sorrindo sem se arrepender —, mas eu não tirei vantagem da minha força. Além do mais, minha idade é bem mais avançada que a sua.

Com uma risada, ela fincou as mãos no quadril esbelto.

— Vossa Graça é praticamente um idoso. Daqui a um ou dois anos, não vai nem mais conseguir sair de casa, passando o tempo todo sentado com um xale nas costas e Henrique deitado aos seus pés.

— E onde você vai estar? — perguntou ele com uma solenidade zombeteira, suas mãos coçando para puxá-la para si.

Alexandra deu um passo para trás, sorrindo.

— No berçário, brincando com minhas bonecas, como cabe a alguém com minha tenra idade.

Jordan soltou uma gargalhada, tentando imaginar o que os membros da alta sociedade diriam se o vissem sendo tratado com tamanho desrespeito por uma garota interiorana de 18 anos.

— Onde mais eu estaria — continuou ela — se não no berçário?

No meu colo, pensou ele. *Ou na minha cama.*

A risada desapareceu do rosto de Alexandra, e ela pressionou as mãos contra as bochechas, olhando para algo atrás do marido.

— Céus!

Jordan virou na mesma hora para ver a causa de seu constrangimento e se deparou com seis cavaleiros, dois cocheiros e dois postilhões parados um do lado do outro, cujas expressões desconcertadas deixavam claro que tinham testemunhado a sessão de esgrima e a conversa entre o duque e sua duquesa.

A mandíbula de Jordan se retesou, seu olhar gélido e inabalável se focando em cada um, sendo mais eficaz para dispersar o grupo do que qualquer palavra seria.

— Muito impressionante — brincou Alexandra, se inclinando para baixo e recolhendo seus trajes descartados. — Esse seu olhar — explicou ela, procurando por Sir Henrique. — O senhor só precisa dos olhos para derrotar seus inimigos. Não há necessidade de uma espada. Esse é um talento natural com que os aristocratas nascem, ou é uma habilidade que se aprende mais tarde, de acordo com sua posição social? — Alexandra encontrou o cão farejando um arbusto e o pegou no colo. — Sua avó também faz isso. Morro de medo dela. Pode segurar isto para mim? — Antes de Jordan se dar conta do que estava acontecendo, sua esposa jogou o chapéu, a peliça e o cachorrinho peludo em seus braços. — Pode se virar, por favor, enquanto coloco as meias?

Obediente, Jordan seguiu as orientações, mas, em sua mente, visualizou o choque coletivo e cômico da alta sociedade se visse Jordan Townsende —décimo segundo Duque de Hawthorne, dono da fortuna e das terras mais magníficas da Europa — parado numa clareira enquanto segurava um monte de roupas descartadas e um cachorrinho indesejado que estava determinado a lamber seu rosto.

— Quem lhe ensinou esgrima? — perguntou ele no caminho de volta para a carruagem.

— Meu pai. Costumávamos passar horas treinando durante suas visitas. Quando ele ia embora, eu praticava com os irmãos de Mary Ellen e com qualquer outra pessoa que estivesse disposta, para impressioná-lo na próxima vez em que aparecesse. Imagino que, como eu não prometia muita beleza feminina, ele achava divertido me transformar num filho. Por outro lado, talvez só gostasse de esgrima e usasse nossas lutas para se distrair.

Ela não fazia ideia de que a mágoa e o desdém que sentia pelo pai transpareciam em sua voz.

— Alexandra?

Ela afastou o olhar da paisagem que passava pelas janelas da carruagem. Desde sua luta de brincadeira duas horas antes, o duque a observava com um olhar estranho e especulativo que a deixava cada vez mais desconfortável.

— Sim?

— Você disse que seu pai não a visitava com frequência. Onde ele vivia?

Uma sombra diminuiu o brilho dos olhos dela, mas foi dispersada por um sorriso propositalmente despreocupado.

— Ele vinha duas ou três vezes por ano e passava duas semanas conosco. No restante do tempo, morava em Londres. Era praticamente um visitante.

— Lamento — respondeu Jordan, arrependido por tê-la feito falar sobre alguém que a magoara.

— Não há o que lamentar, mas eu ficaria muito grata se o senhor pudesse ser mais gentil com minha mãe. Ela costumava ser encantadora e alegre, mas, depois que meu pai morreu, acabou se tornando meio... amargurada.

— E deixou o peso de uma casa e criados nos ombros de uma criança de 14 anos — concluiu Jordan com desânimo. — Eu vi aquele lugar, conheci sua mãe e seu tio. Consigo imaginar exatamente como era sua vida.

Alexandra ouviu a compaixão enraivecida na voz do marido, e seu amor aumentou porque ele se importava com ela. Mas ela balançou a cabeça, recusando sua pena.

— Não era tão ruim quanto parecia. — Era tão bom, tão tranquilizador e seguro, saber que alguém se preocupava com ela que Alexandra mal sabia como conter o carinho e a gratidão que sentia pelo marido. Incapaz de declarar seus sentimentos, optou pela segunda melhor opção: enfiou a mão dentro da pequena bolsa amarela que combinava com a saia e a peliça e pegou com carinho um relógio pesado e uma corrente. Para Alexandra, aquele era um objeto sagrado, o bem mais precioso do homem que idolatrara. Ela o ofereceu para Jordan e, quando ele o aceitou com um olhar confuso, explicou: — Era do meu avô. Foi presente de um conde escocês que admirava seu conhecimento de filosofia. — Só de olhar para o relógio na palma de Jordan já fazia seus olhos se encherem de lágrimas. Com a voz embargada pelas memórias comoventes, a moça continuou: — Ele iria querer que fosse seu. Teria aprovado o senhor..

— Duvido muito — respondeu Jordan, cheio de certeza.

— Ah, teria sim! Ele dizia que eu devia amar um homem nobre.

— Ele lhe *disse* para amar um nobre? — repetiu Jordan sem acreditar naquilo.

— Não, não. Um homem *nobre*. Como o senhor. — Sem saber que o marido já tinha vários outros relógios de ouro mais bonitos, Alexandra continuou: — Pedi que um dos seus lacaios fosse à minha casa e pedisse o relógio para Penrose. Sua avó disse que não tinha problema.

A mão de Jordan se fechou sobre o presente.

— Obrigado — disse ele, apenas.

Ela lhe dera as coisas mais preciosas que tinha, percebeu Alexandra, seu amor e o relógio de ouro. E tudo que seu marido dissera nas duas vezes fora um desconfortável "obrigado". Era óbvio que seus mimos o incomodavam.

O silêncio constrangedor que se segue depois que alguém percebe que revelou demais sobre si mesmo caiu na carruagem.

Com o tempo, o leve balanço do veículo somado à grande refeição quente que fizera mais cedo deixaram Alexandra sonolenta. Porém, apesar do interior luxuoso, era impossível encontrar uma forma confortável de dormir ali. Ela tentou se recostar na lateral, mas sempre que a carruagem chacoalhava um pouco, sua cabeça batia no vidro e ela acordava. Sentando-se direito, a moça cruzou os braços e tentou apoiar a cabeça no encosto do assento. As rodas entraram num buraco, e o tronco dela foi jogado para a direita. Segurando-se no banco, Alexandra se endireitou.

Do lado oposto, Jordan riu e deu um tapinha no espaço ao seu lado.

— Ficarei feliz em lhe oferecer meu ombro como travesseiro, milady.

Alexandra aceitou o convite com gratidão sonolenta e se acomodou ao lado do marido, mas, em vez de apenas oferecer o ombro, Jordan ergueu o braço e o apoiou nos ombros dela, de forma que sua cabeça ficasse aconchegada no peito dele.

Milady, pensou Alex, caindo no sono. Como era maravilhoso ouvi-lo falar assim. Ela adormeceu quase que no mesmo instante.

O dia já escurecera quando a moça acordou com a percepção vergonhosa de que estava praticamente deitada em cima do marido. Em algum momento durante sua soneca, Jordan mudara de posição, de forma que passara a apoiar as costas na lateral da carruagem, esticando as pernas na diagonal. Alexandra estava deitada de lado, abraçada por ele, com suas pernas enroscadas, agarrada à cintura do duque.

Morrendo de medo de que ele acordasse e a encontrasse naquela posição vergonhosa, ela ergueu a bochecha do peito duro com cuidado. Enquanto tentava pensar em alguma maneira de se afastar sem acordá-lo, abriu um pouquinho os olhos para observar o marido. O sono aplacava os traços ríspidos de seu rosto bronzeado e suavizava o contorno de seu maxilar quadrado, pensou ela com carinho. Visto desse jeito, o duque parecia bem menos ameaçador, quase como um menino, e... ele estava acordado!

Os olhos de Jordan se abriram, e ele baixou o queixo, encarando-a. Seu rosto pareceu confuso por um segundo, como se não a reconhecesse, mas, então, seus lábios abriram um sorriso — um sorriso deliciosamente afetuoso, preguiçoso.

— Dormiu bem?

Alexandra, que estava horrorizada demais para falar, concordou com a cabeça e tentou se levantar. Os braços de Jordan se apertaram ao seu redor, segurando-a no lugar.

— Não vá — sussurrou ele, e seu olhar semicerrado passou para os lábios macios, demorando-se ali por um longo instante antes de subir para os olhos azuis arregalados da esposa. — Fique aqui comigo.

Ele queria que ela o beijasse, percebeu Alexandra com um misto de alegria e apreensão — o convite estava naqueles olhos acinzentados carinhosos e hipnotizantes. Tímida, ela levou a boca à do marido, sentindo a mão dele se acomodar em suas costas, acariciando-a lentamente e subindo, reconfortando-a e incentivando-a. Seus lábios se moveram contra os dela, explorando devagar, convidando-a a fazer o mesmo, e, quando Alexandra começou a imitá-lo, a mão livre do duque segurou sua nuca, os dedos deslizando sensualmente sobre a pele enquanto a outra mão permanecia afagando suas costas.

Jordan a enchia de beijos intermináveis, longos e entorpecentes, que abalavam o âmago do seu ser e a faziam querer cada vez mais. A língua dele percorreu a divisa entre os lábios dela, encorajando-a a abri-los, adentrando então sua boca, explorando-a com delicadeza, atacando e recuando, provocando e atormentando, até que Alexandra, febril com a necessidade de fazê-lo se sentir da mesma forma, levou sua língua aos lábios dele. Assim que o fez, o beijo explodiu. Jordan a esmagou contra si, sugando sua língua, acariciando-a com a própria. A outra mão do duque se moveu de repente, curvando-se sobre as nádegas dela, puxando-a contra seu corpo rijo, ao mesmo tempo em que sua língua entrava e saía da boca de Alexandra num ritmo selvagem, excitante e proibido que mandava ondas de prazer extremo pelo corpo dela.

Foi só quando a moça sentiu a mão dele apalpando seu seio, depois deslizando para dentro da blusa de seda, que se libertou do redemoinho de prazer irracional em que se permitia afogar. E, então, foi por surpresa e culpa, não por repulsa, que o afastou.

Apoiando os antebraços no peito do marido, Alexandra tentou recuperar o fôlego, forçando o olhar envergonhado a encontrar os olhos acinzentados e fogosos do duque.

— Eu assustei você — murmurou ele numa voz rouca.

Sim, mas Alexandra notou o divertimento em seus olhos sedutores e se recusou a admitir a verdade. Aceitando o desafio não declarado, ela voltou a levar os lábios aos de Jordan, e, desta vez, quando sentiu sua língua, automaticamente se aproximou dele. Um som abafado que era meio gemido, meio risada, escapou do duque, mas, quando ela tentou se afastar, os braços dele se apertaram, a boca se tornou mais insistente. Alexandra se rendeu às exigências acaloradas daqueles lábios e daquelas mãos, retribuindo o beijo com todo o desejo aflorado que a inundava.

Quando Jordan finalmente a soltou, sua respiração estava quase tão pesada quanto a dela. Erguendo uma das mãos, ele roçou os nós dos dedos por sua bochecha quente.

— Tão macia — sussurrou o duque. — Tão absurdamente inocente.

Alexandra entendeu "inocente" como "ingênua" e se afastou com uma mágoa irritada.

— Eu devo ser muito tediosa para um homem de tamanha sofisticação.

As mãos de Jordan seguraram seus braços e a puxaram de volta.

— Isso foi um elogio — rebateu ele, seu rosto a centímetros do dela, e a tensão em sua voz fez com que Alexandra se perguntasse, um pouco rebelde, como seria o marido quando estava realmente irritado. Balançando-a de leve, ele esclareceu com irritação: — "Intacta, pura, sem artimanhas nem fingimentos", entendeu?

— Perfeitamente! — retrucou Alexandra, reagindo ao tom de voz dele, não às palavras. Então o absurdo daquela situação a fez soltar uma risada. — Estamos brigando sobre como eu sou *agradável*?

O sorriso irresistível dela aplacou a exasperação momentânea do duque e levou um relutante brilho risonho aos seus olhos.

— Parece que sim — respondeu ele baixinho e, resignado, finalmente aceitou o fato de que não podia mais tentar ignorar o desejo insistente e latejante que sentia pela esposa.

Alexandra voltou a apoiar a cabeça em seu peito, e Jordan pousou o olhar na cabeça dela, mentalmente se lembrando de todos os motivos lógicos pelos quais estaria cometendo um erro se a levasse para a cama naquela noite:

Ela era jovem, ingênua, sonhadora.
Ele não era nada disso.

Ela queria lhe dar seu amor.
Ele só queria seu corpo.

Ela queria ser amada por ele.
O único "amor" em que ele acreditava era o que ocorria na cama.

Ela estava apaixonada.
Ele não queria o fardo de ter que lidar com uma criança apaixonada.

Por outro lado,

Ela o desejava.
Ele a desejava.

Tomada sua decisão, Jordan baixou o queixo.

— Alexandra? — Quando ela ergueu o rosto com ar questionador, ele disse com uma voz tranquila e direta: — Você sabe como são feitos os bebês?

A pergunta inesperada provocou uma risada chocada e envergonhada dela ao mesmo tempo em que seu rosto ficava todo corado.

— Nós... nós precisamos conversar sobre isso?

Os lábios dele se curvaram, rindo de si mesmo.

— Ontem, eu teria dito que não havia necessidade. Uma hora atrás, também. Agora, infelizmente precisamos.

— O que o fez mudar de ideia?

Agora foi a vez de Jordan ficar sem palavras.

— Nosso beijo — disse ele após uma pausa, franco.

— O que isso tem a ver com bebês?

O duque jogou a cabeça para trás, fechou os olhos e suspirou, exasperado e achando graça ao mesmo tempo.

— Por algum motivo, eu *sabia* que você diria isso.

Depois de analisar a expressão estranha no rosto do marido, Alexandra se sentou e, envergonhada, ajeitou a roupa. Dois anos atrás, Mary Ellen tentara convencê-la de que bebês eram feitos da mesma forma que cachorrinhos, mas a mente inteligente de Alexandra se recusara a aceitar aquele despautério pavoroso. Seres humanos jamais se comportariam de tal maneira, ela sabia, e só uma cabecinha de vento como Mary Ellen acreditaria em algo tão absurdo. A amiga também achava que virar de costas para um arco-íris dava azar e que fadas viviam sob os cogumelos da floresta. E era por isso que sempre andava para trás quando chovia e se recusava a comer cogumelos.

Alexandra lançou um olhar de esguelha para o marido e resolveu fazer uma pergunta simples sobre algo que as pessoas se recusavam a contar para moças, mas que ela sentia ter o direito de saber. Seu avô sempre dizia que a ignorância era uma doença para qual as perguntas eram a única cura, então, num tom animado, e com sincero interesse, ela perguntou:

— *Como* são feitos os bebês? — Visivelmente surpreso, Jordan se virou e abriu a boca, como se pretendesse falar, mas nenhuma palavra saiu. Primeiro, Alexandra ficou confusa com o silêncio involuntário do marido, mas logo compreendeu. Ela balançou a cabeça e suspirou em solidariedade àquele problema mútuo. — O senhor *também* não sabe, não é?

A gargalhada imediata de Jordan explodiu como um tiro de pistola, e ele jogou a cabeça para trás, rindo descontroladamente até conseguir puxar ar suficiente para os pulmões e dizer, engasgando:

— Sim, Alexandra... eu sei.

Jordan percebeu que rira mais na semana desde que a conhecera do que num ano inteiro.

Um pouco magoada com aquela reação, a moça perguntou:

— Ora, então como é?

Os resquícios de alegria que restavam nos olhos do duque lentamente se dissolveram enquanto ele tocava a bochecha da esposa, subindo para acariciar com ternura seu cabelo. Por fim, Jordan disse numa voz estranha, rouca:

— Vou lhe mostrar hoje à noite.

Ele mal tinha acabado de falar quando a carruagem fez uma curva e parou diante de uma estalagem toda iluminada com lamparinas.

Capítulo 10

Velas brilhavam alegres sobre a cornija da lareira e sobre a mesa baixa entre eles, deixadas ali pela criada que viera buscar os pratos do jantar. Aconchegada sobre um belo canapé de chita, com os pés enroscados sob o corpo e um dos braços de Jordan ao redor dos seus ombros, Alexandra nunca se sentira tão divinamente confortável.

Levando a taça aos lábios, ela bebericou o vinho que o marido parecia determinado a fazê-la beber, se perguntando quando ele pretendia se recolher para o próprio quarto. Na verdade, ele nem parecia ter um naquela noite. Enquanto ela tomara banho ali antes do jantar, Jordan fizera o mesmo num quartinho anexo, mas só havia uma cama estreita lá dentro, obviamente para ser usada por um criado pessoal. Alexandra não tinha camareira e sabia muito bem cuidar de si mesma; Jordan dissera que preferia não trazer o dele, já que seria uma viagem curta. Como nenhum dos dois estava acompanhado por lacaios, ela se perguntou se a estalagem estava tão lotada que o duque precisaria dormir no quartinho.

A luz do fogo dançava na lareira, afastando o leve frio da noite de primavera, deixando o quarto ainda mais aconchegante, e Alexandra foi parando de se preocupar com as acomodações aos poucos e se focando no assunto dos bebês. Jordan prometera que lhe mostraria como se faziam bebês naquela noite. Ela não entendia por que as pessoas casadas insistiam em manter o método em segredo. Independentemente de como acontecia, não podia ser algo tão ruim, porque era óbvio que os casais ingleses o faziam com frequência suficiente para manter o crescimento da população.

Talvez o motivo para tanto mistério fosse porque a sociedade não queria que moças como ela, que gostariam de ter um filho com ou sem marido, saíssem produzindo crianças por conta própria.

Só podia ser isso, deduziu Alexandra, cheia de lógica. Desde o começo dos tempos, eram os homens quem faziam as regras, e, obviamente, tinham sido os homens que decretaram que uma mulher estaria "arruinada" se tivesse um filho sem se casar com um deles antes. Fazia sentido. Mas, ainda assim... sua teoria tinha algumas falhas...

Um bebê, pensou ela, desejosa. Um bebê.

Como filha única, a ideia de ter um menininho de cabelo escuro para ninar e cuidar e brincar a enchia de entusiasmo. Além disso, Alexandra já lera bastante sobre história e sabia o quanto um herdeiro homem era importante para aristocratas — especialmente para alguém com um título tão ilustre quanto o de Jordan. A súbita percepção de que seria ela quem lhe daria um herdeiro a deixou tão cheia de orgulho e felicidade que seu peito quase explodiu.

Alexandra olhou discretamente para o marido, e seu coração pareceu perder o compasso. Ele estava apoiado nas almofadas, sua camisa branca aberta até a metade do peito musculoso, a pele bronzeada exibindo um tom dourado sob a luz do fogo. Com o cabelo escuro e ondulado, os traços másculos marcantes e o corpo deslumbrante, o homem parecia um deus.

Não muito preocupada, ela se perguntou se era uma falta de decoro chocante ficar enroscada no marido daquela forma, permitindo seus beijos, mas a verdade é que estava achando tudo maravilhoso e irresistível. Além do mais, os dois eram casados perante Deus e o mundo, então não parecia haver motivo para fingir que os carinhos dele eram desagradáveis. Seu avô, obviamente preocupado com a impressão do matrimônio que a união dos pais dela passava, com frequência lhe dava conselhos discretos sobre como um relacionamento amoroso deveria ser. "As pessoas costumam cometer dois erros quando se trata de casamento", sempre dizia ele. "O primeiro é se casar com a pessoa errada. Mas, quando se encontra a pessoa certa, o segundo erro é negar qualquer parte de si ou do seu amor ao cônjuge. Quando você oferece amor incondicional, o outro não tem escolha além de retribuí-lo."

Os pensamentos de Jordan eram menos dispersos e bem mais objetivos. Naquele momento, o duque refletia sobre a maneira mais fácil de tirar as roupas da esposa sem assustá-la.

Alexandra sentiu os lábios dele roçando sobre o topo de sua cabeça e sorriu de prazer, mas não se surpreendeu, já que Jordan lhe dera vários beijos assim no decorrer da noite. No entanto, ficou um pouco chocada quando ele tirou a taça de vinho da sua mão e a puxou inesperadamente para o colo, lhe dando um beijo intenso e demorado. E ficou completamente embasbacada quando ele afastou os lábios e sugeriu que ela fosse para trás do biombo no canto do quarto e vestisse a camisola.

Mentalmente analisando as malas em busca da peça menos indecente produzida pela costureira francesa para a lua de mel, Alexandra se levantou e perguntou, aflita:

— Onde o senhor vai dormir?

— Com você — respondeu ele sem pestanejar.

Alexandra estreitou os olhos, desconfiada. Por algum motivo, seus instintos diziam que aquela decisão inédita de dormirem juntos tinha algo a ver com o mistério dos bebês, e, sem saber exatamente por quê, já não tinha tanta certeza de que queria descobrir qual era o segredo. Ainda não.

— Não seria melhor ter uma cama confortável só para o senhor? — sugeriu ela, esperançosa.

— A produção de bebês precisa ser feita em uma cama — explicou o duque, paciente —, não em duas.

Os olhos de Alexandra se estreitaram em apreensão.

— Por quê?

— Vou mostrar daqui a pouco.

— Não é mais fácil me *contar*? — implorou ela, persistente.

Um som estranho e engasgado escapou dele, mas seu rosto permaneceu sério.

— Infelizmente, não.

Jordan a observou seguir com relutância para o biombo e abriu o sorriso que lutava para esconder enquanto admirava os ombros empertigados e o leve balanço do quadril da esposa. Ela já estava em pânico, percebeu ele com pena, e nada tinha acontecido ainda. Era evidente que as mulheres nasciam com algum sexto sentido que lhes avisava que os homens se tornavam perigosos e suspeitos no instante em que elas perdiam a barreira protetora de suas roupas inconvenientes. Alexandra era cheia de surpresas, refletiu o duque enquanto observava o biombo, pensativo. Ela possuía a mente dos acadêmicos, o coração dos inocentes e a sabedoria dos filósofos. Num minuto, era ousada e corajosa o suficiente para mirar um rifle e matar um homem que tentava assassiná-lo; no outro, desmaiava de surpresa por suas ações. Ela abordara o assunto do sexo com a curiosidade imparcial de um cientista; agora que chegara o momento de ter a experiência, tremia de nervosismo e embromava para ganhar tempo.

O medo da moça incomodava Jordan, mas não o suficiente para dissuadi--lo de satisfazer o desejo inexplicável mas inegável de seu corpo pelo dela. Apesar de Alexandra ser extremamente jovem em comparação às mulheres sofisticadas e experientes que ele levara para a cama no passado, ela com certeza tinha idade suficiente para ser casada e até gerar um filho. Além do mais, Jordan pagara caro pelo privilégio de aproveitar aquele corpo — pagara com seu nome e seus votos.

Independentemente disso, seu entusiasmo por fazer amor com a esposa naquela noite diminuía bastante a cada momento que passava por dois motivos: primeiro, Alexandra não tinha qualquer noção do que estava prestes a acontecer, e, quando tivesse, Jordan imaginava que não apenas sentiria medo, como também resistiria; segundo, mesmo que não ficasse assustada e relutante, ele não estava animado com a ideia de copular com uma garota inexperiente, sem qualquer conhecimento da bela arte de fazer amor.

Ao contrário dos homens que se interessavam por donzelas inocentes, Jordan sempre preferira ir para a cama com mulheres conhecedoras dos prazeres da carne — parceiras sensuais, entusiasmadas, que sabiam como agradá-lo e que aceitavam o prazer que ele lhes dava sem timidez ou reservas.

Não lhe incomodava o fato de que as mulheres que buscavam sua atenção costumavam fazê-lo porque queriam algo — fosse seu título aristocrático ou o brilho de sua fama e popularidade. Afinal de contas, Jordan também queria algo delas, e a autogratificação era o eixo em torno do qual aquele mundo glamoroso girava. Porém, qualquer que fosse o motivo por trás dos encontros amorosos, depois que o calor do momento se exauria, ele sempre preferia dormir sozinho.

Os sons atrás do biombo tinham emudecido, e Jordan sabia que Alexandra terminara de se trocar, assim como sabia que ela permanecia atrás da divisória porque estava com medo de se exibir naqueles trajes.

Decidindo que a melhor forma de tranquilizá-la seria lidar com a questão das roupas — ou da ausência delas — de forma calma e racional, o duque se levantou e atravessou o cômodo, pretendendo se servir de mais vinho.

— Alexandra — disse ele num tom firme e sensato —, você precisa de ajuda para se trocar?

— Não! — foi a resposta horrorizada dela. — Eu... eu acabei de terminar.

— Então saia de trás do biombo.

— Não posso! A costureira francesa da sua avó é *insana*. Todas as peças que ela fez para mim têm *buracos*.

— Buracos? — repetiu Jordan, desconcertado. Pegando a garrafa de vinho, ele se virou para o biombo. — Que tipo de "buracos"?

A moça saiu de trás da divisória, e ele observou a expressão indignada em seu rosto corado, mas, então, baixou o olhar para o decote oval ousado na camisola de cetim cintilante.

— Esta camisola — anunciou Alexandra, apontando um dedo acusatório para o busto exposto — tem um buraco no peito. A azul tem um buraco quadrado nas costas. E a amarela — concluiu ela num tom amargurado — é a pior de todas! Há um buraco nas costas, outro na frente, e a lateral da saia tem um corte que vai até meus joelhos! Aquela francesa não devia ter *permissão* de segurar um par de tesouras! — concluiu ela, carrancuda.

Jordan soltou uma gargalhada, puxou-a para perto e enfiou o rosto em seu cabelo cheiroso, balançando os ombros de um lado para o outro.

E, naquele momento, todo o cinismo calejado de seu passado começou a desmoronar.

— Ah, Alex — arfou ele —, não acredito que você é de verdade!

Como não era responsável pelo corte daqueles trajes absurdos, ela não se ofendeu com a risada do marido, mas o alertou num tom ameaçador:

— O senhor não vai rir quando vir o restante das roupas que pagou caro para aquela mulher fazer!

Com um esforço sobre-humano, Jordan conseguiu controlar a risada por tempo suficiente para erguer a cabeça e olhar com carinho para o rosto empinado e indignado dela.

— Por quê?

— Porque — informou Alexandra, séria — as camisolas que não têm *buracos* são tão transparentes quanto *janelas*!

— Janel...?

Pela segunda vez, Jordan perdeu o controle. Com os ombros tremendo de tanto rir, ele a pegou no colo, cativado mais uma vez pela alegria pura de sua ingenuidade e sagacidade inesperada.

O duque a levou para a cama, mas, quando tirou os braços debaixo de seus joelhos e suas pernas roçaram nas coxas dele, passando por sua ereção, Alexandra ficou tensa no mesmo instante. Subitamente insegura e assustada — como se intuísse o significado daquele corpo rijo —, seus olhos analisaram o rosto do marido.

— O que o senhor vai fazer comigo? — perguntou ela, trêmula.

— Vou fazer amor com você — respondeu Jordan num tom gentil, sendo propositalmente vago.

O corpo inteiro dela tremia.

— Como?

Jordan abriu um sorriso tranquilizador, tão comovido pelo medo da esposa quanto pela inocência em seus grandes olhos da cor do mar.

— Vou explicando conforme as coisas forem acontecendo — prometeu ele. Mas, quando ficou óbvio que essa resposta não a satisfizera, acrescentou: — A explicação mais simples é que as sementes para formar um bebê estão dentro de mim, e, daqui a pouco, vou colocá-las em você. Mas é impossível saber se vamos gerar um agora. Alexandra — disse ele num tom firme, porém gentil, antecipando que algumas das coisas que faria poderiam parecer "pecaminosas" —, eu lhe dou minha palavra de que nada do que vai acontecer é "errado". As pessoas fazem isso mesmo sem desejarem filhos.

— Fazem? — perguntou ela com uma confiança de partir o coração. — Por quê?

Jordan conteve um sorriso, seus dedos soltando o laço de cetim na altura dos seios dela.

— Porque é gostoso — respondeu ele sem cerimônia.

Ele segurou os ombros dela e, antes de Alexandra perceber o que estava por vir, a camisola deslizou por seu corpo nu, caindo no chão e formando uma poça de cetim cintilante aos seus pés.

Jordan perdeu o ar diante da beleza inesperada do seu corpo. Ela era magra, mas seus seios eram surpreendentemente fartos; a cintura, pequena; as pernas, compridas e belas.

Com a cabeça baixa, petrificada de medo e vergonha diante do olhar do duque, a moça ficou encarando a camisola, sendo tomada pelo alívio quando Jordan a pegou no colo e a colocou na cama. Feliz pela cobertura frágil do lençol, ela o puxou até o queixo e afastou o olhar quando o marido começou a se despir ao lado da cama.

Disciplinada, tentou lembrar a si mesma que os seres humanos produziam bebês desde o começo dos tempos e que não haveria nada bizarro nem feio no que Jordan estava prestes a fazer. Além do mais, sabia que era seu dever dar um herdeiro ao marido e se recusava a começar seu casamento fugindo das responsabilidades. Apesar dessas conclusões sensatas, quando o duque deitou ao seu lado e se inclinou sobre ela, apoiando um braço do outro lado de seu corpo, seu coração disparou.

— O... o que vai fazer? — perguntou Alexandra, temerosa, incapaz de afastar o olhar do peito musculoso e bronzeado que se agigantava sobre ela.

Jordan ergueu seu queixo com gentileza, forçando-a a encontrar seu olhar.

— Eu vou beijar e abraçar você — disse ele numa voz carinhosa, aveludada. — E vou tocar em você. Depois, farei algo que vai doer um pouco. Mas só por um instante. Aviso quando for acontecer — prometeu para que ela não ficasse antecipando a dor antes do momento certo.

Os olhos de Alexandra se arregalaram diante da menção à dor, mas, quando falou, foi com uma preocupação trágica pelo marido, não por si mesma:

— O senhor também vai sentir dor?

— Não.

A garota que Jordan temera que fosse resistir e se debater contra ele abriu um sorriso trêmulo e acariciou sua bochecha, envergonhada.

— Que bom — disse ela baixinho. — Não quero que se machuque.

O carinho e o desejo formaram um bolo na garganta de Jordan, e ele inclinou a cabeça, tomando os lábios dela num beijo intenso, emocionado, se encaixando e moldando os contornos da boca macia da esposa à sua. Esforçando-se para ir mais devagar, ele aliviou a pressão do beijo, passando os lábios provocantes sobre os dela, curvando uma das mãos em torno de sua nuca, acariciando-a de forma sedutora. Então lambeu a divisória trêmula dos lábios de Alexandra, convencendo-os a se abrirem, adentrando sua boca e enroscando sua língua na dela enquanto a mão na nuca a apertava de um jeito possessivo.

Guiada pelo instinto e pelo prazer que corriam em suas veias, Alexandra se virou nos braços do marido, e, no instante em que o fez, os braços fortes do duque a envolveram, moldando seu quadril aos contornos rígidos dele. Ela ficou tensa ao sentir a pressão ousada daquela masculinidade enrijecida e tentou se afastar, mas a mão de Jordan começou a subir e descer pelas suas costas, acalmando-a, segurando-a com gentileza, porém prendendo-a contra si.

A moça se tranquilizou, mas, quando a mão dele passou para um de seus seios, ela se assustou, recuando ao toque, e, desta vez, Jordan se afastou dos seus lábios com relutância. Erguendo a cabeça, ele fitou aqueles olhos azuis apreensivos, tracejando a elegante curva do maxilar dela com o polegar.

— Não tenha medo de mim, querida.

Alexandra hesitou, seus olhos magníficos mergulhando nos dele, e Jordan teve a inquietante sensação de que a esposa enxergava até o fundo de sua alma sombria. No entanto, o que ela viu a fez murmurar:

— Sei que não faria nada para me machucar. O senhor parece duro por fora, mas é lindo por dentro.

Aquelas palavras causaram uma onda estranha de sentimentos profundos em Jordan. Com um gemido abafado, ele inclinou a cabeça, sua boca tomou a dela com uma ânsia súbita, urgente. Desta vez, Alexandra reagiu com a própria paixão, abrindo os lábios sem precisar de incentivo, recebendo sua língua e oferecendo a própria, puxando-o para perto.

Sem afastar a boca da dela, o duque acariciou seus braços e seguiu para suas costelas, depois subiu, fechando as mãos sobre os seios da esposa, circundando os mamilos com os polegares, sentindo-os se enrijecerem contra as palmas. Ele beijou sua testa, seus olhos, sua bochecha, escondendo o rosto em seu pescoço, rindo com um fascínio rouco quando lambeu a orelha sensível de Alexandra e a sentiu pressionar o corpo contra o dele. Sua língua se demorou ali, e ela gemeu de desejo fincando as unhas em seus braços.

Escorregando os lábios pela curva do pescoço da jovem, Jordan desceu ainda mais e, então, colocou a boca onde suas mãos estavam, beijando aqueles seios, lentamente puxando o mamilo rijo, lambendo-o, provocando-a com a boca e as mãos. Alexandra agarrou o cabelo em sua nuca, segurando-o contra o peito, e, quando ele sugou o mamilo, ela gemeu de prazer, seu corpo inteiro se contorcendo contra o dele. O duque deixou um rastro de beijos pela barriga lisa da esposa, sem parar de acariciar a lateral de seu corpo, dos seios e do quadril, e, então, finalmente ergueu a cabeça.

Desnorteada de prazer e admiração, Alexandra fitou os olhos ardentes do marido, instintivamente sentindo como ele a tratava com delicadeza, alheia à destreza praticada que ele usava para fazê-la sentir como se seu corpo pegasse fogo sob suas mãos e boca.

Tudo que ela sabia era que estava explodindo de amor e que queria — que precisava — fazê-lo se sentir da mesma maneira. Então, obedeceu com gosto quando Jordan lentamente baixou os lábios sensuais até os dela e sussurrou:

— Beije-me, querida.

Era tudo de que ela precisava.

Seguindo apenas o instinto e a crença de que o que era maravilhoso para ela também seria para o marido, Alexandra inocentemente focou toda a força daquela destreza sedutora *nele*. Ela o beijou com ardor irrefreável, segurando sua nuca, imitando seus gestos, passando a língua pelo vale por entre aqueles lábios, afastando-os e ocupando sua boca, fazendo-o arfar.

A pressão do carinho dela fez Jordan se acomodar sobre os travesseiros enquanto Alexandra se apoiava num cotovelo e o seguia, dando beijos ternos e excitantes pela testa, olhos e bochechas do duque, ao mesmo tempo em que suas mãos deslizavam através dos pelos escuros no peito dele. Ela esticou os dedos, roçando as unhas para a frente e para trás, tocando os mamilos do marido enquanto os lábios acariciavam sua bochecha e ousavam tracejar as curvas de sua orelha com a língua. Sob as palmas, Alexandra sentiu as palpitações já rápidas do coração de Jordan acelerarem; encorajada, foi descendo com os lábios, seguindo o caminho das mãos, beijando os músculos definidos daquele peito forte até chegar num mamilo. Quando o levou à boca, ouviu o duque puxar o ar e sentiu seus músculos se contraírem em reflexo.

A pele dele era como uma seda grossa, e Alexandra se regozijou com o gosto e a textura, amando a forma como as mãos do marido se enfiaram em seu cabelo enquanto ela continuava a beijá-lo e provocá-lo com a boca. Porém, quando começou a descer, deslizando os lábios ao longo das planícies côncavas daquela barriga, Jordan emitiu um som que era parte risada, parte gemido, e a puxou para cima, deitando-a na cama e ficando por cima.

Com a paixão emanando de cada poro do corpo, ele não sabia bem como acabara passando de sedutor para seduzido. A única certeza que tinha era que a garota encantadora que levara para a cama de repente se transformara numa mulher notavelmente excitante, que lhe deixara louco de desejo.

Ávido, usou a boca para abrir a dela enquanto descia uma das mãos por seu quadril e sua coxa, passando, então, para o triângulo encaracolado por entre suas pernas. Alexandra congelou diante do toque íntimo e fechou as pernas, balançando a cabeça com selvageria.

Com um esforço que quase sugou todas as suas forças, Jordan parou e lentamente ergueu a cabeça, olhando para ela.

— Não tenha medo de mim, querida — disse ele num sussurro trêmulo conforme voltava a mexer a mão, acariciando aquele lugar mais sensível com uma delicadeza implacável, os dedos sondando seu calor úmido, tentando entrar. — Confie em mim.

Depois de hesitar por um instante, o corpo de Alexandra relaxou, e suas coxas se abriram com doçura. Desde o momento em que começara, Jordan esperara, *soubera*, que ela se rebelaria e lutaria quando os carinhos se tornassem mais íntimos. Em vez disso, sua esposa o aceitava sem restrições, totalmente exposta, superando os próprios medos e confiando que ele não a machucaria.

A onda de carinho que sentiu por aquela sedutora inocente com olhos sinceros foi quase incontrolável. Jordan a encarou, deferente à sua generosidade meiga e altruísta, e Alexandra fechou os olhos, escondendo o rosto corado contra seu peito enquanto os dedos dele brincavam, adentrando-a com delicadeza para prepará-la, as mãos dela apertando seus bíceps.

Num misto de desejo flamejante e apreensão sincera por saber que iria machucá-la, Jordan se ajeitou sobre a esposa. Apoiando o peso nos braços, segurou o rosto dela, seu membro latejante posicionado na entrada do corpo dela.

— Alex — disse ele numa voz sofrida, que soava estranhamente apreensiva para os próprios ouvidos.

Aqueles cílios compridos se abriram, e Jordan percebeu que Alexandra já sabia.

Sua respiração saía em arfadas rápidas e assustadas, mas, em vez de fechar os olhos, ela os manteve focados nos dele, como se quisesse ser tranquilizada e reconfortada pelo homem que estava prestes a machucá-la. Movendo o quadril devagar, Jordan a penetrou aos poucos com cada estocada, impulsionando-se cada vez mais fundo em seu calor apertado até encontrar a barreira que bloqueava o caminho, mas não havia pressão suave e normal capaz de atravessá-la.

Sua última esperança de que aquilo seria fácil e indolor foi abandonada. Ele ergueu o quadril dela para recebê-lo, recuou o máximo possível e cobriu seus lábios trêmulos com os próprios.

— Desculpe, querida — sussurrou, rouco, contra sua boca.

Segurando-a no lugar, ele a penetrou rápido. O corpo de Alexandra se arqueou, e seu gemido baixo de dor estraçalhou o coração do duque, mas ela não tentou afastá-lo. Em vez disso, permitiu que a abraçasse, ouvindo seu afeto sussurrado.

Engolindo em seco, a jovem abriu os olhos cheios de lágrimas, maravilhada e aliviada ao perceber que a breve dor começava a passar. O rosto bonito do marido estava tomado pela paixão e pelo arrependimento, e ela passou os braços ao seu redor.

— Não foi tão ruim assim — sussurrou.

O fato de *ela* estar tentando consolar a *ele* foi mais do que Jordan conseguia suportar. O cinismo e o distanciamento frio que passaram boa parte de seus 27 anos cercando-o como uma muralha impenetrável começaram a se desintegrar por completo, levados embora pela onda de paixão abnegada que era exalada por cada poro de seu corpo. Num ritmo dolorosamente lento, ele voltou a se mover dentro de Alexandra, penetrando-a com cuidado, então se retirando e voltando, observando aquele belo rosto corado enquanto ela começava a se mover com ele por instinto.

Com as unhas fincadas nos músculos tensos das costas do marido, Alexandra se impulsionou contra ele numa ânsia trêmula, pressionando-se contra as investidas rítmicas e intensas daquele corpo rijo, ao mesmo tempo em que uma excitação interior incontrolável começou a aumentar, lançando pontadas rápidas e profundas de desejo por seu corpo.

— Não lute contra a sensação, querida — sussurrou Jordan com a voz grossa, os ombros e os braços tensos com o esforço de se conter, o peito se movendo com a força de cada respiração difícil. Gradualmente, ele começou a acelerar a velocidade de suas estocadas profundas, cadenciadas. — Deixe acontecer.

O êxtase explodiu em Alexandra, tomando suas veias enquanto espasmos estremeciam seu corpo e a faziam gemer. Jordan apertou os braços ao redor dela e a penetrou com ferocidade. Seu corpo entrou em erupção como um vulcão, jogando sua semente no calor receptivo dela com uma força que o abalou por inteiro.

Ele ainda era acometido por convulsões de prazer quando gentilmente tirou seu peso de cima da esposa e deitou de lado, levando-a junto, ainda unidos. Alexandra voltou lentamente do torpor maravilhoso e ardente que ele causara, aos poucos se tornando ciente de onde estava. Deitada no abraço protetor de Jordan, com a cabeça aconchegada sob seu queixo, ela não sabia que era possível vivenciar tanto amor. Ainda conseguia sentir o ardor daqueles carinhos íntimos e dos beijos extremamente excitantes.

Desde o instante em que os dois foram para a cama, seus instintos lhe disseram que o marido a desejava e a queria, mas ela não sabia muito bem *o que* ele buscava. Agora, entendia. Jordan precisava daquela explosão de puro prazer — e precisava que ela sentisse o mesmo. Alexandra se encheu de orgulho e felicidade por ter sido capaz de realizar esse desejo. Ela fizera aquele corpo poderoso estremecer da mesma forma que o seu estremecera. Ela o fizera gemer de prazer.

Não lhe ocorreu sentir vergonha pela libertinagem com que retribuíra tanta paixão. Amar significava se entregar por inteiro, sem negar qualquer parte de si, como o avô dizia. Significava confiar sua felicidade ao outro e, por consequência, ter total responsabilidade pela felicidade do cônjuge. Ela fizera as duas coisas hoje.

Sua mente voltou para o assunto dos bebês. Alexandra nunca entendera por que alguns casais tinham filhos que não pareciam querer. Sem dúvida o faziam por conta de um desejo irrefreável de ir para a cama e executar o ato maravilhoso que Jordan chamava de "fazer amor".

O duque se moveu um pouco, baixando a cabeça para olhar para a esposa com carinho. Sob o brilho das velas, a pureza do rosto dela era espantosa. Com os cílios muito compridos descansando como leques curvos sobre suas bochechas macias e salientes, Alexandra parecia frágil, inocente, tão bonita. Ele pretendia apresentá-la ao ato carnal; em vez disso, ela lhe ensinara como se entregar de forma altruísta, desinibida. Sua esposa era inocência e ardor; livre de qualquer malícia; crédula, sincera, meiga. Naturalmente sedutora.

Jordan abriu um leve sorriso quando finalmente reconheceu que ela fora habilidosa ao usar as técnicas dele para fazer amor, mas acrescentara algo — algo elusivo e muito profundo. Algo que o fazia se sentir orgulhoso e estranhamente humilde; possessivo, porém indigno. E, de repente, muito desconfortável.

Achando que a esposa poderia estar dormindo, ele levou os lábios à sua testa e sussurrou seu nome, então ergueu a mão para afastar os cachos despenteados de seu rosto.

Os olhos de Alexandra se abriram, e o que Jordan viu em suas reluzentes profundezas azuis imobilizou sua mão, agora trêmula — era a mesma coisa que fizera seu corpo inteiro estremecer quando ela o beijara e o tocara: todo o amor do universo brilhava naqueles olhos.

— Ah, meu Deus — sussurrou ele, rouco.

Horas depois, quando fizera amor com ela pela segunda vez, Jordan a manteve em seu abraço, encarando fixamente as velas moribundas na cornija, incapaz de escapar do ciúme possessivo que sentia despertar dentro de si.

— Alexandra — começou ele num tom mais áspero do que pretendia —, nunca acredite num homem que diz "confie em mim". *Ainda mais* se você estiver desnuda na hora.

Ela abriu os olhos, e seu sorriso estava cheio de divertimento.

— Quantos homens o senhor acha que terão a oportunidade de falar comigo enquanto eu estiver sem roupas?

— Nenhum — respondeu Jordan com gravidade. — Eu só estava brincando sobre essa parte. — Incapaz de ser direto e dizer a ela para não confiar nele nem em qualquer outro homem, o duque continuou, evasivo: — É tolice confiar demais nas pessoas. Vai acabar se magoando se o fizer.

O sorriso dela desapareceu.

— Eu estaria magoando a mim mesma se não o fizesse. O *senhor* não confia nas pessoas?

— Em poucas, e não completamente.

Alexandra ergueu a mão e passou um dedo nos lábios quentes e sensuais do marido.

— Quando não confiamos em ninguém — disse ela naquele misto de sabedoria e ingenuidade que Jordan achava tão afável —, é impossível se decepcionar com os outros. Mas também perdemos a oportunidade de sermos completamente felizes. — Incapaz de parar de tocá-lo, Alexandra tracejou a curva de seu maxilar rígido, sem perceber o desejo que brilhava nos olhos dele e que ganhava vida dentro de si. — O senhor é lindo e gentil e inteligente e forte — sussurrou ela, observando os olhos do marido escurecerem conforme sua mão descia da garganta dele para o peito. — Mas precisa aprender a confiar nos outros, especialmente em mim. Sem confiança, o amor não sobrevive, e eu te a...

Jordan capturou os lábios dela num beijo ardente que silenciou suas palavras e a fez entrar num mundo doce e delicioso, onde nada existia além da beleza selvagem dos carinhos dele.

Capítulo 11

A comitiva fez uma breve parada em Londres no começo da noite seguinte, e, enquanto Jordan resolvia alguma questão de negócios, o cocheiro guiou Alexandra por um *tour* de duas horas pela cidade que ela acreditava ser a mais empolgante do mundo.

O sol afundava no mar quando chegaram ao navio no dia seguinte. Ela absorveu as vistas e os sons do porto com uma alegria afoita, observando os estivadores andando de um lado para o outro sobre tábuas, carregando caixas enormes nos ombros com aparente facilidade, enquanto guindastes gigantescos erguiam redes de carga do cais e as levavam para as embarcações. Navios de guerra poderosos com mastros enormes eram carregados com provisões, sendo preparados para o encontro com outras naus no bloqueio das colônias americanas ou para continuar na batalha contra os franceses no mar. Marinheiros robustos caminhavam pelo cais abraçados com mulheres com rostos cheios de ruge, cujos vestidos faziam os penhoares de Alexandra parecerem recatados.

O capitão do *Bons Ventos* os recebeu pessoalmente quando o casal subiu a bordo, convidando-os para "um jantar simples" em sua cabine. A refeição "simples" consistia em catorze pratos, cada um servido com um vinho diferente, e uma conversa animada sobre as guerras que a Grã-Bretanha travava contra franceses e americanos. Em Morsham, quando Alexandra lia sobre as batalhas sangrentas em terra e as disputas navais contra as forças de Napoleão, tudo parecia muito distante e surreal. Agora, com navios de guerra ancorados ao redor, o confronto era algo tangível, assustador.

No entanto, quando Jordan finalmente a acompanhou até a cabine dos dois, ela bebera tanto vinho para agradar o capitão que estava se sentindo alegrinha e muito sonolenta. As malas do marido tinham sido deixadas no cômodo, e Alexandra sorriu com uma satisfação corada, se perguntando se ele pretendia fazer amor mais tarde. Jordan parecera um pouco distante quando voltara de sua reunião em Londres ontem, e os dois não tiveram relações quando pararam numa estalagem ao sul da cidade para pernoitar. Mas ele lhe dera um beijo de boa-noite e ficara abraçado com ela até caírem no sono.

— Posso brincar de camareira? — perguntou Jordan.

Sem esperar por uma resposta, ele a virou de costas e começou a soltar a longa coluna de botões encapados com seda rosa na parte de trás do vestido.

— O barco está balançando? — perguntou Alexandra, segurando-se na mesinha de carvalho ao seu lado.

A risada de Jordan foi profunda e animada.

— Isto é um navio, não um "barco", e *é você* quem está balançando, minha querida. Creio que seja resultado de um excesso escandaloso de vinho no jantar.

— O capitão queria tanto que eu provasse todos — reclamou ela. — Ele é muito gentil — acrescentou, bastante satisfeita com o mundo em geral.

— Talvez você mude de ideia quando acordar amanhã — brincou Jordan.

Educado, ele virou de costas enquanto ela se trocava, e, então, a colocou na cama, puxando os lençóis até seu queixo.

— Milorde — chamou Alexandra —, não vem para a cama?

Ela desejava piamente não precisar se dirigir a ele sempre como "vossa graça", "milorde" ou "senhor", mas a duquesa-viúva fora muito severa ao lhe informar que deveria tratá-lo dessa forma até que seu marido lhe orientasse do contrário. Coisa que não fizera.

— Vou tomar um pouco de ar no convés — disse ele, parando para tirar sua pistola do outro paletó e prendê-la no cós da calça azul-marinho.

Ela já estava num sono profundo antes de Jordan terminar de caminhar pelo corredor estreito que levava ao convés.

Na amurada, o duque enfiou a mão no bolso e pegou um dos charutos finos que costumava fumar depois do jantar. Protegendo a ponta com uma das mãos, ele o acendeu e ficou observando o canal da Mancha, contemplando o problema extremamente complexo que era Alexandra. Após anos de convivência com mulheres sofisticadas, mercenárias e fúteis — e criticando todo o sexo feminino com base no comportamento delas —, Jordan se casara com uma garota que era inocente, sincera, inteligente e generosa.

E não sabia o que fazer com ela.

Alexandra ficara com a impressão tola e romântica de que se casara com um homem nobre, gentil e "lindo". Quando a verdade, Jordan bem sabia, era que ele era calejado, desenganado e imoral. Na sua curta vida, já matara mais homens do que conseguia contar e dormira com mais mulheres do que seria possível lembrar.

Sua esposa acreditava em honestidade, confiança e amor — e pretendia que *ele* seguisse esses preceitos. Jordan preferia ficar bem longe de tudo isso.

Ela era uma sonhadora delicada; ele era um realista inveterado. Na verdade, Alexandra era tão sonhadora que acreditava mesmo que "algo maravilhoso" aconteceria, coisa que não devia surpreendê-lo, já que a garota também achava que o aroma de terra na primavera era como perfume...

Alexandra queria que ele visse o mundo da mesma maneira que ela — puro, vasto, imaculado, mas era tarde demais para isso. A única coisa que Jordan poderia fazer seria mantê-la afastada da realidade pelo máximo de tempo possível. Mas ele não se incluiria naquele mundo imaginário. Não queria fazer isso. Não pertencia a um lugar assim. Em Devon, ela ficaria a salvo das consequências corrosivas da vida na alta sociedade, da devassidão e da sofisticação ríspida do mundo do marido — o mundo em que Jordan se sentia confortável —, onde ninguém esperava que ele *sentisse* coisas como amor, onde ninguém esperava que confiasse nos outros ou revelasse seus pensamentos e sentimentos mais íntimos...

Jordan odiava pensar na mágoa que sabia que veria no rosto de Alexandra quando ela entendesse que não só ele não pretendia ficar em Devon com ela, como simplesmente não ficaria. Não podia.

Adiante, o canal da Mancha se estendia até o horizonte; a superfície escura iluminada por um enorme raio de lua amarelo. Irritado, ele jogou o charuto na água, mas lembrou que aquele era seu último. Tinha esquecido sua cigarreira de ouro na casa de Elise, em Londres, na noite anterior.

Inquieto após dias de confinamento forçado na carruagem e por tentar, sem sucesso, encontrar uma solução melhor para o problema de Alexandra, Jordan deu as costas para a amurada e observou o cais, iluminado pela luz que escapava das tavernas e ocupado por marinheiros bêbados que cambaleavam abraçados a prostitutas.

A menos de quatro metros dali, dois homens se esconderam sob as sombras do navio e se agacharam entre as cordas enroladas, fora de vista.

Pretendendo comprar alguns charutos na taverna adiante, Jordan atravessou o deque e seguiu para a prancha de embarque. Duas sombras surgiram das cordas e o seguiram de longe, observando.

O duque sabia que o cais era um lugar perigoso à noite, ainda mais com gangues de recrutamento forçado zanzando por ali, atacando os distraídos e jogando as vítimas inconscientes nos navios de guerra de Sua Majestade, onde os pobres coitados acordavam para descobrir que receberam a "honra" de poderem passar meses ou anos trabalhando como marinheiros — até o navio retornar para o porto. Por outro lado, ele estava armado, não via ninguém além de marinheiros bêbados no cais, e, após ter passado anos sobrevivendo às batalhas sangrentas na Espanha, os poucos metros que o separavam da taverna não lhe pareciam muito assustadores.

— Espere um pouco, seu tolo. Deixe ele ir para o cais — sussurrou uma das sombras para a outra após descerem a rampa de embarque em silêncio, seguindo Jordan.

— E por que raios você quer esperar? — perguntou a segunda sombra para o cúmplice enquanto os dois esperavam nas sombras sob o telhado da taverna em que a vítima entrara. — A gente devia ter dado uma pancada na cabeça dele e o jogado na água, e teria sido mais fácil fazer isso no navio.

O primeiro homem abriu um sorriso cínico.

— Tenho uma ideia melhor. Não vai dar mais trabalho, e vai render mais grana.

Jordan saiu da taverna com três charutos gordos e pouco atraentes no bolso. Agora que os comprara, duvidava que os acenderia. Às suas costas, as sombras se moveram rápido, uma tábua estalou, e ele tensionou o corpo. Sem diminuir o ritmo, enfiou a mão dentro do paletó para pegar a pistola, mas, antes que a alcançasse, seu crânio já tinha explodido numa dor agonizante, fazendo com que sua visão escurecesse num túnel de inconsciência. E, então, ele estava flutuando, vagando, seguindo na direção de uma luz amigável no fim do túnel que parecia chamá-lo.

ALEXANDRA ACORDOU AO AMANHECER com os gritos dos marinheiros se movendo no convés acima, aprontando a embarcação para a partida. Apesar de sua cabeça girar, ela ainda estava animada para subir e ver o navio zarpar. Seu marido devia estar empolgado também, pensou ela enquanto pegava um vestido novo e se cobria com uma capa de lã no mesmo tom suave de lavanda. Ele já acordara e saíra da cabine.

Uma faixa de cinza e rosa atravessava o horizonte quando Alexandra chegou ao convés. Os marinheiros corriam para cumprir seus deveres, desviando dela enquanto desenrolavam cordas e soltavam o cordame. Adiante, o imediato estava de costas, com as pernas afastadas, gritando ordens para os homens que subiam nos mastros. Alexandra olhou ao redor, em busca do marido, mas não parecia haver nenhum outro passageiro ali em cima. No jantar da noite anterior, ela ouvira Jordan dizer ao capitão Farraday que sempre gostava de estar no convés quando as cordas eram soltas e o navio partia. Segurando a saia, Alexandra se aproximou do capitão quando ele apareceu no deque.

— Capitão Farraday, por acaso o senhor viu meu marido? — Notando a impaciência no rosto do homem, ela logo explicou o motivo para importuná-lo. — Ele não está em nossa cabine nem no convés. Existe algum outro lugar no navio aonde possa ter ido?

— Acho improvável, Vossa Graça — disse ele, distraído, seu olhar analisando o céu, avaliando quanto tempo o dia levaria até amanhecer por completo. — Agora, se me der licença...

Confusa, tentando ignorar as pontadas de preocupação que sentia na espinha, Alexandra desceu para a cabine e parou no centro do cômodo, olhando ao redor, preocupada. Decidindo que Jordan provavelmente fora dar um passeio no cais, ela se aproximou do paletó marrom que ele jogara sobre a cadeira no dia anterior, após terem embarcado, e a pegou. Levou a peça até o armário para pendurá-la, esfregando uma bochecha contra o tecido macio e fino, inalando o leve aroma do perfume com cheiro de especiarias de Jordan. Seu marido estava acostumado a ter um camareiro arrumando suas coisas, percebeu ela com um sorriso carinhoso enquanto pegava a calça marrom e a levava para o armário. Alexandra virou, procurando pelo paletó azul-escuro que Jordan usava quando subira para o convés à noite. A peça não estava na cabine, assim como o restante das roupas que ele vestia quando ela o vira pela última vez.

O capitão Farraday se compadeceu com sua preocupação, mas não pretendia cancelar a partida do navio e deixou isso bem claro. Uma terrível premonição de calamidade percorria o corpo de Alexandra, deixando-a trêmula, mas seu instinto dizia que o homem diante de si não seria convencido por súplicas.

— Capitão Farraday — disse ela, se empertigando e tentando imitar a voz imperiosa da avó de Jordan —, se meu marido estiver machucado em algum lugar deste navio, a culpa será sua, não apenas pelo ferimento, mas por ter zarpado do cais em vez de tirá-lo daqui e o levado para os cuidados de um médico. Além do mais — continuou ela, lutando para manter a voz estável —, a menos que eu tenha entendido errado o que meu marido me contou, ele é *sócio* da empresa dona deste navio.

Capítulo 12

Em seu uniforme de gala, o capitão Farraday e seu imediato estavam em posição de sentido no convés vazio do *Bons Ventos*, observando a carruagem preta parar bem na frente da rampa de embarque.

— É *ela*? — perguntou o imediato com incredulidade, encarando a figura magra e empertigada que lentamente subia a rampa apoiada no braço de Sir George Bradburn, um dos homens mais influentes do almirantado. — Uma velha de cabelo branco é influente o bastante para convencer o ministro a deixar nosso navio sob custódia e manter nós dois de quarentena? Só para ela poder vir até aqui e conversar conosco?

Alexandra deu um pulo quando alguém bateu à porta da cabine, e seu coração disparou de medo e esperança como fazia sempre que ouvia qualquer som do lado de fora nos últimos cinco dias.

Mas não era o duque quem estava do outro lado, e sim sua avó, a quem ela não via desde o casamento.

— Alguma notícia? — sussurrou Alexandra num tom desesperado, nervosa demais para cumprimentar a mulher.

— O capitão e o imediato não sabem de nada — disse a duquesa-viúva, ríspida. — Venha comigo.

— Não! — Beirando à histeria havia mais de dois dias e duas noites, Alexandra balançou a cabeça com selvageria e se afastou. — Ele ia querer que eu ficasse...

A velha senhora se agigantou e encarou a garota pálida e assustada com o suprassumo de sua soberba aristocrática.

— Meu neto — disse ela na sua voz mais gélida — esperaria que você se comportasse com a dignidade e o autocontrole que convêm à sua esposa, a Duquesa de Hawthorne.

As palavras acertaram Alexandra como um tapa na cara e — com o mesmo efeito — a fizeram cair em si. O marido esperaria *mesmo* isso. Lutando para controlar o pânico, ela pegou o cachorrinho, empertigou a coluna e seguiu para a carruagem a passos duros, ao lado da duquesa-viúva e de Sir George Bradburn, mas, quando o cocheiro segurou seu cotovelo para ajudá--la a entrar, Alexandra se afastou de repente, seus olhos fazendo uma última busca frenética pelas fachadas das tavernas e dos depósitos que ocupavam o cais agitado. Seu marido estava ali, em algum lugar. Doente ou ferido. Essa era a única possibilidade... O cérebro dela se recusava a cogitar qualquer outra opção.

Horas depois, a carruagem diminuiu a velocidade, seguindo um caminho decoroso pelas ruas de Londres, e Alexandra finalmente tirou o olhar triste da janela e se concentrou na duquesa-viúva, que estava sentada no assento à sua frente com a coluna reta, o rosto tão frio e inexpressivo que a moça se perguntou se ela seria capaz de sentir emoções. No silêncio sepulcral da carruagem, o sussurro rouco de Alexandra soou como um grito:

— Aonde estamos indo?

Após uma pausa proposital e prolongada que deixava bem claro que a velha dama não queria ter que se explicar para a garota, ela respondeu com frieza:

— Para minha casa na cidade. Ramsey já deve ter chegado com alguns criados, que vão manter as cortinas fechadas e informar aos visitantes que estamos em Rosemeade. A notícia sobre o desaparecimento do meu neto já está em todos os jornais, e não tenho desejo algum de ser perturbada por conhecidos e curiosos.

O tom brusco da duquesa-viúva deve ter despertado a pena do ministro Bradburn, porque ele quebrou o próprio silêncio e tentou tranquilizá-la:

— Estamos movendo céu e terra para descobrir o que aconteceu com Hawthorne — disse ele num tom gentil. — Há mais de cem homens investigando embarcadouros, executando interrogatórios oficiais, e os advogados da família já contrataram detetives com instruções de fazer o que for necessário para obter informações. Não recebemos nenhum pedido de resgate, então não achamos que ele tenha sido sequestrado com esse propósito.

Engolindo as lágrimas que ela sabia que irritariam a velha duquesa-viúva, Alexandra se forçou a perguntar algo que precisava saber:

— Quais são as chances de encontrá-lo...? — Sua voz engasgou. Ela não conseguia dizer a palavra "vivo".

— Eu... — hesitou o homem. — Eu não sei.

Aquele tom sugeria que as chances eram ínfimas, e os olhos da moça se encheram de lágrimas quentes, que ela escondeu ao apoiar o rosto no pelo macio de Henrique enquanto engolia o bolo de tristeza que se formara em sua garganta.

Por quatro dias intermináveis, Alexandra coabitou a mesma casa que a duquesa-viúva, que persistia em agir como se ela fosse invisível, sem lhe dirigir a palavra nem o olhar. No quinto dia, a jovem estava parada diante da janela quando viu Sir George sair. Nervosa demais para aguardar ser chamada, ela correu escada abaixo e entrou na sala de estar, exclamando para a avó de Jordan:

— Vi o ministro partindo. O que ele disse?

A duquesa-viúva deixou nítido seu desagrado óbvio diante da entrada imperiosa de Alexandra no cômodo.

— As visitas de Sir George não lhe dizem respeito — anunciou ela com frieza, virando a cara num arrogante gesto de repúdio.

Aquelas palavras acabaram com o pouco controle que a moça conseguira manter sobre as emoções. Fechando as mãos em punhos, ela disse numa voz que tremia de frustração e fúria:

— Apesar do que Vossa Graça pensa, não sou uma criança desmiolada, e meu marido agora é a pessoa mais importante do mundo para mim. A senhora não pode, *não deve*, esconder nenhuma informação de mim! — Quando a outra mulher continuou a encará-la com um silêncio pétreo, Alexandra decidiu implorar. — Seria muito mais generoso me contar a verdade do que escondê-la. É insuportável não saber... Por favor, não faça isso comigo. Não vou envergonhá-la com histeria. Quando meu pai morreu e minha mãe não conseguiu seguir com a vida, eu assumi o controle da nossa casa aos 14 anos. E quando meu avô faleceu, eu...

— Não há notícia alguma! — explodiu a duquesa-viúva. — Quando houver novidades, você será informada.

— Mas já faz tanto tempo! — exclamou Alexandra.

O olhar da velha dama a percorreu por inteiro, ardendo de desprezo.

— Você é uma ótima atriz, não? Mas não precisa se preocupar com sua segurança financeira. Meu neto pagou um belo dote para sua mãe pelo casamento, lhe dando o suficiente para passar o restante da vida em esplendor. Ela tem dinheiro de sobra para dividir com você.

Alexandra ficou boquiaberta quando percebeu que a duquesa-viúva acreditava mesmo que ela estava preocupada com seu futuro, não com o marido, que podia muito bem estar no fundo do canal da Mancha.

Perdendo a fala de tanta raiva, ela ouviu enquanto a mulher concluía, ácida:

— Saia da minha presença. Não consigo mais tolerar sua preocupação fingida pelo meu neto. Você mal o conhecia; ele não significava nada para você.

— Como *ousa*! — gritou Alexandra. — Como ousa ficar sentada aí me dizendo essas coisas. A senhora... a senhora não entenderia o que sinto por ele, porque não tem sentimentos! E mesmo que tivesse, é... é *velha* demais para se lembrar de como é amar alguém! — A duquesa-viúva se levantou devagar, parecendo se agigantar sobre Alexandra, mas a moça estava histérica demais, irada demais, para encerrar seu discurso impulsivo: — A senhora é incapaz de imaginar como eu me sentia ao ver o sorriso dele ou quando ríamos juntos. Não pode saber como era olhar em seus olhos... — Alexandra engasgou, e as lágrimas começaram a escorrer por suas bochechas pálidas.

— Eu não quero o dinheiro dele... Só quero poder olhar nos seus olhos e vê-lo sorrir. — Para seu horror, seus joelhos cederam, e ela desabou no chão, chorando aos pés da duquesa-viúva. — Eu só queria ver seus lindos olhos de novo — soluçou a moça, arrasada.

A velha dama pareceu hesitar por um instante, mas lhe deu as costas e saiu da sala, deixando Alexandra descarregar sua dor e tristeza no choro solitário. Dez minutos depois, Ramsey entrou na sala com uma bandeja ornada de prata.

— A duquesa-viúva disse que a senhora estava "fraca de fome" e precisava recuperar as forças — disse ele.

Ainda no chão, com os braços apoiados na poltrona e o rosto escondido entre eles, Alexandra ergueu a cabeça devagar e secou as lágrimas, envergonhada.

— Por favor... leve isso embora. Não consigo nem olhar para comida

Obedecendo às ordens da duquesa-viúva e ignorando o pedido de Alexandra, Ramsey depositou a bandeja indesejada sobre a mesa, então se empertigou e, pela primeira vez desde que foram apresentados, pareceu incerto e desconfortável.

— Não é minha intenção fazer fofoca — começou ele num tom tenso depois de um instante de silêncio —, mas Craddock, a camareira de Sua Graça, me informou que faz quase cinco dias que ela mal faz uma refeição. Acabamos de lhe servir uma bandeja na saleta. Talvez se a senhora se oferecesse para jantarem juntas, poderia convencê-la a comer.

— Aquela mulher não precisa de comida — arfou Alexandra, levantando com indiferença. — Ela não é como outros seres humanos.

O comportamento frio de Ramsey se tornou glacial diante dessa crítica indireta à sua patroa.

— Faz quarenta anos que estou com a Duquesa-Viúva de Hawthorne. Minha preocupação extrema por ela me fez presumir erroneamente que Vossa Graça também estaria preocupada, já que agora faz parte da família. Perdoe-me pelo meu erro.

Ele fez uma mesura seca e saiu, deixando Alexandra confusa, como se tivesse se comportado como alguém muito desagradável. Ramsey parecia fiel à duquesa-viúva, mas ela vira como a mulher tratava os empregados: em Rosemeade, lhe dera duas broncas por "fofocar com a criadagem", quando tudo que Alexandra fizera fora perguntar a Ramsey se ele era casado e a uma camareira se ela tinha filhos. De acordo com a visão soberba da velha dama, conversar com os criados era o equivalente a fazer fofoca, e isso, por sua vez, constituía tratá-los como iguais — algo que, pelo que ela se lembrava das observações ríspidas da duquesa-viúva, *não era adequado*. Apesar disso tudo, o mordomo parecia dedicado à patroa. O que significava que a velha senhora não era só orgulho e arrogância, decidiu Alexandra.

Essa possibilidade levou a outra, e ela ficou encarando a bandeja, confusa, se perguntando se aquilo era uma "oferta de paz". Até cinco minutos atrás, a mulher nunca mostrara qualquer interesse pelo que Alexandra comia ou deixava de comer. Por outro lado, a bandeja também poderia ser um lembrete ríspido de que ela devia se controlar.

A moça mordeu o lábio quando as palavras de Ramsey surgiram em sua mente, preocupantes: cinco dias... a duquesa-viúva não comia havia cinco dias. Alexandra também mal comera, mas ela era jovem, saudável, forte. Seus pensamentos se amansaram ainda mais ao perceber que, se a mulher não conseguia comer, isso significava que seu nervosismo com o desaparecimento do neto era bem maior do que transparecia.

Com um suspiro determinado, Alexandra afastou o cabelo da testa e decidiu que a bandeja prateada fora uma oferta de paz. Chegou a essa conclusão porque não conseguia suportar a ideia de uma senhora de 70 anos continuar definhando sozinha.

Pela fresta da porta parcialmente aberta do salão azul, ela viu a duquesa-viúva sentada numa poltrona de encosto alto, encarando o fogo na lareira. Até em repouso, a avó de Jordan era uma figura imponente, mas havia algo em seus traços rígidos e retraídos que a fez se lembrar da mãe nos primeiros dias após a morte do pai, antes de a visita da segunda esposa transformar o luto da Sra. Lawrence em ódio.

Alexandra entrou discretamente na sala, projetando uma sombra na linha de visão da velha dama, e a cabeça da mulher se ergueu. Com a mesma rapidez, ela afastou o olhar — mas não antes de a moça ter um vislumbre de um brilho suspeito de lágrimas naqueles olhos pálidos.

— Vossa Graça? — disse Alexandra baixinho conforme se aproximava.

— Eu não lhe dei permissão para me interromper — ralhou ela, mas a moça não se permitiu enganar pela voz ríspida desta vez.

No mesmo tom tranquilizador que usava com a mãe, Alexandra disse:

— Não, a senhora não deu.

— Vá embora.

Desanimada porém ainda determinada, ela insistiu:

— Não vou me demorar muito, mas devo me desculpar pelas coisas que lhe disse alguns minutos atrás. Eram imperdoáveis.

— Aceito seu pedido de desculpas. Agora, vá embora.

Ignorando a carranca da duquesa-viúva, Alexandra deu um passo à frente.

— Imaginei que, já que nós duas precisamos comer, seria mais tolerável se fizéssemos nossa refeição juntas. Nós... nós podemos fazer companhia uma à outra.

A ira ficou nítida na mulher cujos desejos estavam sendo ignorados.

— Se quer companhia, vá para casa ficar com sua mãe, como sugeri há menos de quinze minutos!

— Não posso.

— Por que não? — perguntou a velha senhora, impaciente.

— Porque preciso estar perto de alguém que também o ame — disse Alexandra num sussurro abafado.

Uma tristeza extrema, incontrolável, surgiu no rosto da duquesa-viúva antes que ela conseguisse retomar o controle, porém, naquele instante, a moça viu o tormento por baixo daquela impenetrável fachada de dignidade.

Morrendo de pena, mas tomando o cuidado de não demonstrar, Alexandra se sentou na cadeira em frente à duquesa-viúva e destampou uma das bandejas. Seu estômago se revirou diante da visão de comida, mas ela sorriu.

— Vossa Graça prefere um pedaço deste belo frango... ou do bife?

A mulher hesitou, seus olhos se estreitaram.

— Meu neto ainda está vivo! — declarou ela, sua expressão indicando que a desafiava a contradizê-la.

— É claro que está — respondeu Alexandra com fervor, sabendo que estava sendo orientada a se retirar caso duvidasse. — Tenho certeza absoluta disso.

A duquesa-viúva analisou seu rosto, avaliando sua sinceridade, depois concordou com a cabeça num gesto rápido, hesitante, e disse, mal-humorada:

— Aceito um pouco do frango.

As duas comeram em completo silêncio, que só era interrompido às vezes pelo fogo estalando na lareira. Foi só quando Alexandra se levantou e deu boa-noite que a velha senhora falou, pela primeira vez se direcionando à moça pelo nome de batismo.

— Alexandra... — sussurrou, rouca.

Ela se virou.

— Sim, Vossa Graça?

— Você... — A duquesa-viúva inspirou, sofrida. — Você... reza?

A garganta de Alexandra se fechou com a vontade de chorar, e as lágrimas arderam em seus olhos quando ficou claro que a velha senhora orgulhosa não estava interessada em seus hábitos religiosos pessoais. Ela estava lhe *pedindo* para rezar.

Engolindo em seco, a moça concordou com a cabeça.

— Eu rezo muito — sussurrou.

PELOS PRÓXIMOS TRÊS DIAS, Alexandra e a duquesa-viúva fizeram uma vigília silenciosa no salão azul, falando sobre coisas aleatórias, suas vozes estranhamente baixas — duas desconhecidas com pouco em comum além do medo inenarrável que as unia.

Na tarde do terceiro dia, a moça perguntou se Anthony, Lorde Townsende, fora informado do que acontecera.

— Pedi que ele viesse nos encontrar aqui, mas Anthony estava.... — A duquesa-viúva parou de falar quando Ramsey surgiu na porta. — Sim, Ramsey?

— Sir George Bradburn chegou, Vossa Graça.

Alexandra levantou num pulo, ansiosa, deixando de lado o bordado que a duquesa-viúva insistia que fizesse, porém, quando o elegante homem grisalho entrou no cômodo, bastou ver seu rosto propositalmente inexpressivo para que todo o corpo dela começasse a tremer de medo.

Ao seu lado, era óbvio que a velha senhora chegara à mesma conclusão, pois seu rosto empalideceu, e ela se levantou devagar, se apoiando na bengala que usava desde que as duas chegaram a Grosvenor Square.

— Você tem novidades, George. O que aconteceu?

— Os investigadores determinaram que um homem com a descrição de Hawthorne foi visto numa taverna no cais por volta das onze horas, na noite do desaparecimento. Com a ajuda de um suborno generoso, o proprietário da taverna também lembrou que o homem era bastante alto, com mais de um metro e oitenta, e se vestia como um cavalheiro. Ele comprou vários charutos e foi embora. A taverna fica quase na frente do ponto em que o *Bons Ventos* estava ancorado, e temos certeza de que o homem era Hawthorne. — Bradburn fez uma pausa e disse, cabisbaixo: — Talvez as senhoras queiram se sentar antes de ouvirem o restante.

Aquela sugestão pessimista fez Alexandra se segurar no braço da poltrona, mas ela negou com a cabeça.

— Prossiga — ordenou a duquesa-viúva com a voz falha.

— Dois marinheiros a bordo do *Falcão*, que estava ancorado ao lado do *Bons Ventos*, viram um homem muito alto, bem-vestido, sair da taverna, seguido por dois homens que pareciam do populacho. Os marinheiros no *Falcão* não estavam prestando muita atenção e já estavam embriagados, mas um deles acha que viu o cavalheiro alto levar uma pancada na cabeça de um dos patifes. O outro homem não notou nada disso, mas viu o cavalheiro ser carregado pelo cais no ombro de um dos malfeitores e imaginou que ele tivesse caído de bêbado.

— E sequer tentaram ajudar? — bradou Alexandra.

— Os dois não estavam em condições de oferecer ajuda nem quiseram interferir numa cena que, infelizmente, é bastante comum no porto.

— A história ainda não terminou, não é? — previu a duquesa-viúva, seus olhos analisando a expressão séria no rosto do ministro.

Sir George puxou devagar o ar, exalando lentamente.

— Nós sabíamos que havia gangues de recrutamento forçado ativas na noite em questão e, após mais investigações, determinamos que uma delas comprou um homem cuja descrição bate com a de Hawthorne. Acreditando que ele tinha desmaiado de tanto beber e sem encontrar nenhuma identificação, esses homens pagaram aos patifes pelo duque e o colocaram a bordo de um dos navios de guerra de Sua Majestade, o *Lancaster*.

— Graças a Deus! — gritou Alexandra enquanto seu coração explodia de alegria.

Sem pensar, ela segurou a mão fria da duquesa-viúva e a apertou com força. Mas as próximas palavras de Bradburn deixaram seu ânimo sombrio.

— Quatro dias atrás — continuou ele, sério —, o *Lancaster* travou uma batalha com um navio francês, o *Versailles*. Outro de nossos navios, o *Carlisle*, estava voltando em péssimas condições, escondido sob a névoa, depois de ter sido danificado por um encontro com os americanos. Sem poder ir ajudar seus companheiros, o capitão do *Carlisle* viu a batalha inteira por binóculos. Quando ela chegou ao fim, o *Versailles* mal se mantinha em pé...

— E o *Lancaster*? — perguntou Alexandra, ansiosa.

Sir George limpou a garganta.

— É meu triste dever informar que o *Lancaster* afundou, e perdemos todos a bordo... incluindo Sua Graça, o Duque de Hawthorne.

A sala girou diante dos olhos de Alexandra; um grito subiu por seu peito, e ela levou uma das mãos à boca, seu olhar desvairado voando para o rosto atormentado da duquesa-viúva. Ela a viu perder o equilíbrio e automaticamente passou os braços ao redor da senhora, que chorava, acalentando-a de um lado para o outro como se fosse uma criança, acariciando suas costas, sussurrando palavras tranquilizadoras inúteis, ao mesmo tempo em que as lágrimas jorravam pelas próprias bochechas.

Como se de muito longe, Alexandra ouviu Sir George Bradburn dizer que trouxera um médico consigo e percebeu que alguém removia a avó desesperada de Jordan de seu abraço com um toque gentil, porém firme, enquanto Ramsey a segurava e a guiava para o andar de cima.

Capítulo 13

Pesadelos perseguiram Alexandra até que ela acordasse, tonta na cama, tentando escapar do sonho em que estava parada diante do cemitério de uma igreja, cercada por centenas de túmulos, todas exibindo o nome do pai, do avô ou do marido.

Suas pálpebras pareciam ter sido cobertas por ferro ao tentar abri-las, e, quando conseguiu, desejou ter permanecido como estava antes. Era como se alguém tivesse cravado um machado em seu crânio, e a luz do sol entrando pelas janelas fazia seus olhos doerem. Retraindo-se, ela deu as costas para a claridade, e seu olhar bateu numa mulher magra, que vestia um uniforme preto engomado, com avental e touca brancos, cochilando na poltrona ao lado da cama.

A camareira, percebeu Alexandra devagar.

— Por que está aqui? — sussurrou ela numa voz fraca e rouca que mal reconhecia como a própria. A mulher continuou dormindo, roncando baixinho, e Alexandra ergueu a cabeça latejante do travesseiro. Seu olhar se voltou para a mesa de cabeceira, onde havia uma colher e um copo ao lado de uma garrafa. — O que é isso? — sussurrou ela, mais alto desta vez.

A criada exausta se sentou empertigada, viu que os olhos de Alexandra estavam abertos e pulou da poltrona.

— Láudano, milady, e o médico disse que a senhora deveria comer assim que acordasse. Vou preparar uma bandeja e já volto.

Sonolenta demais para pensar sobre aquilo, Alexandra deixou que as pálpebras pesadas se fechassem. Quando as abriu de novo, havia uma bandeja ao lado da cama, e o sol brilhava bem mais baixo no céu. Já era tarde, percebeu ela, sentindo-se desorientada e confusa, mas descansada.

A camareira estava acordada desta vez, observando-a com um ar ansioso.

— Puxa vida, achei até que a senhora tivesse morrido! — soltou ela, mas então levou uma das mãos à boca, horrorizada, arregalando os olhos.

Alexandra lhe lançou um olhar curioso e sentou-se na cama com dificuldade para que a criada posicionasse a bandeja em seu colo. Além de fartura, ela também abrigava uma rosa vermelha e um exemplar do jornal do dia dobrado ao meio, como de costume.

— Por que me deram láudano? — perguntou Alexandra, incomodada com a fala arrastada e a incapacidade de se concentrar.

— Porque o médico recomendou.

Ela franziu o cenho em confusão e, então, instantaneamente, fez a mesma pergunta que fazia todas as manhãs desde que viera para aquela casa.

— Sir George veio dar...?

Uma dor aguda atravessou seu corpo e escapou num gemido torturado enquanto sua mente voltava para o lugar e ela se lembrava da última visita de Bradburn, na terça. Alexandra balançou a cabeça dolorida, tentando afastar as imagens das quais recordava, as vozes que diziam *"... É meu triste dever informar que perdemos todos a bordo... Rápido, chame o médico... As autoridades foram devidamente informadas... Ramsey, leve-a para a cama..."*

— Não! — gritou ela, e fugiu do olhar da criada, mas o jornal estava no seu colo.

As letras garrafais na primeira página eram impossíveis de ignorar.

— O que houve, milady? O que está escrito? — perguntou a criada horrorizada, encarando sem entender as palavras que nunca aprendera a ler.

Alexandra tinha uma compreensão agonizante de cada uma. Elas diziam que Jordan Addison Matthew Townsende — décimo segundo Duque de Hawthorne, Marquês de Landsdowne, Conde de Marlow, Barão de Richfield — estava morto.

A cabeça de Alexandra caiu sobre os travesseiros, e ela fechou os olhos, alheia a tudo que não fosse o sofrimento dizimando sua mente.

— Ah, senhorita... Vossa Graça... eu não queria aborrecê-la — sussurrou a camareira, retorcendo as mãos. — Vou chamar o médico. Sua Graça está de cama, tão doente que ele disse que prefere não sair do seu lado...

Aquela última parte penetrou lentamente a desolação de Alexandra.

— Vou vê-la daqui a pouco — disse ela à criada agoniada.

— Ah, não, Vossa Graça, a senhora também está acamada, e não vai adiantar de nada. Craddock disse ao Sr. Ramsey que ela não está falando. Não consegue. E não reconhece ninguém, só fica olhando para o nada...

O nervosismo superou a tristeza de Alexandra, e, ignorando os protestos da camareira, ela jogou as pernas para fora do colchão, segurou o balaústre da cama para se equilibrar e vestiu um robe.

Respondendo à batida da moça, o médico abriu a porta do quarto da duquesa-viúva e saiu para o corredor.

— Como ela está? — perguntou Alexandra, ansiosa.

O homem balançou a cabeça.

— Nada bem, nada bem mesmo. Ela não é mais jovem e sofreu um terrível choque. Não come nem fala. Apenas fica deitada na cama, com o olhar perdido.

Alexandra concordou com a cabeça, lembrando-se do comportamento da mãe quando, pouco depois da morte do pai, a amante dele fora visitá-las. A Sra. Lawrence também ficara de cama, sem comer, sem falar, sem se permitir ser consolada. Quando finalmente saíra de seu confinamento autoimposto, jamais voltara a ser a mesma. Era como se a tristeza e a amargura estivessem presas dentro de seu corpo, devorando sua mente.

— Ela chorou? — perguntou Alexandra, sabendo que era perigoso não demonstrar as emoções.

— Claro que não! Mulheres de sua posição e porte não se debulham em lágrimas. Como eu e Craddock já lhe dissemos repetidas vezes, a duquesa-viúva deve ser forte e otimista. Afinal de contas, ela tem outro neto, então o título não vai sair da família.

A opinião que Alexandra tinha dos esculápios já não era boa e ficou pior ainda conforme ela encarava aquele homem insensível e pomposo diante de si.

— Eu gostaria de vê-la, por gentileza.

— Tente animá-la — disse ele, sem perceber o olhar enojado da moça. — Não mencione Hawthorne.

Ela entrou no quarto escuro, e seu coração se apertou de pena e nervosismo diante da visão daquela mulher, outrora tão forte e enérgica, apoiada sobre os travesseiros, parecendo um fantasma do que um dia fora. Sob uma coroa de cabelos brancos, o rosto da duquesa-viúva estava pálido, e seus olhos claros permaneciam vítreos de tristeza, fundos, cercados por manchas escuras. Nenhum sinal de reconhecimento cruzou sua expressão quando Alexandra passou diante da cama e sentou-se a seu lado.

Assustada, a jovem segurou a mão de veias azuis da velha dama, que estava jogada sobre a coberta dourada.

— Ah, a senhora não pode continuar assim — disse ela num sussurro trêmulo, piedoso, seus olhos implorando que a mulher a ouvisse. — Não pode. Jordan odiaria vê-la assim. — Quando isso não causou nenhuma reação, Alexandra ficou mais desesperada e apertou a mão frágil. — A senhora sabe como ele se orgulhava da sua força e coragem? Sabe? Eu sei, porque ele se *vangloriava* dessas coisas para mim.

Os olhos azuis esmaecidos não se moveram. Sem saber se a duquesa-viúva não ouvira, não acreditara ou simplesmente não se importava, ela decidiu se esforçar mais para convencê-la.

— É verdade. Eu me lembro muito bem da ocasião. Depois do nosso casamento, estávamos prestes a partir de Rosemeade, e ele me perguntou onde a senhora estava. Eu disse que tinha subido para o quarto e que jamais se recuperaria do nosso casamento. Ele sorriu. Sabe, abriu um daqueles sorrisos especiais que a fazia querer sorrir também? Então, sabe o que ele disse?

A duquesa-viúva permaneceu imóvel. Alexandra insistiu, nervosa:

— Ele disse: "Seria necessário bem mais do que o nosso casamento para abalar minha avó. Ora, ela seria capaz de enfrentar o próprio Napoleão, e, quando acabasse com ele, o homem estaria se desculpando por ter sido mal-educado e resolvido travar uma guerra conosco." Essas foram suas palavras exa...

Os olhos da velha dama se fecharam, e o coração de Alexandra perdeu o compasso, mas, um instante depois, duas lágrimas desceram lentamente por suas bochechas pálidas. Lágrimas eram um bom sinal, a moça sabia, então seguiu em frente, corajosa.

— Jordan sabia que a senhora era corajosa e forte e... e leal também. Pelas coisas que me disse, acho que ele não acreditava que nenhuma outra mulher no mundo fosse capaz de lealdade.

Os olhos da duquesa-viúva se abriram, e ela encarou Alexandra com um ar suplicante e angustiado, incerto.

Tocando a bochecha da mulher arrasada, a moça tentou se esforçar mais para convencê-la de que falava a verdade, mas sentia que também estava perdendo o controle e falar se tornava cada vez mais difícil.

— É verdade. Jordan tinha tanta certeza da sua lealdade que me disse que a senhora, apesar de detestar nosso casamento, esfolaria vivo qualquer um que ousasse me criticar, apenas porque carrego o nome dele.

Os olhos azuis desbotados se encheram de lágrimas, que começaram a escorrer pelo rosto da duquesa-viúva e pelos dedos de Alexandra. Vários minutos silenciosos depois, a mulher engoliu em seco e ergueu os olhos para o rosto da moça. Numa voz perdida, ela implorou:

— Hawthorne disse mesmo aquilo... sobre Napoleão? — Alexandra concordou com a cabeça e tentou sorrir, mas as próximas palavras da velha senhora a fizeram se debulhar em lágrimas. — Eu o amava mais do que meus próprios filhos, sabe — choramingou ela. Esticando-se, a duquesa-viúva abraçou a moça chorosa que tentava consolá-la, puxando-a para perto. — Alexandra, eu... eu nunca disse a ele que o amava. E agora é tarde demais.

Pelo restante daquele dia e por todo o dia seguinte, a jovem permaneceu com a duquesa-viúva, que parecia precisar falar de Jordan quase sem parar, agora que a represa do luto fora rompida.

ÀS OITO HORAS da noite seguinte, Alex deixou sua companheira idosa descansando tranquila e desceu para o salão azul, sem querer voltar para o isolamento depressivo de seu próprio quarto. Tentando dispersar o senso doloroso de perda, ela pegou um livro.

Na porta, Ramsey limpou a garganta para anunciar a chegada de um visitante:

— Sua Graça, o Duque de Hawthorne...

Um grito de alegria escapou dos lábios de Alexandra conforme ela se levantava e saía apressada. Ramsey saiu da frente, o Duque de Hawthorne surgiu na porta, e a moça parou na mesma hora. Anthony Townsende vinha em sua direção. Anthony Townsende agora era o Duque de Hawthorne.

Uma fúria irracional e incontrolável queimou seu peito pelo fato de aquele homem *ousar* adotar o título de Jordan depois de tão pouco tempo. Anthony Townsende se *beneficiara* com aquela tragédia, percebeu ela, devia estar *feliz*...

O novo duque parou de repente e encarou a nítida raiva no rosto pálido da jovem.

— Você está enganada, Alexandra — disse ele baixinho. — Eu daria tudo para vê-lo entrando por aquela porta agora. Se soubesse que Ramsey iria me anunciar daquela maneira, pediria que não o fizesse.

A raiva dela logo se dissolveu diante da sinceridade inegável naquela voz baixa e na tristeza em seus olhos. Honesta demais para negar o que pensara, Alexandra disse, arrependida:

— Por favor, me perdoe, Vossa Graça.

— Tony — corrigiu ele, oferecendo a ela uma das mãos num gesto de cumprimento e amizade. — Como está minha avó?

— Dormindo agora, mas tem passado cada vez mais tempo acordada.

— Ramsey me disse que você tem sido uma grande fonte de consolo e apoio para ela. Obrigado.

— Ela está sendo muito corajosa e cuidando de si mesma.

— E *você*? — perguntou Tony, andando até uma mesa e servindo um pouco de xerez numa taça. — Está cuidando de si mesma? Parece péssima.

Um vislumbre do velho bom humor da moça iluminou seus olhos brevemente.

— Sua memória está fraca, Vossa Graça. Nunca fui muito bonita.

— Tony — insistiu ele, sentando-se diante dela e observando o fogo na lareira.

— Sua avó não quer continuar em Londres e ser forçada a aturar centenas de visitantes vindo expressar seus pêsames — disse Alexandra depois de alguns minutos. — Ela prefere organizar um funeral pequeno e partir logo depois para Rosemeade.

Anthony balançou a cabeça diante da menção a Rosemeade.

— Não acho que seria bom ela ficar isolada naquela casa, e só poderei passar uma semana lá. Hawthorne, a residência oficial de Jordan, é uma propriedade enorme, com milhares de criados e arrendatários que precisarão receber orientações e serem tranquilizados quando forem informados sobre seu falecimento. Já vai ser difícil, para mim, tentar aprender a gerenciar seus investimentos e me familiarizar com a administração de todas as propriedades. Preferia que minha avó me acompanhasse até Hawthorne.

— Isso seria melhor para ela — concordou Alexandra. Para deixá-lo tranquilo sobre seus próprios planos, ela contou que voltaria para casa depois do funeral. — Minha mãe pretendia começar a viajar e se divertir logo depois do casamento — explicou. — Mas prometeu que me mandaria cartas e me avisaria onde estava, então, se você puder enviar as correspondências para mim, posso responder e avisar que meu marido...

Ela tentou dizer "morreu", mas não conseguia.

Não conseguia acreditar que o homem bonito e vigoroso com quem se casara não vivia mais.

NA MANHÃ SEGUINTE, com uma expressão carrancuda e determinada no rosto e um Ramsey solícito seguindo-a de perto, a duquesa-viúva entrou devagar no salão amarelo, onde Anthony lia o jornal e Alexandra fitava o nada, sentada à mesa.

Enquanto a velha senhora encarava a moça pálida e corajosa com bochechas fundas que a ajudara a se recuperar durante o luto, sua expressão se amenizou, mas mudou completamente assim que ela viu Henrique, que se alternava entre perseguir o próprio rabo e puxar a barra do vestido preto de luto de Alexandra.

— Quieto — ordenou ela ao animal mal-educado.

Alexandra ergueu a cabeça, Anthony deu um pulo, mas Henrique seguiu balançando o rabo para cumprimentá-la e voltou a brincar, inabalável. Surpresa com aquele caso sem precedentes de rebeldia, a duquesa-viúva tentou usar seu olhar ríspido para convencer o filhotinho impetuoso a obedecer, virando--se para o mordomo, imponente, quando isso não funcionou.

— Ramsey — ordenou ela num tom imperioso —, peça a alguém para levar essa criatura deplorável para um passeio longo e cansativo.

— Sim, Vossa Graça. Agora mesmo — respondeu o mordomo com uma expressão séria, fazendo uma mesura.

Ele se inclinou para baixo, segurou o cachorro pela pele do pescoço peludo com a mão direita, apoiando a esquerda em seu traseiro, mantendo o filhote, que se contorcia, o mais longe possível de sua pessoa.

— Pois bem — disse a duquesa-viúva num tom brusco, e Alexandra se forçou a esconder um sorriso impertinente. — Anthony me informou que você pretende voltar para casa.

— Sim. Quero partir amanhã, depois do funeral.

— Nada disso. Você vai seguir comigo e Anthony para Hawthorne.

Alexandra não estava nada ansiosa para voltar para a antiga vida e tentar seguir em frente como se Jordan nunca tivesse existido, mas nunca pensara em ir para Hawthorne.

— Por que eu faria uma coisa dessas?

— Porque você é a Duquesa de Hawthorne, e seu lugar é com a família de seu marido.

Ela hesitou, mas fez que não com a cabeça.

— Meu lugar é em casa.

— Que disparate! — declarou a duquesa-viúva, decidida, e Alexandra teve que sorrir ao notar que a velha senhora voltava a se comportar da mesma forma autocrática de sempre; isso era bem melhor do que aquela mulher apática, tomada pela dor. — Na manhã em que você se casou com Hawthorne — continuou ela, determinada —, ele especificamente me confiou a tarefa de lhe transformar numa dama e ocupar seu devido lugar na sociedade. Apesar de meu neto não estar mais entre nós, acho que sou *leal* o suficiente — enfatizou ela — para respeitar seus desejos.

A ênfase na palavra "leal" fez Alexandra se lembrar — como o pretendido — de que fora ela quem dissera à duquesa-viúva que seu neto admirava essa qualidade. A moça hesitou, dividida entre a culpa, a responsabilidade e a preocupação pelo próprio bem-estar caso tentasse viver em Hawthorne, longe de tudo e todos que conhecia e amava. A velha senhora estava lutando para lidar com a dor da sua perda; não poderia ajudar Alexandra a lidar com a dela. Por outro lado, a moça não sabia se conseguiria carregar aquele fardo sozinha, como fizera quando o avô e o pai morreram.

— É de imensa bondade sugerir que eu more com Vossa Graça, mas, infelizmente, não posso — recusou Alexandra depois de pensar um pouco. — Com minha mãe fora, tenho responsabilidades para com os outros, e isso deve vir em primeiro lugar.

— Que responsabilidades? — quis saber a duquesa-viúva.

— Penrose e Filbert. Sem minha mãe por perto, não há ninguém para cuidar deles. Eu pretendia pedir ao meu marido para empregá-los em sua casa, mas...

— Quem são Filbert e Penrose? — interrompeu a velha senhora.

— Penrose é nosso mordomo, e Filbert, o lacaio.

— Faz tempo que tenho a impressão de que os criados existem para cuidar dos patrões, não o contrário — disse a duquesa-viúva com aspereza. — No entanto, admiro seu senso de responsabilidade. Você pode levá-los para Hawthorne — decretou a velha dama, magnânima. — Estamos sempre precisando de mais criados.

— Os dois são bem velhos! — acrescentou Alexandra, rápida. — Não conseguem trabalhar muito, mas são orgulhosos e precisam acreditar que são úteis. Eu, bem, acabei alimentando essa ilusão neles.

— Também sinto que é meu dever cristão permitir que criados idosos trabalhem por quanto tempo quiserem e forem capazes — mentiu a duquesa-viúva, lançando um olhar fatal para o neto incrédulo.

A transformação de Alexandra numa dama sofisticada era um projeto que ela estava determinada a cumprir. Seria um desafio, um dever, um objetivo. A velha senhora não queria admitir que a moça corajosa com cachos ciganos, que a ajudara a sair do seu estado catatônico de tristeza, talvez tivesse conquistado um lugar permanente em seu coração nem que detestaria ter que se despedir dela.

— Não acho que... — começou Alexandra.

Percebendo que receberia outro não, a duquesa-viúva resolveu apelar:

— Alexandra, você é uma Townsende agora, e seu lugar é conosco. Além do mais, é seu dever honrar os desejos do seu marido, e ele queria que você se tornasse digna de seu nome ilustre.

A resistência da moça foi por água abaixo quando as últimas palavras da velha senhora finalmente a impactaram. Seu nome agora era *Townsende*, não Lawrence, percebeu ela, se enchendo de orgulho e satisfação. Quando perdera Jordan, não perdera tudo; ele lhe dera seu nome! Por sua vez, lembrou-se Alexandra com uma dolorida pontada de nostalgia, ela jurara que o honraria e respeitaria seus desejos. Pelo visto, o marido a queria transformada numa dama sofisticada, digna de sua família, assumindo um lugar na sociedade — seja lá o que isso significasse. Seu coração se encheu de carinho enquanto ela encontrava o olhar da duquesa-viúva e prometia baixinho:

— Vou respeitar os desejos dele.

— Excelente — disse a velha senhora, ríspida.

Quando Alexandra subiu para fazer as malas, Anthony se inclinou na poltrona e lançou um olhar bem-humorado para a avó, que reagiu se empertigando na cadeira e tentando desencorajar comentários com um olhar severo. Não deu certo.

— Diga-me — começou ele num tom zombeteiro —, quando foi que a senhora desenvolveu esse desejo extremo de contratar criados idosos?

— Quando percebi que era a única forma de impedir Alexandra de ir embora — respondeu ela, seca. — Não vou permitir que aquela menina se isole num vilarejo no fim do mundo e passe a vida inteira de luto. Ela mal completou 18 anos.

Capítulo 14

Hawthorne, a propriedade ancestral de doze gerações da família Townsende, era formada por vinte mil hectares de bosques, planícies, colinas e campos férteis. Imponentes portões de ferro preto com o brasão do ducado bloqueavam a entrada, e um porteiro uniformizado saiu de uma guarita para abri-los para as elegantes carruagens.

Sentada ao lado da duquesa, Alexandra olhava pela janela enquanto o veículo seguia por um caminho sinuoso e sem buracos que atravessava hectares e mais hectares de um gramado verdejante imaculadamente aparado.

Árvores enormes ladeavam a estrada lisa, esticando os galhos imponentes como guarda-chuvas folhosos acima das carruagens. Apesar de Hawthorne pertencer a Anthony agora, o coração de Alexandra pensava na propriedade como sendo de Jordan. Aquele era seu lar, o lugar onde ele nascera, onde crescera até se tornar um homem. Ali, ela aprenderia mais sobre o marido e o conheceria melhor do que tivera oportunidade antes. O simples fato de estar naquele lugar já a fazia se sentir mais perto dele.

— Hawthorne é mais lindo do que qualquer lugar que eu já tenha imaginado — suspirou ela.

Anthony sorriu para seu entusiasmo maravilhado.

— Espere só até ver a casa — disse ele, e, pelo seu tom, Alexandra soube que seria grandiosa.

No entanto, mesmo avisada, ela perdeu o fôlego quando a carruagem fez a última curva na estrada. A oitocentos metros, exposta em todo seu esplendor majestoso, estava uma mansão de três andares de pedra e vidro, com mais de duzentos cômodos, disposta contra o fundo de colinas verdejantes, riachos azuis cristalinos e jardins floridos. Na frente, do outro lado da estrada, cisnes flutuavam na superfície tranquila de um lago enorme, e, à direita, um belo pavilhão branco, com colunas ao estilo grego clássico, tinha vista para o lago e o terreno.

— É mais do que lindo — sussurrou Alexandra —, é mais do que qualquer coisa.

Havia meia dúzia de lacaios parados nos belos degraus baixos que levavam até a porta da frente. Ignorando a sensação de que estava sendo extremamente grosseira, a moça seguiu o exemplo da duquesa-viúva e passou reto pelos criados, como se eles fossem invisíveis.

A porta foi escancarada por um empregado cujo porte arrogante logo deixou claro que aquele era o mordomo-chefe, comandante da equipe da casa. A duquesa-viúva o apresentou como Higgins e seguiu para o vestíbulo com Alexandra ao seu lado.

Uma ampla escadaria de mármore ia do salão da entrada para o andar de cima num gracioso semicírculo, seguindo por uma sacada e passando para o terceiro andar. Alexandra e a duquesa-viúva subiram juntas, e a moça foi levada a uma suíte esplendida de cômodos decorados em tons de rosa.

Depois que a camareira as deixou sozinhas, a velha dama se virou para Alexandra.

— Gostaria de descansar? Ontem foi um dia cansativo para nós duas.

A lembrança do funeral de Jordan no dia anterior era um misto de dor e descrença — uma névoa triste, cheia de rostos sérios que a observavam com curiosidade enquanto ela permanecia em silêncio ao lado da duquesa-viúva na enorme igreja. A mãe viúva de Anthony e seu irmão mais novo, que era coxo, ficaram do seu outro lado, seus rostos pálidos e sofridos. Meia hora antes, a carruagem deles seguira caminho para a antiga casa de Anthony. Alexandra gostara dos dois e ficara contente por morarem tão perto.

— Em vez de descansar, será que eu poderia ver o quarto dele? Sabe, fui casada com Jordan, mas nunca tive a oportunidade de conhecê-lo de verdade. Ele cresceu nesta casa, viveu aqui até a semana antes de nossos caminhos se cruzarem. — Um nó familiar e doloroso surgiu em sua garganta, e ela concluiu com uma voz vacilante: — Quero encontrá-lo, aprender sobre ele, e posso fazer isso aqui. Esse foi um dos motivos pelos quais concordei em vir para cá.

A duquesa-viúva ficou tão emocionada que ergueu a mão para tocar a bochecha pálida de Alexandra, mas caiu em si e disse, um pouco brusca:

— Pedirei a Gibbons, o lacaio-chefe, para vir orientá-la.

Gibbons, um homem atento, idoso, surgiu logo depois e acompanhou Alexandra ao que ele chamava de "Cômodos do Amo" — uma majestosa suíte de quartos no segundo andar, com uma parede inteira feita de vidros separados por fasquias, com vista para o terreno.

Assim que Alexandra entrou no recinto, sentiu o cheiro leve e dolorosamente familiar do perfume com aroma de especiarias de Jordan, o mesmo que sentira no rosto bem-barbeado quando dormira nos braços do marido. A dor daquela perda parecia penetrar seus ossos e permanecer dentro de seu corpo num latejar penoso e constante, porém, ainda assim, era estranhamente reconfortante estar ali, porque afastava a ideia de que seu súbito casamento de quatro dias com um desconhecido extraordinário fora fruto de sua imaginação.

Virando-se, a moça analisou carinhosamente cada centímetro do quarto, das sancas luxuosas entalhadas no teto aos tapetes persas magníficos de tons azuis e dourados a seus pés. Duas grandes lareiras de mármore bege ficavam em extremidades opostas do quarto espaçoso — tão altas que ela caberia em pé lá dentro. Uma cama imensa com uma colcha de seda azul-marinho bordada em ouro ficava sobre uma plataforma à extrema esquerda, sob um dossel azul e dourado imponente. À direita, duas poltronas de seda dourada se encaravam diante de uma das lareiras.

— Eu gostaria de dar uma olhada — explicou ela para o lacaio, sua voz em um sussurro reverente, como se aquele fosse um local sagrado, santo, mas era assim mesmo que se sentia.

Seguindo para a cômoda de pau-rosa, Alexandra passou a mão com carinho sobre as escovas com cabo de ágata, ainda dispostas como se esperassem ser usadas pelo dono, e, então, ficou na ponta dos pés, tentando ver seu reflexo no espelho embutido. No espelho de Jordan. Ele estava pendurado numa altura adequada para o duque, e, mesmo se esticando, Alexandra só conseguia enxergar a própria testa e os olhos. *Como ele era alto*, pensou, abrindo um sorriso encantador.

Mais três cômodos saíam do quarto — uma sala de vestir, um escritório com paredes cheias de livros e poltronas de couro macio, e outro espaço que fez Alexandra ficar sem ar. Diante dela estava um cômodo semicircular enorme, com paredes e piso de mármore preto com veias douradas, e um buraco enorme e fundo no meio, também de mármore.

— O que é isso? — perguntou ela.

— Uma sala de banho, Vossa Graça — explicou o lacaio, e fez outra mesura.

— Uma sala de banho? — repetiu Alexandra, encarando com ar maravilhado as torneiras de ouro e os belos pilares de mármore no perímetro da banheira, que seguiam para o teto e cercavam uma claraboia redonda.

— O amo acreditava em modernizações, Vossa Graça — esclareceu o lacaio, e Alexandra se virou ao ouvir o tom de orgulho e carinho na voz do criado idoso.

— Prefiro ser chamada apenas de "Srta. Alexandra" — explicou a moça com um sorriso gentil. O homem pareceu tão horrorizado que ela cedeu: — Então "Lady Alexandra". Você conhecia bem o meu marido?

— Melhor do que qualquer outro criado, com exceção do Sr. Smarth, o cavalariço-chefe.

Sentindo que teria um público ávido em Lady Alexandra, Gibbons imediatamente se ofereceu para guiá-la em um *tour* pela casa e pelo terreno, que durou três horas e incluiu visitas aos esconderijos favoritos de Jordan na infância, assim como uma apresentação a Smarth, o cavalariço-chefe, que prometeu lhe contar "tudo sobre o amo" quando ela visitasse os estábulos.

No fim da tarde, Gibbons terminou o passeio levando Alexandra a dois lugares, e um deles se tornou seu favorito no mesmo instante. Era uma longa galeria, onde duas fileiras de quadros em tamanho natural dos últimos onze duques de Hawthorne eram expostos em molduras douradas idênticas nas paredes compridas, junto com imagens de suas esposas e filhos.

— Meu marido era o mais bonito de todos — declarou ela depois de analisar cada quadro.

— Eu e o Sr. Higgins sempre dissemos a mesma coisa.

— Mas o quadro dele não está pendurado com os dos outros duques.

— Ouvi uma conversa que ele teve com o amo Anthony, dizendo que tinha mais o que fazer do que ficar posando com cara de importante e imponente. — O homem indicou duas imagens na fileira superior. — Ele está ali, quando garoto e quando tinha 16 anos. Seu pai insistiu que posasse para o outro, e o amo Jordan ficou irritadíssimo.

Um sorriso surgiu no rosto pálido de Alexandra quando ela fitou o menino com cabelo escuro ondulado ao lado da bela dama loura com sedutores olhos acinzentados. Parado do outro lado da poltrona de veludo vermelho — que mais parecia um trono — que a mulher ocupava, estava um homem bonito e sério, com ombros largos e a expressão mais vaidosa que Alexandra já vira.

O último lugar aonde Gibbons a levou foi um cômodo bem pequeno no terceiro andar, que, pelo cheiro, parecia estar fechado há muito tempo. Três mesinhas estavam voltadas para uma mesa bem maior na frente da sala, e um velho globo era sustentado por um suporte de bronze.

— Esta é a sala de aula — anunciou o lacaio. — O jovem amo passava mais tempo tentando fugir daqui do que qualquer coisa. E, então, acabava sendo punido pela vara do Sr. Rigly por ir mal nos estudos. Mesmo assim, ele aprendeu tudo de que precisava saber. O rapaz era esperto como uma raposa.

O olhar de Alexandra analisou o pequeno cômodo austero, se focando na mesa à direita. Entalhadas no topo estavam as iniciais *J-A-M-T*. As iniciais de Jordan. Ela as tocou com carinho enquanto olhava ao redor num misto de prazer e desconforto. Como aquele lugar assustador e inóspito era diferente do escritório alegre e bagunçado do avô, onde ela adorara ter aulas. Como era impensável receber golpes de vara do seu professor em vez de ser fascinada por ele.

Quando o lacaio finalmente se despediu, Alexandra voltou para a galeria para observar a imagem do marido aos 16 anos de idade. Olhando para ele, ela sussurrou num tom solene:

— Vou deixá-lo orgulhoso de mim, meu amor. Eu prometo.

NOS DIAS QUE SE SEGUIRAM, Alexandra embarcou nessa tarefa com toda sua determinação e inteligência, decorando páginas inteiras do livro de Debrett sobre os membros da aristocracia, devorando as obras sobre etiqueta, convenção e protocolo que a duquesa-viúva lhe dava. Sua dedicação logo lhe rendeu a aprovação da velha senhora, assim como tudo mais que a moça fazia — com apenas duas graves exceções, que fizeram a duquesa-viúva convocar Anthony à sua sala de estar uma semana após a chegada da família em Hawthorne.

— Alexandra está fraternizando com Gibbons e Smarth — declarou a velha dama num tom confuso e muito preocupado. — Em quarenta anos, nunca conversei tanto com os dois quanto ela.

Anthony ergueu as sobrancelhas e disse, inexpressivo:

— Ela considera os criados como parte da família. Isso ficou bem claro quando pediu para trazer seu mordomo e seu lacaio para cá. É inofensivo.

— Não vai achar Filbert e Penrose "inofensivos" quando os conhecer — rebateu a duquesa-viúva, taciturna. — Os dois chegaram hoje cedo.

Anthony lembrava que Alexandra descrevera os criados como idosos, e começou a comentar esse fato.

— Eles são...

— Um é surdo, e o outro é cego! — declarou a senhora, indignada. — O mordomo não consegue ouvir nada que não seja berrado em seu ouvido, e o lacaio anda esbarrando nas paredes e no mordomo! Apesar das sensibilidades de Alexandra, teremos que mantê-los fora de vista quando recebermos visitas. Não podemos deixar que os convidados vejam os dois esbarrando um no outro no vestíbulo e gritando para as paredes. — Quando Anthony pareceu achar mais graça na situação do que ficar preocupado, ela olhou de cara feia para o neto. — Se não vê problema algum nisso, imagino que seja impossível convencê-lo a parar com suas lutas de esgrima com Alexandra todas as manhãs. É um comportamento completamente inaceitável para uma donzela, além de exigir o uso de... de calças!

As chances de Anthony concordar com a avó sobre esse problema eram as mesmas que sobre a questão de confraternizar com os criados.

— Pelo meu bem e o de Alexandra, espero que a senhora não a proíba de lutar comigo. É inofensivo, e ela gosta. Diz que a mantém em forma.

— E pelo seu bem? — perguntou a duquesa-viúva, irritada.

Anthony sorriu.

— Ela é uma adversária formidável e me ajuda a praticar. Eu e Jordan éramos considerados dois dos melhores espadachins da Inglaterra, mas preciso me esforçar com Alexandra, e ela ainda consegue me vencer na metade das vezes.

Quando Tony foi embora, a duquesa-viúva encarou a poltrona vazia diante de si com um ar desamparado, sabendo muito bem por que não quisera conversar com a moça sobre as questões que discutira com o neto: não conseguiria reprimir Alexandra, não quando sabia o quanto ela estava se esforçando para permanecer alegre. Por quase uma semana, o sorriso contagiante e a risada musical da moça tinham iluminado Hawthorne. E a duquesa-viúva sabia muito bem que ela não sorria porque sentia vontade, mas por querer melhorar o ânimo de todos ao redor — inclusive de si mesma. Alexandra era, pensou a velha senhora, uma mistura especial de sinceridade, gentileza, determinação e coragem.

Sem saber que seus atos causavam qualquer incômodo à duquesa-viúva, Alexandra se ajustou à rígida rotina da vida formal na mansão ducal. Conforme a primavera se transformava em verão, ela seguiu com seus estudos, dedicando o tempo livre a passeios pelos belos jardins ou visitando os vastos estábulos, onde Smarth lhe contava histórias maravilhosas sobre a infância e a juventude de Jordan. Como o lacaio Gibbons, Smarth era fã inveterado do patrão e bastaram poucas semanas para que ele ficasse completamente encantado pela moça adorável com quem o duque se casara.

Para Alexandra, os dias eram atarefados, mas Jordan nunca saía de sua mente. Um mês após sua morte, a pedido dela, uma pequena placa de mármore com o nome do marido e suas datas de nascimento e falecimento fora instalada — não no cemitério da família, como era o costume, mas na extremidade do lago, nos limites dos bosques próximos ao pavilhão.

A moça achava o lugar bonito — ainda mais quando comparado ao cemitério solitário atrás de uma colina nos fundos da mansão. Ainda assim, não ficara completamente satisfeita. Fora conversar com o jardineiro-chefe, que lhe dera algumas mudas para plantar no bosque. Após alguns dias, voltara para pegar mais flores. Mas, só no fim, Alexandra percebera que, sem se dar conta, estava duplicando a pequena clareira em que Jordan a comparara a um quadro de Gainsborough.

Assim, ela passou a amar ainda mais o lugar e passava centenas de horas felizes sentada no pavilhão, olhando para a clareira em miniatura e se lembrando de cada minuto que os dois passaram juntos.

Sozinha, a moça refletia com carinho sobre cada gesto bondoso de Jordan — desde lhe dar um cachorrinho que obviamente não queria a casar-se com ela para salvar sua reputação.

Mas, acima de tudo, sua mente se voltava para a doçura e a insistência ávida dos beijos do marido, para o prazer torturante de suas carícias, de suas mãos perambulantes. Quando se cansava de se lembrar dos beijos que trocaram de verdade, passava a imaginá-los em cenários diferentes — beijos maravilhosos que terminavam com Jordan se ajoelhando com a mão no coração, declarando seu amor eterno. Quanto mais ela refletia sobre o tempo que passaram juntos, mais certeza tinha de que o marido começara a amá-la antes de morrer.

Com o auxílio e o incentivo das versões exageradas de Gibbons e Smarth sobre os pequenos atos de bravura de Jordan na infância e suas habilidades másculas, Alexandra o colocou num pedestal, atribuindo-lhe as virtudes de um santo, a coragem de um guerreiro e a beleza de um arcanjo. Sob a luz otimista de suas lembranças, imortalizou cada palavra gentil que o marido pronunciara, cada sorriso carinhoso, cada beijo ardente — numa versão melhorada.

Não lhe ocorreu que Smarth e Gibbons poderiam não enxergar os defeitos do patrão ou que, num consenso mútuo implícito, cuidadosamente censuravam de suas conversas quaisquer atividades que não agradariam muito a jovem dama.

Nunca mencionaram uma linda bailarina nem suas várias predecessoras, assim como não tocaram no nome da governanta que compartilhara a cama dele naquela mesma casa.

Com base nas histórias entusiásticas que ouvia, Alexandra obviamente presumiu que o marido fora admirado por sua coragem, ousadia e honra. Ela jamais imaginaria que ele também era bastante conhecido por seus flertes descarados, conquistas amorosas e casos escandalosos com mulheres que só possuíam uma qualidade importante em comum: beleza.

Assim, com todo o fervor de seus 18 anos, Alexandra passava seus dias praticando piano, decorando tomos sobre protocolo social, ensaiando conversas educadas com sua tutora e imitando os gestos da única duquesa que tinha por perto para usar como exemplo — a avó de Jordan. E fez tudo isso para que, quando fosse a Londres, a alta sociedade a visse como alguém digna do nome e da reputação de Jordan Townsende.

E, enquanto ela se dedicava a dominar uma série de habilidades que faria seu marido morrer de tédio, a Natureza — como se visse graça em seus esforços desnecessários — lhe deu em abundância a única característica necessária para garantir que a sociedade a considerasse realmente "digna" do antigo duque: beleza.

Parado diante da janela, observando Alexandra galopar para perto da casa num traje de cavalgada azul-claro, Anthony olhou para a avó, que estava ao seu lado.

— É impressionante — disse ele, num tom irônico. — Em um ano, ela desabrochou numa bela mulher.

— Não há nada de impressionante nisso — rebateu a duquesa-viúva com ríspida lealdade. — Alexandra sempre teve traços excelentes e uma ótima estrutura facial, mas era magra e jovem demais. Ainda não tinha se desenvolvido o suficiente. Eu mesma também demorei a amadurecer.

— É mesmo? — perguntou Anthony, sorrindo.

— Pois é — disse ela com afetação, e, então, ficou séria. — Ela ainda leva flores para a placa de Jordan todos os dias. No inverno passado, meus olhos se encheram de lágrimas quando a vi atravessando a neve com flores da estufa.

— Eu sei — disse Tony, triste.

Seu olhar voltou para a janela enquanto Alexandra acenava para eles e entregava Satanás para um cavalariço. O cabelo brilhoso e bagunçado pelo vento estava comprido agora, cascateando em ondas e cachos até o meio de suas costas; sua pele era rosada, os olhos com cílios escuros brilhavam como enormes águas-marinhas.

Jordan a confundira com um menino, mas, agora, o traje de cavalgada azul revelava um corpo feminino atraente, cheio de curvas nos lugares certos. Os olhos de Anthony acompanharam o movimento suave do seu quadril enquanto ela subia os degraus da frente, admirando a graciosidade tranquila com que aquelas pernas compridas se moviam. Tudo nela era capaz de atrair e prender a atenção de um homem.

— Daqui a algumas semanas, quando ela for apresentada à sociedade — pensou Tony em voz alta —, vamos ter que afastar os pretendentes a pauladas.

Capítulo 15

Londres

— Anthony — disse a duquesa-viúva, inquieta, caminhando de um lado para o outro da sala de estar com seu vestido prateado de seda. — Acha que cometi um erro por não ter contratado uma mulher mais jovem para ensinar Alexandra a se comportar na sociedade?

Dando as costas para o espelho que usava para ajeitar as dobras intricadas de sua gravata branca impecável, Tony sorriu diante do nervosismo de última hora da avó sobre o *début* de Alexandra naquela noite.

— Não podemos mudar isso agora.

— Bem, quem poderia ser mais adequada para ensiná-la a se comportar de forma apropriada? Não sou considerada um exemplo de etiqueta pela sociedade? — lembrou a duquesa-viúva ao neto, mudando de ideia.

— De fato — disse Tony, evitando mencionar que argumentara desde o início que Alexandra não devia aprender a imitar uma mulher de 71 anos.

— Não posso seguir adiante com isso — declarou ela de repente, desabando sobre uma poltrona, sua expressão completamente desesperada. Tony riu diante daquela exibição inédita de dúvida e incerteza, e ela o encarou, carrancuda. — Você não vai estar rindo daqui a pouco — previu a velha dama, sombria. — Hoje, preciso convencer o *crème de la crème* da sociedade a aceitar uma moça sem fortuna, sem parentes importantes e sem berço. As chances de acabar em desastre são enlouquecedoras! Sem dúvida vão me desmascarar e me expor como uma farsante.

Anthony se aproximou da mulher apreensiva cujos olhares intimidantes, língua ferina e frieza intimidavam a sociedade e toda a sua família havia cinco décadas, com exceção de Jordan. Pela primeira vez em sua vida, ele deu um beijo espontâneo na testa da avó.

— Ninguém ousaria desafiar a senhora excluindo Alexandra, mesmo que suspeitem de suas origens. Vai dar tudo certo. Uma mulher inferior poderia fracassar, mas não a senhora, vovó. Não uma mulher tão distinta.

A duquesa-viúva digeriu isso e lentamente inclinou a cabeça grisalha num gesto régio.

— Você está completamente certo, é claro.

— É claro — disse Anthony, escondendo um sorriso. — E a senhora não precisa se preocupar com Alexandra revelar suas origens.

— Estou mais preocupada com ela revelar seus pensamentos do que suas origens. Não sei o que o avô dela estava pensando quando resolveu encher sua cabeça com abobrinhas intelectuais. Sabe — admitiu a velha senhora, ansiosa —, quero tanto que ela tenha uma temporada maravilhosa, que seja admirada e encontre um ótimo pretendente. É uma pena que Galverston tenha pedido a filha dos Waverly em casamento na semana passada. Ele é o único marquês solteiro na Inglaterra, o que significa que Alexandra vai ter que se contentar com um conde ou menos.

— Se é isso que a senhora espera, vovó, acho que vai se decepcionar — disse Tony com um suspiro. — Alexandra não tem interesse algum nas distrações da temporada nem em ser admirada pelos galanteadores da cidade.

— Que disparate. Faz meses que ela estuda e se esforça para isso!

— Mas não pelos motivos que a senhora acredita — disse Anthony, melancólico. — Alexandra só veio para cá porque está convencida de que Jordan queria que ela ocupasse seu lugar na sociedade como sua esposa. Só existe um motivo por trás de tanto esforço: ela quer ser digna dessa honra. Casamento não está nos seus planos. Foi isso que me disse ontem à noite. Alexandra está convencida de que Jordan a amava, creio eu, e pretende "se sacrificar" à sua memória.

— Meu Deus! — exclamou a duquesa-viúva, embasbacada. — A garota mal completou 19 anos! É claro que precisa se casar de novo. O que você disse a ela?

— Nada — respondeu Anthony com cinismo. — Como eu poderia explicar que, para se integrar aos círculos sociais de Jordan, seria melhor ela ter estudado a arte do flerte e dos galanteios, em vez de praticar como puxar assuntos educados e decorar os nomes da aristocracia inteira?

— Vá embora, Anthony — suspirou a avó. — Você está me deixando deprimida. Veja por que Alexandra está demorando tanto. Já está na hora de irmos.

No corredor do lado de fora de seu quarto, Alexandra estava parada diante de um quadro pequeno de Jordan que descobrira numa sala que não era usada e que pedira para ser pendurado ali, de forma que o visse sempre que passasse. A pintura fora feita havia dois anos, e, nela, Jordan estava sentado com as costas apoiadas numa árvore e uma perna dobrada, o braço casualmente jogado sobre o joelho, encarando o artista. Alexandra adorava a pose natural, nada forçada, mas era sua expressão que a atraía como um ímã e fazia seu coração bater mais rápido — porque era o mesmo olhar que ele exibia quando estava prestes a beijá-la. Os olhos acinzentados estavam semicerrados, exibindo um ar astucioso; um sorriso preguiçoso e pensativo pairava em seus lábios. Erguendo uma das mãos, Alexandra levou os dedos trêmulos à boca do marido.

— Hoje é a nossa noite, meu amor — sussurrou. — Você não vai ter vergonha de mim. Eu juro.

De canto de olho, ela viu Anthony se aproximar e rapidamente afastou a mão. Sem tirar os olhos do rosto atraente de Jordan, disse:

— O artista que pintou isto é muito talentoso, mas não consigo entender sua assinatura. Quem é?

— Allison Whitmore — respondeu Anthony, direto.

Surpresa com a ideia de uma mulher pintora e pelo tom ríspido de Anthony, Alexandra hesitou, mas deu de ombros e girou lentamente, se exibindo.

— Olhe só para mim, Anthony. Acha que ele ficaria orgulhoso se me visse agora?

Engolindo a vontade de dar a Alexandra um gostinho da realidade e contar que Lady Allison Whitmore pintara aquele quadro enquanto estava tendo um caso tórrido com Jordan, Anthony afastou o olhar da imagem e obedeceu ao pedido. E perdeu o ar com o que viu.

Parada diante dele estava uma beldade de cabelo escuro, envolta num vestido decotado e sedutor de chiffon azul-esverdeado cintilante, no tom exato de seus olhos magníficos. O tecido passava por seus seios fartos na diagonal, ajustando-se à cintura fina e ao quadril levemente arredondado. O sedoso cabelo castanho estava afastado da testa, caindo em cachos esvoaçantes sobre os ombros e pelas costas. Diamantes enfeitavam as ondas escovadas, brilhando como estrelas contra o cetim resplandecente, e dispostos ao redor do pescoço esbelto e num dos pulsos. Mas fora seu rosto que fizera Anthony ficar sem fôlego.

Apesar de Alexandra Lawrence Townsende não possuir a clássica beleza de cabelos louros e pele clara, ela ainda era um dos seres mais atraentes e incitantes que ele já vira. Sob aqueles cílios escuros, olhos capazes de encantar e desarmar lhe encaravam cheios de franqueza, ignorantes de seu efeito hipnotizador. A boca rosada e farta pedia pelo beijo de um homem, mas seu sorriso sofisticado deixava bem claro que ninguém devia chegar perto demais. Alexandra conseguia parecer sedutora e intocável ao mesmo tempo, virginal e sensual, e era aquele contraste que a tornava tão fascinante — isso e sua óbvia falta de percepção de tal fascínio.

As maçãs do rosto proeminentes, de traços delicados, ficaram um pouco pálidas enquanto a jovem dama esperava o homem silencioso lhe dizer se Jordan teria gostado de sua aparência naquela noite.

— Estou tão mal assim? — perguntou ela, brincando para esconder a decepção.

Sorrindo, Anthony segurou suas mãos enluvadas e respondeu, sincero:

— Jordan ficaria deslumbrado, assim como o restante da aristocracia vai ficar quando vir você. Poderia reservar uma dança para mim esta noite? Uma valsa? — acrescentou ele, encarando aqueles grandes olhos.

Na carruagem a caminho do baile, a duquesa-viúva lhe deu suas últimas instruções:

— Não precisa se preocupar com seus talentos para a valsa, minha querida, nem com quaisquer outras cortesias sociais que esperem de você hoje. Porém — alertou ela num tom severo —, devo lembrá-la mais uma vez que a apreciação de *Anthony* — a velha senhora fez uma pausa para lançar um olhar de reprovação para o neto — por seu intelecto não deve incentivá-la a dizer qualquer coisa que a faça parecer estudiosa e inteligente. Porque, se isso acontecer, garanto que não será benquista. Como já lhe disse várias vezes, cavalheiros não gostam de mulheres cultas demais.

Tony apertou a mão dela num gesto encorajador enquanto o trio descia da carruagem.

— Não se esqueça de guardar uma dança para mim — disse ele, sorrindo para seus olhos brilhantes.

— Você pode ficar com todas se quiser.

Alexandra riu e prendeu a mão na dobra do braço dele, tão inconsciente de sua beleza quanto de seu efeito sobre Anthony.

— Vou ter que entrar na fila — disse ele. — Mesmo assim, esta vai ser a noite mais agradável que tenho em anos.

Pela primeira meia hora do baile de Lorde e Lady Wilmer, a previsão de Tony pareceu ser verdadeira. Ele fizera questão de seguir na frente das duas para o salão para assistir à grande entrada da avó e Alexandra. E valeu a pena. A Duquesa-Viúva de Hawthorne marchou para a festa como uma leoa protegendo o filhote — com o busto estufado, a coluna empertigada e o queixo empinado para cima, numa postura agressiva que parecia *desafiar* qualquer um ali a ter coragem de questionar sua decisão de associar sua enorme distinção a Alexandra ou sequer *cogitar* fazer pouco dela.

O momento parecia seguir em câmera lenta. Por um minuto inteiro, quinhentos dos membros mais ilustres, indiferentes e sofisticados da aristocracia emudeceram para encarar a dama mais respeitada, austera e influente da Inglaterra, que parecia estar ao dispor de uma moça que ninguém conhecia. Sussurros começaram a soar pelo salão, e monóculos foram erguidos conforme a atenção ia da duquesa-viúva para a jovem beldade ao seu lado, que não lembrava nem um pouco a moça pálida e magricela que fizera uma breve aparição no funeral de Jordan.

Ao lado de Anthony, Sir Roderick Carstairs ergueu as sobrancelhas arrogantes e comentou:

— Hawthorne, imagino que você possa nos esclarecer a respeito da identidade da bela morena ao lado da sua avó?

Anthony encarou Carstairs com um ar indiferente.

— A viúva do meu falecido primo, a atual Duquesa de Hawthorne.

— Mentira! — exclamou Roddy com a expressão mais próxima à surpresa que Anthony já vira ser exibida naquele rosto eternamente entediado. — Está me dizendo que esse ser fascinante é a mesma coisinha sem graça, patética e desgrenhada que vi no funeral de Hawk?

Lutando para reprimir sua irritação, Tony disse:

— Ela estava em choque e ainda era muito jovem quando você a viu pela última vez.

— O tempo fez bem a ela — observou o outro homem, seco, erguendo os óculos e se concentrando em Alexandra —, como um vinho. Seu primo sempre foi um ótimo conhecedor de vinhos e mulheres. Ela faz jus à reputação dele. Sabia — continuou numa voz entediada, sem tirar o olhar de Alexandra — que a bela bailarina de Hawk ainda não admitiu nenhum outro homem em sua cama? Não é curioso pensar que estamos vendo o dia em que a amante de um homem é mais fiel a ele do que sua própria esposa?

— O que você está sugerindo? — questionou Anthony.

— Sugerindo? — perguntou Roddy, focando seu olhar irônico nele. — Ora, nada. Porém, se não quiser que o restante da sociedade chegue à mesma conclusão que eu, talvez seja melhor parar de olhar para a viúva de Jordan com esse ar possessivo. Ela mora com você, não mora?

— Cale a boca! — bradou Tony.

Em uma de suas famosas mudanças de humor, Sir Roderick Carstairs sorriu sem rancor.

— A orquestra vai começar a tocar. Venha me apresentar à moça. Quero a primeira dança.

Anthony hesitou, mentalmente rangendo os dentes. Ele não tinha qualquer motivo para não apresentar os dois; além do mais, caso se recusasse, era bem óbvio que Carstairs se vingaria esnobando Alexandra ou — pior — repetindo as insinuações que acabara de fazer. E Roddy era o membro mais influente do grupo dos seus contemporâneos.

Tony herdara o título de Jordan, mas tinha plena consciência de que não possuía a arrogância gélida nem a autoconfiança inabalável que tornara seu primo o homem mais respeitado da aristocracia. Ele sabia que a avó poderia forçar toda a alta sociedade a aceitar Alexandra e garantiria que as pessoas da sua idade conversassem com ela, mas não tinha influência para obrigar a geração de Tony a fazer o mesmo. Nem ele próprio tinha. Mas Carstairs era outra história. Os mais jovens morriam de medo da língua ferina de Roddy, e nem os círculos de amigos de Tony desejavam se tornar alvo das críticas do homem.

— É claro — acabou concordando.

Com um mau pressentimento, o novo duque apresentou Carstairs a Alexandra e ficou observando Roddy executar uma mesura galante e pedir a honra de uma dança.

A valsa já estava quase terminando quando Alexandra começou a relaxar e parou de contar os passos em sua cabeça. Na verdade, ela acabara de decidir que era improvável que cometesse um erro e pisasse no calçado elegante de seu parceiro de dança sofisticado e de expressão entediada quando ele disse algo que quase causou exatamente isso.

— Diga-me, minha querida — começou ele num tom mordaz —, como foi que conseguiu desabrochar desse jeito na companhia frígida da Duquesa-Viúva de Hawthorne?

A música se intensificava enquanto a valsa chegava ao fim, e Alexandra teve certeza de que ouvira errado.

— Eu... Perdão?

— Eu estava expressando minha admiração pela senhorita ter conseguido sobreviver um ano inteiro na companhia de nosso mais respeitável cubo de gelo, a duquesa-viúva. Atrevo-me até a dizer que ofereço meus pêsames por tudo que deve ter passado nos últimos tempos.

Alexandra, que não tinha experiência alguma com esse tipo de tirada afiada e sofisticada nem sabia que conversas assim eram consideradas elegantes, reagiu com uma lealdade horrorizada à mulher que passara a amar.

— É óbvio que o senhor não conhece bem Sua Graça.

— Ah, mas conheço. E ofereço minhas profundas condolências.

— Não preciso das suas condolências, milorde, e é óbvio que o senhor não a conhece bem o suficiente para falar dela dessa maneira.

Roddy Carstairs a encarou com ar de desagrado.

— Ouso dizer que a conheço bem o suficiente para ter sido alvo de sua frieza em várias ocasiões. A anciã é uma megera.

— Ela é generosa e boa!

— Vossa Graça — disse ele com um sorriso zombeteiro — está com medo de falar a verdade ou é a moça mais ingênua do mundo.

— E o senhor — rebateu Alexandra com uma frieza glacial que faria jus à própria duquesa-viúva — é cego demais para ver a verdade ou é extremamente maldoso.

Foi então que a valsa acabou, e Alexandra cometeu o insulto imperdoável — e inconfundível — de dar as costas para ele e se afastar.

Sem saber que o salão inteiro a observava, ela voltou para Tony e a duquesa-viúva, mas suas ações tinham sido notadas por convidados demais, muitos dos quais não perderam tempo em caçoar do cavalheiro orgulhoso por sua falta de sucesso com a jovem duquesa. Por sua vez, Sir Roderick se vingou ao se tornar seu maior crítico naquela mesma noite, expressando para os amigos sua descoberta, durante a breve dança, de que a Duquesa de Hawthorne era uma moça fútil, tola e vaidosa, além de entediante e sem assunto, requinte ou sagacidade.

Em uma hora, Alexandra inocentemente confirmou para os convidados sua triste tolice. Ela estava com um grupo enorme de pessoas elegantes com vinte e trinta e poucos anos. Vários dos convidados discutiam com animação o balé a que assistiram no dia anterior e a performance fascinante de uma bailarina chamada Elise Grandeaux. Virando-se para Anthony, Alexandra ergueu um pouco a voz para conseguir ser ouvida em meio ao barulho e, inocentemente, perguntou se Jordan apreciava balé. Duas dúzias de pessoas pareceram emudecer e encará-la com expressões que iam de vergonha a escárnio.

O segundo incidente ocorreu logo depois. Anthony a deixara com um grupo de jovens, incluindo dois almofadinhas que discutiam a altura aceitável de golas de camisa, quando o olhar de Alexandra foi atraído por duas das mulheres mais lindas que já vira. Elas estavam paradas ali perto, mas de costas uma para a outra, e ambas analisavam discretamente a aparência da jovem duquesa. Uma era loura, tinha vinte e poucos anos e uma beleza fria; a outra era morena, exuberante e alguns anos mais jovem.

Jordan certa vez dissera que Alexandra o lembrava de uma pintura de Gainsborough, pensou ela com carinho, mas aquelas mulheres eram dignas de um mestre como Rembrandt. Percebendo que o Sr. Warren estivera lhe dirigindo a palavra, Alexandra pediu desculpas por não estar prestando atenção e inclinou a cabeça na direção das duas mulheres que a distraíam.

— Elas não são as damas mais belas que o senhor já viu? — perguntou ela com um sorriso cheio de admiração e sem qualquer traço de inveja.

O grupo ao redor olhou para as duas, depois para a jovem duquesa. Sobrancelhas foram erguidas; olhos, arregalados; leques, levados à boca para esconder sorrisos divertidos. No fim do baile, quatrocentas pessoas já tinham ouvido falar que a viúva de Hawk admirara duas de suas antigas amantes, Lady Allison Whitmore e Lady Elizabeth Grangerfield. A fofoca era tão divertida que até Lady Grangerfield e Lady Whitmore — cuja amizade fora destruída muito tempo atrás devido ao desejo pelo mesmo homem — ficaram sabendo. E, pela primeira vez em anos, as duas foram vistas rindo juntas, como melhores amigas.

Alexandra não fazia ideia de sua última gafe, mas estava bastante ciente de que, conforme a noite progredia, as pessoas pareciam estar escondendo sorrisos por trás das mãos, rindo às suas custas.

No caminho de volta para casa, ela implorou para Anthony lhe contar se algo dera errado, mas ele apenas lhe dera um tapinha no ombro e garantira que tudo tinha sido "um grande sucesso", enquanto a duquesa-viúva acrescentava que "seu comportamento fora excelente".

Apesar disso, seus instintos lhe diziam que havia algo errado. Durante a semana seguinte cheia de bailes, festas, chás da tarde e saraus, os olhares maliciosos se tornaram quase insuportáveis. Magoada e confusa, Alexandra buscou refúgio entre as amigas da duquesa-viúva, que, apesar de décadas mais velhas, não pareciam vê-la como uma criatura cômica, peculiar e patética. Além disso, permitiam que ela contasse as histórias maravilhosas sobre as habilidades e a ousadia de Jordan, contadas pelo lacaio-chefe e o cavalariço-chefe do falecido duque, como, por exemplo, a ocasião em que ele salvara o cavalariço-chefe de se afogar.

Não ocorreu a Alexandra que as senhoras educadas que ouviam seus relatos maravilhados concluíam que ela se apaixonara perdidamente por Hawthorne — nem que essas mesmas mulheres repetiriam tal observação para seus parentes mais jovens, que, por sua vez, a confidenciavam para seus amigos.

Era raro que alguém a convidasse para dançar, e apenas os homens interessados no dote generoso que Anthony e a duquesa-viúva ofereciam o faziam — ou aqueles que queriam provar o corpo da moça que fora casada com um dos libertinos mais notórios da Inglaterra. Alexandra sentia, sem saber por quê, que nenhum desses cavalheiros estava realmente interessado nela, então fazia a única coisa em que conseguia pensar para esconder sua confusão e tristeza: empinava o nariz e, com uma frieza educada, deixava bem claro que preferia permanecer com as amigas da duquesa-viúva.

Como resultado, ela ficou conhecida como a Duquesa de Gelo, e o apelido maldoso se tornou popular. Piadas circulavam pela alta sociedade sugerindo que Jordan Townsende talvez tivesse preferido se afogar do que morrer de frio na cama da esposa. As pessoas adoravam lembrar que ele fora visto saindo da casa luxuosa que bancava para sua bela bailarina na mesma tarde em que seu casamento fora anunciado no jornal.

Além disso, era sempre comentado com muita zombaria que, naquela mesma noite, a amante de Jordan explicara aos risos para uma amiga que o casamento do duque fora por uma questão de "*in*conveniência" e que ele não tinha intenção alguma de terminar o relacionamento dos dois.

Dentro de duas semanas, Alexandra sofria por saber que era uma pária social, mas, como não ouvia as fofocas, era incapaz de descobrir o motivo. Ela só tinha certeza de que a aristocracia a tratava com depreciação, deboche ou, às vezes, puro desdém — e que decepcionara Jordan. O último fato era o que mais a magoava. A moça passava horas parada diante do quadro do marido no corredor, se esforçando para não chorar, se desculpando em silêncio por seu fracasso e implorando que a perdoasse.

— ESTÁ ME OUVINDO, Hawthorne? Acorde, homem!

Com um esforço que quase sugou todas as suas forças, Jordan reagiu à ordem sussurrada e se forçou a abrir os olhos. Uma luz branca ofuscante entrava pelas aberturas minúsculas no alto das paredes e fazia arder seus olhos, enquanto a dor novamente o fazia mergulhar no esquecimento sombrio da inconsciência.

Já era noite novamente quando ele voltou a acordar e viu o rosto sujo de George Morgan, o outro prisioneiro do *Lancaster* a quem não via desde que foram tirados do navio três meses antes.

— Onde estou? — perguntou ele, sentindo o sangue jorrar de seus lábios rachados e secos.

— No inferno — disse o americano, amargurado. — Num porão francês, para ser mais exato.

Jordan tentou erguer um braço e descobriu que estava preso por correntes pesadas. Seu olhar seguiu a corrente até o anel de ferro cravado na parede de pedra, analisando-a com uma confusão desnorteada, tentando determinar por que estava acorrentado enquanto George Morgan permanecia solto.

Compreendendo sua dúvida, o companheiro respondeu:

— Você não lembra? A corrente é parte de sua recompensa por ter atacado um guarda e quebrado seu nariz, sem mencionar quase ter cortado a garganta do homem com sua própria faca quando eles o trouxeram hoje cedo.

Jordan fechou os olhos, mas não conseguia se lembrar de ter brigado com um guarda.

— Qual foi o restante da minha recompensa? — perguntou ele com a voz rouca, estranha até para os próprios ouvidos.

— Três ou quatro costelas quebradas, um rosto cheio de hematomas e costas que parecem feitas de carne crua.

— Encantador — resmungou Jordan. — Houve algum motivo específico para resolverem me espancar em vez de me matar?

Seu tom frio impassível fez George soltar uma risada admirada.

— Puxa, mas vocês, aristocratas ingleses, realmente não se deixam abalar por nada, não é? É como se nada tivesse acontecido.

Mexendo atrás dele, George enfiou uma caneca de estanho num balde cheio de água limosa, removeu o máximo possível do bolor que estava por cima e levou o líquido aos lábios ensanguentados de Jordan.

O duque bebeu, mas cuspiu tudo, enojado e furioso. Ignorando a reação, George voltou a pressionar a caneca nos lábios do homem indefeso e disse:

— Ora, sei que o aroma não é tão delicado quanto o do seu vinho Madeira favorito, e isto não é uma taça de cristal chique e limpa, mas, se você não beber, vai acabar privando nossos guardas do privilégio de matá-lo, e eles vão descontar a decepção em mim.

Jordan franziu as sobrancelhas, mas percebeu que o outro homem brincava e aceitou alguns goles do líquido desagradável.

— Assim é melhor. Você gosta mesmo de se torturar, meu camarada — continuou ele num tom despreocupado, apesar de parecer preocupado ao imobilizar o peito de Jordan com tiras cortadas da própria camisa. — Se a sua mãe tivesse lhe ensinado a ser educado quando se conversa com dois homens armados e de mau humor, talvez não tivesse levado uma surra.

— O que está fazendo?

— Tentando imobilizar suas costelas. Agora, para responder sua pergunta sobre por que não mataram você, os franceses o querem vivo para o caso de a Inglaterra capturar um deles. Ouvi um dos soldados comentar que você é um trunfo caso queiram fazer uma troca. Mas você não está colaborando e tentando se manter vivo. Não quando xinga um guarda e comete a grosseria de tentar roubar sua arma. Pela sua cara, acho que não lhe fiz nenhum favor quando o tirei do oceano e nos enfiei naquela fragata francesa que nos trouxe até aqui.

— Estou tão mal assim? — perguntou Jordan sem muito interesse.

— Eu diria que, se levar mais uma surra dessas, não vai ser recebido com muito carinho pelas suas duas mulheres quando voltar para casa.

A inconsciência prendia seus tentáculos ao redor dele, tentando puxá-lo novamente para a escuridão, e Jordan lutou para permanecer acordado, preferindo a dor ao vazio.

— Que "duas mulheres"?

— Acho que você deve saber melhor que eu. Uma se chama Elise. É sua esposa?

— Amante.

— E Alexandra?

Jordan piscou, tentando clarear os pensamentos confusos. Alexandra Alexandra...

— Uma criança — disse ele conforme a visão distante de uma menina de cabelo escuro empunhando uma espada de mentira dançava em sua mente.

— Não — sussurrou ele, amargamente arrependido enquanto sua vida passava rapidamente diante de seus olhos. Uma vida de flertes insignificantes e libertinagem, uma vida sem sentido que culminara em seu casamento voluntarioso e impulsivo com uma garota deslumbrante com quem só dividira a cama de verdade uma vez. — Minha esposa.

— Sério? — perguntou George, parecendo impressionado. — Você tem uma amante, uma esposa e uma filha? Uma de cada.

— Não... — corrigiu Jordan, disperso. — Nenhuma filha. Uma esposa. Várias amantes.

George riu e esfregou a barba suja com uma das mãos.

— Não quero parecer crítico. Admiro um homem que sabe viver bem. Mas *várias* amantes? — continuou ele, chocado.

— Não ao mesmo tempo — corrigiu Jordan, trincando os dentes para suportar a dor.

— Onde eles deixaram você esse tempo todo? Não o via desde que os franceses nos tiraram do navio três meses atrás.

— Recebi um quarto particular e atenção especial — respondeu Jordan com ironia, se referindo ao buraco escuro embaixo da masmorra em que morara entre sessões periódicas de tortura que quase o fizeram enlouquecer de dor.

O companheiro de cela observou seu corpo surrado com o cenho franzido de preocupação, mas tentou manter a voz tranquila.

— O que você disse aos franceses para que eles lhe detestassem tão mais do que a mim?

Jordan tossiu e trincou os dentes para suportar a dor lancinante em seu peito.

— Meu nome.

— E?

— E eles se lembraram de mim... — Ele arfou, lutando para manter a consciência. — Da época em que lutei na Espanha.

George franziu as sobrancelhas, confuso.

— Eles fizeram isso tudo com você por causa de algo que aconteceu na Espanha?

O homem semiconsciente concordou de leve com a cabeça, fechando os olhos.

— E porque... acham que ainda tenho... informações. Sobre o exército.

— Escute, Hawthorne — disse George, desesperado. — Você estava resmungando algo sobre um plano de fuga quando entrou aqui. Esse plano existe?

Ele assentiu com a cabeça de novo.

— Quero ir junto. Mas, Hawthorne... você não vai sobreviver a outra surra. Estou falando sério, meu camarada. Não irrite mais os guardas.

A cabeça de Jordan pendeu para o lado quando ele finalmente perdeu a batalha para permanecer acordado.

Sentado sobre os calcanhares, George balançou a cabeça, desesperado. O *Versailles* perdera tantos homens na batalha sangrenta contra o *Lancaster* que o capitão francês pescara três homens da água e os usara para suplementar sua tripulação bastante reduzida. Um deles morrera por causa dos ferimentos em menos de um dia. George se perguntou se seu companheiro de cela estava prestes a se tornar a segunda vítima.

Capítulo 16

Na noite do baile de Lorde e Lady Donleigh, na terceira semana depois de seu *début*, Alexandra estava tão deprimida, tão tensa, que se sentia dormente por dentro. Parecia que nunca mais conseguiria rir de alegria nem encontrar consolo nas lágrimas. Mas, naquela noite fatídica, as duas coisas aconteceram.

Diante das insistências sussurradas da duquesa-viúva, Alexandra, educada, porém relutante, concordara em dançar com Lorde Ponsonby, um janota de meia-idade tedioso e afetado de língua presa que se vestia como um pavão e que pomposamente lhe informou durante a dança que era considerado um homem de inteligência superior. Hoje, ele vestia uma calça de cetim laranja até o joelho, que se inflava ao cobrir sua barriga protuberante, um colete de cetim roxo-escuro e um casaco amarelo comprido com bordados dourados — uma combinação que fazia Alexandra pensar numa grande pilha de frutas maduras demais.

Em vez de retorná-la para a duquesa-viúva quando a dança terminou, Lorde Ponsonby (que, de acordo com os boatos que Alexandra ouvira, precisava de uma esposa rica para pagar suas abundantes dívidas de jogo) a puxou com firmeza na direção oposta.

— Vossa Graça precisa me acompanhar até aquela alcova agradabilíssima. A duquesa-viúva me disse na outra noite que a senhora se interessa por filosofia, então vou tentar lhe explicar um pouco mais sobre um dos melhores filósofos da antiguidade: Horácio.

Alexandra percebeu que a velha dama devia estar muito preocupada com sua falta de parceiros para chegar ao ponto de se gabar sobre o intelecto dela.

— Ora, não precisa se preocupar — disse o homem, enganado sobre o motivo por trás do desânimo da jovem duquesa. — Não vou me esquecer nem por um instante de que Vossa Graça é mulher e, portanto, incapaz de compreender as complexidades e sutilezas da lógica. Pode ter certeza de que vou manter a discussão em termos muito, muito simples.

Ela estava desanimada demais para ficar irritada com essa avaliação ofensiva da inteligência feminina e arrasada demais para sentir qualquer coisa além de uma leve tristeza por ser tratada dessa maneira por um homem que achava de bom tom se vestir como uma travessa de frutas.

Mantendo uma expressão de interesse educado, Alexandra permitiu que ele a levasse para a alcova separada do salão principal por duas cortinas de veludo carmim, que tinham sido afastadas e presas no lugar por cordas do mesmo tecido. Lá dentro, ela notou que tinham companhia, uma moça que usava um vestido lindo, com um perfil aristocrático e cabelo lustroso da cor do ouro. Parada diante das portas duplas e de costas para os dois, era óbvio que tentava aproveitar um momento de solidão e ar fresco.

A dama se virou quando ela entrou com Lorde Ponsonby, e Alexandra a reconheceu na mesma hora. Lady Melanie Camden, a bela e jovem esposa do Conde de Camden, voltara a Londres no começo daquela semana, de uma visita à irmã no interior. Alexandra estivera presente no seu primeiro baile na temporada e observara de longe enquanto a multidão de convidados ilustres ia lhe dar boas-vindas com sorrisos felizes e abraços saudosos. Ela era "um deles", pensou Alexandra, entristecida.

Percebendo que invadiam a privacidade de Lady Camden, a jovem duquesa abriu um sorriso hesitante, desculpando-se em silêncio pela intrusão. A condessa respondeu inclinando a cabeça, educada, e se voltou para as portas duplas.

Por sua vez, Lorde Ponsonby não percebeu sua presença ou se recusou a ser distraído por ela. Depois de se servir do ponche posicionado na mesa ao lado, o homem se recostou numa das colunas de mármore cobertas pela cortina e começou um discurso pomposo e extremamente equivocado sobre as observações filosóficas de Horário sobre ambição, ao mesmo tempo em que seu olhar não saía do busto de Alexandra.

Ela ficou tão chocada por ser visualmente bolinada pela primeira vez na vida — ainda que por um homem tão deplorável quanto aquele — que, quando ele atribuiu uma citação de Sócrates a Horácio, mal percebeu o erro e o fato de que a Condessa de Camden o encarou por cima do ombro, como se estivesse perplexa.

Um minuto depois, Lorde Ponsonby declarou, cheio de si:

— Concordo com Horácio, que disse: "Tão poderosa é a ambição no coração humano que, não importa o quanto conquistamos, nunca ficamos satisfeitos..."

Completamente intimidada pelo olhar inabalável e sem notar que Lady Camden se virara para os dois e ouvia Lorde Ponsonby com um misto nítido de descrença, fascínio e zombaria, Alexandra gaguejou, trêmula:

— Ma-Maquiavel.

— Horácio — decretou Lorde Ponsonby, e, para seu horror, aquela criatura com trajes absurdos levou seu monóculo até os olhos, se concentrou na abundância exposta sobre o corpete do vestido dela e a inspecionou descaradamente, ao mesmo tempo em que tentava exprimir um ar de indiferença relaxada ao apoiar um ombro na pilastra às suas costas. Infelizmente, sua obsessão pelos seios de Alexandra o impediram de olhar para trás para determinar a posição exata da coluna. — Agora, talvez, Vossa Graça possa começar a compreender — proclamou o homem, se inclinando para trás e abrindo os braços num gesto abrangente — por que as observações de Horácio causaram... aaagh!

Com os braços esticados, ele caiu para trás, derrubando a mesa do ponche e levando a cortina consigo, aterrissando esparramado aos pés de três cavalheiros, como uma tigela colorida de frutas sob uma cascata de ponche.

Incapaz de segurar a vontade louca de rir, Alexandra cobriu a boca com uma das mãos, virou de costas e se deparou com a Condessa de Camden, que cobrira a própria boca e a encarava de volta, seus ombros tremendo com a tentativa de controlar a risada, os olhos verdes arregalados e bem-humorados.

Juntas, as duas escaparam pelas portas duplas, colidindo uma contra a outra na pressa de sair dali, correndo para a varanda. Lá fora, se apoiaram nas paredes da casa e explodiram em gargalhadas.

Lado a lado, elas ignoraram as pedras duras sob suas escápulas, tremendo de tanto rir, arfando em busca de ar enquanto secavam as lágrimas que escorriam por suas bochechas.

Quando a tempestade de risadas diminuiu para surtos de incontroláveis risadinhas, a Condessa de Camden se virou para Alexandra e disse, gaguejando:

— Es-esparramado daquele jeito, ele pa-parecia uma arara gigante que caiu de uma árvore.

Alexandra mal conseguia forçar sua voz a sair, de tanto que ria.

— Eu... eu pensei numa tigela de frutas... não, *ponche* de frutas — declarou ela, voltando a gargalhar.

— Po-pobre Ponsonby — riu Lady Camden —, de-derrotado no auge de sua composidade pelo fantasma de Maquiavel por atribuir suas palavras a Horácio.

— Foi uma vingança maquiavélica! — arfou Alexandra.

E, sob o céu de veludo preto salpicado de estrelas, as duas moças elegantes se inclinaram contra a parede de pedra gelada com toda a diversão alegre e impulsiva de crianças descalças que corriam por um gramado.

Quando as risadas finalmente cessaram, Melanie Camden se apoiou ainda mais na parede, fraca, e virou a cabeça para Alexandra, encarando-a com um sorriso curioso.

— Como sabia que o desagradável Lorde Ponsonby estava confundindo Maquiavel com Horácio?

— Eu li as obras dos dois — admitiu ela depois de um momento de silêncio relutante.

— Que escândalo! — disse a condessa, fingindo estar horrorizada. — Eu também.

Alexandra arregalou os olhos.

— Eu tinha a impressão de que ler os clássicos faz qualquer mulher ser classificada como pedante.

— Geralmente, sim — admitiu Melanie, despreocupada —, mas, no meu caso, a sociedade prefere fazer vista grossa para meu... hum... interesse pouco feminino sobre coisas além de bordados e moda.

Alexandra inclinou a cabeça para o lado, fascinada.

— Por quê?

A voz de Lady Camden se encheu de afeição.

— Porque meu marido esfolaria vivo qualquer um que ousasse insinuar que sou qualquer coisa além de uma perfeita dama. — De repente, ela lançou um olhar desconfiado para Alexandra. — Toca algum instrumento musical? Porque, se for o caso, devo lhe avisar, não há amizade que me faça ir ouvi-la tocar. Só de ouvir falar em Bach ou Beethoven, já preciso ir buscar meus sais de cheiro, e harpas me fazem passar mal.

Alexandra passara um ano aprendendo a tocar piano, porque a duquesa--viúva lhe dissera que a habilidade de tocar pelo menos um instrumento musical era obrigatória para moças elegantes; ela mal conseguia acreditar que estava ouvindo aqueles comentários depreciativos de uma dama que tinha a reputação de ditar modas entre os membros esnobes da elite.

— Aprendi a tocar piano, mas não sou boa o suficiente para me apresentar — admitiu, hesitante.

— Excelente — disse Melanie, muito satisfeita. — E gosta de fazer compras?

— Na verdade, acho tedioso.

— Perfeito — declarou ela. E, então, desconfiada: — Vossa Graça não canta, canta?

Alexandra, que estava um pouco relutante em admitir sua falta de talento com instrumentos musicais, agora relutava em admitir que cantava bem.

— Temo que sim.

— Ninguém é perfeito — declarou a Condessa de Camden, magnânima e alegre, perdoando o suposto defeito. — Além do mais, faz séculos que quero encontrar uma mulher que já tenha lido Horácio e Maquiavel, e não vou perder a oportunidade de tê-la como amiga só porque sabe cantar. A menos que seja muito boa...

Os ombros de Alexandra começaram a balançar enquanto segurava o riso, porque, na verdade, ela cantava muito bem.

Melanie viu a resposta naqueles olhos risonhos e fez uma careta horrorizada.

— Mas não canta *com frequência*, canta?

— Não. — Engolindo o riso, Alexandra acrescentou, irreverente: — E se isto melhorar sua opinião sobre mim, juro que não consigo conversar sobre amenidades por mais de cinco minutos.

E, assim, felizes em dispensar a maioria das convenções sagradas, as duas moças começaram a rir de novo.

Dentro da mansão na Regent Street, 45, os dançarinos continuavam a bailar, e os convidados animados continuavam a rir, alheios ao evento grandioso ocorrendo do outro lado das portas duplas. Apenas as estrelas brilhantes testemunharam que, numa solitária varanda londrina, duas almas gêmeas finalmente se encontravam.

— Nesse caso — decretou Melanie num tom pomposo quando as duas pararam de rir —, creio que Vossa Graça será uma companhia muito adequada e agradável. — Alegre ao dispensar qualquer pretensão de formalidade que ainda existia, Lady Camden disse, baixinho: — Meus amigos mais próximos me chamam de Melanie.

Por um instante, Alexandra foi completamente tomada pela felicidade, mas a realidade a fez cair em si enquanto ela percebia que os amigos de Melanie Camden não iriam querer incluí-la em seu círculo. Toda a alta sociedade, incluindo o grupo sofisticado da condessa, já a desprezava. Ela fora julgada por todos e não fora considerada apta. Era óbvio que Melanie Camden ainda não tivera tempo, desde sua volta à cidade, de descobrir isso. O estômago de Alexandra se embrulhou só de pensar nos olhares que a outra mulher receberia se voltasse para o salão ao seu lado.

— Como seus amigos lhe chamam? — perguntou Melanie, observando-a.

Não tenho mais amigos, pensou Alexandra, e se inclinou para alisar a saia, escondendo as lágrimas que queimavam seus olhos.

— Eles me chamavam... me *chamam* de Alex. — Decidindo que seria melhor encerrar aquela associação agora, por conta própria, em vez de ter que aguentar a humilhação de ser ignorada por Melanie Camden na próxima ocasião em que se encontrassem, ela respirou fundo e disse num tom desconfortável e apressado: — Agradeço sua oferta de amizade, Lady Camden, mas, sabe, ando muito ocupada com bailes e almoços e... uma variedade de distrações... E duvido muito que a senhora... que nós... encontrássemos tempo... e tenho certeza de que a senhora já tem vários e vários amigos que...

— ... que acham que você é a maior palerma a já ter participado de um baile londrino? — sugeriu Melanie num tom gentil.

Antes de Alexandra conseguir responder, viu Anthony sair das sombras e entrar na varanda. Ela correu em sua direção, aliviada, falando rápido para não lhe dar a oportunidade de contradizê-la.

— Vossa Graça estava procurando por mim? Já deve estar na hora de irmos embora. Boa noite, Lady Camden.

— Por que você recusou a oferta de amizade de Melanie Camden? — perguntou Tony, irritado, assim que os dois entraram na carruagem para casa.

— Eu... Não teria dado certo — mentiu Alexandra, pensando na última frase dita baixinho pela condessa. — Nós não "circulamos pelos mesmos grupos", como se diz por aí.

— Eu sei disso, e também sei por quê — disse Tony, firme. — Roddy Carstairs é parte do motivo.

Alexandra ficou imóvel ao perceber que ele estava ciente de sua impopularidade; ela achara — esperara — que sua situação vergonhosa tivesse passado despercebida.

— Pedi a Carstairs para ir conversar comigo amanhã cedo — continuou Tony. — Teremos de mudar a opinião que ele tem de você e tentar aplacá-lo pela ofensa de ter sido largado na pista de dança naquela primeira noite...

— Aplacá-lo! — exclamou Alexandra. — Anthony, ele me disse coisas horríveis, maldosas, sobre a sua avó!

— Carstairs diz coisas desagradáveis o tempo todo. — O sorriso tranquilizador de Tony parecia preocupado. — Ele adora tentar escandalizar, envergonhar ou intimidar as mulheres, e, se tem sucesso, despreza a vítima por sua covardia e estupidez. O homem é como um pássaro que voa de galho em galho, largando sementes de desavenças por onde passa. Boa parte do que ele diz é espirituoso, mas só quando você não é o alvo. De toda forma, o melhor a fazer nessas situações é encará-lo com um olhar superior ou fazer algum comentário igualmente escandaloso.

— Desculpe. Eu não sabia disso.

— Tem muita coisa que você não sabe — disse Tony entre dentes enquanto se aproximavam da casa na Upper Brook Street. — Mas, assim que entrarmos, vou resolver isso.

Alexandra teve um pressentimento terrível e inexplicável, e a sensação aumentou quando os dois entraram no salão. Tony gesticulou para que ela se sentasse no canapé de brocado verde-claro e foi se servir de um copo de uísque. Quando se virou para encará-la, parecia irritado e desgostoso.

— Alex — disse ele de repente —, você devia ter sido um sucesso estrondoso nesta temporada. Deus é testemunha de que tem todos os atributos para isso numa abundância pecaminosa. Mas acabou sendo o maior fracasso da década. — Alexandra quase se encolheu de tanta vergonha, mas Anthony logo ergueu a mão, explicando-se, sem jeito: — A culpa é minha, não sua. Escondi certas coisas de você, coisas que devia ter lhe contado antes, mas minha avó me proibiu. Ela não suportava a ideia de desiludi-la. Porém, agora, nós dois concordamos que é melhor dizer a verdade antes que você destrua todas as suas chances de encontrar a felicidade aqui. Se já não for tarde demais. — Levando o copo aos lábios, Anthony bebeu o uísque todo num gole, como se precisasse de coragem, e, então, continuou: — Desde que você chegou a Londres, ouviu muitos amigos e conhecidos de Jordan se referirem a ele como "Hawk", não foi? — Quando ela concordou com a cabeça, ele perguntou: — Por que acha que o chamavam assim?

— Imagino que seja um apelido, uma versão abreviada de Hawthorne.

— Algumas pessoas acham isso, mas, especialmente entre os homens, o nome tem um significado diferente. "Hawk" significa falcão, um pássaro predatório com visão apurada e a capacidade de capturar sua presa antes que ela perceba que está em perigo. —Alexandra o encarou com uma expressão educada de interesse, sem entender nada, e Anthony passou a mão pelo cabelo, frustrado. — Jordan recebeu o apelido anos atrás, quando conquistou uma dama especialmente presunçosa que era paparicada por metade dos homens solteiros de Londres havia meses. Hawk teve sucesso na sua primeira tentativa, convidando-a para dançar. — Inclinando-se para a frente, Anthony se apoiou nos braços da poltrona dela. — Alex — disse ele rispidamente —, você se convenceu de que amava e era amada por um homem que era praticamente um... um *santo*. A verdade é que, no que se referia a mulheres, Hawk se comportava mais como um demônio, e *todo mundo sabe disso*. Você está me entendendo? — perguntou ele, seu rosto a centímetros do dela. — Não há uma pessoa em Londres que não tenha ouvido você falar de Jordan como se ele fosse um maldito príncipe num cavalo branco, e todas elas *sabem* que você foi mais uma de suas vítimas... só mais uma das inúmeras mulheres conquistadas pela atração fatal de Hawk. Ele não tentava seduzi-las; geralmente, ficava mais irritado do que satisfeito quando se apaixonavam por ele, mas elas se apaixonavam mesmo assim, da mesma forma que você. Mas, ao contrário das outras, *você* é ingênua demais para esconder isso das pessoas.

Alexandra corou de vergonha, mas não achava que Jordan tinha culpa se as mulheres se apaixonavam por ele.

— Eu o amava como se fosse meu irmão, mas isso não muda o fato de que ele era um mulherengo que fez muito por merecer sua reputação de libertino. — Xingando baixinho diante da lealdade e inocência dela, Tony se empertigou. — Você não acredita em mim, não é? Muito bem, aqui vai o restante: na noite do seu primeiro baile, você comentou em alto e bom som sobre a beleza de duas mulheres: Lady Allison Whitmore e Lady Elizabeth Grangerfield. As duas foram amantes de Hawk. Sabe o que isso significa? Sabe?

O rosto de Alexandra foi empalidecendo. Uma amante dividia a cama com um homem para fazerem as mesmas coisas íntimas que Jordan fizera com ela.

181

Anthony a viu empalidecer e seguiu em frente, determinado a deixar tudo em pratos limpos.

— Nesse mesmo baile, você perguntou se Jordan apreciava balé, e todos quase morreram de rir porque não era segredo nenhum que Elise Grande-aux foi amante dele *até o dia da sua morte*. Alex, Jordan parou em Londres e se encontrou com ela durante sua viagem, *depois* que vocês se casaram. As pessoas o *viram* sair da casa dela. E Elise disse para quem quisesse ouvir que seu casamento era uma *in*conveniência para ele.

Alexandra se levantou num pulo e balançou a cabeça com vigor:

— Você está enganado. Não acredito em você. Ele disse que ia tratar de "negócios" com alguém. Jordan jamais teria...

— Maldição, mas foi isso que aconteceu! E ele ainda pretendia deixar você em Devon, enquanto ele voltaria para Londres e seguiria a vida com sua amante. Ele mesmo me disse isso! Jordan se casou com você porque se sentiu obrigado, mas não tinha o desejo nem a intenção de tratá-la como esposa. Tudo que sentia por você era pena.

A cabeça de Alexandra se retraiu, como se tivesse levado um tapa.

— Ele tinha *pena* de mim? — gemeu ela, arrasada, completamente humilhada. Agarrando um pedaço da saia, suas mãos retorceram o tecido até os nós dos dedos ficarem brancos. — Ele me achava digna de *pena*?

Outro fato lhe ocorreu, e a jovem duquesa cobriu a boca com as mãos, pensando que iria vomitar: Jordan pretendia fazer a mesma coisa que seu pai fizera com sua mãe — casar, abandonar a esposa em algum lugar obscuro bem longe e voltar para a amante.

Esticando os braços, Anthony tentou abraçá-la, mas ela o afastou e andou para trás, encarando-o como se ele fosse tão ruim quanto Hawk.

— Como você pôde fazer isso! — explodiu ela com a voz trêmula de tristeza e amargura. — Como pôde deixar que eu ficasse de luto por ele, me comportando como uma tola! Como pôde ser tão absurdamente cruel ao deixar que eu acreditasse que ele se im-importava de verdade comigo!

— Na época, achamos que era um ato de bondade — disse a duquesa-viúva às suas costas, num tom melancólico, entrando na sala mancando de leve, como fazia sempre que ficava muito nervosa.

Alexandra estava abatida demais para se preocupar com a mulher idosa.

— Eu vou para casa — disse ela, lutando para controlar a angústia arrebatadora que a estrangulava.

— Não vai, não! — rebateu Anthony. — Sua mãe vai passar o ano velejando entre as ilhas. Você não pode morar sozinha.

— Não preciso da sua permissão para voltar para casa. Nem do seu apoio financeiro. De acordo com a sua avó, recebi dinheiro de *Hawk* — anunciou ela com amargor.

— Que eu controlo, como seu guardião — lembrou Anthony.

— Eu não quero nem preciso de um guardião. Cuido de mim mesma desde os 14 anos de idade!

— Alexandra, ouça — disse ele, nervoso, agarrando-a pelos ombros e lhe dando uma sacudidela rápida e irritada. — Sei que está furiosa e decepcionada, mas não pode fugir de nós nem ir embora de Londres. Se fizer isso, nunca vai conseguir superar o que aconteceu aqui. Você não amava Jordan...

— Ah, *não*? — interrompeu ela, revoltada. — Então me explique por que passei um ano inteiro tentando me tornar digna dele.

— Você amava uma ilusão, não Jordan. Uma ilusão que inventou porque era inocente e idealista...

— E ingênua e cega e estúpida! — chiou Alexandra.

A humilhação e a angústia a fizeram dar as costas para o consolo que Anthony tentava oferecer e, numa voz desesperada, pedir licença e sair correndo.

Apenas na privacidade do seu quarto, ela sucumbiu às lágrimas. Alexandra chorou por sua estupidez, por sua ingenuidade, pelo ano em que se esforçara tanto, tentando se tornar digna de um homem que não merecia ser chamado de cavalheiro.

Ela chorou até o som de seu próprio choro a deixar revoltada consigo mesma por desperdiçar lágrimas com alguém assim.

Finalmente, obrigando-se a se sentar, ela fechou os olhos enquanto sua mente continuava a atormentá-la com imagens de sua própria tolice: viu a si mesma na véspera do casamento — *"Você vai me beijar?"*, perguntara e, quando ele o fizera, quase desmaiara em seus braços, imediatamente declarando seu amor.

Mary Ellen lhe dissera que cavalheiros gostavam de ser admirados, e Alexandra com certeza seguira o conselho da amiga ao pé da letra! *Tão lindo quanto o Davi de Michelangelo,* dissera a Jordan após o beijo.

A vergonha inundou seu corpo, e Alexandra gemeu, se abraçando, mas as lembranças embaraçosas não paravam. Meu Deus! Ela lhe dera o relógio do avô. Ela lhe dera o relógio e dissera que seu avô teria *gostado* de Jordan porque ele era um homem *nobre*. Gostado de Jordan! Ora, seu avô não teria deixado aquele aristocrata traiçoeiro e metido passar pela porta de casa!

Na carruagem, se permitira ser beijada várias vezes — até deitara em cima dele, como uma oferecida idiota, apaixonada! Na cama, deixara que o marido cometesse todas as intimidades que queria, e, depois de terminar, ele fizera as mesmas coisas com a amante na noite seguinte.

Em vez de atirar no homem que o atacara na noite em que se conheceram, ela devia ter dado um tiro em Jordan Townsende! Como sua inexperiência deve ter parecido tediosa para ele. Não era de se admirar que o marido não quisesse escutar suas ingênuas declarações de amor!

— FALTA MUITO? — sussurrou George Morgan para Jordan na escuridão.

— Uma hora, e então saímos correndo — respondeu ele entre dentes enquanto flexionava os músculos apertados, forçando a circulação de sangue para fortalecê-los para a fuga iminente.

— Tem certeza de que ouviu que as tropas inglesas estavam lutando a oitenta quilômetros ao sul daqui? Seria péssimo se a gente andasse oitenta quilômetros na direção contrária; eu manco e você com uma bala na perna.

— Foi só de raspão — respondeu Jordan, se referindo ao ferimento que sofrera do guarda que os dois derrubaram no dia anterior.

Enquanto os franceses procuravam pelos fugitivos na floresta, os dois se escondiam numa caverna tão pequena que só cabiam quase dobrados pela metade. A perna encolhida de Jordan foi tomada pela dor, e ele parou de se mover, respirando pesado enquanto conjurava a imagem de Alexandra, se concentrando nela com todas as forças. Tentou imaginar sua aparência agora, mas, hoje, tudo que conseguia ver era a garota na clareira, encarando-o com o cachorrinho no colo e todo amor do mundo brilhando em seu olhar. Com os olhos fechados, Jordan lentamente tracejou cada curva de seu rosto. A dor nas pernas diminuiu até se tornar um incômodo no perímetro de sua mente, ainda presente, porém suportável. Era uma técnica que ele usara milhares de vezes no passado, e dava tão certo agora quanto antes.

No começo de sua detenção, quando as semanas de tortura e privações o deixaram à beira da loucura, era em Alexandra que ele se concentrava para fugir da dor que abalava seu corpo e tentava devorar sua mente. Na sua imaginação, Jordan revivia lentamente cada segundo que passaram juntos, concentrando-se em cada detalhe ínfimo de seus arredores, pensando em cada palavra, cada tom de voz. Ele fazia amor com ela na estalagem, uma vez após a outra, tirando suas roupas e abraçando-a, se apegando à memória de sua incrível doçura e da sensação dela em seus braços.

Porém, conforme as semanas se transformavam em meses, as lembranças daquele breve tempo juntos deixaram de ser suficientes para combater o tormento; ele precisava de outra arma para silenciar a voz melodiosa e traiçoeira que lhe dizia para desistir de lutar pela vida e sucumbir à anestesia agradável da morte. E, assim, Jordan começara a inventar cenas e desenvolvê-las ao redor de Alexandra, usando-as para reforçar sua debilitada determinação de sobreviver, porque ele sabia por sua experiência com soldados feridos na Espanha que, quando o desespero tomava conta, a morte logo vinha.

Na sua mente, ele inventou vários cenários — havia os agradáveis, em que Alexandra corria à sua frente, soltando sua risada musical, e, então, se virava, abrindo os braços — *esperando* que ele a alcançasse; havia os assustadores, em que a via jogada na rua por Tony e vivendo na pobreza em Londres — *esperando* que Jordan voltasse para casa e a salvasse; e havia os carinhosos, em que ela se deitava em lençóis de cetim, esplendorosamente nua — *esperando* para fazer amor com ele.

Jordan inventou dezenas de histórias, e a única característica que tinham em comum era que Alexandra sempre esperava por ele. Precisava dele. E, apesar de saber que era tudo fantasia, focava nesses momentos mesmo assim. Porque aquela era sua única arma contra os demônios em sua mente que gritavam para que desistisse de lutar, para que abrisse mão da sanidade — e, depois, da vida. E, assim, na imundice de sua cela infestada de vermes, ele fechava os olhos e planejava sua fuga para poder reencontrá-la. Agora, após um ano olhando para trás, para o vazio de sua vida anterior, Jordan estava pronto para deixar que Alexandra lhe mostrasse o mundo *dela*, onde tudo era novo e emocionante e imaculado — onde "algo maravilhoso" sempre estava prestes a acontecer. Ele queria se perder em sua doçura, se cercar de sua risada e alegria. Queria se limpar das porcarias daquela prisão e se livrar da sujeira de sua vida desperdiçada.

Além disso, só tinha mais um objetivo, que era menos nobre, porém igualmente importante: descobrir a identidade de quem fizera duas tentativas de acabar com sua vida. E, então, queria vingança. Tony era quem mais tinha a ganhar com sua morte, Jordan sabia, mas não conseguia nem cogitar a ideia agora. Não ali. Não sem provas. Tony era um irmão para ele.

Capítulo 17

Alexandra acordou se sentindo estranhamente revigorada depois de sua noite chorosa cheia de autorrecriminações. A descoberta da traição de Jordan destruíra suas ilusões, mas, conforme seguia devagar com sua rotina matinal, tomando banho e se vestindo, ela começou a perceber que tudo que ouvira no dia anterior a liberara dos laços de lealdade e devoção que a mantiveram apegada à memória do marido por mais de um ano.

Ela estava livre de Jordan Townsende agora. Um sorriso fraco e amargurado surgiu em seus lábios enquanto se sentava diante da penteadeira e começava a escovar o cabelo comprido e volumoso. Era tão engraçado que, enquanto tentava se tornar "digna" de ser esposa de Jordan, acabara se transformando numa mulher extremamente pudica e correta, que teria combinado com um sacerdote, mas nunca, jamais, com um mulherengo escandaloso e imoral. O que era bem engraçado, pensou com ironia, porque sua personalidade real não era em nada rígida e séria.

Ela sempre fizera isso, percebeu de repente; sempre tentara ser aquilo que as pessoas que amava queriam: para o pai, fora mais um filho do que uma filha; para a mãe, virara a cuidadora, não a cuidada; e para Jordan, acabara se tornando... enfadonha.

No entanto, de agora em diante, tudo isso iria mudar. De um jeito ou de outro, Alexandra Lawrence Townsende iria se divertir.

Para isso, porém, teria que erradicar a reputação de arrogância e burrice que acabara ganhando na alta sociedade. Como Sir Roderick Carstairs era seu detrator mais expressivo e influente, seria melhor começar por ele. Anthony pretendia conversar com o homem hoje, mas, talvez, ela pudesse dizer ou fazer algo para mudar a opinião dele durante a visita...

Enquanto contemplava esse problema, Alexandra subitamente se lembrou da última parte de sua conversa com Melanie Camden na noite anterior. Lady Camden dissera que seus amigos pensavam que ela era *"a maior palerma a já ter participado de um baile londrino"*, então era óbvio que sabia de sua reputação como *persona non grata* entre a aristocracia, mas, ainda assim, quisera ser sua amiga. A condessa tinha, na verdade, insinuado a mesma coisa que Tony lhe diria mais tarde. Alexandra parou de mover a escova, e um sorriso surpreso surgiu em seu rosto. Talvez ela acabasse tendo uma amiga de verdade em Londres.

Mais contente do que se sentira em um ano, a moça prendeu o cabelo pesado no topo da cabeça e correu para vestir uma calça apertada e uma das blusas que usava todos os dias para seus treinos de esgrima com Tony. Tirando o florete do armário e pegando sua máscara, ela saiu do quarto, cantarolando, com passos leves e despreocupados.

Tony estava parado no meio do deserto salão de baile em que praticavam todos os dias, batendo a ponta da espada na sola da bota, distraído. Ele se virou ao som dos passos rápidos sobre o piso polido, o rosto demonstrando alívio diante da aparição de Alexandra.

— Eu não sabia se você ia aparecer depois de ontem...

O sorriso radiante da jovem duquesa deixou claro que ela não guardava rancor por seu silêncio sobre a libertinagem de Jordan, mas Alexandra não disse nada sobre a noite anterior. Queria se esquecer daquilo tudo *e* de Jordan Townsende. Pegando o colete protetor acolchoado do chão, ela o vestiu, colocou a máscara, ajustou-a e encostou o florete na testa numa saudação garbosa para seu oponente respeitável.

— *En garde* — disse, animada.

— PUXA VIDA, Hawthorne! — A fala arrastada de Roddy Carstairs interrompeu Alexandra e Anthony no meio de uma disputa acirrada. — Não é cedo demais para estar saracoteando com tanta energia? — Tirando o olhar preguiçoso de Anthony e passando para o parceiro de esgrima desconhecido, ele disse com admiração: — Você é um ótimo espadachim, seja lá quem for.

Esperando a respiração pesada se acalmar, Alexandra ficou parada com as mãos nos quadris enquanto avaliava os méritos em se revelar para

Carstairs agora ou esperar para encontrá-lo no salão mais tarde. Mas, ao se lembrar do que Anthony lhe dissera ontem à noite, achou melhor ser ousada do que covarde.

Esticando a mão para trás da cabeça, ela soltou a máscara e, ao mesmo tempo, removeu os grampos que prendiam seu cabelo abundante. Em um movimento rápido, tirou a proteção e balançou a cabeça, fazendo com que o cabelo escuro caísse sobre seus ombros numa cascata brilhante.

— Não creio! — murmurou o inabalável Sir Roderick, encarando a mulher risonha diante de si, sua expressão quase cômica enquanto tentava absorver o fato de que a mulher simplória e pudica com quem Hawk se casara era a mesma que estava parada ali, com uma calça bege apertada que era mais sedutora do que o vestido de baile mais decotado que ele já vira. Além disso, os olhos azuis-esverdeados estavam risonhos enquanto ela observava o choque que causara. — Raios me partam... — começou Roddy, mas a risada rouca e baixa de Alexandra, que ele nunca ouvira antes, interrompeu sua exclamação.

— Isso vai acabar acontecendo mesmo — disse ela com falsa pena, se aproximando com a graciosidade natural de uma jovem atleta. — E, se não acontecer, deveria — acrescentou, estendendo a mão como se não tivesse acabado de lhe desejar um castigo divino.

Sentindo como se estivesse sendo enganado — talvez fossem gêmeas —, Roddy automaticamente segurou a mão dela.

— Por quê? — quis saber ele, irritado consigo mesmo por ser incapaz de controlar suas expressões faciais.

— Porque o senhor me transformou num objeto de ridículo, o que eu até fiz por merecer — respondeu Alexandra, tranquila. — Porém, talvez fosse melhor fazermos as pazes, para que o senhor não mereça um raio na cabeça, não acha?

Uma sobrancelha delicada se ergueu enquanto ela esperava por uma resposta, e, contra a própria vontade, Roddy quase sorriu.

Anthony permaneceu onde estava num silêncio satisfeito, observando Carstairs reagir à sua bela oponente exatamente como ele pretendera quando instruíra Higgins a mandar o convidado para o salão de baile assim que chegasse.

— Imagino que esteja me culpando por sua falta de... hum... popularidade, digamos... — comentou Roddy, começando a recuperar a compostura.

— Estou culpando a mim mesma — disse a jovem beldade com um sorriso meigo e inconscientemente sedutor. — Estou pedindo para o *senhor* me ajudar a mudar essa situação.

— E por que eu faria uma coisa dessas? — perguntou ele, direto.

Alexandra ergueu as sobrancelhas, e seu sorriso aumentou.

— Ora, para provar que é capaz, é claro.

Ela lançou o desafio com a sutileza de uma dama jogando uma luva ao chão, e Roddy hesitou antes de aceitá-lo. Por pura perversidade e tédio, ele nunca tivera escrúpulo antes de destruir a reputação de dezenas de mulheres pretenciosas e orgulhosas, mas nunca tentara repará-las. A tentativa faria sua influência na alta sociedade passar por uma prova de fogo. Ah, mas o fracasso... Ainda assim, era um desafio intrigante. A duquesa-viúva tinha poder suficiente para forçar a velharia a aceitar Alexandra, mas só Roddy poderia torná-la popular com o círculo mais jovem que seguia as *suas* tendências.

Olhando para a jovem duquesa, ele percebeu que era observado de esguelha por ela, e um sorrisinho irresistível se formava naqueles lábios macios. Com uma pontada de surpresa, Sir Roderick notou como seus cílios eram compridos e curvados, parecidos com leques escuros, lançando sombras naquelas maçãs do rosto delicadas. E, quase contra a própria vontade — e contra seu bom senso —, ofereceu a ela seu braço.

— Podemos discutir nossa estratégia mais tarde, talvez hoje à noite, quando eu chegar para acompanhá-la ao baile dos Tinsley?

— Então vai me ajudar?

Roddy abriu um sorriso afável e respondeu com uma citação filosófica:

— "Nada é alto demais para a ousadia dos mortais. Em nossa tolice, invadimos até o paraíso." Isso foi dito por Homero, creio eu — acrescentou, informativo.

A jovem travessa de 19 anos ao seu lado balançou a cabeça e o encarou com um sorriso impertinente e impetuoso.

— Horácio.

Carstairs a encarou, momentaneamente perdido em pensamentos.

— É verdade — disse ele devagar, e um brilho de admiração começou a surgir sob suas pálpebras caídas.

COMO FORA FÁCIL, pensou Alexandra com um sorriso interior quatro semanas depois, cercada por uma multidão de amigos e admiradores. Seguindo o conselho de Melanie, ela encomendara um novo guarda-roupas em tons pastel e cores primárias fortes — vestidos que enfatizavam seu corpo e combinavam com os tons mais vívidos de sua pele e seu cabelo. Além disso, só precisara ignorar as muitas censuras da duquesa-viúva sobre o que seria um comportamento apropriado, dizendo praticamente tudo que lhe viesse à cabeça.

Roddy cuidara do restante, aparecendo com ela em público e lhe dando seu selo de aprovação, além de conselhos eficazes, como ser amigável com as antigas amantes de Jordan, Lady Whitmore e Lady Grangerfield:

— Considerando seus comentários extremamente ingênuos sobre as virtudes imaginárias do seu marido — informara ele enquanto a acompanhava para aquele primeiro baile — e seus elogios absurdos à beleza de suas amantes, a única opção é tratar as duas damas com cordialidade. A sociedade vai presumir que, em vez de ser a completa tola que, de fato, era, Vossa Graça é uma dama com um senso de humor extremamente desenvolvido e pouco apreciado.

Alexandra seguira esse e todos os outros conselhos e, em quatro rápidas semanas, tinha se tornado um sucesso.

Entre as moças jovens e envergonhadas em sua primeira temporada, sua sagacidade natural e inteligência inata a faziam parecer mais sofisticada e desejável; cercada por mulheres casadas elegantes, sua sinceridade espontânea e seu sorriso afável a deixavam mais delicada, mais feminina, menos ardilosa. Contra um mar de louras com peles pálidas, Alexandra, com a tez corada e o exuberante cabelo castanho, brilhava como uma joia contra um cetim claro.

Ela era impulsiva, esperta, alegre, mas sua popularidade não se devia apenas à beleza e à sagacidade, nem ao dote generoso que Anthony lhe atribuíra, nem às conexões com a família Townsende que ela daria ao próximo marido.

Alexandra se tornara um enigma empolgante, um mistério: ela fora casada com um dos libertinos mais desejados e notórios da Inglaterra; portanto, todos presumiam que fora iniciada nos atos carnais por um especialista. Ainda assim, mesmo em seus momentos mais animados, havia um ar de frescor e inocência que fazia a maioria dos homens se refrear de tomar liberdades com ela — uma aura distinta de orgulho que os mantinha a distância.

Como um admirador apaixonado, Lorde Merriweather descrevera: "Ela me faz querer saber tudo sobre sua pessoa, ao mesmo tempo em que passa a impressão de que isso seria impossível. Creio que ninguém conheça sua versão 'real', não de verdade. A jovem viúva de Hawthorne é um mistério. Todos pensam assim. É muito intrigante."

Quando Roddy lhe contou as palavras do cavalheiro, os lábios macios de Alexandra tremeram enquanto a moça tentava segurar uma gargalhada. Ela sabia *exatamente* por que os homens elegantes da alta sociedade a consideravam "misteriosa" e difícil de entender — era porque, por baixo de sua aparência sofisticada cuidadosamente cultivada, Alexandra Lawrence Townsende era uma farsa completa!

Na superfície, ela adotara a indiferença relaxada que era admirada entre os membros mais seletos da sociedade — e, em especial, pelos amigos arrogantes de Jordan —, mas nem as regras da aristocracia nem a própria Alexandra conseguiam reprimir seu entusiasmo natural ou seu bom senso inato. Ela era incapaz de esconder o brilho risonho no olhar quando alguém lhe fazia elogios melosos e exagerados nem conter o rubor animado que surgia em suas bochechas quando era desafiada a uma corrida no Hyde Park ou o fascínio pelas histórias de um explorador famoso sobre suas aventuras mais recentes nas florestas selvagens de um continente distante, onde, segundo ele, os nativos carregavam lanças banhadas em veneno mortal.

O mundo e as pessoas que o habitavam voltaram a se tornar tão empolgantes para ela quanto tinham sido quando era pequena, sentada no joelho do avô.

Ao SEU LADO, um dos admiradores de Alexandra lhe passou uma taça de champanhe borbulhante, e ela o aceitou com um sorriso suave, levando o copo aos lábios enquanto observava os dançarinos girando numa valsa à sua frente. Do outro lado do salão, Roddy ergueu sua taça num brinde silencioso, e a dama imitou o gesto. Sir Roderick Carstairs, de muitas formas, ainda era um mistério para ela, mas sentia um carinho estranho pelo cavalheiro e lhe era extremamente grata.

Apenas uma vez em todas aquelas semanas, Roddy lhe dera motivos para desgostar dele, quando repetira a história sobre como ela e Jordan se conheceram, que lhe fora contada em confidência, após o amigo prometer que não a repetiria para ninguém.

Em vinte e quatro horas, Londres estava em polvorosa com a fofoca de que Alexandra Townsende, aos 17 anos, salvara a vida de Hawk.

Quarenta e oito horas depois, o "mistério" em torno dela ficara dez vezes maior — assim como sua popularidade e o número de admiradores.

Quando confrontara Roddy por sua deslealdade, o homem a olhara como se ela fosse uma completa idiota.

— Minha querida — dissera ele naquele tom arrastado—, eu lhe dei minha palavra de que não contaria a ninguém que você atirou num homem para salvar o querido Jordan, e não contei. Porém, não prometi que não contaria que você salvou sua vida; *esse* detalhe delicioso era bom demais para guardar para mim mesmo. Veja só, diziam por aí que seu falecido marido era bem perigoso quando irritado — explicara Roddy com um sorriso sarcástico. — Ele tinha uma mira fantástica e era um espadachim excelente, como vários maridos, incluindo os de Lady Whitmore e Lady Grangerfield, testemunharam por conta própria.

Por dentro, Alexandra ficara enojada com a hipocrisia dos tais maridos, mas tentara não julgá-los. Ela tentava não julgar *ninguém*, pois se lembrava com uma clareza dolorosa de como era se sentir excluída.

Como resultado, rapazes tímidos a seguiam por todo canto, porque sabiam que a bela e jovem Duquesa de Hawthorne jamais os humilharia com um olhar desdenhoso ou uma piada às suas custas. Senhores mais velhos e inteligentes faziam fila para acompanhá-la até a mesa de jantar ou para pedir uma dança, já que ela não fazia questão que a cobrissem de elogios absurdos e melosos. Em vez disso, eles podiam conversar com a dama sobre uma variedade de assuntos interessantes.

Os mais esportistas a admiravam não só por sua beleza abundante, mas também por sua habilidade com um florete, e iam em bandos para a casa na Upper Brook Street para vê-la lutar, coisa que raramente recebiam permissão de fazer — ou, melhor ainda, para lutar com Hawthorne e, assim, impressioná-la com a *própria* habilidade, para que conseguissem ganhar sua atenção.

Com esse último objetivo, o jovem Lorde Sevely, que era desajeitado demais para a esgrima e tímido demais para convidá-la para dançar, superou a todos. Depois de perceber que Lady Melanie Camden e o velho submordomo da casa em Brook Street (que parecia bastante surdo) chamavam Alexandra por um apelido especial, ele escreveu um poema em sua homenagem e o publicou, intitulando-o de "Ode a Alex".

Sem querer ficar para trás de uma "criança" como Sevely, o idoso Sir Dilbeck, que tinha a botânica como passatempo, batizou uma nova espécie de rosa que enxertara com o nome dela, chamando-a de "Gloriosa Alex".

O restante dos pretendentes de Alexandra, irritados pelas liberdades tomadas pelos dois, seguiram seu exemplo. E passaram a chamá-la de Alex também.

Capítulo 18

Em resposta à convocação da avó, Anthony entrou na sala de estar e a encontrou parada diante da janela, observando as carruagens elegantes que voltavam para a Upper Brook Street do habitual passeio da tarde pelo parque.

— Venha aqui por um segundo, Anthony — disse ela no seu tom mais régio. — Olhe para a rua e diga o que vê.

Tony obedeceu.

— Carruagens voltando do parque. A mesma coisa que vejo todos os dias.

— E o que mais?

— Alexandra está chegando numa delas com John Holliday. O fáeton parando logo atrás é de Peter Weslyn, e Gordon Bradford está com ele. A carruagem diante da de Holliday pertence a Lorde Tinsdale, que já está no salão, esperando com Jimmy Montfort. Pobre Holliday — zombou Anthony. — Ele pediu para conversar comigo em particular hoje. E Weslyn, Bradford e Tinsdale também. Todos querem pedir a mão dela, é claro.

— É claro — repetiu a duquesa-viúva, carrancuda —, e é exatamente nesse ponto que quero chegar. Faz um mês que todos os dias são *assim*. Pretendentes chegam em duplas e trios, interrompem o tráfego na rua e se aglomeram nos salões lá embaixo, mas Alexandra não quer se casar e já deixou isso bem claro para todos. Mesmo assim, eles continuam invadindo esta casa com buquês e saindo com vontade de matar alguém.

— Ora, vovó — começou Anthony.

— Não me venha com "ora, vovó" — disse ela, surpreendendo o neto com sua veemência. — Posso ser velha, mas não sou tola. Consigo perceber que algo muito desagradável, muito perigoso, está acontecendo aqui! Alexandra se tornou algum tipo de desafio para a sua espécie tola. Depois que lhe contamos a verdade sobre Jordan e Carstairs resolveu ajudá-la, ela começou a mudar e brilhar quase do dia para a noite. E, então, suas conexões com esta família, junto com seu generoso dote, criaram um pacote especial desejável para qualquer homem solteiro que precise ou queira arrumar uma esposa. — A duquesa fez uma pausa, esperando que o neto argumentasse, mas Tony apenas a encarou num silêncio neutro. — Se Alexandra tivesse demonstrado a mínima preferência por um homem ou até por um *tipo* de homem em algum momento — continuou a velha senhora —, os outros teriam desistido, mas isso não aconteceu. E foi assim que chegamos a este problema insustentável, pelo qual culpo *todo* o seu sexo.

— Meu sexo? — repetiu ele, inexpressivo. — Como assim?

— Quero dizer que quando um *homem* vê algo que parece inalcançável para outros homens, então é óbvio que *ele* precisa conquistá-lo só para provar que *ele* pode. — A duquesa-viúva fez uma pausa com olhos acusatórios para Anthony, que a encarava estupefato. — Essa é uma característica terrível que os homens possuem desde que nascem. Entre num berçário e veja como um menino se comporta com os irmãos. Sejam os outros mais jovens ou mais velhos, ele vai tentar pegar o brinquedo que todo mundo quer. E não é uma questão, é claro, de desejar o brinquedo, mas só de provar que consegue obtê-lo.

— Obrigado, vovó — disse Anthony, seco —, por condenar de forma tão generalizada metade da população do mundo.

— Eu só estava comentando um fato. Você não vê o *meu* sexo fazendo filas para se alistar em qualquer competição tola que apareça.

— É verdade.

— E foi exatamente isso que aconteceu aqui. Há um número cada vez maior de competidores se alistando para tentar conquistar Alexandra, atraídos pelo desafio. Era ruim o suficiente quando ela era apenas isso, um desafio, mas, agora, a garota virou algo muito, muito pior.

— Que seria? — perguntou Anthony, mas estava franzindo o cenho para a avaliação astuta da avó daquilo que já se tornara uma situação muito complexa e difícil.

— Alexandra se tornou um *prêmio* — disse a duquesa-viúva com ar sombrio. — Ela agora é um prêmio a ser vencido, ou tomado, pelo primeiro homem corajoso e esperto o suficiente. — Anthony abriu a boca, mas ela ergueu a mão cheia de joias e dispensou o comentário do neto. — Nem tente me dizer que isso não vai acontecer, porque sei que já aconteceu: pelo que fiquei sabendo, três dias atrás, Marbly propôs um passeio a Cadbury, e Alexandra concordou em ir. Um dos pretendentes rejeitados ouviu falar que o homem se vangloriara de que, na verdade, pretendia levá-la para sua propriedade em Wilton e que só voltaria na manhã seguinte. Então ele veio lhe contar. Você, pelo que me contaram, alcançou Marbly e Alexandra a uma hora daqui, antes da entrada para Wilton, e a trouxe de volta, dizendo que eu pedira pela companhia dela, coisa que foi muito sensata da sua parte. Se tivesse exigido tirar satisfação, o escândalo de um duelo teria manchado a reputação de Alexandra e piorado ainda mais nossos problemas.

— De toda forma — argumentou Anthony —, Alexandra não sabia nada sobre as intenções de Marbly naquele dia e continua sem saber. Não vi motivo para alarmá-la. Só pedi que não passasse mais tempo com ele, e ela concordou.

— E Ridgely? O que o homem estava pensando, levando-a para uma feira! A cidade inteira só fala disso.

— Alexandra frequentava feiras quando era criança. Ela não sabia que não podia ir.

— Pelo que me consta, Ridgely é um cavalheiro — ralhou a duquesa-viúva. — Ele sabia o que estava fazendo. O que tinha na cabeça quando resolveu levar uma donzela inocente para um lugar assim?

— A senhora acabou de chegar à raiz do problema — disse Anthony, cansado, esfregando a nuca. — Alexandra é uma viúva, *não* uma donzela. Os poucos escrúpulos que os "cavalheiros" possuem raramente se aplicam ao seu comportamento com mulheres experientes. Ainda mais se a mulher os deixa tão impressionados que perdem a cabeça, como acontece com Alexandra.

— Eu não descreveria Alexandra como uma mulher experiente! Ela mal é uma mulher.

Apesar da seriedade do problema, Anthony sorriu diante da descrição extremamente incorreta da avó sobre a jovem beldade encantadora com o sorriso encantador e o corpo deslumbrante. Mas seu sorriso desapareceu quando ele voltou a pensar na situação em que se encontravam.

— O problema é que ela é jovem demais e já foi casada. Se Alexandra tivesse um marido agora, como a Condessa de Camden, ninguém se importaria com seus gracejos. Se fosse mais velha, a sociedade não esperaria que seguisse as mesmas regras das moças mais jovens. Se fosse feia, então os pretendentes rejeitados não se sentiriam tão dispostos a tentar manchar sua reputação só por vingança ou ciúme.

— Eles estão fazendo isso?

— Só dois ou três, mas andam sussurrando nos ouvidos certos. A senhora sabe tão bem quanto eu como uma fofoca estimula outras, e, quando pega fogo, não há mais o que fazer. Daqui a pouco, todos vão ouvir o suficiente para começar a acreditar que existe alguma verdade nos boatos.

— E eles são muito ruins?

— Ainda não. Neste ponto, tudo que os pretendentes rejeitados conseguiram fazer foi lançar dúvidas sobre alguns pequenos infortúnios inofensivos dela.

— Por exemplo?

Anthony deu de ombros.

— Alexandra passou o último fim de semana em Southeby, numa festa. Ela e certo cavalheiro combinaram de sair cedo para uma cavalgada e deixaram os estábulos às oito. Mas só voltaram depois do pôr do sol, e as pessoas notaram que as roupas dela estavam rasgadas e desarrumadas.

— Meu Deus! — exclamou a duquesa-viúva, levando a mão ao peito, nervosa.

Anthony sorriu.

— O cavalheiro tem 75 anos e é o vigário de Southeby. Ele queria mostrar a Alexandra um cemitério antigo que encontrara por acaso uma semana antes, para que ela pudesse admirar algumas das lápides fascinantes. Infelizmente, o homem não conseguia se lembrar do caminho exato até lá, e, quando conseguiram encontrar o cemitério horas depois, Alexandra não tinha noção alguma de onde estava, e o velho se cansara tanto da cavalgada que não queria voltar para o cavalo. É claro, ela não podia voltar sozinha nem se quisesse, então não o fez.

— E o vestido?

— A barra do traje de cavalgada rasgou.

— Então a situação toda foi tão frívola que nem vale a pena ser mencionada.

— Exatamente, mas a história foi repetida e exagerada tantas vezes que está se tornando uma referência de comportamento inadequado. A solução óbvia seria contratarmos uma dama de companhia para segui-la, mas, se fizermos isso, ainda mais depois das fofocas, as pessoas vão achar que não confiamos nela. Além do mais, isso acabaria com toda a diversão de sua primeira temporada.

— Que disparate! — declarou a duquesa-viúva. — Alexandra não está se divertindo, e foi *exatamente* por isso que eu o chamei aqui. Ela está saracoteando por aí, flertando e sorrindo e deixando todos os homens aos seus pés por um único motivo: provar a Jordan que é capaz disso, mostrar ao marido, mesmo que no túmulo, que é capaz de se comportar da mesma forma que ele. Alexandra nem perceberia se todos os seus pretendentes sumissem da face da Terra, e, se percebesse, não se importaria nem um pouco.

Anthony se empertigou.

— Eu não diria que um passeio inocente a uma feira, apostar corrida com o cavalo de Jordan no Hyde Park, ou nenhuma de suas aventuras inofensivas seria se comportar da mesma forma que ele.

— Mesmo assim — respondeu a velha dama, se recusando a se dar por vencida —, é isso que ela está fazendo, apesar de eu duvidar que esteja consciente. Você discorda?

Tony hesitou e, então, negou com a cabeça, relutante.

— Não, a senhora tem razão.

— É claro que tenho — disse ela, decidida. — Você também concorda que a situação atual de Alexandra está colocando sua reputação e todo o seu futuro em risco, e que é inevitável que a situação piore?

Diante do olhar penetrante da avó e de sua avaliação astuta de todos os fatos, Anthony enfiou as mãos nos bolsos e suspirou.

— Concordo.

— Excelente — comentou ela, parecendo estranhamente satisfeita. — Então sei que você vai compreender quando eu disser que não pretendo passar o restante dos meus dias numa casa abarrotada com os pretendentes de Alexandra, com medo de alguém conseguir fazer aquilo que Marbly tentou, ou talvez algo ainda pior, contra ela e nossa família. Pretendo passar meus anos em Rosemeade. Mas não posso fazer isso, porque Alexandra teria que me acompanhar, o que tornaria seu futuro tão desanimador quanto é aqui, mas por motivos opostos. A única solução seria deixá-la aqui com você, o que é incogitável. Não consigo nem imaginar o tamanho do escândalo.

A velha senhora fez uma pausa, prestando atenção no neto, esperando por sua resposta como se ela fosse de uma importância imprescindível.

— Nenhuma solução é viável — concordou Tony.

A duquesa-viúva partiu para o ataque então, mal conseguindo esconder sua alegria.

— *Sabia* que concordaria comigo. Você é um homem de compreensão e compaixão superior, Anthony.

— Hum... obrigado, vovó — disse ele, nitidamente assustado com elogios tão efusivos de sua avó normalmente taciturna.

— E, agora que descobrimos que pensamos da mesma forma — continuou ela —, preciso lhe pedir um favor.

— Qualquer coisa.

— Case-se com Alexandra.

— Qualquer coisa além disso — corrigiu-se Anthony na mesma hora, franzindo o cenho para ela.

Em resposta, a duquesa-viúva ergueu as sobrancelhas e o encarou com desdém, como se sua opinião sobre o neto tivesse piorado de forma drástica. Era um olhar que ela usava havia cinquenta anos — com muito sucesso — para intimidar membros da aristocracia, impressionar criados, silenciar crianças e destruir as pretensões de qualquer um que ousasse desafiá-la, incluindo o marido e os filhos. Apenas Jordan era imune a ele. Jordan e sua mãe.

Anthony, no entanto, não tinha mais resistência àquele olhar do que tivera aos 12 anos, quando a mesma expressão silenciara sua revolta por ter que aprender latim e o enviara de volta aos estudos, envergonhado. Agora, ele suspirou, olhando em desespero ao redor do cômodo, como se buscasse uma escapatória. E era exatamente isso o que fazia.

A duquesa-viúva ficou aguardando, em silêncio.

O silêncio era a próxima arma do seu arsenal, Tony sabia. Em momentos assim, a avó *sempre* permanecia muda. Era tão mais agradável — tão mais digno e refinado — esperar num silêncio educado até que sua presa parasse de lutar, em vez de dar o golpe final com uma série de tiros verbais desnecessários.

— A senhora não parece entender o que está me pedindo — disse ele, irritado.

Sua recusa em se render de forma graciosa e imediata fez as sobrancelhas da duquesa-viúva se erguerem um pouco mais, como se ela não apenas estivesse decepcionada, mas também irritada, porque agora teria que dar um tiro de alerta. Mas o disparo foi feito sem hesitação, acertando o alvo, exatamente como Anthony sabia que aconteceria. Num combate verbal, a mira de sua avó era impecável.

— Eu espero de verdade — comentou ela com o toque exato de desdém — que você não esteja pretendendo me dizer que não se sente *atraído* por Alexandra.

— E se eu disser isso?

As sobrancelhas brancas subiram tanto que quase alcançaram o cabelo da duquesa-viúva, alertando-o de que ela estava pronta para abrir fogo caso ele continuasse a ser teimoso.

— Não precisa usar artilharia pesada — declarou Anthony, erguendo a mão num gesto de trégua. Apesar de se ressentir do fato de que qualquer discussão com a avó ainda o reduzia ao nível de uma criança, ele também era adulto e sábio o suficiente para saber que seria realmente infantil discutir quando ela estava certa. — Não nego. E a ideia já me ocorreu em mais de uma ocasião.

As sobrancelhas voltaram para a posição normal, e a duquesa-viúva inclinou de leve a cabeça grisalha, régia — um gesto que transmitia que *talvez* ele tivesse chance de voltar às suas boas graças.

— Você está sendo muito sensato.

Ela sempre era gentil em suas vitórias.

— Não estou concordando, mas vou conversar com Alex e deixar a decisão por conta dela.

— Alexandra está tão encurralada quanto você, meu querido — disse ela, tão entusiasmada que, sem querer, usara um termo carinhoso sem esperar o habitual intervalo de semanas ou até meses para perdoá-lo pela aquiescência tardia de sua vontade. — E não precisa se preocupar com o melhor momento ou local para conversarem sobre isso, porque tomei a liberdade de instruir Higgins a pedir que ela nos encontre aqui — a duquesa-viúva parou de falar ao ouvir alguém bater à porta —, agora.

— Agora! — explodiu ele. — Não posso fazer isso agora. Há três homens lá embaixo que vieram me pedir a mão dela.

A velha dama dispensou esse problema com um balançar régio dos dedos.

— Direi a Higgins para mandá-los embora. — Antes de Anthony conseguir reclamar, a duquesa-viúva abriu a porta para Alexandra, e ele observou, fascinado, a personalidade da avó passar por outra transformação radical. — Alexandra — disse ela com rigidez, mas também com um toque de afeição

—, sua conduta está nos deixando muito aflitos. Sei que você não quer me preocupar, porque não sou mais jovem...

— Preocupar a senhora? — repetiu a moça. — Minha conduta? O que fiz?

— Vou lhe contar — disse a duquesa-viúva, se lançando numa dissertação implacável que pretendia alarmar, intimidar e convencer Alexandra a cair nos braços de Anthony no instante em que a velha senhora saísse da sala. — Este problema horroroso que estamos enfrentando não é de *todo* sua culpa — começou ela, suas palavras saindo em rápida sucessão. — Mas isso não muda o fato de que, se Anthony não tivesse descoberto sobre seu passeio a Cadbury com Sir Marbly a tempo de trazê-la de volta, você teria acabado em Wilton, completamente arruinada, e teria sido forçada a se casar com aquele canalha. Esses saracoteios por aí, os flertes com todos esses pretendentes, tudo isso deve parar imediatamente. Todos acham que você está se divertindo, mas eu sei que não é o caso! Você está se comportando dessa forma irresponsável, indiscriminada, só para se vingar de Jordan, para mostrar que pode se comportar como ele, rebaixar-se ao mesmo nível. Bem, isso é impossível, minha querida! Suas pequenas aventuras não são nada comparadas às coisas que os cavalheiros podem fazer, especialmente cavalheiros como Jordan. Além do mais — anunciou ela num tom mais alto que indicava que estava prestes a revelar uma notícia de grande importância —, *Jordan morreu.*

Alexandra a encarou, confusa.

— Eu sei.

— Excelente, então não há motivo para você continuar agindo dessa forma. — Num gesto raro de afeição, ela tocou a bochecha de Alexandra. — Desista antes de causar um dano irreparável ao seu orgulho e à sua reputação, e à dessa família também. Você precisa se casar com alguém, e eu, que me importo verdadeiramente com você, preferia que fosse com Anthony, e ele também. — Removendo a mão, a velha senhora disparou o restante da munição: — Sua mente precisa se ocupar com algo além de divertimentos, Alexandra. Marido e filhos seriam ótimos para isso. Você está dançando conforme a música, minha querida, e, agora, temo que seja a hora de pagar o preço por isso. Vestidos para uma temporada em Londres custam uma fortuna, e nós não somos feitos de dinheiro. Vou deixar você e Anthony discutindo os detalhes. — Com um sorriso bondoso para Alexandra e um incisivo para o neto, ela se virou para a porta num gesto pomposo. — E planejem uma bela cerimônia *grandiosa* na igreja desta vez, mas em breve, é claro.

— É claro — respondeu Anthony, seco.

Alexandra ficou quieta, imóvel.

A avó olhou de cara feia para ele, mas se dirigiu à jovem duquesa.

— Nunca admiti isto, mas sou supersticiosa. Acho que as coisas que não começam bem raramente terminam bem, e seu casamento com Jordan... bem, foi tão triste, agourento e pequeno. Um evento imponente na igreja seria o ideal. A sociedade ficará em polvorosa, mas isso dará às pessoas algo melhor para comentar a respeito do que as fofocas anteriores sobre você. Acho que podemos marcar para daqui a três semanas.

Sem esperar por uma resposta, ela fechou a porta, efetivamente impedindo qualquer tentativa dos futuros noivos de reclamarem.

Quando a velha senhora foi embora, Alexandra agarrou as costas de uma poltrona para manter o equilíbrio e se virou devagar para Anthony, que sorria para a porta fechada.

— Ela é mais implacável do que eu imaginava — observou ele num misto de afeição e irritação quando se virou para olhar para a jovem duquesa. — Hawk era o único que não se deixava abalar pelos seus olhares. Meu pai tinha pavor dela, assim como o de Jordan. E meu avô...

— Tony — interrompeu Alexandra, abatida, cheia de culpa e confusão. — O que eu fiz? Não fazia ideia de que meu comportamento estava causando desgraça para nós. Por que você não me disse que gastei dinheiro demais com vestidos?

Ela foi tomada pela vergonha quando, subitamente, enxergou a si mesma com clareza, levando uma vida fútil, dispendiosa, sem propósito.

— Alexandra! — Ela se virou e encarou o rosto sorridente de Anthony enquanto ele dizia: — Você acabou de ser vítima da maior dose de culpa, coerção e chantagem emocional que já testemunhei. Minha avó se excedeu. — Ele ofereceu a mão, abrindo um sorriso tranquilizador, e Alexandra a aceitou. — Não há nada de errado com a saúde dela, você não vai nos levar à falência e com certeza não está jogando o nome dos Townsende na lama.

Isso não a fez se sentir melhor. Muito do que a duquesa-viúva dissera lhe ocorria com frequência. Por mais de um ano, Alexandra vivia com pessoas que a tratavam como parte da família e que a sustentavam como realeza, quando ela não era nada disso. Primeiro, sua consciência fora ignorada com o argumento de que a duquesa-viúva precisava de sua companhia nos meses após a morte de Jordan. Mas, ultimamente, as duas não passavam tantos momentos juntas; mal parecia haver tempo para algo além de um aceno quando suas carruagens se encontravam na rua ou quando se esbarravam na escadaria, saindo para seus respectivos eventos.

— Mas a parte sobre Marbly era verdade? — perguntou ela com desgosto.

— Sim.

— Marbly não acha que está apaixonado por mim, como os almofadinhas mais jovens. Nem consigo imaginar *por que* ele tentaria me sequestrar.

— Minha avó tem uma teoria interessante sobre meninos e brinquedos. Pergunte a ela sobre isso qualquer dia desses.

— Ora, pare de falar comigo em charadas! — implorou Alexandra. — Só me explique por que tudo isso está acontecendo.

Tony lhe deu uma versão resumida da conversa que acabara de ter com a duquesa-viúva.

— O fato é que — concluiu ele — você é desejável demais para o seu próprio bem e para nossa paz de espírito.

— Que problema! — zombou ela. — Tem que ser mais que isso.

— Você está *gostando* da temporada?

— É tudo que você disse que seria. Divertido e elegante, e as pessoas são tão... elegantes, divertidas, e nunca vi carruagens e fáetons tão, tão *elegantes* nem tantos...

Os ombros de Tony tremiam de tanto rir.

— Você é uma péssima mentirosa.

— Pois é — respondeu ela, desanimada.

— Então imagino que seja melhor falarmos a verdade.

Alexandra concordou com a cabeça, mas permaneceu hesitante.

— Quer saber se estou gostando mesmo da temporada em Londres? — repetiu ela, pensando seriamente na pergunta. Como todas as moças bem-nascidas que estavam na cidade durante a temporada, ela dormia até o começo da tarde, tomava café na cama e trocava de roupa pelo menos cinco vezes por dia para cada rodada de visitas matutinas, passeios no parque, festas, jantares e bailes. Nunca estivera tão ocupada. Ainda assim, enquanto se ocupava com a única tarefa que deveria dominar todos os seus pensamentos, se divertir, uma pergunta não saía de sua cabeça. *A vida é só isso? Não existe algo mais?* Incapaz de encará-lo, Alexandra seguiu para a janela e disse: — A temporada em Londres é muito divertida, e há entretenimento em todos os lugares, mas, às vezes, parece que todo mundo se esforça demais para se deleitar. Vou sentir falta daqui quando for embora e sei que vou querer voltar, mas sinto falta de alguma coisa. Acho que devo me ocupar com algum trabalho. Eu me sinto inquieta aqui, apesar de nunca ter estado tão ocupada. Faz sentido?

— Você sempre fez sentido, Alexandra.

Tranquilizada pelo tom de voz gentil, ela se virou e o fitou.

— Alexander Pope disse que o divertimento é a felicidade daqueles que não sabem pensar. Não concordo completamente, mas, como objetivo de vida, acho a busca por ele, bem, um pouco insatisfatória. Tony, *você* nunca se cansa de tanto entretenimento?

— Neste ano, mal tive tempo de sair de casa. — Balançando a cabeça, ele fez um gesto abrangente com a mão e disse, seco: — Sabe, eu costumava ter inveja de Jordan por causa de tudo isto. Pelas casas e as terras e todos os outros investimentos. Agora que tudo me pertence, é como se fossem joias que pesam uma tonelada; elas são valiosas demais para negligenciar, grandes demais para ignorar, pesadas demais para carregar. Você nem imagina como os investimentos dele eram diversos nem quanto tempo demoro para entender o que fazer com cada um. Quando Jordan herdou o título aos 20 anos, os fundos dos Townsende eram generosos, mas não muito vastos. Em sete anos, ele multiplicou tudo por dez. Jordan trabalhava feito louco, mas também tinha tempo para se divertir. Eu não consigo equilibrar as coisas.

— É por isso que anda negligenciando as damas, que vivem me perturbando, querendo descobrir onde você pretende ir para que possam encontrá-lo?

Tony riu.

— Não. Eu as ignoro pelo mesmo motivo que você ignora seus pretendentes. Agradeço pela atenção delas, mas não estou interessado.

— Nenhuma moça lhe chamou atenção nesses anos todos?

— Só uma — admitiu ele, sorrindo.

— Quem foi? — perguntou Alexandra na mesma hora.

— Ela era filha de um conde — respondeu Anthony, ficando sério.

— O que aconteceu? Ou isso é pessoal demais?

— De forma alguma. Nem é uma história muito especial. Ela parecia retribuir meus sentimentos. Pedi sua mão, mas seus pais queriam esperar até o fim da temporada antes de aceitarem um partido nada promissor como eu, um homem de nascimento respeitável, de boa família, mas sem qualquer título ou grande fortuna. Então concordamos em manter nossos sentimentos em segredo até lá.

— E então? — perguntou Alexandra, sentindo que ele queria conversar sobre o assunto.

— Então alguém com um título e uma fortuna e um endereço muitíssimo elegante prestou atenção nela. Ele a acompanhou a alguns bailes, visitou sua casa uma vez ou outra... Sally caiu na sua ladainha.

A voz de Alexandra baixou para um sussurro pesaroso:

— Então ela se casou com ele em vez de com você?

Tony riu e fez que não com a cabeça.

— Para o cavalheiro, seu interlúdio com Sally foi só um flerte bobo, vazio.

— Não... não foi Jordan, foi? — perguntou ela, se sentindo enojada.

— Fico feliz em dizer que não.

— Nesse caso, você está melhor sem ela — anunciou Alexandra, leal. — É óbvio que essa moça era muito mercenária ou muito fútil. — Um daqueles sorrisos carinhosos e hipnotizantes surgiu nos lábios macios dela, e sua risada surgiu cheia de prazer: — Agora que você é um dos duques mais importantes da Inglaterra, aposto que ela se arrepende de tê-lo dispensado.

— Talvez.

— Bem, espero que tenha se arrependido! — exclamou Alexandra, e, então, pareceu culpada. — É muito maldoso da minha parte me sentir assim.

— Então nós *dois* somos maldosos — riu Tony. — Porque também espero que ela tenha se arrependido. — Por um instante, a dupla apenas se encarou em silêncio e no clima amigável que sempre compartilharam. Finalmente, Tony respirou fundo e continuou: — O que eu estava querendo dizer antes é que trabalho em excesso é tão satisfatório quanto diversão em excesso.

— Você tem razão, é claro. Eu não tinha pensado nisso.

— Há algo mais que você deveria considerar — disse ele com suavidade.

— O quê?

— Talvez exista a possibilidade de aquela coisa indefinível que falta na sua vida ser amor.

A inesperada reação alegre de Alexandra a essa sugestão fez Anthony parar no meio do caminho enquanto se esticava para pegar um pouco de rapé.

— Céus, espero mesmo que seja isso! — exclamou ela, e sua risada musical explodiu, ressoando pela sala sem qualquer sinal de raiva que assegurasse Tony de que sua reação era apenas um amargor temporário pela forma como Jordan a tratara. — Eu *já* me apaixonei e não gostei nem um pouco! — riu a moça. — Prefiro sentir dor de barriga, muito obrigada.

Ela estava falando sério, percebeu Tony enquanto encarava o belo rosto radiante que o fitava. Ela estava falando sério — e isso fez com que ele sentisse uma raiva quase incontrolável do primo.

— Você só teve uma pequena amostra.

— O suficiente para saber que não gostei.

— Da próxima vez, talvez goste.

— Eu me sentia tão mal por dentro. Como... como se tivesse comido enguias — brincou ela. — Eu...

O impropério que explodiu de Anthony a interrompeu.

— Maldito Jordan! Se ele estivesse vivo, eu o estrangularia!

— Não, você entendeu errado! — disse Alexandra, correndo até Anthony, aqueles olhos luminosos encarando os seus, tentando explicar. — Mesmo quando eu era tola o suficiente para achar que Jordan se importava comigo, sentia sempre um bolo no estômago. Não conseguia parar de me preocupar com cada coisinha que saía da minha boca. Eu queria agradá-lo e estava virando do avesso para isso. Acho que deve ser um defeito hereditário: as mulheres da minha família sempre se apaixonam pelo homem errado, e os idolatramos com uma devoção cega, nos destruindo para deixá-los felizes. — Ela sorriu. — É bem triste, na verdade.

Uma gargalhada escapou de Tony pouco antes de ele puxá-la para si e abraçá-la, rindo em seu cabelo cheiroso. Quando os dois voltaram a ficar sérios, ele a encarou e disse:

— Alexandra, o que quer da vida?

Seu olhar estava fixo nela, imobilizando-a.

— Não sei — sussurrou a moça, ficando imóvel enquanto o homem que via como um irmão mais velho segurava seu rosto com as mãos grandes.

— Diga como se sente agora que é uma das Rainhas da Sociedade.

Ela não conseguiria se mexer nem se alguém gritasse que a casa estava pegando fogo.

— Vazia — admitiu num sussurro rouco. — E fria.

— Case comigo, Alexandra.

— Eu... eu não posso!

— Claro que pode — disse Tony, sorrindo para sua resistência como se já a esperasse. — Vou lhe dar as coisas de que precisa para ser feliz.

— Que coisas? — murmurou Alexandra, os olhos analisando o rosto de Tony como se o visse pela primeira vez.

— As mesmas de que preciso: filhos, família, alguém a quem amar — murmurou ele.

— Pare — gemeu Alexandra enquanto sua resistência começava a enfraquecer e desmoronar. — Você não sabe o que está dizendo. Tony, eu não te amo, e você não me ama.

— Você não está apaixonada por mais ninguém, está?

Ela fez que não com a cabeça, enfática, e ele sorriu.

— Pronto, então isso torna a decisão muito mais fácil. Também não estou apaixonado por ninguém. Você já conheceu os melhores candidatos a marido durante a temporada. Aqueles que não estão aqui não são muito melhores.

Quando ela mordeu o lábio e continuou a hesitar, Tony a sacudiu de leve.

— Alexandra, pare de sonhar. A vida é assim. Você já viu tudo. O que resta é sempre igual, a menos que você tenha uma família.

Uma família de verdade. Alexandra nunca fizera parte de uma — não de uma família com um pai, uma mãe e filhos; com primos e tias e tios. É claro, seus filhos teriam o irmão mais novo de Tony como tio, mas, ainda assim...

O que mais uma mulher poderia querer além do que Tony lhe oferecia? Pela primeira vez, Alexandra percebeu que, enquanto provocava Mary Ellen por seus delírios românticos, ela mesma agia como uma menina sonhadora. Tony gostava dela. E ela poderia fazê-lo feliz. A ideia a aqueceu por dentro e a fez se sentir bem sobre si mesma de um jeito que não acontecia havia muito tempo. Ela poderia se dedicar à felicidade dele, a ter seus filhos...

Filhos... A ideia de segurar um bebê em seus braços era uma motivação poderosa para se casar com aquele homem bondoso, gentil e bonito. De todos os cavalheiros que conhecera em Londres, Tony parecia ser o único que encarava a vida da mesma forma que ela.

COM GRANDE ESFORÇO, Jordan ajudou o amigo cansado a se levantar, apoiando o braço dele em seus ombros, suportando o peso na lateral do corpo enquanto praticamente arrastava George Morgan pelo riacho raso. Sorrindo e exausto, o duque olhou para cima, tentando avaliar a hora pelo sol, que estava baixo no céu, bloqueado por colinas e árvores. Ele precisava saber a hora, era importante. Cinco da tarde, decidiu.

Às cinco da tarde, tivera a primeira visão de soldados uniformizados marchando pela floresta adiante. Soldados ingleses. Liberdade. Lar.

Com sorte, ele poderia estar em casa em três ou quatro semanas.

Capítulo 19

Todos sorriam radiantes enquanto Alexandra descia a escadaria num redemoinho de cetim azul-gelo incrustrado com uma larga faixa de pérolas, diamantes e zircônios azuis em torno do decote baixo e quadrado e na barra de suas mangas largas.

Penrose abriu a porta para ela como fizera milhares de vezes antes, mas, hoje, enquanto a patroa se preparava para seguir para a enorme igreja gótica em que se casaria com Tony, seu rosto idoso e gentil era só sorrisos, e ele executou uma grande mesura.

Os olhos míopes de Filbert se encheram de lágrimas quando ela se virou e lhe deu um abraço.

— Cuide-se — sussurrou ele — e não suje o vestido.

Era a mesma orientação que o velho criado lhe dava desde sempre, e Alexandra sentiu os olhos se encherem com lágrimas de afeição.

Aqueles dois homens e tio Monty eram sua única família na Inglaterra. A mãe vendera a casa em Morsham e partira numa longa viagem pelas ilhas, então não estaria presente no casamento da filha; Mary Ellen e o marido esperavam que seu primeiro filho nascesse a qualquer instante, então também não puderam vir a Londres. Mas, pelo menos, tio Monty estava ali para acompanhá-la até o altar. E, apesar de Melanie ter acabado de descobrir que teria um bebê, sua gravidez ainda não era aparente, então aceitara ser sua madrinha.

— Está pronta, minha querida? — perguntou o tio, oferecendo um braço.

— Preste atenção para não pisar no vestido de Alexandra — alertou a duquesa-viúva com rispidez, lançando um olhar crítico do topo da cabeça grisalha do homem até a ponta de seus sapatos pretos polidos. Ela passara os últimos três dias passando sermões a Sir Montague sobre sua conduta em geral, seus deveres durante a cerimônia e os méritos da sobriedade com tanta veemência que ele agora se sentia intimidado. De repente, os olhos da velha dama se focaram no tom suspeito daquelas bochechas rosadas. — Sir Montague — questionou ela com olhos ferinos —, o senhor se serviu de vinho tinto hoje?

— Claro que não! — bradou tio Monty, indignado. — Detesto vinho tinto. Não tem buquê, corpo — disse ele, se estufando como um galo ofendido, apesar de ter passado a manhã inteira se embebedando de vinho Madeira.

— Pare com essa conversa — interrompeu a duquesa-viúva com uma impaciência brusca. — Só não esqueça minhas orientações: acompanhe Alexandra até o altar, deixe-a lá e volte para nosso banco. O senhor vai se sentar ao meu lado e *não mexerá um músculo* até que eu me levante, após o fim da cerimônia. Entendeu? Vou sinalizar quando for o momento de sairmos para o corredor da igreja. Todos devem permanecer sentados até fazermos isso. Ficou claro?

— Não sou imbecil, sabe, senhora? Sou um cavalheiro da ordem real.

— O senhor será um cavalheiro morto e desonrado se cometer qualquer erro — prometeu a sofisticada dama enquanto calçava as compridas luvas cinza que Penrose lhe entregava. — Não vou tolerar outra exibição horrenda de irreverência como a que o senhor deu no domingo passado. — As reclamações continuaram até chegarem à carruagem. — Não acreditei quando o senhor caiu no sono no meio da missa e começou a roncar daquele jeito pavorosamente alto.

Tio Monty subiu na carruagem e lançou um olhar sofrido para a sobrinha, claramente dizendo, *Não sei como você consegue morar com essa velha chata, minha menina.*

Alexandra sorriu. Ela sabia, e ele sabia, que suas bochechas coradas eram prova de que tinha consumido boa parte de uma garrafa de vinho Madeira.

Acomodando-se no luxuoso assento da carruagem que a levava até seu futuro marido, ela olhou para a paisagem do outro lado da janela, ouvindo os sons das ruas londrinas. Melanie estava na carruagem bem na frente daquela, junto com Roderick Carstairs, que seria padrinho de Tony.

Atrás e adiante dos dois veículos que transportavam o cortejo da noiva havia um mar de carruagens elegantes — todas seguindo para a mesma igreja. Elas criavam um engarrafamento quilométrico, percebeu Alexandra com um sorriso amargo.

Que estranho, pensou ela, que tivesse se sentido tão nervosa, tão inquieta e animada no seu casamento com Jordan. Quinze meses atrás, quando entrara naquela sala de estar silenciosa para unir sua vida à dele, suas pernas tremiam, seu coração parecia prestes a explodir no peito.

Ainda assim, aqui estava ela, prestes a se casar com Tony dali a uma hora, diante de três mil membros da alta sociedade, e se sentia... completamente calma. Serena. Sem medo. Desinteressada...

Alexandra logo dispensou aquele pensamento desleal.

— O QUE ESTÁ SEGURANDO o trânsito? — perguntou Jordan para o motorista da carruagem que o capitão do *Falcão* colocara ao seu dispor e que o levava com uma lerdeza irritante para sua casa na Upper Brook Street.

— Não sei, Vossa Graça. Parece ter algo acontecendo naquela igreja lá atrás.

Jordan olhou para o sol de novo, tentando adivinhar as horas. Fazia mais de um ano que não tinha o luxo de carregar um relógio, apesar de ser dono de pelo menos seis peças de ouro maciço a que nunca dera valor. Ele nunca dera valor a nada. Porém, depois de um ano e três meses de privações, duvidava de que seria capaz de desmerecer qualquer coisa.

A paisagem e os sons de Londres, que tanto lhe agradavam desde que entrara na cidade uma hora atrás, começaram a perder o foco enquanto ele pensava no susto que estava prestes a causar naqueles que o amavam.

Sua avó ainda estava viva — Jordan arrancara essa informação do capitão do *Falcão*, que dissera ter lido no jornal que a velha senhora passaria a temporada em Londres. Com sorte, ela estaria na própria casa, não na dele, pensou Jordan, de forma que pudesse lhe mandar uma mensagem primeiro em vez de aparecer de repente. Tony, se estivesse em Londres, obviamente ocuparia a casa de Jordan na Upper Brook Street, que acreditava ser dele.

Mais de uma vez, lhe ocorrera que Tony talvez se ressentisse de seu retorno, de perder o título ducal e as propriedades, mas essa possibilidade era quase tão repugnante quanto a ideia de que o primo estava envolvido numa conspiração para assassiná-lo. Jordan se recusava a acreditar nisso até ter provas confiáveis.

Ele se recusava a acreditar — mas, infelizmente, não conseguia tirar a desconfiança insistente de sua cabeça, assim como era incapaz de silenciar a lembrança da voz do criminoso no cais, na noite em que fora atacado: "O sujeito que nos pagou disse que o queria morto, Jamie, não jogado num navio..."

Jordan deixou de lado tudo isso.

Era completamente possível que algum marido furioso — como o velho Grangerfield — fosse responsável por encomendar sua morte. Havia formas de descobrir quem era seu inimigo. No entanto, por enquanto, queria aproveitar a alegria de voltar para casa.

Ele pensou em sua iminente chegada à Upper Brook Street, e quis fazer tudo ao mesmo tempo — entrar pela porta e apertar a mão de Higgins, abraçar a avó e secar as lágrimas de alívio e gratidão que ela e o velho mordomo derramariam quando descobrissem que estava vivo. Apertaria os ombros de Tony e lhe agradeceria por tentar administrar as propriedades do ducado. Não importava o quanto o primo tivesse se atrapalhado com seus negócios financeiros — e Jordan tinha a certeza deprimente de que isso acontecera —, ele sempre seria grato.

Depois disso, queria um banho e suas próprias roupas. E, então... então queria Alexandra.

De todas as coisas que estavam por vir, a conversa com sua jovem "viúva" era a única coisa com que Jordan realmente se preocupava. Sem dúvida, a devoção infantil que ela sentia por ele lhe causara um sofrimento extremo e prolongado após sua morte. Alexandra era magra como um palito da última vez que se viram; agora, devia ser praticamente pele e osso. Meu Deus, que vida deprimente ela tivera desde que o conhecera.

Jordan sabia que a esposa teria mudado durante sua ausência, mas esperava que as transformações não fossem muitas nem drásticas demais. Ela já teria amadurecido e se tornado uma mulher agora, com idade suficiente para ter as responsabilidades de um marido e filhos. Ele mesmo a traria para Londres e a apresentaria à sociedade.

Mas os dois não passariam muito tempo na cidade. Apesar de ter perdido mais de um ano de sua vida, ele tivera bastante tempo para refletir sobre seu futuro. Agora, Jordan sabia o que era importante e o que não era, sabia o que queria — provavelmente, o que sempre quisera. Ele queria uma vida que significasse algo e um casamento de verdade, não o relacionamento raso e vazio que a maioria das pessoas de seu convívio tinha. E queria mais do amor que Alexandra tentara lhe oferecer — o amor que lhe dera um motivo para lutar pela sobrevivência. Por sua vez, ele pretendia mimá-la, lhe dar prazer e mantê--la sempre consigo, a salvo dos efeitos corrosivos do mundo exterior. Ou era nesse ponto que a confiança entrava? Será que um homem deveria confiar que sua esposa não mudaria e permaneceria leal independentemente de onde e com quem estivesse? Era óbvio que sim, decidiu Jordan. Ele não tinha muita experiência em confiar nas pessoas, que dirá em amá-las, mas Alexandra fazia tudo isso com destreza e se oferecera para ensiná-lo. Agora, Jordan estava disposto a aprender.

Ele tentou imaginar a aparência da esposa agora, mas só conseguia ver seu rosto risonho, dominado por um par de olhos magníficos, da cor de água-marinha. Um rosto que era quase bonito, mas nem tanto. Seu "rosto engraçadinho".

Ela teria passado um ano de luto, ele sabia, e mais seis meses aprendendo como se comportar na sociedade com a avó. Só agora estaria se preparando para o *début* na sociedade, durante a temporada menor no outono, presumindo que a duquesa-viúva honrara o desejo do neto de vê-la mais "refinada".

Era bem mais provável, e mais alarmante, pensou Jordan, melancólico, que Alexandra estivesse tão arrasada que tivesse voltado para a velha casa em Morsham — ou se excluído completamente da companhia das pessoas — ou, meu Deus, enlouquecido depois de tudo pelo que passara!

A carruagem parou diante da Upper Brook Street, 3, e Jordan saiu, fazendo uma pausa diante dos degraus da frente para observar a elegante mansão de pedra de três andares, com a decoração graciosa de ferro ornamental e janelas salientes. Tudo ali lhe parecia familiar e, ao mesmo tempo, tão estranho.

Ele ergueu a aldrava pesada e polida e a soltou, se preparando para Higgins abrir a porta e atacá-lo num frenesi de felicidade.

A porta se abriu.

— Sim? — disse um rosto desconhecido, observando-o por cima de óculos com armação metálica.

— Quem é você? — questionou Jordan, perplexo.

— *Eu* poderia fazer a mesma pergunta para o *senhor* — respondeu Filbert com arrogância, olhando ao redor em busca de Penrose, que não ouvira a batida à porta.

— Sou Jordan Townsende — respondeu ele com rispidez, sabendo que só estaria perdendo tempo se tentasse convencer aquele criado desconhecido de que ele, não Tony, era o Duque de Hawthorne. Passando pelo lacaio, Jordan entrou no vestíbulo de mármore. — Diga a Higgins para vir falar comigo.

— O Sr. Higgins saiu.

Jordan franziu o cenho, desejando que Higgins ou Ramsey estivessem ali para ajudar a preparar sua avó para seu súbito reaparecimento. Andando rápido, ele olhou para o salão grande, à direita, e para o menor, à esquerda. Ambos estavam cheios de flores e sem nenhum ocupante. Todo o primeiro andar parecia estar lotado de cestas com rosas brancas e folhas verdes.

— Vamos dar uma festa mais tarde?

— Sim, senhor.

— Vai acabar sendo uma festa de boas-vindas — previu Jordan com uma risada. Mas disse, sério: — Onde está sua patroa?

— Na igreja — respondeu Filbert, apertando os olhos para o cavalheiro alto e extremamente bronzeado.

— E seu patrão? — perguntou Jordan, falando de Tony.

— Também na igreja, é claro.

— Rezando por minha alma imortal, é claro — brincou ele. Sabendo que era quase certo que Tony continuaria usando os serviços de Mathison, seu ótimo camareiro, Jordan disse: — Mathison está por aqui?

— Está — afirmou Filbert, que observava, embasbacado, enquanto aquele membro desconhecido da família Townsende começava a subir a escadaria, gritando ordens por cima do ombro como se fosse dono do lugar.

— Diga a Mathison para vir falar comigo imediatamente. Estarei na suíte dourada. Avise que quero tomar banho e fazer a barba. E trocar de roupa. Prefiro as minhas, se ainda estiverem por aqui. Caso contrário, uso as de Tony, as dele ou qualquer uma que esteja disponível.

Jordan passou rápido pela suíte máster, que Tony com certeza estaria ocupando, e abriu a porta do quarto de hóspedes dourado. O cômodo não era tão luxuoso, mas, no momento, parecia o mais lindo que já vira. Tirando o paletó apertado que o capitão do *Falcão* lhe emprestara, ele o jogou numa cadeira e começou a desabotoar a blusa.

Depois de tirá-la e jogá-la por cima do paletó, Jordan estava no processo de abrir a calça quando o camareiro entrou apressado no quarto como um pinguim indignado, as abas do fraque voando às suas costas.

— Parece que houve algum mal-entendido sobre seu nome, senhor... Meu Deus! — O homem ficou paralisado e boquiaberto. — Meu Deus, *Vossa Graça! Meu Deus!*

Jordan sorriu. Era mais ou menos assim que ele esperava ser recebido.

— Tenho certeza de que estamos todos muito gratos ao Todo-Poderoso pelo meu retorno, Mathison. Porém, por enquanto, eu ficaria quase tão grato por um banho e peças de roupa decentes.

— Claro, Vossa Graça. Imediatamente, Vossa Graça. E posso só tomar a liberdade de dizer como estou muitíssimo feliz, tão satisfeito por... *MEU DEUS!* — explodiu Mathison, agora horrorizado.

Jordan, que nunca vira o criado inabalável demonstrar qualquer sinal de incômodo nem mesmo nas circunstâncias mais difíceis, observou com certo espanto enquanto o homem saía correndo pelo corredor, desaparecia na suíte máster e voltava com uma das camisas de Tony segurada na ponta dos dedos e uma calça de cavalgada e botas de Jordan.

— Eu as encontrei no fundo do armário na semana passada — disse Mathison, ofegante. — Rápido! O senhor precisa se apressar — arfou ele. — A igreja! — gaguejou com selvageria. — O casamento...!

— Um casamento. É por isso que todos estão na igreja — disse Jordan, prestes a deixar de lado a calça que Mathison jogara em cima dele e insistir num banho. — Quem vai se casar?

— Lorde Anthony — arfou o camareiro numa voz engasgada, erguendo a camisa e tentando forçar um dos braços do patrão dentro da manga.

Jordan sorriu, ignorando a camisa que agora era balançada em sua direção como uma bandeira.

— Com quem ele vai se casar?

— Com a sua esposa!

Por um instante, Jordan foi incapaz de absorver o choque completo dessa declaração. Sua mente estava preocupada com o fato de que, se Tony se casasse, já teria assinado um contrato de noivado como Duque de Hawthorne e feito promessas para a noiva e sua família que agora não poderia cumprir.

— *Bigamia!* — arfou Mathison.

Jordan ergueu a cabeça quando a importância do que ouvia o acertou em cheio.

— Vá para a rua e pare qualquer veículo que ande — ordenou Jordan, pegando a camisa e a vestindo. — Que horas vai acontecer, e onde?

— Daqui a vinte minutos, na Catedral de São Paulo.

Jordan se jogou dentro da carruagem alugada que roubara de uma senhora indignada no meio da Upper Brook Street.

— Catedral de São Paulo — disse ele para o motorista com brusquidão. — E você vai poder se aposentar hoje com o que eu lhe pagar se conseguir chegar em quinze minutos.

— Acho difícil, patrão — respondeu o homem. — Tem um casamento lá que está engarrafando tudo a manhã inteira.

Durante os minutos seguintes, uma dezena de pensamentos e emoções conflitantes passaram pela turbulência caótica que era a mente de Jordan, o principal sendo a necessidade de chegar à igreja a tempo. Sem ter como controlar o fluxo do tráfego, sua única opção era contemplar o enorme problema.

Às vezes, durante sua ausência, ele pensara na possibilidade improvável de que, quando o período obrigatório de um ano de luto passasse, Tony pudesse conhecer alguém e decidir se casar, mas, por algum motivo, não esperava que isso acontecesse. O primo sempre parecera tão desejoso quanto ele de se prender a uma mulher, mesmo com os enlaces tênues do matrimônio moderno, que deixavam ambos os cônjuges livres para agir como quisessem.

Jordan também considerara a ideia de Alexandra conhecer alguém e se casar, mas não tão rápido. Não enquanto deveria estar de luto! Não quando deveria ser loucamente apaixonada por ele...

Mas o único pensamento que jamais lhe ocorrera — nem nos seus piores pesadelos sobre as possíveis complicações associadas a seu retorno — era que, por algum senso de honra equivocado, Tony se sentiria na obrigação de se casar com sua pobre viúva. *Maldição!*, pensou Jordan enquanto os pináculos da Catedral de São Paulo finalmente surgiam em sua linha de visão. Por que motivo Tony faria algo tão idiota?

A resposta veio quase instantaneamente. Por pena. A mesma pena que Jordan sentira pela moça magrela e alegre que salvara sua vida e o observava com olhos enormes e afetuosos.

Pena causara aquela quase catástrofe, e não restava outra opção a Jordan além de interromper a cerimônia em qualquer estágio que ela estivesse quando entrasse na igreja, porque, caso contrário, Alexandra e Tony estariam cometendo bigamia pública. Ocorreu-lhe que a pobre Alexandra perderia um noivo pela segunda vez, e ele sentiu uma breve pontada de arrependimento por destruir a paz dela de novo.

Antes que a carruagem parasse diante da Catedral de São Paulo, Jordan já tinha pulado para a rua e subia correndo a escadaria que levava à entrada, rezando para chegar a tempo de impedir o casamento antes de a cerimônia começar. Essa esperança morreu no instante em que puxou as pesadas portas de carvalho da igreja iluminada por velas e viu noiva e noivo parados de costas para as fileiras lotadas.

Ele parou, pensando numa série de palavrões exuberantes e, então, sem ter escolha, começou a caminhar pela nave, seus passos ecoando como tiros de canhão pela igreja cheia.

Perto da frente, Jordan parou de andar — esperando pelo momento em que teria que falar. Foi só então, parado entre as fileiras de convidados bem-vestidos que tinham sido seus parentes, amigos e conhecidos, que ele finalmente percebeu que ninguém guardara luto por sua morte da maneira apropriada e que, se *tivessem* feito isso, não estaria sendo obrigado a se prestar àquele papel absurdo na comédia dramática que estava prestes a se desenrolar na maldita igreja. A percepção inundou seu corpo com uma onda gélida de fúria, mas seu rosto permaneceu impassível enquanto ele esperava entre a segunda fileira de bancos com os braços cruzados — aguardando o momento que se aproximava.

Em ambos os lados, os convidados começavam a reconhecê-lo, e sussurros altos já percorriam a multidão, se alastrando como um incêndio. Alexandra ouviu a confusão crescente e lançou um olhar incerto para Anthony, que parecia estar se concentrando no arcebispo, que dizia:

— Se alguém presente tiver algum motivo para se opor ao casamento deste homem e desta mulher, fale agora ou cale-se para sempre...

Por um segundo, o silêncio foi total — a mudez tensa e nervosa que sempre se segue ao tradicional desafio —, mas, desta vez, alguém respondeu, e a cerimônia foi interrompida por uma voz de barítono grossa e irônica:

— Existe *um* motivo...

Tony se voltou para trás, o arcebispo ficou boquiaberto, Alexandra congelou, e três mil convidados se viraram nos bancos. Uma balbúrdia agitada de vozes começou e tomou conta da igreja como uma onda na maré cheia. No altar, o buquê de rosas de Melanie Camden escorregou por entre seus dedos, Roddy abriu um sorriso largo, e Alexandra permaneceu onde estava, convencida de que aquilo não podia estar acontecendo, que era um sonho, que tinha enlouquecido.

— Por que motivo o senhor se opõe o casamento? — finalmente bradou o arcebispo.

— Por que a noiva já é casada — respondeu Jordan, quase parecendo estar se divertindo — comigo.

Desta vez, não havia como negar a realidade daquela voz grave dolorosamente familiar, e pontadas de choque subiam e desciam pela coluna de Alexandra, eletrizando seu corpo inteiro. Seu coração explodiu de alegria, apagando todas as lembranças das traições e mentiras. Devagar, ela se virou, com medo de olhar e descobrir que aquele era um truque cruel do destino, mas seus olhares se encontraram. Era Jordan! Ele estava vivo. A visão do seu rosto másculo, lindo e esculpido quase a fez cair de joelhos. Seu marido estava parado ali, olhando para ela com um leve sorriso naqueles lábios firmes.

Radiante da cabeça aos pés, Alexandra mentalmente se esticou para tocar seu rosto amado e se assegurar de que ele era real. O sorriso de Jordan aumentou, como se sentisse seu toque; os olhos percorreram o rosto dela, analisando as mudanças em sua aparência, e, então, sem qualquer motivo aparente, ele pareceu congelar, lançando um olhar ríspido e acusatório para Tony.

Na primeira fileira, a duquesa-viúva estava imobilizada, encarando o neto, a mão direita pressionada contra a garganta. No silêncio cataclísmico que se seguiu, só tio Monty pareceu capaz de falar e agir — sem dúvida porque a garrafa de vinho Madeira que bebera escondido o impedia de reconhecer Jordan. Porém, ele se recordava vividamente das orientações ríspidas da duquesa-viúva sobre a necessidade de compostura durante a cerimônia, então encarou como seu dever advertir o recém-chegado. Inclinando-se na direção do intruso parado na nave, Sir Montague o alertou numa voz estrondosa:

— *Sente-se, homem!* E não mexa um músculo antes de o arcebispo sair do altar. Caso contrário, a duquesa-viúva vai fazer você pagar!

Sua voz pareceu quebrar o feitiço que deixara todos paralisados. O arcebispo anunciou que não poderia prosseguir com a cerimônia e foi embora; Tony pegou a mão trêmula de Alexandra e seguiu para a porta da igreja; Jordan se afastou para deixá-los passar; a duquesa-viúva, pomposa, se levantou devagar, sem tirar os olhos do neto. Em seu estado confuso, tio Monty presumiu que a cerimônia feliz tinha acabado e, seguindo ao pé da letra as instruções que recebera, ofereceu seu braço para a velha dama e a acompanhou pela nave, orgulhoso, seguindo os noivos, abrindo um sorriso radiante para os espectadores boquiabertos que tinham se levantado e observavam a cena com um espanto mumificado.

Na porta da igreja, tio Monty deu um beijo estalado em Alexandra e apertou a mão de Tony, balançando-a energicamente quando a voz ríspida de Jordan o interrompeu.

— Seu tolo, o casamento foi cancelado! Faça algo útil e leve minha esposa para casa. — Tomando o braço da avó, ele seguiu para as carruagens estacionadas. Por cima do ombro, disse para Tony, seco: — Acho melhor irmos embora antes que a multidão saia. Os jornais vão publicar uma explicação do meu retorno milagroso. As pessoas podem descobrir o que aconteceu por eles. Vamos nos encontrar na minha... na casa em Upper Brook Street.

— Não há como chamar uma carruagem, Hawthorne — disse tio Monty para Tony, tomando uma atitude quando ficou claro que nem Alexandra, nem Anthony pareciam capazes de se mover. — Não há nenhuma por perto. Venha conosco.

Puxando Anthony por um braço e Alexandra pelo outro, ele seguiu com os dois para a carruagem de Tony.

Jordan acompanhou a avó até outra carruagem elegante, deu ordens impacientes para o cocheiro pasmo e sentou-se ao lado dela.

— Jordan...? — sussurrou finalmente a velha senhora, encarando-o com olhos felizes e cheios de lágrimas enquanto o veículo começava a andar. — É você mesmo?

Um sorriso pesaroso suavizou a expressão séria no rosto dele. Passando um braço em torno dos ombros da avó, Jordan lhe deu um beijo carinhoso na testa.

— Sim, querida.

Num gesto raro de afeição, ela tocou sua bochecha bronzeada, mas rapidamente a puxou de volta e perguntou num tom imperioso:

— Hawthorne, onde esteve? Achávamos que tinha morrido! A pobre Alexandra quase se esvaiu de tristeza, e Anthony...

— Poupe-me das mentiras — interrompeu Jordan com frieza. — Tony não parecia nem um pouco feliz em me ver, e minha esposa "enlutada" era uma noiva radiante.

Na sua cabeça, Jordan viu a beldade estonteante que se virara para encará-lo naquele altar. Por um instante maravilhoso e vergonhoso, ele achou que tivesse entrado no casamento errado ou que Mathison tivesse se enganado sobre a identidade da noiva de Tony, porque não a reconhecera — não até ela focar aqueles inesquecíveis olhos azuis nos dele. Fora só então que Jordan tivera certeza de sua identidade — assim como imediatamente entendera que Tony não estava se casando com sua viúva por pena ou caridade. A mulher de beleza estonteante no altar incitaria o desejo de qualquer homem, não pena.

— Eu tinha a impressão — observou ele, cheio de sarcasmo — que os parentes próximos do falecido costumam passar um ano de luto.

— E foi o que fizemos! — disse a duquesa-viúva, na defensiva. — Nós três só saímos em público em abril, quando Alexandra fez seu *début*, e eu não...

— E onde minha esposa enlutada estava morando durante esse período sombrio? — rosnou ele.

— Em Hawthorne, comigo e com Anthony, é claro.

— É claro — repetiu Jordan num tom cáustico. — Acho incrível que Tony não tenha se contentado com meus títulos, minhas terras e meu dinheiro. Ele tinha que ficar com minha esposa também.

A duquesa-viúva empalideceu, subidamente percebendo como tudo aquilo deveria parecer para ele e também ciente de que, no humor atual do neto, seria um erro grave mencionar que a *popularidade* de Alexandra tornara o casamento necessário.

— Você está enganado, Hawthorne. Alexandra...

— Alexandra — interrompeu ele — deve ter gostado tanto de ser a Duquesa de Hawthorne que fez a única coisa possível para manter sua posição. E resolveu se casar com o duque atual.

— Ela é...

— Uma oportunista interesseira? — sugeriu ele com rispidez, se remoendo de raiva e repulsa.

Enquanto estava apodrecendo numa prisão, passando as noites em claro, com medo de a esposa ter se afastado do mundo, atormentada pela tristeza e pelo desespero, ela e Tony aproveitavam do bom e do melhor. E, com o tempo, resolveram se aproveitar um do outro.

A duquesa-viúva viu a raiva em seu rosto tenso e suspirou num gesto compreensivo e impotente.

— Sei como a situação deve parecer terrível para você, Jordan — disse ela num tom levemente culpado —, e entendo que não esteja pronto nem disposto a ouvir a voz da razão. Porém, eu gostaria muito de saber o que aconteceu com *você* nesse tempo todo.

Jordan deu um resumo de sua ausência, evitando contar as piores partes, mas tocar nesse assunto só o deixou mais irritado com a ironia doentia daquilo tudo: enquanto ele estava acorrentado, Tony tivera o prazer de usurpar seus títulos, suas propriedades, seu dinheiro, e, então, resolvera tomar sua *esposa*.

Atrás deles, numa carruagem exibindo o brasão do Duque de Hawthorne — uma insígnia que Anthony não tinha mais o direito de usar —, Alexandra permanecia completamente imóvel ao lado de tio Monty e diante de Tony, que olhava pela janela. Sua mente corria em círculos, os pensamentos esbarrando uns nos outros. Jordan estava vivo e bem — apesar de parecer muito mais magro. Será que ele sumira de propósito para escapar da criança patética com quem se casara, voltando apenas quando descobrira que o primo estava prestes a ser cúmplice de bigamia? Sua felicidade pelo marido estar vivo logo se transformou em confusão. Jordan com certeza não sentia tanta repulsa assim por ela!

Assim que afastou tal possibilidade, outras ideias mais incômodas começaram a alfinetá-la em sucessão, implacáveis; o homem cujo retorno a deixara tão feliz era o mesmo que lhe dispensara pena e desprezo. Que zombara dela para a amante. Jordan Townsende, como Alexandra agora sabia e *jamais* poderia esquecer, era um homem sem princípios, infiel, cruel e imoral. E era seu *marido*!

Em sua cabeça, ela o insultou com todas as palavras terríveis que conseguia lembrar, mas, quando a carruagem se aproximou da Upper Brook Street, sua fúria já começava a diminuir. A raiva exigia energia mental e concentração, e, no momento, sua mente confusa estava quase paralisada de choque.

Do outro lado do veículo, Tony mudou de posição no assento, e o movimento a fez lembrar que o seu não era o único futuro que fora drasticamente alterado pela volta do duque.

— Tony — disse ela, pesarosa —, eu... sinto muito. Ainda bem que sua mãe achou melhor ficar em casa com seu irmão. O choque do retorno de Jordan com certeza causaria um ataque.

Para sua surpresa, Tony abriu um sorriso.

— Ser o Duque de Hawthorne não foi tão prazeroso quanto eu achava que seria. Como conversamos algumas semanas atrás, existe pouca alegria em se possuir grande riqueza se você não tem tempo de aproveitar. Porém, acabou de me ocorrer que o destino lhe deu uma vantagem *enorme*.

— Como assim? — perguntou Alexandra, encarando-o como se ele tivesse enlouquecido.

— Pense só — continuou ele, e, para descrença dela, começou a rir. — Jordan voltou, e sua esposa agora é uma das mulheres mais desejadas da Inglaterra! Seja sincera. Não era exatamente isso que você sonhava que acontecesse?

Achando graça, Alexandra contemplou a surpresa de Jordan quando descobrisse que sua esposa indesejada e digna de pena agora era um sucesso entre a alta sociedade.

— Não pretendo continuar casada com ele — declarou a jovem duquesa, determinada. — Na primeira oportunidade, vou deixar bem claro que quero o divórcio.

Tony parou de rir na mesma hora.

— Você não pode estar falando sério. Sabe o escândalo que um divórcio causaria? E, mesmo que você consiga um, coisa que duvido, a sociedade vai lhe dar as costas.

— Não me importo.

Ele a encarou, e sua voz se tornou mais gentil.

— Agradeço sua preocupação com meus sentimentos, Alex, mas não há necessidade de cogitar um divórcio por minha causa. Mesmo se estivéssemos perdidamente apaixonados, o que não é o caso, não faria diferença. Você é casada com Jordan. Nada vai mudar isso.

— Não lhe ocorreu que talvez ele *queira* mudar isso?

— Não — declarou Tony, alegre. — Aposto que o que ele *quer* é me desafiar para um duelo para acertamos nossas contas. Não viu como ele olhou para mim na igreja, como se quisesse me matar? Mas não se preocupe — continuou Tony, alegre —, se Hawk quiser um duelo, vou escolher esgrima e mandar *você* no meu lugar. Ele não vai poder machucá-la, e acho que você teria mais chances de vencer do que eu.

Alexandra teria argumentado que Jordan provavelmente nem se importara com o fato de que os dois estavam prestes a se casar, mas isso exigiria um pensamento claro e racional, e ela era incapaz de desanuviar o senso de irrealidade confuso que ainda cercava tudo.

— Não comente nada com ele sobre o divórcio, Tony. Pelo bem da família no futuro, Jordan precisa entender que essa decisão é minha e não tem nada a ver com você.

Num misto de nervosismo e diversão, Tony se inclinou para a frente e a segurou pelos ombros, rindo enquanto a sacudia de leve.

— Alex, me escute. Sei que você está em choque, e eu realmente não acho que você deve cair nos braços de Jordan nesta semana ou até neste mês, mas pedir o divórcio é ir longe demais com sua vingança!

— Ele não vai se incomodar — respondeu ela com um brilho de determinação. — Jordan nunca gostou de mim.

Tony balançou a cabeça, seus lábios abrindo o sorriso que ele tentava esconder, sem sucesso.

— Você realmente não entende os homens e seu orgulho... e não conhece Jordan se acha mesmo que ele vai deixá-la ir embora. Ele... — De repente, com os olhos transbordando de alegria, Tony se jogou para trás no banco e soltou uma gargalhada. — Jordan — declarou ele num tom divertido — *odiava* dividir seus brinquedos e *nunca* desistia de um desafio!

Tio Monty olhou para os dois e enfiou a mão dentro do paletó, pegando um pequeno frasco.

— Circunstâncias assim — anunciou ele, dando um gole — pedem um tônico revigorante.

Mas não havia tempo para continuarem a conversa, porque a carruagem tinha acabado de parar atrás da de Jordan, na casa da Upper Brook Street.

Tomando o cuidado de não encarar o marido, que já ajudava a avó a descer da carruagem, Alexandra apoiou a mão na de Tony e desceu. Porém, enquanto Jordan a seguia escada acima de braço dado com a duquesa-viúva, o choque que a anestesiara até agora começou a se dissipar. A menos de dois passos atrás dela, as botas do marido acertavam o pavimento com batidas ríspidas e implacáveis que causavam tremores de apreensão em suas costas; o corpo alto e os ombros largos lançavam uma sombra ameaçadora em seu caminho e bloqueavam a luz do sol. Ele era de verdade, estava vivo e ali, pensou Alexandra, começando a tremer. Aquilo não era um sonho — ou um pesadelo — do qual poderia acordar.

O grupo pareceu decidir por unanimidade seguir para a sala de estar. Com os sentidos aguçados pela percepção crescente da ameaça que Jordan era para seu futuro, assim como pela preocupação de Tony com um provável duelo, Alexandra fez uma pausa dentro da sala e rapidamente analisou os assentos, considerando as vantagens e desvantagens psicológicas de cada posição. Procurando um espaço neutro, acabou se decidindo contra o sofá, optando por se sentar numa das duas poltronas que se encaravam diante da lareira, concentrando todas as suas forças em diminuir o ritmo apressado de seu coração. Pelo visto, a duquesa-viúva também preferia ser neutra, pois escolheu a outra poltrona.

Isso deixava livre o sofá, posicionado em ângulos retos em relação às poltronas, ficando de frente para a lareira. Tony, sem outra opção, se acomodou nele, seguido por tio Monty, que correra para a sala de estar na esperança de receber alguma bebida enquanto dava apoio emocional à sobrinha. Jordan atravessou o cômodo até a lareira, esticou um braço sobre a cornija e virou-se, analisando a cena num silêncio frio e especulativo.

Enquanto a duquesa-viúva dava um resumo extremamente breve e nervoso do que acontecera com o neto nos últimos quinze meses, Filbert entrou com um sorriso radiante, trazendo uma bandeja com taças de champanhe. Alheio ao clima pesado e ao relacionamento entre Jordan e Alex, o leal lacaio levou a bandeja direto para a patroa e encheu uma taça. Assim que a duquesa-viúva terminou de falar, Filbert a entregou para Alexandra e disse:

— Que a senhora sempre esteja tão feliz quanto neste momento, Srta. Alex.

Alexandra sentiu uma risada histérica subir por sua garganta, misturada com um pânico cada vez maior, enquanto Filbert voltava para a mesa e servia as outras taças, entregando-as para os ocupantes silenciosos do cômodo, incluindo Jordan.

Os segundos passaram, mas ninguém, nem mesmo tio Monty, teve coragem de ser o primeiro a erguer o copo e beber o champanhe vintage que fora tirado do porão para comemorar um casamento que não acontecera... Ninguém além de Jordan.

Parecendo indiferente à tensão latejante na sala de estar, ele ergueu a taça em sua mão, analisando as bolhas através do cristal, e deu um longo gole. Quando a baixou, lançou um olhar irônico na direção de Tony.

— É bom saber — observou Jordan com frieza — que vocês não permitiram que sua tristeza por minha suposta morte os prevenisse de degustar meus melhores vinhos.

A duquesa-viúva se encolheu, Alexandra se empertigou, mas Tony aceitou o comentário mordaz com um sorriso despreocupado.

— Pode ter certeza de que brindávamos a você sempre que abríamos uma garrafa nova, Hawk.

Com os olhos semicerrados, Alexandra deu uma olhada rápida e apreensiva no homem alto e moreno próximo à lareira, se perguntando, um pouco histérica, como ele era de verdade. Seu marido parecia não se importar com o fato de que Tony "usurpara" seu título, seu dinheiro, suas propriedades e sua *esposa* — mas estava irritado porque sua *adega* fora invadida.

As próximas palavras de Jordan imediatamente demonstraram como ela estava errada ao presumir que ele não se importava com as propriedades.

— Como Hawthorne se saiu na minha ausência? — perguntou ele, e passou a próxima hora lançando perguntas rápidas a Tony, interrogando-o sobre os menores detalhes da situação de suas onze propriedades, sua variedade de negócios, seus investimentos pessoais e até sobre a saúde de alguns empregados.

Sempre que Jordan falava, sua voz parecia arranhar os nervos dilacerados de Alexandra, e, nas raras ocasiões em que ela o fitava, logo era tomada pela apreensão e afastava o olhar. Usando uma calça apertada que delineava suas pernas compridas e musculosas e uma blusa branca aberta no pescoço que ficava justa em seus ombros largos, Jordan Townsende parecia completamente relaxado, mas, ainda assim, havia uma inegável aura de força, de poder — contida agora, mas se acumulando —, esperando para ser liberada sobre ela. Alexandra se lembrava do marido como um homem bonito, mas *não* tão... tão másculo e viril, tão grande e formidável. Ele estava magro demais, mas o bronzeado que tomara sua pele após a fuga, a bordo do navio, o fazia parecer mais saudável do que os cavalheiros pálidos da alta sociedade. Parado quase ao seu alcance, Jordan parecia ocupar todo o espaço como um fantasma sinistro, um gigante perigoso e malevolente que entrava novamente à força em sua vida de repente, tendo o poder de remover qualquer felicidade do seu futuro. Ela não era insensível o suficiente para desejar que o marido estivesse mesmo morto, mas queria muito nunca ter posto os olhos nele.

Durante o que pareceu uma eternidade, Alexandra ficou totalmente imóvel, existindo num estado de tensão desagradável, lutando para parecer calma, agarrando-se à sua compostura como se fosse um escudo que pudesse protegê--la de Jordan. Num misto de medo terrível e pura determinação, a jovem duquesa esperou pelo momento inevitável em que o marido chegaria ao assunto *dela*. Porém, quando ele terminou de discutir suas propriedades com Tony, passou a falar de seus outros investimentos, e Alexandra começou a ficar cada vez mais ansiosa. Quando esse tópico foi encerrado, a conversa passou para eventos locais, e o pânico dela se misturou à confusão. Mas, quando Jordan começou a falar de fofocas e futilidades e perguntou sobre o resultado das corridas em Fordham na última primavera, a confusão foi substituída por raiva.

Era óbvio que o marido a considerava menos importante que a égua de 2 anos de Lorde Wedgeley ou que o potro promissor de Sir Markham, percebeu ela. Não que isso devesse surpreendê-la, lembrou a si mesma com amargura, já que, como descobrira havia algum tempo, para sua vergonha, Jordan Townsende nunca a vira como nada além de uma responsabilidade maçante.

Quando todas as questões, até as mais triviais, finalmente tinham sido discutidas, um silêncio inquietante caiu sobre a sala, e Alexandra presumiu, naturalmente, que seu momento tinha chegado. Mas, no instante em que ela achava que Jordan pediria para que conversassem a sós, ele se empertigou de repente de sua posição relaxada na lareira e anunciou que iria embora!

A prudência a alertou a permanecer em silêncio, mas ela não conseguiria aguentar mais uma hora, que dirá um dia inteiro, daquele suspense terrível.

Esforçando-se para soar calma e indiferente, disse:

— Acho que existe mais uma questão que precisa ser discutida, Vossa Graça.

Sem sequer se dar ao trabalho de olhar na sua direção, Jordan esticou o braço e apertou a mão que Tony oferecia.

— Isso pode esperar — disse ele com frieza. — Depois que eu resolver alguns assuntos importantes, nós dois vamos conversar a sós.

Não havia como negar a insinuação de que seu casamento não era um "assunto importante", e Alexandra se enrijeceu diante do insulto proposital e gratuito. Ela era uma mulher adulta agora, não uma criança manipulável, extremamente apaixonada, que faria de tudo para agradá-lo. Controlando sua irritação, ela disse, com uma lógica indiscutível:

— Com certeza um ser humano merece tanto do seu tempo quanto o potro de Sir Markham, e prefiro discutir o assunto agora, com todos juntos.

A cabeça de Jordan virou na sua direção, e Alexandra ficou sem ar diante da fúria que brilhava naqueles olhos.

— Eu disse "a sós"! — bradou ele, deixando-a com a percepção surpreendente de que, por baixo daquela fachada fria e indiferente, Jordan Townsende estava fervilhando de raiva.

Antes que ela pudesse assimilar isso ou voltar atrás no seu pedido — como estava prestes a fazer —, a duquesa-viúva se levantou e chamou tio Monty e Tony para fora da sala.

A porta do salão se fechou atrás deles com um baque ameaçador, e, pela primeira vez em quinze meses, Alexandra ficou sozinha com o homem que era seu marido — sozinha de um jeito alarmante, estressante.

De canto de olho, ela observou Jordan seguir até a mesa e se servir de mais champanhe, aproveitando-se daquele momento de distração para olhar de verdade para ele. O que viu a fez tremer de medo. Em desespero, Alexandra se perguntou como podia ter sido ingênua o bastante — ou iludida o bastante — para achar que Jordan Townsende fosse *gentil*.

Visto agora, através dos olhos de uma adulta, a jovem duquesa não conseguia encontrar um traço de gentileza ou bondade em qualquer um de seus ríspidos traços masculinos. Como, se perguntou com espanto, fora capaz de compará-lo ao Davi de Michelangelo?

Em vez de uma beleza suave, todos os traços bronzeados de Jordan Townsende emanavam uma nobreza cruel, seu maxilar rígido e o nariz reto exalavam autoridade implacável, e seu queixo empinado sinalizava uma determinação fria. Por dentro, ela estremeceu diante do cinismo brusco que via nos olhos dele, na zombaria perspicaz que ouvia em sua voz. Muito tempo atrás, achara que seus olhos acinzentados eram carinhosos, parecendo o céu após uma chuva de verão, mas agora via que eram tão frios e inóspitos quanto uma geleira; olhos sem qualquer sinal de bondade ou compreensão. Ah, ele era muito bonito, admitiu Alexandra com relutância — bonito demais, na verdade, mas *só* se a pessoa se sentisse atraída por homens sombrios, obviamente agressivos e maliciosamente sensuais, o que com certeza não era o seu caso.

Revirando a mente em busca da melhor forma de iniciar a conversa, ela se aproximou da mesa e se serviu de outra taça de champanhe, esquecendo que seu primeiro copo ainda estava cheio, então olhou ao redor, tentando decidir se sentava ou não. Ficou de pé, para que ele não parecesse tão intimidador.

Da lareira, Jordan levou a taça aos lábios, observando-a. A esposa só podia ter dois motivos para insistir naquela conversa, pensou ele. O primeiro era ela realmente acreditar que estava apaixonada por Tony, sendo essa a razão para o casamento. Se fosse o caso, Alexandra lhe informaria de imediato — direta e sincera — como era seu hábito. A segunda possibilidade era ela querer continuar casada com o Duque de Hawthorne, independentemente de quem fosse. Nesse caso, tentaria aplacá-lo com algum joguinho feminino e carinhoso. Mas, primeiro, esperaria um pouco para que ele se acalmasse — exatamente como fazia agora.

Jordan esvaziou a taça e a depositou sobre a cornija com um baque alto.

— Estou esperando — disse ele, impaciente.

Alexandra deu um pulo e virou-se para encará-lo, horrorizada com aquele tom furioso.

— Eu... eu sei — disse ela, determinada a conduzir a conversa com uma maturidade calma e deixar bem claro que não desejava mais ser sua preocupação nem responsabilidade. Por outro lado, também não queria dizer nada que revelasse como ficara magoada, irritada e decepcionada quando descobrira a verdade sobre os sentimentos dele, nem como fizera papel de tola ao sofrer pelo libertino mais infame de Londres. Para piorar seu dilema, ficava cada vez mais óbvio que, no seu humor atual, não parecia provável que Jordan reagisse de forma razoável ao assunto escandaloso de um divórcio. De fato, os instintos de Alexandra diziam que seria o contrário. — Não sei bem como começar — disse ela, hesitante.

— Nesse caso — rebateu Jordan com sarcasmo enquanto seu olhar exasperado percorria o glorioso vestido de noiva de cetim azul-gelo —, permita-me fazer algumas sugestões: se você estiver prestes a declarar de um jeito bem bonito o quanto sentiu minha falta, acho que o vestido que está usando seria um pouco incompatível com o discurso. Teria sido melhor trocar de roupa antes. É uma peça de beleza muito extravagante, aliás. — Sua voz se tornou ainda mais ríspida e abrupta. — Eu paguei por ela?

— Não... quer dizer, não sei bem como...

— Esqueça — interrompeu Jordan, desdenhoso. — Vamos seguir com a sua farsa. Como não pode se jogar nos meus braços e se debulhar em lágrimas de alegria pelo meu retorno enquanto está vestida como a noiva de outro homem, vai ter que pensar em alguma outra maneira de me conquistar e ganhar meu perdão.

— Ganhar *seu o quê*? — explodiu Alexandra quando a indignação tomou o lugar de seus temores.

— Por que não começa me contando como ficou triste quando soube da minha "morte prematura"? — continuou ele com selvageria, ignorando a pergunta indignada da esposa. — Isso seria promissor. E, depois, se conseguir derramar uma ou duas lágrimas, poderá me dizer o quanto sentiu minha falta, chorou, rezou pela minha...

Essa parte era tão parecida com a verdade que a voz de Alexandra tremia de raiva e vergonha.

— Pare! Eu não pretendia fazer nada assim! Além do mais, seu hipócrita arrogante, o seu perdão é a *última* coisa com que estou preocupada.

— Isso é uma tolice da sua parte, meu bem — disse Jordan num tom sedutor, afastando-se da lareira. — Carinho e lágrimas delicadas funcionam melhor em momentos assim, não insultos. E me conquistar devia ser seu *primeiro* objetivo. Mulheres educadas que querem ser duquesas devem se esforçar para agradar qualquer duque disponível a qualquer momento. Agora, já que não pode trocar o vestido nem consegue chorar, por que não tenta me dizer como estava com saudade? — sugeriu ele, insolente. — Você sentiu minha falta, não sentiu? Imagino que muito. Tanto que resolveu se casar com Tony porque ele... ah... se parece comigo. Foi isso, não foi?

— Por que está se comportando assim? — gritou Alexandra.

Sem se dar ao trabalho de responder, Jordan se aproximou, agigantando-se sobre ela como uma nuvem sombria e ameaçadora.

— Daqui a um ou dois dias, eu lhe informo o que decidi fazer com você.

A raiva e a confusão brigavam no cérebro de Alexandra, tumultuando seus pensamentos. Jordan Townsende nunca se importara com ela e não tinha direito nem *motivo* de se comportar como um marido indignado e insultado.

— Eu não sou propriedade sua! — explodiu Alexandra. — Não vou ser descartada como um... como um móvel!

— Não? Vamos ver! — rebateu ele.

A mente de Alexandra buscou desesperadamente uma forma de neutralizar a raiva irracional do marido e aplacar o que só poderia ser um ego ferido. Passando a mão pelo cabelo volumoso, tentou encontrar alguma lógica que a ajudasse. *Ela* era a parte inocente e prejudicada do relacionamento deles, mas, naquele momento, Jordan era a parte poderosa e potencialmente perigosa, então seria melhor tentar manter uma conversa racional.

— Sei que está com raiva...

— Que perspicaz de sua parte — zombou ele, maldoso.

Ignorando o sarcasmo, Alexandra persistiu a usar o que esperava ser um tom razoável.

— E sei que não vai adiantar conversarmos desse jeito...

— Você pode tentar — convidou Jordan, mas seu olhar dizia o oposto enquanto ele dava um passo ameaçador em sua direção.

Alexandra deu um passo atrás.

— Não... não faz diferença. Vossa Graça não quer me ouvir. A raiva é um vento que apaga a luz da mente...

A citação de Ingersoll pegou Jordan de surpresa, uma lembrança ferina da garota encantadora de cabelo cacheado que era capaz de citar de Buda a João Batista, dependendo da ocasião. Infelizmente, isso só o deixou mais irritado agora, porque ela não era mais aquela garota. Em vez disso, tinha se tornado uma oportunista. Ele sabia que Alexandra já teria dito alguma coisa se realmente quisesse se casar com Tony por amor. Como isso não acontecera, era óbvio que seu objetivo era permanecer sendo a Duquesa de Hawthorne.

E aí estava o problema, pensou Jordan com cinismo: não seria convincente se jogar nos braços do marido e chorar de alegria quando ele tinha acabado de testemunhar o quase casamento dela com outro homem, mas Alexandra também não podia arriscar deixá-lo sair daquela casa sem tomar o primeiro dos muitos passos previsíveis em direção à reconciliação — não se quisesse continuar se relacionando com a alta sociedade com todo o prestígio e honra de sua posição social. Para isso, a aristocracia precisaria ver que ela possuía a simpatia do duque atual.

Sua esposa se tornara ambiciosa nos últimos quinze meses, percebeu ele com um desdém inflamado. E linda. De um jeito deslumbrante, com o brilhoso cabelo castanho caindo em seus ombros e costas em ondas e cachos, em contraste vívido com a pele clara e macia, os olhos azuis reluzentes e os lábios macios e rosados. Em comparação com as louras pálidas que geralmente eram as Beldades Aclamadas dos bailes, Alexandra era infinitamente mais sedutora.

Ele a encarou, convencido de que a esposa era uma interesseira, mas, apesar de todas as provas, era impossível encontrar qualquer sinal de malícia naqueles olhos fumegantes ou em seu rosto irritado e empinado. Furioso com sua relutância interior de aceitar o que ela se tornara, Jordan lhe deu as costas e seguiu para a porta.

Alexandra o observou se afastar, anestesiada por uma série de emoções conflitantes, que incluíam fúria, alívio e preocupação. Ele parou na porta, e ela ficou tensa no mesmo instante.

— Vou me mudar para cá amanhã. Enquanto isso, quero lhe dar algumas instruções: você está proibida de ir a qualquer lugar com Tony. — Seu tom prometia consequências terríveis caso ela decidisse ignorar aquela ordem, e, apesar de Alexandra ser incapaz de imaginar quais seriam tais castigos nem por que ela iria querer sair e encarar o furor das fofocas, ficou momentaneamente emudecida pelo tom ameaçador na voz do marido. — Na verdade, você está proibida de sair desta casa. Fui claro?

Com um magnífico gesto despreocupado que escondia completamente seu nervosismo, ela deu de ombros e disse:

— Sou fluente em três idiomas, Vossa Graça. Inglês é um deles.

— Você está *zombando* de mim? — perguntou Jordan numa voz suave e ameaçadora.

A coragem de Alexandra brigava com seu bom senso, mas nenhum dos dois venceu. Com medo de avançar e sem vontade de bater em retirada, ela tentou manter sua posição ao ousar dizer no tom de um adulto falando com uma criança mal-humorada e irracional:

— Não quero discutir esse assunto nem qualquer outro enquanto Vossa Graça estiver agindo de forma tão despropositada.

— Alexandra — disse ele numa voz *terrível* —, se estiver tentando descobrir o quanto consegue me irritar, acabou de chegar ao seu limite. Agora, com esse meu comportamento "despropositado", nada me daria mais prazer do que fechar esta porta e usar os próximos dez minutos para me certificar de que você passe uma semana inteira sem conseguir se sentar. Está me entendendo?

A ameaça de levar palmadas como uma criança acabou com a confiança que Alexandra se esforçara para conquistar, fazendo com que se sentisse tão inadequada e impotente quanto se sentia na presença dele um ano antes. Ela empinou o queixo no ar e ficou quieta, mas manchas vermelhas de vergonha surgiram em suas bochechas, e lágrimas de frustração queimaram seus olhos.

Jordan a encarou em silêncio e, satisfeito pela esposa ter sido devidamente repreendida, desafiou todas as regras da cortesia e foi embora sem nem ao menos lhe dar um aceno de cabeça.

Dois anos atrás, ela era ignorante das regras de etiqueta que damas e cavalheiros seguiam; não sabia que Jordan a ofendia quando não se dava ao trabalho de fazer uma mesura em sua presença, beijar sua mão ou tratá-la de forma solícita. Aliás, o marido nunca se dignara a permitir que ela o chamasse pelo nome. Agora, sozinha no meio da sala de estar, Alexandra estava extremamente ciente de todos esses insultos passados, assim como os novos cometidos hoje.

Ela esperou até ouvir a porta da frente fechar e saiu da sala com passos desajeitados, subindo a escadaria até o quarto. Seu corpo parecia exalar angústia e descrença enquanto ela dispensava a criada e tirava o vestido de noiva, sem prestar atenção no que fazia. Jordan tinha voltado. E era *pior* do que Alexandra se lembrava — mais arrogante, mais autoritário, completamente cruel. E ela era casada com ele. *Casada!*, gritou seu coração.

Naquela manhã, tudo parecia tão simples e previsível. Ela acordara e se arrumara para o casamento; ela fora para a igreja. Agora, três horas depois, estava casada com o homem errado.

Lutando com todas as forças contra as lágrimas, Alexandra se sentou no canapé e se abraçou, tentando bloquear as imagens, mas não tinha jeito. As memórias surgiam em sua mente, atormentando-a com cenas vívidas da garota completamente apaixonada e boba que fora um dia... Ela se viu olhando para Jordan no jardim de Rosemeade. "*Tão lindo quanto o Davi de Michelangelo!*", dissera. "*Eu te amo.*" E, então, quando fizeram amor, ela quase *desmaiara* nos braços de Jordan, tagarelando sobre como ele era forte e inteligente e de uma perfeição indescritível!

— Meu Deus — gemeu a jovem duquesa em voz alta quando outra memória esquecida surgiu em sua mente: ela dissera a Jordan, o libertino mais famoso de Londres, que era óbvio que *ele* não tinha muita experiência com mulheres. Não foi à toa que ele sorrira!

Lágrimas quentes de humilhação escorreram de seus olhos, mas ela as secou com raiva, recusando-se a chorar de novo por aquele... por aquele monstro. Já tinha chorado *baldes* de lágrimas por ele, pensou Alexandra com raiva.

As palavras de Tony algumas semanas atrás voltaram para apezinhar suas emoções dilaceradas: *"Jordan se casou com você por pena, mas não tinha o DESEJO nem a INTENÇÃO de tratá-la como esposa. Hawk ainda pretendia deixar você em Devon, enquanto ele voltaria para Londres e seguiria a vida com sua amante... E se encontrou com ela durante sua viagem, DEPOIS que vocês se casaram... Disse que seu casamento era uma inconveniência...*

Alguém bateu baixinho à porta, mas Alexandra estava tão imersa em sua tristeza que não ouviu nada até Melanie entrar no quarto.

— Alex?

Surpresa, ela se virou e olhou ao redor. Bastou uma olhada para o rosto agoniado e molhado de lágrimas da amiga para Melanie correr para o seu lado.

— Meu Deus! — sussurrou ela num tom horrorizado, ajoelhando-se diante de Alexandra e pegando um lenço, falando sem parar em seu nervosismo. — Por que você está chorando? Ele fez alguma coisa? Ele gritou ou... ou lhe bateu?

Alexandra engoliu em seco e a encarou, mas não conseguia fazer a voz passar pelo bolo em sua garganta. O marido de Melanie fora o melhor amigo de Jordan, ela sabia, e agora estava se perguntando com quem ficaria a lealdade da condessa. Ela balançou a cabeça e aceitou o lenço.

— Alex! — exclamou Melanie, cada vez mais nervosa. — Fale comigo, por favor! Sou sua amiga, sempre serei — disse ela, acertando o motivo da desconfiança no rosto de Alexandra. — Você precisa desabafar. Seu rosto está pálido como a morte, e você parece prestes a desmaiar.

Alexandra confidenciara a Melanie sobre sua tolice cega quando se tratava de Jordan, mas nunca mencionara a total ausência de sentimentos dele, além de esconder sua vergonha por trás de uma fachada de autodepreciação zombeteira. Porém, agora, toda sua tristeza foi exposta enquanto ela contava, hesitante, os detalhes humilhantes de seu relacionamento com Hawk, sem deixar nada de fora. Durante a história, a amiga frequentemente balançava a cabeça, vendo uma graça deprimente nas declarações de amor ingênuas de Alexandra, mas não sorriu quando ficou sabendo que o duque pretendia mandá-la para Devon.

Alexandra terminou de relatar a explicação de Jordan para seu desaparecimento, e Melanie deu um tapinha em sua mão.

— Isso tudo é passado. E o futuro? Você tem algum plano?

— Sim — disse Alexandra, determinada. — Quero o divórcio!

— O quê? — arfou Melanie. — Você não pode estar falando sério!

Mas ela estava, e assim o disse.

— Divórcio é fora de cogitação — respondeu a condessa, dispensando a alternativa com alguns poucos argumentos. — Você seria uma pária, Alex. Até meu marido, que permite que me comporte como quero, proibiria nossa amizade. Você seria excluída da sociedade em qualquer lugar, isolada de todos.

— Isso ainda é preferível a ser casada com ele *e* ficar trancada em Devon.

— Talvez você pense assim agora, mas, de toda forma, sua opinião é irrelevante. Tenho certeza de que seu marido teria que concordar com o divórcio e duvido muito que ele faria isso. Mesmo assim, é muito complicado desafazer um casamento, e você precisaria de um motivo, além do consentimento de Hawk.

— Eu estava pensando nisso quando você chegou. Acho que já tenho motivos e talvez nem precise do consentimento dele. Em primeiro lugar, fui coagida a me casar por... por circunstâncias. Em segundo, na cerimônia, ele jurou me amar e me honrar, mas não tinha intenção de fazer nada disso. Esses argumentos já devem bastar para eu conseguir anular o casamento ou me divorciar, com ou sem o consentimento dele. Mas nem imagino por que ele não concordaria — acrescentou Alexandra com raiva. — Jordan nunca quis se casar comigo.

— Bem — rebateu Melanie —, isso não significa que ele vai querer que todos saibam que é *você* quem não o quer mais.

— Quando ele tiver tempo para pensar no plano, com certeza vai ficar aliviado por se livrar de mim.

Melanie balançou a cabeça.

— Não tenho tanta certeza de que Hawk queira se livrar de você. Vi a forma como ele olhou para Lorde Anthony na igreja hoje. Não foi um olhar de alívio, foi de fúria!

— Meu marido tem um gênio ruim — disse Alexandra em repulsa, lembrando-se da conversa na sala de estar. — Ele não tem motivo algum para estar irritado comigo ou com Anthony.

— Não tem motivo! — repetiu Melanie, indignada. — Ora, você estava prestes a se casar com outro homem!

— Não sei que diferença isso faz. Como eu disse, ele nunca quis se casar comigo.

— Mas isso não significa que queira que *outro* homem se case com você — respondeu a amiga, sábia. — De toda forma, não importa. Divórcio está fora de cogitação. Deve haver outra solução. Meu marido voltou hoje da Escócia — disse ela com entusiasmo. — Vou pedir conselhos a John. Ele é muito inteligente.

— O rosto de Melanie foi tomado pelo desânimo. — Infelizmente, ele também considera Hawk seu melhor amigo, então seus conselhos podem ser afetados por isso. Porém — disse ela, cheia de razão — um divórcio seria impossível. Deve haver uma alternativa. — Melanie ficou em silêncio por alguns instantes, perdida em pensamentos, com o cenho franzido. — Não foi à toa que você se apaixonou perdidamente — disse ela com um sorrisinho pesaroso. — Dezenas das mulheres mais sofisticadas e oferecidas da Inglaterra caíram aos pés dele. Mas, apesar de ter casos ocasionais com algumas delas, Hawk nunca deu qualquer sinal de retribuir seus sentimentos. É claro, agora que ele voltou, todos vão esperar que você caia em seus braços. Ainda mais porque a sociedade já deve estar se lembrando das tolices apaixonadas que dizia quando chegou à cidade.

A percepção de que Melanie estava completamente certa fez Alexandra ficar enjoada. Apoiando a cabeça no encosto do sofá, ela engoliu em seco e fechou os olhos, arrasada.

— Não havia pensado nisso, mas você tem toda razão.

— É claro que tenho — concordou Melanie, distraída. — Por outro lado — declarou ela, seus olhos começando a brilhar —, seria maravilhoso se o oposto acontecesse!

— Como assim?

— A solução ideal para o problema seria que *ele* se apaixonasse por *você*. Assim, você poderia manter seu orgulho *e* seu marido.

— Melanie — disse Alexandra com desânimo. — Primeiro, não acho que ninguém seja capaz de fazê-lo se apaixonar, porque aquele homem não tem coração. E, se tivesse, ele com certeza é imune a mim. Além disso...

Rindo, Melanie pegou o braço de Alexandra, a puxou do sofá e a colocou diante do espelho.

— Isso foi *antes*. Olhe no espelho, Alex. Essa mulher no reflexo tem Londres aos seus pés! Os homens brigam por você...

Alexandra suspirou, olhando para o reflexo da amiga, não para a própria imagem.

— Só porque acabei me tornando uma fixação absurda... como um modelo novo de saia. Por enquanto, está na moda os homens acharem que estão apaixonados por mim.

— Que maravilha — disse Melanie, mais feliz que antes. — Hawthorne vai ter a maior surpresa da vida quando descobrir o que está acontecendo.

Um leve brilho de divertimento passou pelos olhos de Alexandra, mas logo foi embora.

— Não importa.

— Ah, mas importa, sim! — Melanie riu. — Pense só: pela primeira vez na vida, Hawthorne tem competição. E pela própria esposa! Imagine o quanto a sociedade vai se divertir com o espetáculo que vai ser o maior libertino de Londres tentando seduzir e controlar a própria esposa, sem sucesso.

— Isso não vai funcionar por outro motivo — disse Alexandra com firmeza.

— Qual?

— Não vou participar disso. Mesmo que eu fosse capaz conquistá-lo, coisa que não sou, não quero tentar.

— Mas por quê? — questionou Melanie. — Por que não?

— Porque não *gosto* dele! — declarou Alexandra, agitada. — Não quero que ele me ame, não quero nem que chegue perto de mim.

Dito isso, ela foi até a corda da campainha e a puxou para pedir chá.

— Mesmo assim, essa ainda é a melhor solução para o problema. — Pegando suas luvas e bolsa, Melanie deu um beijo na testa da amiga. — Você está em choque e exausta, não consegue pensar direito. Deixe isso comigo.

Ela já tinha atravessado metade do quarto quando Alexandra percebeu que Melanie tinha um destino específico em mente e que estava com pressa para chegar lá.

— Aonde você vai, Mel? — perguntou ela, desconfiada.

— Visitar Roddy — disse a amiga, virando-se na porta. — Podemos contar com ele para informar o mais rápido possível a Hawthorne que você não é mais aquela garotinha interiorana ingênua e deselegante de quem ele se lembra. Roddy vai adorar fazer isso — previu Melanie, feliz. — É exatamente seu tipo preferido de confusão.

— Melanie, espere! — chamou Alexandra, cansada, apesar de não ser contra essa parte do plano da amiga. Pelo menos não agora, quando a exaustão começava a dominá-la. — Prometa que não vai fazer mais nada sem me contar

— Pois bem — concordou Melanie num tom alegre, e foi embora com um aceno de mão.

Alexandra jogou a cabeça no encosto do sofá e fechou os olhos enquanto o cansaço tomava conta.

O relógio bateu dez horas, e seu som se misturou ao barulho da incessante chegada de visitas no vestíbulo do primeiro andar, finalmente a acordando. Apoiando-se num cotovelo, ela piscou no quarto iluminado por velas, surpresa por ter adormecido no canapé tão cedo da noite. Alexandra ficou ouvindo a comoção lá embaixo, o constante abrir e fechar da porta da frente, e se sentou, sonolenta, perguntando-se por que a aristocracia inteira resolvera aparecer em sua casa... E, então, lembrou.

Hawk tinha voltado.

Pelo visto, todos esperavam encontrá-lo ali, e sua ansiedade para vê-lo e falar com ele ia além das convenções do decoro, que exigia que se esperasse pelo menos um dia antes de fazerem visitas.

Jordan devia ter previsto o que aconteceria, decidiu ela com irritação enquanto se levantava, vestia uma camisola de seda e se deitava na cama. Provavelmente, fora por isso que preferira passar a noite na casa da duquesa-viúva, deixando o restante da família ali para lidar com o furor dos curiosos.

Alexandra tinha certeza absoluta de que o marido estava feliz na cama, desfrutando de uma noite tranquila.

Capítulo 20

Alexandra estava enganada sobre as duas coisas: Jordan não estava na cama e *não* estava desfrutando de uma noite tranquila.

Sentado na sala de estar com decoração barroca da casa da avó, com as pernas esticadas e uma expressão despreocupada no rosto, ele estava com três amigos que vieram lhe dar as boas-vindas, assim como Roddy Carstairs, que parecia ter aparecido para lhe contar histórias "divertidas" sobre as estripulias de Alexandra.

Depois de passar quase uma hora ouvindo a ladainha do homem, Jordan não estava sequer levemente exasperado, nem um pouco irritado ou muito incomodado. Estava lívido de raiva. Enquanto *ele* passava noites em claro, se preocupando com a jovem esposa, achando que ela estaria enlouquecendo de tristeza, *Alexandra* deixava Londres em polvorosa. Enquanto ele apodrecia na prisão, Alexandra se envolvia em uma dezena de flertes públicos. Enquanto *ele* estava acorrentado, "Alex" vencia uma corrida em Gresham Green e participava de uma simulação de duelo com Lorde Mayberry enquanto usava uma calça masculina apertada que, pelo que diziam, distraíra tanto seu oponente que o famoso espadachim perdera. Ela saracoteara por feiras e participara de um encontro suspeito com o vicário de Southeby, que Jordan jurava ter uns 70 anos. E isso não era da missa a metade!

Se Carstairs estivesse falando a verdade, Tony recebera seis dúzias de pedidos pela mão dela; e os pretendentes rejeitados passaram a discutir por sua esposa, depois a brigar, até que, finalmente, um deles, Marbly, resolvera tentar sequestrá-la; um almofadinha chamado Sevely publicara um poema chamado "Ode a Alex", elogiando seus charmes; e o velho Dilbeck batizara sua nova rosa de "Gloriosa Alex"...

Recostando-se na poltrona, Jordan cruzou as pernas compridas nos tornozelos, levou o conhaque aos lábios e ouviu a voz arrastada de Carstairs, seu rosto exibindo apenas leves resquícios de divertimento sobre o comportamento da esposa.

Era exatamente essa a reação que seus três amigos esperavam, ele sabia, pois os membros da alta sociedade acreditavam que maridos e mulheres deviam agir como queriam — contanto que fossem discretos. Por outro lado, entre grupos próximos de cavalheiros, também era subentendido que um homem devia ser informado por seus amigos mais íntimos — com a maior delicadeza possível — quando as estripulias de sua esposa ameaçavam ultrapassar o limite do aceitável e lhe causar vergonha. E era por isso, suspeitava Jordan, que ninguém se esforçara muito para silenciar Carstairs naquela noite.

Se o homem não tivesse aparecido na casa junto com os outros, Jordan jamais o deixaria entrar. Para ele, Roddy não passava de um conhecido distante e um fofoqueiro importuno, mas os outros três homens na sala eram seus amigos. E, apesar de eles terem tentado mudar de assunto várias vezes, suas expressões cuidadosamente neutras deixavam óbvio que as histórias sobre as aventuras de Alexandra eram verdadeiras.

Jordan lançou um olhar curioso para Carstairs, perguntando-se por que ele se dera ao trabalho de aparecer tão rápido para lhe passar um relatório. Toda a sociedade sabia que o Duque de Hawthorne nunca vira as mulheres como nada além de parceiras divertidas para esquentar sua cama. Ele parecia ser o último homem no mundo que perderia a cabeça por um rosto bonito ou um corpo voluptuoso. Todos ficariam espantados se soubessem que se deixara conquistar por uma garota encantadora de cabelo castanho bem *antes* de ela mostrar sinais de se tornar uma beldade.

Os quatro homens na sala de estar da casa na Gloucester Street teriam ficado igualmente surpresos se soubessem que, enquanto Jordan ouvia as histórias de Carstairs com aparente indiferença, ele fervilhava por dentro. Estava furioso com Tony por permitir que Alexandra saísse de controle e irritado com a avó por não tentar contê-la. Obviamente, o fato de ela ser a Duquesa de Hawthorne permitira que agisse como quisesse com relativa impunidade. Jordan não podia mudar o passado; contudo, podia mudar radicalmente o futuro. Mas não eram as estripulias de Alexandra que o deixavam mais irado, nem seus flertes. Irracionalmente, a coisa que mais o incomodava era o fato de se referirem a ela como "Alex".

Pelo visto, *todo mundo* a chamava de Alex. A aristocracia inteira parecia ter intimidade com sua esposa — especialmente os homens.

Jordan olhou para o lacaio parado ao lado da porta e balançou a cabeça discretamente, indicando que não enchesse os copos dos convidados. Esperando até Carstairs parar para respirar, ele mentiu, ríspido:

— Perdoe-nos, Carstairs. Mas tenho negócios a tratar com estes senhores.

Roddy concordou com a cabeça, amigável, e se levantou para ir embora, mas não antes de lançar um último golpe verbal:

— Que bom que voltou para nós, Hawk. Mas fico com pena do pobre Tony. Ele é tão louco por Alex quanto Wilston, Gresham, Fites, Moresby e mais uma dezena de outros...

— Incluindo você? — perguntou Jordan com frieza.

As sobrancelhas de Roddy se ergueram, imperturbáveis.

— É claro.

Enquanto ele saía, dois dos amigos de Jordan, os lordes Hastings e Fairfax, também se levantaram, parecendo pesarosos e envergonhados. Lorde Hastings, tentando dissipar o clima tenso, resolveu comentar sobre a Corrida da Rainha, uma corrida de cavalos de dois dias, da qual toda a aristocracia costumava participar.

— Pretende correr com aquele seu garanhão preto na Corrida da Rainha em setembro, Hawk? — perguntou ele.

— Vou participar com algum dos meus cavalos — disse Jordan, tentando controlar a fúria que sentia de Carstairs ao mesmo tempo em que tentava se lembrar da alegria despreocupada que era cavalgar na corrida mais importante do ano.

— Eu sabia. Vou apostar em você se decidir correr com Satanás.

— Você não vai participar? — perguntou Jordan, desinteressado.

— É claro. Mas, se você correr com aquela fera, prefiro não apostar em mim. Aquele cavalo é rápido feito o diabo.

As sobrancelhas de Jordan se franziram em confusão. Satanás, o potro premiado de seus estábulos, tinha 3 anos e um gênio terrível e imprevisível quando ele fora preso pelos franceses.

— Você já o viu correr?

— Sim! Sua esposa cavalgou na...

Hastings parou de falar com uma careta horrorizada quando o maxilar de Jordan se trincou em desagrado.

— Ela... hum... lidou muito bem com ele e não o forçou muito, Hawk — acrescentou Fairfax no mesmo instante em que viu a reação do amigo.

— Tenho certeza de que sua duquesa só é um pouco intrépida, Hawk — blefou Lorde Hastings, inserindo mais volume do que convicção na frase enquanto dava um tapinha no ombro de Jordan.

Lorde Fairfax concordou com a cabeça.

— Intrépida, isso mesmo. Com um pouco de limite, ela vai ficar dócil como um carneirinho.

— Dócil como um carneirinho! — concordou Lorde Hastings de imediato.

Lá fora, os dois homens, que eram ávidos criadores de cavalos e viciados em jogos de azar, fizeram uma pausa nos degraus diante da casa para trocar um olhar hesitante.

— *Dócil como um carneirinho?* — repetiu Lorde Hastings, incrédulo. — Se Hawk *der um pouco de limite a ela*?

Lorde Fairfax sorriu.

— É claro. Mas, *primeiro*, Hawk vai ter que cortar as asinhas da esposa, e isso vai ser complicado. Ela vai se rebelar quando ele tentar controlá-la, pode apostar. Aquela ali é mais corajosa que a maioria das mulheres. E mais orgulhosa, creio eu.

Hastings fechou os olhos, discordando mas achando graça.

— Você está se esquecendo do efeito extraordinário que Hawk tem sobre as mulheres. Ela vai estar comendo na palma da mão dele em menos de um mês. No dia da Corrida da Rainha, aposto que vai amarrar sua fita na manga do paletó de Hawk e ficar na torcida. O jovem Wilson e seu amigo Fairchild já fizeram uma aposta sobre isso. A tendência no livro do White's já é de quatro a um a favor de Hawk ganhar a fita dela.

— Você está enganado, meu amigo. Ela vai apezinhar a vida dele.

— Impossível. A mulher estava toda apaixonada quando veio para Londres. Você se esqueceu do papel de tola a que ela se prestou algumas semanas atrás? Ninguém fala de outra coisa desde que Hawk apareceu naquela igreja.

— Eu sei e aposto que *ela* também não se esqueceu disso — disse Fairfax.

— Conheço a duquesa de Hawk, e a dama é orgulhosa. E esse orgulho não vai deixar que ela se jogue nos braços dele, acredite em mim.

Erguendo as sobrancelhas em desafio, Hastings declarou:

— Aposto mil libras que ela vai dar uma fita para Hawk no dia da Corrida da Rainha.

— Apostado — concordou Fairfax sem hesitação.

Os dois seguiram para o White's para relaxar e fazer apostas no clube exclusivo para cavalheiros — mas não para registrar essa aposta específica. Eles a manteriam em segredo, em respeito ao amigo.

Quando Fairfax e Hastings foram embora, Jordan seguiu até a mesa e encheu seu copo de novo. A raiva que escondera dos outros agora estava óbvia no seu maxilar trincado enquanto fitava o melhor amigo, John Camden.

— Espero de verdade — disse ele com uma ironia cortante — que você não tenha ficado para trás porque sabe de mais alguma indiscrição de Alexandra que prefere me contar em particular.

Lorde Camden soltou uma gargalhada.

— De forma alguma. Quando Carstairs contou sobre a corrida de sua esposa no Hyde Park e sobre o duelo com Mayberry, ele mencionou o nome "Melanie". Creio que tenha indicado que Melanie torcia por sua duquesa em ambas as ocasiões.

Jordan tomou um gole da bebida.

— E daí?

— Melanie — declarou John — é minha esposa.

O copo de Jordan parou no meio do caminho até a boca.

— O quê?

— Eu me casei.

— Sério? — rebateu Jordan, amargurado. — Por quê?

Lorde Camden sorriu.

— Não consegui evitar.

— Nesse caso, permita-me oferecer meus parabéns atrasados — disse Jordan com ironia. Ele ergueu o copo num brinde zombeteiro, mas se controlou quando seus anos de boas maneiras vieram à tona. — Perdoe minha grosseria, John. Não estou vendo casamentos com bons olhos no momento. Eu conheço sua Melanie? Já fomos apresentados?

— Espero que não! — declarou John com uma risada exagerada. — Ela debutou pouco depois de você sair da cidade, e foi melhor assim. Você a teria achado irresistível, e eu seria obrigado a desafiá-lo para um duelo.

— Sua reputação não era tão melhor assim que a minha.

— Eu não estava nem no mesmo nível que você — brincou John, obviamente tentando melhorar o humor do amigo. — Se *eu* ficasse interessado numa donzela bonita, a mãe dela contratava uma dama de companhia adicional para ficar de olho na moça. Quando *você* fazia isso, todas as mães ao redor tinham surtos de pavor e esperança. É claro, *eu* não tinha um ducado para oferecer, o que colaborava com a ansiedade e o entusiasmo delas.

— Não me lembro de ter me engraçado com moças inocentes e virtuosas — disse Jordan, sentando-se e encarando o copo.

— Você nunca fez isso. Mas, se sua esposa e a minha têm o suficiente em comum para se tornarem amigas, só posso concluir que sejam parecidas. Nesse caso, sua vida vai ser um tormento.

— Por quê? — perguntou Jordan num tom educado.

— Porque você nunca vai saber o que ela resolveu aprontar por aí. E, quando descobrir, vai ficar apavorado. Hoje à tarde, Melanie me contou que está grávida, e já estou morrendo de medo de ela esquecer o bebê em algum lugar depois que ele nascer.

— A memória dela é ruim? — perguntou Jordan, tentando, sem sucesso, parecer interessado na nova esposa do melhor amigo.

— Deve ser. Por que outro motivo se esqueceria de mencionar que ela e a esposa do meu melhor amigo, a quem ainda não conheço, se meteram em vários imbróglios juntas? — Percebendo que sua tentativa de melhorar o humor de Jordan não estava dando certo, John hesitou e, então, disse, sério: — O que pretende fazer sobre sua esposa?

— Tenho várias opções, e, agora, todas parecem interessantes — respondeu Jordan. — Posso esganá-la, deixá-la sobre vigilância constante ou levá-la para Devon amanhã e deixá-la por lá, longe das pessoas.

— Meu Deus, Hawk, você não pode fazer isso. Depois do que aconteceu na igreja, todos vão pensar que...

— Estou pouco me importando com o que os outros pensam — interrompeu ele, mas, neste caso, isso não era verdade, e os dois homens sabiam. Jordan ficava cada vez mais furioso com a ideia de ser motivo de piada por não conseguir controlar a própria esposa.

— Talvez ela seja apenas intrépida — tentou Lorde Camden. — Melanie a conhece e gosta muito dela. — Levantando-se para ir embora, ele disse: — Se estiver com vontade, venha beber conosco no White's amanhã. Vamos nos reunir lá para comemorar minha futura paternidade.

— Pode deixar — disse Jordan com um sorriso forçado.

Quando Camden foi embora, o Duque de Hawthorne ficou encarando o quadro pendurado acima da cornija com um olhar perdido, tentando imaginar quantos amantes Alexandra levara para a cama. Ele vira a perda de inocência, a desilusão, em seus olhos quando os dois estavam sozinhos na sala. Houvera uma época em que aqueles olhos magníficos eram sinceros, confiantes e carinhosos quando o fitavam. Agora, seu brilho dera lugar a um ressentimento frio.

A raiva se alastrou por Jordan como um incêndio enquanto ele contemplava o motivo pelo qual Alexandra o tratara com tanta hostilidade e desconfiança hoje: ela *queria* que ele estivesse morto. A criança inocente e afetuosa com quem se casara agora sentia raiva por ele estar *vivo*! A moça encantadora que virara sua esposa tinha se transformado numa megera fria, calculista... e linda.

Ele considerou a ideia de pedir o divórcio, mas a descartou. Além do escândalo, um divórcio levaria anos para ser finalizado, e Jordan queria um herdeiro. Os homens da família Townsende pareciam amaldiçoados com vidas curtas, e, mesmo que Alexandra realmente tivesse tão pouca virtude e decoro como parecia, ela ainda poderia gerar seus filhos — em reclusão se necessário, para garantir que ele realmente fosse o pai, não outro homem.

Recostando a cabeça no encosto da poltrona, Jordan fechou os olhos e respirou fundo, tentando se acalmar. Quando finalmente conseguiu isso, lhe ocorreu que estava condenando Alexandra e decidindo seu futuro com base em fofocas. Ele só estava vivo graças à garota inocente e ingênua com quem acreditava ter se casado. Era óbvio que devia dar a ela a possibilidade de se defender.

Amanhã, decidiu, ele a confrontaria com as informações que recebera de Carstairs e lhe daria uma chance de negar tudo. Alexandra tinha direito a isso, contanto que não fosse tola o bastante para tentar mentir. Porém, se ficasse claro que sua esposa era, de fato, uma oportunista interesseira ou uma assanhada voluptuosa, então ele a domaria com toda a impiedade que ela merecia.

Ou Alexandra cederia aos seus desejos, ou ele a forçaria a isso, mas, de uma forma ou de outra, ela aprenderia a se comportar como uma mulher dócil e comportada, decidiu Jordan, determinado.

Capítulo 21

Alexandra acordou com o som de passos apressados indo de um lado para o outro no corredor diante do seu quarto e com as vozes abafadas e animadas dos criados correndo para cumprir suas tarefas. Sonolenta, ela girou para deitar de costas e lançou um olhar confuso e surpreso para o relógio. Ainda não eram nem nove horas, cedo demais para os empregados estarem trabalhando naquele andar, quando, durante a temporada, os moradores geralmente dormiam até às onze depois de terem voltado para casa de madrugada.

Com certeza estavam se preparando para a chegada do ilustre patrão, pensou ela com repulsa.

Sem se dar ao trabalho de chamar pela camareira, Alexandra saiu da cama e seguiu sua rotina matinal de sempre, prestando atenção na movimentação inédita que parecia estar ocorrendo do lado de fora de seu quarto.

Usando um belo vestido de passeio lavanda com mangas bufantes curtas, ela abriu a porta e teve que dar um pulo para trás quando dois lacaios vieram pelo corredor carregando caixas enormes com os nomes dos melhores alfaiates e sapateiros de Londres, seguindo em direção ao quarto que antes pertencia ao dono da casa.

Do vestíbulo no primeiro andar, vieram sons da aldrava batendo, seguidos pela porta sendo aberta e fechada repetidas vezes e vozes masculinas grossas e refinadas. A comoção de hoje era muito, muito pior do que ouvira ontem. Era evidente que os visitantes chegavam aos montes — querendo ver "Hawk", imaginava ela. No passado, Alexandra e a duquesa-viúva recebiam um número de visitantes satisfatório todos os dias, mas nunca tantos e nunca tão cedo.

Curiosa, ela foi até a sacada e olhou para o vestíbulo onde Higgins, não Penrose, abria a porta para três homens que Alexandra só conhecia pelo título. Outros dois, que pareciam ter acabado de chegar, esperavam educadamente para serem levados à sala adequada, enquanto, ao redor, todos os criados com uniformes imaculados executavam suas tarefas com uma animação disfarçada e um fervor enérgico.

Enquanto Higgins guiava os visitantes recém-chegados por um corredor que dava na biblioteca, Alexandra parou uma das criadas que corria por ali carregando uma pilha de lençóis limpos.

— Lucy?

A mulher fez uma rápida mesura.

— Sim, milady?

— Por que os criados estão trabalhando tão cedo?

A criada miúda empertigou os ombros e proclamou, orgulhosa:

— O Duque de Hawthorne finalmente voltou para casa!

Alexandra agarrou a balaustrada para manter o equilíbrio, seu olhar surpreso voando para o vestíbulo.

— Ele já está *aqui*?

— Sim, milady. De fato.

O olhar chocado de Alexandra percorreu o andar inferior no instante em que o próprio Jordan saía de um salão, seu corpo alto vestido numa calça azul--marinho ajustada à perfeição e uma blusa branca aberta na garganta, casual. Com ele estava a figura inconfundível de George, o príncipe regente em pessoa, todo paramentado em cetins e veludo nos tons chamativos de um pavão, abrindo um sorriso radiante enquanto proclamava no plural:

— Foi um dia sombrio para nós quando você desapareceu, Hawthorne. Ordenamos que tome mais cuidado no futuro. Sua família já sofreu muitos acidentes trágicos. Esperamos que seja mais precavido no futuro. E também — decretou ele — gostaríamos que cuidasse logo da questão de produzir um herdeiro para assegurar a linha de sucessão.

Jordan respondeu à ordem com um sorriso bem-humorado, dizendo algo inaudível que fez o príncipe jogar a cabeça para trás e gargalhar.

Dando um tapinha no ombro do duque, George se desculpou por aparecer de surpresa naquela manhã, chegando para o lado quando Higgins surgiu a tempo de abrir a porta com um floreio. Alexandra levou um instante para se recuperar do choque de ver o regente da Grã-Bretanha na mesma casa que ela, enquanto Jordan tratava o monarca de um jeito tão casual que beirava a amizade.

Quando só restava o mordomo no vestíbulo, Alexandra se forçou a voltar à realidade e desceu lentamente a escadaria, lutando para encontrar algum tipo de equilíbrio mental. Determinada a ignorar o espetáculo extraordinário do regente, ela voltou os pensamentos para um evento ainda mais assustador — seu próximo confronto com Jordan.

— Bom dia, Higgins — cumprimentou ela ao chegar ao vestíbulo. — Onde estão Penrose e Filbert? — perguntou, olhando ao redor do cômodo.

— Sua Graça os mandou para a cozinha quando chegou hoje. Ele achou que os dois não... ah... deviam permanecer aqui, onde iriam... ou podiam... isto é...

— Ele queria tirá-los de vista, é isso? — perguntou Alexandra, nervosa. — Então os escondeu na cozinha?

— Sim.

Alexandra ficou imóvel.

— Você, por acaso, mencionou à Sua Graça que Penrose e Filbert são meus ami... — Ela controlou o impulso de descrevê-los como amigos e disse: — ... criados?

— Mencionei, sim.

Com um esforço sobre-humano, Alexandra lutou contra uma onda desproporcional de raiva. Era óbvio que os dois senhores idosos não eram capazes de lidar com o príncipe regente nem com aquela quantidade absurda de visitantes, e ela não tinha o que discutir com o marido quanto a isso. Mas humilhá-los na frente dos outros criados ao escondê-los na cozinha — em vez de mandá-los ajudar em outra parte da casa — era extremamente injusto e indelicado. E também, suspeitava Alexandra, um ato de vingança mesquinha da parte do duque.

— Por favor, diga a Sua Graça que desejo conversar com ele hoje — pediu Alexandra, tentando não descontar sua raiva em Higgins. — O mais *rápido* possível.

— Sua Graça também deseja conversar com a senhora. À uma e meia, no escritório dele.

Alexandra olhou para o relógio imponente no corredor. Sua reunião com o marido seria dali a três horas e quinze minutos. Três horas e quinze minutos esperando para poder comunicar ao homem com quem cometera o erro de se casar que desejava remediar o problema. Enquanto isso, ela buscaria a companhia da duquesa-viúva e de Tony.

— Alex... — chamou Tony do lado oposto do corredor do segundo andar no instante em que ela erguia a mão para bater à porta da duquesa-viúva. — Como está se sentindo hoje? — perguntou ele, aproximando-se.

Alexandra sorriu com uma afeição fraternal.

— Estou bem. Dormi a tarde e a noite inteiras. E você?

— Não preguei os olhos — admitiu ele, rindo. — Já viu isto? — perguntou enquanto lhe passava o jornal.

Ela fez que não com a cabeça, seu olhar correndo pela página que dava a notícia do sequestro e da fuga de Jordan, incluindo um relatório entusiástico de seu companheiro de cela, um americano que Jordan salvara — arriscando várias vezes a própria vida, de acordo com a matéria.

A porta do quarto da duquesa-viúva se escancarou, e dois lacaios saíram com malas pesadas apoiadas nos ombros. A velha senhora estava parada no meio do cômodo, orientando três criadas que empacotavam seus pertences em baús e valises.

— Bom dia, meus queridos — disse ela para Tony e Alexandra, gesticulando para que entrassem.

Depois de dispensar as criadas, a velha dama se acomodou numa poltrona e lançou um olhar de aprovação para o quarto bagunçado, e os dois jovens que se sentaram diante dela.

— Por que a senhora está fazendo as malas? — perguntou Alexandra, ansiosa.

— Eu e Anthony vamos para a minha casa — disse a duquesa-viúva, como se isso fosse óbvio. — Afinal de contas, você não precisa que eu fique lhe vigiando com seu marido.

As palavras "seu marido" fizeram o coração de Alexandra gritar em protesto e seu estômago embrulhar.

— Pobrezinha — continuou ela, sendo astuta ao observar a súbita tensão de Alexandra. — Quantos choques você levou em tão pouco tempo de vida, culminando com o de ontem. A casa ainda está sendo atacada por todos os fofoqueiros da cidade. Mesmo assim, a comoção vai acabar em breve. Em um ou dois dias, vamos voltar aos nossos compromissos e atividades como se nada fosse da conta de *ninguém*. A sociedade vai presumir que Anthony só queria se casar com você por se sentir na obrigação com o primo "falecido", mas, agora que Jordan voltou, as coisas se ajeitaram.

Alexandra não achava que a sociedade acreditaria nisso e o disse.

— É claro que vai ser assim, minha querida — insistiu a duquesa-viúva com uma expressão de superioridade bem-humorada —, porque foi exatamente *isso* que eu disse para os meus amigos que passaram aqui enquanto você descansava ontem. Além do mais, Anthony estava loucamente apaixonado por Sally Farnsworth no ano passado, o que dá credibilidade ao argumento de que só ia se casar com você por obrigação. Meus amigos vão passar a informação para as pessoas certas, e a informação vai se espalhar, como sempre acontece.

— Como a senhora pode ter tanta certeza? — perguntou Alexandra.

A velha dama ergueu as sobrancelhas e sorriu.

— Porque meus amigos têm muito a perder se não me obedecerem. Sabe, querida, a velha máxima que diz que "o que importa é quem você conhece" é bem equivocada. O que realmente importa é *aquilo* que você sabe sobre *quem* conhece. E sei o suficiente para tornar a vida da maioria dos meus amigos bem desconfortável.

Tony riu.

— A senhora é completamente inescrupulosa, vovó.

— É verdade — admitiu ela sem qualquer vergonha. — Alexandra, por que ainda parece estar duvidando de mim?

— Primeiro, porque seu plano parece contar com o fato de que todos nós vamos voltar a público num futuro próximo. Seu outro neto — disse Alexandra, propositalmente se referindo a Jordan em termos impessoais que deixavam bem claro que não queria citar seu nome, título ou relacionamento legal temporário com ela — me proibiu ontem de sair de casa. Uma proibição, aliás, que não tenho qualquer intenção de obedecer.

A duquesa-viúva franziu um pouco a testa.

— Ele não estava raciocinando com clareza — disse ela depois de pensar por um instante. — Fazer isso daria a impressão de que você está com vergonha da sua tentativa de se casar com Tony. Além do mais, indicaria um distanciamento entre vocês dois. Não, minha querida — concluiu ela, se animando. — Jordan não devia estar pensando direito quando disse isso. Nós vamos sair daqui a um ou dois dias. Ele não vai reclamar. Eu mesma vou falar com ele.

— Não, vovó — disse Alexandra num tom gentil —, por favor, não faça isso. Sou uma mulher adulta agora, não preciso que ninguém me defenda. E não tenho intenção nenhuma de deixá-lo mandar em mim. Ele não tem o direito.

A duquesa-viúva tomou um susto diante dessa declaração desobediente e rebelde.

— Que disparate! Os maridos têm o direito legal de mandar nas atividades das esposas. E, já que tocamos no assunto, minha querida, posso lhe dar um conselho sobre como lidar com seu marido?

Sempre que a velha senhora se referia a Jordan como seu marido, Alex rangia os dentes mentalmente, mas tudo que disse foi um educado:

— Sim, é claro.

— Ótimo. Você estava aborrecida ontem quando insistiu em falar com ele, o que é compreensível, mas acabou provocando seu marido, o que não foi a melhor atitude. Você não o conhece como eu. Jordan pode ser ríspido quando irritado, e era óbvio que ele já estava incomodado depois de testemunhar sua tentativa de se casar com Anthony.

Alexandra ficou indignada e magoada ao perceber que a velha duquesa, a quem ela passara a amar, estava do lado de Jordan.

— Ele foi de uma grosseria imperdoável ontem — disse ela com uma voz tensa. — E sinto muito se isto causar seu desprezo, vovó, mas não posso fingir que estou feliz por ser casada com ele. É óbvio que a senhora esqueceu como seu neto se sentia sobre mim e nosso casamento. Além do mais, ele fez coisas intoleráveis, e seu caráter é... é falho! — concluiu ela, pouco convincente.

A duquesa-viúva abriu um sorriso inesperado.

— Seria impossível desprezá-la, meu amor. Você é a neta que eu nunca tive. — Passando um braço em torno dos ombros de Alexandra, ela acrescentou, ainda com um sorriso: — Eu seria a última pessoa a fingir que o envolvimento de Jordan com mulheres é algo digno de orgulho. Mas deixarei a seu cargo mudar isso. E não se esqueça de uma coisa, minha querida: libertinos arrependidos costumam se tornar os melhores maridos.

— Quando e caso se *arrependam* — respondeu Alexandra num tom amargurado —, e eu não *quero* ser casada com ele.

— É claro que não. Pelo menos, não no momento. Mas você não tem escolha, sabe, porque já se casou com ele. Confesso que estou ansiosa para ver Jordan na palma da sua mão.

Alexandra ficou boquiaberta diante de tal anúncio, tão parecido com a opinião de Tony e de Melanie.

— Não vou conseguir fazer isso, e, mesmo que eu...

— Você pode e vai — declarou a duquesa-viúva num tom prático, e seus olhos ficaram mais carinhosos. — Você vai fazer isso, Alexandra, mesmo que seja só para vencê-lo. Porque é orgulhosa, forte e corajosa. — Alex abriu a boca para rebater, mas a velha senhora já tinha se virado para Tony. — Anthony, Hawthorne com certeza vai esperar alguma explicação sobre por que você resolveu se casar com Alexandra, e devemos pensar com cuidado na resposta.

— Tarde demais, minha querida. Hawk me arrastou para a biblioteca às oito da manhã, e essa foi a primeira coisa que me perguntou.

Pela primeira vez, a duquesa-viúva pareceu um pouco nervosa.

— Espero que você tenha dito que foi uma... uma medida "apropriada". Sim, isso parece razoável. Ou talvez pudesse ter falado que foi apenas um capricho ou...

— Claro que eu não falei nada disso. — Tony abriu um sorriso malicioso. — Contei a ele que eu precisava me casar com Alexandra porque os solteiros de Londres estavam me perturbando com pedidos de casamento, brigando por ela e bolando planos para sequestrá-la.

A mão da duquesa-viúva voou para a garganta.

— Você não disse isso!

— Disse, sim.

— Pelo amor de Deus, por quê?

— Porque é a verdade — respondeu Anthony com uma risada. — E porque ele teria descoberto em breve de toda forma.

— Seria mais adequado ter esperado um pouco!

— E menos prazeroso — brincou Anthony (e Alexandra pensou que ele era o homem mais querido e bondoso do mundo) —, porque outra pessoa teria lhe contado, e eu não estaria lá para ver sua reação.

— E *como* ele reagiu? — perguntou Alexandra, incapaz de se conter.

— Ele não reagiu — disse Anthony, e deu de ombros. — Mas Hawk é assim mesmo. Nunca demonstra o que sente. É mais conhecido por sua compostura do que por sua liber...

— Já basta, Anthony — disse a duquesa-viúva, levantando para puxar a campainha e chamar as criadas.

Alexandra e Tony também se levantaram.

— Quer praticar esgrima hoje? — perguntou ele.

Ela concordou com a cabeça. Esgrima seria a atividade ideal para fazer o tempo passar mais rápido até sua reunião com Jordan.

POUCO ANTES DE MEIO-DIA E MEIA, Higgins apareceu no escritório de Jordan para lhe entregar um bilhete de um cavalheiro que conduzia negócios na

Bow Street, explicando que o remetente não passava bem e precisava adiar a reunião confidencial até o dia seguinte.

Jordan olhou para o mordomo, resolvendo adiantar sua conversa com Alexandra.

— Onde está sua patroa, Higgins?

— No salão de baile, Vossa Graça, praticando esgrima com Lorde Anthony.

Jordan abriu as portas do salão enorme no terceiro andar e entrou sem ser notado pela dupla de esgrimistas habilidosos, que se moviam pelo cômodo batendo suas lâminas e se afastando enquanto defendiam e atacavam com graciosidade e habilidade.

Apoiando um ombro na parede, ele observou os dois sem tirar os olhos do corpo feminino flexível vestido numa calça masculina reveladora que se ajustava às belas curvas de seu quadril esbelto e suas pernas compridas. Jordan percebeu que ela não era apenas talentosa com o florete, como pensara antes; na verdade, sua esposa era uma espadachim brilhante, que sabia o momento certo de atacar, tinha reflexos rápidos e executava seus movimentos com precisão.

Ainda sem perceber sua presença, Alexandra sugeriu que os dois deviam parar. Ofegante e rindo, ela esticou a mão para trás da cabeça, puxou a máscara e balançou a cabeça, fazendo com que seu cabelo comprido e volumoso caísse nos ombros numa cascata desordenada de belas ondas castanhas misturadas com dourado.

— Tony, você está ficando lento — provocou ela, seu rosto risonho exibindo um rubor sedutor enquanto removia o protetor acolchoado do peito e se ajoelhava para apoiá-lo na parede.

Anthony lhe disse algo, e ela se virou para trás, sorrindo... De repente, Jordan se sentiu voltando para o passado enquanto a imagem da beldade sedutora diante de si se misturava à outra — a de uma garota encantadora de cabelo cacheado que empunhara uma espada improvisada numa clareira na floresta e se ajoelhara entre as flores, encarando-o com um cachorrinho agitado no colo e puro amor brilhando em seus olhos.

Ele sentiu uma pontada de nostalgia junto com a dolorosa certeza de que perdera aquilo tudo, porque a garota da clareira não existia mais.

Tony finalmente notou sua presença.

— Hawk — chamou ele num tom brincalhão —, acha que é a velhice que está me deixando lento?

No lado oposto do salão, Alexandra se empertigou, ficando séria.

— Espero que não — respondeu Jordan, seco. — Sou mais velho que você. — Virando-se para a esposa, ele disse: — Como fiquei livre mais cedo do que esperava, achei que podíamos conversar agora.

Em vez da hostilidade fria que ele exibira no dia anterior, seu tom hoje era de uma educação impecável, impessoal e metódica. Aliviada e desconfiada ao mesmo tempo, Alexandra olhou para a calça justa, cometendo o erro de achar que seria uma desvantagem conversar com o marido vestida daquela maneira, com o rosto corado e o cabelo bagunçado.

— Prefiro me trocar primeiro.

— Não é necessário.

Sem querer irritá-lo brigando por bobagens quando tinham algo importante para discutir, Alexandra cedeu, assentindo com a cabeça num gesto educado e frio. Num silêncio tenso, ela o seguiu até o escritório no primeiro andar, ensaiando em sua cabeça tudo que pretendia dizer.

Fechando as portas duplas atrás deles, Jordan esperou que a esposa se sentasse numa das cadeiras dispostas num semicírculo diante de sua escrivaninha enorme e entalhada. Em vez de ocupar a cadeira do outro lado, ele apoiou o quadril na borda da mesa, cruzou os braços e a analisou com um ar impassível, balançando a perna para a frente e para trás, chegando tão perto dela que o tecido de suas calças se roçavam.

Ele pareceu esperar uma eternidade antes de começar a falar. Quando o fez, sua voz era calma e autoritária.

— Nós dois tivemos dois "começos". Aquele primeiro na casa da minha avó, um ano atrás, e o de ontem, aqui. Por causa das circunstâncias, nenhum deles foi muito promissor. Hoje será nossa terceira e última oportunidade. Em alguns minutos, vou decidir como será nosso futuro. Para isso, primeiro quero saber o que você tem a dizer sobre isto...

Esticando a mão para trás, ele pegou uma folha de papel e a entregou para ela, tranquilo.

Curiosa, Alexandra pegou o papel, deu uma olhada no conteúdo e quase deu um pulo da cadeira enquanto a raiva fervilhava em seu corpo. Jordan tinha listado mais de uma dezena de "atividades questionáveis", incluindo seu treino de esgrima com Roddy, sua corrida no Hyde Park, sua quase desgraça quando Lorde Marbly tentara levá-la para Wilton e várias outras situações relativamente inofensivas, mas que, quando catalogadas daquela maneira, pareciam uma acusação.

— Antes de eu decidir nosso futuro — continuou ele, impassível, imune à expressão furiosa no rosto dela —, achei que seria justo lhe dar a chance de negar qualquer item na lista que não seja verdade e também de oferecer quaisquer explicações que achar necessárias.

Tomada por uma fúria total e fortificante, Alexandra se levantou devagar, com as mãos fechadas em punhos. Nem em seus sonhos mais loucos ela esperava que Jordan ousaria questionar o *seu* comportamento. Ora, considerando a vida que *ele* tivera, *ela* era tão inocente quanto um bebê.

— De todas as coisas repugnantes, hipócritas, arrogantes...! — explodiu Alexandra, furiosa, e, então, com um esforço fenomenal, controlou sua ira. Empinando o queixo, ela encarou aqueles olhos enigmáticos e teve um prazer enraivecido de admitir tudo na lista, por mais exagerada que fosse. — Sou culpada — declarou. — Culpada de cada incidente insignificante, inofensivo e bobo nesta lista.

Jordan observou a beldade indignada parada diante de si, seus olhos brilhando como joias cheias de ira, os seios subindo e descendo com fúria reprimida, e sentiu raiva de dar espaço a uma admiração relutante pela sinceridade e coragem dela em admitir sua culpa.

Alexandra, porém, ainda não tinha terminado.

— Como *ousa* me atacar com uma lista inteira de acusações e ficar fazendo ameaças ao meu futuro! — vociferou ela, afastando-se antes que ele conseguisse reagir, dando-lhe as costas e seguindo para a porta.

— Volte aqui! — ordenou Jordan.

Alexandra se virou tão rápido que seu cabelo brilhante voou por cima do ombro esquerdo numa cascata de cachos e ondas resplandecentes.

— Já vou voltar! — garantiu ela, furiosa. — Só preciso de dez minutos.

Jordan a deixou sair, franzindo o cenho enquanto encarava a porta que a esposa batera, pensativo. Ele não esperava uma reação tão exaltada aos itens que listara. Na verdade, não sabia bem o que achava que conseguiria com a lista, além de descobrir, pela reação dela, se aquilo era *tudo* que sua esposa aprontara em sua ausência. A única coisa que queria, que *precisava* saber, era a única pergunta que não poderia fazer — com quem ela compartilhara sua cama e seu corpo enquanto ele não estava ali.

Esticando o braço até uma pilha de papeis na mesa, Jordan pegou um contrato de navegação e começou a ler, distraído, enquanto esperava a esposa voltar.

A lista, admitiu ele para si mesmo, não fora a melhor das ideias.

Essa conclusão ficou bem clara alguns minutos depois, quando Alexandra bateu à porta, entrou no escritório antes que ele a convidasse e bateu uma folha de papel na mesa, ao lado do seu quadril.

— Já que Vossa Graça quer trocar acusações e dar oportunidades para nos defendermos — disse ela, furiosa —, vou lhe oferecer a mesma "cortesia" antes de *eu* resolver nosso futuro.

O olhar curioso de Jordan foi do belo rosto corado da esposa para o papel sobre a mesa. Deixando de lado o contrato que estava lendo, ele sinalizou com a cabeça a cadeira, esperou até ela se sentar e pegou a lista.

Só havia dezesseis palavras. Oito nomes. De suas antigas amantes. Ele deixou o papel de lado, ergueu uma sobrancelha para Alexandra e ficou quieto.

— E então? — perguntou ela por fim. — Existe alguma informação errada?

— Uma informação errada — rebateu ele com uma calma irritante — e várias omissões.

— Uma informação errada? — questionou Alexandra, distraída pelo brilho bem-humorado nos olhos do marido.

— O nome de Maryanne Winthrop se escreve com "y", não com "i".

— Obrigada por esse esclarecimento — rebateu Alexandra. — Se um dia eu resolver mandar a ela uma pulseira de diamantes espalhafatosa para combinar com o colar que todos dizem que *Vossa Graça* lhe deu, vou poder escrever o nome certo no cartão. — Desta vez, não havia como negar o humor curvando o canto da boca dele, e ela se levantou, uma deusa orgulhosa e enfurecida, tão pequena diante daquele homem enorme e arrogante. — Agora que Vossa Graça admitiu a *sua* culpa, *eu* vou lhe dizer como vai ser nosso futuro. — Parando para respirar fundo, Alexandra anunciou, triunfante: — Vou pedir que o casamento seja anulado.

As palavras ríspidas reverberaram pelo cômodo, ricocheteando pelas paredes, ressoando no silêncio ensurdecedor. Mas o rosto impassível de Jordan não esboçou qualquer emoção.

— Você quer que o casamento seja anulado — finalmente repetiu ele. Com a paciência de um professor que discute uma questão retórica absurda com um aluno medíocre, ele continuou, despreocupado: — E pode me explicar como pretende fazer isso?

Aquela maldita tranquilidade fazia Alexandra querer lhe dar um chute na canela.

— Nada disso. Vossa Graça poderá descobrir meus argumentos legais através do... através da pessoa que lida com essas coisas.

— Advogados — respondeu Jordan, solícito — lidam com essas coisas. — Alexandra quase perdeu o controle diante da superioridade zombeteira do marido quando ele acrescentou: — Posso lhe recomendar vários profissionais excelentes para você consultar. Pago comissão a vários.

Aquela sugestão ultrajante era um insulto tão grande à sua inteligência que Alexandra sentiu os olhos se encherem de lágrimas.

— Eu era tão ingênua assim um ano atrás? — questionou ela num sussurro triste. — Tão ingênua a ponto de Vossa Graça achar de verdade que *eu* pediria conselhos ao *seu* advogado?

As sobrancelhas de Jordan se uniram enquanto várias coisas lhe ocorriam ao mesmo tempo: primeiro, apesar de sua mostra magnífica de coragem e indiferença, Alexandra parecia prestes a chorar; segundo, a garota valente, inocente e envolvente com quem ele se casara tinha se tornado uma criatura linda, de beleza e personalidade exóticas, mas também ganhara uma rebeldia exaltada e importuna; por fim — e mais inquietante — estava a descoberta de que ele continuava tão atraído por ela quanto um ano antes. Até mais. Bem mais.

Com tranquilidade, ele disse:

— Eu só estava tentando lhe poupar do que com certeza vai ser um passeio muito vergonhoso e completamente inútil ao escritório de algum profissional desconhecido e, talvez, indiscreto.

— Não vai ser inútil!

— Vai — rebateu ele, cheio de razão. — O casamento foi consumado, ou você se esqueceu disso?

Alexandra não tinha sangue-frio suficiente para suportar aquela menção desavergonhada à noite que passara nua e satisfeita nos braços dele.

— Não estou caduca — rebateu a jovem duquesa, e o brilho risonho no olhar de Jordan a deixou tão determinada a acabar com aquela maldita tranquilidade dele que ela resolveu explicar como anularia o casamento. — Nosso matrimônio é inválido porque não escolhi me casar com Vossa Graça por vontade própria!

Em vez de ficar nervoso, Hawk parecia estar achando mais graça do que nunca.

— Se disser isso a um advogado, é capaz de o homem morrer de tanto rir. Se um casamento fosse inválido sempre que a noiva se sentisse obrigada a se casar com um noivo que não escolheu, então a maioria dos casais da sociedade está vivendo em pecado.

— Eu não fui só "obrigada" — rebateu Alexandra. — Fui coagida, enganada e *seduzida*!

— Então vá dizer isso para o advogado, mas acho melhor levar seus sais de cheiro, porque é capaz de o sujeito desmaiar.

Alex teve a terrível certeza de que ele tinha razão, e seu coração disparou, deixando-a enjoada. Nos últimos quinze minutos, ela já despejara em Jordan todo seu ressentimento e ódio acumulados — sem arrancar nem uma mísera reação gratificante dele — e, agora, não conseguia sentir mais nada, incluindo esperança e raiva. Estava vazia. Erguendo os olhos para os do marido, ela o encarou como se ele fosse um estranho; um espécime desconhecido da humanidade por quem sentia... nada.

— Se eu não conseguir anular o casamento, vou pedir o divórcio.

Jordan trincou a mandíbula, subitamente percebendo que o primo mentira sobre os sentimentos "fraternais" que os dois sentiam um pelo outro.

— Não sem o meu consentimento — disse ele, irritado. — Então pode desistir de se casar com Tony.

— Eu não tenho intenção alguma de me casar com Tony! — Isso foi dito com tamanha determinação que Jordan relaxou um pouco. — E também não tenho qualquer intenção de viver como *sua* esposa.

Num humor bem melhor agora que ela negara qualquer desejo de se casar com seu primo, Jordan a analisou sem raiva.

— Perdoe a minha dificuldade em entender, mas estou surpreso por você querer anular o casamento.

— Sem dúvida deve ser chocante descobrir que existe uma mulher no mundo que não o acha irresistível — rebateu Alexandra, amargurada.

— E é por isso que você quer anular o casamento? Porque me acha "resistível"?

— Eu quero anular o casamento — respondeu Alex, encarando-o nos olhos e usando um tom educado que camuflava completamente suas palavras — porque *não gosto* de Vossa Graça.

Por mais inacreditável que fosse, Jordan sorriu.

— Você não me conhece o suficiente para não gostar de mim — brincou ele.

— Ah, mas conheço! — respondeu Alex, séria. — E me recuso a ser sua esposa.

— Você não tem escolha, meu bem.

O termo carinhoso dito de forma casual, sem qualquer significado, fez as bochechas dela corarem de raiva. Aquele era exatamente o tipo de coisa que era esperada de um mulherengo; ele provavelmente achava que ela se jogaria aos seus pés agora.

— Não me chame de "meu bem"! De um jeito ou de outro, vou me livrar deste casamento. E eu tenho escolha — decidiu ela no calor do momento. — Posso... posso voltar para Morsham e comprar um chalé lá.

— E como pretende pagar pelo tal chalé? — perguntou Jordan, seco. — Você não tem dinheiro.

— Mas... quando nos casamos, Vossa Graça disse que eu teria uma quantia generosa de dinheiro disponível.

— Que você pode usar como quiser — explicou Jordan —, contanto que *eu* aprove os gastos.

— Que conveniente — disse Alex com um desdém mordaz. — Vossa Graça deu dinheiro para si mesmo.

Vendo as coisas por essa perspectiva, aquela observação chegava tão perto da verdade que Jordan quase riu. Ele encarou os olhos azuis tempestuosos e o rosto corado da esposa, perguntando-se por que, desde o início, ela sempre fora capaz de fazê-lo rir — perguntando-se por que sentia aquela necessidade intensa, insaciável, de possuí-la e amansá-la sem destruir seu caráter. Alexandra mudara tanto durante o último ano, mas ainda era mais certa para ele do que qualquer mulher que já tivesse conhecido.

— Toda essa conversa sobre legalidades me lembrou de que tenho vários direitos que não reivindico há mais de um ano — disse ele, puxando-a pelos braços para ficar entre suas pernas.

— Mas que falta de decência... — explodiu Alexandra, debatendo-se em pânico. — Ainda estou legalmente noiva do seu primo!

A risada dele foi profunda e animada.

— Esse, *sim*, é um argumento persuasivo.

— Não quero que me beije! — alertou ela, furiosa, empurrando o peito dele com as mãos espalmadas e se esticando para trás.

— Que pena — disse ele baixinho, segurando-a contra a barreira sólida que era seu peito, passando os braços ao redor das costas da esposa e prendendo suas mãos e braços entre os corpos dos dois —, porque pretendo descobrir se ainda consigo deixá-la com "calor".

— Vossa Graça está perdendo seu tempo! — gritou Alexandra, virando a cabeça para o lado, afogando-se na humilhação da lembrança brutal de como ela deixara tão claro seu fascínio pelo marido ao dizer que seus beijos aqueciam seu coração e seu corpo. De acordo com tudo que ouvira, os beijos de Jordan Townsende eram responsáveis por aumentar a temperatura de metade da população feminina da Inglaterra. — Eu era uma criança ingênua. Agora, sou uma mulher adulta e já fui beijada por outros homens tão habilidosos quanto Vossa Graça. Até melhores!

Jordan revidou enterrando os dedos da mão livre no cabelo pesado na nuca dela e a puxando, forçando sua cabeça para trás.

— Quantos foram? — perguntou ele, um músculo pulsando em sua mandíbula tensa.

— Dezenas! Centenas! — exclamou Alexandra.

— Nesse caso — disse o duque numa voz suave, mas selvagem —, já deve ter aprendido o suficiente para *me* deixar com calor.

Antes de Alexandra conseguir responder, a boca dele desceu e capturou a dela com uma possessão irada, os lábios se movendo num beijo implacável, como um castigo, diferente dos gentis de Tony e dos poucos roubados por ocasionais cavalheiros excessivamente carinhosos que queriam ver se ela permitiria ou não que tomassem liberdades. Aquele beijo era diferente de todos porque, por trás de sua brutalidade, havia uma persuasão determinada, uma insistência quase irresistível de que ela retribuísse o beijo — uma promessa de que, se cedesse, a irritação iria embora, e o ato se tornaria algo bem diferente.

Alexandra sentia aquela promessa silenciosa, ela a compreendia sem saber como, e seu corpo inteiro estremecia de medo e choque enquanto a boca dele se tornava imperceptivelmente mais gentil e começava a se moldar aos contornos da dela, explorando seus lábios com uma intensidade lenta, inquisitiva, desejosa por sua participação.

Um som atrás deles fez Jordan soltá-la e Alexandra virar, só para que um braço se apertasse em torno dela e a prendesse com firmeza ao lado dele enquanto os dois encaravam um Higgins horrorizado, que acompanhava três homens, incluindo Lorde Camden, até a biblioteca.

O mordomo e os outros três ficaram imóveis.

— Eu... Perdoe-me, Vossa Graça! — exclamou Higgins, perdendo a compostura pela primeira vez desde que Alexandra o conhecera. — Achei que o senhor tivesse dito que, quando o conde chegasse...

— Encontro vocês em quinze minutos — disse Jordan para os amigos.

O grupo foi embora, mas não antes de Alexandra perceber a expressão bem-humorada nos rostos dos homens. Ela se virou para Jordan com raiva, se sentindo humilhada.

— Eles vão achar que queremos passar quinze minutos nos beijando! — exclamou. — Espero que esteja satisfeito, seu...

— Satisfeito? — interrompeu Jordan num tom divertido enquanto analisava aquela mulher tempestuosa, desconhecida, loucamente atraente, que um dia o fitara com admiração infantil em seus olhos azuis radiantes. Não restavam mais cachos bagunçados. Não restava mais admiração no seu olhar. Não restava mais sinal da menina ingênua com quem se casara. Em seu lugar, estava aquela beldade estonteante com um gênio surpreendente, por quem Jordan sentia um desejo incontrolável, irracional, de domar e fazer com que voltasse a tratá-lo como antes. — Satisfeito? — repetiu o duque. — Com aquele beijinho de nada? Impossível.

— Não foi isso que eu quis dizer! — exclamou Alexandra, desanimada. — Três dias atrás, eu ia me casar com outro homem. Não deve ter parecido absurdo para aqueles senhores me encontrarem aqui, beijando você?

— Duvido que qualquer coisa que façamos pareça "absurda" para alguém — respondeu ele num tom ao mesmo tempo bem-humorado e irônico. — Não depois de terem testemunhado meu espetáculo, invadindo a igreja para interromper seu casamento.

Pela primeira vez, Alexandra pensou em como aquilo devia ter sido cômico para a sociedade — e vergonhoso para Jordan — e teve vontade de soltar uma risada.

— Pode rir — sugeriu ele, seco, observando enquanto ela lutava para permanecer indiferente. — Foi bastante engraçado.

— Mas não na hora — corrigiu Alexandra, mantendo o rosto sério.

— Não — concordou Jordan, e um sorriso preguiçoso e devastador tomou seu rosto bronzeado. — Você devia ter visto a sua cara quando se virou no altar e me encontrou. Parecia que estava vendo um fantasma.

Por um instante, ela parecera radiante — como se tivesse se deparado com alguém extremamente querido, pensou Jordan.

— *Vossa Graça* parecia furioso — respondeu a jovem duquesa, tensa ao perceber o charme que o marido passara a exalar.

— Eu me *senti* ridículo.

Uma admiração relutante pela capacidade dele de zombar de si mesmo surgiu no coração de Alexandra, e, por um instante, ela ignorou tudo que descobrira sobre o marido. O tempo pareceu andar para trás, e ele voltou a ser o homem sorridente, divertido e tão bonito com quem se casara, que a provocava e que participara de um duelo de mentira numa clareira. Alexandra fitou aqueles olhos acinzentados ousados e hipnotizantes enquanto sua mente confusa finalmente aceitava, de verdade, que ele estava vivo — que aquilo não era um sonho que terminaria como todos os anteriores. Jordan estava vivo. E, por mais incrível que parecesse, era seu marido. Pelo menos por enquanto.

Ela estava tão perdida nos próprios pensamentos que demorou um instante antes de perceber que o olhar dele se fixara em sua boca, que era abraçada, puxada contra aquele corpo rijo.

— Não! Eu...

Jordan cobriu sua rejeição com um beijo ávido, excitante. Abandonando temporariamente a raiva que alimentava sua resistência, o corpo traidor de Alexandra perdeu a rigidez, e o grito de alerta emitido por seu cérebro foi abafado pelas batidas rápidas de seu coração e do prazer surpreendente de estar mais uma vez nos braços do marido que ela acreditava ter morrido. Uma grande mão masculina segurou sua nuca, os dedos compridos a acariciando e tranquilizando, enquanto a outra mão de Jordan subia e descia por suas costas, aproximando-a cada vez mais do corpo dele.

Aqueles lábios quentes tocando os dela, a sensação do corpo que se enrijecia contra o seu — Alexandra achava tudo tão familiar de um jeito doloroso, forte, vibrante, pois fora algo que revivera em milhares de sonhos. Sabendo que estava brincando com o fogo, ela deixou que ele a beijasse, permitindo a si mesma — só desta vez — a alegria proibida e passageira dos lábios e das mãos e do corpo do marido. Mas não correspondeu ao beijo, não ousava corresponder.

Afastando a boca, Jordan lhe deu um beijo quente na testa.

— Beije-me — sussurrou ele, seu hálito fazendo um calor vibrante se espalhar por suas veias. — Beije-me — insistiu num tom ardente, descendo a boca pela bochecha dela, beijando a curva de seu pescoço e orelha. As mãos dele penetraram aquele cabelo pesado, inclinando seu rosto para cima, e os dois trocaram um olhar provocante, desafiador. — Esqueceu como se faz?

Alex teria morrido antes de deixar que ele acreditasse que fora o único homem que a beijara na boca nos últimos quinze meses e notou que ele já tinha percebido isso.

— Não — respondeu ela, trêmula.

Os lábios abertos de Jordan tomaram os seus novamente num beijo demorado, insistente.

— Beije-me, princesa — pediu ele numa voz rouca, beijando sua testa, sua orelha, sua bochecha. — Quero ver se é tão bom quanto me lembro.

A descoberta comovente de que ele também pensara nos seus poucos beijos era mais do que Alexandra seria capaz de suportar. Com um gemido baixo de desespero, ela virou a cabeça e encontrou os lábios do marido, subindo as mãos por seu peito. A boca de Jordan cobriu a dela com avidez, e, desta vez, Alexandra cedeu ao beijo intenso, carinhoso, sentindo a pressão sensual e permitindo a entrada da língua dele, que invadiu sua boca e a possuiu.

Perdida num mar agitado de desejo, confusão e saudade, Alexandra sentiu as mãos de Jordan descerem por sua coluna, levando-a mais para perto, mas, em vez de resistir, ela jogou as mãos por cima dos ombros do marido, moldando seu corpo fraco aos contornos duros dele. Os músculos de Jordan estremeceram, seus braços a seguraram com mais força, apertando-a contra si, enquanto uma mão subia até um dos seios, o polegar acariciando o mamilo sensível enquanto sua língua entrava e saía da boca dela, se movendo num ritmo loucamente excitante e cada vez mais rápido, que a deixava alucinada com desejos proibidos. O beijo interminável, entorpecedor, o calor provocante das mãos do marido acariciando suas costas e, então, apertando seus seios de forma possessiva, a força tensa das pernas e coxas dele a pressionando intimamente agiam como um feitiço pagão em Alexandra; ela o beijou de volta com todo o ardor indefeso que sentira tanto tempo atrás. A diferença era que, desta vez, sua hesitação tímida foi superada pelo desejo de segurar o marido ali, de fingir, mesmo que só por um instante, que ele era tudo o que ela desejava que fosse.

Jordan só sabia que a mulher em seus braços reagia ao seu beijo com mais intensidade do que nunca, e o efeito foi devastador para seu corpo ávido. Quando a língua dela tocou seus lábios, ele a apertou contra si, puxando-a para sua boca enquanto o desejo se alastrava por suas veias como um incêndio, queimando suas entranhas. Tentando ignorar a louca necessidade de jogá-la sobre o tapete e possuí-la naquele instante, ele se afastou e inalou o ar devagar, ofegante, expelindo-o lentamente. Pelo visto, sua esposa aprendera muito sobre beijos enquanto ele estava apodrecendo na prisão, pensou o duque, sombrio.

Escapando aos poucos da névoa de desejo, Alexandra encarou aqueles olhos hipnotizantes, confusa ao observar a cor e o humor deles passarem dos tons escuros e sensuais da paixão para o cinza-claro enigmático de sempre enquanto ela se sentia voltando para a realidade. Suas mãos permaneciam na nuca do marido, e ela finalmente percebeu que, sob os dedos, a pele de Jordan estava pelando de quente. *Deixe-me com calor*, dissera ele...

Alexandra foi inundada pelo orgulho e pela satisfação quando percebeu que, pelo visto, conseguira fazer isso, e seus lábios macios abriram um sorriso provocante sem querer. O olhar do duque se fixou no sorriso satisfeito e subiu para os olhos azuis convencidos. Sua mandíbula trincou, e ele abaixou os braços, se afastando.

— Meus parabéns — disse com irritação, e Alexandra notou seu humor inconstante piorar de um jeito óbvio, abrupto e confuso. — Você aprendeu muito em um ano.

Quinze meses atrás, sua mente lenta lembrou a ela, Jordan a via como uma garota tola, incômoda e digna de pena. Abrindo um sorriso radiante e falso, Alexandra disse num tom tranquilo:

— Há um ano, Vossa Graça achava que eu era extremamente ingênua. Agora, reclama do contrário. É impossível satisfazê-lo.

Para vergonha de Alex, Jordan não negou que a achava ingênua.

— Vamos discutir como você pode me "satisfazer" quando estivermos na cama hoje à noite, depois que eu voltar do White's. Enquanto isso — continuou ele naquele tom autoritário de quem decretava uma ordem —, quero deixar algumas coisas bem claras. Primeiro, ninguém vai anular casamento algum. Nem se divorciar. E você também vai parar de participar de duelos de brincadeira, andar por aí com essa calça que está vestindo, participar de corridas em parques e aparecer em público com qualquer homem que não seja eu. Entendeu? Você não vai sair na companhia de nenhum homem além de mim.

O cérebro de Alexandra foi tomado pela ofensa.

— Quem Vossa Graça acha que é? — questionou ela, ficando corada de indignação.

O homem não mudara nada nesse meio-tempo. Ele ainda queria deixá-la trancada, excluída do mundo. E era bem provável que ainda pretendesse mandá-la para Devon.

— Eu *sei* quem sou, Alexandra — respondeu ele, enigmático. — Mas não sei quem *você* é. Não mais.

— Não sabe mesmo — rebateu ela, sendo esperta o suficiente para controlar a vontade de deixar bem claro que não iria obedecê-lo. — Vossa Graça achou que tinha se casado com uma mulher submissa e afável que faria todas as suas vontades, não foi?

— Algo assim — admitiu Jordan com irritação.

— Eu não sou essa pessoa.

— Mas vai ser.

Alexandra jogou a cabeça para trás e se virou, evitando de propósito fazer uma mesura.

— Vossa Graça está enganado — disse ela, seguindo para a porta.

— Meu nome — informou ele, mordaz — é Jordan.

Alexandra parou no meio do caminho e virou metade do corpo, suas sobrancelhas delicadas arqueadas numa surpresa fingida, seu rosto belamente corado. No passado, ela daria tudo para que o marido lhe pedisse para chamá-lo pelo nome, mas, agora, era mais satisfatório se recusar a fazê-lo.

—- Estou ciente disso — disse ela, acrescentando com um tom de desacato tranquilo: — *Vossa Graça*.

Tendo assim deixado bem claro que não queria a intimidade de se referir a ele pelo nome de batismo, Alexandra se virou e seguiu para a porta, sentindo que o marido a encarava, rezando para que seus joelhos não cedessem com o excesso de nervosismo que tentava esconder.

Foi só quando ela tocou a maçaneta que a voz baixa e ameaçadora de Jordan interrompeu o silêncio.

— Alexandra!

Ela deu um pulo.

— Sim? — respondeu, olhando para ele por cima do ombro.

— Pense bem antes de cometer o erro de me desobedecer. Você vai se arrepender, pode ter certeza.

Apesar do nervosismo que a voz aveludada dele causou, Alexandra empinou o queixo.

— Já terminou?

— Sim. Peça para Higgins entrar.

A menção ao mordomo fez Alex se lembrar do problema com seus próprios criados, e ela se virou, pronta para começar mais uma briga.

— Da próxima vez que Vossa Graça quiser se vingar de mim por alguma ofensa imaginária, tenha a bondade de não descontar sua raiva nos meus criados. Aqueles dois senhores gentis que foram banidos para a cozinha são o mais perto de pais que eu já tive. Penrose me ensinou a pescar e a nadar. Filbert construía casinhas de boneca para mim e, depois, fez uma jangada e me ensinou a velejar. Não vou permitir que eles sejam maltratados ou humilhados...

— Diga a Higgins — interrompeu Jordan com frieza — para posicioná-los onde você quiser. Contanto que não seja no vestíbulo.

Quando a porta fechou atrás dela, o duque sentou em sua cadeira, franzindo as sobrancelhas. Ele tinha conseguido o que queria, fazer a esposa compreender as regras que deveria seguir de agora em diante, e tinha certeza de que ela as obedeceria. A ideia de ser desafiado por uma mulher, especialmente por uma jovem que costumava idolatrá-lo, era incogitável. Além disso, o desejo quase incontrolável de seu corpo por ela alguns minutos atrás o deixara surpreso, alarmado e completamente incomodado — apesar de saber que seu ano de abstinência forçada também era responsável por isso.

Alexandra jamais seria a esposa submissa dos seus sonhos, percebeu Jordan, mas seu gênio forte compensaria isso. Ela jamais o deixaria entediado e não era mentirosa nem covarde. Só na última meia hora, sua esposa lhe apresentara uma lista com o nome das amantes dele e admitira de bom grado seu comportamento durante o ano anterior; e também o irritara, o divertira e o excitara. Não, Jordan jamais ficaria entediado.

Ele pegou uma pena sobre a mesa e a girou entre os dedos, distraído, com um sorriso relutante substituindo o cenho franzido. Meu Deus, como ela era linda com aqueles olhos tempestuosos brilhando com chamas verdes de ira e as bochechas macias tingidas de rosa.

Contanto que Alexandra se comportasse, ele estava disposto a permitir que ela aproveitasse todos os benefícios de sua posição como Duquesa de Hawthorne. Contanto que se comportasse...

Higgins apareceu na porta com John Camden.

— Imagino que esteja fazendo progresso com sua esposa? — disse John com um sorriso.

— Ela vai se comportar — respondeu Jordan, cheio de confiança.

— Nesse caso, talvez você queira se juntar a nós no White's hoje à noite?

— Tudo bem — concordou ele, e os dois começaram a discutir seu investimento conjunto numa empresa de mineração.

Capítulo 22

Do escritório de Jordan, Alexandra seguiu direto para o vestíbulo, onde informou ao mordomo que Penrose e Filbert não ficariam mais restritos à cozinha, pediu que ele mandasse os dois irem conversar com ela na sala matinal, e, com um sorriso forçado no rosto, percorreu o corredor.

A sala matinal, com sua feliz decoração amarela e a vista para o jardim, geralmente a deixava animada, mas, hoje, enquanto a jovem duquesa entrava e fechava as portas, o sorriso que abrira para manter as aparências com os criados desapareceu. O ritmo empolgado no qual se forçara a andar sumiu enquanto ela seguia devagar para as janelas e encarava o jardim, distraída. Parecia que tinha lutado contra um exército de gigantes. E perdido.

Vergonha e medo tomaram seu corpo enquanto Alexandra cobria o rosto com as mãos e encarava a terrível verdade com amargura: no sentido físico, era tão incapaz de resistir a Jordan Townsende quanto fora um ano antes. Ah, ela era imune à sua raiva, mas não ao seu sorriso, não às suas carícias. A brutalidade doce daquele beijo abalara seu corpo, sua alma, seu coração. Apesar da experiência e da sofisticação que ganhara nos últimos meses, apesar de tudo que sabia sobre ele, Jordan Townsende ainda conseguia fazer seu corpo se retorcer em ondas quentes de desejo, exatamente como acontecia quando ela era uma apenas garota boba de 17 anos.

Depois de tanto tempo, o sorriso do marido ainda a fazia derreter, seus beijos a deixavam acalorada com o impulso de ceder. Alex deixou escapar um suspiro triste enquanto apoiava a testa no vidro liso e frio da janela. Desde que tinham saído da igreja ontem, ela tivera plena confiança de que jamais sentiria nada por Jordan de novo. E só bastara um daqueles sorrisos preguiçosos, um beijo, um toque, para perceber que estava errada. Quando se tratava do marido, ela continuava tão vulnerável quanto sempre fora.

— Meu Deus — sussurrou.

Que tipo de magia diabólica aquele homem praticava para ter tamanho efeito sobre as mulheres? Sobre *ela*, que não tinha mais quaisquer ilusões sobre os sentimentos do marido quanto à sua pessoa.

Por que sempre sentia como se tivesse conquistado algo raro quando o fazia sorrir ou gargalhar? E por que ainda precisava lutar contra aquela sensação idiota e ingênua de que, caso se esforçasse bastante, poderia se tornar especial para ele um dia — poderia ser a pessoa que o tornaria mais ameno e gentil, apagaria o cinismo em seus olhos? Jordan devia fazer todas se sentirem assim — que, se tentassem o suficiente, *elas* poderiam ser mais queridas por ele do que qualquer outra já fora; talvez fosse por isso que até as damas mais assanhadas, experientes e sofisticadas fizessem das tripas coração para agradá-lo. Porém, a situação delas não era tão perigosa quanto a de Alexandra, porque não eram casadas com ele. E, hoje, os planos de Jordan com a esposa iam além de beijos. *Vamos discutir como você pode me satisfazer quando estivermos na cama hoje à noite.*

Na cama hoje à noite... na cama... Sua mente traidora começou a repassar lembranças provocantes da noite que passaram juntos na estalagem, e Alexandra balançou a cabeça com raiva, tentando negar o calor que já subia por seu corpo. Ela não podia, não *iria* permitir que o marido a seduzisse hoje nem em qualquer outro dia. Como ele ousava presumir que voltaria para sua vida e para sua cama sem nem *fingir* cortejá-la, como ela agora sabia que seria o comportamento esperado dos cavalheiros da sociedade? Jordan nunca se dera a esse trabalho, pensou Alexandra com raiva e irrelevância.

Por ela, o marido poderia levar seus desejos amorosos para qualquer uma das camas das dezenas de mulheres em Londres que — de acordo com as fofocas — sempre quiseram conquistar suas "afeições". Provavelmente, fora o que fizera ontem. Deve ter ido atrás da amante. Hoje, era bem capaz de se divertir com outra antes de vir para sua cama.

Esse pensamento a deixou tão furiosa que ela ficou enjoada. Tirando as mãos do rosto, Alexandra olhou ao redor da sala alegre como se buscasse uma saída. De algum jeito, de alguma forma, pelo bem de sua sanidade e serenidade, tinha que sair dali. De perto dele. Não suportaria outro golpe emocional.

Ela só queria paz. Paz e tranquilidade e realidade pelo restante da vida.

Só de pensar em se afastar de Londres e de seus novos amigos, Alexandra sentiu uma pontada de tristeza, mas a sensação era compensada pela ideia de encontrar sossego em algum outro lugar. Só fazia um dia que Jordan voltara, e ela já era atormentada pelo ciúme. A ideia de voltar para Morsham, que considerara no calor do momento ontem, enquanto conversava com Melanie, parecia ainda mais interessante agora, surgindo no horizonte da sua mente como um paraíso maravilhoso que esperava por ela.

Porém, se fosse voltar para sua antiga vida, Alexandra sabia que não poderia ficar esperando o destino abrir as portas. O destino nunca fora um aliado confiável. O destino a forçara a se casar com um cafajeste que a repudiava. O destino o trouxera de volta, e ela agora tinha que obedecer com docilidade aos caprichos de um cafajeste que não apenas a repudiava, mas que também era arrogante, insensível e autoritário!

As mulheres, aprendera Alexandra para sua tristeza, não passavam de gado, ainda mais nas classes superiores. Eram escolhidas como éguas, de acordo com sua linhagem, por homens que acasalavam com elas apenas para obter um herdeiro aristocrata adequado e, depois, liberadas no pasto. Porém, ela não era uma mulher indefesa vinda de berço nobre, lembrou. Ela cuidava de si mesma, da mãe, da casa e de dois criados idosos com bastante eficiência desde que tinha 14 anos.

Agora, como uma mulher adulta, com certeza seria capaz de voltar à vida antiga e administrar as coisas de um jeito ainda melhor. Seguiria o destino que o avô desejara para ela — continuaria de onde ele parara, ensinando crianças a ler e escrever. Considerando que agora era casada, era improvável que os habitantes do vilarejo a julgassem por seu lapso de decência num passado distante. E, mesmo que isso acontecesse, Alexandra achava que preferia viver no ostracismo até ser perdoada do que continuar como agora — uma pena que voava de acordo com os caprichos do destino e de um homem grosseiro e inflexível.

Este era o momento de tomar controle da própria vida e escolher o caminho que seguiria. Esta última parte era fácil — só havia uma direção disponível, voltar atrás. Ela iria para casa e seria dona do próprio nariz. Porém, para isso, seria necessário convencer o marido indesejado de que seria um absurdo continuarem casados. E precisava de dinheiro.

Esse detalhe era o mais preocupante. O único dinheiro que Alexandra tinha viera da última mesada trimestral que Tony lhe dera, mas a quantia não seria suficiente para alugar uma casa, comprar madeira para o inverno e todas as coisas de que ela, Filbert e Penrose necessitariam para cultivar uma horta. Para isso, precisaria de dez vezes mais do que tinha. Não podia se desfazer das joias que a duquesa e Tony lhe deram; eram heranças de família, não lhe pertenciam de verdade. A única coisa de valor que tinha era o relógio do avô. Poderia vendê-lo, decidiu ela com uma tristeza profunda, lancinante. Mas teria que fazer isso rápido, sem perder tempo. Como já aprendera, para sua humilhação, o tempo era aliado de Jordan e seu inimigo. Com tempo e proximidade suficientes, o marido certamente a convenceria a cair em seus braços.

Sentindo-se um pouco melhor agora que tinha um plano. Alexandra foi até a mesa onde sempre tomava seu chá depois dos treinos de esgrima com Tony e se sentou. Estava se servindo de uma xícara quando seus dois amigos fieis e idosos apareceram.

— Puxa, Srta. Alexandra, a senhora se meteu numa encrenca das boas desta vez — exclamou Filbert sem qualquer tato, formalidade ou meias-palavras, seus olhos míopes analisando o rosto da patroa através dos óculos que ela lhe dera, que permitiam que enxergasse bem melhor. Quase retorcendo as mãos de tanta ansiedade, ele se sentou na sua frente, do outro lado da mesa, como sempre fizera quando eram uma "família" em Morsham. Penrose se acomodou ao lado do lacaio e se inclinou para a frente, se esforçando para escutar, enquanto o amigo continuava: — Ouvi o que o duque lhe disse ontem, quando estavam sozinhos, e contei a Penrose. Seu marido é um homem difícil, essa é a verdade, ou não teria lhe tratado daquele jeito. O que nós vamos fazer? — perguntou ele, cheio de preocupação.

Alexandra olhou para os dois senhores que passaram a vida toda tomando conta dela, torcendo por ela, lhe fazendo companhia, e abriu um sorriso fraco. Não havia motivo para mentir; apesar de os dois terem seus problemas físicos, suas cabeças funcionavam muito bem. Na verdade, continuavam tão espertos quanto antigamente, quando ela nunca conseguia aprontar uma travessura sem ser pega por eles.

— Quero voltar para Morsham — declarou a jovem duquesa, afastando o cabelo da testa com ar cansado.

— Morsham! — sussurrou Penrose num tom reverente, como se o nome significasse "paraíso".

— Mas preciso de dinheiro para isso, e tudo que tenho é o resto da minha mesada trimestral.

— Dinheiro! — exclamou Filbert, soturno. — Esse sempre foi seu problema, Srta. Alexandra. Mesmo quando seu pai ainda era vivo, aquele traidor...

— Pare — disse ela por impulso. — Não é certo falar mal dos mortos.

— Na minha opinião — anunciou Penrose num tom arrogante de desagrado —, é uma pena que a senhora tenha salvado a vida de Hawthorne. Em vez de atirar no bandido, devia ter atirado *nele*.

— E, depois — rosnou Filbert —, devia ter enfiado uma estaca em seu coração, para que o vampiro não tivesse voltado para lhe assombrar!

O discurso sanguinário fez Alexandra estremecer e rir ao mesmo tempo. Então, ficou séria, respirou fundo e disse para Penrose num tom determinado que não dava espaço para quaisquer reclamações:

— O relógio de ouro do meu avô está na gaveta da minha mesa de cabeceira. Quero que você o venda para qualquer joalheria da Bond Street que fizer a melhor oferta.

O mordomo abriu a boca para argumentar contra a ideia, viu a teimosia nas feições da patroa e concordou com a cabeça, relutante.

— Vá agora, Penrose — disse ela com uma voz triste —, antes que eu mude de ideia.

Quando ele saiu, Filbert se esticou por cima da mesa e segurou a mão dela com a sua cheia de veias azuis.

— Eu e Penrose juntamos um pouco de dinheiro nos últimos vinte anos. Não é muito, só dezessete libras e dois centavos no total.

— Não. De jeito nenhum — disse Alexandra, cheia de firmeza. — Vocês não podem...

O som dos passos imponentes de Higgins ecoaram pelo corredor, vindo em direção à sala matinal, e Filbert se levantou num pulo, cheio de agilidade.

— Higgins fica roxo de raiva sempre que nos vê agindo com intimidade — explicou o lacaio desnecessariamente enquanto pegava o guardanapo amarelo ao lado da xícara de Alexandra e começava a limpar migalhas inexistentes da mesa.

E foi essa a cena que o mordomo-chefe descobriu, satisfeito, ao entrar na sala para dar a notícia de que Sir Roderick Carstairs viera visitar a duquesa.

Alguns minutos depois, Roddy entrou, sentou-se à mesa e indicou com um aceno de cabeça arrogante que Filbert devia lhe servir um pouco de chá antes de começar a informar a Alexandra os "detalhes deliciosos" de sua visita a Hawk na noite anterior.

Na metade do seu relato chocante, ela meio que se levantou da cadeira e exclamou num sussurro censurador:

— Foi *você* quem contou aquilo tudo para ele? *Você?*

— Pare de me olhar como se eu fosse uma cobra, Alex — disse Roddy com uma indiferença entediada, acrescentando leite ao chá. — Fiz isso só para garantir que seu marido soubesse do seu sucesso na temporada antes de descobrir que você passou vergonha quando chegou à cidade, toda apaixonada. Isso vai abalar um pouco a confiança dele. Melanie me visitou ontem à noite para me dar a ideia, mas eu já tinha pensado nisso e saído de casa. — Ignorando a surpresa no rosto de Alexandra, o cavalheiro continuou: — E eu também *queria ver* a cara de Hawk quando ele descobrisse, apesar de esse não ter sido meu objetivo principal, como expliquei. Na verdade — acrescentou Roddy depois de dar um gole delicado no chá e depositar a xícara de porcelana de Sèvres sobre o pires —, me despencar até Mount Street ontem à noite talvez tenha sido o primeiro gesto nobre da minha vida. Acho que isso mostra que estou desenvolvendo um problema de caráter, e a culpa é *sua.*

— Minha? — repetiu Alexandra, tão aflita e distraída que começava a ficar tonta. — Que problema de caráter é esse?

— Nobreza, minha querida. Quando me encara com esses seus olhos enormes e lindos, sempre tenho a sensação assustadora de que vê algo melhor e mais admirável em mim do que eu mesmo quando me olho no espelho. Ontem, me senti impelido a *fazer* algo melhor e admirável, então fui atrás de Hawk tomado pelo nobre objetivo de salvar sua dignidade. Foi bem ridículo da minha parte, agora que estou parando para pensar. — Ele parecia tão revoltado consigo mesmo que Alexandra escondeu um sorriso por trás da xícara de chá enquanto o amigo continuava: — Infelizmente, meu gesto magnífico pode ter sido em vão. Acho que Hawk nem prestou muita atenção em mim, apesar de eu ter passado quase uma hora falando sem parar.

— Ah, ele prestou atenção — disse Alexandra, seca. — Hoje de manhã, me entregou uma lista com essas transgressões e queria que eu confessasse ou negasse minha culpa.

Os olhos de Roddy se arregalaram de satisfação.

— É mesmo? *Achei* que ele estivesse se irritando comigo, mas, com Hawk, é impossível ter certeza. Você admitiu ter feito aquilo tudo ou não?

Nervosa e preocupada demais para continuar sentada, Alexandra colocou a xícara sobre a mesa e, com um olhar pesaroso, levantou-se, andando até o pequeno canapé perto das janelas e afofando as almofadas com estampa de flores amarelas.

— Admiti, é claro.

Roddy girou na cadeira para analisá-la, todo interessado.

— Então imagino que o reencontro não esteja sendo um mar de rosas? — Quando Alexandra fez que não com a cabeça, ele sorriu, alegre. — A sociedade está em polvorosa, querendo saber se você vai ceder ao famoso charme de Hawk, sabia? As tendências já estão em quatro para um a favor de que você será uma esposa amorosa no dia da Corrida da Rainha.

Alexandra se virou para encará-lo, horrorizada e irritada.

— O quê? — arfou ela, enojada, incapaz de acreditar no que ouvia. — Do que você está falando?

— Apostas — respondeu Roddy, sucinto. — As tendências são de quatro para um que você vai prender sua fita no braço de Hawk e torcer por ele na corrida. Muito submisso da sua parte.

Alexandra não sabia que era possível sentir tanto nojo de seus novos amigos.

— As pessoas estão *apostando* numa coisa dessas? — explodiu ela.

— É claro. No dia da Corrida da Rainha, é tradição que as damas anunciem sua torcida pelos cavalheiros na competição tirando uma fita do chapéu e amarrando-a no braço deles, como um incentivo e desejo de boa sorte. É uma das poucas mostras públicas de afeição que a sociedade permite. *Principalmente*, creio eu, porque a análise de quem usou as cores de quem é motivo de fofoca e suposições nos longos meses de inverno. Por enquanto, as tendências são de quatro para um de que *você* vai amarrar a *sua* fita no braço de Hawk.

Por um instante distraída do seu problema maior por um pequeno detalhe, Alexandra olhou com desconfiança para Roddy.

— Em quem *você* vai apostar?

— Ainda não resolvi. Achei melhor passar aqui antes para sentir o clima antes de seguir para o White's. — Graciosamente limpando a boca com um guardanapo, ele se levantou, beijou a mão dela e disse numa voz desafiadora: — Então, minha querida, como vai ser? Vai demonstrar sua afeição por seu marido lhe dando suas cores no dia sete de setembro?

— É claro que não! — disse Alexandra, estremecendo por dentro diante da ideia de passar tamanho ridículo na frente dos outros por um homem que todos sabiam estar pouco se importando com ela.

— Tem certeza? Não quero perder mil libras.

— Seu dinheiro está seguro — respondeu ela num tom amargurado, desabando sobre o canapé e encarando as mãos. Roddy já atravessara metade da sala quando Alexandra gritou seu nome e se levantou como se as almofadas estivessem pegando fogo. Rindo de alegria, ela se aproximou do aristocrata chocado. — Roddy, você é maravilhoso! Brilhante! Se eu já não tivesse um marido, pediria você em casamento!

Ele não fez qualquer comentário sobre essa proclamação elogiosa, mas a encarou com uma expressão desconfiada, achando graça, com uma sobrancelha erguida.

— Por favor, por favor, você pode me ajudar? — implorou ela, fazendo manha.

— Como?

Alexandra respirou fundo, incapaz de acreditar que o destino acabara de lhe dar a solução perfeita para o que parecia um dilema impossível.

— Será que poderia fazer uma aposta por mim?

O olhar chocado e cômico dele logo foi substituído por um de compreensão e, depois, por outro de alegria pura.

— Acho que sim. Vai conseguir bancar a aposta caso perca?

— É *impossível* perder! — respondeu ela, empolgada. — Se entendi bem, para vencer, só preciso ir à Corrida da Rainha e não amarrar minha fita no braço de Hawk, não é?

— Só isso.

Incapaz de conter sua animação, Alexandra bateu palmas, trocando um olhar empolgado com o amigo.

— Diga que vai fazer isso por mim, Roddy. É mais importante do que você imagina.

Um sorriso venenoso surgiu no rosto do cavalheiro.

— Mas é claro que vou — disse ele, encarando-a com mais respeito e admiração do que nunca. — Eu e seu marido nunca fomos muito amigos, como você deve imaginar. — Então notou o sorriso confuso no rosto da amiga e soltou um suspiro exagerado diante de sua ingenuidade. — Se o seu marido tivesse feito a bondade de continuar "morto" e Tony tivesse batido as botas sem um herdeiro homem, eu ou os meus herdeiros seríamos os próximos Hawthorne. Você conhece o irmão de Tony, Bertie. É um rapaz frágil, que passou a vida à beira da morte. Pelo que me disseram, houve algum problema durante seu parto.

Alexandra, que não tinha ideia de que Roddy estava tão perto da linha de sucessão, fez que não com a cabeça.

— Eu sabia que você tinha algum parentesco conosco... com os Townsende, quero dizer. Mas achei que fosse distante, um primo de quarto ou quinto grau.

— E é. Mas, tirando os pais de Jordan e Tony, o restante dos Townsende teve o incrível azar de só gerar filhas, não filhos, e poucas. Os homens da nossa família têm a tendência a morrerem jovens, e não somos muito bem-sucedidos em produzir herdeiros. Apesar de não ser por falta de tentativas — acrescentou ele, tentando deixá-la sem graça de propósito.

— Deve ser porque vocês só casam entre si — brincou Alexandra, tentando esconder sua vergonha extrema diante da referência explícita ao ato sexual. — Isso também acontece com cachorros. A aristocracia inteira precisa de sangue novo, ou logo vão começar a coçar as orelhas e perder pelos.

Roddy jogou a cabeça para trás e deu uma gargalhada.

— Mas que ousadia! — exclamou ele, rindo. — Você aprendeu a disfarçar quando fica sem graça, mas ainda não consegue me enganar. Continue treinando. — E, então, sério: — Voltando aos negócios. Quanto quer apostar?

Alexandra mordeu o lábio com medo de abusar da sorte, que finalmente parecia ao seu lado, e ser gananciosa demais.

— Duas mil libras — começou ela, mas parou de falar quando Filbert, que estava parado atrás de Roddy, tossiu alto e pigarreou. Com os olhos cheios de alegria, Alexandra olhou para o lacaio, depois para Roddy, e se corrigiu: — Duas mil e *dezessete* libras...

— *Ram, ram!* — fez Filbert de novo. — Ram, ram.

— Duas mil e dezessete libras e *dois* centavos — corrigiu de novo.

Roddy, que não era bobo, virou-se devagar e analisou o lacaio. Alexandra tinha lhe contado semanas antes que o conhecia desde a infância.

— E como é seu nome? — perguntou ele, encarando Filbert com uma expressão bem-humorada.

— Filbert, milorde.

— E imagino que seja o dono das dezessete libras e dois centavos.

— Sim, milorde, eu e Penrose.

— Quem é Penrose?

— O submordomo — respondeu o lacaio, e então, num impulso irritado, acrescentou — ou pelo menos *era* antes de Sua Alteza aparecer aqui hoje e rebaixá-lo.

A expressão de Roddy se tornou sonhadora.

— Que maravilhoso — murmurou ele, mas se recompôs e fez uma mesura para Alexandra, formal. — Imagino que não vá ao baile dos Lindworthy hoje?

Ela hesitou por um breve segundo antes de declarar com um sorriso travesso:

— Como meu marido já tem planos, não vejo motivo para eu não ir. — Por mais incrível e miraculoso que parecesse, ela logo teria dinheiro para viver confortavelmente em Morsham por uma década. Pela primeira vez em sua vida, Alexandra sentia o gostinho da independência, da liberdade, e era fantástico. Era delicioso, divino. Mais inebriante que vinho. E a tornou impetuosa. Com os olhos brilhando de prazer exuberante, ela disse: — E, Roddy, se você ainda quiser me desafiar na esgrima, acho que amanhã cedo seria um bom dia. Convide o mundo todo!

Pela primeira vez, o amigo pareceu hesitante.

— Até nosso querido Tony, que a deixava fazer o que bem entendesse, não queria que você praticasse esgrima com nenhum de nós. Não é algo bem-visto, minha querida, e é capaz de seu marido ficar irritado quando descobrir.

— Desculpe, Roddy — respondeu ela, imediatamente arrependida. — Não quero fazer nada que cause problemas entre...

— Eu estava preocupado com *você*, menina, não comigo. Para mim, não teria perigo algum. Hawk não me desafiaria para um duelo. Nós dois somos civilizados demais para expormos nossa ira em público, e duelos não são nada além disso. Por outro lado — acrescentou Roddy, sincero —, sinto que ele logo vai encontrar uma oportunidade de me dar um sopapo. Não precisa ficar nervosa — continuou com total indiferença —, sei usar meus punhos. Ao contrário do que imagina, existe um homem por baixo destes trajes elegantes. — Dando um beijo galanteador na mão dela, Roddy concluiu: — Até o baile dos Lindworthy.

Quando o amigo foi embora, Alexandra se abraçou, rindo enquanto erguia os olhos para o céu.

— Obrigada, obrigada, obrigada! — disse para Deus, para o destino e para o teto enfeitado.

Roddy lhe dera uma solução para a primeira parte do seu problema, lhe dando uma fonte de renda, e, agora, ela pensava em como resolver a segunda: Jordan Townsende, pelo que observara nos últimos dois dias, era um homem que exigia a obediência inquestionável e instantânea de todos ao seu redor, incluindo da esposa. Não era alguém que costumava ser desafiado por homens, mulheres nem criados.

Portanto, Alexandra decidiu, feliz, que a desobediência seria o caminho de sua liberdade. Vários atos de rebeldia imediatos e óbvios seriam necessários — tudo que perturbasse sua paz, zombasse de sua autoridade e, mais importante, deixasse claro que a vida dele seria bem mais confortável sem Alexandra.

— Sua Majestade não vai gostar quando descobrir que a senhora apostou contra ele nem que vai sair hoje à noite— declarou Filbert, desrespeitoso. Com o cenho franzido de preocupação, acrescentou: — Eu ouvi quando ele a proibiu de sair.

Alexandra começou a rir e abraçou o velho senhor preocupado.

— Ele não vai descobrir sobre a aposta — declarou ela, feliz. — E, se achar ruim o fato de eu sair de casa, pode resolver esse problema e me mandar de volta para Morsham! — anunciou enquanto seguia para a porta, triunfante. — Ou pedir o divórcio!

Cantarolando uma música animada, ela seguiu feliz pelo corredor e subiu a escadaria. Dali a dois meses, quando recebesse o dinheiro da aposta, poderia abandonar Jordan Townsende e seria uma mulher rica para os padrões do seu vilarejo natal. E a ideia de que ganharia uma fortuna com sua própria sagacidade — e o fato de que Jordan jamais saberia de onde saiu o dinheiro — era igualmente satisfatória. Na porta do escritório, onde se despedia dos visitantes, Jordan parou e se virou, observando-a subir a escada com um passo alegre, e um leve sorriso surgiu em seus lábios. Alexandra, percebeu ele, tinha uma voz muito bonita. Uma voz linda. E seu quadril se movia num ritmo convidativo. Muito convidativo.

A CONFIANÇA QUE a preenchera durante toda a tarde estava maior do que nunca enquanto Alexandra parava diante da penteadeira e encarava o relógio sobre a cornija da lareira. Uma hora e meia antes, quando Jordan entrara na suíte máster, que era ligada à sua, ela escutara o marido dizer que iria ao White's naquela noite. Vinte e cinco minutos depois, ele saíra.

O White's ficava perto da mansão dos Lindworthy, e, em vez de correr o risco mínimo de Jordan ter demorado um pouco mais para ir embora ou de encontrar com ele no caminho, a jovem duquesa achara melhor lhe dar bastante tempo para chegar ao seu destino antes de sair para o baile.

Agora, ele com certeza já estaria lá.

Ela se virou para a criada francesa de meia-idade, contratada pela duquesa-
-viúva para ajudá-la.

— O que acha, Marie? — perguntou num tom alegre, apesar de saber que nunca estivera tão bonita.

— As pessoas vão até perder a fala, Vossa Graça — declarou Marie, sorrindo.

— Esse é meu maior medo — respondeu Alexandra, rindo enquanto olhava o reflexo do vestido maravilhoso de chiffon cor de lima que descia dos ombros com pregas minúsculas, cruzando o corpete na diagonal, enfatizando seu busto e formando um decote em V ousado. Uma fileira larga de pregas na horizontal envolvia sua cintura fina e caía num redemoinho de saias esvoaçantes.

Luvas compridas no mesmo tom cobriam seus braços até acima dos cotovelos, e diamantes brilhavam em sua garganta e orelhas. O cabelo brilhoso estava preso num elegante coque no topo da cabeça, com uma fileira de diamantes arrumada com primor entre os fios.

A simplicidade do penteado destacava seus traços delicados, lhe dando uma aparência sofisticada que destacava sua juventude e combinava perfeitamente com o vestido dramático.

Pegando sua pequena bolsa adornada com contas, Alexandra disse num tom animado:

— Não espere por mim, Marie. Vou passar a noite na casa de uma amiga.

Isso não era bem verdade, mas Alexandra não tinha intenção alguma de permitir que Jordan Townsende fizesse amor com ela de novo, e, hoje à noite, ao menos tinha um plano para evitar que isso acontecesse.

O WHITE's, o clube particular de cavalheiros mais exclusivo da Inglaterra, não mudara nada desde a última vez em que Jordan passara por suas largas janelas salientes mais de um ano antes. Ainda assim, no instante em que ele entrou em seu glorioso salão, percebeu que havia algo levemente diferente no ar.

Diferente, mas, ao mesmo tempo, igual: poltronas confortáveis permaneciam agrupadas em torno de mesas baixas, para os homens poderem se reclinar e relaxar enquanto perdiam ou ganhavam uma fortuna em jogos de cartas. O grande livro onde eram registradas as apostas — um livro tão sagrado para os viciados em jogo quanto a Bíblia seria para um metodista — continuava no mesmo lugar de sempre. Só que, hoje, havia um grupo maior do que o normal aglomerado ao seu redor, notou Jordan enquanto se aproximava.

— Hawthorne! — exclamou uma voz animada. **Animada demais.**

Os homens em torno do livro se empertigaram e se viraram para ele ao mesmo tempo.

— Que bom que está de volta, Hawk — disse Lorde Hurly, virando-se para cumprimentá-lo com um aperto de mão.

— Que bom ver você, Hawk — disse outro homem, enquanto os amigos e conhecidos se aglomeravam ao seu redor, todos empolgados com a ideia de lhe dar as boas-vindas. Um pouco empolgados demais, pensou ele...

— Vamos beber, Jordan — disse John Camden, sério, e não se fez de rogado antes de pegar uma taça de vinho Madeira da bandeja de um lacaio que passava, enfiando-a nas mãos do amigo.

Abrindo um sorriso contido e confuso diante do comportamento estranho de Camden, Jordan devolveu a taça para o lacaio.

— Uísque — disse ele, e, pedindo licença, começou a se aproximar do livro. — Em que bobagens os jovens estão apostando hoje em dia? Espero que tenham parado com as corridas de porcos.

De repente, seis homens bloquearam seu caminho, dando as costas para o livro num semicírculo e falando todos ao mesmo tempo, agitados.

— O tempo anda estranho ultimamente...

— Você passou por maus bocados...

— Conte sobre...

— Como vai Lorde Anthony?

— Sua avó passa bem?

Atrás de Jordan, Camden balançou a cabeça, indicando a futilidade da muralha humana que bloqueava o livro de apostas, e o grupo de maridos solidários tentando impedir a aproximação do duque se afastou.

— Minha avó vai bem, Hurly — disse Jordan enquanto abria caminho até o livro. — E Tony também.

Apoiando a mão nas costas da cadeira, ele se inclinou um pouco para a frente, folheando as páginas da mesma forma que folheara jornais antigos hoje, tentando se atualizar com o que acontecera no mundo. Havia apostas sobre tudo, desde a data da próxima nevasca até o peso do futuro primogênito do velho Bascombe.

Oito meses antes, notou Jordan, bem-humorado, o jovem Lorde Thorton apostara mil libras que seu amigo, o Conde Stanley, ficaria de cama com dor de barriga dali a dois meses, no dia vinte de dezembro. No dia dezenove de dezembro, Thorton apostara cem libras com Stanley que ele não conseguiria comer duas dúzias de maçã seguidas. O Conde ganhara a aposta. Mas perdera mil libras no dia seguinte. Jordan riu, olhando para os amigos, e comentou:

— Pelo visto, Stanley continua ingênuo como sempre.

Isso era uma tradição, essa observação dos homens mais velhos e experientes sobre as competições bobas dos jovens. Os pais dos seis aristocratas reunidos em torno do livro — e seus pais antes deles — também estiveram ali, fazendo a mesma coisa.

No passado, o comentário de Jordan faria os amigos contarem histórias divertidas sobre outras apostas ou lembrarem algumas das tolices que *ele próprio* fizera, bem-humorados. Hoje, todos os seis abriram sorrisos amarelos e ficaram quietos.

Encarando-os com um ar confuso, Jordan voltou a analisar o livro. Um clima tenso tomou o clube enquanto os cavalheiros nas mesas de jogo interrompiam suas partidas, esperando. Um segundo depois, Jordan tinha certeza de que sabia o motivo para o nervosismo ao seu redor — durante maio e junho, havia páginas e mais páginas do livro dedicadas a apostas sobre qual pretendente Alexandra escolheria para casar. Havia dezenas deles.

Irritado, mas não surpreso, o duque virou a página e encontrou novas apostas para a corrida no Dia da Rainha, sobre se Alexandra amarraria ou não sua fita na manga dele.

Enquanto lia os nomes no livro, despreocupado, Jordan notou que estava levando vantagem na competição... apesar de encontrar dois registros a favor de Alexandra no fim da lista: Carstairs apostara mil libras contra ele hoje. Típico!

A próxima aposta também era contra e numa quantia alta e muito estranha — dois mil e dezessete libras e três centavos —, garantida por Carstairs em nome de...

O cérebro de Jordan explodiu de raiva enquanto ele se empertigava e encarava os amigos.

— Com licença, senhores — rosnou o duque baixinho, parecendo que estava prestes a matar alguém —, acabei de me lembrar que tenho outro compromisso hoje.

E, sem olhar para mais ninguém, foi embora.

Os seis homens ao redor do livro trocaram olhares nervosos.

— Ele vai atrás de Carstairs — disse John Camden, sério, e os outros concordaram com a cabeça.

Mas estavam enganados.

— Para casa! — bradou Jordan para o cocheiro enquanto se jogava dentro do veículo.

Batendo as luvas na coxa num gesto distraído, ele passou o trajeto até a Upper Brook Street num estado de calma ameaçadora enquanto contemplava todos os métodos muito satisfatórios que poderia usar para ensinar à esposa absurdamente obstinada e rebelde uma lição necessária e inesquecível.

Jordan nunca tivera vontade de bater numa mulher, mas, agora, não conseguia pensar em nada mais gratificante do que a possibilidade iminente de entrar no quarto de Alexandra, puxá-la para seu colo e dar tapas em seu traseiro até ela não aguentar mais. Aquele seria um castigo adequado para o que fora um ato extremamente *infantil* de desafiá-lo em público! E depois ele a jogaria na cama e tiraria proveito dos seus direitos determinados por Deus!

No seu humor atual, talvez tivesse feito exatamente isso. Mas — como Higgins lhe informou quando ele passou direto pelo mordomo e começou a subir a escadaria — Alexandra "não estava em casa".

Um instante antes, Jordan teria jurado que era impossível se sentir mais furioso do que já estava. A notícia de que a esposa o desafiara abertamente ao sair, quando ele tinha *ordenado* que ficasse ali, fez seu sangue ferver.

— Chame a camareira dela — ordenou o duque num tom que fez Higgins se apoiar na porta antes de sair correndo para buscar a mulher.

Cinco minutos depois, às dez e meia, Jordan seguia para o baile dos Lindworthy.

AO MESMO TEMPO, o mordomo dos Lindworthy anunciava a chegada de:

— Sua Graça, a Duquesa de Hawthorne!

Ignorando as cabeças que se viravam em sua direção e os olhares curiosos, Alexandra desceu a escadaria com elegância no vestido mais ousado que já usara. Ele ficava perfeito em seu corpo — ela se sentia maravilhosa, independente e ousada.

Na metade da escada, deu uma olhada despreocupada para o salão lotado, procurando por Roddy, Melanie ou a duquesa-viúva. Encontrou a velha senhora primeiro, junto com um grupo de amigos idosos, e seguiu em sua direção. Alexandra era um monumento cintilante e radiante, cheio de juventude e sofisticação, com os olhos brilhando tanto quanto as joias que usava, fazendo pausas no caminho para acenar com a cabeça para conhecidos.

— Boa noite, querida senhora — disse ela num tom alegre, dando um beijo na bochecha enrugada da duquesa-viúva.

— Você está animada hoje, minha menina — disse a avó, abrindo um sorriso radiante e segurando suas mãos enluvadas. — E também fico feliz por saber — acrescentou ela — que Hawthorne seguiu o conselho excelente que lhe dei hoje cedo e desistiu daquela bobagem de proibi-la de sair de casa.

Com um sorriso travesso, Alexandra fez uma mesura respeitosa e demorada, um milagre da graciosidade, ergueu a cabeça e declarou com alegria:

— Não, senhora, ele não fez nada disso.

— Quer dizer que...

— Sim.

— Oh!

Como Alexandra já sabia a opinião da duquesa-viúva sobre suas obrigações conjugais, aquela reação desanimada ao seu comportamento rebelde não a abalou. Na verdade, no humor que estava, ela achava que nada seria capaz de desanimá-la. Até que, um mísero minuto depois, Melanie veio apressada em sua direção, parecendo em pânico.

— Ah, Alex, como você pôde! — declarou ela, nervosa demais para se importar com a presença da duquesa-viúva. — Não há um marido neste salão que não queira esganar você. Incluindo meu marido, quando ficar sabendo! Aquilo foi longe demais, não foi engraçado! Você não *pode...*

— Do que está falando? — interrompeu Alexandra, mas seu coração tinha disparado pela ansiedade extrema da amiga, que costumava ser imperturbável.

— Estou falando da aposta que você pediu para Roddy registrar em seu nome no livro do White's, Alexandra!

— Em *meu* nome... — exclamou ela. — Ah, meu Deus! Ele *não* fez isso!

— Que aposta? — quis saber a duquesa-viúva.

— Fez, sim! E todo mundo aqui sabe.

— *Meu Deus!* — repetiu Alexandra, fraca.

— Que aposta? — questionou a duquesa-viúva num tom ameaçador e baixo.

Nervosa demais para responder, Alexandra deixou a tarefa a cargo de Melanie. Segurando a saia, ela girou, procurando por Roddy. E encontrou vários rostos masculinos hostis a encarando.

Quando finalmente achou o amigo, foi até ele com um olhar raivoso e o coração apertado.

— Alexandra, meu amor — disse Roddy, sorrindo —, você está mais bela do que...

Ele fez menção de pegar sua mão, mas ela se afastou, encarando-o com raiva e desconfiança.

— Como pôde fazer isso comigo?! — explodiu ela, amargurada. — Não acredito que registrou a aposta num livro e colocou *meu* nome lá!

Pela segunda vez desde que o conhecera, Roderick Carstairs perdeu o controle de sua expressão entediada por um instante.

— Como assim? — perguntou ele baixinho, num tom indignado. — Fiz o que *você* me pediu. Você queria mostrar para a sociedade que não vai se jogar aos pés de Hawk, e registrei a aposta no lugar mais visível. E não foi fácil — continuou ele, irritado. — As apostas só podem ser registradas por sócios do White's, então tive que colocar meu nome antes do seu para garantir que...

— Eu queria que a aposta fosse feita no *seu* nome, não no meu, e foi por isso que pedi a *você* para fazê-la! — exclamou Alexandra, cheia de ansiedade. — Uma aposta discreta, *confidencial* e *não registrada*!

As sobrancelhas de Roddy se uniram enquanto a raiva dava espaço para indignação.

— Não seja boba! O que você teria a ganhar com uma aposta "discreta e confidencial"?

— *Dinheiro!* — exclamou Alexandra, arrasada.

— Dinheiro? — repetiu ele, sem entender. — Você fez aquela aposta porque queria *dinheiro*?

— É claro! — respondeu Alexandra, ingênua. — Que outro motivo existe para fazer uma aposta?

Encarando-a como se ela fosse um espécime curioso da humanidade completamente além da sua compreensão, Roddy explicou:

— As pessoas fazem apostas porque gostam de vencer. Você é casada com um dos homens mais ricos da Europa. Por que precisaria de dinheiro?

Essa pergunta, apesar de lógica, exigiria que Alexandra discutisse questões íntimas demais.

— Não posso explicar — disse ela com tristeza —, mas me desculpe por colocar a culpa em você.

Aceitando o pedido de desculpas com um aceno de cabeça, Roddy parou um lacaio que passava e pegou duas taças de champanhe da bandeja, entregando uma para a amiga.

— Será que existe alguma chance de Hawk não ficar sabendo da minha aposta? — perguntou ela pouco depois, num tom ansioso, ignorando o silêncio pesado que subitamente tomava o salão.

Roddy, que sempre prestava atenção em tudo, lançou um olhar curioso ao redor e, então, voltou-se para a escadaria, seguindo a direção que todos encaravam.

— Quase nenhuma — disse ele, irônico.

Com um gesto indiferente da mão, o aristocrata indicou que ela olhasse para a entrada no mesmo instante em que o mordomo dos Lindworthy anunciava numa voz estrondosa:

— Sua Graça, o *Duque de Hawthorne*!

Ondas de choque e empolgação percorreram a multidão, e Alexandra ergueu a cabeça, encarando horrorizada a figura alta e ameaçadora vestida completamente de preto, que descia a escadaria com ar determinado. Ela estava a menos de quinze metros do marido, mas, quando Jordan chegou ao último degrau, o mar de gente no salão pareceu se aproximar dele como uma enorme onda, causando uma explosão de cumprimentos e uma cacofonia ensurdecedora.

O duque era mais alto que a maioria das pessoas ali e, do canto onde estava, Alexandra observou enquanto ele sorria discretamente e fingia prestar atenção no que as pessoas diziam, sem parar de analisar a multidão — procurando por ela, para seu pavor. Em pânico, a jovem duquesa engoliu o restante do champanhe e entregou a taça vazia para Roddy, que lhe passou a dele.

— Beba a minha — disse o amigo. — Você vai precisar.

Alexandra olhou ao redor como uma raposa em busca de esconderijo, analisando cada trajeto possível e voltando atrás quanto percebia que a deixariam na linha de visão direta do marido. Sem poder sair de onde estava, ela se pressionou contra a parede e, sem pensar, levou a taça de Roddy aos lábios no mesmo instante em que encontrava o olhar da duquesa-viúva, que estava à direita. A velha senhora a fitou com um ar estranho, tranquilizador, e disse algo para Melanie. Um instante depois, sua amiga abria caminho entre a multidão que cercava Jordan, vindo na direção de Alexandra e Roddy.

— Sua avó pediu por favor para você *não* resolver beber demais pela primeira vez justamente hoje, e para *não* se preocupar, porque Hawthorne vai saber exatamente como se comportar quando descobrir que você está aqui — informou Melanie assim que os alcançou, num tom nervoso.

— Ela disse mais alguma coisa? — perguntou Alexandra, precisando desesperadamente ser tranquilizada.

— Sim — respondeu Melanie, concordando com a cabeça. — Ela me pediu para ficar *grudada* em você e não deixá-la sozinha, *não importa o que acontecer.*

— Meu Deus! — explodiu Alexandra. — Mas ela não tinha dito para eu não me preocupar?

Roddy deu de ombros.

— Talvez Hawk ainda não saiba da aposta, então tente se acalmar.

— Não estou preocupada só com a aposta — informou Alexandra, observando Jordan, tentando prever para onde ele iria quando conseguisse se liber tar da multidão, para que pudesse seguir na direção contrária. — Meu medo é ele descobrir que estou...

Alguém à direita do duque lhe disse algo, e ele virou a cabeça; seu olhar analítico observou rapidamente a parede em que ela se apoiava... passou por Melanie, passou por Roddy, passou por Alexandra... e, então, voltou, se fixando na esposa como uma dupla de pistolas mortais.

— ... aqui — concluiu a jovem duquesa num tom desanimado, enquanto Jordan a encarava, paralisando-a com o olhar, deixando bem claro que iria atrás dela assim que pudesse.

— Acho que ele acabou de descobrir — brincou Roddy.

Afastando o olhar do marido, Alexandra buscou um lugar seguro para se abrigar antes de ele sair da frente de sua única rota de fuga — um lugar onde não *parecesse* que estava se escondendo. A coisa mais segura a fazer, concluiu ela num impulso, seria se misturar aos setecentos convidados e tentar desaparecer na multidão até Jordan perdê-la de vista.

— Vamos "passear", minha querida? — sugeriu Roddy, obviamente chegando à mesma conclusão.

Um pouco aliviada, Alexandra concordou com a cabeça, mas a ideia de "passear" logo ficou menos interessante quando ela passou por Lorde e Lady Moseby e Lorde North, que estavam parados num canto, perto da parede espelhada que cercava um lado do salão. Lady Moseby estendeu a mão, interrompendo a jovem duquesa enquanto dizia numa voz risonha, cheia de admiração:

— Fiquei sabendo da sua aposta, Alexandra.

O sorriso educado que ela exibia congelou em seu rosto.

— Foi... foi só uma brincadeira — interviu Melanie Camden, surgindo ao lado da amiga como lhe fora instruído.

Encarando Alexandra com um olhar crítico, Lorde North disse, sério:

— Duvido que Hawk tenha achado graça.

— *Eu* com certeza não acharia — informou Lorde Moseby num tom grave, pegando o braço da esposa e guiando a mulher para longe depois de um breve aceno de cabeça, com Lorde North ao seu lado.

— Raios me partam! — exclamou Roddy baixinho, olhando de cara feia para os dois homens que se afastavam empertigados. Depois de um instante, ele transferiu o olhar para o rosto chocado de Alexandra, encarando-a com um misto de arrependimento, irritação e ironia. — Acho que lhe fiz um desserviço quando registrei a aposta no White's — disse ele. — Imaginei que *alguns* homens mais pudicos não veriam graça. Infelizmente, não levei em conta que, ao desafiar seu marido em público, você deixaria todos os maridos da sociedade indignados.

Alexandra mal prestou atenção às palavras do amigo.

— Roddy — disse ela, afobada —, é muito gentil da sua parte ficar comigo, mas você é bem alto, e...

— E seria mais difícil encontrá-la se eu não estiver por perto? — adivinhou ele, e Alexandra concordou com a cabeça. — Nesse caso, vou me afastar.

— Obrigada.

— Já que eu me sinto culpado por parte do seu problema, o mínimo que posso fazer é sair de perto para você conseguir fugir.

Com uma mesura rápida, ele se misturou à multidão, seguindo na direção oposta das duas amigas.

Cinco minutos depois, parada de costas para o salão, Alexandra olhava para Melanie com ansiedade.

— Ele está por perto?

— Não — respondeu a outra mulher depois de analisar discretamente o salão lotado. — Hawk saiu de perto da escadaria, mas não está por aqui.

— Então vou embora — disse Alexandra, dando um beijo rápido na bochecha de Melanie. — Vou ficar bem, não precisa se preocupar. Nós nos falamos amanhã, se eu conseguir...

— Não — respondeu a amiga, triste. — Meu marido acha que, nas minhas condições, o ar de Londres não vai me fazer bem. Ele resolveu que é melhor irmos para o interior, e só vamos voltar depois que o bebê nascer.

Alexandra ficou arrasada só de pensar em ter que encarar o futuro próximo sem a companhia de Melanie.

— Vou lhe mandar cartas — prometeu ela, se perguntando com tristeza se voltaria a ver a amiga um dia.

Incapaz de dizer mais nada, a duquesa segurou a saia e seguiu para a escadaria. Às suas costas, Melanie a chamou, mas o barulho das conversas risonhas no salão lotado abafou o aviso enquanto Alexandra andava rápido, mantendo-se próxima à parede.

Sem parar, ela se inclinou para colocar a taça de champanhe sobre uma mesa e quase gritou quando uma mão apertou seu antebraço com crueldade e a virou. Ao mesmo tempo, Jordan surgiu na sua frente, fazendo um ótimo trabalho em isolar os dois da vista dos convidados. Apoiando um braço na parede, o duque a prendeu com o corpo ao mesmo tempo em que parecia um cavalheiro tranquilo tendo uma conversa levemente íntima com uma dama.

— Alexandra — disse ele num tom calmo que escondia a fúria em seus olhos —, há cerca de quatrocentos homens neste salão, e a maioria deles acha que é meu *dever* fazer você de exemplo para suas esposas, arrastá-la para fora daqui na frente de todos e lhe dar uns tapas quando chegarmos em casa. Coisa que estou muito disposto... não, *ansioso* para fazer.

Para a surpresa horrorizada dela, o duque parou no meio dessa declaração terrível para esticar a mão e pegar uma taça de champanhe da bandeja no pedestal ao seu lado, que lhe entregou — um gesto executado para manter as aparências de que os dois estavam apenas conversando.

No mesmo tom mortífero, ele continuou:

— Apesar de sua aposta e de sua desobediência ao vir aqui hoje mais do que merecerem um castigo público, vou lhe dar duas opções. Quero que você preste bastante atenção nelas.

Para sua irritação e vergonha, Alexandra estava tão assustada que seu peito subia e descia como o de um passarinho encurralado, e ela só conseguiu concordar com a cabeça.

Sem se deixar abalar pelo medo óbvio da esposa, Jordan explicou a primeira alternativa:

— Você pode ir embora comigo, não me importa se tranquila e obediente ou dando um escândalo. De toda forma, se sairmos agora, todos aqui vão saber por que vim buscá-la.

Quando ele fez uma pausa, Alexandra engoliu em seco e perguntou com a voz rouca:

— Qual é a segunda opção?

— Para salvar sua dignidade — respondeu ele —, estou disposto a acompanhá-la até a pista de dança e tentar fingir que nós dois encaramos sua aposta como um simples gracejo. Mas não importa qual opção você preferir, ainda vamos resolver isso quando chegarmos em casa, está me entendendo?

A última frase e a ameaça inegável de punição física eram desesperadoras o suficiente para fazê-la concordar com tudo — com qualquer coisa que os fizesse demorar mais ali.

Em meio à confusão na sua mente, ocorreu a Alexandra que, ao oferecer a oportunidade de salvar seu orgulho, o marido a tratava com mais consideração do que ela ao fazer uma aposta pública contra ele. Por outro lado, era difícil se sentir grata por não ser humilhada na frente de toda a sociedade — ao mesmo tempo em que sofria a ameaça de um castigo físico na intimidade do seu lar. Fazendo um esforço supremo, ela conseguiu manter a voz calma e uma expressão de relativa tranquilidade no rosto.

— Prefiro dançar.

Jordan observou o belo rosto pálido da esposa e ignorou uma onda de admiração por sua coragem, oferecendo-lhe um braço. Ela o aceitou, tocando-o com a mão trêmula.

Assim que ele saiu da sua frente, Alexandra viu o movimento ágil e culpado de várias cabeças se virando e percebeu que muita gente observara aquela conversa. Com um ar de dignidade despreocupada, ela seguiu com Jordan através da multidão fascinada, que se abria como o Mar Vermelho para deixá-los passar, girando para observar os dois.

Porém, a jovem duquesa perdeu um pouco a compostura quando um casal saiu do seu caminho e ela se viu diante de Elizabeth Grangerfield, cujo marido idoso falecera recentemente. A surpresa do encontro com a antiga amante de Jordan quase a fez tropeçar, apesar de o marido e Elizabeth parecerem completamente tranquilos enquanto se cumprimentavam.

— Seja bem-vindo, Vossa Graça — disse a mulher em sua voz sedutora enquanto oferecia a mão.

— Obrigado — respondeu Jordan com um sorriso educado, dando-lhe um beijo breve.

Observando os dois, Alexandra sentia como se tivesse levado um soco no estômago. De alguma forma, conseguiu não transparecer nada enquanto se afastava com o duque, mas, quando chegaram à pista de dança e Jordan tentou colocar a mão em sua cintura, ela se afastou, encarando-o com raiva.

— Prefere ir embora agora? — perguntou ele numa voz aveludada, enquanto os dançarinos ao redor começavam a se mover e girar.

Furiosa demais para notar que os dois tinham se tornado alvo de seiscentos pares de olhos curiosos no segundo em que pisaram na pista, Alexandra levou a mão com relutância à manga do paletó preto do duque — mas seu rosto deixava claro que detestava tocá-lo.

Jordan a puxou para perto, e os dois entraram no ritmo do redemoinho colorido da valsa.

— Se você tiver um pingo de bom senso, ou se tiver aprendido qualquer coisa sobre boas maneiras e bom comportamento — disse ele num sussurro colérico —, vai parar de fazer cara de coitada e tentar parecer satisfeita!

Essa observação, tão cheia de superioridade arrogante, fez Alexandra ter vontade de dar um tapa na cara aristocrática do marido.

— Mas que *ousadia* vir me dar lição de moral sobre bons modos e educação logo depois de bajular sua amante querida bem ao lado da sua esposa!

— Que raios queria que eu fizesse? — rebateu Jordan, irritado. — Que a ignorasse? Ela estava bem na nossa frente!

— Vossa Graça podia ter me incluído na conversa — respondeu Alexandra, nervosa demais para cogitar que tal atitude seria ainda mais vergonhosa para ela.

A discussão entre o Duque de Hawthorne e sua esposa rebelde não passou despercebida pelos ocupantes do salão. Os dançarinos esbarravam uns nos outros enquanto tentavam escutar a conversa; os músicos se inclinavam para o lado, tentando enxergar melhor a cena; e monóculos eram erguidos na direção do casal.

— *Incluir* você — repetiu Jordan, incrédulo. — Incluir você enquanto eu falava com uma mulher que...

Ele silenciou antes de completar a frase, mas Alexandra a terminou:

— ... que esteve na sua *cama*?

— Você não tem moral para reclamar da *minha* conduta. Pelo que dizem, o *seu* comportamento nas últimas semanas foi completamente descabido para alguém que é minha esposa!

— O *meu* comportamento! — explodiu Alexandra. — Para sua informação — continuou ela, cheia de sarcasmo —, se *eu* me comportasse da forma como cabe à *sua* esposa, teria tentado seduzir todos os integrantes do sexo oposto que aparecessem no meu caminho!

Essa declaração deixou Jordan tão pasmo que, por um segundo, quis sacudi-la por sua insolência, ao mesmo tempo em que percebia que ela estava com ciúme. Um pouco menos incomodado, ele ergueu o olhar e notou que metade dos dançarinos tinha saído da pista de dança para observar melhor a discussão sem precedentes entre o duque e sua esposa desagradável, e os que sobraram nem faziam mais questão de fingir que não encaravam os dois.

Afastando o olhar da plateia, Jordan trincou os dentes num sorriso falso e rosnou:

— Sorria para mim, droga! O salão inteiro está prestando atenção em nós.

— De jeito nenhum — rebateu ela, irracional, mas se forçou a parecer mais calma. — Ainda estou noiva do seu primo!

Aquele argumento era tão absurdo que Jordan reprimiu uma risada.

— O seu código de ética é muito peculiar, meu amor. Por um acaso, você é *casada* comigo no momento.

— Não *ouse* me chamar de seu amor, e o mínimo que Vossa Graça deveria fazer é levar em conta a situação de Anthony nisto tudo — reclamou Alexandra. — Pense em como seria humilhante para ele se todo mundo achasse que me joguei direto nos seus braços. Seja mais leal ao seu primo.

— É um dilema moral muito difícil — zombou Jordan —, porém, neste caso, acho que sou mais leal a mim mesmo.

— Vá para o inferno!

Jordan encarou a linda jovem tempestuosa no vestido amarelo-limão provocante, seu rosto ao mesmo tempo delicado e vívido, com os olhos irritados da cor do Mar Egeu e os lábios de pétalas de rosa, e, de repente, lembrou-se da última vez que a vira usando aquela cor — no jardim da casa da avó, com a face encantadora encarando o céu enquanto ela lhe explicava com sua voz doce e suave: *Cada estação do ano surge com a promessa de que algo maravilhoso vai acontecer comigo algum dia. No inverno, a promessa vem com o aroma de neve no ar... No verão, a escuto nas trovoadas e nos raios que rasgam o céu... Mas, acima de tudo, eu a sinto agora, na primavera, quando tudo está verde e preto...*

Alexandra esperava por algo maravilhoso, e tudo que conseguira fora um casamento de quatro dias, seguido por quinze meses de viuvez e muitas informações decepcionantes sobre a vida que ele levava antes de se casar com ela.

A fúria dentro de Jordan desapareceu na mesma hora, e, enquanto observava aqueles olhos gloriosos, seu estômago embrulhou diante da ideia de levá-la para casa e fazê-la chorar.

— Diga-me — começou ele baixinho. — Ainda acha que terra tem cheiro de perfume?

— Eu o quê? — perguntou Alexandra, analisando o rosto mais tranquilo do marido com desconfiança, franzindo a testa. — Ah, lembrei agora. E não — acrescentou rápido, sabendo que ele a achava digna de pena. — Eu cresci.

— Estou vendo — disse Jordan com um misto de carinho e desejo.

Alexandra observou a expressão calma dele e afastou o olhar, mas sua raiva também começara a diminuir. Sua consciência lhe lembrou de que sua aposta pública contra o marido e seu comportamento hostil na pista de dança — para onde ele a levara a fim de salvar sua dignidade — eram imperdoáveis. Deixando de se sentir a parte inocente e prejudicada da situação, ela mordeu o lábio.

— Trégua? — ofereceu Jordan com um sorriso preguiçoso.

— Até sairmos daqui — concordou ela na mesma hora, e, quando abriu um sorriso hesitante, jurou ter visto um brilho de aprovação naqueles indecifráveis olhos acinzentados.

— O que aconteceu com o cachorro que eu lhe dei? — perguntou ele, sorrindo ainda mais.

— Henrique está em Hawthorne. Ah, e Vossa Graça estava enganado — acrescentou ela num tom brincalhão. — O menino que o vendeu não mentiu. Ele é de raça.

— E ficou enorme? — perguntou Jordan. — Com patas do tamanho de um pires?

Alexandra fez que não com a cabeça.

— Pratos de jantar.

Jordan riu, e ela abriu um sorriso. Os casais na pista de dança voltaram a prestar atenção na música, monóculos foram baixados, conversas voltaram ao normal. Quando a valsa terminou, o duque posicionou a mão da esposa em seu cotovelo e a guiou em direção à multidão, mas sua partida logo foi interrompida por grupos de amigos que fechavam seu caminho, ansiosos para lhe dar as boas-vindas.

Alexandra, que tinha um plano razoavelmente viável para garantir que não fosse encontrada em seu quarto hoje, torceu para o marido dispensá-la, mas ele passou a próxima meia hora conversando com todos que apareciam, cobrindo com a mão os dedos que ela mantinha apoiados em seu braço.

Sem escolha, Alexandra ficou ali, tentando parecer calma e agir como se estar com Jordan fosse igual a estar com Tony.

Porém, apesar de ela tentar interagir com os dois da mesma maneira, nenhum outro membro da aristocracia tinha essa pretensão. Todos tratavam Tony com educação e com o respeito devido ao seu título, mas nunca com a quase reverência com que se referiam a Hawk agora. Enquanto observava damas cheias de joias fazerem mesuras, cavalheiros elegantes inclinarem a cabeça em respeito e apertarem a mão do marido, ela percebeu que, para a alta sociedade, Tony fora apenas o dono de um título, enquanto Jordan *era* o título.

Ele *era* Hawthorne, como nascera para ser.

Parada ali, Alexandra começou a achar que talvez tivesse superestimado sua capacidade de convencê-lo a deixá-la voltar para Morsham quando tivesse dinheiro. Depois de passar tantas semanas convivendo com a alta sociedade, ela cometera o erro de achar que Jordan era igual aos outros aristocratas que conhecera — educados, meticulosos e cosmopolitas. Mas também indulgentes. Serenos.

Agora, observando o duque interagir com os amigos, era nítido e deprimente perceber que, por baixo daquela aparência civilizada e refinada, ele era *completamente* diferente dos outros.

Ao seu lado, Jordan inclinou a cabeça na direção dela e falou numa voz educada mas determinada:

— Se você me der sua palavra de que irá direto para casa, pode ir embora agora. Assim, vai parecer que continuará com a sua noite, e eu, com a minha. Ficarei mais uns vinte minutos.

Maravilhada com aquele gesto atencioso e sentindo um alívio imenso por aquilo facilitar a execução de seu plano, a jovem duquesa concordou com a cabeça e começou a se afastar, mas a mão dele apertou seu braço.

— Quero sua palavra, Alexandra.

— Prometo que vou direto para casa — disse ela com um sorriso deslumbrante de alívio, e tratou de ir embora.

Jordan a observou, estreitando um pouco os olhos ao contemplar o motivo por trás daquele sorriso radiante, ao mesmo tempo em que se perguntava se fora uma boa ideia confiar na esposa. Não fizera a proposta porque acreditava tanto assim na sua palavra, mas porque duvidava que fosse ser desafiado de novo agora que ela entendia tudo que ele estava disposto a fazer para forçar sua obediência. Além do mais, decidiu com ar filosófico, aonde mais Alexandra poderia ir além de para casa? Ninguém, nem sua avó, a esconderia do marido.

Jordan não foi o único a observar a saída da jovem duquesa; vários convidados o imitaram, e ninguém se deixou enganar por sua despedida aparentemente harmônica do marido.

— Hawk vai lidar com ela quando chegar em casa — garantiu Lorde Ogilvie para o grande grupo de pessoas ao seu redor. — Ele com certeza não vai deixar esse tipo de comportamento passar impune nem por uma noite. E não tenho dúvidas de que vai usar a fita dela na Corrida da Rainha.

— Com certeza! — concordou o jovem Sir Billowby.

— Indubitavelmente! — acrescentou o Conde de Thurston.

— Não tenho dúvidas! — declarou Lorde Carleton, imponente.

Lady Carleton olhou para a Duquesa de Hawthorne, que subia a escadaria, e teve a coragem de declarar:

— Pois eu espero que todos estejam errados. Hawthorne partiu milhares de corações pela Inglaterra. Já está mais do que na hora de uma mulher partir o dele!

A jovem esposa tímida de Sir Billowby empinou o queixo e apoiou a opinião da amiga.

— Espero que ela dê sua fita para *outro* homem!

— Não seja ridícula, Honor — disse o marido. — Aposto cem libras que a duquesa dará a fita para Hawk.

As duas damas trocaram um olhar e se voltaram para os homens.

— Milorde — informou Lady Honor para o marido escandalizado enquanto tirava cem libras da sua pequena bolsa —, aceito a aposta.

— E eu também! — declarou Lady Carleton.

Quando Alexandra subiu na carruagem, dinheiro suficiente já tinha sido apostado naquele salão para engordar os cofres do príncipe regente por anos, e as tendências dispararam de vinte e cinco para um em favor de Jordan. Só as damas mais jovens tinham esperança de que Alexandra seria a primeira mulher a resistir ao "irresistível" Duque de Hawthorne.

Capítulo 23

A luz da lua iluminava as mansões ao longo da Upper Brook Street quando Alexandra acenou para o cocheiro e destrancou a porta da casa de número 3 com sua chave. Abrindo apenas uma fresta, ela espiou o vestíbulo. Como imaginara, Higgins e o restante dos criados tinham ido dormir.

Entrando de fininho, a jovem duquesa fechou a porta com cuidado e subiu a escadaria na ponta dos pés. Ela hesitou diante de seu quarto, tentando imaginar se sua camareira dedicada tinha resolvido esperar por sua chegada, apesar das instruções que recebera no início da noite. Resolvendo que seria melhor não arriscar abrir a porta para descobrir, Alexandra percorreu o corredor, que tinha quartos de hóspedes em ambas as extremidades. No final, uma escada levava ao próximo andar; ela subiu e foi até a última porta à direita. Tentando fazer o mínimo de barulho possível, virou a maçaneta, observou o quarto escuro e vazio que costumava ser usado pela governanta da família, e entrou.

A jovem sorriu da própria engenhosidade, tirou as luvas e as jogou num objeto encoberto pelas sombras, que julgou ser uma velha cômoda. Ela não mentira, tinha vindo direto para casa.

Só que, quando o marido entrasse em seu quarto para executar qualquer que fosse o castigo que tinha em mente, não encontraria ninguém.

Ela sentiu um frio na espinha só de pensar no quanto Jordan ficaria irritado, mas a alternativa de se oferecer para ser punida era repugnante demais.

Amanhã, decidiu Alexandra, ela pegaria o dinheiro que Penrose recebera pela venda do relógio e, assim que o marido saísse de casa, iria embora de Londres com seus dois criados idosos.

Tirando o vestido, ela se deitou na cama estreita e sem lençol, e fechou os olhos. O cansaço e a confusão tomaram sua mente enquanto analisava o comportamento de Jordan naquela noite. Como ele podia ficar tão irritado com suas atitudes e, ao mesmo tempo, poupá-la da humilhação pública? O homem era impossível de entender. Sua única certeza naquele momento era que ela chegara ao ponto de ter que se esconder do marido em sua própria casa — com medo e com raiva do mesmo homem cujo desaparecimento a fizera desejar morrer para se encontrar com ele de novo.

LORDE CAMDEN CHEGOU ao baile no momento em que Jordan saía, só para descobrir que Melanie já fora para casa. Sendo educado o suficiente para não esboçar qualquer reação de surpresa quando o duque se lembrou de que mandara sua carruagem para casa porque pretendia voltar com Alexandra, John lhe ofereceu uma carona. A carruagem dos Camden parou diante da mansão na Upper Brook Street, e Jordan saltou. Pensando na esposa, que estaria lhe esperando no quarto, ele prestou pouca atenção ao cavaleiro solitário que esperava nas sombras de uma casa do outro lado da rua, o chapéu com a aba inclinada sobre o rosto, mas sua presença foi registrada no perímetro da mente ocupada de Jordan. Como se sentisse o perigo, o duque virou no segundo degrau para se despedir de John, mas seu olhar se fixou no homem magro sobre o cavalo, que erguia o braço.

Jordan se abaixou e se jogou para a esquerda quando a pistola foi disparada, levantando rápido e saindo correndo pela rua numa tentativa inútil de pegar o assassino que já galopava para longe, desviando das carruagens que seguiam inofensivas pela Brook Street — e impedindo que John Camden o perseguisse em seu veículo.

EDWARD FAWKES, um homem robusto, especializado em lidar com os problemas delicados de um grupo muito seleto de clientes que não queriam envolver as autoridades, olhou para o relógio. Era quase uma da manhã, e ele estava sentado diante do Duque de Hawthorne, que o contratara ontem para investigar as duas tentativas de assassinato e descobrir quem era o culpado.

— Eu e minha esposa vamos para Hawthorne amanhã, assim que acordarmos — dizia o duque. — É bem mais fácil para um assassino desaparecer nas ruas e nos becos de Londres do que se esconder no campo. Se fosse apenas minha vida em risco, eu ficaria. Mas, se meu primo estiver por trás disso, ele não vai querer arriscar que eu gere um herdeiro, então minha esposa também está em perigo.

Fawkes concordou com a cabeça.

— No campo, meus homens vão conseguir detectar a presença de alguém desconhecido nos limites de Hawthorne ou no vilarejo. Podemos vigiá-lo.

— Seu trabalho principal é proteger minha esposa — disse o duque. — Quando estivermos em Hawthorne, vou pensar em algum plano para atrair o culpado. Providencie quatro homens para vigiar minha carruagem amanhã. Com os meus funcionários, isso nos dará um total de doze cavaleiros.

— É possível que o atirador de ontem tenha sido o seu primo? — perguntou Edward Fawkes. — Vossa Graça disse que ele não estava no White's nem no baile dos Lindworthy.

Cansado, Jordan massageou os músculos tensos do pescoço.

— Não era ele. O homem era muito menor que meu primo. Além disso, como já disse, não tenho certeza de que Anthony seja o culpado.

Até hoje, quando ficara sabendo da morte do velho Grangerfield, Jordan torcera para *ele* ser o responsável. Afinal de contas, a primeira emboscada ocorrera na noite em que conhecera Alexandra — apenas dois dias depois de ter ferido Grangerfield num duelo. Porém, depois do episódio de hoje, essa esperança fora por água abaixo.

— Os dois motivos mais comuns para assassinato são vingança e ganhos pessoais — disse Fawkes com cuidado. — Seu primo teria muito a ganhar com a sua morte. Ainda mais agora.

Jordan não perguntou o que ele queria dizer; já sabia que o homem falava de Alexandra. Alexandra...? Ele empalideceu ao se lembrar da figura levemente familiar e esbelta que atirara em sua direção. Poderia ter sido uma mulher...

— O senhor pensou em mais alguma informação importante? — perguntou o detetive, interpretando corretamente a expressão no rosto de Jordan.

— Não — respondeu ele, brusco, e se levantou, terminando a reunião.

A ideia de que Alexandra tentaria matá-lo era ridícula. Absurda. Mas as palavras que a esposa bradara naquela manhã voltaram para assombrá-lo: *De um jeito ou de outro, vou me livrar deste casamento.*

— Só mais um detalhe, Vossa Graça — disse Fawkes, também se levantando. — O atirador de hoje poderia ser a mesma pessoa que o senhor acreditou ter matado na estrada perto de Morsham na última primavera? Sua descrição dizia que ele era baixo.

Jordan se sentiu tonto de tanto alívio.

— Talvez. Como eu disse, não vi seu rosto hoje.

Quando Fawkes foi embora, Jordan subiu a escadaria para seu quarto. Cansado, irritado e frustrado por ser alvo de algum lunático desconhecido que o queria morto, dispensou o camareiro sonolento e tirou a camisa. Alexandra estava no quarto ao lado, pensou ele, e seu cansaço começou a desaparecer enquanto imaginava acordá-la com um beijo.

Seguindo para a porta que conectava os cômodos, ele atravessou a sala de vestir e o quarto escuro. A luz da lua entrava pela janela, lançando um raio prateado sobre a coberta de cetim perfeitamente esticada sobre a cama.

Alexandra não viera para casa.

Voltando rápido para o próprio quarto, ele puxou a campainha.

Meia hora depois, todos os criados sonolentos estavam alinhados diante do patrão na sala de estar, respondendo às suas perguntas — com a exceção notável de Penrose, o criado idoso de Alexandra. Ele também estava misteriosamente ausente.

Após um interrogatório intensivo, tudo que Jordan descobriu foi que o cocheiro vira Alexandra subir as escadas que davam na casa e chegar à porta. Então ela lhe dera um aceno de despedida — ato que o homem admitira ser estranho.

— Podem voltar a dormir — anunciou o duque para os trinta e um criados, mas um homem de óculos, que Jordan identificou como o lacaio de Alexandra, ficou para trás, parecendo preocupado e irritado.

Jordan foi até a mesa lateral, serviu o restante do seu vinho do Porto numa taça e, lançando um olhar distraído para Filbert, pediu que trouxesse outra garrafa. Engolindo o líquido sem qualquer parcimônia, ele afundou numa poltrona e esticou as pernas, tentando acalmar seu medo enlouquecedor. Por algum motivo, não acreditava que Alexandra estivesse em perigo, e não se permitiria cogitar a possibilidade de sua ausência incriminá-la na tentativa de assassinato contra ele hoje.

Quanto mais Jordan pensava no sorriso radiante e inexplicável que ela lhe dera quando prometera que viria direto para casa, mais convencido ficara de que a esposa simplesmente fora para outro lugar depois de fingir para o cocheiro que entraria. Antes de sair do baile, Alexandra devia ter convencido algum admirador a segui-la para casa e acompanhá-la. Como Jordan ameaçara lhe bater quando chegasse, isso não era de surpreender. Ela provavelmente fora para a casa da avó, resolveu ele enquanto o vinho começava a acalmar seu nervosismo.

— Traga a garrafa aqui — ordenou o duque, observando o lacaio idoso e emburrado sem disfarçar o mau humor. — Diga-me — começou ele, discutindo um assunto pessoal com um criado pela primeira vez na vida —, ela sempre foi assim, sua senhora?

O velho lacaio se empertigou, ressentido, enquanto servia o vinho do Porto na taça do duque.

— A Srta. Alex... — começou Filbert.

— Refira-se à minha esposa da maneira apropriada — interrompeu Jordan num tom gélido. — Ela é a Duquesa de Hawthorne!

— Como se isso fosse alguma vantagem para ela! — rebateu o lacaio, furioso.

— E o que isso quer dizer? — bradou Jordan, tão chocado por ouvir uma resposta atravessada de um mero criado que não reagiu com a indignação que qualquer um teria esperado de um homem de seu temperamento e distinção.

— Exatamente o que eu disse — respondeu Filbert, batendo com a garrafa na mesa. — Ser a Duquesa de Hawthorne só lhe causou tristeza. O senhor é tão ruim quanto o pai dela. Não, pior! Ele só partiu o coração da filha, mas você partiu o coração dela e agora quer acabar com sua essência!

O homem já tinha atravessado metade do cômodo quando a voz de Jordan explodiu como um trovão.

— Volte aqui!

Filbert obedeceu, mas suas mãos nodosas estavam fechadas em punhos, e ele encarava com ressentimento o homem que só atormentara a vida da Srta. Alexandra desde que cruzara seu caminho.

— De que raios você está falando?

Filbert trincou a mandíbula, com raiva.

— Se Vossa Santidade acha que vou lhe contar as coisas só para usá-las contra a *Srta. Alex*, então está enganado.

Jordan abriu a boca para ordenar que o criado insolente fizesse as malas e fosse embora, porém, mais do que puni-lo, queria uma explicação para aquelas declarações surpreendentes. Fazendo um esforço absurdo para controlar seu gênio, ele disse com frieza:

— Se você sabe de alguma coisa que possa me incentivar a ser mais benevolente com sua amada senhora, sugiro que fale agora. — O criado continuou mudo — No humor que estou — alertou Jordan, sincero —, quando eu a encontrar, é bem capaz de ela desejar ter continuado fora do meu alcance.

O velho empalideceu e engoliu em seco, mas continuou em silêncio, teimoso. Sentindo que Filbert estava cedendo, mas que jamais seria completamente sincero se estivesse intimidado, Jordan encheu uma taça de vinho do Porto e, num ato que teria deixado a sociedade inteira embasbacada, o Duque de Hawthorne ofereceu a bebida para o simples lacaio.

— Pois bem, como, pelo visto, magoei sua senhora, mesmo sem querer, por que você não bebe comigo e me explica como sou parecido com o pai dela? — convidou o duque num tom amigável. — O que ele fez?

O olhar desconfiado de Filbert foi do rosto do duque para a taça em sua mão, que pegou devagar.

— Posso me sentar enquanto bebo?

— Fique à vontade — respondeu Jordan, sério.

— O pai dela era o pior cafajeste do mundo — começou Filbert, ignorando a forma como as sobrancelhas do duque se ergueram diante daquele novo insulto. Ele fez uma pausa para dar um gole longo e encorajador da bebida, mas logo estremeceu, olhando para o líquido com nítido nojo. — Meu Deus! — murmurou. — O que é *isso*?

— Vinho do Porto. Um tipo especial que é feito apenas para mim.

— Provavelmente, porque ninguém mais quer — respondeu o lacaio, nada impressionado. — Terrível.

— A maioria das pessoas concorda com você. Pareço ser o único que gosta. Agora, o que o pai dela fez?

— Você tem cerveja?

— Infelizmente, não.

— Uísque? — perguntou Filbert, esperançoso.

— Claro. Naquele armário. Sirva-se.

Foram necessários seis copos da bebida e duas horas de conversa para tirar a história toda do lacaio hesitante. Quando Filbert chegava ao fim, Jordan — que se sentira desafiado a passar para o uísque e acompanhar o ritmo do homem — estava jogado na poltrona, com metade da camisa desabotoada, tentando manter a compostura.

— E um dia, umas seis, sete semanas depois de o sujeito morrer — concluía Filbert —, uma carruagem elegante parou na frente da casa, e uma mulher bonita e sua filha loura saltaram. Eu estava lá quando a Srta. Alex abriu a porta e a dama, que não era dama *coisíssima* nenhuma, anunciou, toda cheia de si, que *ela* era esposa de Lawrence e que a garota era filha dele!

Jordan ergueu a cabeça.

— Ele era bígamo?

— Pois é. E o senhor devia ter visto o bate-boca entre as duas Sras. Lawrence. Mas a Srta. Alex não ficou irritada. Ela só olhou para a menina loura e disse, daquele jeito meigo: "Você é muito bonita." Mas a loura ficou quieta, empinou o nariz. E aí viu o pingente de latão, em formato de coração, que a Srta. Alex usava num cordão. Tinha sido presente de aniversário do pai, e ela tratava o negócio como se fosse um tesouro, sempre mexendo nele, com medo de perdê-lo. A loura perguntou se seu pai tinha lhe dado o cordão e, quando a Srta. Alex disse que sim, puxou uma corrente que usava no pescoço com um lindo pingente de coração dourado. "Ele *me* deu um de *ouro*", disse ela de um jeito que me fez querer lhe dar um tabefe. "O seu é só de latão velho."

Filbert fez uma pausa para tomar outro gole do uísque e estalar os lábios.

— A Srta. Alex não disse nada, só empinou o queixo, daquele jeito que faz quando está tentando ser corajosa, mas seus olhos ficaram tão tristes que teriam feito um homem adulto chorar. Eu chorei — admitiu Filbert, rouco. — Fui para o meu quarto e chorei como um bebê.

Jordan engoliu em seco, sentindo um bolo estranho entalar na garganta.

— E o que aconteceu depois?

— Na manhã seguinte, a Srta. Alex desceu para o café como sempre, sorriu para mim como sempre. Mas, pela primeira vez, não estava usando o cordão. E nunca mais o usou.

— E você acha que *eu* sou como o pai dela? — rebateu Jordan, furioso.

— Mas não é? — disse Filbert, cheio de desdém. — O senhor vive partindo o coração dela, e eu e Penrose ficamos juntando os cacos.

— Do que está falando? — insistiu Jordan, se servindo de mais uísque, desajeitado.

Filbert estendeu o copo, e o duque também lhe serviu, obediente.

— Estou falando de como ela chorava quando achava que o senhor tinha morrido. Um dia, eu a encontrei parada na frente de um quadro seu, naquela casa de campo enorme. A Srta. Alex passava horas olhando para você e estava tão magra que era quase transparente. Ela apontou para o quadro e me perguntou naquela voz trêmula de quando está tentando não chorar: "Olhe, Filbert. Ele não era *lindo*?"

O lacaio bufou, cheio de desdém — um gesto eloquente de sua opinião sobre a aparência de Jordan.

Levemente mais tranquilo diante da notícia surpreendente de que Alexandra se importava o suficiente para lamentar sua morte, Jordan ignorou o desgosto do criado por seu rosto.

— Prossiga.

Os olhos de Filbert de repente se estreitaram de raiva enquanto ele se empolgava com a história.

— Ela estava apaixonada, mas chegou a Londres e descobriu que o senhor não tinha intenção alguma de tratá-la como uma esposa de verdade. Que só se casou por pena! Que queria mandá-la para Devon, como o pai fizera com a mãe.

— Alexandra sabe sobre Devon? — perguntou Jordan, surpreso.

— Ela sabe de *tudo*. Lorde Anthony finalmente teve que lhe contar a verdade, porque todos os seus amigos chiques de Londres estavam rindo dela por amá-lo. Todo mundo sabia como se sentia sobre ela, porque contou para sua amante, que espalhou a fofoca. O senhor disse que tinha um casamento de *in*conveniência. Fez a Srta. Alex passar vergonha e chorar de novo. Mas, agora, não vai conseguir magoá-la. Ela sabe que se casou com um canalha mentiroso!

— Tendo dito tudo que queria, Filbert se levantou, botou o copo sobre a mesa, se empertigou e disse, cheio de dignidade: — Vou lhe dizer o que já disse à minha patroa: ela devia ter deixado o senhor morrer na noite em que o encontrou!

Jordan observou o velho sair marchando da sala sem exibir qualquer sinal da quantidade exorbitante de bebida que ingerira.

Ele encarou o copo vazio em sua mão enquanto os motivos para a transformação completa da esposa começavam a ficar claros. A descrição breve, porém eloquente, de uma Alexandra magérrima observando o quadro dele em Hawthorne deixou seu coração apertado. Em sua mente, Jordan a visualizou chegando a Londres sem esconder qualquer emoção — e se deparando com o desdém frio que Elise instigara ao repetir seu comentário zombeteiro e impensado.

Apoiando a cabeça no encosto da poltrona, o duque fechou os olhos enquanto era tomado por arrependimento e alívio. Alexandra *tinha* se importado. A imagem que ele guardara da garota encantadora e ingênua que o amara não fora falsa, e, só por isso, Jordan já se sentia extremamente feliz. O fato de que a magoara de inúmeras formas o fez estremecer, mas ele não estava nem um pouco disposto a acreditar que não poderia consertar aquilo. Nem era tolo o suficiente para achar que a esposa acreditaria em qualquer explicação que lhe desse. Ações, não palavras, seriam a melhor maneira de baixar a guarda dela e reconquistar seu amor.

Um sorriso fraco, despreocupado, surgiu em seus lábios enquanto ele pensava numa estratégia.

MAS JORDAN NÃO ESTAVA sorrindo às nove da manhã do dia seguinte, quando um lacaio apareceu com a informação de que Alexandra com certeza não fora para a casa de sua avó; e também não sorria meia hora mais tarde, quando a duquesa-viúva em pessoa invadiu seu escritório para lhe dizer que *ele* era o único culpado pelo sumiço de Alex, lançando-se num discurso ferino sobre a falta de sensibilidade, a arrogância e a ausência de bom senso do neto.

Usando o vestido da noite anterior, Alexandra penteou o cabelo bagunçado com os dedos, deu uma espiada no corredor e correu para a escada que a levaria para seu quarto.

Se Jordan seguisse a mesma rotina dos últimos dois dias, estaria trancado no escritório com os homens que vinham discutir negócios durante a manhã. Pensando em formas de escapulir da casa com Filbert e Penrose, ela seguiu para o guarda-roupa e abriu a porta. Não havia nada lá dentro além de um traje de viagem. Virando-se, Alexandra analisou o cômodo e viu que seus perfumes tinham sido retirados da penteadeira. A sensação estranha de que entrara no quarto errado a fez girar devagar no instante em que a porta abria e uma criada soltava um grito abafado.

Antes que pudesse impedi-la, a mulher virou e saiu correndo para a escada.

— Sua Graça voltou! — gritou ela para Higgins.

Pelo visto, não daria para escapar sem se encontrar antes com Jordan, pensou Alexandra com um tremor de medo. Não que achasse que seria capaz de evitar um confronto com o marido — mas esperava conseguir.

— Marie — chamou ela enquanto a mulher já descia a escadaria para espalhar as boas-novas. — Onde está o duque? Quero anunciar minha presença por conta própria.

— No escritório, Vossa Graça.

Passando as mãos pelo cabelo escuro, Jordan andava de um lado para o outro do aposento enorme e cheio de livros, parecendo um tigre enjaulado, esperando Alexandra voltar de onde quer que tivesse ido na noite anterior, se recusando a considerar a ideia de que ela poderia ter se machucado, incapaz de ignorar o medo de isso ter acontecido.

Sentindo que Hawk liberaria sua raiva assim que a visse, Alexandra entrou em silêncio no escritório e fechou a porta com cuidado antes de dizer:

— Imagino que Vossa Graça queira me ver?

Jordan se virou, suas emoções se alternando enlouquecidamente entre alegria, alívio e fúria enquanto a observava parada ali, com o rosto descansado depois da bela noite de sono que *ele* não tivera.

— Onde diabos você estava? — bradou o duque, seguindo na direção dela.

— Depois, lembre-me de nunca mais acreditar na sua "palavra" — acrescentou, sarcástico.

Alexandra controlou o instinto covarde de se afastar.

— Eu cumpri o que disse, milorde. Vim direto para casa e fui para a cama.

Um músculo pulsou na bochecha tensa dele, ameaçador.

— Não minta para mim.

— Dormi no quarto da governanta — explicou ela, educada. — Afinal, Vossa Graça não disse que eu devia ir para o meu quarto.

O desejo de matá-la explodiu no cérebro de Jordan, seguido quase ao mesmo tempo pela vontade de abraçá-la e soltar uma gargalhada por aquele ato de rebeldia tão genial. Alexandra passara a noite lá em cima, num sono tranquilo, enquanto ele ficara zanzando de um lado para o outro e enchendo a cara na agonia da incerteza.

— Diga-me — começou Jordan, irritado —, você sempre foi assim?

— Assim como? — perguntou ela com desconfiança.

— Uma destruidora da paz.

— O... o quê?

— Vou lhe explicar — disse ele num tom arrastado, e, enquanto se aproximava ainda mais, Alexandra começou a se afastar no mesmo ritmo. — Nas últimas doze horas, fui obrigado a dispensar meus amigos no White's com grosseria, me envolvi numa discussão em público numa pista de dança e levei bronca de um lacaio, que, aliás, bebe como ninguém. Tive que escutar uma lição de moral da minha avó, que, pela primeira vez na vida, ficou tão fora de si que ergueu a voz num tom que só pode ser descrito como um *grito*! Sabe — concluiu ele, sério, enquanto Alexandra se esforçava para não sorrir —, eu levava uma vida razoavelmente regrada antes de conhecer você. Mas, desde então, sempre que eu olho, tem alguma coisa...

Jordan interrompeu seu discurso quando Higgins entrou correndo no escritório, sem bater, com as abas do fraque esvoaçantes atrás de si.

— Vossa Graça! — arfou ele. — Há um oficial de polícia aqui que insiste em falar com o senhor ou com a duquesa.

Com um olhar intimidante para Alexandra que alertava que seria melhor ela continuar onde estava até que ele voltasse, Jordan saiu a passos rápidos do escritório. Dois minutos depois, voltou com uma expressão indescritível no rosto bronzeado, um misto de bom humor e irritação.

— A-aconteceu alguma coisa? — ousou perguntar ela quando o marido não pareceu *saber* o que dizer.

— Nada de mais — respondeu ele, seco. — Eu diria que foi só um acontecimento normal no que parece ser um dia típico com você.

— Que acontecimento? — insistiu Alexandra, ciente de que o marido parecia considerá-la responsável pelo ocorrido.

— Seu fiel mordomo acabou de aparecer na minha porta sob a custódia da polícia.

— Penrose? — arfou Alexandra.

— O próprio.

— Mas... o que ele fez?

— O que ele fez, minha querida? Foi pego no flagra na Bond Street enquanto tentava vender meu relógio. — Dito isso, Jordan ergueu a mão, na qual estava pendurada a corrente e o relógio de ouro do avô de Alexandra. — Tentativa de bigamia, roubo e apostas — resumiu ele com um sorriso irônico. — Você tem outros planos para o futuro próximo? Talvez extorsão?

— Isso não é *seu*. — Os olhos dela estavam focados no relógio, sua única esperança de conseguir liberdade. — Por favor, me devolva. Ele é meu.

As sobrancelhas de Jordan se uniram em surpresa, mas ele estendeu a mão devagar.

— Eu tinha a impressão de que ele tinha sido um presente seu.

— Que Vossa Graça aceitou sob falsas pretensões — insistiu Alexandra com uma determinação furiosa, indo pegar o relógio. — Meu avô era um homem de... de virtudes nobres... um homem carinhoso, afável, *gentil*. Seu relógio deveria pertencer a alguém assim, não a alguém como o senhor.

— Pois bem — respondeu Jordan baixinho, seu rosto se tornando subitamente inexpressivo enquanto ele depositava o relógio na palma da mão da esposa.

— Obrigada — disse Alexandra, sentindo, por algum motivo, que o magoara ao pegar o relógio de volta. Como ele não tinha coração, talvez fosse só uma questão de ego ferido, decidiu ela. — Onde está Penrose? Preciso explicar o que aconteceu para as autoridades.

— Se me obedeceu, está no quarto dele — respondeu o duque, seco —, refletindo sobre o Oitavo Mandamento.

Alexandra, que tinha chegado à compreensível conclusão de que o marido frio e autoritário deixara a polícia levar o pobre mordomo para a forca, o encarou, confusa.

— Vossa Graça só fez isso? Mandou Penrose para o quarto?

— Eu não poderia mandar o mais próximo que tenho de um *sogro* para a masmorra, poderia? — respondeu Jordan.

Completamente atordoada pelo humor estranho do duque naquela manhã, Alexandra o encarou.

— Na verdade, achei que seria isso que faria.

— Só porque não me conhece de verdade, Alexandra — disse Jordan num tom que ela juraria ser conciliatório. E continuou: — Mas pretendo resolver isso, começando em uma hora, quando partirmos para Hawthorne. — Ele ergueu o olhar enquanto os lacaios desciam a escadaria com várias malas, incluindo as dela.

Alexandra se virou, viu as malas e voltou a encará-lo, seus olhos brilhando de revolta.

— Eu não vou.

— Acho que vai concordar quando eu explicar as condições, mas, primeiro, quero saber por que Penrose tentou vender o meu... o relógio do seu *avô*.

Alexandra hesitou e, então, decidiu que seria melhor ficar quieta.

— A resposta óbvia seria pelo dinheiro — continuou Jordan, prático. — E só consigo pensar em dois motivos para você precisar de fundos. O primeiro seria para fazer mais apostas escandalosas contra mim, coisa que lhe proibi de fazer. Francamente, duvido que seja por isso. — Ele ergueu a mão quando Alexandra pareceu revoltada diante da ideia de que ela obedeceria suas ordens. — Meu motivo para duvidar da possibilidade de você ter feito mais apostas contra mim desde ontem não tem nada a ver com o fato de que eu a proibi. É só uma questão de você não ter tido *tempo* para me desafiar de novo.

O sorriso preguiçoso que ele abriu foi tão inesperado e contagiante que ela teve que se controlar para não sorrir também.

— Portanto — concluiu o duque —, presumo que o motivo seja o mesmo que me informou ontem. Você quer me abandonar e viver sozinha. É isso?

Ele parecia tão compreensivo que Alexandra repensou sua decisão anterior e concordou com a cabeça.

— Foi o que imaginei. Nesse caso, permita-me lhe oferecer uma solução que talvez também sacie seu amor por apostas. Posso? — perguntou Jordan, educado, gesticulando para que ela sentasse na cadeira diante da escrivaninha.

— Sim — concordou Alexandra, e se sentou enquanto ele se apoiava na mesa.

Quando ela estava acomodada, Jordan continuou:

— Vou lhe dar dinheiro suficiente para passar o restante da vida como uma rainha se você ainda quiser ir embora daqui a três meses.

— Eu... não entendi — disse Alexandra, analisando o rosto do marido.

— É bem simples. Por três meses inteiros, deve concordar em agir como minha esposa obediente, amorosa e dócil. Durante esse tempo, vou me esforçar para ser mais, digamos, "agradável", para fazê-la mudar de ideia sobre ir embora. Se eu fracassar, você pode partir quando os três meses acabarem. Fácil assim.

— Não! — bradou Alexandra antes de conseguir se controlar.

Ela nem conseguia pensar na ideia de Jordan tentando conquistá-la e seduzi-la, e as insinuações íntimas de ser sua esposa "amorosa" fizeram seu rosto arder de vergonha.

— Está com medo de ser "enfeitiçada"?

— Claro que não — mentiu ela, tensa.

— Então por que não quer aceitar? Estou apostando uma fortuna porque acho que consigo convencê-la a ficar. É óbvio que está com medo de perder; caso contrário, não hesitaria.

Ele falou de forma tão despreocupada que Alexandra só percebeu o desafio quando já era tarde demais.

— Eu... existem outras coisas que preciso levar em consideração... — enrolou ela, nervosa demais para pensar em qualquer argumento.

— Ah, sim... Existe a chance de que, na performance fervorosa dos nossos deveres conjugais, você engravide, é isso?

Muda de choque e horror diante da possibilidade até então ignorada, Alexandra apenas o encarou, corada, enquanto Jordan pegava um peso de papel da mesa, despreocupado.

— Pretendo me esforçar ao máximo para que isso aconteça, meu bem — prometeu ele, despudorado. — E tem mais — continuou, equilibrando o peso de papel na palma da mão, controlando-o assim como controlava o futuro dela —, nossa aposta depende de você permitir que eu tome liberdades sem se ressentir. Em outras palavras — concluiu Jordan com um sorriso desavergonhado —, se você fugir, reclamar ou não cooperar, vai perder.

— Isso é loucura! — exclamou Alexandra, levantando-se da cadeira num pulo, mas sua mente agitada não conseguia pensar numa maneira melhor de acabar com aquele casamento indesejado.

— Deve ser — respondeu ele sem qualquer rancor. — Três meses é muito pouco tempo. Seria bem mais justo se fossem seis, agora que parei para pensar.

— Três é mais do que justo! — afirmou Alexandra.

— Está bem — disse o duque, tranquilo. — Então serão três meses. Três meses de felicidade conjugal para mim, em troca de... meio milhão de libras?

Alexandra fechou as mãos trêmulas e as escondeu atrás das costas, sua mente girando num misto entorpecente de alegria e ressentimento. Meio milhão de libras... Meio *milhão* de libras... Uma fortuna!

Como pagamento pelos serviços executados na cama dele.

Com aquela oferta, Jordan a colocava no mesmo patamar de suas amantes, oferecendo um "pagamento" no fim de tudo.

— Não interprete as coisas desse jeito — sugeriu ele baixinho, observando o rosto expressivo da esposa e entendendo o que se passava pela sua cabeça. — Se eu perder a aposta, pense no dinheiro como uma "recompensa" atrasada por você ter salvo a minha vida.

Recuperando um pouco da dignidade com esse argumento, Alexandra hesitou e concordou com a cabeça, evasiva.

— É uma proposta pouco convencional em vários sentidos...

— Nosso casamento é "pouco convencional" em *todos* os sentidos — respondeu Jordan, seco. — Pois bem, preciso registrar a aposta por escrito ou vamos confiar um no outro para cumprir nossas promessas?

— Confiar! — repetiu Alexandra, cheia de desdém. — Vossa Graça mesmo me disse que não confia em ninguém.

Ele lhe dissera isso na cama, e Alexandra pedira que confiasse nela. Dissera que o amor não sobrevivia sem confiança. Ela olhou para o marido e soube que ele também se lembrava da conversa.

Jordan hesitou, como se tomasse uma decisão importante.

E, então, disse num tom solene:

— Eu confio em *você*.

As quatro palavras pronunciadas baixinho traziam tantas coisas subentendidas, e Alexandra se recusou a acreditar que ele estivesse falando sério. Ela tentou ignorar o carinho no olhar do duque, mas não conseguia manter sua hostilidade quando ele se comportava daquele jeito estranho, quase amoroso. Concluindo que a melhor forma de lidar com o marido enigmático seria manter a calma e a discrição o tempo todo, ela disse, educada:

— Vou cogitar sua aposta.

— Faça isso — disse ele com um brilho bem-humorado no olhar enquanto mais lacaios desciam com malas. — Será que dois minutos serão suficientes?

Jordan gesticulou com a cabeça para o corredor lotado do lado de fora do escritório.

— O quê?

— Vamos partir para Hawthorne daqui a uma hora.

— Mas...

— Alexandra — disse ele, tranquilo —, você não tem escolha.

Segurando-a, Jordan acariciou os braços dela enquanto lutava contra o desejo de puxá-la para perto e selar a vitória que já sabia ser sua.

Por dentro, Alexandra se rebelou, mas sabia que ele tinha razão. As palavras de Roddy voltaram para acalmá-la. *Não somos uma família muito bem-sucedida em produzir herdeiros...*

— Pois bem — concordou ela, emburrada.

E, então, se lembrou do final da frase do amigo. *Apesar de não ser por falta de tentativas...*

— Você está vermelha — observou Jordan, fitando-a com olhos bem-humorados.

— Qualquer mulher ficaria roborizada se recebesse uma proposta explícita de passar três meses num... num...

— Esplendor nu em meus braços? — sugeriu Jordan, tentando ajudar.

Ela o encarou com um olhar que seria capaz de pulverizar uma pedra.

Rindo, o duque disse:

— Pense só no risco que *eu* estou correndo. Posso perder completamente a cabeça e virar escravo do seu corp... da sua beleza — corrigiu-se ele, tarde demais, exalando bom humor. — Só para você acabar indo embora, levando meu dinheiro e qualquer esperança de eu ter um herdeiro legítimo.

— Essa possibilidade nem passa pela sua cabeça, não é? — rebateu Alexandra, irritada.

— Não. — Foram o sorriso insuportável que ele abriu e sua confiança arrogante que a fizeram virar para ir embora. Jordan a segurou pelo cotovelo e a puxou levemente para encará-lo, mantendo a voz calma, porém autoritária. — Só depois que chegarmos a um acordo. Nós temos uma aposta, ou terei que levá-la para Hawthorne, à força se necessário, sem qualquer promessa de remuneração caso você decida ir embora daqui a três meses?

Vendo as coisas nesse contexto, era óbvio que Alexandra não tinha escolha. Erguendo a cabeça, ela encontrou os olhos dele e declarou com nítido desagrado:

— Temos uma aposta.

— Você concorda com as condições?

— Com muita relutância, Vossa Graça — disse ela, rígida, e, puxando o braço para se libertar, fez menção de ir embora.

— Jordan — disse ele para as costas da esposa.

Alexandra se virou.

— Perdão?

— Meu nome é Jordan. No futuro, me chame assim.

— Prefiro não fazer isso.

Apontando para ela de um jeito exagerado, zombeteiro, o duque disse:

— Meu bem, tome cuidado para não perder a aposta nos primeiros cinco minutos. Você concordou que seria minha "esposa *obediente*, amorosa e dócil". E estou *ordenando* que me chame pelo meu nome.

Os olhos de Alexandra soltaram faíscas, mas ela inclinou a cabeça bonita.

— Como quiser.

Ela já tinha saído do escritório quando Jordan percebeu que não fora chamado de absolutamente nada. Um sorriso surgiu em seu rosto enquanto ele alternava o peso de papel entre a mão direita e a esquerda, distraído, contemplando a viagem divertida que teria com sua esposa tão sedutora — e rebelde.

Capítulo 24

Oito cavaleiros uniformizados, montados em cavalos empinados e carregando estandartes marrons com o brasão do Duque de Hawthorne seguiam adiante da procissão que incluía a esplêndida carruagem de Jordan e outras três, que levavam as malas e vários criados pessoais, guardadas por mais oito cavaleiros armados às suas costas. O dia inteiro, enquanto viajavam com toda pompa por vilarejos e campos verdejantes, aldeões paravam na beira da estrada para assistir ao espetáculo dos estandartes ao vento, do brilho prateado dos arreios, dos cavaleiros em roupas marrons e douradas, e da carruagem preta com o brasão dourado do Duque de Hawthorne estampado nas portas.

Quando chegaram à estrada que levava à casa de Tony, Alexandra ficou ansiosa por encontrar com a mãe e o irmão mais novo dele. Os dois eram tão gentis, e sua casa era tão confortável e convidativa em comparação à magnitude intimidante de Hawthorne.

Um sorrisinho surgiu no canto dos seus lábios ao se aproximarem do vilarejo de Winslow, perto da mansão. A procissão causava alvoroço sempre que passava por uma vila, mas nada perto do que estava prestes a acontecer, pensou ela enquanto via toda a população local apinhada no acostamento das ruas e estradas, acenando lenços e cachecóis coloridos para dar as boas-vindas ao seu duque. Era óbvio que os criados de Hawthorne tinham sido avisados de que ele estava voltando para casa, e a notícia chegara ao vilarejo.

Como aquela recepção alegre e entusiasmada era diferente da que Anthony recebera um ano atrás, quando os mesmos aldeões vieram para a estrada para saudá-lo como seu novo duque, tão desanimados.

— Está feliz com alguma coisa? — perguntou Jordan, observando-a.

Sem se dar conta do que fazia, Alexandra virou seu sorriso para o marido.

— Adoro desfiles — admitiu ela, rindo com melancolia. — Imagino que seja minha criança interior.

Jordan, que segundos antes estava pensando na possibilidade emocionante de gerar uma criança com ela, talvez começando naquela mesma noite, tentou ignorar a onda de desejo ardente que percorreu seu corpo diante daquelas palavras.

Depois que Alexandra aceitara a aposta a contragosto, ele imaginara que a esposa passaria a viagem emburrada, mas, para sua surpresa, desde que saíram de Londres, ela o tratava com uma cordialidade educada, apesar de um pouco tímida. Depois de tentar pensar num motivo para aquela mudança de humor agradável, apesar de inexplicável, ele decidiu seguir uma abordagem mais direta e perguntou.

Surpresa, Alexandra parou de prestar atenção na janela e olhou para as mãos, envergonhada, antes de erguer os magníficos olhos azuis para o marido.

— Depois de passar um tempo pensando no assunto, milorde — respondeu ela, sincera —, cheguei à conclusão de que sua aposta é justa. Não casamos por escolha própria e não temos culpa se não somos compatíveis. O senhor me ofereceu uma saída para uma situação impossível, coisa que a maioria dos homens na sua posição não faria. Portanto, resolvi que seria uma grosseria da minha parte continuar tratando-o mal pelos próximos três meses. — Antes de Jordan conseguir se recuperar do choque de ela realmente acreditar que iria *vencer* a aposta, Alexandra ofereceu sua mão elegante e enluvada. — Amigos? — ofereceu.

Ele pegou sua mão, o dedão acariciando de leve a palma sensível dela.

— Amigos — concordou o duque, sem deixar transparecer seu ressentimento nem sua admiração pela honestidade da esposa.

— Chegamos — disse Alexandra, sorrindo quando a procissão parou diante dos portões ornados de ferro preto com o brasão de Hawthorne.

— Pois é — respondeu ele com indiferença enquanto o porteiro fazia uma mesura para a carruagem e corria para abrir os grandes portões.

O grupo seguiu pela estrada lisa, e Jordan observou a opulência de seu "lar" sem sentir qualquer orgulho por todo aquele esplendor suntuoso nem qualquer sensação de estar voltando para casa. Hawthorne representava o vazio do casamento dos seus pais e da própria infância.

— Depois de tudo que vi no último ano, ainda acho que esta é a propriedade mais bonita da Inglaterra. — Alexandra suspirou, feliz, o olhar carinhoso observando a casa imensa e elegante, subindo para a bandeira já pendurada no mastro acima da entrada, indicando que o duque estava em residência.

— Meus ancestrais adorariam saber disso — respondeu ele, seco, enquanto olhava para a propriedade sob a luz do fim do dia. — A ideia era que Hawthorne fosse comparada ao palácio do rei. A casa foi planejada para impressionar e intimidar.

— O senhor... não gosta dela? — perguntou Alexandra, abismada.

— Não muito. Acho tudo opressivo demais. Tenho outras casas mais agradáveis, apesar de mais distantes da cidade.

Ela o encarou, boquiaberta.

— E são mais bonitas que Hawthorne?

— Mais aconchegantes.

— Hawthorne é bem intimidante — admitiu Alex. — A casa é tão... tão silenciosa.

A equipe inteira de duzentos criados, que incluía camareiras, guardas de caça, cavalariços e lacaios, estava alinhada nos degraus da frente em uniformes formais, com os rostos sorridentes enquanto a carruagem parava diante da casa.

Os lacaios correram para baixar os degraus, mas Jordan insistiu em tirar a esposa do veículo alto, suas mãos se demorando na cintura dela depois de pousá-la no chão.

— Seja bem-vinda — disse ele com um sorriso íntimo. — Nossos quartos foram preparados, e um jantar excelente nos espera.

— Estou cansada demais para comer — disse Alexandra, torcendo para isso dissuadi-lo de tentar fazer amor hoje. — Gostaria de tomar banho e ir dormir agora mesmo.

Seu plano era óbvio e inútil.

— Nesse caso, podemos pular o jantar e ir direto para a cama — respondeu Jordan, paciente, mas implacável.

— Achei que o senhor fosse me dar pelo menos uma noite de descanso depois da viagem!

— Nada de recuar na aposta, meu bem.

— Não me chame assim, milorde — alertou ela.

— Jordan — corrigiu ele.

— Lá vêm os dois — disse Gibbons para Smarth, olhando animado por cima do ombro do guarda de caça que bloqueava sua visão. — Mal posso esperar para ver a expressão no rosto da Srta. Alexandra agora que o amo está de volta — continuou ele, ecoando os pensamentos da maioria dos criados da mansão, que estavam cientes da devoção desoladora da duquesa por Jordan quando ela acreditava que o marido estava morto.

— Ela vai estar toda contente — concordou a Sra. Brimley, a governanta, esticando o pescoço.

— Vai estar radiante de felicidade, brilhando de... — Gibbons parou de falar, chocado quando Alexandra passou por eles com uma expressão no rosto que só podia ser descrita como completamente furiosa. — Puxa, raios me... — sussurrou ele, virando-se para Smarth e para a Sra. Brimley, surpreso.

ALEXANDRA COMIA NUM silêncio desconfortável, sentada à mesa iluminada por velas, do outro lado de Jordan.

— Não gostou do vinho? — perguntou o duque.

Ela tomou um susto com a voz grave dele, e sua colher bateu na frágil tigela de porcelana de Sèvres.

— Eu... eu não gosto de vinho do Porto, Vossa Graça.

— Jordan — lembrou ele.

Alexandra engoliu em seco, incapaz de pronunciar o nome do marido. Ela fitou os morangos vermelhos em sua tigela e baixou a colher, seu estômago se revirando de nervoso pelo que sabia que aconteceria dali a uma hora.

— Você quase não comeu — observou Jordan, falando baixo.

Sufocada pelo que imaginava serem esforços propositais e inéditos do marido de seduzi-la e distraí-la, Alexandra balançou a cabeça.

— Não estou com muita fome.

— Já que é assim — disse ele, colocando o guardanapo sobre a mesa —, vamos nos deitar, querida?

Um lacaio se aproximou para puxar a cadeira do patrão, e Alexandra pegou seu garfo.

— Acho que quero comer mais um pouco de faisão — disse, apressada.

Educado, Jordan voltou a posicionar o guardanapo sobre o colo, mas ela jurava que vira um brilho risonho em seu olhar. Tentando ganhar tempo, Alexandra se esforçou para dissecar a suculenta fatia de faisão em pedaços retangulares precisos, mastigando cada um deles até estarem quase liquefeitos. Quando engoliu o último e baixou o garfo, Jordan ergueu uma sobrancelha, querendo saber se ela já tinha terminado.

O olhar assustado de Alexandra voou para o lacaio mais próximo.

— Eu... eu adoraria um pouco daqueles aspargos deliciosos — anunciou ela em desespero, e, desta vez, o sorriso nos lábios de Jordan era inegável.

Depois dos aspargos, a duquesa seguiu para uma pequena porção de ervilhas com molho branco, porco recheado com maçãs, empadinha de lagosta e, por fim, mirtilos.

Jordan nem se deu ao trabalho de esconder seu divertimento quando a esposa fez esse último pedido. Recostado na cadeira, ele ficou observando com um sorriso sensual enquanto ela se esforçava para engolir cada frutinha.

Evitando os olhos dele, Alexandra conseguiu terminar a refeição, mas seu estômago se revirava, reclamando do excesso de comida.

— Quer algo com mais sustança, meu doce? — sugeriu Jordan. — Uma fatia de bolo de chocolate?

A ideia de comer sobremesa a fez estremecer, e ela logo fez que não com a cabeça.

— Carne ao molho de vinho?

Alexandra engoliu em seco e sussurrou:

— Não, obrigada.

— Então, talvez uma maca? — ofereceu ele com um sorriso travesso. — Para carregá-la lá para cima? — Antes que ela pudesse responder, o duque colocou o guardanapo na mesa e se levantou, dando a volta para ajudá-la a sair da cadeira. — Se continuar comendo desse jeito — brincou ele enquanto os dois subiam a escadaria em curva —, vai acabar ficando gorda demais para conseguir subir a escada. Terei que instalar um andaime para içá-la até o andar de cima.

Em circunstâncias diferentes, Alexandra teria rido da piada, mas, hoje, o nervosismo e a vergonha tinham acabado com seu senso de humor. Ela sabia que o marido tentava tranquilizá-la, mas era difícil se sentir grata por isso quando seu desconforto era culpa dele. Além do mais, não entendia como o homem não sentia vergonha *nenhuma* do que estavam prestes a fazer. Mas, então, ela se lembrou da reputação de mulherengo de Jordan, entendendo que ele não teria vergonha nem ficaria desconfortável com algo que já fizera centenas de vezes, com dezenas de mulheres!

Uma hora depois, o duque abriu a porta que ligava os dois quartos e entrou no dela, parando de repente e encarando a cama, incrédulo e irritado. Com o dossel aberto, a coberta de cetim azul-claro estava virada, convidativa, exibindo lençóis de seda creme, mas não havia sinal de Alexandra.

Ele deu meia-volta, pronto para revirar cada centímetro de Hawthorne em busca da esposa, mas logo a viu — parada no lado oposto do enorme quarto, olhando pela janela escura, abraçando a si mesma, como se estivesse com frio. Ou com medo. A raiva de Jordan foi substituída por alívio enquanto ele se aproximava, os passos abafados pelo tapete Aubusson grosso, os olhos apreciando a cena sedutora que Alexandra criava. Seu cabelo caía nos ombros em ondas suaves, a pele acima do corpete baixo da camisola branca de cetim brilhava sob a luz das velas.

Ela se virou quando viu o reflexo do marido parado às suas costas. Jordan esticou a mão, acariciando devagar seu cabelo brilhoso, e os olhos de Alexandra brilharam de raiva, mas ela não se afastou. Aqueles fios eram macios como seda nas mãos dele.

— Então — disse Jordan, colocando os pensamentos em palavras e sorrindo para os olhos raivosos —, meu patinho virou um lindo cisne.

— Elogios vazios de...

— E bravo — acrescentou Jordan, sorrindo.

Antes de Alexandra conseguir reagir, ele se inclinou e a pegou no colo.

— Aonde vamos? — questionou ela quando os dois passaram pela cama.

— Para a minha cama — sussurrou ele, cheirando seu pescoço. — É maior.

Uma fileira de velas estava acesa na cornija da lareira, ao outro lado do cômodo, lançando um brilho amarelo contra as sombras. Jordan subiu na grande plataforma sobre a qual ficava sua cama e colocou Alexandra no chão devagar, gostando da sensação de suas pernas roçando. Porém, quando ergueu a cabeça e encontrou os olhos dela, algo naquelas enormes órbitas azuis — ou talvez sua respiração rápida — finalmente o fez perceber que aquilo que Alexandra sentia não era irritação. Era medo.

— Alexandra? — disse ele num tom gentil, sentindo-a estremecer enquanto passava a mão pelos braços dela, sob as mangas de cetim e renda da camisola. — Você está tremendo. Está assustada?

Incapaz de falar, a jovem duquesa olhou para o homem alto, intimidante e viril que estava prestes a fazer uma variedade de coisas íntimas com seu corpo nu. E concordou com a cabeça.

Com um sorriso carinhoso, Jordan afastou o cabelo dela de suas bochechas pálidas.

— Não vai doer desta vez, prometo.

— O problema não é esse! — explodiu Alexandra enquanto as mãos do marido seguiam para o laço diante dos seus seios. Ela o segurou, e sua voz soava tensa e apressada enquanto tentava convencê-lo a lhe dar mais tempo. — Você não entende! Nós nem nos *conhecemos* direito.

— Você me "conhece" no sentido mais bíblico da palavra, meu bem — murmurou o duque, brincando.

— Mas... mas já faz tanto tempo...

Erguendo a cabeça, Jordan a olhou nos olhos, inquisitivo.

— Faz? — sussurrou ele enquanto uma onda de alívio inacreditável tomava seu corpo. Pelos comentários sobre o comportamento da esposa nos últimos três meses e seu próprio conhecimento da falta de moral das mulheres casadas da sociedade, ficara com medo de se iludir e esperar que ela não tivesse se relacionado com outros homens, ao mesmo tempo em que não queria de forma alguma encarar o fato de que isso poderia ter acontecido. Mas não havia como confundir a inocência envergonhada nos olhos de Alexandra enquanto ela concordava com a cabeça, e seu coração se inflou com a certeza de que sua inebriante esposa ainda era completa e exclusivamente sua. — Faz tempo demais para nós dois — disse ele, dando um beijo carinhoso na orelha dela.

— Por favor, pare! — exclamou Alexandra, e Jordan ergueu a cabeça ao ouvir o pânico em sua voz. — Eu... eu estou com medo — admitiu ela.

Por instinto, o duque sabia como aquela declaração fora sofrida para a moça corajosa que passara os últimos três dias batendo de frente com ele.

Esperto demais para rir dos medos da esposa, Jordan tentou fazer com que a risada viesse *dela*.

— Também estou com um pouco de medo — admitiu ele com um sorriso afável.

— Es-está? Por quê?

A voz do duque era tranquila, reconfortante, enquanto ele desamarrava o laço do corpete, expondo um dos globos acetinados que eram os seios dela.

— Como você disse, já faz muito tempo. — Afastando o olhar, Jordan a encarou e sorriu, deslizando a camisola para fora de seus ombros. — Talvez eu tenha esquecido como se faz — continuou ele, se fingindo de horrorizado. — Quando estivermos na cama, já vai ser tarde demais para pedir dicas para alguém, não é? Quero dizer, posso chamar seu amigo Penrose e pedir conselhos, mas vou ter que gritar para ele me ouvir, e isso vai acordar todos os criados, que virão correndo para cá para ver por que tanto alvoroço...

Apesar do nervosismo, Alexandra não conseguiu segurar uma risada e quase não percebeu quando os dedos de Jordan afastaram a camisola de seu corpo, deixando-a cair aos seus pés.

— Assim é melhor — murmurou ele sem afastar os olhos dos dela, sem se fixar no seu corpo nu e resplandecente enquanto a tomava nos braços. — Gosto tanto da sua risada, sabia? — continuou, tentando diminuir a timidez da esposa enquanto desamarrava seu robe de brocado marrom. — Seus olhos brilham quando você sorri — disse ele, e, com carinho e determinação, a fez deitar na cama, indo junto.

Alexandra fitou aqueles olhos acinzentados hipnotizantes enquanto Jordan se apoiava num cotovelo, a mão livre gentilmente subindo pela barriga dela e cercando um seio enquanto ele baixava a cabeça e capturava sua boca num beijo infinito, entorpecente, que fez sua cabeça girar.

Ele a beijou uma vez após a outra, suas mãos se movendo, atormentando, seduzindo, até Alexandra perder o controle por completo. Gemendo, ela se virou para o marido e retribuiu o beijo com todo o desejo reprimido do ano anterior. Os lábios entreabertos e as línguas se encontraram, seus dedos se entrelaçaram no cabelo curto e grosso dele enquanto ela o puxava para perto. E, ao se render, Alexandra venceu, pois, desta vez, foi Jordan quem gemeu e se deixou levar pelo beijo.

Abraçando a esposa, ele girou para deitar de costas e a puxou junto, as mãos dando sinal de sua urgência ao percorrerem a pele acetinada, suas pernas se enroscando, o corpo dele junto ao quadril dela, deixando bem claro o que queria.

Em algum lugar de sua mente atordoada, Jordan alertou a si mesmo que devia diminuir o ritmo, mas seu corpo, ávido por ela havia mais de um ano, não escutava as ordens de seu cérebro — especialmente enquanto Alexandra beijava sua orelha da mesma forma como ele a beijara, lambendo o lóbulo sensível... Estremecendo com um desejo impossível de ser contido, Jordan a girou no colchão, suas mãos descendo pelas coxas da esposa até chegar ao calor úmido que sinalizava que ela estava pronta.

— Desculpe, amor — sussurrou ele num tom rouco, segurando as nádegas dela e erguendo seu quadril para recebê-lo. — Não... consigo... esperar.

O duque prendeu a respiração enquanto entrava devagar naquele calor incrivelmente receptivo, com cuidado para não machucá-la, mas parou numa surpresa agoniante quando sua esposa virou o rosto e duas lágrimas brilhantes escorreram por seu rosto.

— Alexandra? — sussurrou ele, os braços e os ombros tensos com o esforço para controlar a necessidade de mover o corpo e penetrá-la por completo. Apoiando-se num antebraço, Jordan segurou o queixo dela entre o polegar e o indicador, virando seu rosto. — Abra os olhos e olhe para mim — ordenou em voz baixa.

Os cílios molhados se abriram, e ele se deparou com olhos azuis cheios de lágrimas.

— Estou machucando você? — perguntou, surpreso.

Alexandra engoliu em seco e fez que não com a cabeça, lutando contra a vontade despudorada de implorar para ele continuar, de implorar que a amasse com todo o seu coração e seu corpo, como ela queria fazer desde o momento em que os dois se deitaram na cama. E era por isso que chorava. Em poucos minutos, a sedução de Jordan derrubara todas as suas barreiras, acabara com suas defesas e a deixara tão fraca e ávida por ele como fora no auge da sua ingenuidade.

— Querida, o que houve? — perguntou ele, inclinando-se e beijando uma lágrima que escorria por sua bochecha. — Você não me quer?

A inocência humilde e singela daquela pergunta, junto com o termo carinhoso, foi a gota-d'água.

— Quero — sussurrou Alexandra, encarando os olhos do marido, vendo a paixão que lutava para controlar.

— Então por que está chorando? — sussurrou ele.

— Porque não *quero* te querer — admitiu ela numa voz determinada, abafada.

Um som que era parte gemido, parte risada escapou de Jordan enquanto ele fincava os dedos naquele cabelo exuberante, segurando o rosto dela no lugar ao mesmo tempo em que a penetrava por completo, indo fundo. O quadril de Alexandra se ergueu num espasmo, e Jordan perdeu todo controle.

— Eu quero *você* — gemeu ele, rouco, saindo e entrando, indo cada vez mais fundo com cada estocada, seu coração se enchendo de alegria enquanto sentia a esposa abraçá-lo e se render completamente ao desejo explosivo. — Quero tanto você — arfou — que não consigo esperar...

As unhas de Alexandra se fincaram nos músculos tensos das costas dele, e seu quadril se ergueu enquanto Jordan chegava ao clímax com uma intensidade que o fez soltar o nome dela num gemido agonizado.

Quando ele virou de lado, abraçou-a e puxou-a contra si enquanto esperava a respiração ficar menos ofegante. Encarando a escuridão iluminada pelas velas além da cama, Jordan sentiu a sanidade voltar enquanto percebia duas coisas chocantes: a primeira fora que se dignara a perguntar à esposa se ela o queria — como um menino implorando por carinho.

Em sua vida inteira, ele nunca pedira a uma mulher para desejá-lo. E também nunca fora tão afobado na cama da maneira como fora com Alexandra hoje, nunca terminara tão rápido. Seu orgulho ficou ferido diante da performance e de sua falta de controle.

Abaixo dele, Alexandra se remexeu e ergueu a cabeça, inclinando-a para trás no travesseiro para conseguir enxergar o rosto do marido sob a luz das velas, analisando sua mandíbula tensa enquanto ele encarava o nada, perdido em pensamentos.

— Está irritado? — sussurrou ela, surpresa e horrorizada.

Jordan baixou o queixo e abriu um sorriso desanimado.

— Comigo, não com você.

— Por quê? — perguntou ela, pura inocência adorável e nudez, olhando nos seus olhos.

— Porque eu...

Jordan balançou a cabeça e fechou a boca. *Porque eu te quero demais*, admitiu ele para si mesmo, irritado. *Porque perdi o controle hoje. Porque basta você me tocar para eu ficar louco de desejo. Porque você é capaz de me deixar mais furioso do que qualquer outra pessoa, e porque, mesmo no auge da minha irritação, ainda consegue me fazer rir. Porque, quando se trata de você, sou vulnerável. Indulgente...*

A voz do pai gritou na cabeça de Jordan, ríspida: "Homens não podem ser indulgentes, Jordan... Homens são sérios, duros, invulneráveis... Homens só confiam em si mesmos... Nós usamos as mulheres para termos prazer, mas não precisamos delas... Homens não *precisam* de ninguém."

Ele afastou as memórias e se forçou a se lembrar da farsa que fora o casamento dos pais. Ainda assim, desejou ter levado Alexandra para outro lugar; Hawthorne e as lembranças que o lugar trazia sempre o deixavam nervoso.

O comentário baixo e tímido de Alexandra o tiraram de seu devaneio.

— Posso ir para o meu quarto agora? Já percebi que não o agradei.

De repente, o coração de Jordan se apertou diante da ideia de que ela acreditava nisso.

— Pelo contrário — disse ele, sorrindo para esconder a verdade de suas palavras. — Você me agrada *demais*. — Sua esposa parecia tão descrente que o duque deu uma risada. — Na cama, você me agrada — explicou num tom brincalhão, sorrindo para ela. — Fora daqui, me deixa furioso. Imagino que a única solução — sussurrou ele enquanto o desejo voltava com uma intensidade renovada — seja ficarmos aqui.

Inclinando a cabeça, Jordan capturou os lábios doces da esposa num beijo intenso que acalmou suas emoções afloradas. Ele tinha levado a situação a sério demais, concluiu. Afinal, aquela fora a primeira vez na vida desde os 14 anos que ficara sem uma mulher por mais de um mês, que dirá um ano inteiro. Era natural que estivesse empolgado demais, emocionado demais...

Desta vez, quando fez amor com Alexandra, o duque se demorou por horas, se segurando enquanto a guiava por ápices e mais ápices de prazer trêmulo, e se juntava a ela.

A aurora já manchava o céu arroxeado com faixas cor-de-rosa quando Jordan se uniu à esposa pela última vez e finalmente caiu num sono profundo.

Erguendo o braço ao redor de sua cintura com cuidado, Alexandra se inclinou para a frente e saiu de baixo dos lençóis. Seu corpo, desacostumado com atos tão vigorosos, estava fraco, mole e deliciosamente cansado enquanto ela seguia em silêncio para o lado do marido da cama e pegava sua camisola de cetim.

Vestindo as mangas, Alexandra fechou a camisola ao redor de si e hesitou, olhando para ele. O cabelo escuro de Jordan contrastava com a brancura brilhante do travesseiro, e o sono amenizava os contornos másculos de seu rosto bronzeado, quase fazendo com que parecesse um menino. O lençol descera para seu quadril, expondo o peito e os braços largos, musculosos. Sua pele também era bronzeada ali, notou ela com surpresa. Não tinha percebido isso durante a noite, mas era evidente que o marido ficara sem camisa durante o trajeto de navio de volta para a Inglaterra. Ele também estava mais magro por causa do período que passara preso. Magro demais.

O olhar de Alexandra o percorreu, maravilhado com a liberdade de observá-lo o quanto quisesse. Jordan era esplêndido, esplêndido de verdade, decidiu ela, completamente imparcial.

Na verdade, não fora uma tolice ingênua compará-lo ao Davi de Michelangelo.

Sem perceber o carinho em seu gesto, Alexandra se inclinou para baixo e puxou o lençol para cobri-lo até o ombro, levantando-se depois. Mas não foi embora. Ela esfregou os braços, distraída, enquanto a lembrança do momento em que o marido perguntara *Você não me quer?* enchia seu corpo de carinho.

Ela pensou na primeira vez em que fizeram amor naquela noite, na afobação e no desejo que ele não conseguira esconder apesar de toda a experiência. Na sua opinião, aquela fora a melhor de todas, porque fora a única em que Jordan perdera o controle. Uma nova onda de prazer surgiu quando Alexandra se lembrou de quando o marido declarara, desamparado: *Desculpe, amor. Não consigo esperar.* Como se sentira feliz, satisfeita — sabendo que, enquanto Jordan era capaz de fazê-la se sentir como se pegasse fogo, *ela* era capaz de fazer a mesma coisa com ele.

Os dois fizeram amor várias vezes depois disso, durante a noite toda, mas, depois de cada uma, ele sempre mantinha um controle rígido de si mesmo, acariciando-a e beijando-a com a destreza e a habilidade de um prodígio da música tocando um violino. Alexandra sabia que o marido sentira prazer, mas não com a desinibição maravilhosa da primeira vez.

E, ao mesmo tempo, ao contrário, Jordan se esforçara ao máximo para fazer com que *ela* perdesse o controle. Só que Alexandra não era mais a garota que declarava amor eterno depois de um único beijo — ou de uma noite inteira de carícias fervorosas. Ela não era mais uma menina impulsiva, ingênua e deslumbrada. Agora, era cautelosa, mais sábia.

E corria o risco de acabar ficando fascinada demais por aquele lado inesperado e vulnerável do marido enigmático, concluiu ela, dando as costas para o homem que dormia. Voltando para o quarto, Alexandra fechou a porta sem fazer qualquer som.

Capítulo 25

Ela acordou tarde e sofreu sob os cuidados de Marie, que insistiu em pentear seu cabelo até os fios brilharem antes de cogitar discutir se a patroa usaria o vestido de musselina com estampa de raminhos de lavanda ou o esvoaçante cor-de-rosa.

Alexandra, que mal conseguia conter a ansiedade para ver como Jordan a trataria naquela manhã, precisou se forçar a descer a escadaria devagar. Com uma naturalidade fingida, passou pelo escritório do marido e viu, pela porta aberta, que ele estava sentado à escrivaninha, conversando com um de seus advogados. O duque ergueu o olhar quando ela passou, e seus olhos se encontraram; tudo que recebeu foi um breve aceno de cabeça, mas havia algo em sua expressão que indicava desagrado.

Confusa com aquela atitude inesperada, Alexandra retribuiu o aceno e seguiu para a sala matinal, onde tomou café da manhã num silêncio pensativo e um tanto desanimado enquanto Penrose e Filbert perambulavam ao seu redor, trocando olhares preocupados.

Chegando à sábia conclusão de que os próximos três meses passariam bem mais rápido se ocupasse seu tempo, ela resolveu começar a fazer as visitas de praxe aos arrendatários, assim como voltar a dar as aulas de alfabetização que começara antes de a família voltar para Londres.

Alexandra parou no caminho para brincar com Henrique, cuja personalidade sociável o fazia preferir permanecer no estábulo agitado do que no vazio silencioso da casa. Já era fim de tarde quando finalmente voltou. Animada com a maravilhosa liberdade de guiar sua própria carruagem pelas pitorescas estradas sinuosas que passavam pela vasta propriedade de Jordan, ela fez o cavalo seguir num trote até os estábulos, passando na frente da casa.

Smarth veio correndo pegar as rédeas, exibindo um sorriso animado demais. Parecendo ansioso para incentivar a harmonia conjugal entre Alexandra e o marido, ele disse, radiante:

— Faz mais de uma hora que Sua Graça está aqui, esperando a senhora voltar. Não parou de zanzar de um lado para o outro, ansioso para vê-la...

Surpresa e, para sua vergonha, contente, Alexandra sorriu para Jordan quando ele saiu dos estábulos, mas sua alegria desapareceu assim que viu a expressão tempestuosa em seu rosto.

— Nunca saia de casa sem dizer a alguém *exatamente* aonde vai e *exatamente* quando vai voltar — bradou ele, segurando-a pela cintura num gesto nada gentil e a puxando para fora da carruagem. — E você está proibida de sair do terreno da propriedade sem a companhia de um cavalariço. Olsen — ele indicou com a cabeça um homem enorme e musculoso que estava parado na porta do estábulo — é seu criado pessoal.

A raiva dele parecia tão despropositada, e seu comportamento era tão diferente do carinho que lhe demonstrara na noite anterior, que Alexandra passou um instante encarando-o com os olhos arregalados, mas, então, começou a sentir o sangue ferver enquanto Smarth tratava de se afastar do casal, esperto.

— Já terminou? — rebateu ela, pretendendo largá-lo sozinho ali e voltar para a casa.

— Não — respondeu Jordan, parecendo mais irritado do que nunca. — Tem mais uma coisa. Nunca mais saia da minha cama de fininho enquanto eu estiver dormindo, como uma prostituta voltando para o cais!

— Como ousa! — explodiu Alexandra, tão furiosa que ergueu a mão para lhe dar um tabefe antes de perceber o que estava fazendo.

Jordan segurou seu pulso no meio do caminho, a mão apertando seus ossos delicados com firmeza, os olhos parecendo soltar pedras de gelo... e, por um instante, ela chegou a achar que levaria um tapa. Mas, de repente, ele a largou, lhe deu as costas e seguiu para a casa.

— Ora, milady — disse Smarth, surgindo ao seu lado —, o amo deve estar tendo um dia ruim, porque nunca o vi se comportar assim antes. — Apesar do seu tom tranquilizador, o rosto bondoso do idoso exibia uma expressão preocupada enquanto observava Jordan se afastar. Em silêncio, Alexandra se virou para encarar seu velho confidente, os olhos cheios de raiva e confusão enquanto ele continuava: — Puxa, antes de hoje, eu nem sabia que ele se irritava. Pelo menos, não desse jeito. Fui eu quem o coloquei em seu primeiro pônei, eu o conheço desde que era menino, e não existe homem melhor, mais corajoso...

— Por favor! — exclamou Alexandra, incapaz de escutar uma das histórias elogiosas que costumava adorar. — Pare de mentir! É impossível me fazer acreditar que seu senhor é nobre e maravilhoso, quando ele está vivo e vejo na prática que... que ele é um monstro grosseiro e cruel!

— Não, milady, não é. Eu o conheço desde que era menino, assim como conheci seu pai...

— Tenho certeza de que o pai dele era outro monstro! — disse Alexandra, magoada e irritada demais para prestar atenção ao que dizia. — Não duvido nada que os dois fossem iguaizinhos!

— Não, milady! Não. A senhora está enganada. Nunca esteve tão enganada, se pensa mesmo assim! Por que disse uma coisa dessas?

Surpresa com a convicção de Smarth, Alexandra tentou se acalmar e abriu um sorriso fraco, dando de ombros.

— Meu avô sempre dizia que, para saber o que um homem se tornará, basta olhar para seu pai.

— Seu avô estava errado quando se trata do senhor Jordan e do pai dele — disse Smarth com veemência.

Ocorreu a Alexandra que o homem seria um verdadeiro baú do tesouro quando se tratava de informações sobre o duque, se pudesse convencê-lo a lhe contar os fatos sem embelezá-los. Impassível, disse a si mesma que não queria saber nada sobre o marido temporário, mas, ao mesmo tempo, se viu dizendo, meio irritada:

— Como não posso ir a lugar algum sozinha, se importa de me acompanhar até a cerca para eu ver os potros brincando?

Smarth concordou com a cabeça e disse de repente, quando os dois chegaram lá:

— A senhora não devia ter feito aquela aposta contra ele, milady, se me permite dizer tal coisa.

— Como você sabe da aposta?

— Todo mundo sabe. O cocheiro ficou sabendo pelo camareiro de Lorde Hackson na mesma tarde em que ela foi registrada no livro do White's.

— Certo.

— Foi um erro grave, anunciar para todo mundo que a senhora não quer saber de Sua Graça nem pretende mudar de ideia. É um sinal do quanto ele gosta da senhora, não ter se incomodado muito com isso. Ora, nem a mãe dele teria coragem de... — Smarth parou de falar de repente, corou e encarou os próprios pés.

— Eu não queria que a aposta viesse a público — disse Alexandra. E, então, parecendo levemente interessada, perguntou num tom casual: — Falando da mãe do meu marido, como ela era?

Smarth alternou o peso entre as pernas, desconfortável.

— Bonita, é claro. Gostava de festas. Vivia organizando bailes por aqui.

— Ela parece ter sido bem alegre e simpática.

— Ela não era *nada* parecida com a senhora! — exclamou Smarth, e Alexandra o encarou boquiaberta, chocada com a veemência do homem e por perceber que ele a associava a termos tão lisonjeiros. — Nunca prestava atenção em ninguém que não fosse da sua posição social e só se importava consigo mesma.

— Que comentário! O que isso quer dizer?

— Preciso voltar ao trabalho, milady — disse Smarth num tom triste. — Sempre que a senhora quiser ouvir coisas *boas* sobre o seu marido, pode vir me procurar.

Percebendo que seria inútil insistir, Alexandra deixou o cavalariço-chefe ir embora. Ainda assim, não conseguia ignorar seus sentimentos nem sua curiosidade.

Com o pretexto de que uma das dobradiças de sua porta precisava ser lubrificada, ela chamou Gibbons, o lacaio que era tão leal a Jordan quanto Smarth e que também fora seu confidente durante sua estada em Hawthorne. Assim como o cavalariço-chefe, o velho lacaio adorou reencontrá-la e estava pronto para começar a contar histórias sobre a infância de Jordan, mas, quando ela perguntou sobre os pais do marido, Gibbons pigarreou e fugiu do assunto, lembrando subitamente que tinha uma tarefa urgente no andar de baixo.

USANDO UM VESTIDO de seda cor de pêssego, com o cabelo solto sobre os ombros, Alexandra saiu do seu quarto às nove, a hora marcada para o jantar, e desceu a escadaria devagar. Agora que estava prestes a encarar Jordan pela primeira vez desde sua conversa furiosa no estábulo, a curiosidade pelo marido deu lugar à indignação que sentira mais cedo, além de bastante apreensão.

Higgins se aproximou quando ela virou para a sala de jantar, rapidamente abrindo a porta da sala de estar. Confusa, Alexandra o encarou e hesitou.

— Sua Graça sempre aprecia um copo de xerez na sala de estar antes do jantar — informou o mordomo.

Jordan ergueu o olhar quando a esposa entrou no cômodo e seguiu para o aparador, onde serviu xerez num copo para ela. Alexandra observou seus movimentos rápidos, analisando o corpo alto e ágil enquanto tentava ignorar o quanto ele estava bonito no paletó cor de vinho que moldava seus ombros e na calça cinza que destacava suas pernas compridas e musculosas. Um único rubi vermelho brilhava nas dobras da gravata branca como a neve, que contrastava com seu rosto bronzeado. Sem dizer nada, ele lhe ofereceu a bebida.

Sem conseguir avaliar o humor do marido, Alexandra se aproximou e aceitou o copo. As primeiras palavras dele depois disso a fizeram querer derrubar o xerez em sua cabeça.

— Tenho o hábito de tomar xerez na sala de estar às oito e meia e jantar às nove — informou Jordan, como um professor dando bronca num aluno atrasado. — No futuro, por favor, chegue na hora, Alexandra.

Os olhos dela soltaram faíscas, mas a jovem duquesa conseguiu manter um tom de voz inexpressivo.

— Já recebi ordens sobre onde dormir, aonde ir, quem deve me acompanhar e quando devo comer. Será que também preciso de orientações sobre como respirar?

Jordan franziu as sobrancelhas, jogou a cabeça para trás e suspirou. Num gesto frustrado e incerto, massageou os músculos da nuca como se estivesse tenso e, então, baixou a mão.

— Alexandra — começou ele, parecendo arrependido e frustrado ao mesmo tempo —, queria pedir desculpas pela forma como agi no estábulo. Você estava uma hora atrasada, e fiquei preocupado. Não era minha intenção começar nossa noite dando-lhe uma bronca ou enchendo-a de regras. Não sou tão grosseiro...

Jordan parou de falar quando Higgins bateu de leve à porta antes de trazer um bilhete numa bandeja de prata.

Levemente aliviada pelo pedido de desculpas, Alexandra se sentou numa poltrona e olhou ao redor da imensa sala de estar, observando os móveis barrocos pesados e forrados de veludo vinho, que davam a impressão de um esplendor opressivo. *Esplendor opressivo*, pensou ela, mentalmente se criticando. O desagrado de Jordan pela casa devia estar influenciando sua percepção.

Pegando o papel, Jordan se sentou diante dela e abriu o selo, passando os olhos pela mensagem curta, sua expressão passando de curiosa para surpresa e furiosa.

— É de Tony — informou ele, os olhos acinzentados subitamente pétreos, a mandíbula tão trincada que os ossos de seu rosto chegavam a se destacar. — Parece que meu primo resolveu sair de Londres no meio da temporada e está a menos de cinco quilômetros daqui, em sua casa.

Alexandra sorriu de alegria ao saber que o amigo estava tão perto. Com o rosto radiante de felicidade, ela disse:

— Eu pretendia visitar a mãe e o irmão dele amanhã...

— Você está proibida de ir lá — interrompeu Jordan com frieza. — Vou escrever para Tony e explicar que desejamos ficar sozinhos nas próximas semanas. — Quando ela começou a parecer indignada, a voz do duque se tornou ríspida: — Está me entendendo, Alexandra? Eu a *proíbo* de ir lá.

Devagar, a jovem se levantou, e Jordan a imitou, agigantando-se sobre ela.

— Sabe de uma coisa? — sussurrou ela, encarando-o com raiva e atordoamento, como se achasse que ele deveria estar internado num hospício. — Acho que você é completamente maluco.

Jordan abriu um sorriso inexplicável.

— Não duvido — disse ele, sem poder lhe contar que a aparição de Tony no distrito praticamente confirmava as suspeitas de Fawkes e que a vida dela também estava em perigo, já que poderia estar gestando o herdeiro de Hawthorne neste exato momento. Com uma determinação silenciosa, o duque acrescentou: — Mas, mesmo assim, quero que me obedeça.

Alexandra abriu a boca para dizer que estava pouco se lixando para as regras tolas dele, mas Jordan pressionou um dedo contra seus lábios, sorrindo.

— A aposta, Alexandra... Você prometeu que seria minha esposa *obediente*. E não vai querer perder logo no começo, vai?

Ela lançou um olhar de desdém para o marido.

— Não corro risco nenhum de perder a aposta, milorde. Você já fez isso. — Com seu copo, ela seguiu para a lareira e fingiu inspecionar um vaso frágil do século XIV.

— Como assim? — perguntou Jordan, seguindo-a.

Alexandra passou um dedo pela base do tesouro de valor inestimável.

— Sua parte da aposta era ser um marido mais agradável para eu não querer ir embora.

— E?

— E isso não está acontecendo — respondeu ela, fitando-o por cima do ombro com uma sobrancelha arqueada.

Alexandra esperava que Jordan fizesse pouco de sua declaração com algum comentário arrogante e indiferente. Em vez disso, o duque segurou seus ombros e a virou para encará-lo.

— Nesse caso terei que me esforçar mais, não é? — disse ele, fitando-a com um sorriso solene.

Pega de surpresa pelo misto de seriedade e carinho na expressão do marido, Alexandra se permitiu ser beijada, tentando manter a sanidade enquanto aqueles braços fortes a cercavam, puxando-a para perto enquanto ele inclinava a cabeça e capturava sua boca. Jordan a beijou por um bom tempo, demorando-se, deleitando-se em seus lábios, saboreando cada momento.

Muitos minutos depois, quando ele finalmente baixou os braços, Alexandra o encarou, abismada, sem palavras. Como o homem podia ser tão carinhoso num instante e tão frio, reservado e autoritário no outro, perguntou-se ela, observando aqueles olhos acinzentados semicerrados e hipnotizantes. Sua voz soou baixa quando resolveu externar seus pensamentos.

— Eu queria entender você.

— O que você quer entender? — perguntou Jordan, mas já sabia a resposta.

— Quero saber o motivo real para ter me atacado no estábulo.

Ela esperava que o marido desmerecesse a questão com zombaria ou tentasse mudar de assunto, mas ele a surpreendeu. Com uma sinceridade tranquila, Jordan disse:

— Na verdade, eu deixei para dizer o motivo real por último.

— E qual foi?

— Fiquei com o orgulho ferido quando você foi embora no meio da noite — admitiu ele.

— O *seu* orgulho ficou ferido — repetiu Alexandra, boquiaberta —, então você resolveu me chamar de prosti... de um termo ofensivo?

Ela não viu o olhar bem-humorado do marido, então demorou um pouco antes de perceber que ele zombava de si mesmo.

— É claro que fiz isso — disse Jordan, sério. — Você não esperaria que um homem adulto e inteligente, que lutou em batalhas sangrentas em dois países diferentes, teria coragem de olhar nos olhos de uma mulher e simplesmente *perguntar* num tom calmo e razoável por que ela não quis passar a noite com ele, certo?

— Por que não? — perguntou ela, perplexa, e riu quando percebeu o que ele dizia.

— Por causa do ego masculino — respondeu Jordan com um sorriso torto. — Infelizmente, fazemos de tudo para proteger nossos egos.

— Obrigada por me contar a verdade — disse Alexandra num tom gentil.

— Esse foi o motivo principal para eu falar com você daquele jeito. Mas admito que esta casa sempre me deixa de mau humor.

— Mas você cresceu aqui!

— E deve ser por isso que não gosto deste lugar — disse ele num tom despreocupado enquanto pegava o braço da esposa e a guiava para fora da sala.

— Como assim? — perguntou Alexandra.

Jordan sorriu, mas balançou a cabeça.

— Muito tempo atrás, no jardim da minha avó, você me pediu para lhe contar como me sinto e como penso, e estou tentando fazer isso. Mas não tenho o costume de me expor tanto. Vamos aos poucos — brincou ele. — Um dia, respondo essa pergunta.

Durante o jantar, determinado a "se esforçar mais para ser agradável", Jordan conquistou esse objetivo com tamanho sucesso que Alexandra ficou nervosa.

Quando os dois se casaram, ela achava que o marido tentava agradá-la, mas aquilo não era nada comparado a agora. Por duas horas, enquanto comiam, Jordan concentrou todo o seu charme nela, provocando-a com seus sorrisos e divertindo-a com fofocas escandalosas e hilárias sobre os aristocratas de Londres.

Depois, seu marido a levou para a cama e fez amor com ela com uma intensidade tão apaixonada que suas almas e seus corpos pareceram se unir em um só. Então, os dois passaram a noite inteira abraçados, enquanto ele a segurava junto a seu coração.

NA MANHÃ SEGUINTE, aceitando a cesta de doces que pedira à cozinheira para preparar, Alexandra subiu na carruagem, determinada a visitar Tony e desafiar as ordens de Jordan. Ela tentou se convencer de que não estava se apaixonando pelo marido, que só queria saber mais sobre os pais dele por *curiosidade*, mas, no fundo, sabia que isso não era verdade. Seu coração corria sério perigo, e ela estava desesperada para compreender o homem enigmático e sedutor com quem se casara. Agora, Tony era o único que poderia lhe dar as respostas que buscava.

Depois de informar a Olsen, seu "criado pessoal", de que não precisaria de sua presença para visitar os Wilkinson, Alexandra seguiu em direção ao lar da família. Mas, quando terminou sua breve visita, virou o cavalo na direção da casa de Tony. Sem perceber que Olsen a seguia, escondendo-se na floresta sempre que possível, ela guiou o cavalo para um trote na estrada de terra.

— Alexandra! — exclamou Tony, sorrindo e erguendo as mãos para ela enquanto saía da casa e descia a pequena escada até o caminho estreito e ladeado por árvores que levava à entrada. — Pelo bilhete que Jordan me mandou hoje, achei que guardaria você só para ele nas próximas semanas.

— Ele não sabe que estou aqui — disse ela, dando-lhe um abraço. — Jura que vai guardar segredo?

— É claro. Prometo — disse Tony com um sorriso solene. — Vamos falar com minha mãe e Bertie. Os dois vão adorar a visita. E também não vão contar a Jordan — acrescentou ele quando Alexandra hesitou.

— Mas, depois, podemos dar uma volta aqui fora? — disse ela. — Preciso lhe perguntar uma coisa.

— É claro.

Apoiando a mão no braço que ele oferecia, Alexandra seguiu para a porta aberta.

— Imagino que tenha saído de Londres por causa das fofocas sobre nós — disse ela, pesarosa.

— Em parte, mas também porque estou morrendo de curiosidade para saber como vão as coisas entre vocês. E há mais um motivo — admitiu ele com um sorriso estranho. — Ontem, Sally Farnsworth me mandou uma carta, dizendo que queria me ver.

Alexandra imediatamente reconheceu o nome da moça que Tony admitira ter amado.

— E você se encontrou com ela? — perguntou a jovem duquesa com animação, analisando o rosto bonito dele.

— Sim.

— E o que você disse? O que ela fez?

— Ela me pediu em casamento — admitiu Tony, irônico.

Alexandra riu, maravilhada.

— E?

— E estou pensando no caso dela — brincou ele. — Não, na verdade, ela vem me visitar na semana que vem. Quero que veja o que tenho a oferecer em termos de casa e família. Não sou mais um duque, sabe. Quando era, achava que Sally só queria ficar comigo por causa disso. Agora, sei que ela gosta mesmo de mim, mas não tenho muito a oferecer. Só não toque nesse assunto lá dentro. Ainda não dei a notícia de que Sally vem nos visitar. Mamãe não gosta muito dela por causa do que aconteceu... antes.

Alexandra concordou, e os dois entraram na casa.

— Minha querida, como é bom vê-la! — exclamou Lady Townsende na sua voz tranquila e bem-humorada enquanto Tony entrava com ela na salinha alegre onde a dama e Bertie, o filho mais novo, estavam sentados. — Que susto nosso querido Jordan nos deu, voltando dos mortos daquele jeito.

Alexandra retribuiu o cumprimento, preocupada com a aparência pálida e magra da mãe grisalha de Tony. O choque do retorno do sobrinho obviamente afetara sua saúde frágil.

Olhando para trás de Alex, Lady Townsende lançou um olhar esperançoso para a porta.

— Jordan não veio com você? — perguntou, deixando nítida sua decepção.

— Não, eu... sinto muito, não. Ele...

— Está se matando de trabalhar, como sempre, imagino eu — disse Bertie com um sorriso enquanto se levantava com dificuldade, apoiando-se na bengala que usava para apoiar o peso da perna esquerda deficiente. — E não deve querer deixar você sair de vista, agora que os dois se reencontraram depois de tanto tempo separados.

— Ele está trabalhando bastante — disse Alexandra, agradecida por Bertie ter lhe dado uma desculpa.

Com um metro e oitenta e cinco, o rapaz era um pouco mais alto que Tony, louro, com olhos cor de mel. Mas, apesar de possuir todo o charme dos Townsende, a dor constante causada pela perna retorcida com a qual nascera era nítida em seu rosto. Rugas de estresse eram aparentes nos cantos da boca, dando aos seus traços um ar carrancudo permanente que não refletia de forma alguma sua personalidade alegre.

— Ele queria que Alexandra esperasse um pouco antes de nos visitar, para poder vir junto — improvisou Tony para a mãe e o irmão. — Prometi que não vamos estragar a visita futura de Jordan e contar que ela veio antes para nos dar notícias sobre ele.

— E *como é* que ele está? — perguntou Lady Townsende.

Desconfortável com a mentira, Alexandra passou os dez minutos seguintes relatando cada detalhe da captura e do aprisionamento do marido. Quando finalmente terminou de responder a todas as perguntas ansiosas de Lady Townsende sobre a saúde do sobrinho, Tony se levantou e a convidou para dar uma volta pelos jardins.

— Por essas ruguinhas de preocupação em sua testa bonita, sei que você está preocupada com alguma coisa. O que houve? — perguntou ele enquanto os dois caminhavam pelo gramado pequeno e bem-cuidado, seguindo para o jardim à direita.

— Não tenho certeza — admitiu Alexandra, desanimada. — Jordan está diferente desde que pisou em Hawthorne. Ontem à noite, me disse que a casa o deixa de "mau humor" por causa de sua infância. Mas, quando perguntei por quê, não quis responder. E Smarth também me disse umas coisas muito esquisitas sobre os pais dele... — continuou a jovem duquesa, usando o nome do marido pela primeira vez desde que ele voltara. Virando-se para Tony, ela perguntou de repente: — Como eram os pais dele? Como foi sua infância?

O sorriso permaneceu no rosto do amigo, mas ele pareceu desconfortável.

— Que diferença isso faz?

— Não faria *diferença* — declarou Alexandra num tom agoniado — se as pessoas não ficassem tão nervosas quando toco no assunto.

— A quem mais você perguntou sobre isso?

— Bem, Gibbons e Smarth.

— Meu Deus! — exclamou Tony, parando para encará-la com uma expressão horrorizada e bem-humorada. — Não deixe Jordan descobrir que você anda fazendo isso. Ele não gosta de dar intimidade aos criados. A família não vê isso com bons olhos — acrescentou Tony. — Não o *meu* lado da família, é claro. Temos apenas seis empregados, é impossível não pensar neles como dependentes. — Ele parou para pegar uma rosa do jardim. — Você devia perguntar essas coisas para Jordan.

— Ele não quer me contar. Muito tempo atrás, eu lhe expliquei que preferia a verdade a chavões educados. Ontem à noite, quando perguntei por que não gostava de Hawthorne, ele disse que está *tentando* aprender a falar o que pensa e como se sente, mas que não tem o costume de se expor. Que vamos ter que ir aos poucos — acrescentou Alexandra com um sorriso fraco enquanto se lembrava do tom brincalhão de Jordan. — E prometeu que me responderia um dia.

— Meu Deus — disse Tony, impressionado, encarando-a. — Jordan falou isso tudo? Que está disposto se "expor" para você um dia? Ele deve estar mais encantado do que eu imaginava. — Prendendo a rosa atrás da orelha de Alexandra, Tony deu uma batidinha no queixo dela.

— É um mistério que preciso solucionar — explicou a duquesa quando o amigo continuou mudo.

— Porque você está se apaixonando por ele?

— Porque sou uma pessoa extremamente curiosa — rebateu ela, soltando um suspiro triste quando Tony não pareceu disposto a ajudá-la. — Pois bem. Não quero me apaixonar por um desconhecido, e Jordan não parece estar com pressa alguma de me deixar conhecê-lo melhor.

Tony hesitou, mas se apiedou.

— Está bem, já que não é só por curiosidade, vou tentar responder suas perguntas. O que quer saber?

Tirando a rosa de trás da orelha, Alexandra girou o cabo entre os dedos, pensando.

— Primeiro, havia algum problema em Hawthorne quando ele era pequeno? Como foi sua infância?

— Entre as famílias aristocráticas — começou Tony, devagar —, "o herdeiro" recebe mais atenção dos pais. No caso de Jordan, era mais evidente, porque ele era filho único. Enquanto eu subia em árvores e rolava na grama, Jordan nunca podia se esquecer da sua posição social; precisava estar sempre limpo, arrumado, pontual, sério e ciente da própria importância. Meu tio e minha tia tinham uma coisa em comum, a crença de que eram superiores. Ao contrário dos filhos de outros aristocratas, que podem brincar com outras crianças da mesma idade que vivem na propriedade, mesmo que sejam filhos dos criados, meus tios achavam um absurdo permitir que Jordan convivesse com pessoas de classes inferiores. Como é difícil encontrar crianças que sejam duques e condes, ainda mais nesta parte do país, ele cresceu completamente sozinho aqui. — Fazendo uma pausa, Tony olhou para a copa das árvores e suspirou. — Eu costumava me perguntar como ele suportava tamanha solidão.

— Mas os pais de Jordan também achavam inaceitável que ele convivesse com você?

— Não, não achavam, mas eu quase nunca ia a Hawthorne, a menos que meus tios não estivessem lá. Quando estavam, eu detestava o clima sufocante da casa. Era assustador. Além do mais, meu tio deixava bem claro para mim e para meus pais que minha presença não era desejada. Dizia que eu distraía Jordan dos seus estudos e de assuntos mais sérios. Quando ele conseguia um tempo para descansar, preferia vir para cá, em vez de me convidar para Hawthorne, porque adorava minha mãe e queria passar tempo conosco. — Com um sorriso triste e breve, Tony concluiu: — Quando ele tinha 8 anos, tentou me convencer a trocar sua herança pela minha família. Eu seria o marquês e moraria em Hawthorne.

— Não imaginei que a vida dele fosse assim — observou Alexandra quando Tony terminou de falar. — Quando era pequena, achava que devia ser maravilhoso ser rica.

Alexandra pensou na própria infância; nas brincadeiras com os amigos, nos momentos despreocupados e divertidos, no carinho de sua amizade com Mary Ellen e sua família. E ficou tão triste por saber que Jordan nunca tivera nada disso.

— Nem todas as crianças de famílias aristocráticas são criadas com tanta rigidez.

— E os pais dele? Como eram?

O olhar de Alexandra era tão preocupado que Tony passou os braços em torno dos ombros dela num gesto de consolo e rendição.

— Para resumir o máximo possível, a mãe de Jordan era uma oferecida que traía o marido publicamente. Meu tio não parecia se importar. Ele via as mulheres como seres fracos e imorais, que não conseguiam controlar seus impulsos. Pelo menos, era o que dizia. Ao mesmo tempo, *ele* era tão promíscuo quanto a esposa. Mas, quando se tratava de Jordan, era a rigidez em pessoa. Nunca o deixava se esquecer de que ele era um Townsende e o próximo Duque de Hawthorne. E nunca relevava nada. Insistia que Jordan fosse mais inteligente, mais corajoso, mais educado e mais digno do nome da família do que qualquer outro antes dele, e quanto mais Jordan tentava agradá-lo, mais seu pai exigia. Se meu primo tivesse dificuldade com alguma matéria, seu tutor tinha permissão de lhe bater com uma vara; se não aparecesse para jantar às nove em ponto, nem um minuto antes nem um minuto depois, ficava sem comer até a noite seguinte. Quando ele tinha uns 8 ou 9 anos, já era um cavaleiro melhor do que muitos homens adultos, mas, um dia, numa caçada, seu cavalo se recusou a pular um obstáculo. Não sei se foi porque Jordan era pequeno demais para forçá-lo ou se estava com medo de tentar. Nunca vou me esquecer daquilo. Nenhum dos cavaleiros teve coragem de pular a sebe, porque o rio ficava bem do outro lado, mas meu tio viu o que estava acontecendo e parou a caçada inteira. Com todos nós olhando, zombou da covardia de Jordan. Então o obrigou a pular.

— E eu pensava — disse Alexandra numa voz embargada — que todas as crianças que moravam com os pais eram sortudas. Ele... ele pulou a sebe?

— Três vezes — respondeu Tony, seco. — Na quarta, o cavalo tropeçou, caiu e girou para cima de Jordan. Ele quebrou o braço. — Alexandra empalideceu, mas o amigo estava perdido nas lembranças da história e não percebeu. — Jordan não chorou, é claro. Não podia chorar, nem quando era pequeno. De acordo com meu tio, lágrimas eram sinal de fragilidade. Ele tinha ideias muito rígidas sobre essas coisas.

Alexandra ergueu a cabeça para o sol, piscando para afastar as lágrimas.

— Que ideias?

— Ele acreditava que os homens precisavam ser implacáveis e completamente autossuficientes, e foi assim que criou Jordan. Qualquer emoção mais "delicada" era efeminada e, portanto, abominável. Sensibilidade era delicada e efeminada, assim como o amor e o carinho. Qualquer coisa que tornasse um homem "vulnerável" era proibida. Meu tio também era crítico ferrenho de tudo que era frívolo, com exceção de encontros com o sexo oposto, que achava ser a epítome da masculinidade. Acho que nunca vi aquele homem rir, não de verdade, de alegria em vez de sarcasmo. E também quase nunca vejo Jordan fazer isso. A única coisa que importava para meu tio era trabalhar e ser o melhor em tudo, uma opinião muito peculiar para um aristocrata, como você já deve ter percebido.

— Eu faço Jordan rir — disse Alexandra com um misto de orgulho e tristeza.

Tony sorriu.

— Esse seu sorriso iluminaria o coração de qualquer homem.

— Não é à toa que ele não queira falar sobre sua infância.

— Mas a determinação de meu tio de fazer Jordan ser o melhor em tudo teve algumas vantagens.

— Quais? — perguntou Alexandra, descrente.

— Bem, por exemplo, Jordan foi forçado a se dedicar aos estudos e, quando chegou à universidade, estava tão adiantado em relação aos outros alunos que teve aulas particulares sobre coisas que o restante de nós nem imaginava. E também colocou em prática esses conhecimentos todos, porque ele só tinha 20 anos quando o pai morreu. Jordan herdou onze propriedades com o ducado, mas os cofres dos Townsende nunca foram muito recheados, e Hawthorne era a única posse em boas condições. Depois de três anos, todas as propriedades eram prósperas, e ele estava prestes a se tornar um dos homens mais ricos da Europa. O que não é pouco para um rapaz de 23 anos. Não tenho muito mais para lhe contar além disso.

Cheia de gratidão, Alexandra se esticou e deu um abraço apertado em Tony. Inclinando-se para trás nos braços dele, ela abriu um sorriso trêmulo.

— Obrigada — disse, seus olhos brilhando de carinho, e, então, lançou um olhar preocupado para o sol. — Preciso ir embora. Falei que ia passar uma hora fora, e já estou atrasada.

— O que acontece se você se atrasar? — perguntou Tony num tom brincalhão, mas parecia confuso.

— Ele vai descobrir que vim aqui.

— E daí?

— E daí que vou perder a aposta.

— Que aposta?

Alexandra ia começar a explicar, mas o carinho e a lealdade que sentia por seu marido orgulhoso e autoritário já a preenchiam, e ela não suportava a ideia de envergonhar Jordan contando ao seu primo que o único motivo pelo qual concordara em vir para Hawthorne era porque ele praticamente a subornara.

— É só... uma aposta boba que fizemos — disse ela enquanto Tony a ajudava a subir na carruagem.

PERDIDA EM PENSAMENTOS, Alexandra passou direto pelo lacaio, que saiu correndo da casa para pegar as rédeas, e seguiu para os estábulos, que ficavam atrás da mansão. Os comentários de Tony sobre a infância de Jordan em Hawthorne não saíam de sua cabeça, apunhalando seu coração e a enchendo de compaixão. Agora, ela entendia tantas coisas sobre o marido que antes a confundiam, irritavam e magoavam, incluindo a mudança sutil no comportamento dele desde que chegaram ali. Só de pensar que, quando menina, ela realmente achava que morar com pai e mãe seria o bastante para ser feliz. O avô estava certo, como sempre, quando dizia que ninguém é o que parece.

Ela estava tão distraída que nem disse nada para Smarth quando o homem veio ajudá-la a saltar da carruagem. Em vez disso, apenas o encarou como se ele não existisse, deu as costas e seguiu na direção da casa.

Smarth achou que a patroa o estivesse esnobando porque ele traíra sua confiança e afeição quando se recusara a lhe dar detalhes sobre a vida do duque.

— Milady! — chamou ele, parecendo magoado e extremamente nervoso ao mesmo tempo.

Alexandra se virou, mas só conseguia pensar no garotinho que nunca pudera se comportar como uma criança.

— Por favor, milady — disse Smarth, sofrido —, não olhe para mim como se eu tivesse lhe feito mal. — Baixando a voz, ele indicou com a cabeça o pasto onde dois potros brincavam, relinchando. — Se a senhora for até a cerca comigo, tenho algo para lhe contar.

Alexandra se forçou a se concentrar no cavalariço infeliz, caminhando com ele.

Sem desviar o olhar dos cavalos, o homem baixou a voz e continuou:

— Eu e Gibbons conversamos e decidimos que a senhora tem o direito de saber por que o amo faz as coisas que faz. Ele não é um homem ruim, milady, mas, pelo que ficamos sabemos sobre o que está acontecendo desde que voltou, a senhora deve achar que ele é um monstro.

Alexandra abriu a boca para dizer ao criado apreensivo que não precisava trair a confiança do duque, mas as próximas palavras dele a fizeram perder o chão.

— E também achamos melhor lhe contar porque ficamos sabendo que a senhora não pretende continuar em Hawthorne como esposa dele. Isto é, não por mais de três meses.

— Como é que...? — questionou Alexandra.

— Os criados comentam as coisas, milady — explicou ele com um toque de orgulho. — Juro que Hawthorne tem os melhores fofoqueiros da Inglaterra. Ora, a equipe inteira fica sabendo de tudo vinte minutos depois do acontecido. A menos que seja o Sr. Higgins ou a Sra. Brimley, a governanta, que fiquem sabendo. Aqueles dois têm as bocas mais fechadas que a bu... Eles não contam nada a ninguém — corrigiu-se ele, ficando vermelho como um pimentão.

— Isso deve ser muito humilhante para vocês — respondeu Alexandra, seca, e o homem corou ainda mais.

Ele alternou o peso entre os pés, enfiou as mãos nos bolsos, as tirou de lá e a encarou com nervosismo, seu rosto envelhecido completamente infeliz.

— A senhora queria saber sobre os pais do seu marido, e eu e Gibbons concordamos que não podemos recusar seu pedido. Além do mais, a senhora tem direito de saber. — E, num tom baixo e desconfortável, Smarth relatou mais ou menos a mesma história que Tony lhe contara. — Agora que a senhora sabe como as coisas funcionam por aqui há muitos anos — concluiu ele —, eu e Gibbons estávamos torcendo para que ficasse com o amo e trouxesse alegria para esta casa, do jeito que era quando a senhora estava aqui antes. Alegria *de verdade* — esclareceu o criado. — Não risadas falsas, mas aquelas que vêm do coração, como era quando a senhora estava aqui antes. O amo nunca viu nada assim em Hawthorne, e isso faria bem a ele, ainda mais se a senhora conseguir que ele participe.

TUDO QUE ALEXANDRA descobrira naquele dia deixara sua mente girando num caleidoscópio vertiginoso, fazendo tudo mudar de forma, tomando novas dimensões durante o restante do dia e depois de Jordan puxá-la para si na cama e cair no sono.

O céu já estava clareando, e ela continuava acordada, encarando o teto, hesitando em tomar uma atitude que poderia deixá-la — que com certeza a deixaria — vulnerável ao marido de novo. Até agora, seu objetivo fora ir embora dali, e, na tentativa de alcançar esse propósito, ela mantivera todas as suas emoções e todas as suas ações sob rígido controle.

Alexandra virou de lado, e o braço de Jordan a envolveu, pressionando as costas dela contra seu peito, entrelaçando suas pernas enquanto ele aninhava o rosto entre seu cabelo. Uma mão subiu, tomando seu seio num gesto sonolento e enviando um tremor de prazer por todo seu corpo.

Ela queria ficar com ele, percebeu, suspirando por dentro. Apesar de tudo que o marido fora — um libertino, um devasso inveterado e um marido relutante —, queria ficar com ele. No silêncio seguro de seu coração, ela finalmente estava disposta a admitir isso para si mesma... porque *agora* sabia que Jordan era mais do que um aristocrata mimado e fútil.

Alexandra queria seu amor, sua confiança, seus filhos. Queria fazer aquela casa ecoar com risadas, queria fazer Hawthorne parecer linda aos olhos do marido. Queria que o mundo inteiro parecesse lindo para ele.

Tony, a duquesa-viúva e até Melanie acreditavam que ela era capaz de fazer Jordan se apaixonar. E Alexandra agora sabia que não podia desistir sem nem tentar.

Mas também não sabia como sobreviveria se fracassasse.

Capítulo 26

— Milorde? — sussurrou ela ao amanhecer do dia seguinte.

Jordan abriu um olho sonolento e encontrou a esposa parecendo feliz e alerta, sentada na cama, na altura de seu quadril.

— Bom dia — murmurou ele, apreciando o decote em V no robe dela que deixava exposta sua pele tentadora. — Que horas são? — perguntou, rouco de sono.

Ele olhou para as janelas e viu que o céu ainda não estava azul, mas cinza, riscado de rosa.

Ao contrário de Jordan, Alexandra passara a noite inteira acordada e não sofria de quaisquer resquícios de sono.

— Seis horas — respondeu ela, animada.

— Você está de brincadeira! — disse o duque. Horrorizado, ele imediatamente fechou os olhos e pediu uma explicação para ser acordado de madrugada. — Alguém ficou doente?

— Não.

— Morreu?

— Não.

Um leve sorriso surgiu naqueles lábios firmes, franzindo o canto de seus olhos enquanto ele murmurava:

— Doenças e mortes são os únicos motivos aceitáveis para qualquer ser humano racional acordar tão cedo. Volte para a cama.

Alexandra riu daquela declaração despreocupada e sonolenta, mas balançou a cabeça.

— Não.

Apesar dos olhos fechados e do sono aparente, Jordan já registrara o sorriso estranhamente radiante no rosto da esposa, assim como o fato de que o quadril dela pressionava sua coxa. Normalmente, os sorrisos de Alexandra eram contidos, nada relaxados, e ela evitava tocá-lo sempre que possível, a menos que estivessem fazendo amor.

A curiosidade pelo motivo por trás do comportamento muito agradável, porém muito estranho, de sua esposa naquela manhã o fez abrir os olhos e encará-la. Com o cabelo caindo nos ombros e a pele radiante, ela parecia deliciosa. E também parecia estar planejando alguma coisa.

— Então? — insistiu ele num tom despreocupado, controlando-se para não puxá-la para a cama. — Já estou acordado, como pode ver.

— Ótimo — disse Alexandra, escondendo sua hesitação atrás de um sorriso enorme —, porque quero fazer algo especial esta manhã.

— Agora? — brincou Jordan. — O que *mais* as pessoas fazem a esta hora além de se esconderem em estradas, atacarem viajantes distraídos e roubarem seu dinheiro? Só ladrões e criados acordam tão cedo.

— Não precisamos sair agora — explicou ela, perdendo um pouco da coragem e se preparando para ouvir uma resposta negativa do marido. — E, se não me falha a memória, você *disse* que queria ser mais agradável comigo...

— E quais são seus planos? — perguntou Jordan com um suspiro, pensando em todas as coisas que as mulheres tentavam convencer os maridos a fazer.

— Adivinhe.

— Quer que eu a leve para comprar um chapéu novo no vilarejo? — sugeriu ele sem qualquer entusiasmo.

Ela fez que não com a cabeça, fazendo o cabelo cair sobre o ombro esquerdo e seu seio.

— Quer sair para cavalgar cedo e ver o sol nascer sobre as colinas, para fazer um desenho da vista?

— Não consigo desenhar nem uma linha reta — confessou Alexandra. Respirando fundo, ela reuniu toda sua coragem e anunciou: — Quero ir pescar!

— *Pescar?* — repetiu Jordan, encarando-a, boquiaberto, como se ela tivesse enlouquecido. — Você quer que eu vá pescar a esta hora? — Antes que Alexandra conseguisse responder, ele ajeitou a cabeça no travesseiro e fechou os olhos, parecendo rejeitar a ideia. Mas sua voz soava bem-humorada quando disse: — Só se não restasse mais comida nenhuma na casa e estivéssemos morrendo de fome.

Sentindo-se encorajada pelo seu tom de voz, não pelas palavras, ela insistiu:

— Você não vai precisar perder tempo me ensinando. Já sei pescar.

Jordan abriu um olho, achando graça.

— E o que a faz pensar que *eu* sei?

— Se não sabe, posso lhe ensinar.

— Obrigado, mas consigo me virar sozinho — disse ele num tom indignado, analisando o rosto da esposa.

— Ótimo — respondeu Alexandra, tão aliviada que começou a tagarelar. — Eu também. Sei fazer tudo sozinha, até prender as minhocas no anzol...

Os lábios dele formaram um sorriso.

— Que maravilha, então *você* pode prendê-las no *meu* anzol. Eu me recuso a acordar minhocas indefesas no meio da madrugada e cometer o crime de torturá-las.

O bom humor de Jordan era tão contagiante que uma gargalhada escapou dela enquanto levantava e apertava o nó no robe de seda cor-de-rosa.

— Vou providenciar tudo — disse ela, feliz, e seguiu para o próprio quarto.

Recostando-se nos travesseiros, Jordan admirou o inconsciente ritmo sedutor do quadril da esposa enquanto ela se afastava, lutando contra o desejo de chamá-la de volta e dedicar a próxima hora à tarefa deliciosa — e louvável — de produzir um herdeiro. Ele não queria ir pescar. E também não entendia por que *ela* queria, mas com certeza havia um motivo, e estava curioso para descobrir qual era.

Alexandra realmente tinha "providenciado tudo", percebeu Jordan quando os dois desceram de cavalo o lado da colina que bloqueava a casa da vista de um rio largo, com correnteza forte.

Depois de amarrar os animais em árvores na base do morro, ele seguiu ao lado da esposa até a beira gramada do rio, onde uma grande toalha azul fora estendida sob um carvalho imenso.

— O que é aquilo? — perguntou ele, apontando para as duas cestas grandes e uma pequena ao lado da toalha.

— Café da manhã — respondeu Alexandra, encarando-o com um olhar risonho. — E o jantar também, pelo que parece. Pelo visto, a cozinheira não acredita muito na sua capacidade de pescar uma refeição.

— De toda forma, só tenho uma hora para tentar.

Alexandra ficou em silêncio enquanto ia pegar uma vara de pesca, parecendo confusa e decepcionada.

— Uma hora?

— Tenho dezenas de coisas para fazer hoje — respondeu Jordan. Ele se agachou, pegou uma das varas deixadas ali pelos criados e testou sua flexibilidade, entortando-a. — Sou um homem muito ocupado, Alexandra — acrescentou, distraído, tentando se explicar.

— E também é um homem muito rico — respondeu ela, querendo soar despreocupada enquanto testava a própria vara. — Então por que precisa trabalhar tanto o tempo todo?

Jordan pensou nisso por um instante e riu.

— Para continuar sendo muito rico.

— Se ser rico significa não poder relaxar e aproveitar a vida, então o preço da riqueza é alto demais — comentou ela, virando para encará-lo.

— Quem disse isso?

Alexandra abriu um sorriso impetuoso.

— *Eu.*

Jordan balançou a cabeça, maravilhado com o raciocínio rápido da esposa, prendeu uma minhoca no anzol e seguiu para a margem do rio. Sentando ao lado de um enorme tronco caído no chão, cujos galhos se espalhavam sobre a água, ele jogou a linha.

— Aí não é o melhor lugar para pegar os peixes maiores — aconselhou ela ao se aproximar das costas dele, usando um tom cheio de arrogância. — Pode segurar minha vara, por favor?

— Mas você não tinha dito que conseguia fazer tudo sozinha? — brincou o duque, notando que Alexandra tirara as botas de cavalgada e as meias.

Antes que Jordan conseguisse entender o que ela pretendia fazer, sua esposa ergueu a saia, exibindo as panturrilhas esbeltas, os tornozelos finos e os pequenos pés descalços, e subiu no tronco largo com a agilidade graciosa de uma gazela.

— Obrigada — disse ela, esticando a mão para pegar a vara de pescar.

Jordan lhe passou a vara, achando que a esposa sentaria onde estava, mas, para sua surpresa e pavor, ela seguiu pelo tronco que se estendia pela correnteza, se equilibrando como uma acrobata.

— Volte aqui! — gritou ele, apavorado. — Você pode cair.

— Eu nado como um peixe — declarou Alexandra, sorrindo por cima do ombro e sentando, uma duquesa descalça, com as belas pernas balançando sobre a água e a luz do sol fazendo seu cabelo brilhar. — Pesco desde pequena — disse ela num tom despreocupado enquanto jogava a linha na água.

Jordan concordou com a cabeça.

— Penrose lhe ensinou.

E fora um bom professor, pensou ele, sorrindo por dentro, quando viu a esposa cumprir a palavra e pegar uma minhoca da cesta preparada pelos criados, prendendo-a no anzol.

Pelo visto, os dois estavam pensando na mesma coisa, porque ela abriu um sorriso e disse:

— Que bom que você estava brincando quando disse que tinha nojo de minhocas.

— Eu não falei que tinha nojo — rebateu Jordan com uma expressão séria no rosto empinado. — Mas odeio o som que elas fazem quando são espetadas. Costumamos matar as coisas antes de usá-las como isca. É mais bondoso, não acha?

— Elas não fazem som nenhum! — disse Alexandra com convicção, mas o marido parecia ter tanta certeza daquilo que ficou na dúvida.

— Só pessoas com uma audição extraordinária escutam, mas o som existe — insistiu Jordan sem rir.

— Penrose me disse que elas não sentem dor — argumentou ela, nervosa.

— Penrose é completamente surdo. Ele não consegue escutar os gritos.

Uma expressão indescritível de apreensão enojada surgiu no rosto de Alexandra enquanto ela fitava a vara em suas mãos. Virando o rosto para esconder uma risada, Jordan olhou para a direita, mas seus ombros tremiam de tanto rir, e ela logo percebeu o que acontecia. Um instante depois, um bolo de galhos e folhas bateu nas costas dele.

— Seu ridículo! — exclamou a duquesa, alegre.

— Minha esposa querida e tola — disse Jordan, exibindo seu sorriso impertinente enquanto limpava as folhas de sua camisa com tranquilidade —, se eu estivesse dependurado num tronco em cima da água como você, tentaria me tratar com mais respeito.

Para ilustrar sua declaração, ele cutucou o tronco pesado sobre o qual ela sentava.

A esposa abusada ergueu as belas sobrancelhas.

— Meu marido querido e tolo — respondeu ela, despreocupada, fazendo Jordan ser tomado por uma onda súbita de alegria —, se você me derrubar, vai cometer um erro terrível e acabar se molhando.

— Eu? — perguntou ele, gostando da brincadeira. — Por quê?

— Porque não sei nadar — disse Alexandra baixinho, num tom sério.

Jordan empalideceu e levantou num pulo.

— Pelo amor de Deus — ordenou ele, nervoso —, não se *mexa*. Não sei a profundidade da água onde você está, mas é fundo o suficiente para se afogar e turvo o bastante para eu não conseguir enxergá-la. Fique aí até eu chegar.

Com a agilidade de um atleta, o duque subiu no tronco e se aproximou até conseguir alcançá-la.

— Alexandra — disse ele numa voz calma, reconfortante —, se eu chegar mais perto, meu peso pode quebrar o tronco ou entortá-lo o suficiente para jogá-la na água. — Jordan se aproximou mais alguns centímetros, inclinou--se para a frente e estendeu a mão. — Não tenha medo. Segure em mim.

Pela primeira vez na vida, ela não discutiu, notou um Jordan aliviado. Em vez disso, esticou a mão esquerda e agarrou o galho acima de sua cabeça para se equilibrar, enquanto a direita agarrava o pulso dele.

— Agora, puxe as pernas para cima e levante. Apoie o peso em mim.

— Acho melhor não — respondeu Alexandra. O olhar chocado dele se focou no rosto risonho da esposa enquanto ela apertava sua mão, dizendo num tom ameaçador: — Você não prefere nadar?

— Nem pense nisso — alertou Jordan, sério, sem conseguir libertar a mão.

Naquela posição desajeitada, inclinado para a frente e com o braço feito de refém, ele estava completamente à mercê dela, e os dois sabiam disso.

— Se você não souber nadar, eu lhe resgato — ofereceu ela, gentil.

— Alexandra — ameaçou o duque num tom irritado —, se me jogar nesse rio gelado, vai ser melhor nadar na direção oposta e torcer para eu não pegá--la.

Ele estava falando sério, e ela sabia.

— Sim, milorde — respondeu a duquesa, obediente, e soltou sua mão.

Jordan se endireitou e ficou parado ali, encarando-a com uma expressão exasperada, achando graça.

— Você é a pessoa mais atrevida... — Ele parou de falar, sem conseguir esconder um sorriso.

— Obrigada — disse Alexandra, animada. — É tão entediante ser previsível, não acha? — gritou ela quando o marido lhe deu as costas e voltou pelo tronco, pulando na grama.

— Não faço a menor ideia — respondeu ele com ironia enquanto se esticava na margem gramada do rio e pegava sua vara de pesca. — Não consigo prever nem uma hora do futuro desde que a conheci.

As próximas três horas voaram, e, no fim, Jordan confirmou que a esposa não era apenas uma ótima pescadora, como também uma companhia agradável, sagaz e inteligente.

— Veja! — exclamou ela de repente e sem qualquer necessidade quando a vara de pescar dele se inclinou para baixo, quase forçando-o a se levantar para conseguir segurá-la. — Você pegou alguma coisa...!

Depois de cinco minutos lutando com habilidade e puxando forte, a linha de Jordan ficou frouxa. Sua jovem esposa atrevida, em pé sobre o tronco, de onde observara sua batalha inútil enquanto gritava conselhos e incentivos, gemeu e jogou as mãos para o ar, inconformada.

— Você perdeu o peixe!

— Aquilo não era um peixe! — rebateu Jordan, encarando-a. — Era uma baleia cheia de dentes.

— Só porque ele conseguiu escapar — disse ela, rindo.

A risada de Alexandra era tão contagiante quanto seu entusiasmo, e Jordan não conseguiu evitar um sorriso, apesar de tentar soar sério.

— Por favor, não menospreze minha baleia. Vamos abrir as cestas. Estou morrendo de fome.

Parado onde estava, ele ficou admirando enquanto a esposa se aproximava pelo tronco caído. Quando Alexandra tentou lhe passar a vara para descer, Jordan a segurou pela cintura e a colocou no chão, mas ela enrijeceu quando seus corpos roçaram um no outro, e ele a soltou imediatamente.

A diversão daquela manhã diminuiu um pouco diante da reação de Alexandra ao seu toque.

Sentado diante da esposa na toalha, Jordan se apoiou numa árvore e a analisou em silêncio, observando enquanto ela tirava a comida das cestas, tentando entender o motivo por trás daquele passeio. Pelo visto, a ideia não era para ser um "momento romântico".

— Foi uma manhã muito agradável — disse Alexandra, parando para ver a luz do sol brilhar sobre a água do rio adiante.

Dobrando uma perna, Jordan passou um braço em torno do joelho e disse, sem qualquer entonação:

— Agora que terminamos, que tal me contar o objetivo por trás disso tudo?

Alexandra afastou o olhar da água e o encarou.

— Como assim?

— Bem, por que você quis passar a manhã deste jeito?

Ela esperava que o marido ficasse curioso, mas *não* que exigisse uma resposta, e foi pega de surpresa. Dando de ombros, disse, desconfortável:

— Achei que seria bom lhe mostrar o tipo de vida que quero ter.

Os lábios dele se retorceram com cinismo.

— E, agora que me mostrou que não é a dama completamente refinada e elegante que aparentava ser, eu deveria ficar horrorizado e mandá-la de volta para Morsham, é isso?

Essa teoria estava tão longe da verdade que Alexandra começou a rir.

— Eu jamais teria pensado num plano tão complicado — disse ela, parecendo impressionada com a ideia. — Infelizmente, não sou tão criativa. — Por um instante, Alexandra jurou ter visto alívio nos olhos acinzentados semicerrados do marido e ficou determinada a recuperar o clima amigável e tranquilo que tinham compartilhado durante a pescaria. — Não acredita em mim?

— Não sei.

— Fiz algo que indicasse que estou mentindo?

— Sua espécie não é conhecida por ser direta e sincera — respondeu ele, seco.

— A culpa disso é dos homens — brincou Alexandra, deitando de costas e apoiando a cabeça num braço enquanto encarava as nuvens brancas e fofas que atravessavam o céu azul. — Vocês não saberiam o que fazer se fôssemos diretas e sinceras.

— É mesmo? — rebateu o duque, deitando ao lado dela e apoiando a cabeça no cotovelo.

Ela concordou com a cabeça e o encarou.

— Se as mulheres fossem diretas e sinceras, não conseguiríamos convencer os homens de que eles são mais inteligentes, mais sábios e mais corajosos que nós, quando a verdade é que a única vantagem que vocês têm é a força bruta para conseguir levantar objetos pesados de vez em quando.

— Alexandra — sussurrou ele enquanto baixava os lábios até os dela —, tome cuidado para não destroçar o ego masculino. Assim, vou ter que mostrar minha superioridade do jeito mais antigo.

A rouquidão na voz do marido, junto com seu olhar sedutor, já fazia o coração de Alexandra bater mais forte. Desejando erguer os braços e puxá-lo em sua direção, ela perguntou num tom trêmulo:

— Eu destrocei o seu ego?

— Sim.

— Por-porque disse que as mulheres são mais inteligentes, mais sábias e mais corajosas que os homens?

— Não — sussurrou Jordan, seus lábios sorridentes quase tocando os dela. — Porque pescou *peixes* maiores que os meus.

A risada súbita dela foi abafada pelos lábios dele.

Sentindo-se completamente relaxado e satisfeito, Jordan resolveu não fazer amor com a esposa por enquanto e, depois de se permitir um beijo demorado e intenso, voltou a deitar ao seu lado.

Alexandra pareceu um pouco surpresa e decepcionada por ele ter desistido.

— Mais tarde — prometeu o duque com um sorriso preguiçoso que a fez corar, sorrir e desviar o olhar.

Depois de um minuto, ela estava completamente focada no céu.

— O que você está olhando? — quis saber Jordan, observando-a.

— Um dragão. — Quando ele pareceu confuso, ela apontou para o sudeste. — Bem ali, aquela nuvem. O que você está vendo?

— Uma nuvem gorda.

— E o que *mais*? — perguntou Alexandra depois de revirar os olhos.

Jordan ficou em silêncio por um instante, analisando o céu.

— Mais cinco nuvens gordas e três magras.

Para sua surpresa e prazer, Alexandra soltou uma gargalhada, girou de lado e lhe deu um beijo na boca, mas, quando ele tentou segurá-la e começar a fazer amor, ela deitou de novo e insistiu em voltar para sua observação do céu.

— Você não tem imaginação? — criticou ela. — Olhe para as nuvens. Com certeza consegue encontrar *uma* que o lembre de alguma coisa. Pode ser algo fantasioso ou real.

Incitado pela provocação da esposa, Jordan estreitou os olhos e encarou o céu — e finalmente encontrou um formato que reconhecia. Lá em cima, à direita, havia uma nuvem muito parecida, igual a seios!

Assim que ele chegou a essa conclusão, Alexandra perguntou, animada:

— O que está vendo?

O corpo inteiro de Jordan se estremeceu com uma risada silenciosa.

— Estou pensando — disse ele, rápido. Em sua pressa para bolar alguma resposta aceitável, descobriu um formato. — Um cisne. — E, então, maravilhado: — Estou vendo um cisne.

Jordan logo percebeu que o estudo da aparência das nuvens era um passatempo surpreendentemente agradável — ainda mais enquanto segurava a mão de Alexandra com seus corpos pressionados. Porém, alguns minutos depois, a distração da proximidade dela e do cheiro de seu delicado perfume se tornou potente demais. Apoiando-se no antebraço, ele apoiou o outro braço no lado oposto dela, baixando lentamente a boca. A reação da esposa ao seu beijo foi tão carinhosa e ávida que Jordan sentiu seu coração derreter. Afastando-se, ele observou o rosto lindo de Alexandra, sentindo-se desmerecedor de tanta ternura e afeição.

— Já lhe disse — sussurrou num tom solene — que você é maravilhosa?

Antes de Alexandra conseguir responder, Jordan a beijou com toda a avidez que sentia.

Os DOIS VOLTARAM para os estábulos no meio da tarde. Sem perceber os olhares discretos de Smarth e das duas dúzias de criados e cavalariços que estavam morrendo de curiosidade sobre o resultado do passeio matinal, Alexandra se apoiou nos ombros de Jordan, sorrindo enquanto ele a puxava para fora da sela.

— Obrigada por um dia maravilhoso — disse ela enquanto era levemente baixada para o chão.

— De nada — respondeu o duque, suas mãos se demorando na cintura da esposa, mantendo o corpo próximo ao dela.

— Gostaria de repetir? — perguntou Alexandra, pensando na pescaria.

Jordan soltou uma risada profunda.

— Certamente — murmurou ele, pensando em quando fizeram amor. — Várias e várias vezes...

As bochechas macias de Alexandra ficaram vermelhas como um pimentão, mas seus olhos brilhavam.

— Eu estava falando sobre *pescar*.

— Vai me deixar pegar o peixe maior da próxima vez?

— Claro que não — disse ela, o rosto radiante de alegria. — Mas posso contar para as pessoas sobre a baleia que *você* deixou escapar.

Jordan jogou a cabeça para trás e soltou uma gargalhada.

O som da risada do duque ecoou pelos estábulos, onde Smarth observava tudo ao lado de uma janela, junto com um dos cavalariços.

— Eu disse que ela ia conseguir! — comentou ele, dando uma cotovelada no outro homem e piscando. — Eu disse que ela o faria feliz como nunca!

Cantarolando, ele pegou uma escova e se virou para um cavalo castanho.

O cocheiro parou enquanto polia os arreios prateados para observar o casal apaixonado, mas logo voltou para a tarefa, assobiando uma canção alegre.

Um dos criados baixou o forcado e fitou o duque e a duquesa, também começando a assobiar enquanto puxava o feno.

Segurando o cotovelo de Alexandra, Jordan começou a acompanhá-la de volta para casa, mas parou de repente quando notou que o estábulo se enchia de melodias desconexas cantaroladas e assobiadas pelos criados, que executavam suas tarefas com empolgação.

— O que houve? — perguntou Alexandra, acompanhando o olhar do marido.

Ele franziu a testa, confuso, mas então deu de ombros, incapaz de determinar o que chamara sua atenção.

— Nada — respondeu, guiando-a para a casa. — Mas passei o dia inteiro à toa e vou precisar trabalhar o dobro hoje e amanhã para compensar.

Decepcionada, mas sem se deixar abalar, Alexandra disse com animação:

— Sendo assim, não vou tentar distraí-lo com nada divertido. Só depois de amanhã.

— Quais são seus planos? — perguntou Jordan, sorrindo.

— Um piquenique.

— Acho que consigo abrir espaço na minha agenda.

— Sente-se, Fawkes, já falo com você — disse Jordan mais tarde naquele dia, sem se dar ao trabalho de afastar o olhar da carta que recebera de seu administrador em Londres.

Ignorando a falta de cortesia do cliente — compreendendo que o duque se sentia irritado por precisar de seus serviços —, o investigador, que estava disfarçado de administrador-assistente em Hawthorne, sentou-se diante da imponente escrivaninha de Jordan.

Vários minutos depois, o duque baixou a pena, recostou-se na cadeira e perguntou com rispidez:

— Pois bem, qual é o problema?

— Quando Vossa Graça me entregou o bilhete de Lorde Anthony ontem à noite, não me disse que pedira à sua esposa para não ir visitá-lo? — começou Fawkes.

— Sim.

— E o senhor tem certeza de que ela ouviu e entendeu seu pedido?

— Absoluta.

— Vossa Graça foi bem claro?

Bufando, irritado, Jordan respondeu:

— Extremamente claro.

O primeiro sinal de desconforto e preocupação no rosto de Fawkes surgiu quando ele franziu o cenho, mas logo se recuperou e disse num tom prático e impessoal:

— No fim da tarde de ontem, sua esposa foi aos estábulos e pediu uma carruagem. Disse ao meu funcionário, Olsen, que só iria visitar um chalé dentro da propriedade e que, portanto, não precisaria de seus serviços. Como combinamos ontem à noite, depois de descobrir que Lorde Anthony resolveu voltar para Winslow sem qualquer motivo aparente, Olsen seguiu sua esposa, escondido, para poder protegê-la sem deixá-la nervosa. — Fawkes fez uma pausa antes de continuar: — Depois de fazer uma visita rápida a um dos arrendatários, ela foi direto para a casa de Lorde Anthony. Devido ao que aconteceu enquanto estava lá, achei o incidente preocupante e talvez até suspeito.

As sobrancelhas escuras de Jordan se uniram sobre seus gélidos olhos acinzentados.

— Não vejo motivo para a *sua* "preocupação" — disse ele numa voz cortante. — Minha esposa ignorou minhas ordens, e isso é problema *meu*, não seu. E também não é motivo para desconfiar de qualquer... — Jordan parou de falar, incapaz de dizer a palavra.

— Cumplicidade? — sugeriu Fawkes. — Talvez não. Pelo menos, não por enquanto. Meus homens estão vigiando a casa de Lorde Anthony, prestando atenção a qualquer visita diferente, e disseram que o irmão e a mãe dele estavam presentes. Mas sua esposa passou pouquíssimo tempo dentro da casa. Menos de meia hora depois de sua chegada, ela saiu com Lorde Anthony para o jardim. Os dois tiveram uma conversa que Olsen não conseguiu ouvir, mas que pareceu muito intensa pela expressão nos rostos e nos gestos deles. — O olhar do investigador saiu do rosto de Jordan e passou para a parede. — No jardim, os dois se abraçaram e se beijaram. Duas vezes.

O cérebro de Jordan foi apunhalado pela mágoa, desconfiança e dúvida só de pensar em Alexandra nos braços de Tony... na boca dele na dela... suas mãos...

— Mas foi rápido — disse Fawkes, interrompendo o silêncio tenso.

Respirando fundo para se controlar, Jordan fechou os olhos por um instante. Quando falou, sua voz era calma, fria e dura, cheia de convicção.

— Minha esposa e meu primo são parentes através do nosso casamento. E são amigos. Como ela não sabe que Tony é suspeito de tentar me matar nem que sua vida também pode estar em perigo, com certeza achou que minha proibição de visitá-lo era injusta e irracional, então resolveu me desobedecer.

— Sua esposa ignora seus desejos abertamente, e Vossa Graça não acha isso, hum... suspeito? Ou, pelo menos, estranho?

— Acho irritante, não "suspeito" — respondeu ele, cheio de sarcasmo —, e não há nada de "estranho" nisso. Minha esposa faz o que bem entende desde que era pequena. É um hábito desagradável que pretendo desencorajar, mas que não a torna cúmplice de assassinato.

Percebendo que seria inútil continuar insistindo, Fawkes concordou com a cabeça e se levantou, relutante. Ele virou para a porta, mas a voz gélida do seu empregador fez com que parasse e o encarasse.

— No futuro, Fawkes — ordenou Jordan, ríspido —, diga a seus homens para ficarem de costas para mim e minha esposa quando estivermos fora da casa. Eles deveriam estar vigiando um possível assassino, não nos espionando.

— Es-espionando o senhor? — gaguejou o homem, horrorizado.

Jordan concordou com a cabeça.

— Quando estávamos voltando hoje, vi dois dos seus homens na floresta. E estavam prestando atenção na minha esposa, não procurando um assassino entre as árvores. Livre-se deles.

— Vossa Graça deve estar enganado. Meus homens são extremamente bem-treinados, profissionais...

— Livre-se deles!

— Como quiser — concordou o investigador, fazendo uma mesura.

— E diga ao seu pessoal para manter a distância quando eu estiver com minha esposa. Se estiverem fazendo seu trabalho direito, nós podemos andar pela propriedade sem correr qualquer risco. Não vou sacrificar nossa privacidade nem ficar escondido dentro de casa o dia inteiro. Eu mesmo tomo conta da minha esposa quando estivermos juntos.

— Vossa Graça — disse Fawkes, estendendo as mãos num gesto conciliatório —, tenho anos de experiência no ramo e sei como situações assim são no mínimo incômodas, especialmente para homens da sua posição. Mas eu estaria sendo negligente se não lhe dissesse que a decisão de Lorde Townsende de voltar para casa nesta época do ano faz com que ele seja meu principal suspeito. Além disso, eu e meus homens só estamos tentando proteger sua esposa...

— E estou lhe pagando uma fortuna por isso! — interrompeu Jordan, ácido. — Portanto, acho melhor fazer as coisas do meu jeito.

Fawkes, que já estava acostumado com as exigências injustas que a aristocracia costumava fazer àqueles ao seu entorno, concordou com a cabeça, resignado.

— Vamos nos esforçar, Vossa Graça.

— E não quero mais saber dessas suspeitas descabidas sobre minha esposa.

Fawkes fez outra mesura e foi embora. Mas, quando as portas do escritório foram fechadas, a resolução e a certeza inabalável foram desaparecendo aos poucos do rosto de Jordan. Enfiando as mãos nos bolsos, ele recostou a cabeça no encosto da poltrona e fechou os olhos, tentando bloquear as palavras do investigador, mas elas golpeavam seu cérebro como milhares de martelos raivosos. *A decisão de Lorde Townsende de voltar para casa nesta época do ano faz com que ele seja meu principal suspeito... Sua esposa e Lorde Townsende saíram da casa e tiveram uma conversa muito intensa... Os dois se abraçaram e se beijaram... Acho suspeito...*

Um grito silencioso de negação no cérebro de Jordan abafou as palavras, e ele se inclinou para a frente, balançando a cabeça para afastar os pensamentos. Aquilo era loucura! Já era difícil aceitar a ideia de que Tony, a quem amava como um irmão, talvez estivesse tentando matá-lo. Mas ele não se permitiria passar nem mais um segundo cogitando a hipótese de que Alexandra também o traía. A bela mulher sincera e encantadora que o provocara e rira com ele naquela manhã, que se agarrara ao seu corpo enquanto faziam amor, não estava tendo um caso com seu primo, disse Jordan a si mesmo, furioso. Era um absurdo pensar assim! Obsceno!

Ele se recusava a acreditar numa coisa dessas.

Porque não seria forte o bastante para encarar aquela possibilidade.

Um suspiro doído escapou de Jordan enquanto ele encarava a verdade. Desde o momento em que aparecera em sua vida, Alexandra roubara seu coração. A garota o encantara e o divertira. A mulher o deixava maravilhado, louco de raiva, atraído e intrigado. Mas, independentemente de qualquer coisa, ele se sentia aquecido por seus sorrisos, agitado por seu toque, feliz por suas risadas musicais.

Mesmo agora, abalado pelo ciúme e atormentado pelas dúvidas, Jordan sorriu ao se lembrar dela naquela manhã, sentada no tronco da árvore com a luz do sol refletida no cabelo, e as pernas compridas e desnudas expostas.

Num vestido de baile, sua esposa parecia tão elegante e serena quanto uma deusa; na sua cama, ela não percebia ser tão excitante quando uma beldade exótica; e sentada sobre as próprias pernas numa toalha de piquenique, com o lindo cabelo balançando ao vento, ela continuava sendo uma duquesa em todos os sentidos da palavra.

Uma duquesa descalça. *Sua* duquesa descalça, pensou Jordan, possessivo. Perante as leis de Deus e do homem, Alexandra era sua.

Ele pegou sua pena e se jogou no trabalho, determinado a se focar apenas em seus deveres. Mas, pela primeira vez na vida, não conseguia se concentrar.

Nem conseguia esquecer que Alexandra mentira sobre aonde fora ontem.

Capítulo 27

O sol entrava pela única janela no alto do cômodo austero em que Jordan assistira a suas aulas sob a ameaça severa de uma vara. Ajeitando uma mecha de cabelo rebelde no coque, Alexandra analisou os livros nas estantes baixas que percorriam uma parede inteira, procurando por volumes que pudesse usar para ensinar o básico da leitura para as crianças que logo se reuniriam no chalé do guarda de caça.

Ela se encheu de admiração e respeito ao olhar para os títulos e começar a entender a abrangência e a profundidade do conhecimento que Jordan devia possuir. Havia volumes encapados em couro com as palavras de Platão, Sócrates e Plutarco, assim como dezenas de filósofos menos conhecidos, cujos nomes Alexandra mal reconhecia. E seções inteiras sobre a arquitetura em todos os períodos da história europeia, assim como as vidas e as realizações de cada líder do continente. Alguns livros eram escritos em inglês; outros, em latim, grego e francês. O marido devia ter um interesse especial por matemática, pois havia uma quantidade surpreendente de obras sobre o assunto, muitas das quais com títulos tão complicados que ela só podia imaginar sobre o que se tratavam. Livros sobre geografia, livros escritos por exploradores, livros sobre culturas antigas; todos os assuntos que o avô já mencionara pareciam estar representados ali e de forma bem aprofundada.

Abrindo um sorrisinho, Alexandra chegou ao final da última estante, e ali, na prateleira mais próxima ao piso, estavam os livros de alfabetização. Inclinando-se para baixo, escolheu dois para usar por enquanto. Com os volumes e uma lousa num braço, ela deslizou pelo chão de madeira devagar, com o mesmo misto de nostalgia e tristeza que sentira na primeira vez em que entrara naquele cômodo inóspito mais de doze meses atrás.

Como ele *conseguira* passar anos naquele lugar solitário, perguntou-se ela. Alexandra assistia às aulas ministradas pelo avô numa sala ensolarada ou do lado de fora, sob o sol. O velho senhor encontrava paz e prazer no conhecimento — e transmitira essa mesma alegria para a neta.

Parando ao lado da mesa menor, que encarava a grande do professor, Alexandra fitou as letras entalhadas no tampo e as tracejou: J.A.M.T.

Ela acreditara que Jordan estava morto na primeira vez que vira as iniciais, e se lembrava da tristeza arrasadora que sentira naquele dia e nos meses seguintes. Mas agora, neste momento, o marido estava lá embaixo, trabalhando no escritório — vivo e forte e lindo. Em vez de ter sido perdido para sempre num túmulo sob as águas do mar, Jordan estava sentado à escrivaninha, usando uma camisa branca como a neve, que destacava seu rosto bronzeado e se moldava aos seus ombros largos, e uma calça de cavalgada marrom-clara que enfatizava suas pernas e coxas compridas e musculosas.

Ele estava vivo e saudável e ali, exatamente como ela desejara e sonhara. Deus tinha mesmo atendido às suas orações, e esse conhecimento a encheu de alegria e gratidão profundas. Deus trouxera Jordan de volta e até a ajudara a começar a compreender o homem gentil, autoritário, carinhoso, brilhante e, às vezes, cínico que ela amava.

Perdida em pensamentos, Alexandra seguiu lentamente para a porta, mas, quando a fechou, ouviu o barulho alto de algo caindo e rolando pelo chão de madeira. Percebendo que tinha soltado algo que estivera apoiado no batente, foi ver o que era. Seu olhar confuso analisou o piso e, então, arregalou-se de pavor e raiva ao encontrar a vara de madeira polida e rígida que algum tutor desconhecido usara contra Jordan.

Seus olhos ardiam de ódio enquanto Alexandra encarava o instrumento malévolo, sentindo uma vontade real de machucar o homem que o usara. Então deu as costas para a sala e bateu a porta com força. Quando passou por um criado no corredor, colocou a vara em suas mãos e ordenou:

— Queime isto.

Parado na janela do escritório, Jordan observou a esposa caminhar na direção dos estábulos com vários livros sob o braço. Ele foi tomado por um desejo quase irrefreável de chamá-la e pedir para passarem o dia juntos, ficando surpreso com a intensidade do sentimento. Já sentia a falta dela.

Duas horas depois, o secretário atordoado de Jordan, que fora convocado para escrever as cartas do patrão, como fazia todas as tardes, estava com a pena em punho, pronto para continuar elaborando a carta para Sir George Bently, que o duque ditava. Porém, no meio dela, o patrão tinha diminuído o ritmo de suas frases rápidas e caído em silêncio, parando para olhar pela janela, distraído.

Confuso com os intervalos estranhos de distração do duque — que tinham ocorrido durante toda a tarde —, um Adams hesitante pigarreou, achando que o silêncio talvez fosse um sinal para ir embora.

Jordan tirou seu foco errante da contemplação atenta das nuvens fofas no céu azul, empertigando-se e olhando para o secretário.

— Onde eu estava?

— Na carta para Sir George — disse Adams. — Vossa Graça tinha começado a dar instruções para o investimento dos lucros da última viagem do *Fortaleza*.

— Sim, é claro — respondeu Jordan, voltando a olhar pela janela. Uma nuvem em forma de carruagem se transformava e virava uma gaivota gigante. — Diga a ele para preparar o *Gaivota*... hum... o *Valquíria* para partir imediatamente.

— O *Valquíria*, Vossa Graça? — perguntou Adams, confuso.

O olhar do duque saiu com relutância da janela e se fixou no rosto atordoado do secretário.

— Não foi isso que acabei de dizer?

— Bem, sim, foi. Mas, no parágrafo anterior, Vossa Graça pedia para Sir George preparar o *Quatro Ventos*.

Surpreso, Adams observou uma expressão que só poderia ser descrita como extrema vergonha surgir no rosto aristocrático do patrão antes de o duque deixar os documentos que segurava de lado e dizer, ríspido:

— Já basta por hoje, Adams. Vamos continuar amanhã, no horário de sempre. — Enquanto o secretário se perguntava que evento drástico e grave fizera o patrão cancelar o trabalho da tarde pela segunda vez em oito anos, sendo que o primeiro fora no dia do enterro do tio, o duque continuou, despreocupado: — Não, amanhã à tarde também não.

Já tendo atravessado metade do escritório, Adams virou e encarou o patrão em choque, mais curioso do que nunca por aquele atraso adicional de uma pilha de correspondências importantes.

— Tenho um compromisso amanhã à tarde — explicou o duque. — Um piquenique.

Lutando para permanecer impassível, Adams concordou com a cabeça e fez uma mesura. Então, virou-se e tropeçou numa poltrona.

Dizendo a si mesmo que estava apenas inquieto por passar o dia inteiro dentro de casa, Jordan saiu e seguiu para os estábulos. Mas, quando Smarth veio correndo e lhe perguntou se queria um cavalo, ele mudou de ideia e seguiu o caminho para um dos chalés dos guardas de caça, onde Alexandra dissera que daria aulas.

Alguns minutos depois, o som de uma cantoria chegou aos seus ouvidos, e, conforme subia os dois degraus até a porta, Jordan sorriu para si mesmo ao perceber que, em vez de "desperdiçar tempo" com uma música, como pensara a princípio, Alexandra ensinava aos alunos o alfabeto com uma canção que citava todas as letras. Enfiando as mãos nos bolsos, ele parou na porta, despercebido, ouvindo o som da voz afinada da esposa e olhando ao redor.

Não havia apenas crianças de todas as idades sentadas no chão, cantando concentradas, mas também adultos. Depois de pensar um pouco, conseguiu identificar duas mulheres como esposas de seus arrendatários e um homem idoso como avô do administrador-chefe. Fora isso, não fazia ideia de quem eram os outros e às quais famílias as crianças pertenciam.

Mas eles o reconheceram, e a música começou a emudecer, chegando a um final desconfortável e desafinado enquanto as crianças mais velhas paravam de cantar e silenciavam os irmãos mais novos. Alguns metros à sua direita, Alexandra inclinou a cabeça para o lado, sorrindo para os alunos.

— Cansaram por hoje? — perguntou ela, compreensiva, entendendo errado o motivo para a distração súbita. — Sendo assim, aqui vai "o pensamento do dia" para vocês refletirem até sexta-feira: "Todos somos iguais" — citou ela enquanto seguia para a porta onde estava Jordan, obviamente com a intenção de se despedir dos alunos enquanto saíam. — "Não é o nascimento que faz a diferença, mas a virtude."

Seu ombro acertou o dele, e ela virou.

— Mas isso é coisa que se diga? — observou o duque numa voz brincalhona e baixa, ignorando os ocupantes do chalé, que tinham se levantado e o encaravam, intimidados. — Vai acabar incitando a anarquia com frases assim.

Ele saiu da frente da porta, e os alunos, corretamente interpretando o gesto como sua deixa para ir embora, passaram um atrás do outro.

— Ninguém falou com você — disse Alexandra, confusa ao observar os alunos alegres e simpáticos de quem tanto gostava passarem pelos dois com um ar culpado e fugirem para a floresta atrás do chalé.

— Porque eu não falei com eles — explicou Jordan, tranquilo.

— E por que não? — perguntou ela, hesitante, sua alegria com a chegada inesperada do marido quase fazendo com que ignorasse sua curiosidade.

— Ao contrário de muitos proprietários de terras, meus antepassados nunca tiveram intimidade com os arrendatários — respondeu ele, indiferente.

Na mesma hora, a imagem de um garotinho solitário, proibido de conversar com qualquer um naquela propriedade enorme e cheia de gente, surgiu na mente dela, e os olhos de Alexandra se encheram de carinho enquanto observava o marido. Querendo transmitir todo o amor de seu coração, ela deu o braço a ele e disse:

— Não achei que fosse vê-lo hoje à tarde. Por que veio aqui?

Senti sua falta, pensou Jordan.

— Terminei o trabalho mais cedo — mentiu o duque. Cobrindo a mão dela com a sua, ele a guiou pelo gramado até o pavilhão na beira do lago. — Este é meu lugar favorito em Hawthorne — explicou, apoiando um ombro numa das colunas brancas que sustentavam o telhado. Enfiando as mãos nos bolsos, ele lançou um olhar distraído para a floresta e o lago, sem notar as flores que a esposa plantara na clareira ao lado. — Acho que, se eu somasse todas as horas que passei aqui na minha infância e juventude, o resultado daria anos.

Feliz ao notar que o homem bonito e enigmático com quem se casara finalmente começava a se abrir, Alexandra sorriu.

— Este era meu lugar favorito quando vim para Hawthorne antes. O que você fazia aqui? — perguntou ela, lembrando-se dos devaneios vívidos e tolos que inventara sobre Jordan, sentada nas almofadas coloridas do pavilhão.

— Estudava — respondeu ele. — Eu não gostava muito da sala de aula. Nem do meu tutor.

O sorriso de Alexandra fraquejou quando ela imaginou um menino bonito e solitário, forçado pelo pai a ser o melhor em tudo.

Jordan viu a ternura brilhando nos olhos azuis da esposa e sorriu, sem fazer ideia do *motivo* por trás daquilo.

— O que você fazia quando vinha aqui? — perguntou ele num tom brincalhão.

Alexandra deu de ombros, nervosa.

— Sonhava acordada.

— Sobre o quê?

— Nada de mais.

Ela foi poupada de elaborar sua resposta quando o marido subitamente notou a clareira na floresta, franzindo o cenho.

— O que é aquilo? — perguntou Jordan, saindo da sua posição relaxada e seguindo para lá.

Indo direto para a placa de mármore triangular, ele leu as palavras simples com uma expressão indescritível de surpresa no rosto:

JORDAN ADDISON MATTHEW TOWNSENDE
DÉCIMO SEGUNDO DUQUE DE HAWTHORNE
NASCIDO EM 27 DE JUNHO DE 1786
FALECIDO EM 16 DE ABRIL DE 1814

Virando-se para Alexandra com um olhar cômico, ele perguntou:

— Anthony me enfiou *aqui* na floresta? Ele não achou que eu merecia nem o cemitério da família?

Ela riu diante da reação ridícula do marido ao ver a própria morte entalhada numa peça de mármore.

— Você também tem um monumento lá. Mas eu... nós achamos que aqui era um lugar bonito para, bem, uma homenagem à sua memória. — Ela esperou Jordan comentar sobre o aumento da clareira e as flores plantadas, mas acabou perguntando quando viu que ele não diria nada: — Percebeu alguma coisa diferente aqui?

Jordan olhou ao redor, sem notar a serenidade e a beleza que ela criara.

— Não. Tem algo diferente?

Alexandra revirou os olhos numa irritação zombeteira.

— Como você consegue não enxergar um jardim inteiro cheio de flores?

— Flores — repetiu Jordan, desinteressado. — Sim, estou vendo — acrescentou ele, dando as costas para a clareira.

— Está mesmo? — brincou a jovem duquesa, mas também falava sério. — Sem virar para olhar, me diga de que cores elas são.

Jordan a fitou com um olhar curioso e pegou sua mão, seguindo na direção da casa.

— Amarelas? — adivinhou ele depois de um instante.

— Rosas e brancas.

— Cheguei perto.

Mas, no caminho de volta para casa, ele notou pela primeira vez que as rosas florescendo em abundância nos canteiros bem-arrumados ao lado da casa eram separadas por cor, não misturadas, e as rosadas eram do mesmo tom dos lábios da esposa.

Um pouco envergonhado pela sensibilidade estranha que Alexandra despertava, Jordan olhou para a cabeça baixa dela, mas seu próximo pensamento foi ainda mais sentimental que o anterior: seu aniversário seria dali a cinco dias, e ele se perguntou se ela notara as datas entalhadas na placa de mármore.

A imagem feliz de Alexandra acordando-o com um beijo e um desejo de feliz aniversário passou por sua mente, e, de repente, Jordan quis com todas as forças que ela se lembrasse da data, que fizesse alguma bobagem para lhe mostrar que ele era importante em sua vida.

— Estou ficando velho — comentou, tomando o cuidado de parecer indiferente.

— Humm — respondeu Alexandra, distraída, pensando num plano tão diferente, tão perfeito, que estava praticamente explodindo de vontade de começar a executá-lo.

Era óbvio, percebeu Jordan com desânimo, que ela não sabia nem se importava com o fato de que seu aniversário estava chegando, e, ao tentar lembrá-la disso, ele se comportara como um menino deslumbrado que implorava por um pouquinho da afeição da amada.

Assim que os dois entraram no vestíbulo, Jordan fez menção de deixá-la e chamar o administrador de terras, mas a voz de Alexandra o interrompeu.

— Milorde!

— Jordan! — exclamou ele.

— Jordan — repetiu sua esposa, sorrindo de um jeito que o fez querer puxá-la para seus braços —, ainda vamos fazer nosso piquenique na beira do rio? — Quando ele concordou com a cabeça, ela continuou: — Preciso fazer algumas visitas pela manhã. A Sra. Little, a esposa do guarda de caça, acabou de ter um bebê, e eu queria lhe dar um presente. E tenho que passar em algumas outras casas. Posso encontrar com você no rio?

— Tudo bem.

Assustado e irritado pelo desejo crescente de passar o tempo todo com Alexandra, Jordan fez questão de não jantar com ela nem fazer amor naquela noite. Em vez disso, ficou acordado em sua cama enorme, encarando o teto e se controlando para não ir para o quarto da esposa. Ao amanhecer, ele continuava acordado — mentalmente reformando a suíte de Alexandra. Ela precisava de um banheiro espaçoso como o seu, coberto de mármore, concluiu Jordan, generoso, e também de um espaço muito maior para guardar suas roupas e se arrumar. É claro que, depois dessas mudanças, não restaria espaço para uma cama no quarto. Um sorriso leve e satisfeito se formou nos seus lábios, e ele finalmente fechou os olhos. Não seria muito sacrifício dividir a cama com a esposa, decidiu com benevolência.

Ele não queria poupar esforços para modernizar sua casa.

Capítulo 28

Pulando de alegria com os planos que passara a manhã colocando em prática, Alexandra seguiu a cavalo para a clareira e desmontou. Jordan estava parado na beira do rio, fitando a água com as costas largas voltadas para ela, parecendo perdido em pensamentos. Ela não se sentia culpada nem preocupada por ter visitado Tony hoje, porque tinha certeza de que o marido não reclamaria quando descobrisse o motivo.

Com a grama verde abafando o som de sua aproximação, Alexandra seguiu na direção de Jordan, suas emoções alternando entre a alegria de vê-lo e a insegurança por ele não ter jantado nem feito amor com ela no dia anterior. Ciente de que o marido começara a ficar mais frio quando voltavam do pavilhão, a jovem duquesa hesitou, mas resolveu arriscar. Ela o amava e estava determinada a ensiná-lo a amar e rir.

Seguindo essa linha de raciocínio, Alexandra se aproximou de fininho, ficou na ponta dos pés e cobriu os olhos dele com as mãos. Era óbvio que Jordan a ouvira chegar, porque não demonstrou surpresa nem moveu um músculo.

— Você está atrasada — comentou o duque com uma voz risonha, porque ela ainda cobria seus olhos.

— Rápido — disse Alexandra —, me diga de que cores são as flores da colina que você estava olhando.

— Amarelas — respondeu ele na mesma hora.

— Brancas — suspirou ela, removendo as mãos.

— Se eu continuar dizendo que são amarelas — disse Jordan, seco, virando-se para encará-la —, vou acabar acertando uma hora.

Alexandra balançou a cabeça com um falso ar de exasperação e seguiu para a toalha que o marido abrira na beira do rio.

— Você é o homem mais frio e insensível do mundo — disse ela por cima do ombro.

— É mesmo? — perguntou Jordan, segurando-a e aproximando suas costas do peito e das pernas fortes dele. Sua respiração balançou os cabelos na testa dela. — Acha mesmo que sou frio, Alexandra?

Ela engoliu em seco, completamente ciente do magnetismo sexual que emanava do corpo dele.

— Eu não diria frio, exatamente — respondeu ela, trêmula, envergonhada por desejar se virar nos braços do marido e perguntar por que ele não quisera sua companhia na noite anterior.

Forçando-se a ignorar seus anseios despudorados, Alexandra ajoelhou na toalha e começou a tirar a comida das cestas.

— Está com tanta fome assim? — brincou Jordan, sentando-se ao seu lado.

— Faminta — mentiu ela, sentindo que o duque estava prestes a beijá-la e tentando controlar suas emoções antes que isso acontecesse.

Brincar com ele e tentar criar algum tipo de conexão era uma coisa; isso era permitido. Mas *não* podia deixar que Jordan percebesse que ela estava disposta a cair em seus braços sempre que ele resolvesse beijá-la — ainda mais depois de ter sido ignorada na noite anterior. Como se fosse de suma importância alinhar os pratos e os copos de forma simétrica, Alexandra permaneceu ajoelhada, de lado para ele.

Quando ela se inclinou para a frente para alisar os guardanapos de linho branco, Jordan ergueu a mão, afastando uma mecha de cabelo que caíra na bochecha da esposa.

— Seu cabelo é tão bonito — murmurou ele numa voz aveludada que fez uma pontada de empolgação percorrer o corpo dela. — Os fios brilham ao sol como mel escuro, e sua pele é macia como pêssego.

Alexandra tentou se manter num terreno seguro, fazendo piada.

— Pelo visto, não sou a única que está com fome.

Jordan riu da tentativa de mudar de assunto, mas sua mão começou a descer sensualmente pela bochecha dela, passando para o braço.

— Nenhum dos arrendatários lhe ofereceu algo para comer?

— Só a Sra. Scottsworth, mas a cunhada dela, a Sra. Tilberry, estava na parte da casa que usam como cozinha, então não aceitei.

Alexandra franziu o nariz empinado, pensando na Sra. Tilberry, que tinha a língua afiada e provocava a esposa do irmão sem parar, até mesmo na presença da jovem duquesa.

A mão de Jordan apertou o braço dela, puxando sua mão para longe do guardanapo que Alexandra não parava de ajeitar, até que não lhe restou escolha além de encarar o olhar sedutor do marido.

— O que a Sra. Tilberry estava fazendo na cozinha da Sra. Scottsworth? — murmurou ele enquanto sua boca descia na direção da dela.

— Declamando feitiços e apontando uma varinha para um caldeirão — brincou Alexandra, nervosa.

— Declamando fei... — Jordan soltou uma gargalhada, segurou os ombros da esposa e, num movimento rápido, a fez deitar de costas, inclinando-se por cima dela, mantendo um braço em seu entorno. — Se existe alguma bruxa fazendo feitiços por aqui, é *você* — murmurou ele, brincando.

Hipnotizada por seu olhar acinzentado, Alexandra queria o beijo que o marido estava prestes a lhe dar, ao mesmo tempo em que se ressentia da facilidade com que ele a conquistava sempre que queria. Quando Jordan baixou a cabeça, ela virou a cara, de forma que os lábios atingissem sua bochecha. Sem se deixar desanimar, ele foi beijando seu rosto até chegar a um dos seus lóbulos sensíveis. De repente, a língua do duque estava na orelha dela, e o corpo inteiro de Alexandra reagiu automaticamente, se retesando.

— Estou... estou faminta — arfou ela, desesperada.

— Eu também — sussurrou ele num tom malicioso, e o coração de Alexandra começou a martelar no peito. Erguendo a cabeça, Jordan encarou aqueles olhos azuis lânguidos. — Me abrace.

— Que tal depois do jantar? Quando eu estiver mais forte?

Ela observou com fascínio enquanto os lábios firmes e másculos do marido formavam uma única palavra de ordem implacável:

— Agora.

Respirando fundo, Alexandra esticou os braços e os passou por cima dos ombros dele. Como que por vontade própria, suas mãos o apertaram, trazendo-o para perto, mas logo ela parou, assustada com o desejo que subitamente tomava seu corpo.

— Agora — repetiu Jordan num sussurro rouco, os lábios a centímetros dos seus.

— Vo-você não quer uma... uma taça de vinho antes?

— *Agora.*

Com um gemido baixo de desespero e rendição, Alexandra curvou a mão em torno da nuca do marido e aproximou seus lábios. No começo, o beijo era um cumprimento gentil e hesitante entre amantes, porém, quanto mais se prolongava, mais prazeroso se tornava para ambos, e mais os dois se pressionavam, querendo ir além. A língua de Jordan separou os lábios dela, entrando em sua boca para prová-la num gesto carinhoso, excitante, e se afastou... e, então, voltou, ávida, urgente, e o casal explodiu de desejo.

Jordan abriu o vestido da esposa, puxando a combinação para baixo, exibindo seus seios para aqueles olhos sedentos, tocando-os, empurrando-os para cima, com os polegares circundando os mamilos enquanto ele observava a extremidade cor-de-rosa enrijecer num pico firme. Então, numa lentidão proposital e angustiante, baixou a cabeça e substituiu um dos polegares pela boca. Focado no mamilo excitado, seus lábios e sua boca o acariciaram até Alexandra arfar de prazer, e ele então passou para o outro seio.

Ela estava completamente tomada pela paixão quando o marido por fim removeu suas roupas e deitou ao seu lado, apoiando a cabeça num cotovelo.

— Não consigo me cansar de você — sussurrou ele num tom ardente, os olhos derretendo de desejo enquanto a fitavam, com uma das mãos buscando e encontrando o triângulo entre as pernas dela.

Sem tirar os olhos da esposa, Jordan afastou suas coxas, usando os dedos para provocá-la, penetrando seu calor úmido, até Alexandra começar a se remexer, desamparada, arqueando o quadril contra a mão dele. Mas nem isso o fez parar. Ondas ardentes e convulsivas a atravessavam com uma intensidade trêmula, e ela finalmente soltou um gemido alto, passando as mãos pelos músculos tensos do braço do marido, envolvendo os ombros dele e puxando-o para perto. Os dedos habilidosos de Jordan se tornaram mais insistentes, e Alexandra gemeu de novo.

— Eu sei, querida — disse ele, desejoso. — Também te quero.

Seu plano altruísta era dar a Alexandra um clímax estrondoso daquela forma, antes de se juntar a ela para mais uma rodada — como fizera na outra noite —, mas sua esposa o fez deixar a ideia de lado. Afastando a boca da dele, ela segurou sua cabeça e sussurrou:

— É solitário assim, sem você dentro de mim...

Com um gemido, Jordan resolveu lhe dar aquilo que os dois queriam. Ainda deitado de lado, ele a envolveu com os braços e a puxou para perto, penetrando-a com uma estocada poderosa. Alexandra pressionou o quadril contra suas coxas pulsantes, e, com as mãos segurando as nádegas dela, Jordan se uniu à esposa no ato amoroso mais abnegado de sua vida. Num ritmo devagar, estável, ele tentava satisfazê-la com cada impulso profundo, enquanto ela, sentindo a mesma necessidade ávida de agradá-lo, seguia seus movimentos.

Eu te amo, pensou ele com cada gesto; *Eu te amo*, gritava seu coração em cada batida estrondosa; *Eu te amo*, gemeu sua alma quando os espasmos de Alexandra o apertaram. *Eu te amo*. As palavras explodiram dentro de Jordan enquanto a penetrava uma última vez e deixava que toda sua vida, todo seu futuro e todas as desilusões de seu passado fossem injetadas nela, ficando sob sua tutela carinhosa.

E, então, quando acabou, os dois ficaram abraçados, e a alegria que ele sentia era quase absurda enquanto encarava as nuvens brancas flutuando no céu azul. Agora, todas faziam sentido e tinham significados. Sua vida inteira fazia sentido e tinha significado.

Quando Alexandra voltou para a realidade uma eternidade depois, viu-se deitada de lado, completamente encostada no corpo nu do marido. Jordan mantinha uma das mãos espalmada em suas costas, a outra ainda entrelaçada ao seu cabelo, segurando seu rosto contra o peito dele. Alexandra se forçou a erguer a cabeça, abriu os olhos azuis e o fitou, mas corou ao ver o olhar astucioso e o sorrisinho satisfeito nos lábios do marido. Ela se comportara de forma completamente despudorada, e em plena luz do dia! De repente, sentindo-se perplexa pela capacidade dele de derrubar todas as suas barreiras, a jovem duquesa se afastou e disse, nada convincente:

— Estou faminta.

— Quando eu estiver mais forte — brincou Jordan, fingindo não entender que ela falava de comida.

— Quero comer!

— Ah, isso — disse ele, fingindo-se de bobo, então ficou de pé e virou de costas, educado, dando-lhe privacidade enquanto os dois se vestiam. — Tem grama no seu cabelo — comentou, bem-humorado, tirando as folhas das mechas castanhas bagunçadas.

Em vez de responder com um sorriso ou uma piada, Alexandra mordeu o lábio, afastando o olhar enquanto começava a abrir a cesta.

Finalmente compreendendo que ela queria ficar sozinha por alguns minutos, Jordan seguiu para a margem do rio e se demorou lá, apoiando o pé numa pedra. As flores na colina, percebeu de repente, com uma clareza surpreendente, eram mesmo brancas — um tapete alegre e bonito em contraste com o verde-escuro.

Quando ele voltou, Alexandra segurava uma licoreira de cristal com vinho do Porto.

— Quer uma taça? — ofereceu ela com aquele tom de extrema educação que apenas pessoas muito envergonhadas usam. — É... é aquele vinho especial de que você gosta. Dá para ver pela licoreira.

Agachando, Jordan aceitou a garrafa e a deixou de lado, fitando os olhos da esposa.

— Alex — disse ele num tom gentil —, não há nada de imoral, nada de vergonhoso e nada de errado naquilo que acabamos de fazer.

Ela engoliu em seco e olhou ao redor com um ar culpado.

— Mas estamos em plena luz do dia.

— Quando saímos dos estábulos, avisei que queríamos ficar sozinhos hoje à tarde.

As bochechas dela coraram.

— Todos certamente entenderam por quê.

Sentando-se, o duque passou um braço pelos ombros da esposa e sorriu para seu rosto empinado.

— Imagino que sim — concordou ele sem deixar transparecer qualquer resquício de vergonha. — Afinal, é assim que herdeiros são feitos.

Para a surpresa de Jordan, uma expressão chocada surgiu no rosto de Alexandra, e ela enfiou a cara no peito dele, seus ombros esguios tremendo de tanto rir.

— Eu disse alguma coisa engraçada? — perguntou ele, baixando a cabeça, tentando ver o rosto da esposa.

A voz risonha dela foi abafada por sua camisa.

— Não. Eu... eu me lembrei de algo que Mary Ellen me disse muito tempo atrás. Sobre como bebês eram feitos. Foi uma explicação tão absurda que não acreditei.

— O que ela disse? — perguntou Jordan.

Alexandra ergueu o rosto alegre e anunciou, com dificuldade:

— A verdade!

A risada dos dois ecoou pelo vale, assustando os passarinhos nas árvores ao redor.

— Já está satisfeito com o vinho ou quer mais? — perguntou ela quando terminaram de comer.

Jordan esticou a mão para trás e pegou a taça vazia que derrubara sem querer.

— Não — disse ele com um sorriso preguiçoso cheio de dentes brancos —, mas gosto quando você cuida de mim assim.

Alexandra manteve o olhar no dele enquanto admitia a verdade num tom baixo e envergonhado:

— Eu também.

Na carruagem, de volta para casa, ela não conseguia parar de pensar na paixão intensa de suas carícias nem no carinho silencioso que pairara sobre os dois depois, enquanto faziam sua refeição. "Toque em mim", tinha dito Jordan. "Gosto quando você me toca." Será que ele queria ser tocado quando não estavam fazendo amor, do jeito que poucas esposas da alta sociedade faziam ao encostar na manga do marido enquanto conversavam? A ideia de tocá-lo de forma espontânea era tão atraente, mas Alexandra ficou com medo de parecer carente ou infantil demais.

A jovem duquesa lançou um olhar rápido, curioso, para o marido e se perguntou o que ele faria se ela — como quem não quer nada — apoiasse a cabeça em seu ombro. Na pior das hipóteses, poderia fingir que estava quase dormindo. Uma vez que pensara no plano, Alexandra resolveu tentar executá-lo e ver o que aconteceria. Com a carruagem balançando de leve e o coração batendo mais rápido, ela semicerrou os olhos e inclinou a cabeça na direção do ombro dele. Aquela era a primeira vez que o tocava com afeto sem receber incentivo, e, pela forma como Jordan virou a cabeça para encará-la, Alexandra soube que o surpreendera com o gesto. Mas não tinha certeza do que ele achara.

— Está cansada? — perguntou o duque.

Ela abriu a boca para dizer que sim e manter sua dignidade, mas ele escolheu aquele exato momento para erguer o braço e abraçar seus ombros.

— Não.

Alexandra sentiu o corpo de Jordan enrijecer de leve quando ele entendeu que ela insinuara que queria aquela proximidade, e seu coração acelerou enquanto se perguntava qual seria a próxima reação do marido.

Mas não precisou esperar muito para descobrir. A mão do duque saiu do seu ombro e passou para seu rosto, os dedos acariciando de leve sua bochecha enquanto ele a puxava para mais perto e começava a afagar seu cabelo.

Quando Alexandra acordou, os dois tinham chegado aos estábulos e o marido a erguia da carruagem. Ignorando os olhares furtivos e extremamente curiosos dos criados, ele a colocou no chão e abriu um sorriso.

— Deixei você cansada, meu doce? — perguntou o duque, rindo quando a viu corar.

Com a mão dela em seu braço, os dois começaram a seguir na direção da casa enquanto, às suas costas, um cavalariço começou a cantarolar, outro assobiou, e Smarth se lançou numa cantiga extremamente indecente que Jordan reconheceu. Parando de andar, ele virou para trás e olhou de cara feia para os empregados. Sob seu olhar ríspido, os assobios foram interrompidos no mesmo instante, assim como as canções. Smarth tratou de segurar as rédeas do cavalo irrequieto do patrão e guiá-lo para uma baia; um cavalariço pegou um forcado e começou a remexer o feno.

— Algum problema? — perguntou Alexandra.

— Devo estar dando muita atenção aos criados — brincou Jordan, mas parecia confuso. —Estão contentes demais.

— Pelo menos, você está começando a perceber que há música no ar — disse sua esposa com um sorriso irreverente.

— Bruxa — respondeu ele, soltando uma risada animada, mas seu sorriso desapareceu enquanto olhava para o belo rosto dela e pensava, *Eu te amo.*

As palavras explodiram em seu cérebro, quase o forçando a dizê-las em voz alta. Alexandra queria ouvi-las, sentiu Jordan enquanto os olhos da esposa permaneciam nos seus, tentando enxergar sua alma.

Ele contaria a ela naquela noite. Quando estivessem sozinhos na cama, declararia as palavras que nunca dissera a ninguém. Libertaria Alexandra da aposta e pediria que não fosse embora. Ela queria ficar, Jordan sabia, assim como sabia que aquela garota maravilhosa, encantadora e alegre o amava.

— No que está pensando? — perguntou ela, baixinho.

— Eu conto mais tarde — prometeu ele.

Passando um braço em torno da cintura da esposa, Jordan a puxou para perto, e os dois voltaram juntos para casa — um casal de amantes que retornava de um dia tranquilo, saciados, sem pressa, contentes.

Quando passaram pelo arco grande, coberto de rosas, que marcava a entrada dos jardins formais, o duque sorriu para si mesmo e balançou a cabeça ao perceber, pela primeira vez na vida, que as flores eram vermelhas. Vermelhas e vibrantes.

Capítulo 29

Sem querer abrir mão da companhia dela, Jordan a acompanhou até seu quarto.

— Desfrutou da sua tarde, princesa? — perguntou ele.

O termo carinhoso fez os olhos de água-marinha brilharem.

— Muito.

Ele a beijou e, porque queria um motivo para se demorar ali, seguiu lentamente para a porta que conectava os dois quartos. Enquanto passava pela penteadeira da esposa, notou o relógio do avô dela num estojo de veludo e parou para analisar a peça de ouro maciço.

— Você tem algum quadro do seu avô? — perguntou, pegando o relógio e virando-o em sua mão.

— Não. O relógio é a única lembrança que tenho dele.

— É uma peça muito boa — observou Jordan.

— Ele era um homem muito bom — respondeu a jovem duquesa num tom educado que disfarçava o olhar sorridente com que analisava o perfil do marido.

Sem notar o sorriso nem que era observado, Jordan fitou o relógio. Um ano atrás, ele o aceitara como presente com total indiferença. Agora, queria aquele relógio como nunca quisera nada na vida. Queria ganhá-lo de novo. Queria que Alexandra voltasse a olhar para ele como antes, com amor e admiração, e lhe desse o relógio que considerava digno de um homem "nobre".

— Foi presente de um conde escocês que admirava o conhecimento do meu avô sobre filosofia — murmurou ela.

Devolvendo a peça para a penteadeira, Jordan se virou. Levaria um tempo para conseguir recuperar a confiança dela, mas, um dia, a esposa com certeza o acharia merecedor daquela honra. Por outro lado, talvez ela lhe desse o relógio como um presente de aniversário, resolveu ele, sorrindo por dentro — presumindo, é claro, que Alexandra tivesse percebido que seu aniversário seria dali a quatro dias.

— É uma peça muito bonita — insistiu ele. E acrescentou: — O tempo passa rápido. Quando vemos, mais um ano passou. Encontro você antes do jantar, na sala de estar.

JORDAN SE APROXIMOU mais do espelho, analisando a pele recém-barbeada. Num bom humor extraordinário por estar prestes a se encontrar com Alexandra, ele sorriu para o reflexo do camareiro e disse:

— Bem, Mathison, o que acha? Minha cara vai estragar o apetite da dama?

Às suas costas, um Mathison paciente, que segurava um paletó preto ajustado à perfeição para Jordan vestir, ficou tão chocado com a pergunta amigável do patrão geralmente sério que teve que pigarrear duas vezes antes de conseguir dizer, gaguejando:

— Creio que a duquesa, também sendo uma mulher refinada e de extremo bom gosto, não terá do que reclamar da sua aparência esta noite!

Os lábios de Jordan formaram um sorriso diante da memória de sua jovem esposa "refinada" empoleirada num tronco, segurando uma vara de pesca.

— Diga-me, Mathison — perguntou ele enquanto vestia o paletó. — De que cores são as rosas no arco no jardim?

Surpreendido pela repentina mudança de assunto, o homem respondeu:

— Rosas, Vossa Graça? Que rosas?

— Está na hora de você arrumar uma esposa — respondeu Jordan, rindo enquanto dava uma batidinha fraternal no braço do camareiro. — Está pior do que eu. Pelo menos, eu *sabia* que havia rosas no...

Ele parou de falar quando Higgins espancou a porta, gritando:

— Vossa Graça, Vossa Graça!

Deixando Mathison de lado, Jordan seguiu para a porta e a abriu, confrontando o imponente mordomo com irritação:

— Que raios está acontecendo?

— É Nordstrom... um dos lacaios, Vossa Graça — explicou Higgins. O homem estava tão perturbado que chegou ao ponto de puxar a manga de Jordan, trazendo-o para o corredor e fechando a porta antes de continuar, afobado: — Informei o Sr. Fawkes imediatamente, como Vossa Graça me orientou a fazer caso algo estranho acontecesse. Ele quer falar com o senhor agora mesmo. Agora mesmo. E me disse para não contar a ninguém, então apenas eu e Jean, da cozinha, estamos cientes do evento trágico que...

— Acalme-se! — bradou Jordan, seguindo para a escadaria coberta com tapete vermelho. — O que houve, Fawkes? — perguntou ele enquanto sentava à sua escrivaninha e esperava o investigador se acomodar.

— Antes de eu explicar — começou o homem, cuidadoso —, preciso lhe fazer uma pergunta. Depois que Vossa Graça saiu na carruagem com as cestas de piquenique nesta tarde, quem teve acesso à licoreira com o vinho do Porto que foi junto com a comida?

— O vinho do Porto? — repetiu Jordan, pego de surpresa com a pergunta sobre vinho em vez de uma história sobre o lacaio. — Minha esposa, quando me serviu uma taça.

Uma expressão estranha, quase triste, surgiu nos olhos castanhos do investigador, mas logo desapareceu quando ele continuou:

— Vossa Graça bebeu o vinho?

— Não — disse Jordan. — A taça virou na grama.

— Certo. E sua esposa, é claro, não serviu uma taça para si mesma?

— Não — disse Jordan, impaciente. — Pareço ser o único a gostar daquilo.

— Vossa Graça fez alguma parada e deixou as cestas sozinhas antes de chegar ao seu destino? Talvez nos estábulos? Num chalé?

— Não parei em lugar algum — rebateu Jordan, ansioso para encontrar com Alexandra e irritado por aquela conversa o estar atrasando. — Que diabos está acontecendo? Achei que quisesse tratar de um lacaio chamado Nordstrom.

— Nordstrom morreu — disse Fawkes, sem qualquer entonação. — Foi envenenado. Suspeitei da causa da morte quando Higgins veio me buscar, e o médico local, o Dr. Danvers, acabou de confirmar minhas suspeitas.

— Envenenado — repetiu Jordan, incapaz de assimilar que um evento tão macabro tinha ocorrido em sua casa. — Por Deus, como é que um acidente desses aconteceu aqui?

— O único acidente foi a vítima. O veneno era para Vossa Graça. A culpa é minha por não ter pensado que o assassino tentaria atacá-lo dentro de sua própria casa. De certa forma — disse o investigador numa voz dura —, sou responsável pela morte do lacaio.

Curiosamente, o primeiro pensamento de Jordan foi que se enganara sobre Fawkes. Ao contrário da primeira impressão que tivera do investigador, ele agora estava disposto a acreditar que o homem queria mesmo proteger seus clientes, em vez de estar apenas interessado nos lucros. Então lhe ocorreu que alguém na sua própria casa tentara envenená-lo, e o pensamento era tão repugnante que parecia quase inacreditável.

— Que raios faz você acreditar que um provável acidente tenha sido um atentado malsucedido contra a minha vida? — quis saber ele, irritado.

— Sendo o mais sucinto possível, o veneno foi colocado na licoreira do seu vinho do Porto especial, que foi levada para o piquenique. As cestas foram esvaziadas na cozinha após seu retorno, por uma criada chamada Jean. Higgins estava presente no momento e notou que havia grama grudada no fundo da licoreira. Ele inspecionou o recipiente, concluiu que poderia haver mais grama ou terra lá dentro e determinou que o vinho não poderia mais ser consumido por Vossa Graça. Imagino — acrescentou Fawkes — que, aqui em Hawthorne, o senhor siga o costume da alta sociedade de oferecer o vinho não bebido durante as refeições para o mordomo ou para quem ele quiser?

— Sim — confirmou Jordan, mantendo uma expressão contida, prestando atenção enquanto esperava o investigador terminar o raciocínio.

Fawkes concordou com a cabeça.

— Foi isso que me informaram, mas queria confirmar com Vossa Graça. De acordo com esse costume, o vinho do Porto passou a ser propriedade de Higgins. Como ele não gosta da bebida, deu de presente para Nordstrom, o lacaio, para comemorar o nascimento do neto dele ontem. Nordstrom levou a licoreira para o quarto às quatro da tarde. Às sete, foi encontrado morto, o corpo ainda quente, com o vinho ao seu lado. A copeira me contou que o próprio Nordstrom abriu a garrafa do vinho hoje cedo, provou para ver se não estava estragado, encheu a licoreira e a colocou na cesta. Foi ele quem levou a comida para a carruagem. Higgins me disse que Vossa Graça estava com pressa e saiu logo depois. É verdade?

— Havia um cavalariço segurando meus cavalos. Não vi nenhum lacaio.

— O cavalariço não envenenou o vinho — disse Fawkes com certeza absoluta. — Ele era um dos *meus* homens. Pensei que poderia ter sido Higgins...

— Higgins! — exclamou Jordan, tão abismado com a ideia que quase riu.

— Sim, não foi ele — garantiu o detetive, confundindo a incredulidade do duque com desconfiança. — Higgins não teria motivo. E sequer seria capaz de cometer assassinato. O homem ficou histérico com a morte de Nordstrom. Não parava quieto, estava mais nervoso que a copeira. Tivemos que lhe dar sais de cheiro.

Em outras circunstâncias, Jordan teria achado graça da ideia de seu mordomo sério e inabalável sofrer uma crise histérica, mas não havia qualquer sinal de divertimento em seus olhos acinzentados naquele momento.

— Prossiga.

— Também foi Nordstrom quem tirou as cestas da carruagem e as levou de volta para a cozinha. Portanto, foi o único a mexer na licoreira tanto antes quanto depois do piquenique. É óbvio que não foi *ele* quem botou o veneno lá. Jean, a copeira, me garantiu que ninguém mais tocou no vinho.

— Então quando o veneno foi parar na licoreira? — perguntou Jordan, sem nem imaginar que seu mundo inteiro estava prestes a virar de cabeça para baixo.

— Como já descartamos a possibilidade de isso ter acontecido antes ou depois do piquenique — disse Fawkes num tom baixo —, a resposta óbvia é que tenha sido *durante* o evento.

— Que disparate! — exclamou o duque. — Só havia duas pessoas lá, eu e minha esposa.

Fawkes afastou o olhar do cliente e disse:

— Exatamente. E como *Vossa Graça* não envenenou o vinho, a única opção que resta é... sua esposa.

A reação de Jordan foi instantânea e volátil. Sua mão acertou a mesa como um trovão ao mesmo tempo em que ele se levantava, todo seu corpo poderoso vibrando de raiva.

— Saia daqui! — alertou numa voz baixa, selvagem. — E leve os tolos que trabalham com você. Se não tiverem saído da minha propriedade em quinze minutos, eu mesmo os tirarei daqui. E se você repetir essas calúnias sem fundamentos sobre minha esposa de novo, juro que o mato com minhas próprias mãos!

Fawkes se levantou devagar, mas ainda não tinha terminado. Por outro lado, ele não era burro a ponto de permanecer ao alcance do patrão enfurecido. Dando um passo comprido para trás, ele disse, triste:

— Lamento informar que não são "calúnias sem fundamentos".

Jordan foi tomado por um pavor indescritível que martelava seu cérebro e gritava em seu coração enquanto se lembrava de ver Alexandra segurando a licoreira quando ele voltara da beira do rio. *"Quer uma taça? É aquele vinho especial que você gosta."*

— Sua esposa fez outra visita secreta ao seu primo hoje cedo.

O duque balançou a cabeça como se tentasse negar aquilo que sua mente já começava a suspeitar, enquanto mágoa, choque e fúria dilaceravam cada fibra do seu ser.

Acertando ao interpretar que o cliente começava a aceitar sua teoria, Fawkes disse:

— Sua esposa e seu primo estavam noivos quando Vossa Graça voltou. O senhor não achou estranho o fato de Lorde Townsende abrir mão dela com tanta facilidade?

Jordan ergueu a cabeça devagar e encarou o detetive, seus olhos acinzentados cheios de raiva e dor. Mas não disse nada. Sem dar uma palavra, ele foi até a mesa que abrigava uma garrafa de conhaque sobre uma bandeja de prata, tirou a tampa e serviu um copo até a borda. E tomou tudo em dois goles.

Às suas costas, Fawkes disse num tom gentil:

— Vossa Graça me permite contar minhas suspeitas?

Jordan inclinou a cabeça de leve, mas não se virou.

— Sempre existe um motivo por trás de um assassinato premeditado, e, neste caso, creio que ganho pessoal seja o mais provável. Como seu primo, Lorde Townsende, seria o maior beneficiário de sua morte, ele seria o suspeito mais provável, mesmo se não contássemos com todas as outras provas contra ele.

— Que "provas"?

— Já vou chegar nesse ponto. Mas, primeiro, devo dizer que acredito que os bandidos que o atacaram nas proximidades de Morsham no ano passado não estavam atrás do seu dinheiro nem o escolheram como uma vítima aleatória. Aquele foi o primeiro atentado contra sua vida. O segundo foi, é claro, executado pouco depois, quando Vossa Graça foi sequestrado no cais. Até então, o motivo para a traição de Lorde Townsende seria apenas assumir seu título e suas propriedades. Agora, no entanto, ele tem um incentivo adicional.

Fawkes fez uma pausa, esperando, mas o duque permaneceu em silêncio, de costas para ele, com os largos ombros tensos.

— Esse incentivo seria o desejo de ficar com sua esposa, é claro, já que os dois quase se casaram e continuam se encontrando em segredo. Como é ela quem vai ao seu encontro, imagino que seja seguro presumir que o desejo seja recíproco, apesar de só poder ser concretizado com a morte de Vossa Graça.

O que significa que Lorde Townsende agora tem uma cúmplice. — Respirando fundo, Fawkes continuou: — Devo ser direto de agora em diante se Vossa Graça quiser cooperar para que eu o proteja... — Quando o homem alto permaneceu em silêncio, o investigador foi correto em presumir que isso denotava sua hesitação e disse: — Pois bem. De acordo com as fofocas que meus homens ouviram de seus criados, na noite em que atentaram contra sua vida em Londres, sua esposa deixou todos assustados quando só apareceu em casa na manhã seguinte. Vossa Graça sabe onde ela estava?

Jordan tomou mais um gole de conhaque, ainda de costas para o investigador.

— Ela disse que dormiu num quarto vazio, no andar dos criados.

— Vossa Graça, é possível que o cavaleiro que atirou contra a sua pessoa naquela noite fosse uma mulher?

— Minha esposa tem uma mira excelente — rebateu o duque, sarcástico. — Se tivesse tentado me dar um tiro, teria acertado.

— Já era noite, e ela estava montada num cavalo — murmurou Fawkes, mais para si mesmo do que para Jordan. — Talvez o animal tenha se mexido no momento do disparo. Ainda assim, tenho minhas dúvidas de que ela tentaria atacá-lo dessa maneira. Seria arriscado demais. No passado, capangas foram contratados para isso, mas, agora, os dois estão tentando resolver o problema por conta própria, o que coloca Vossa Graça num perigo muito maior e torna meu trabalho dez vezes mais difícil. E é por isso que estou lhe pedindo para fingir que não sabe nada sobre a morte de Nordstrom. Deixe que sua esposa e seu primo pensem que o senhor não tem ideia dos planos deles. Pedi ao Dr. Danvers para dizer que o lacaio morreu por conta de um problema cardíaco e tive o cuidado de não demonstrar muito interesse pela licoreira quando interroguei os criados da cozinha. Ninguém tem motivo algum para achar que suspeitamos de alguma coisa. Se conseguirmos seguir assim e apertar a vigilância sobre sua esposa e Lorde Townsende, poderemos descobrir alguma pista sobre o próximo atentado e pegá-los no flagra — concluiu Fawkes. — Acho que usarão veneno de novo, já que não sabem que descobrimos o plano, mas posso estar enganado. Mas eles não vão querer correr o risco de envenenar algo que outra pessoa possa ingerir, já que mais de uma morte com certeza levantaria suspeitas. Por exemplo, o conhaque que Vossa Graça está tomando é seguro, porque é oferecido para convidados, mas seria melhor tomar cuidado com qualquer coisa que sua esposa lhe ofereça, pois ela pode ter feito algo sem o senhor perceber. Fora isso, não há nada a fazer além de esperar. — Tendo concluído seus pensamentos, Fawkes ficou quieto, esperando uma reação, mas o duque permaneceu duro. Ele hesitou, mas fez uma mesura para as costas rijas do patrão. Baixinho e com pesar, disse: — Sinto muito, Vossa Graça.

O investigador tinha acabado de fechar a porta do escritório quando o silêncio mortal do corredor foi quebrado subitamente por um barulho explosivo e o som de vidro quebrando. Achando que alguém atirara contra a janela, Fawkes escancarou a porta e congelou: o magnífico decantador de ouro e cristal do conhaque, que já pertencera a um rei francês, agora estava espatifado no piso de madeira, a alguns metros da parede contra a qual o duque o jogara. O aristocrata, que não demonstrara qualquer emoção durante a conversa, agora apoiava as mãos na cornija da lareira, agarrando-a com força; seus ombros largos tremiam com uma angústia silenciosa.

ALEXANDRA GIROU NUM redemoinho de seda verde quando Jordan entrou na sala de estar, e seu sorriso radiante diminuiu um pouco ao notar a rigidez do maxilar trincado do marido e o brilho frio de seus olhos.

— Aconteceu... aconteceu algum problema, Jordan?

Ao ouvi-la pronunciar seu nome com suavidade, os músculos do rosto dele ficaram tão tensos que sua bochecha começou a vibrar.

— Problema? — repetiu o duque com cinismo enquanto seu olhar percorria o corpo da esposa numa análise ofensiva, inspecionando seus seios, sua cintura e seu quadril antes de voltar para seu rosto. — Problema algum — respondeu ele com uma indiferença desdenhosa.

A boca de Alexandra ficou seca, e seu coração disparou de nervosismo enquanto sentia que Jordan tinha se distanciado, como se a proximidade, o carinho e as risadas que os dois compartilharam nunca tivessem existido. Em pânico, ela tentou recuperar aqueles sentimentos e pegou a garrafa de xerez sobre a mesa. O marido dissera que gostava quando ela cuidava dele, então Alexandra fez a única coisa em que conseguiu pensar. Servindo a bebida, ela se virou e lhe ofereceu a pequena taça, abrindo um sorriso vacilante.

— Quer um pouco de xerez?

Os olhos de Jordan soltaram faíscas enquanto fitavam a taça, e o nervo em sua bochecha começou a pulsar. Quando ele voltou a encarar seu rosto, Alexandra deu um passo para trás ao ver a agressividade inexplicável estampada naquele olhar. Focado nela, o marido pegou a bebida.

— Obrigado — disse ele um segundo antes de a haste frágil da taça quebrar em sua mão.

Alexandra soltou um gritinho de susto e virou, procurando algo para secar o xerez que caíra no belo tapete Aubusson, antes que o manchasse.

— Esqueça — ralhou Jordan, segurando seu cotovelo e girando-a para encará-lo. — Não importa.

— Não importa? — repetiu Alexandra, confusa. — Mas...

Num tom baixo e sem qualquer emoção, ele disse:

— Nada importa.

— Mas...

— Vamos jantar, meu bem?

Ignorando seu pânico cada vez maior, Alexandra concordou com a cabeça. Ele fizera "meu bem" soar quase como um epíteto.

— Não, espere! — exclamou ela, nervosa. E acrescentou com timidez: — Quero lhe dar uma coisa.

Veneno?, pensou Jordan com sarcasmo, observando-a.

— Isto — disse Alexandra, esticando a mão na direção dele. Em sua palma estava o valioso relógio de ouro do avô. Erguendo os olhos brilhantes para encontrar os do marido, ela continuou, hesitante: — Quero... quero que fique com ele.

Por um instante horrível e assustador, ela achou que Jordan fosse recusar o presente. Em vez disso, o duque tirou o relógio de sua mão e o jogou dentro do bolso do paletó sem qualquer cuidado.

— Obrigado — disse ele, cheio de indiferença. — Presumindo que ele marque as horas com precisão, já estamos trinta minutos atrasados para o jantar.

O choque e a mágoa de Alexandra diante daquela reação foram tamanhos que ela não teria se sentido pior caso o marido tivesse lhe dado um tabefe. Submissa, apoiou a mão no braço que ele oferecia e se deixou ser guiada até a sala de jantar.

Durante a refeição, a jovem duquesa tentou se convencer de que estava apenas imaginando aquela mudança de humor.

Quando Jordan não a levou para a cama para fazerem amor, ela não conseguiu dormir, tentando entender o que acontecera para o marido encará-la com tanta aversão. No dia seguinte, quando ele parou completamente de lhe dirigir a palavra, exceto quando absolutamente necessário durante as refeições, Alexandra resolveu deixar o orgulho de lado e *perguntar* o que fizera de errado.

O duque ergueu o olhar dos papéis em sua mesa, furioso com a interrupção, analisando-a enquanto ela permanecia diante dele como uma pedinte suplicante, escondendo as mãos trêmulas atrás das costas.

— Errado? — repetiu ele na voz fria de um completo desconhecido. — Não há nada de errado, Alexandra, além do momento da sua pergunta. Eu e Adams estamos trabalhando, como você pode ver.

Ela virou, morrendo de vergonha por não ter notado a presença do secretário, que estava sentado à mesa pequena perto da janela.

— Eu... Desculpe-me, milorde.

— Sendo assim — ele indicou a porta com a cabeça —, se não se importar...

Alexandra aceitou aquela deixa grosseira para ir embora e não tentou conversar com o marido até a noite, quando o ouviu entrar no quarto. Reunindo toda a coragem, ela vestiu um roupão, abriu a porta que ligava seus aposentos e foi até ele.

Jordan estava tirando a camisa quando viu o reflexo da esposa no espelho, e virou-se para ela.

— Sim, o que foi?

— Jordan, por favor — implorou Alexandra, aproximando-se dele, uma sedutora inocente com o cabelo caindo nos ombros, balançando de um lado para o outro contra o cetim cor-de-rosa do robe enquanto ela chegava mais perto. — Diga o que fiz para irritá-lo.

Jordan fitou aqueles olhos azuis e apertou os punhos enquanto lutava contra o impulso de esganá-la por sua traição e outro mais forte, de levá-la para cama e passar uma hora fingindo que ela ainda era sua duquesa descalça, encantadora e fascinante. Ele queria abraçá-la e beijá-la, cercar-se dela e se perder em seu corpo, esquecendo os últimos dias que passara no inferno. Só por uma hora. Mas não podia, porque era incapaz de ignorar a imagem torturante de Alexandra e Tony entrelaçados, planejando seu assassinato. Nem mesmo por uma hora. Nem por um minuto.

— Não estou irritado, Alexandra — disse ele, gélido. — Agora, vá embora. Quando eu quiser sua companhia, aviso.

— Está bem — sussurrou ela, dando as costas para o marido.

E seguiu de volta para sua cama, tentando manter uma dignidade sofrida enquanto as lágrimas a cegavam.

Capítulo 30

ALEXANDRA ENCARAVA DISTRAÍDA o bastidor de bordado no colo, seus dedos compridos imóveis, o coração tão entristecido quanto o dia cinzento lá fora, que podia ser observado pelas cortinas abertas das janelas da sala de estar. Fazia três dias e três noites que Jordan agia como um desconhecido; um homem frio e ameaçador que a encarava com um desinteresse gélido ou desprezo nas raras ocasiões em que se dignava a olhar para ela. Era como se outra pessoa habitasse o corpo do marido — alguém que Alexandra não conhecia, alguém que às vezes a observava com uma expressão tão maligna que a fazia estremecer.

Nem mesmo a chegada inesperada e a presença amigável de tio Monty conseguira melhorar o clima pesado de Hawthorne. Ele viera ajudar a sobrinha — conforme explicara a ela em particular no dia anterior, depois de se acomodar num dos quartos e lançar um olhar analítico para o traseiro generoso de uma das criadas que fazia sua cama —, porque ouvira a fofoca em Londres de que "Hawthorne parecia a fúria em pessoa" quando descobrira a aposta da esposa no livro do White's.

Mas todas as tentativas insistentes e óbvias do homem de puxar assunto com Jordan não rendiam nada além de respostas extremamente educadas e breves.

E ninguém, inclusive os criados, acreditava nos esforços de Alexandra de fingir que nada estranho estava acontecendo e os dois eram um casal feliz. A casa inteira, de Higgins, o mordomo, a Henrique, o cachorro, estava extremamente ciente do clima pesado, para o nervosismo de todos.

No silêncio opressivo da sala de estar, a voz calorosa de tio Monty ecoou como um trovão, fazendo a sobrinha dar um pulo.

— Puxa vida, Hawthorne, como o dia está bonito! — Erguendo as sobrancelhas brancas numa expressão inquisitiva, torcendo por uma resposta que levaria a uma conversa, o velho cavalheiro esperou.

Jordan tirou os olhos do livro que lia e respondeu:

— Pois é.

— Nada de chuva — insistiu tio Monty, as bochechas rosadas do vinho que tomara.

— Nenhuma chuva — concordou Jordan, completamente inexpressivo.

Incomodado, mas determinado, o homem insistiu:

— E também está quente. É um clima bom para a agricultura.

— É mesmo? — perguntou o duque num tom de poucos amigos.

— Hum... é — respondeu tio Monty, recostando-se na cadeira e lançando um olhar desesperado para a sobrinha.

— Que horas são? — perguntou Alexandra, querendo ir para o quarto.

Jordan ergueu o olhar e disse com uma crueldade proposital:

— Não sei.

— Você devia ter um relógio, Hawthorne — sugeriu tio Monty, como se aquela fosse a ideia mais original do mundo. — Eles são ótimos para termos noção do tempo!

Alexandra desviou rapidamente o olhar para esconder a mágoa sobre o fato de o marido ter aceitado o relógio do seu avô e o descartado pela segunda vez.

— São onze horas — continuou o tio, querendo ajudar, apontando para o próprio relógio. — *Eu* sempre carrego um comigo — gabou-se. — Sempre sei que horas são. Relógios são fantásticos — continuou ele, entusiasmado. — Ficamos nos perguntando como eles funcionam, não é?

Jordan fechou o livro com um estrondo.

— Não, *não* ficamos.

Ao perceber que não conseguiria ter uma conversa animada com o duque sobre relojoaria, tio Monty lançou outro olhar sofrido para a sobrinha, mas foi Sir Henrique quem respondeu. O enorme pastor inglês, apesar de completamente indiferente ao seu dever de proteger os donos, era muito ciente da sua responsabilidade de consolar as pessoas, dar-lhes carinho e ficar por perto para o caso de precisarem da sua atenção. Ao ver a expressão triste no rosto de

Sir Montague, ele saiu de perto da lareira e foi até o cavaleiro chateado, dando duas lambidas muito molhadas em sua mão.

— Por Deus! — bradou tio Monty, levantando num pulo e demonstrando mais energia do que nos últimos 25 anos, vigorosamente limpando as costas da mão na calça. — A língua desse animal parece um esfregão molhado!

Ofendido, Sir Henrique lançou um olhar pesaroso para a vítima indignada e voltou para a lareira.

— Com licença, vou me retirar — disse Alexandra, incapaz de continuar aguentando aquele clima.

— Está tudo pronto no pomar, Filbert? — perguntou Alexandra na tarde seguinte, quando o fiel lacaio respondeu ao seu chamado e surgiu em seu quarto.

— Sim — disse, amargurado. — Não que seu marido mereça uma festa de aniversário. Do jeito como a está tratando, devia ganhar um chute no traseiro!

Alexandra prendeu um cacho rebelde sob o chapéu azul e não discutiu. Ela tivera a ideia de dar uma festa-surpresa para Jordan no dia em que os dois foram ao pavilhão — o melhor momento do que parecia ter sido um curto período de felicidade.

Após dias aturando o desdém gélido e inexplicável do marido, seu rosto estava pálido, e ela vivia prestes a cair no choro. Seu peito doía de tanto segurar as lágrimas, e seu coração também, porque não conseguia encontrar um motivo por trás daquele desprezo. Porém, conforme a hora da festa se aproximava, Alexandra não conseguia afastar a esperança de que, talvez, depois que Jordan visse o que ela planejara com a ajuda de Tony e Melanie, ele voltaria a ser o homem que fora quando estavam sozinhos no rio, ou pelo menos explicasse por que estava agindo daquela forma.

— Todos os criados estão falando sobre o comportamento dele — continuou o lacaio, irritado. — Ignorando a senhora e passando o dia inteiro trancado no escritório, sem cumprir seus deveres conju...

— Filbert, por favor! — gritou Alexandra. — Não estrague meu dia com essa conversa.

Arrependido, mas ainda determinado a declarar a ira contra o homem que era a causa das olheiras da patroa, ele disse:

— Pode ter certeza que seu marido vai estragá-lo se puder. Estou surpreso por ele ter aceitado seu convite para ir ao pomar.

— Eu também — disse Alexandra, tentando sorrir, mas logo franzindo a testa.

Ela falara com Jordan naquela manhã, no escritório, enquanto ele estava numa reunião com Fawkes, o novo administrador-assistente, e estava pronta para implorar que ele a acompanhasse num passeio de carruagem. A princípio, Jordan fizera menção de recusar, mas, então, hesitara, olhara para o administrador e concordara de repente.

— Está tudo pronto — garantia Fawkes para o duque na suíte máster. — Meus homens estão posicionados atrás das árvores no caminho e ao redor do próprio bosque. Já faz três horas que estão lá. Saíram vinte minutos depois que sua esposa sugeriu o passeio. Eu os instruí a manterem suas posições, escondidos, até o assassino ou assassinos se revelarem. Como não podem sair de lá sem serem vistos, não sei o que está acontecendo. Só Deus sabe por que seu primo escolheu o bosque em vez de um chalé ou qualquer lugar mais discreto.

— Não acredito que isto esteja acontecendo — disse Jordan, vestindo uma camisa limpa.

Ele parou, momentaneamente percebendo o absurdo que era trocar de camisa para impressionar a esposa, que pretendia levá-lo para uma armadilha e matá-lo.

— Está acontecendo — respondeu o investigador com a certeza de um soldado experiente. — E é uma cilada. Notei isso pela voz de sua esposa e no seu olhar quando fez o convite. Ela estava nervosa e mentia. Prestei atenção em seus olhos. Olhos não mentem.

Jordan encarou o outro homem com um escárnio amargurado, lembrando-se de como costumava achar que os olhos mentirosos de Alexandra exibiam uma inocência radiante.

— Eu acreditava nesse mito.

— O bilhete de Lorde Townsende que interceptamos uma hora atrás não é mito — insistiu Fawkes, convicto. — Os dois estão tão confiantes de nossa ignorância sobre seus planos que estão sendo negligentes.

A menção ao bilhete de Anthony fez o rosto de Jordan enrijecer como uma pedra. Como instruído, Higgins lhe entregara a mensagem do primo antes de levá-la para a duquesa, e as palavras pareciam entalhadas em seu cérebro:

Está tudo pronto no pomar. Você só precisa convencê-lo a vir.

Uma hora antes, a dor de ler aquilo quase o fizera desabar, mas, agora, Jordan não sentia nada. Estava completamente anestesiado, sem qualquer senso de traição ou medo enquanto se preparava para encarar os assassinos que amava. Agora, tudo que queria era acabar com aquilo para poder começar a tirar a esposa de seu coração e de sua mente.

Ele passara a noite anterior em claro, lutando contra o desejo de ir até ela e abraçá-la, dar-lhe dinheiro e alertá-la para fugir — pois, independentemente de Alexandra e Tony conseguirem matá-lo hoje, Fawkes já tinha provas suficientes para garantir que os dois passassem o restante da vida num calabouço. A imagem de Alexandra vestindo trapos sujos, vivendo numa cela escura, infestada de ratos, era quase insuportável, até mesmo agora — quando ele estava prestes a se tornar seu alvo em campo aberto.

A jovem duquesa estava esperando no corredor, parecendo tão bonita e inocente quanto um dia de primavera em seu vestido de musselina azul com fitas brancas nas mangas e na barra da saia. Ela virou e observou enquanto ele descia a escada, seu sorriso radiante e feliz. Sua bela esposa sorria, percebeu Jordan com uma onda de fúria quase incontrolável, porque pretendia se livrar dele para sempre.

— Pronto? — perguntou ela, animada.

Ele concordou com a cabeça sem dizer uma palavra, e os dois saíram para a carruagem que esperava na frente da casa.

Alexandra lançou outro olhar discreto para o perfil de Jordan enquanto a carruagem balançava de leve pela estrada entre as árvores que logo se abririam no campo largo e verdejante na beira do bosque. Apesar da pose aparentemente relaxada do marido recostado no assento, sem apertar demais as rédeas dos cavalos, ela viu seu olhar analisando as árvores que ladeavam o caminho — como se estivesse procurando por algo, esperando. Alexandra estava começando a se perguntar se ele descobrira a "surpresa" e achava que os convidados fossem pular do mato quando a carruagem entrou no campo, e o choque nítido de Jordan diante do espetáculo que o esperava fez desaparecer qualquer possibilidade de alguém ter avisado ao marido sobre a festa.

— Mas o que ...? — arfou ele, surpreso, analisando a cena incrível.

Bandeiras coloridas balançavam ao vento, e as famílias de todos os seus arrendatários estavam reunidas no campo, usando as melhores roupas, sorrindo. À esquerda, Jordan viu Tony, com a mãe e o irmão, ao lado da sua avó. Melanie e John Camden vieram com Roddy Carstairs e meia dúzia de outros conhecidos de Londres.

À direita, no lado mais extremo do campo, uma grande plataforma fora montada, exibindo duas poltronas semelhantes a tronos e meia dúzia de outras menos adornadas. Uma tenda protegia tudo do sol, e os estandartes de Hawthorne estavam pendurados sobre ela, exibindo seu brasão — um falcão com as asas abertas.

A carruagem seguiu para o centro do campo, e quatro trombetas anunciaram oficialmente a chegada do duque — como combinado — num som estrondoso e enfático, seguido pelos gritos de alegria da multidão.

Parando os cavalos, Jordan se virou para Alexandra.

— O significa isso? — questionou ele.

Os olhos que o fitaram estavam cheios de amor, dúvida e esperança.

— Feliz aniversário — disse ela com carinho. Jordan apenas a encarou com a mandíbula trincada, sem responder. Abrindo um sorriso hesitante, a duquesa continuou: — É uma festa de aniversário ao estilo de Morsham, só que mais elaborada. — Quando o marido continuou a encará-la, Alexandra tocou seu braço e continuou, animada: — É uma mistura de torneio e feira, para comemorar o aniversário de um duque. E também para ajudar você a conhecer os arrendatários um pouquinho melhor.

Jordan olhou para a multidão com uma irritação confusa. Aquele cenário elaborado fora criado apenas para matá-lo? Seria sua esposa um anjo ou um demônio? Antes de o dia acabar, ele saberia. Virando, ajudou-a a sair da carruagem.

— E o que eu faço agora?

— Bem, vejamos — disse Alexandra num tom animado, tentando não deixar transparecer o quando se sentia tola e magoada. — Está vendo os animais nos currais?

Jordan olhou para a meia dúzia de currais espalhada pelo campo.

— Sim.

— Bem, eles são dos arrendatários, e você precisa escolher o melhor de cada curral e dar ao vencedor um dos prêmios que comprei no vilarejo. Ali, onde as cordas formam duas pistas, vamos fazer o torneio de justas, e lá, onde está o alvo, será o campeonato de arco e flecha, e...

— Acho que entendi — interrompeu Jordan, brusco.

— Também seria muito bom se você pudesse participar de alguma competição — acrescentou Alexandra, um pouco hesitante, sem saber o quanto o marido estava disposto a se misturar com pessoas de classes inferiores.

— Pois bem — disse ele, e, em silêncio, acompanhou-a até uma poltrona na plataforma e a deixou lá.

Depois de cumprimentar seus amigos de Londres, ele, Lorde Camden e Tony foram beber a cerveja que os arrendatários já tomavam e dar uma volta pela festa, parando para observar o filho de 14 anos do escudeiro, que fazia malabarismo.

— Então, minha querida — disse Roddy Carstairs, inclinando-se na direção de Alexandra —, ele já está loucamente apaixonado por você? Vou ganhar nossas apostas?

— Comporte-se, Roddy — disse Melanie, ao lado da amiga.

— Não ouse mencionar aquela aposta horrorosa na minha presença! — ralhou a duquesa-viúva.

Querendo observar Jordan mais de perto, Alexandra saiu da poltrona e desceu os degraus da plataforma, seguida por Melanie.

— Não é que a presença dele não me deixe feliz, mas por que Roddy está aqui? E os outros?

— Os outros o acompanharam pelo mesmo motivo. Roddy vinha para cá. Nossa proximidade com Hawthorne nos deixou bem populares com pessoas que viriam para o interior tão cedo. Eles chegaram ontem, querendo ver como vão as coisas entre você e o duque. Roddy sempre quer saber das fofocas em primeira mão. Mas eu estava com tanta saudade — acrescentou Melanie, virando-se de repente e dando um abraço carinhoso na amiga, afastando-se logo depois para encarar seu rosto. — Você está feliz com ele?

— Eu... sim — mentiu Alexandra.

— Sabia! — disse a outra mulher, apertando sua mão, tão feliz por sua profecia ter se concretizado que a jovem duquesa não teve coragem de explicar que tinha se casado com um homem cujos humores eram tão imprevisíveis que, às vezes, ela achava que estava enlouquecendo.

Assim, Alexandra manteve o silêncio e observou com um misto de devoção e tristeza enquanto Jordan, com as mãos nas costas e uma expressão adequadamente séria, passeava pelos currais e julgava com solenidade qual era a ave mais rechonchuda, o porco mais promissor, o cachorro mais bem-treinado, entregando prêmios para os donos maravilhados.

Quando o sol começou a descer entre as árvores e as tochas foram acesas, os arrendatários e os aristocratas pareciam animados, rindo e tomando cerveja juntos, participando de várias competições, das mais bobas às mais sérias. Jordan, Lorde Camden e até Roddy Carstairs se alistaram no campeonato de arco e flecha, nas justas e nas disputas de esgrima e tiro ao alvo. Orgulhosa, Alexandra tinha permanecido na plateia, o coração cheio de carinho enquanto observava Jordan perder de propósito sua última tentativa no tiro ao alvo para deixar que o filho de 13 anos de um dos arrendatários vencesse.

— O prêmio vai para o melhor homem — declarou ele enquanto presenteava o rapaz admirado com uma moeda de ouro.

Depois, o duque abandonou a dignidade ao seguir até as corridas de tartaruga, escolhendo uma da cesta e insistindo que os amigos fizessem o mesmo. Mas em momento algum olhou para Alexandra. Era como se ele estivesse se esforçando para participar apenas para alegrar os convidados. Ao lado das crianças, três dos aristocratas mais ilustres de Londres se aglomeraram na linha de partida, torcendo para suas competidoras individuais, incentivando-as a correr mais rápido e gritando de desânimo quando as tartarugas ignoravam suas régias instruções e resolviam se esconder dentro da carapaça.

— Só gosto de tartarugas quando estão em sopas — brincou Tony, cutucando John Camden nas costelas —, mas a minha é bem animada. Aposto uma libra que a sua demora mais para sair do casco.

— Combinado! — concordou John Camden sem hesitar, e começou a tentar convencer sua tartaruga preguiçosa a mostrar a cabeça.

Jordan observou os dois com seriedade antes de virar e seguir para a mesa na qual as copeiras serviam as cervejas.

— Qual é o problema do seu ilustre primo? — perguntou Roddy Carstairs para Tony. — Quando vocês dois estavam lutando esgrima, ele parecia pronto para tirar seu sangue. Será que continua com ciúme por você ter quase se casado com a duquesa?

Mantendo o foco na tartaruga de propósito, Tony deu de ombros.

— E o que faz você pensar que Hawk ficou com ciúme?

— Meu querido, eu estava no baile dos Lindworthy na noite em que ele surgiu como um anjo vingador e mandou Alex de volta para casa.

— Por causa daquela aposta absurda que *você* a convenceu a fazer — rebateu Tony, fazendo questão de mostrar que agora dedicaria toda sua atenção à tartaruga.

Pegando outra caneca de cerveja da mesa, Jordan se apoiou numa árvore no perímetro da floresta com uma expressão pensativa, observando Alexandra enquanto o olhar dela percorria a multidão, nitidamente em busca dele. Jordan sabia que ela passara a noite toda o vigiando. Tony também. E os dois exibiam o mesmo desconforto e confusão, como se esperassem que ele estivesse mais empolgado com sua festa de aniversário.

Seu olhar voltou para Alexandra, que ria de alguma coisa que a avó dissera. Ele quase conseguia ouvir sua risada musical e, até na escuridão que caía, quase enxergava o brilho risonho em seus olhos. Sua esposa. Uma assassina. Quando o pensamento passou pela sua cabeça, seu coração gritou um protesto que não podia mais ser ignorado.

— Não acredito! — declarou num sussurro furioso.

A garota que organizara aquilo tudo não podia estar planejando seu assassinato. A garota que o abraçava durante a noite, que zombara dele enquanto pescavam no rio, que lhe dera com timidez o relógio tão estimado do avô não poderia querer matá-lo.

— Vossa Graça? — A voz urgente de Fawkes interrompeu Jordan enquanto ele se empertigava, pretendendo ir para o torneio de tiro, que se tornara mais divertido do que sério enquanto os participantes tentavam mirar bêbados no alvo pendurando numa árvore. — O senhor precisa ir embora agora — sussurrou o homem, seguindo ao lado dele.

— Não seja tolo — reclamou Jordan, completamente sem paciência com o investigador e suas teorias. — O significado por trás da mensagem do meu primo é óbvio. Os dois planejaram a festa juntos, e com certeza foi por isso que estavam se encontrando em segredo.

— Não temos tempo para discutir o assunto — disse Fawkes, irritado. — Daqui a alguns minutos, a noite já vai ter caído, e meus homens não são corujas. Eles não conseguem enxergar no escuro. Já mandei que se posicionassem no caminho.

— Como já é tarde para chegar à casa antes de escurecer, não vejo que diferença faz se eu ficar mais um pouco.

— Não posso me responsabilizar pelo que acontecer se Vossa Graça não for embora agora — alertou Fawkes antes de lhe dar as costas e se afastar.

— Dá para acreditar que homens adultos estejam torcendo para suas tartarugas ganharem? — zombou Melanie, observando Tony e o marido. —

Acho melhor eu ir até lá e lembrá-los do comportamento esperado de cavalheiros tão distintos — disse ela, descendo da plataforma com cuidado, sem qualquer intenção de fazer isso. — Na verdade, quero ver quem vai ganhar — confessou com uma piscadela.

Alexandra concordou com a cabeça, distraída, observando os rostos amigáveis e alegres dos arrendatários, seu olhar parando num convidado assustadoramente familiar que não parecia nem um pouco feliz. De repente, sem motivo algum, ela se lembrou da noite em que conhecera Jordan — uma noite quente, igual àquela —, quando dois assassinos o ameaçaram com uma arma.

— Vovó — disse ela, virando-se para a duquesa-viúva. — Quem é aquele homem baixo de camisa preta? Aquele com o lenço vermelho no pescoço?

A velha senhora olhou na mesma direção e deu de ombros.

— Certamente, não faço *ideia* de quem seja — declarou ela, pomposa. — Vi mais arrendatários hoje do que nos trinta anos que passei morando em Hawthorne. Não que eu não tenha desfrutado da sua festa, minha querida — acrescentou com certa relutância. — As coisas mudaram na Inglaterra nos últimos anos, e, apesar de eu não gostar da necessidade de me misturar com aqueles que nos servem, um proprietário de terras faz bem em manter um relacionamento amigável com os arrendatários hoje em dia. Existem boatos de que eles estão começando a exigir cada vez mais, ficando bem desagradáveis...

Alexandra parou de prestar atenção, voltando a se preocupar com a noite em que conhecera Jordan. Nervosa, ela analisou o campo aberto, procurando o homem de camisa preta, que parecia ter desaparecido. Alguns minutos depois, sem perceber o que fazia, começou a buscar as pessoas que amava, tentando se certificar de que estavam seguros. Ela procurou por Tony, mas não o encontrou, mas viu Jordan parado na beira da floresta, apoiado numa árvore, bebendo cerveja e observando a festa.

O duque percebeu seu olhar e inclinou a cabeça de leve. O sorriso doce e hesitante que a esposa abriu o fez se encher de dúvidas e arrependimento. Ele ergueu o copo num brinde silencioso e cínico, mas congelou quando uma voz levemente familiar surgiu da escuridão, às suas costas, e disse:

— Estou com uma arma na sua cabeça, milorde, e há outra apontada para sua esposa. Dê um pio, e meu parceiro estoura os miolos dela. Agora, ande de lado, na direção da minha voz, para dentro da floresta.

O corpo de Jordan se retesou, e ele baixou a caneca de cerveja devagar. Alívio, não medo, fervilhou em seu sangue enquanto se virava na direção da voz; estava pronto para o confronto com o inimigo desconhecido — *ansioso*. E não acreditou nem por um instante que Alexandra estivesse em perigo; aquilo fora apenas uma tática para forçá-lo a obedecer.

Depois de dois passos, ele estava cercado pela escuridão da floresta densa; mais um passo, e o brilho mortal da pistola surgiu.

— Aonde vamos? — perguntou Jordan para o vulto que o ameaçava.

— Para um chalé confortável mais adiante. Vá andando na minha frente.

Com o corpo tenso, pronto para atacar, o duque deu mais um passo na direção da trilha, a mão direita apertando a caneca pesada.

— O que faço com isto? — perguntou ele, fingindo-se de bobo, virando-se um pouco e erguendo a mão.

O capanga olhou para o objeto por um segundo, mas Jordan não precisava de mais nada. Ele jogou a cerveja nos olhos do homem ao mesmo tempo em que o golpeava com a caneca, acertando sua mandíbula e sua testa com uma força que fez o bandido surpreso cair de joelhos. Jordan agachou, pegou a arma que voara para o chão, agarrou os ombros do sujeito e o puxou até que ficasse de pé.

— Pode ir andando, seu filho da puta! Vamos dar aquele passeio que você tanto queria.

O homem perdeu o equilíbrio, e o duque lhe deu um empurrão impaciente que o fez cambalear pela trilha, seguindo-o de perto. Enfiando a mão no bolso, Jordan buscou a pequena pistola que carregava consigo desde que voltara para a Inglaterra. Depois de perceber que ela devia ter caído no chão quando se inclinara sobre o patife, ele apertou com força a que segurava e continuou andando pela trilha, atrás do refém infeliz.

Cinco minutos depois, o vulto de um antigo chalé de lenhador se agigantou no fim do caminho.

— Quantos homens estão lá dentro? — perguntou Jordan, apesar de não ver qualquer luz passando pelas frestas das janelas fechadas que indicassem a presença de outras pessoas.

— Está vazio — resmungou o bandido, mas arfou quando sentiu o cano gelado da pistola contra sua nuca. — Um ou dois. Não sei — corrigiu-se, afobado.

A voz de Jordan era fria como a morte.

— Quando chegarmos à porta, diga que está comigo e peça para acenderem uma lamparina. Se falar qualquer outra coisa, dou-lhe um tiro na cabeça.

Para enfatizar sua determinação, ele pressionou a pistola com mais força no crânio do homem assustado.

— Está bem! — disse ele, cambaleando um pouco enquanto subia os degraus, com pressa de escapar da arma. — Peguei o duque! — gritou numa voz assustada enquanto chutava a porta. Ela se escancarou com um som enferrujado, as dobradiças rangendo. — Acenda uma luz, não estou enxergando nada — acrescentou ele, obediente, parado sob o batente.

Ouviu-se o som de madeira riscando, um vulto se inclinou sobre uma lamparina, a luz brilhou... Num movimento rápido, Jordan deu uma coronhada na cabeça do prisioneiro, que caiu no chão, inconsciente. Ele então esticou o braço, mirando a pistola na figura surpreendida que estava inclinada sobre a lamparina acesa.

O rosto que o encarou de volta quase o fez perder as forças de tanto choque e mágoa.

— Jordan! — exclamou a tia, nervosa.

O olhar dela foi direto para o outro canto da sala, e o duque girou por instinto, agachando, e atirou. O sangue brotou do peito do outro capanga contratado pela dama, que levou a mão ao ferimento e caiu no chão, deixando sua arma escapulir.

Jordan lançou um olhar rápido para o homem, apenas querendo garantir que realmente o matara, então se virou para a mulher que, até um minuto atrás, amara mais que a própria mãe. E sentiu... um vazio. Um vazio frio e duro que crescia dentro de si, tomando conta de todas as emoções que já sentira um dia, deixando-o completamente insensível — até a raiva desaparecera. Com a voz inexpressiva, ele apenas perguntou:

— Por quê?

A calma plena da pergunta deixou a tia tão nervosa que ela gaguejou:

— Por-por que nós vamos ma-matar você?

A palavra "nós" fez com que Jordan erguesse a cabeça. Seguindo rápido para o homem morto no canto, ele pegou a arma carregada e abandonou a que acabara de usar. Mirando a nova pistola na mulher que um dia idolatrara, seguiu implacável até uma porta na sala e encontrou o que parecia ser um quarto pequeno. O lugar estava vazio, mas a tia parecia pensar que ele ainda seria assassinado e, além disso, fora bem específica ao usar o plural.

E foi então que Jordan se deu conta de quem seriam as pessoas por quem ela esperava, e sentiu as primeiras pontadas de fúria percorrerem seu corpo: o primo e, talvez, sua esposa deviam estar chegando para garantir sua morte.

Voltando o foco para a sala principal, ele disse numa voz fria e fatal:

— Como é óbvio que a senhora está esperando reforços, acho melhor sentarmos para esperar.

Com os olhos transparecendo dúvida e medo, ela se sentou devagar numa cadeira rústica de madeira. Num gesto de cortesia exagerada, Jordan esperou a tia se acomodar antes de apoiar o quadril na mesa, despreocupado, e encarou a porta fechada.

— Agora — sugeriu ele com a voz aveludada —, talvez a senhora possa responder algumas perguntas. De forma rápida e resumida. Não foi apenas uma fatalidade eu ter sido atacado em Morsham, foi?

— Não... não sei do que está falando.

Jordan olhou para o rosto familiar do capanga desmaiado e voltou a fitar a tia. Sem dar uma palavra, ele ergueu a arma que segurava e a apontou para a mulher assustada.

— Quero a verdade, senhora.

— Não foi uma fatalidade! — gritou ela, os olhos grudados na pistola ameaçadora.

Ele baixou a arma.

— Prossiga.

— E... e seu recrutamento forçado também não, apesar de aquilo não fazer parte dos planos. Você devia ter morrido, mas nunca... nunca vi alguém *tão difícil de matar*! — acrescentou ela num angustiado tom acusatório. — Foi muita sorte. Você... com seu dinheiro e seus títulos, com suas pernas fortes e saudáveis, enquanto o pobre Bertie é inválido e meu Tony é praticamente um pobretão! — Lágrimas começaram a escorrer pelo seu rosto, e a mulher continuou, furiosa: — *Você* tem tudo, inclusive sorte! Não consegue nem ser envenenado! — gemeu ela com os ombros trêmulos. — E não podíamos ban--bancar pessoas mais competentes para matá-lo, porque o dinheiro é todo *seu*.

— Que insensível da minha parte — comentou Jordan, sarcástico. — Por que não me *pediu* dinheiro? Eu teria lhe dado, sabe, se soubesse que estavam precisando. Porém — acrescentou ele, cáustico — não para me matarem.

* * *

— Vovó — disse Alexandra, um pouco desesperada —, a senhora viu Jordan por aí? Ou... ou aquele homem de camisa preta e lenço vermelho?

— Alexandra, pelo amor de Deus — disse a duquesa-viúva num tom exasperado —, por que insiste em ficar me perguntando se vi as pessoas? Hawthorne está em algum lugar por perto, pode ter certeza. Um segundo atrás, ele estava apoiado numa árvore, bebendo aquele veneno horroroso.

Alexandra pediu desculpas, tentou parar quieta e manter a calma, mas não conseguiu controlar o pânico inexplicável que sentia.

— Aonde vai, querida? — perguntou a duquesa-viúva quando ela levantou de repente e ajeitou a saia.

— Procurar meu marido. — Com uma risada triste, admitiu: — Acho que estou com medo de ele sumir de novo, como no ano passado. É bobagem minha, eu sei.

— Então você gosta mesmo dele, não é, minha menina? — perguntou a velha senhora com carinho.

Alexandra concordou com a cabeça, nervosa demais sobre o paradeiro do marido para tentar salvar sua dignidade com um comentário evasivo. Ela observou a multidão ao redor, inquieta, enquanto segurava a saia e seguia para o lugar onde o vira pela última vez. Tony havia sumido, mas Melanie e John Camden se aproximavam de braços dados.

— A festa está maravilhosa, Alexandra — admitiu o conde com um sorriso tímido. — Nem as festas mais sofisticadas da cidade são tão divertidas.

— Obrigada. Vocês... vocês viram meu marido por aí? Ou Tony?

— Faz uns quinze minutos que não. Quer que eu procure por eles?

— Sim, por favor — disse ela, passando a mão pelo cabelo. — Estou uma pilha de nervos hoje — admitiu num tom pesaroso. — Fico imaginando coisas. Mais cedo, achei ter visto um homem escondido nas árvores. E, agora, Jordan sumiu.

John Camden sorriu e falou no tom tranquilo de quem argumenta com uma criança nervosa:

— Estávamos juntos alguns minutos atrás. Vou encontrar os dois para você.

Alexandra agradeceu e seguiu na direção da mesa em que as canecas pesadas de cerveja eram servidas. Ao passar por ela, cumprimentou uma das copeiras com um aceno de cabeça e se aproximou da árvore em que Jordan estivera apoiado. Lançando um último olhar para os convidados no campo, a jovem duquesa se virou para a mata e começou a seguir uma trilha estreita, apreensiva. Dizendo a si mesma que estava sendo boba e caprichosa, ela parou depois de alguns passos e olhou ao redor, prestando atenção aos sons da floresta, mas as risadas e brincadeiras da festa predominavam, enquanto os galhos grossos sobre sua cabeça bloqueavam qualquer luz que ainda restasse, dando-lhe a impressão de que estava num vácuo estranho sem qualquer sinal de vida, onde só havia barulho.

— Jordan? — chamou ela.

Quando não recebeu resposta, Alexandra mordeu o lábio e franziu o cenho, preocupada. Achando melhor voltar para o campo, ela começou a se virar, mas foi então que viu a caneca caída no chão.

— Ah, meu Deus! — sussurrou, pegando a caneca.

Algumas gotas de cerveja pingaram de seu interior. Nervosa, Alexandra olhou ao redor, querendo — *esperando* — encontrar Jordan caído na trilha, talvez desmaiado de tanto beber, como acontecia às vezes com tio Monty. Em vez disso, viu o brilho de uma pequena pistola caída num canto.

Pegando a arma, Alexandra se virou e soltou um grito abafado ao dar de cara com um corpo masculino.

— Tony! Graças a Deus é você! — exclamou ela.

— O que está acontecendo? — perguntou Tony, segurando seus ombros para equilibrá-la, cheio de ansiedade. — Camden disse que Jordan sumiu e que você viu um homem escondido na floresta.

— Acabei de encontrar a caneca dele caída no chão, com uma arma do lado — explicou Alexandra, sua voz e seu corpo tremendo de medo. — E vi um homem parecido com o que tentou matar Jordan na noite em que nos conhecemos.

— Volte para a festa e fique num lugar claro! — disse Anthony.

Ele tirou a arma dela, virou-se e seguiu correndo pela trilha, desaparecendo na mata densa. Tropeçando numa raiz grossa no meio do caminho, Alexandra seguiu apressada até o campo, pretendendo buscar ajuda em vez de se esconder num lugar seguro. Desesperada, ela tentou encontrar Roddy ou John Camden, mas, quando não viu nenhum dos dois, foi até um dos arrendatários que acabara de sair do torneio de tiro e vinha cambaleando até a mesa da cerveja na mesma alegria bêbada que o restante de seus colegas.

— Vossa Graça! — arfou o homem, tirando a boina e começando a fazer uma mesura.

— Preciso da sua arma! — disse ela, ofegante, e, sem esperar que ele a entregasse, tirou-a de suas mãos surpresas. — Está carregada? — gritou enquanto se afastava, já correndo para a trilha.

— Mas é claro.

Com a respiração pesada da corrida até o chalé, Tony encostou a orelha na porta, tentando detectar algum som. Ouvindo apenas silêncio, ele fez menção de abrir a maçaneta com cuidado, mas, quando ela não se moveu, deu dois passos para trás e jogou um ombro contra a porta com força suficiente para escancará-la. Perdendo o equilíbrio quando a madeira cedeu com facilidade, ele voou para dentro da sala, cambaleando, e, então, ficou imóvel, boquiaberto. Sua mãe estava sentada numa cadeira com o corpo tenso. Ao lado, apoiado na mesa, estava Jordan, segurando uma arma.

Que apontava diretamente para o seu coração.

— Que... que diabos está acontecendo? — bradou Tony, arfando.

Sua chegada acabara com qualquer esperança que Jordan tinha de que Alexandra e o primo não tivessem conspirado para matá-lo no seu aniversário. Numa voz suave e ameaçadora, ele disse:

— Bem-vindo à minha festa. Creio que ainda esteja faltando uma convidada, não é, Tony? Minha esposa? — Antes de receber uma resposta, Jordan continuou: — Não fique ansioso, ela já deve estar chegando, achando que você já se livrou de mim. Tenho certeza. — O tom aveludado se tornou ríspido de repente. — Esse volume no seu bolso é uma arma. Tire o paletó e jogue-o no chão.

— Jordan...

— Agora! — gritou o duque com selvageria, e Tony obedeceu.

Depois que o paletó estava no chão, a arma de Jordan apontou para a esquerda, indicando a cadeira caída diante da janela fechada.

— Sente-se. E, se tentar se mexer — alertou ele com uma calma assustadora —, eu mato você.

— Você enlouqueceu! — sussurrou Tony. — Só pode. Jordan, pelo amor de Deus, me diga o que diabos está acontecendo.

— Cale a boca! — disse o duque, inclinando a cabeça ao ouvir passos do lado de fora do chalé.

Sua raiva estava, acima de tudo, direcionada para a garota por quem passara mais de um ano obcecado — a mentirosa calculista que o convencera de que ela o amava, a desgraçada que deitara em seus braços e deixara seu corpo excitado à sua disposição; a menina descalça, bela, risonha e inesquecível que o fizera acreditar que o paraíso era um piquenique à beira de um rio. E, agora, pensou ele com uma raiva quase incontrolável, ela estava prestes a cair nas suas garras.

A porta abriu devagar, só alguns centímetros; uma mecha familiar de cabelo castanho surgiu na fresta, depois um par de olhos azuis que se arregalaram ao encontrar a arma na mão de Jordan.

— Não precisa ficar tímida, querida — disse ele num sussurro ameaçador. — Entre. Estávamos esperando por você.

Soltando o ar, aliviada, Alexandra terminou de abrir a porta, encarou o capanga desmaiado e correu para o marido, que levantava da mesa. Lágrimas de medo escorriam por seu rosto, e ela o envolveu em seus braços, esquecendo a arma que carregava.

— Eu sabia que era ele... eu sabia! Eu...

A jovem duquesa gritou de surpresa e dor quando Jordan agarrou seu cabelo e puxou sua cabeça para trás. Com seus rostos separados apenas por alguns centímetros, ele rosnou:

— É claro que você sabia, sua vagabunda assassina!

Com um impulso cruel, o duque a jogou esparramada no chão. O quadril de Alexandra aterrissou dolorosamente sobre a arma.

Por um instante, ela apenas ficou sentada ali, encarando o marido com olhos arregalados de medo, incapaz de assimilar o que acontecia.

— Está com medo, querida? — zombou ele. — Devia. Você vai para um lugar que não tem janelas, vestidos bonitos, homens... além dos outros prisioneiros, que vão usar seu corpinho bonito até cansarem. Vamos torcer para o interesse deles durar mais que o meu — acrescentou com uma malícia proposital. — Não faça essa cara de surpresa — continuou ele, interpretando errado o motivo por trás do choque de Alexandra. — Eu só a levei para a cama porque era necessário para manter a fachada do marido que não sabia de nada, não porque queria você — mentiu, sentindo um desejo quase irrefreável de matá-la por sua traição.

— Jordan, por que está fazendo isto?! — exclamou Alexandra, se encolhendo de medo do olhar do marido diante do uso do seu nome de batismo.

— Eu quero respostas, não perguntas. — Concluindo que levaria mais uns dez minutos antes de Fawkes perceber que ele tinha desaparecido e fora visto pela última vez indo naquela direção, Jordan voltou a relaxar contra a mesa, apoiando o peso num pé, balançando o outro no ar enquanto se virava para Tony. — Enquanto esperamos — disse num tom tranquilo, apontando a arma para o primo —, que tal você me dar mais detalhes? O que mais foi envenenado na minha casa?

Os olhos de Tony saíram da arma e passaram para o rosto cruel do duque.

— Você ficou louco, Jordan.

— Não seria problema nenhum matar você — disse ele, pensativo, erguendo a arma como se estivesse prestes a fazê-lo.

— Espere! — gritou a tia, lançando olhares desesperados para a porta vazia e começando a tagarelar. — Não machuque, Tony! E-ele não pode responder porque não sabe sobre o veneno.

— E imagino que minha esposa também seja completamente ignorante — disse Jordan com sarcasmo. — É isso mesmo, querida? — perguntou, apontando a arma para ela.

A incredulidade e a raiva fizeram Alexandra levantar devagar, segurando a arma nas dobras da saia.

— Acha que tentamos *envenenar* você? — murmurou ela, encarando-o como se tivesse levado um chute na barriga.

— Eu *sei* que tentaram — rebateu ele, ficando feliz ao ver a angústia no olhar da esposa.

— Na verdade — disse Bertie Townsende da porta, mirando sua arma na direção da cabeça de Jordan —, você se enganou. Como minha mãe histérica estava prestes a confessar, fui *eu* quem bolou os planos para nos livrarmos de você, apesar de não terem sido muito eficazes. Tony não tem estômago para matar ninguém, e, como sou o cérebro da família, mesmo que minhas pernas não sejam das melhores, cuidei do planejamento e dos detalhes. Você parece surpreso, primo. Mas é normal, todos acham que aleijados são inofensivos. Largue a arma, Jordan. Tenho que matar você de toda forma, mas, se não me obedecer, vou matar sua linda esposa primeiro, na sua frente.

Com o corpo completamente retesado, Jordan jogou a pistola no chão e levantou devagar, mas Alexandra logo veio para o seu lado, como se achasse que havia segurança ali.

— Fique longe! — murmurou ele, irritado, mas ela segurou sua mão num gesto aparentemente assustado, pressionando uma arma contra sua palma.

— Você vai ter que me matar também, Bertie — disse Tony baixinho, se levantando e se aproximando.

— Pois é — concordou o irmão sem hesitar. — Eu acabaria tendo que fazer isso mesmo.

— Bertie! — gritou a mãe. — Não! Não foi isso que combinamos...

Alexandra olhou para o capanga caído no chão, que esticava um braço na direção do paletó de Tony, e, atrás dele, outro aparecia na porta, lentamente erguendo uma arma.

— Jordan! — gritou ela, e, como não havia outra forma de protegê-lo de três agressores, se jogou em cima do marido no exato momento em que três armas disparavam.

Os braços de Jordan automaticamente se fecharam em torno dela enquanto Bertie Townsende caía no chão, vítima do tiro que Fawkes dera da entrada, e o bandido no chão se debatia, apertando o ferimento causado pela arma do duque. Tudo acontecera tão rápido que Jordan demorou um instante antes de perceber que Alexandra estava pesada demais, um peso morto que escorregava de suas mãos. Apertando-a em seus braços, ele ergueu seu queixo, pretendendo zombar dela por desmaiar *depois* que a briga tinha acabado, mas o que viu fez seu coração se encher de pavor: a cabeça da jovem duquesa caiu para atrás, molenga, e sangue jorrava de um ferimento em sua têmpora.

— Chame um médico! — gritou ele para Tony, baixando-a até o chão.

Com o coração disparado de medo, Jordan ajoelhou ao lado dela, tirou a camisa e rasgou o tecido em faixas, enrolando-as no ferimento feio. Antes mesmo de terminar, o sangue já encharcava o linho branco, pingando, o rosto de Alexandra ganhava um tom acinzentado.

— Ah, meu Deus! — sussurrou. — Meu Deus!

O duque já vira inúmeros homens morrerem em batalhas; sabia reconhecer os sinais de um ferimento fatal e, mesmo enquanto sua mente reconhecia que a esposa não sobreviveria, ele a pegou no colo. Segurando-a junto a si, Jordan correu pela trilha, o coração martelando num ritmo frenético, num refrão sombrio: *Não morra... Não morra... Não morra...*

Com o peito subindo e descendo de exaustão, ele entrou no campo carregando sua carga inerte, amada. Indiferente aos rostos assustados dos arrendatários, que estavam agrupados em silêncio, prestando atenção, Jordan a depositou com delicadeza na carruagem que Tony pedira que alguém levasse até a beira da floresta.

Uma mulher idosa, uma parteira, olhou para o curativo ensanguentado na cabeça de Alexandra, para a palidez de sua pele e, enquanto Jordan dava a volta para subir no veículo, sentiu rapidamente o pulso da jovem duquesa. Quando ela se virou de volta para os arrendatários reunidos em torno do casal, balançou a cabeça com tristeza.

As mulheres com quem Alexandra fizera amizade no ano anterior olhavam com ternura para seu corpo imóvel na carruagem, e, enquanto o duque a guiava para longe, o som baixo de choro tomou conta do campo. Apenas dez minutos antes, o espaço ressoava com as risadas que ela causara.

Capítulo 31

A expressão desanimada no rosto do Dr. Danvers ao sair do quarto de Alexandra e fechar a porta encheu a mente de Jordan de agonia.

— Lamento — disse ele para o grupo aflito que esperava no corredor. — Não há nada que eu possa fazer para salvá-la. Quando cheguei aqui, já não havia mais esperança.

A duquesa-viúva pressionou um lenço nos lábios e se virou nos braços de Tony, chorando, enquanto Melanie abraçou o marido. John Camden tocou o ombro de Jordan num gesto de consolo antes de levar a esposa arrasada para o andar de baixo, onde Roddy Carstairs esperava.

Virando-se para o duque, o Dr. Danvers continuou:

— Vocês podem entrar e se despedir, mas ela não vai escutar. Está num coma profundo. Só lhe restam alguns minutos, talvez algumas horas. — Diante da expressão de pura angústia no rosto dele, o Dr. Danvers acrescentou, gentil: — Ela não vai sentir dor, Jordan. Eu juro.

Um músculo pulsou na bochecha de Jordan enquanto ele seguia para o quarto de Alexandra, lançando um último olhar de raiva impotente para o médico inocente.

Velas tinham sido acesas ao lado da cama com dossel, e ela estava imóvel e pálida sobre os travesseiros de cetim, sua respiração tão fraca que era quase imperceptível. Engolindo o bolo na garganta, o duque sentou na cadeira ao lado e fitou seu rosto amado, tentando memorizar todos os seus traços. Alexandra tinha uma pele tão macia, cílios tão compridos — pareciam leques escuros contra seu rosto... E havia parado de respirar!

— Não morra! — gemeu Jordan, rouco, agarrando sua mão mole, tentando sentir sua pulsação. — *Não morra!*

Ele encontrou um batimento cardíaco fraco, mas ainda presente, e, de repente, não conseguia parar de falar.

— Por Deus, não me deixe! Há tantas coisas que quero lhe dizer, tantos lugares que quero lhe mostrar. Mas, se você for embora, não vou poder fazer nada disso. Alex, querida, por favor... por favor, não vá embora. Me escute — implorou Jordan com urgência, por algum motivo convencido de que a esposa sobreviveria se compreendesse o quanto era importante para ele. — Vou lhe contar como era minha vida antes de você aparecer naquela armadura. Era tudo vazio. Sem cor. E aí, quando você apareceu, eu senti coisas que nem acreditava serem possíveis, *vi* coisas que nunca tinha visto. Não acredita em mim, não é, querida? Mas é verdade, e posso provar. — Com a voz grave embargada pelas lágrimas, Jordan recitou: — As flores no campo são azuis. Aquelas perto do rio são brancas. E o arco perto do arvoredo está cheio de rosas vermelhas. — Erguendo a mão dela até seu rosto, ele esfregou a bochecha em sua palma. — Não foi só isso o que percebi. A clareira perto do pavilhão, onde minha placa está, é idêntica àquela onde lutamos nosso duelo, um ano atrás. Ah, e, querida, tenho mais uma coisa para dizer: Eu te amo, Alexandra. — As lágrimas dificultavam suas palavras, transformando-as num sussurro atormentado. — Eu te amo, e nunca vou poder dizer isso para você.

Movido pela raiva e pelo desespero, Jordan apertou a mão dela com mais força, subitamente abandonando as súplicas e passando para ameaças.

— Alexandra, não ouse me abandonar! Se você fizer isso, vou jogar Penrose na rua! Juro que vou. E sem qualquer carta de referência. Na rua, está me ouvindo? E Filbert vai junto. Vou voltar para Elizabeth Grangerfield. Ela vai adorar tomar seu lugar como a Duquesa de Hawthorne...

Os minutos viraram uma hora, depois outra, e Jordan continuou falando, alternando entre súplicas e ameaças, e, então, quando começava a perder as esperanças, passou para a bajulação.

— Pense na minha alma imortal, meu bem. Ela é deplorável, e, sem você para me convencer a me comportar, com certeza vou voltar aos velhos hábitos.

Ele esperou, ouvindo, olhando, agarrando a mão inerte de Alexandra como se tentasse transmitir sua própria força para ela. Então, de repente, toda a determinação e a esperança que o impulsionavam a falar desmoronaram. O desespero tomou seu coração, sufocante, e as lágrimas arderam em seus olhos. Abraçando o corpo desmaiado da esposa, Jordan encostou a bochecha na dela, os ombros largos tremendo com seu choro.

— Ah, Alex — lamentou ele, balançando-a em seus braços como se ela fosse um bebê —, como vou viver sem você? Me leve junto. Quero ir também...

E, então, Jordan sentiu algo — uma palavra sussurrada contra sua bochecha.

O duque prendeu a respiração e afastou a cabeça, analisando freneticamente o rosto da esposa enquanto a baixava com delicadeza até os travesseiros.

— Alex? — suplicou ele, sofrido, inclinando-se para a frente, e, quando começava a achar que tinha imaginado o leve movimento das pálpebras dela, os lábios pálidos de Alexandra se abriram, tentando formar uma palavra. — Diga, querida — insistiu ele, desesperado, chegando mais perto. — Diga alguma coisa, por favor, meu amor.

Alexandra engoliu em seco, e, quando falou, suas palavras soaram tão baixas que eram quase inaudíveis.

— O que foi, querida? — implorou o duque, nervoso, sem entender o que ela dizia.

Ela sussurrou mais uma vez, e, agora, os olhos de Jordan se arregalaram quando a frase finalmente fez sentido. Ele encarou as mãos que agarrava com força, e seus ombros começaram a tremer da risada. A princípio, o som era abafado em seu peito, mas logo explodiu em gargalhadas altas que ecoaram até o corredor e fizeram a duquesa-viúva, o médico e Tony entrarem correndo no quarto, obviamente com medo de Jordan ter enlouquecido de tanta tristeza.

— Tony — disse o duque com um sorriso vacilante, segurando a mão da esposa e lançando um olhar radiante para ela. — Alexandra acha — continuou ele, seus ombros começando a tremer da risada de novo — que Elizabeth Grangerfield tem *pés enormes.*

ALEXANDRA VIROU A CABEÇA nos travesseiros enquanto Jordan entrava pela porta que conectava seus quartos. Fazia dois dias desde que fora ferida, dois dias e duas noites que dormia quase o tempo todo. Sempre que acordava, o marido estava sentado ao seu lado numa vigília silenciosa, sem se dar ao trabalho de esconder o medo que sentia.

Agora que estava completamente consciente, ela queria que ele voltasse a falar naquele mesmo tom carinhoso que usara nos últimos dois dias ou que a olhasse cheio de amor. Porém, infelizmente, a expressão no rosto de Jordan era completamente contida e impassível naquela manhã — chegando ao ponto de Alexandra se perguntar se tinha sonhado com a doçura carinhosa e atormentadora de suas palavras quando acreditava que ela estava à beira da morte.

— Como está se sentindo? — perguntou Jordan, sua voz grossa transmitindo apenas uma preocupação educada enquanto ele parava ao lado da cama.

— Muito bem, obrigada — respondeu ela, também educada. — Só um pouco cansada.

— Imagino que queira saber o que aconteceu.

O que ela queria era que o marido a abraçasse e declarasse seu amor.

— Sim, é claro — respondeu Alexandra, nervosa com o humor insondável dele.

— Em resumo, um ano e meio atrás, Bertie pegou uma copeira no flagra, roubando. Uma moça local chamada Jean. Ela admitiu que pretendia dar o dinheiro para os irmãos, que a esperavam na floresta atrás da casa. Bertie e a mãe já tinham bolado um plano para me matar, mas nenhum dos dois fazia ideia de como encontrar alguém para completar o serviço. Em vez de denunciar a criada, ele a obrigou a assinar uma confissão, admitindo o roubo. Então pagou aos irmãos dela para se livrarem de mim na noite em que nos conhecemos, usando a confissão de Jean para garantir que ela guardasse o segredo. Você estragou tudo quando apareceu naquela armadura e me salvou, mas um dos irmãos, aquele em que atirei, conseguiu voltar para o cavalo e fugir enquanto eu a levava para a estalagem. Bertie fez outra tentativa quatro dias depois do nosso casamento, mas, desta vez, os dois homens que ele contratou aceitaram seu dinheiro e, em vez de me matarem, resolveram ganhar o dobro e me entregarem para a gangue do recrutamento de guerra. Como minha tia explicou, é difícil contratar bons capangas quando se tem pouco dinheiro.

O duque enfiou as mãos nos bolsos.

— Quando "voltei dos mortos", Bertie lembrou à criada que ele ainda tinha sua confissão, chantageando-a para que seu irmão tentasse me matar de novo. Desta vez, ele tentou me dar um tiro na Brook Street, naquela noite em que você dormiu no quarto da governanta.

Alexandra o encarou, pasma.

— Você nunca me contou sobre isso.

— Não quis deixar você preocupada — disse Jordan.

Mas, então, ele balançou a cabeça e acrescentou, irritado:

— Teve outro motivo. Desconfiei que *você* poderia ter dado aquele tiro. O atirador era mais ou menos do seu tamanho. E você tinha me dito naquele dia que faria de tudo para se livrar do nosso casamento.

Mordendo o lábio, Alexandra virou o rosto, mas Jordan viu a mágoa daquela acusação em seus olhos. Ele forçou ainda mais as mãos dentro dos bolsos.

— Seis dias atrás, um lacaio chamado Nordstrom morreu depois de tomar o vinho do Porto que estava na licoreira do nosso piquenique, o mesmo vinho que você insistiu que eu bebesse. — Quando ela se voltou de repente para ele, Jordan continuou numa voz cheia de culpa: — Fawkes não é um administrador-assistente, mas um detetive, e seus homens estão em Hawthorne desde que chegamos. Ele investigou o incidente com o vinho, e você parecia ser a única pessoa que poderia ter colocado o veneno na garrafa.

— Eu?! — exclamou Alexandra, baixinho. — Como você acreditou numa coisa dessas?!

— A testemunha de Fawkes era uma copeira que trabalhava aqui há um ano e meio, quando precisávamos. Seu nome — concluiu Jordan — é Jean. Ela envenenou o vinho, seguindo as instruções de Bertie. Acho que você já sabe de tudo que aconteceu depois disso.

Alexandra engoliu em seco.

— Você se baseou em evidências tão frágeis para acreditar que eu era culpada de tentar matá-lo? Porque tenho mais ou menos a mesma altura que a pessoa que lhe deu um tiro na Brook Street e porque uma copeira disse que *eu* devia ter envenenado seu vinho?

Por dentro, Jordan se encolheu diante daquelas palavras.

— Por essas coisas, e porque Olsen, que é um dos homens de Fawkes, a seguiu até a casa de Tony em duas ocasiões diferentes. Eu sabia que você estava se encontrando com ele em segredo, e, em conjunto, todas as provas pareciam bem convincentes.

— Entendi — disse ela com desânimo.

Mas ela não entendera, e Jordan sabia. Ou, talvez, entendera até demais. Sua esposa com certeza entendera que ele fracassara em sua promessa de confiar nela, que rejeitara inúmeras vezes o amor que ela oferecia. E também entendera que arriscara a vida duas vezes por alguém que só a recompensava com frieza e desconfiança.

Jordan olhou para o belo rosto pálido de Alexandra, sabendo muito bem que merecia seu ódio e seu desprezo. Agora que ela estava completamente ciente de toda a extensão de sua crueldade e estupidez, o duque ficou quieto, esperando ser dispensado.

Quando a esposa permaneceu em silêncio, ele se sentiu na obrigação de dizer todas as coisas que *ela* devia estar lhe dizendo.

— Sei que meu comportamento foi imperdoável — começou Jordan, tenso, e o som de sua voz encheu Alex de nervosismo. — É claro que não espero que queira continuar casada comigo. Assim que estiver recuperada o suficiente para ir embora, vou lhe dar uma ordem de pagamento de meio milhão de libras. Se precisar de mais dinheiro... — Ele parou de falar e pigarreou, como se as palavras tivessem entalado em sua garganta. — Se precisar de mais dinheiro — recomeçou, sua voz cheia de emoção —, só precisa me avisar. Tudo que tenho sempre será seu.

Alexandra ficou ouvindo o discurso num misto de carinho, raiva e descrença. Ela estava prestes a responder quando o marido pigarreou de novo.

— E tem mais uma coisa que quero lhe dizer... Antes de virmos para cá, Filbert me contou sobre o que aconteceu quando você achou que eu estava morto, sobre como se comportou quando chegou a Londres e quando suas ilusões foram destruídas. A maioria das coisas que ouviu sobre mim é verdade. Mas eu queria que soubesse que não dormi com Elise Grandeaux naquela noite em que a visitei.

Fazendo uma pausa, Jordan a encarou, tentando memorizar cada traço em seu rosto para os anos solitários que estavam por vir. Em silêncio, ele a observou, sabendo que ela representava todas as esperanças e todos os sonhos que abrigava em seu coração. Alexandra era bondade e carinho e confiança. E amor. Ela era a risada pairando pelos corredores, as flores desabrochando nas colinas.

Forçando-se a terminar o que viera dizer e sair da vida dela, o duque respirou fundo e continuou numa voz trêmula:

— Filbert também me contou sobre o seu pai e o que aconteceu depois da morte dele. Não posso apagar sua mágoa por tudo que se passou, mas queria lhe dar isto...

Jordan estendeu a mão, e Alexandra viu que ela continha um estojo comprido de veludo.

Ela aceitou o presente e abriu o fecho com dedos trêmulos.

Exposto sobre o forro de cetim branco, pendurado num cordão fino de ouro, estava o maior rubi que ela já vira. Ele tinha o formato de um coração. Ao seu lado, em outra depressão rasa, havia uma esmeralda cercada por diamantes — no formato de um coração. E ao lado da esmeralda havia um diamante magnífico e resplandecente.

Que fora lapidado na forma de uma lágrima.

Mordendo o lábio para imobilizar seu queixo trêmulo, Alexandra ergueu os olhos para o marido.

— Acho — sussurrou ela, tentando sorrir — que vou usar o rubi no dia da Corrida da Rainha e, quando eu amarrar minha fita na sua manga...

Com um gemido, Jordan a puxou para seus braços.

— Agora que você falou tudo aquilo — sussurrou a jovem duquesa quando ele finalmente afastou a boca da sua, vários minutos depois —, será que pode dizer que me ama? Fiquei esperando por isso desde que você começou, e...

— Eu te amo — disse Jordan, determinado. — Eu te amo — murmurou baixinho, enfiando o rosto em seu cabelo. — Eu te amo — gemeu ele, beijando sua boca. — Eu te amo, eu te amo, eu te amo...

Epílogo

Com o filho aconchegado no colo, Jordan fitou o rostinho que o encarava, fascinado. Sem saber bem o que dizer e sem vontade alguma de abrir mão do prazer que era segurar o bebê, ele se decidiu por oferecer conselhos paternos.

— Um dia, meu filho, você vai escolher uma esposa, e é importante saber fazer essas coisas do jeito certo, então vou lhe contar uma história. Era uma vez um homem arrogante e egoísta. Vamos chamá-lo de... — Jordan hesitou por um instante, pensando. — Vamos chamá-lo de Duque de Hawthorne.

Parada na porta, Alexandra abafou uma risada enquanto ouvia a história do marido, sem ser notada.

— O duque era um sujeito terrível, que não via bondade em nada nem em ninguém, especialmente em si mesmo. Então, numa fatídica noite, ele foi atacado por bandidos. Quando parecia que sua vida chegaria a um final trágico, um cavaleiro numa armadura enferrujada veio ao seu resgate. Com sua ajuda, o duque conseguiu vencer os bandidos, mas, durante o ataque, seu salvador se feriu. O terrível duque foi ajudá-lo, mas, para sua surpresa, descobriu que o cavaleiro não era um homem, mas uma dama. Ela era pequena e delicada, com cabelo encaracolado e os maiores cílios do mundo. E, quando abriu os olhos, eles eram da cor de água-marinha. O terrível duque com o coração oco viu algo naqueles olhos que o fez perder o fôlego...

O bebê o encarava, hipnotizado.

— O que ele viu? — sussurrou Alexandra da porta.

Erguendo a cabeça, Jordan a encarou com o coração nos olhos. Com uma solenidade carinhosa, respondeu:

— Ele viu algo maravilhoso.

Impresso no Brasil pelo
Sistema Cameron da Divisão Gráfica da
DISTRIBUIDORA RECORD DE SERVIÇOS DE IMPRENSA S.A.
Rua Argentina, 171 – Rio de Janeiro, RJ – 20921-380 – Tel.: (21)2585-2000